AL GAZAL,
EL
VIAJERO
DE LOS DOS
ORIENTES

JESÚS MAESO DE LA TORRE

AL GAZAL, EL VIAJERO DE LOS DOS ORIENTES

Editado por HarperCollins Ibérica, S.A.
Núñez de Balboa, 56
28001 Madrid

Al Gazal, el viajero de los dos Orientes
© Jesús Maeso de la Torre, 2000, 2022
Autor representado por Silvia Bastos, S.L. Agencia literaria
© 2022, para esta edición HarperCollins Ibérica, S.A.
Publicado por HarperCollins Ibérica, S.A., Madrid, España.

Diseño de cubierta: Calderónstudio® a partir de fragmentos de las obras Caza de garzas de Eugène Fromentin (1865) y Hagia Sofia de Louis Haghe (1852)

ISBN: 978-84-9139-900-1
Depósito legal: M-4901-2022

ÍNDICE

EPÍLOGO
CÓRDOBA

Yahía ben al Hakán, denominado por sus contemporá-
neos como Al Gazal, la Gacela, por su varonil belleza, gozó
del favor y la amistad de tres emires de Córdoba. Vivió en el
siglo III de la hégira (IX de la era cristiana) y perteneció a la
tribu de los Banu Beckar ben Wail, de Yayyán. Alcanzó la fama
como embajador de Abderramán II, viajando a las cortes de
Oriente y Occidente, y fue esclarecido en todo el Alándalus
por su valor guerrero, dotes poéticas y sabiduría en la astro-
nomía y la alquimia.

Aben Hayán, del *Almokatabis*, siglo XI d. C.

PRÓLOGO

LA VISITA DEL MERCADER

SOLIMÁN QASIM

Una mañana del mes de *yumada* cargada de rumores perezosos, un mercader recién llegado de Occidente envió a un esclavo a una vivienda de las afueras de Bagdad, en el fondeadero del Tigris, con un mensaje dirigido al morador de la mansión, del que no debía aguardar contestación.

Los rasgos del escribano se expresaban en estos enigmáticos términos:

Al noble Al Gazal, a quien el Misericordioso prolongue sus días. Salam. He arribado a Bagdad hace solo unas horas, adelantando en unas semanas el arribo de la caravana de Tahart. Hemos de entrevistarnos sin dilación, pues soy portador de trascendentales y recientes sucesos acaecidos en Córdoba que pueden mudar tu situación de destierro. Antes de la oración, iré a visitarte. Prepara un néctar perfumado de Rayya,[1] y oirás de mi boca sorprendentes nuevas.

---

[1] Málaga.

Que Alá el Oculto sea exaltado.
Tu perseverante amigo, Solimán Qasim.
21 de yumada al Qulá
12 de noviembre de 852 d. C.

Al crepúsculo, bajo la frondosidad de una higuera centenaria, un hombre de expresión dubitativa releía la esquela del comerciante, aguardando impaciente la visita anunciada, mientras contemplaba el minarete de la Yami' al Qasr, la mezquita del palacio. Vestía una túnica de lana que caía sobre las rodillas y se cubría la cabeza con un turbante que ocultaba sus canos cabellos. Su figura emanaba un halo de afable respetabilidad, acentuada por unos ojos seductores, en otro tiempo, de un sinfín de mujeres creyentes y paganas. Aunque su espíritu había sucumbido a muchas desdichas, aún conservaba la arrogancia de su porte. En sus armoniosas facciones, ahora surcadas de arrugas, sobresalían una nariz griega, una boca sensual y una barba nívea y cuidada, cómplice de unos hoyuelos fascinadores.

Una claridad cárdena rodeaba el entorno, y la calidez se propalaba por la atmósfera, creando una sensación empalagosa. En la espera, el viento de la tarde acarreaba las calinosas brisas del desierto, meciendo las ramas de las palmeras datileras. A veces una ráfaga espaciada sacudía las cortinas y deshacía los borbotones del surtidor.

Yahía ben al Hakán, Al Gazal, dejó el rugoso aviso sobre un libro de astrología y tomó unos sorbos de nébeda, recetada por su médico de Córdoba, antes de partir para el exilio bagdalí, para combatir sus ataques de asma. El astrónomo había figurado entre los personajes más influyentes de la corte andalusí y podía vanagloriarse de haber gozado de la amistad de tres soberanos de Alándalus, así como de haber sido asiduo a sus tertulias poéticas. Se enorgullecía de pertenecer a la *jasa*, la aristocracia andalusí, y al noble linaje de los *yunds* de Damasco, guerreros asentados en la corá de Yayyán,[2] y su ingenio, y sobre todo una innata afabilidad, elegancia y don de gentes, habían hecho que el refinado Abderramán II lo designara como su embajador en las cancillerías del mundo. Pero su espíritu independiente, y la amistad con el omeya, le habían granjeado la hostilidad de cuatro enemigos poderosos que mudaron en su contra el corazón del Príncipe de los Creyentes. «Corrompido puñado de bastardos», se decía a menudo.

Entre los más enconados se hallaban el músico Ziryab, favorito del emir, y blanco de sátiras por las mudanzas de las tradiciones de Córdoba, y el intransigente alfaquí, doctor de la ley, Al Layti, un adversario que odiaba a Al Gazal por las sospechosas inclinaciones de este a las teorías religiosas llegadas de Oriente.

También sentía sobre su alma la hiel del rencor de los eunucos de palacio, como el chambelán, Naser, quien, condenado desde niño a ser solo medio hombre, no soportaba el trato amable de las favoritas y de los afeminados *hawi* hacia el embajador, así como la fascinación de Al Gazal para insinuarse en el corazón de las mujeres. Su otro rival, tan mortal como el anterior, era el también castrado Tarafa, medrador de cargos y ejecutor material de las atrocidades urdidas por la mente cruel de Naser. Su mero recuerdo le hizo removerse en el escabel.

Las cuatro hienas, guiadas por la avidez de poder, labraron su desgracia, e inclinaron la voluntad del emir, quien decretó su destierro, aprovechando su enfermedad

___

[2] Jaén.

15

y el turbio asunto de la conspiración contra su vida. Acusado de un delito de lesa majestad, se le condenó a la expatriación de por vida. Al Gazal había confiado en el favor del emir, pues, ¿acaso en el fiel de la balanza no debería pesar más la fidelidad que las insidias de los favoritos? Pero hubo de saborear el agrio amargor del exilio en Irak, donde permanecía desde hacía dos años, añorando las dulzuras de Córdoba. Por eso, la desconcertante comunicación de Solimán Qasim representaba para él un bálsamo y una brisa que estimulaban la ilusión por el regreso.

Con devoción llevó sus dedos hacia el pecho, donde ocultaba la llave de su mansión cordobesa, se reclinó sobre el tronco del sicomoro y, dirigiendo sus ojos hacia la Meca, susurró, con lágrimas de resignación:

—¡Alá el Clemente, no permitas que mis ojos se cierren sin contemplar el cielo de Córdoba, la Bilad Alándalus, el paraíso de Occidente!

Sus últimos años en Bagdad, aun siendo provechosos y placenteros, habían marcado su ánimo y disminuido su fortaleza. Aquel desarraigo brutal, la eterna disputa de su inocencia y la separación de los suyos lo desalentaban hasta el punto de ansiar una muerte consoladora que extinguiera aquella tortura. Así permaneció durante un largo rato, con la mirada perdida. Pero, súbitamente, las suaves pisadas de Atiqa, su esclava y compañera de pesares, lo arrebataron del ensimismamiento.

—¿Te has quedado dormido, mi amo? —curioseó en tono lánguido.

—No, solo me he adormecido aguardando la llegada de Solimán.

Ante sí tenía al consuelo del destierro, la delicada Atiqa. Había pagado por ella en el mercado de Basora la nada despreciable cifra de tres mil dinares, colmando todas sus apetencias. Era una esclava *qiyán*, cantora y danzarina, educada en una academia de Medina con el único fin de agradar a su futuro dueño en las más sofisticadas artes amatorias, y entrenada en las disciplinas más refinadas del saber y la música. Tañía el laúd y poseía conocimientos en astronomía y literatura, las dos grandes pasiones de Al Gazal. Luego de varios meses de convivencia, sus almas habían escalado el cénit del entendimiento, rotas las barreras convencionales entre esclava y señor. Juntos pasaban las vigilias componiendo versos y calculando tablas astrológicas, pues las veladas en la casa del apátrida Al Gazal constituían la quintaesencia del esparcimiento nocturno de los artistas de Bagdad, que consideraban un privilegio ser invitados a sus zambras, donde la esclava Atiqa componía versos con su vihuela de marfil.

—Te ha inquietado el anuncio de la visita del mercader siciliano, ¿verdad? —dijo la joven soltándose un velo con el que se cubría la faz.

—Su llegada no me ha incomodado, pero su retraso resulta inexcusable. Nuestro visitante es amigo antiguo. Pero me confunden el misterio y la urgencia. Y fruto de mis obsesiones, comienzo a especular con siniestros espantos. Ha arribado a Bagdad mucho antes de lo previsto y eso le causará cuantiosas pérdidas. Su caravana debería viajar entre Harrán y Samarra, y la noticia ha de ser extraordinaria para tal apremio. Un lazo estrechísimo me une a ese hombre, Atiqa.

—¡Es en verdad insólito que un mercader cambie su rumbo! —adujo Atiqa.

—Y más aún si pienso en las predicciones que se ciernen sobre Córdoba, anunciadoras desde hace meses de un evento aciago. A principios del mes de *muharrán*, año nuevo musulmán, me alertó un cometa espiando furtivamente las puertas del cielo que se lanzaba hacia Occidente tras un camino de llamas. El destino suele tomar complicados senderos, y esta confusión me alarma.

—¿Y crees que el anuncio del comerciante tiene algo que ver con el augurio?

—Lo ignoro, pero algún suceso trascendental que me atañe ha acontecido o acontecerá en mi tierra. Estoy seguro de ello.

—¿Grave para ti, mi amo? —se sobresaltó la esclava.

—Presiento indicios que me hacen ser moderadamente optimista. La misma noche del cometa, cuando ya me disponía a retirar los astrolabios y atacires, observé en los cielos la más enigmática luminaria que observar se pueda —confesó—. Descubrí a Suhail, la estrella roja, la luminosa señora del sur.

—¿Suhail? El Almagesto de Ptolomeo y los tratados de Malik aseguran que esa estrella solo se avista en latitudes meridionales.

—La he avistado tres veces y la reconozco. En las tres ocasiones los acontecimientos acaecidos en mi vida han sido favorables. Apareció parpadeante junto a sus compañeras de viaje celeste, las estrellas Wazn y Hadaru, de la constelación de centauro. Los astrónomos las llamamos las Perjurantes, pues su vecindad se presta a confusiones y juramos que la estrella divisada es Suhail, y no otra.

—¿Y qué interpretación le ofreces a esta aparición? —se interesó.

—Preludio de venturas. En la primera ocasión cumplía el designio de la peregrinación a la Meca en compañía de mi padre. La noche antes de partir, junto a Zemzem, la fuente de la salud, avistamos la estrella. Nos aseguró un placentero regreso. En la otra oportunidad, surgió esplendorosa en la montaña de Yabal, en Rayya, donde los estrelleros del emir determinábamos la orientación exacta de las nuevas naves de la mezquita de Córdoba. A mi vuelta, unos meses después, fui honrado con presidir la embajada a Constantinopla.

—¿Y el último avistamiento, mi señor? —lo aduló la cautiva.

—Acaeció años después, en Ishbiliya,[3] junto a la tienda del general Rustum, muchacha curiosa. Era la víspera de la encarnizada batalla contra los vikingos, que tantas veces has escuchado de mi boca. Jamás la vi tan fastuosa. Y en todas ellas, su visión me presagió circunstancias providenciales. Y ahora, no debe ser menos propicia. Lo presiento.

Durante un rato, entre el bordoneo de las moscas, permanecieron inmóviles con las manos entrelazadas. Atiqa le susurró seductora:

—¿Me permitirás que asista a la cita con el mercader?

—¿Quieres que mi reputación ganada en muchos años quede hecha añicos, mujer? Solimán sigue las costumbres coránicas al pie de la letra y no permitiría que una mujer permaneciera junto a él mientras trata asuntos de negocios —se disculpó con gesto protector—. La hembra ha de mantenerse en su casa celosamente custodiada. Nuestra singular armonía no sería bien comprendida por nuestro buen amigo. Procurarás que nadie nos importune. Luego te incorporarás a la velada que amenizarán en su honor unos músicos de Ben Nasar y conoceremos las nuevas que nos trae el siciliano. Ardo en deseos de estrecharlo con mis manos.

_____

3 Sevilla.

—Te complaceré, Yahía —reprimió su confusa rabia y volvió la cara con una mueca de enfado, pues sus dotes de seducción no lo habían convencido.

Al Gazal, advirtiendo el enojo de la joven *qiyán*, la consoló paternal:

—Atiqa, recuerda aquellos versos que compuse para ti: «Atiqa, dulce como un dátil de Arabia, mi perla que solo escapa del nácar para ocultarse en su estuche dorado». Tú eres esa joya, y esta casa tu cofre protector.

Un ligero temblor la agitó y besó los labios de Al Gazal. Al poco, un criado con la cabeza agachada, como temeroso de quebrar el momento de intimidad de su señor, se detuvo y anunció:

—Mi amo, el noble Solimán Qasim de Palermo solicita ser admitido en la hospitalidad de esta casa.

—Ofrécele agua para lavarse las manos, perfuma su rostro y obséquiale con dátiles y leche. Después acompáñalo a mis habitaciones donde rezaremos la oración del *al magrib,* la de la puesta de sol, y cenaremos en el mirador —le ordenó.

Mientras el apátrida y la esclava ascendían al piso superior, les llegó confuso un rumor de voces, de chirridos de carros, el retumbar de cascos de caballerías y las pisadas de millares de camellos que circulaban por las callejuelas en dirección a los zocos y alhóndigas. Las caravanas provenientes de Catay, el país de la seda, del sultanato de Egipto, de Bujara y de Arabia, descansaban en los caravasares de la fangosa orilla izquierda del río, que los bagdalíes llamaban «la cuna de la humanidad». Un olor a estiércol, esencias, especias, fritanga y acíbar ascendía del laberinto urbano, mezclado con las invocaciones de los almuecines convocando a la oración desde los alminares de las mezquitas de Bagdad.

En el interior de las estancias íntimas de Al Gazal reinaba el sosiego.

La luz del ocaso atravesaba las celosías, llenando las paredes de hexágonos luminosos, mientras un aroma de jazmines se colaba en la estancia. Toda la vivienda aparecía decorada según el gusto andalusí, y de las paredes colgaban espejos y tapices de seda bordada. En la habitación, donde aguardaba el exiliado, se disponían en círculo cuatro divanes de brocado atestados de cojines, rodeando una gran mesa de cedro. Del techo pendía una lámpara de bronce con vasos con aceite, que un criado encendía con un pabilo, mientras otros colocaban platillos humeantes de pescados en *almory*, *sakbach* de cordero sazonado de especias y apetitosos *hashw*, hojaldres rellenos de carne de pichón, mezclados con almendras y recubiertos de miel de Judea, que hacían las delicias de su señor, regalado sibarita de la mesa.

En una fuente plateada se servían los *bilacha*, pastelillos de codorniz con canela fermentados con cidra, y aliñados con cilantro y azúcar, dispuestos en hojas de parra, que, a decir del dueño de la casa, eran el manjar preferido del invitado. Tras el diván principal se hallaban dispuestas jarras de bronce con vinos de Shiraz y Rayya, leche de camella, licor de dátiles y vasijas de cristal con *yawaris*, jarabes de membrillo y jengibre, que facilitarían la digestión de los dos comensales. Y junto a una bandeja con alcanfor para refrescar las bebidas, sobresalía una dulcera con empiñonadas de miel, moras, madroños y azufaifas que una cocinera sudanesa había preparado para aquella noche singular.

Al Gazal paseó por la estancia aguardando inquieto a su huésped, que irrumpió al poco haciendo oír su vozarrón de marino y apareciendo exultante con su soberbia cara de halcón y con su extravagante aspecto.

—*Salam*, Al Gazal. ¿Cómo se halla el más sabio viajero de Alándalus?

—*Salam aleikum*, la paz sea contigo —le saludó el anfitrión—. Me encuentro en eterno estado de ansiedad mientras no abandone estos desiertos, Solimán.

—Que el Inaccesible te bendiga y refresque tus ojos, Yahía —correspondió el mercader, entregándole un cofre y abarcándolo entre sus brazos.

—Que Él se halle en tu corazón, Solimán. Me siento honrado con tu llegada, pero no te aguardaba tan pronto —le dijo y besó tres veces sus mejillas, ofreciéndole acomodo en el diván tras desprenderse de un manto festonado de pedrerías.

—Esta vez he navegado desde Al-Mariyya[4] hasta Alejandría, y desde allí he viajado con una de mis caravanas, acortando el camino usual de Damasco y Samarra, hasta arribar a esta enloquecida ciudad —contestó excitado—. Te encuentro tan firme como un cedro del Líbano, Yahía. ¿Qué haces para no envejecer? ¿Acaso encontraste la fuente de la juventud en las estrellas, o en tus alambiques?

—Me mantienen mis desalientos, un deseo de satisfacción devoradora y la esperanza de retornar a Córdoba y besar a los míos —repuso.

El mercader enmudeció inexplicablemente. Luego, arqueó sus cejas pobladas y taladró al andalusí. Y como si atesorara un críptico secreto, manifestó severo:

—Te lo aseguro, Yahía, hoy recobrarás la fe perdida —dijo, consiguiendo que su interlocutor se intrigara más aún y soslayara el tema, atenazado por las dudas.

---

[4] Almería.

—¿Cómo se encuentran mis hijos y nietos, y cómo marchan los asuntos de mi casa? —se interesó emitiendo un leve estremecimiento—. Ellos me ayudan a resistir.

—Hace unos meses pasé por Córdoba y los encontré bendecidos por la mano de Dios. En la arqueta tienes sus cartas, la de la señora Shifa y las cuentas de tus negocios. Faltan los beneficios del último cargamento de azafrán, viejo truhan. Córdoba en cambio no es la misma que dejaste, y gobiernan nuevas jerarquías —informó con júbilo sospechoso, que volvió a confundir a su interlocutor.

—¿Acaso nuestro *amir al mumin*, el señor supremo de los creyentes, Abderramán, ha sustituido al gran chambelán o a sus visires, mis letales enemigos? —inquirió con ingenuidad, intuyendo un anuncio inquietante.

—Por tu cándida pregunta deduzco que desconoces la luctuosa novedad acaecida en Alándalus, motivo de mi adelanto en arribar a Bagdad y de mi apresurado recado. Dudaba si lo sabías o no, pero ya veo que el suceso lo han silenciado en esta corte, o aún no se conoce —aseguró, y carraspeó.

Las palabras se contraían en su boca y la imaginación de Al Gazal se desbocaba. Luego se arrellanó en el diván, confesándole:

—Vivo apartado del mundo, entregado al estudio y consolado con la alquimia, pero aquí no dejo de ser un extranjero. Paladeo día a día la salmuera de un destierro estéril, y me llaman Al Gazal al Qurtubí, el cordobés, en tono burlón. Aunque, si te soy sincero, presiento algo inesperado. ¿De qué se trata, Solimán? Sácame de esta impaciencia. Solo me sostiene la fe en Alá.

El recién llegado inspeccionó su alrededor y, bajando la voz, dijo como si leyera una sura del Corán:

—Nuestro señor, el emir Abderramán II, ha muerto —afirmó.

Como un aldabonazo cayeron las palabras en el ánimo del anfitrión, y todo su cuerpo tembló, dibujándose la estupefacción en su cara. Una pesadumbre infinita lo embargó. Dejó su copa en el velador, mientras una lágrima asomó en sus ojos. Todo su pasado se desvanecía con la trágica noticia. Desconsolado, reveló:

—¡Dios misericordioso! Yo veneré a ese hombre. Y jamás pensé que le sobreviviría. Hice muchas conjeturas con tu llegada, pero nunca esta. Y aun a pesar de condenarme al destierro, me llamó hermano y amigo, me cubrió de gloria, y confió en mí para señalados asuntos de Estado. ¿Cómo olvidarlo? Que el Eterno lo acoja en su morada. —Contuvo sus lágrimas.

—Que así sea —contestó entre dientes el mercader.

—¿Y quién se sienta en el trono de los omeyas de Córdoba? —se interesó.

—Muhamad, el príncipe matemático. El preferido de su padre, y tu amigo.

—De ningún modo imaginaba semejante desenlace —repuso Al Gazal abatido—. Sabía de sus achaques, pero no como para empujarlo a una muerte prematura.

Recobrando la serenidad, habló el comerciante:

—Ya ha llegado el momento, Yahía, de manejar tus amistades para regresar sin dilación a Córdoba. El nuevo emir, el príncipe Muhamad, siempre te honró cuando lo convocabas a las tertulias de tu casa de Al Raqaquín. Es hombre bondadoso y no dudará en ejercer la magnanimidad contigo. Tus hermanos de la sociedad de la Piedra Negra, tu hijo y tus yernos ya han dado los primeros pasos ante el *katib*, el canciller del alcázar. También tu primo Ben Wail ha elevado una súplica al soberano, rogando tu regreso. Yo por mi parte me he permitido hacer en tu nombre una generosa donación al *bait-almal*, el tesoro de las fundaciones de la mezquita, para que el cadí, su confidente más cercano, lo sugiera en los oídos del flamante soberano.

—¿Y cuando acaeció su muerte, Solimán?

—En la madrugada del miércoles al jueves, tres días después del mes de *rabí*, el tercer mes, el de la Primavera —dijo moviendo sus espantamoscas.

Por unos instantes quedaron en silencio. Al Gazal observó el rostro contraído y anguloso de su amigo, realzado por un pomposo turbante color magenta. Sus ojos garzos y nariz prominente denotaban aún una gran fuerza de temperamento.

Solimán había nacido cristiano en Sicilia, aunque el azar le había hecho abrazar el islam cuando su padre, comerciante bizantino, se convirtió a la religión de los invasores.

Se dedicó a la venta de esclavos y al traslado de los restos mortales de la aristocracia a las ciudades sagradas del islam, Medina, Jerusalén y Bagdad. ¡Nunca la muerte había sido un negocio tan provechoso!

Pronto los antiguos Kars de Bizancio trocaron su nombre armenio por el de Qasim, más acorde con la onomástica musulmana.

Muerto su padre, Solimán recaló con sus hermanos en Córdoba, convirtiéndose en el principal proveedor del alcázar y confidente del emir, sus eunucos y favoritas. Poseedor de innumerables caravanas y de una nutrida flota de galeras, había acompañado a Al Gazal en las misiones diplomáticas a El Cairo, Túnez, Palermo, al país de los francos, Bizancio y Escandinavia. Y desde que Al Gazal abandonara Córdoba, cada tres meses recibía el mitigante lenitivo de su visita, con las novedades de Occidente, y las referencias de los suyos. ¿Podía acaso no sentir por él una fraternal amistad?

Al Gazal animó a su huésped a saborear los manjares y, entre bocado y bocado, iniciaron una animada conversación. El mercader le narró las andanzas de los amigos comunes y los últimos días del emir fallecido. A una indicación del señor de la casa, uno de los fámulos penetró en la estancia con una fuente de cereales cocidos, aderezados con verdolagas, que hizo exclamar al huésped, recordando a la mula que condujo al profeta al paraíso:

—¡Por la gloria de Buraq, hace años que no degusto este manjar de mi juventud!

—Lo celebro, Solimán. Ha sido preparado en recuerdo de las fiestas celebradas juntos en otros tiempos y lugares, y que en más de una ocasión degustamos junto a Abderramán, que el Todopoderoso acoja en su santo seno. ¿Llegaste a verlo antes de morir? —le preguntó.

—Únicamente una vez, Yahía. Sabes que siempre me demostró estima. Seguí su enfermedad y desenlace, como todo el pueblo de Córdoba, con el que mantuvo hasta el final de sus días lo que Samir, el poeta, denominó la Ayyan al Arús, la irrepetible luna de miel entre unos súbditos agradecidos y un soberano piadoso y compasivo. Y, créeme, todos lloraron su muerte. Mi fuente de información, el eunuco Sadum, me aseguró que sus últimos días no fueron plácidos —le informó.

—Hubiera prestado algo de mi vida por velar su agonía —aseguró con pesar.

—Una tarde disfruté de su presencia en los miradores del alcázar y te aseguro que gozaba de gran lucidez. Se interesó por tu estado. Tras su enfermedad, cayó en profundas depresiones y permanecía preso de la camarilla del mal, esas ratas de palacio causantes de tu trágica conspiración y otras afrentas y tramas indeseables.

—A veces a la grandeza le place medirse con la vileza, y prosperan indignidades como esas, pero mis enemigos van cayendo como higos maduros de la higuera. Mas, cuéntame, Solimán, ¿qué te refirió de mí aquel día?

—No fue un encuentro grato, sino espantoso. Aquel príncipe saludable y erudito, tan admirado en Oriente y Occidente, y cuyas debilidades tú conociste entre muy pocos privilegiados, parecía un despojo humano, cómico y temeroso.

—Te escucho con interés. —Escanció en las copas el elixir.

—Pues verás. Desde un año antes de tu destierro —le narró Solimán—, y tras el complot contra su vida y tu infamante juicio, su salud se quebró en una melancolía desconsoladora. Solo recibía en el alcázar a su nieta, la hija del príncipe Muhamad, con la que pasaba largas horas componiendo poemas que luego interpretaba ante los eunucos y favoritas al recuperar ocasionalmente el vigor.

—Un hombre tan vitalista… Es difícil de aceptar, conociéndolo —repuso.

—Unas semanas antes de exhalar su último suspiro —prosiguió—, me encontraba en el alcázar con el chambelán Sadum, cuando el emir requirió a sus cortesanos a un paseo por las terrazas del palacio. «Otra vez Dios Misericordioso ha otorgado la lucidez a nuestro Señor», me comentó el eunuco alborozado. El rumor cundió de boca en boca. Acudimos presurosos hacia la galería de la Puerta de los Jardines y, en aquel soberbio mirador, aguardamos la llegada del emir. Apareció ricamente ataviado y reclinado sobre un lecho de bambú, con la esplendidez de la que él solo era capaz de rodearse. Lo aprecié delgado, y su tez bronceada destacaba por una palidez enfermiza; y la firme nariz aguileña sobresalía entre el turbante escarlata, como si del corvo pico de un neblí se tratara. Se acariciaba la barba entrecana, teñida de alheña, e inclinaba su cabeza con elegancia, pero con dificultad, ante nuestros ceremoniosos saludos.

—Siempre le entusiasmaron las apariciones solemnes, al modo de los sultanes orientales —matizó Al Gazal con tono irónico—. Aunque no era hombre de esperar la muerte plácidamente. ¡Cómo debió sufrir!

—¡Qué macabro encuentro resultó al fin! Me cuesta rememorarlo —prosiguió el navarca, o armador de barcos—. Con lentitud se acercó al alféizar a admirar el paisaje, y le imitamos. Aún me parece evocar la bonanza del panorama. En aquella tarde otoñal, divisamos los oteros y campos, y el río, que parecía un tapiz de azófar extendido sobre la campiña, camino de Sevilla. Las barquichuelas iban y venían por sus aguas con las velas traslúcidas, y de la lejanía llegaba el rumor de las norias, de los molinos y de los pastores en los huertos de Tarub.

—Cuántas veces contemplé con él ese mismo panorama —recordó Yahía.

—Nos pareció que aquel sereno cuadro alivió su aflicción y hasta alegró su corazón. Nos señaló con entusiasmo los lugares donde había competido con sus oficiales en el *sawlachan*, el juego del polo, o cazando algún ánade o jabalí. Abajo, junto al Arrecife, los servidores de palacio repartían limosnas a los pobres de los veintiún arrabales, componiendo un cuadro grato de placidez, compasión y regocijo. Departió con afabilidad con algunos de nosotros, rio con sus hijos, nietos y eunucos y bromeó con el cadí, Ibn Habib, tu valedor y maestro. Al llegar a mí, le besé la mano y me preguntó por mis hermanos y por tu bienestar.

—¿Y qué deseaba conocer de mí, Solimán? ¿Quizá interesarse por mi infortunio, cuando estaba en su mano modificar mi suerte? —se lamentó.

—Escucha. «Amigo Qasim», dijo golpeándome el hombro y con sus ojos delirantes por la fiebre, «sé que ves con frecuencia a Al Gazal, cuya presencia echo de menos. Conozco sus éxitos poéticos y proféticos entre eruditos bagdadíes, y espero que haya recapacitado en su error. No nos alegraron sus últimas conductas y su contumaz inclinación a rodearse de ideas heréticas que enojan a Dios, aunque nunca lo he creído capaz de traicionar a su emir. Muchos hombres justos reclaman su repatriación a Córdoba, de modo que para la próxima Asura, la Fiesta del Ayuno, trataremos del asunto de su regreso. Es una cuestión de conciencia, y queremos a esa sabia "gacela" retozando por entre estos jardines. Transmítele mis bendiciones y dile que se ejercite en las refinadas costumbres de la corte de Bagdad. Antes de que el Clemente nos llame a ambos a su comparecencia, hemos de vernos».

—¡Cómo me atormentan todas estas cosas! —lo interrumpió.

—«Os lo puedo asegurar, mi piadoso señor», le contesté yo, «Al Gazal siempre os fue leal. Os lo demostró con una vida dedicada al Estado y a la propagación del islam, y os lo probará el día que lo reclaméis a vuestra presencia». Y te garantizo que su semblante mostró una conformidad conmovedora. Era como si hubiera intuido de golpe su error y anhelara verte antes de morir.

Al Gazal percibió un escalofrío recorrer su piel.

—Lo creo, Solimán. Tu relato me ha ablandado, cuando creía haber secado la fluencia de mis lágrimas hacía ya tiempo —contestó con los ojos acuosos—. ¿Pero fue necesario tanto dolor para mi familia y para mí?

—Repentinamente —reanudó el relato el mercader—, el emir, agotado, dejó de contemplar la panorámica de las sierras y se fijó en el Yabal al Arus, el monte de la Novia, donde competía en el juego de las seis cañas que tanto le agradaba. Luego se volvió y paseó la vista por la ciudad, que febril vivía las últimas horas del día. Decenas de viandantes y bestias deambulaban por la alcaicería y los zocos de la medina, mientras otros se lavaban en la fuente de la Puerta de Oriente antes de acceder a la aljama.

—Bien me parece estar ahora mismo allí, amigo mío —le confesó Yahía.

—Recuerdo que un sol azafranado amarilleaba las azoteas y las cúpulas de los alminares cuando Abderramán clavó su mirada doliente en el arrabal de Secunda, el que su padre mandó arrasar en el levantamiento de los artesanos y mercaderes. Parecía como si a su mente afloraran los fantasmagóricos espectros de los crucificados, y evocara sin desearlo los gritos de muerte de aquella gente indefensa, los alaridos de los muchachos castrados, los lamentos de las mujeres violadas y el espanto de la destrucción.

—Fue un episodio deplorable que él llevó sobre su conciencia, cuando fue su padre Al Hakán el responsable —intervino Al Gazal—. Yo fui testigo del suceso y reparé en el abatimiento del entonces príncipe Abderramán tras la matanza. Él intentó mitigar el error cometido por el emir, adoptando a varios jóvenes que fueron castrados aquel día, empleándolos como secretarios.

—El caso es que, Yahía, y aquí acaeció lo sorprendente —dijo con semblante apesadumbrado—, ante la estupefacción de todos, el soberano frunció el ceño y cayó en un mutismo insondable con el semblante apenado. Apretó sus puños y clavó sus manos con fuerza en la almena, e inclinando sus rodillas en tierra, suplicó lastimero entre sollozos: «Dios misericordioso, ¡qué fatigosa es la tarea de gobernar un pueblo! Perdona los errores de tu siervo, que solo pretendió cumplir con tus mandatos. *Qurtuba, um al madain*, Córdoba, madre de las ciudades, ten piedad del más humilde de tus hijos». Y lloró con el rostro entre sus manos, en medio de un silencio estremecedor.

—Triste ceremonia para concluir un reinado tan próspero. Lamento que el mal lo turbara hasta tal punto, y siento como mío el pesar de este hombre de vida tan honrosa.

—Aquel crepúsculo, preludio de su fin cercano, jamás podré olvidarlo. De repente comprendí la despiadada soledad en que quedan los hombres ante la muerte. Y ya no tendría otro momento más de lucidez. Cayó luego con sus pulsos debilitados en una profunda postración que lo condujo a la muerte —concluyó el mercader degustando una copa de néctar de dátiles y áloe.

—Este *nabidh* es exquisito, Yahía —dijo para romper la nostalgia.

—¿Y no puede ser que hubieran intentado de nuevo envenenarlo, Solimán? —insistió interesado Al Gazal—. Es práctica acostumbrada en el alcázar.

—No puedo asegurártelo, pero el día antes del óbito corrió una noticia por Córdoba. El emir había recobrado la consciencia, ordenando que lo acicalaran, tiñeran su barba y cabellos y le trasladaran del ropero real, el Al Rachif, el atuendo de las grandes celebraciones, pues deseaba dar otro paseo por los miradores, subido en el sillón regio de

Maylis. Pero todo fue un espejismo. Le sobrevinieron unos repentinos vómitos y, entre delirios y desvanecimientos, se postró en el lecho. Todo lo que antes había sido júbilo en el alcázar se trocó en tristeza, y los eunucos y esposas se turnaron junto al lecho velando la agonía del rey moribundo.

—Que, sin duda alguna, aprovecharían para urdir alguna nueva trama contra la voluntad de su emir moribundo —terció el diplomático.

—Así fue, Al Gazal, y compruebo como aún no has olvidado las insidiosas prácticas de la alcazaba. En las últimas horas jugaron fuerte los partidarios del primogénito Muhamad contra los del hijo de la favorita, el sanguinario príncipe Abdalá. Nadie se atrevía a tomar ni un sorbo de agua ni un bocado de pan proveniente de las cocinas palaciegas. Tras la oración de la puesta de sol se agravó su estado, entrando en una dolorosa agonía. Pidió desesperado una jofaina y vomitó sangre por la boca a chorros. Las náuseas sanguinolentas le repitieron a lo largo de la vigilia, hasta que, por fin exhausto, emitió el último suspiro en brazos del eunuco Sadum, compareciendo ante el Eterno en la vela del miércoles al jueves. Palideció como un lucero, apagado por la mirada inexorable de Alá.

—Cortejó a la muerte durante años, esquivando tramas y conspiraciones, y *Lafiza nafasa-hu*, entregó su alma a Dios por la boca, ¿no? —apuntó el anfitrión, repitiendo un dicho popular muy utilizado por el populacho cordobés.

—Sea ensalzado el nombre de Abderramán eternamente —dijo Solimán.

—¿Pronunció Muhamad la elegía fúnebre? —se interesó Al Gazal.

—Sí. La declamó con profunda afectación ante el

féretro de su padre, el mismo jueves, en el Salón del Olmo del alcázar, cubierto de tapices y crespones. Allí recibió el último homenaje de la familia omeya, de los cortesanos y de la *uma* de Córdoba, en una mañana amparada por un cielo ceniciento que parecía sumarse al luctuoso acontecimiento. Únicamente los sollozos de los castrados, y el monótono fluir de las acequias, rompían el grave momento, cuando el gran chambelán inhumó sus restos entre el reloj floral y los granados de safar, en la Rawda, el panteón de los emires del alcázar, cerca de las tumbas de sus hermanos Mugira y Umaiya. Muhamad situó sobre sus restos una estela mortuoria con el lema que pregonó en su anillo, en las flámulas de guerra y en las estelas del reino.

—«Abderramán se complace con el mandato de Alá» —repuso Al Gazal—. ¿Y los deudos vestían de negro, o de blanco, Solimán?

—De negro riguroso y con turbantes orientales.

—Me causa vergüenza expresarlo. ¡Odioso figurín de corte ese Ziryab! Yo hubiera vestido mi túnica blanca, como siempre hicimos los andalusíes —respondió irritado—. Abderramán II ha sido el primer emir de Córdoba despedido por una cohorte de tenebrosas túnicas negras, cuando Alándalus siempre ha sido claridad y esplendor, y no oscuridad y tinieblas, impuestas por ese músico. ¡Lamentable!

—Tu desprecio hacia esa ralea no ha disminuido ni con el tiempo ni con la distancia. Olvida el pasado, Yahía, ¡tu estrella no se ha eclipsado aún!

Concluida la cena, Al Gazal invitó a su huésped a contemplar la ciudad. Entreabrió los postigos y de las umbrías ascendieron los efluvios de los azahares, que, en la oscuridad, brillaban con la presencia de una luna clara y rotunda. Millares de luminarias delataban la vida en las terrazas, cúpulas y palacetes de la capital de los abasíes, y en la lejanía, las siluetas de los oasis bañados por el Tigris.

—Ahí tienes, Solimán, la ciudad de la paz. Con las travesías de sus ríos confluyendo como mansas lenguas en la gran mezquita. He atravesado el océano para enterrar mi desesperación en esta colosal calabaza surgida de las ruinas de Babilonia, guardesa de los antiguos secretos del firmamento, y para mí la urbe de la desdicha, pues no hay castigo peor que el del destierro, créeme. Malograr la hacienda, perder un amigo o un ser querido no es nada comparable con renunciar por la fuerza a tus raíces. Sientes la carencia de un suelo para morir, condenado a vagar por la eternidad. Por eso tu mensaje ha colmado de certezas a este hombre desalentado.

El navarca estrechó su brazo y añadió:

—Escucha, Yahía, la esperanza nos une hoy. El próximo Ramadán, para la fiesta de la Ruptura del Ayuno, si el Misericordioso no tuerce sus designios, tú y yo oraremos juntos en la aljama de Córdoba, en la noche de las luminarias, y Solimán Qasim nunca se equivoca en sus instintos.

—Que Alá así lo determine, mi buen amigo.

De repente y de una de las estancias contiguas, les llegó una susurrante voz que iba creciendo, acompañada por el tañido del laúd. Ambos prestaron atención a la melodía entonada por Atiqa, que rememoraba las penurias del exilio de su amo: «Todo lo olvidaré menos aquella aurora, y cómo se desgarraban los velos en el tumulto de la despedida. Se alejó el navío, como una caravana que el camellero arrea con su tonada. ¡Y cuántas lágrimas sucumbían en las aguas! Pero el horizonte está despejado y nos muestra su faz serena. Vuela al fin, Al Gazal, a tu Alándalus deseado».

Solimán la buscó con su ansiosa mirada sin hallarla.

—Que el canto de esa *qiyán* sea el augurio de tu regreso, amigo Yahía.

Al Gazal cerró los ojos y se sumió en una insondable cavilación. Luego habló:

—Algunas señales así parecen anunciarlo, pero si el nuevo emir sucumbe bajo el influjo de algún eunuco, como el impío Tarafa, o de mi declarado enemigo Al Layti, jamás firmará el decreto de mi retorno, por muy concluyentes pruebas que presentemos. Siempre defendí la proclamación de Muhamad como emir, aunque, si te soy sincero, aún no comprendo cómo pudieron ungirlo poseyendo todo en contra. Eran inquietantes el poder y la influencia de los partidarios de Abdalá.

—No desconfíes de ese muchacho y gran matemático. Se ha rodeado de visires y cadíes justos. La suerte de Muhamad se decidió aquella vigilia, entre asombrosas intrigas. ¡Y más bien parece una fábula de las que se narran en los zocos! —adujo.

—Presiento que tú la conoces, mi avisado Solimán. Tienes orejas de zorro.

—Así es Yahía. Te lo relataré, viejo bribón —se chanceó, y le sonrió—. Al morir el emir, Sadum, único mayordomo presente, silenció el óbito, y valiéndose de una artimaña audaz, consiguió engañar a toda la corte. Disfrazó de doncella al príncipe Muhamad, simulando ser su propia hija, la nieta predilecta de Abderramán, que se disponía a escuchar poemas de su abuelo. De modo que, sin despertar recelos entre la guardia, lo condujo al Salón Kamil, donde Muhamad se despojó de su femenino disfraz, siendo proclamado sultán por los castrados más influyentes y la guardia palatina de los *jurs*. Con las primeras luces fueron convocados los nobles *quraixies*, los visires y cadíes, y el guardián del sello le entregó el anillo y el báculo de bambú de los omeyas, besando sus manos como nuevo emir. Cuando quisieron reaccionar sus enemigos, que son los tuyos, Tarub, Tarafa y Al Layti, era demasiado tarde. Habrías de haberlos visto. Se mordían las manos, y sus caras se mostraban rojas de ira.

Al Gazal soltó una carcajada y afirmó con una sonrisa sardónica:

—Años enteros conspirando, muertes y sangre, oscuros asesinatos, tramas diabólicas, para al fin ser engañados por un anciano castrado y un muchacho algebrista y piadoso vestido de damisela. Qué caprichoso es el destino.

—Pues se ha ganado con su generosidad y prudencia las adhesiones de toda la *uma*, y de los poderosos, perdonando a cuantos lo combatieron siendo príncipe.

Al Gazal rio, como si le hubiera puesto delante un plato de gusto.

—¡Ese testimonio tiene que ser celebrado como merece, Solimán! Subamos al mirador y gocemos de unos admirables músicos. También degustaremos un sirope que conduce los sentidos a mundos incógnitos. La fórmula de su composición con estambres traídos de la India me la reveló un obispo cristiano de Bizancio. Él la llamaba filtro de Mitrídates, y es la panacea para el desaliento. Después, podrás elegir a tu antojo a la esclava que desees, o uno de los concertistas, que pronto adivinarás son *mujannath*, afeminados profesionales —lo invitó el anfitrión, que le ofreció un aguamanil con agua de rosas.

—¡Vayamos! También te he traído, conociendo tus gustos, un costoso afrodisíaco reservado a reyes. En el mercado de Basora puede valer más de doscientos dinares —sonrió alargando un frasco azulado que contenía agóloco indio y algunas gotas del apreciado áloe de Socotora, infalible en el tálamo.

—Tus regalos siempre me son gratos y oportunos, Solimán. Pasemos y deleitémonos con la noche —repuso, dejando al descubierto su dentadura y los hoyuelos que hacían de su risa un ofuscador atractivo.

—Y bien, Yahía, ¿me ofrecerás después un rincón en tu almunia donde pueda desenrollar mi estera, rezar y conciliar un sueño?

—Eres mi huésped y mi amigo y esta noche dormirás entre mullidos almohadones y caderas de hermosas huríes. —Lo miró con picardía.

La luna se ocultó tras la silueta de unos cipreses, cuando el siciliano y el andalusí penetraron en la habitación donde unos músicos de pelo ensortijado y los ojos sombreados rasgaban sus instrumentos. La luz de un candelero alumbraba la estancia, en la que un pebetero dejaba escapar emanaciones de almizcle. Alfombras y cofres de cedro la decoraban, proporcionando una atmósfera de verdadera distinción.

Cuando los dos hombres se reclinaron sobre los almohadones, tres esclavas, ocultos sus rostros con ligeros velos, les ofrecieron unas copas de sirope. Luego los descalzaron, destapando con sensualidad sus rostros, muslos y grávidos senos, mientras hacían sonar en una lujuriosa danza las ajorcas y se soltaban los cabellos, delicadamente recogidos con lazos de perlas. Las danzarinas, perfumadas con tintura de azafrán y con sus ojos pincelados de cianea, se aromaban los brazos y vientre con esencias de mirra, que arrobaron a los varones. Cuando se acercaron, un aroma penetrante a nardos les llegó diáfano, despertando sus más viriles instintos.

—He recorrido el mundo entero, y en contadas ocasiones contemplé criaturas tan hermosas, viejo zorro —exclamó Solimán enardecido.

Al poco la familiaridad creció, y cediendo al influjo de la canción y al néctar del hipnótico, se entregaron a una sensación de abandono y sus mentes vagaron en la ausencia. Las esclavas los acariciaban, conduciéndolos a un éxtasis tumultuoso. Vibraban sus cuerpos, y los hombres recorrían con avidez los senos turgentes, las caderas y los sedosos sexos de las cortesanas, y el vértigo de la pasión los sacudió. En la estancia, entre el susurro de los besos, entremezclados con gemidos de placer, las jóvenes se ofrecieron a los dos amantes, tan experimentados como apasionados, hasta culminar el más exquisito de los éxtasis.

Luego, Atiqa apareció en la estancia ataviada con velos transparentes, agitando su rebosante cuerpo, y sumándose al gozo que vivían los dos hombres y las esclavas. Al tiempo que la noche avanzaba, Al Gazal, enardecido por la excitación, se entregó a las tersuras de Atiqa, y fundidos en un ardiente abrazo, la poseyó, mientras la *qiyán* gemía, vencida por sus delicadas artes de amar. Gradualmente, una confusión de cuerpos sudorosos se mezclaba entrelazada sobre los divanes. La música había cesado y solo la respiración entrecortada, el susurro del sueño y los suspiros resonaban en la terraza, que se cubría con el fresco légamo del alba.

Las primeras luces, los cantos de los gallos y el olor de los cinamomos ascendieron de los huertos del Tigris, saturando con sus fragancias la tibieza de la mañana. Al Gazal y Solimán, soñolientos, abandonaron la estancia mientras los demás dormían y se entregaron a un baño reparador. Luego se postraron en tierra para orar y tomaron un refrigerio bajo las parras de un patio interior. Pronto comenzaría en Bagdad el trajín de las caravanas camino de Armenia, Qayrawán, la India y el Pérsico, llenando la ciudad de sus vitales latidos cotidianos. Bajo el verdor de los pámpanos y los racimos de uvas, tomaron leche, dátiles y gajos de melón almibarado. Aún soñando con los placeres de la noche, preguntó el astrónomo a un complacido huésped:

—¿Cuándo partes para Córdoba, Solimán?

—En seis o siete semanas. He de gestionar antes un negocio en Basora. Cuando arribe la caravana de Harrán, partiré con ellos —dijo perezoso.

—Para entonces tendré preparada la carta de petición de gracia y el relato manuscrito de mis servicios a la causa omeya, desgranando las maquinaciones y vejaciones que llevaron a la tumba a Abderramán. ¿Los harás llegar al cadí Ibn Habib, mi maestro? Nadie más apropiado para ser el conciliador de mi litigio. Acallaré las voces de los discordantes, y las máscaras de mis atormentadores caerán como la mies madura. Y esos pliegos me guiarán a Córdoba, donde ansío morir —se pronunció.

—Salgan de la verdad, la luz y tu sosiego —contestó y sorbió del cuenco.

—Quien no se honra a sí mismo, no lo honrarán los demás, Solimán. He sobrevivido a poderosos rivales, pero aún deambulan libres de sus iniquidades y calumnias dos comadrejas que no merecen ver el sol de cada mañana, el brutal eunuco Tarafa y un juez cruel y despiadado, Al Layti. Regresaré con un obsequio envenenado para quienes humillaron a tantos inocentes. Es mi justa compensación, y te aseguro que busco la justicia, no la venganza —exhibió clara su intención.

—El alfaquí Al Layti lleva meses postrado, comido por las bubas. A ese fanático, Dios ya le ha dispuesto su castigo. En cambio, al castrado Tarafa, muchos creyentes desean verlo hace tiempo despellejado en el Arrecife. Pero es un camaleón de la simulación y de la hipocresía, y aguanta —le desveló.

Con un gesto enigmático, Al Gazal destapó:

—He de confesarte algo que desconoces, Solimán. Desde tu última visita las cosas han tomado un nuevo sesgo. La última carta de la favorita del emir, Shifa, ha resultado ser la revelación de un antiguo y trascendental enigma. Muerto su esposo, este testimonio probará cuanto sostengo, y rehabilitará mi dignidad. ¡Créeme!

—¿Qué misterio ocultas, que me confundes, Yahía? —preguntó.

Yahía sentía una avalancha de recuerdos que se agolpaban en su garganta.

—Se trata de un concluyente instrumento de disuasión que me rehabilitará. Sus pormenores se relatan en unos pliegos que llevarás en mi nombre al cadí Habib. Es el patrimonio póstumo de un exilado —confesó meditando cuanto decía—. Te adelantaré que el Corán del califa Utmán, el Libro Sabio que ahora reposa en el mihrab de la aljama de Córdoba, contiene oculta en su interior una prueba incuestionable de la conspiración contra Abderramán. Unas sospechosas marcas de sangre testimonian una traición, que yo evidenciaré, así como otros dramáticos crímenes. ¿Te imaginas?

Solimán llegó a tener miedo de sus palabras. ¿Un Corán ultrajado?

—¡Dios clemente! Adivino en ti a un hombre irreconocible y tu corazón rezuma aún la bravura de antaño. Tú, el más indulgente de cuantos hombres conocí.

La repulsión se había hecho cierta en la faz armoniosa de Al Gazal.

—Y no aguardaré a que Dios termine con su castigo

divino. Provocaré el escándalo desde Bagdad, ahora que reina un nuevo emir. Esos pérfidos olerán como yo el hedor acre del desaliento —confesó Al Gazal con gesto duro—. Las leyes harán justicia. Sé que te resistirás a admitirlo cuando lo relate en una resma de pliegos.

—¿Lo vas a escribir todo, Yahía?

—¡Claro! ¿Cómo si no puedo defenderme? —dijo en tono profético.

—Espero que no te equivoques. Lo leerán unas hienas de la ley —anticipó.

Ambos eran perspicaces y sabían cómo operaban las cosas en palacio.

—Cuanto referiré significó el origen de las tempestades provocadas en el alcázar. Destaparé, ahora que puedo, el misterio del Altubán, el Collar del Dragón, vendido por ti a Abderramán, y hoy en poder de la dulce favorita Shifa. Esa diabólica joya encierra un enigma alquímico conocido solo por dos personas. Pero atrajo como la miel a algunos codiciosos. Trasladaste, mi buen Solimán, y sin desearlo, la fatalidad desde el serrallo de Bagdad al alcázar de Córdoba. Pero es llegada la hora de revelar su secreto —repuso en tono turbio—. El orden natural del mundo solo puede ser regido por la justicia. Ya a ella me acojo, Solimán.

La impresión del navarca fue tan firme que enmudeció, desvaneciéndose su sonrisa. Por su mente pasaron borrosas imágenes y mil conjeturas inexplicables. Pero no saldría de aquella mansión sin conocer la verdad encerrada en aquel manuscrito.

Sin embargo, para Yahía ben al Hakán, Al Gazal, la Gacela, comenzaba un tiempo desconocido y definitivo. Su rostro moreno, de perfil perfecto, se colmó de serenidad, evocando en su cerebro un pasado invisible. Luego musitó una súplica, y sus ojos agudos como los de un ne-

41

blí parecían estar penetrando en las grietas de su pasado, que, por una pirueta del destino, iban a significar su liberación.

El mercader pensó de su amigo que, bajo la apariencia mesurada y plácida del diplomático, se ocultaba un carácter irrefrenable, capaz de romper el emirato en mil pedazos. Parecía como si de repente se le hubiera caído una venda de sus ojos.

En el horizonte lucía su estrella, que antes de declinar alumbraría su último viaje a su amada Córdoba. Solimán recordaría mientras viviera la mirada impenetrable del hombre que más estimaba. Era como si se le hubiera caído un velo de la cara y contemplara su verdadera faz por vez primera.

Solimán lo dejó solo con sus pensamientos y salió huyendo hacia la ciudad.

LA CARTA DE AL GAZAL

Bis'mil amir al mumin. *En el nombre del Señor de todos los fieles:*
En su Gracia. Solo Él es el vencedor. En el nombre de Dios, el Clemente, el Misericordioso. A ti, Señor, pido ayuda.

Yo, Yahía ben al Hakán, descendiente de los cuatrocientos yemeníes de Hurr conquistadores de Hispania, conocido por el sobrenombre de Al Gazal, la Gacela, desde Bagdad, donde sufro el más injusto de los destierros, tomo mis útiles de escribanía, el cálamo de caña de Babilonia, unos pliegos de papel, y mi tinta arábiga, abrumado por los pesares e impulsado por un noble enojo, en una causa despreciable en la que no me fue dado defenderme, ocasionándome el descrédito de mi honor. Con el perjurio, arrancaron lo más sagrado para un creyente, la horma,[5] *y atrajeron ha-*

---

[5] *Horma*: para los árabes la *horma* era el sagrado honor y el *nif* el amor propio de la persona.

cia mí la irritación de mi señor Abderramán, a quien Alá tenga en el Dejennet, el paraíso, la mansión de los bienaventurados.

Me urge esclarecer la verdad y recuperar mi reputación, y no me anima otro deseo que expurgar mi memoria y desenmascarar a los impíos que la ultrajaron, convirtiendo mis palabras en argumentos inequívocos de mi defensa. Rastreando las difusas huellas de mi recuerdo, evoco desde estos desiertos el radiante Alándalus y busco en el viento y en los viajeros desconocidos las fragancias, la calidez y las presencias invisibles de mi Córdoba añorada. Soy un neblí que ha extraviado el camino de regreso, y perdido a mis queridos hijos, Masrur, alazán de mi estirpe, Duna, Yadiya y Yamila, las perlas que alegran mi existir. Nuestras inolvidables veladas de verano en la casa de Al Raqaquín y en Sahla se han trocado en un abrumador tedio que parece consumirme sin concluir jamás, si no fuera porque he alcanzado insólitos secretos del conocimiento.

Ahora rememoro las palabras del primer omeya que arribó a Córdoba, cuando yo me hallo en su tierra. «Me encuentro solo sin más ayuda que mi inteligencia y sin más compañero que mi firme voluntad». En estas yermas marismas del Ahwar iraquí he aguardado la muerte, que ya me acechaba procelosa, cuando un resquicio de esperanza ha cruzado mi sino que concluirá, espero, con este áspero suplicio. He callado hasta conocer el tránsito de mi imán y amigo Abderramán, a quien Dios tenga en su Misericordia. «En cualquier lugar que estéis os alcanzará la muerte, aunque os encontréis en inexpugnables torres, pues todo proviene de Alá», dice el Kitab-Corán. Me envolvió con el manto inestimable de su generosidad, respondiéndole yo con la más pródiga de las fidelidades.

Establecimos perdurables lazos de cordialidad que, en mí, permanecieron enhiestos como bandera de combate. Pero a veces los príncipes olvidan que la única virtud que debe engalanar su corona ha de ser la equidad, y no la tiranía. Sin embargo, ¿cómo olvidar aquellas deliciosas noches en el Qars al-Surur, el Palacio de la Diadema, en los espléndidos jardines de Ruzafa, o en las fragantes terrazas del Dimaxq, donde las fragancias de los jacintos y jazmines perfumaban con sus efluvios los poemas más sutiles que jamás escucharon oídos humanos? No le guardo rencor alguno, pues me colmó de favores, condenándome al destierro cuando bien pudo segarme la vida y colgar mi cuerpo de una cruz en la Almusara.

Los celosos doctores de la ley me condenaron públicamente en el púlpito de la mezquita acusándome de Zandaka, el delito contra la seguridad del estado, cuando pretendía armonizar la razón con las enseñanzas del Corán y así agradar al Misericordioso en la búsqueda de lo Sublime. Pero mi ánimo se ha mecido estos años en la calma y la paz, pues hice de esta condena sectaria un desinteresado acto de dignidad, aprendiendo que la desgracia es la medida verdadera de los hombres.

No obstante, padecer las limitaciones de los años y el destierro juntamente es demasiado duro para un hombre que no teme a la muerte, si no la antecediera la decrepitud de los años. Pero prefiero ser frágil mortal que eterno, y aguardo a la muerte como a una aliada inexorable, ya que el tedio de la inmortalidad nos conduciría a los hombres a la locura.

Es pues llegada la hora de alzar la voz y relatar lo acaecido, pues mi situación de privilegio me hizo ser testigo de excepción de gran parte de los recientes anales de Alándalus, ahora que el virtuoso Muhamad detenta los atributos regios del jatán y el jaizuram, el sello y el báculo de bambú de los soberanos de Córdoba. Cabalgó a mi lado cuando combatimos a los normandos en Sevilla, y juntos asistimos a los festines y juegos poéticos en la corte de su padre.

De mi estancia en Irak, nada receléis, hijos míos, pues nada me falta. Sesteo en estos desiertos y recibo la obsequiosa hospitalidad de los creyentes bagdalíes. Paso largas horas con los sabios espiritualistas sufíes, y me adentro en desconocidos y portentosos arcanos de la alquimia y la astronomía, las pasiones de mi vida. Me he negado a visitar Damasco, por deferencia a mi soberano muerto, pues allí fueron ultrajadas las tumbas y aventadas las cenizas de sus antepasados por el usurpador abasí, Al Safah, el Sanguinario. Acudo con asiduidad a los certámenes literarios de la Bait al Hikmah, la Casa de la Sabiduría de Bagdad, donde me reciben con respeto, y más aún tras un incidente acaecido tras la muerte del laureado poeta de Bagdad, Abú Nowas, cantor de los deleites de la vida y protegido del califa Harun al Rashid.

En una de las asambleas líricas, los cortesanos trataron con desdén a los poetas de Córdoba, considerándolos incapaces de alcanzar las cimas del lirismo. Yo no los rebatí, sino que pedí licencia para recitar un supuesto poema de su fallecido rimador. Al concluir, los vítores y aplausos fueron ensordecedores. Mas cuando se hallaban en todo su entusiasmo, levanté la voz y manifesté: «Moderad vuestras aclamaciones, amigos, pues estos versos son de mi composición y fueron escritos para mi señor Abderramán». Lo negaron airados y quisieron expulsarme de la asamblea, hasta que un venerable anciano impuso silencio, confirmando ser cierta mi aseveración. Todos quedaron avergonzados, y desde aquel día me reclaman para declamar versos de los cantores andalusíes, situados desde entonces en la gloria de la inspiración y en las riberas edénicas del Kawtar.

Os envío el cuenco rebosante de mis recuerdos y rememoro mis vínculos con Abderramán, el Servidor del Misericordioso, así como los altos servicios rendidos al trono, recorriendo por la causa del islam desiertos, océanos y continentes. Y así, para disipar las dudas que podáis atesorar en vuestros corazones, y con la ayuda del Todopoderoso, inicié hace meses el relato de aquellos eventos. Me atormentan las dudas, pero siento un irreprimible impulso de esclarecer la verdad, pues el silencio y la ocultación son las más infames falsedades. No obstante, como las palabras nada evidencian, y el viento las convierte en pavesas, en este manuscrito hallaréis pruebas irrefutables de la veracidad de mis manifestaciones, calladas hasta hoy para no apenar a mi emir, y que, aun siendo ciertas, mis enemigos hubieran destruido amparados por su situación de privilegio.

Cada acción de un hombre cristaliza en su tiempo, y si he opuesto la paciencia a la adversidad, es porque he gozado con seguridad de la razón y la evidencia. Mis lágrimas han borrado la pátina de mis evocaciones, y estas han florecido diáfanas como el albor, porque como aseguran los sabios sufíes: «Las palabras escritas por un hombre no son sino el armazón de su espíritu».

Y vosotros os preguntaréis, ¿de qué evidencias ocultadas nos habla nuestro padre, y que bien pudieron acortarle el destierro y restituirlo en la corte? Pues de unos testimonios proporcionados por Shifa, la madre del nuevo emir, quien temerosa de que el violento príncipe Abdalá accediera al trono y las destruyera condenándome al olvido, las ha mostrado a la luz aprovechando la ocasión propicia. Esta sorprendente revelación ha alentado mi esperanza de regresar. El Misericordioso bendiga a la favorita Shifa, la más dulce hembra del alcázar.

El hilo conductor de la historia os llevará a un dédalo de descripciones inusitadas, donde descubriréis la versátil personalidad de quienes bulleron en torno al Sarir, el trono de Abderramán. Dejaremos manifestarse a los emperadores, eunucos, alfaquíes, favoritas, esclavos y altos personajes de las cortes que recorrí, con sus luces, sombras, pasiones y debilidades. Para ello os brindo el eco de la palabra y la frágil nao de mi memoria, donde solo he pretendido restituir la equidad y pulir mi maltrecha dignidad. Finalmente os hago el ruego acostumbrado, no olvidéis la práctica de enviar limosnas al hospital de los leprosos de Al Marda, y a los pobres de la corá de mis antepasados Qudaä en Yayyán, piadosas costumbres de mis padres que debemos mantener.

Tenedme presente en vuestras preces de la oración del viernes. Confiando en las alentadoras palabras de Solimán Qasim y quizá para la próxima primavera, Dios me conceda la gracia de regresar a Córdoba, como una prórroga inmerecida a mi existencia. No obstante, si acaeciera lo inevitable y acabara mis días en estas arenas de Mesopotamia, es mi deseo que mis

restos descansen en el cementerio de Um Salama, jun-
to al apacible Wadi al Quivir, cerca de las tumbas de
mis antepasados. Y con vuestro recuerdo en mi boca,
y la salmuera de mis llantos en las mejillas, recibid el
abrazo de un apátrida errante, extraviado por el ren-
cor. Mas, recobraré la patria malograda, con la ayu-
da del Omnipresente Alá.

Abandonado a mi destino, alabo a Dios, dueño
del universo, el Clemente, el Misericordioso, el Oculto,
Absoluto Soberano en el día de la Retribución, donde
nos otorgará mansión eterna a todos, a los unos en el
paraíso, y a los otros en las tinieblas.

En Bagdad, en el mes de yumada. *Año 236 de*
la hégira del profeta (852 d. C.).

Alá, el Muy Amante, favorezca a su siervo y pro-
teja vuestras vidas.

PARTE PRIMERA
Alándalus, Córdoba, 839 d. C.

*He pisado una tierra, el paraíso de Occidente,
donde los guijarros son perlas, el suelo, almizcle, y los
jardines, majestades.*

CAPÍTULO I

MASRUR, EL ESCLAVO

En aquella mañana se respiraba un aire enrarecido en el alcázar.

Parecía como si inquietantes alteraciones perturbaran la vida ordenada del palacio de los emires omeyas. No obstante, un sol limpio se abría paso entre la blandura de las tinieblas, ofreciendo a los madrugadores la belleza de sus fuentes, jardines y palacetes. Los primeros rayos acariciaban los muros rojizos que envolvían en inexpugnable abrazo la aún dormida alcazaba.

Casi en la penumbra, varios sirvientes, como cada día, abrían las cinco puertas de marfil, oro y bronce, haciendo crujir los chirriantes goznes. Uno de ellos, cuando apartaba las dos jambas de la Puerta de Ab Suda, entonó una plegaria, siguiendo la rutinaria costumbre: «Alá Todopoderoso abra esta puerta para remediar ofensas, auxiliar a los oprimidos y otorgar veredictos imparciales según su ley». Y la pesada entrada que representaba un coloso con la boca abierta, botín de guerra expoliado en Narbona, brilló bajo los mosaicos del gran mirador, abriéndose la residencia real y su magnificencia a los arrieros, carreteros y viandantes que cruzaban el Arrecife y el puente sobre el Wadi al Quivir.

Siguieron con su tarea alumbrados por fanales de hierro, cumplimentando igual ritual en las Puertas del Río y de Coria, y pasando de largo ante la Puerta de la Mezquita, cerrada hasta el viernes, día en que el emir la traspasaba para dirigir la oración de la *jutba* en la aljama.

Arrastrando por los pasillos silenciosos las sandalias de corcho, desembocaron en el frondoso vergel custodiado por la Bad al Chalán, la Puerta de los Jardines. Pasaron ante las jaulas de los animales exóticos, aún mudos, y de los pájaros mecánicos, y con la fuerza de varios mayordomos pudieron correr los cerrojos, abriéndola de par en par. El más anciano, cumpliendo con el ritual, inclinó la cabeza ante el oratorio situado frente a la entrada, en la plazuela de Al Hasa, uno de los lugares donde los cadíes administraban la justicia diariamente en Córdoba, en ese momento desierta.

Abiertos los cuatro portones, y ocupados por la guardia del emir, poco a poco el recinto palatino comenzó a recobrar el pulso de la vida cotidiana. Los hornos y fogones emprendieron su actividad, los humos aparecieron en las chimeneas, y los primeros sirvientes surgieron de sus cubículos como un diligente ejército en dirección a las caballerizas, a las habitaciones privadas, huertos, almacenes, sótanos del tesoro, escribanías y demás dependencias para dar lustre hasta el último rincón antes de que el gran chambelán y los mayordomos pasaran revista. Los porteros, cumplida su misión, se dirigieron entre chanzas a las cocinas, buscando un tazón de leche de cabra y una escudilla de gachas de avena que los reconfortaran.

De repente, uno de ellos detuvo su marcha y sujetó a

los demás, mientras señalaba sobresaltado un bulto inmóvil tendido sobre los peldaños de la escalera del cuarto de las aguas.

—¡Mirad ahí, en los escalones! —gritó, haciendo sonar el manojo de llaves.

Las sorprendidas miradas se clavaron en el lugar indicado. Se acercaron y con cautela husmearon en aquella masa informe, descubriendo el cuerpo sin vida de un eunuco. Las finas vestiduras, el rostro barbilampiño, el cráneo afeitado y la tez flácida así lo delataban. Lo zarandearon y no advirtieron signos de sangre o torturas en el cadáver, aunque si parecía tener el cuello partido. Les conmovió el horrorizado rictus de sus ojos abiertos y la postura de una de sus manos, como una garra aterradora a la que hubieran despojado de algo preciado antes de expirar.

—Está muerto, no cabe duda —masculló uno—, y llevo el tiempo suficiente en este alcázar para saber que no debemos denunciarlo al zalmedina, sino al *kabir fatá* Naser, o a alguno de los eunucos. Este es uno de ellos, y la muerte seguro que es debida a sus secretos embrollos. No os mováis de aquí, ni digáis nada a los jardineros. Intentaré acceder a las habitaciones de la Azuza, e informaré del asunto al aposentador.

—Podíamos desaparecer de aquí y no complicarnos en este turbio asunto. ¿No os parece? —habló un joven picado de viruelas.

—Cuánto has de aprender aún, Amir. Todas las madrugadas recorremos idéntica ruta y alguien contaba con eso. Si nos alejamos, quizá tengamos que contestar a alguna delicada pregunta, pero delante del cadí. ¿Entiendes, estúpido?

Como contrapunto a la patética escena, del oasis contiguo llegaban los gorjeos de los pájaros, mientras una luz diáfana esparcía las tinieblas, iluminando el rostro tumefacto del castrado.

La puerta del Salón de los Visires se abrió con brusquedad y algunos esclavos palidecieron. Su sola presencia bastaba para desatar el temor en el alcázar, inspirando el miedo en sus gargantas. El gran chambelán y jalifa, el todopoderoso Naser, había comparecido como cada mañana traspasando soberbio puertas y pasillos, y dominando a todos con su poderosa mirada. Su devoto secretario, el también castrado Tarafa, oficial del guardarropa real, lo recibió con una servil reverencia, susurrándole al oído la muerte del eunuco Laqit, de la que pareció no sorprenderse.

—¿Y el cadáver? —preguntó sin mover un solo músculo de la cara.

—Lo trasladé sin ser visto al lugar acordado, y una vez descubierto, he tomado las oportunas diligencias con la mayor discreción. Al difunto se le ha conducido al cementerio de Um Salama, donde el alfaquí Al Así pronunciará la oración fúnebre. Quitándolo de en medio no daremos pie a habladurías. La versión de la caída, resbalándose por las escaleras, ha convencido a los entrometidos.

—No habiendo sangre es creíble, y alguien pensará que perseguía a algún mancebo de ojos alegres en la oscuridad de la noche. No obstante, en el harén, haremos correr una versión que comprometa a antiguas favoritas. Aún poseemos enemigos en el alcázar, y a nuestro emir no le agradan los desafueros en su casa, y a mí no me gusta dejar cabos sueltos, ya lo sabes, Tarafa.

Avanzó con ademanes avasalladores por los corredores bajo un quitasol de seda, golpeando las baldosas con las *mawqs*, las botas de cuero bordadas de plata, arropado por una guardia de occitanos oriundos del Languedoc y Gascuña que lo seguían intimidadores con sus uniformes negros, largos alfanjes y capas púrpuras, enarbolando el gallardete blanco de los omeyas. El pueblo los conocía como los *jurs*, los mudos, por no expresarse en ninguna de las lenguas de Hispania, árabe, latín o algarabía, y los aborrecía por su inhumana crueldad.

El gran eunuco, el *kabir fatá* Naser, rondaba los treinta años y destacaba sobre el grupo por una corpulenta humanidad. En un rostro anguloso desprovisto de vello, sobresalían unas mejillas macilentas, una nariz ganchuda y unos ojos escrutadores y fríos como el metal que se movían astutos bajo unas cejas enmarañadas. La boca, hundida en un mentón plano, en rictus perenne de desprecio, denotaba impiedad. Cubría su cráneo rapado con un turbante grana, y los hombros con una capa damasquinada de pedrerías de incalculable valor.

Pero era su voz atiplada, casi femenina, dando órdenes mientras atravesaba el Salón de los Visires, su rasgo personal más característico. En la mano derecha movía una intimidadora fusta con empuñadura de marfil, que llevaba junto a una daga toledana ajustada en el fajín. El poder del castrado era omnímodo, y representaba la voz incuestionable del emir Abderramán, manejando a su antojo tanto los asuntos del recinto palatino como la mayoría de los intereses del Estado. ¿Quién podría atreverse contra su voluntad?

Una legión de servidores, entre funcionarios, esclavos y mercenarios, le debían obediencia ciega, y algunos visires y altos cargos, como el secretario de la Kitaba, la cancillería de la correspondencia oficial, y el ilustre tesorero del emir, el *jazín al mal*, designados por él, le correspondían con la más sumisa de las fidelidades. Nadie ignoraba que los más de dos quintales de oro anuales procedentes de los impuestos de las minas, la cábala, el *jarach* o la *nazila* pasaban por su estricto control, así como la hacienda del emir y la emisión de la moneda, que él mismo fiscalizaba personalmente con una muy frecuente propensión hacia su beneficio personal.

Inmensamente rico, Naser, al igual que Tarafa, pertenecían al grupo de niños castrados tras la revuelta del Arrabal por orden del anterior emir, Al Hakán. Hijo de un noble cristiano, el honorable Samuel de Carmona, había sido islamizado e incorporado al servicio personal del joven príncipe Abderramán, que lo acogió como ahijado bajo su regia protección. Su talento, brillante formación y desmedida ambición lo habían encumbrado en la actual situación de preeminencia, y junto al juez Al Layti, mulá supremo de la fe, el músico Ziryab, el también eunuco Tarafa y la favorita Tarub, tiranizaba la voluntad del emir con insidioso egoísmo, influyendo en contra a veces del poderoso Consejo de Visires.

El sabio pueblo de Córdoba, al que nada de la corte se le escapaba, jamás perdonó que su imán, hombre refinado, compasivo y capaz, fuera preso de tan codiciosos personajes, y los bautizó con el certero apelativo de la Silsilat al Sú, la camarilla del mal. Insultos en la calle aprovechando los entierros y convocatorias multitudinarias, y versos satíricos deslizados bajo sus puertas y manteles los denunciaban de continuo, ante la incomprensible tolerancia del soberano, insensible a las murmuraciones de sus súbditos.

Naser, insaciable acumulador de riquezas, poseía una suntuosa almunia campestre en la orilla opuesta del río, los Molinos de Alheña, un edén coránico entre cipreses, olivos, brumosas norias y huertos ubérrimos, próxima a la concurrida taberna de Al Rukayn, conocido rinconcillo de altozanos verdes, alfaguaras y reservados, y cita obligada de los bebedores, libertinos y gente distinguida de la corte, buscadores del placer y de las seductoras *jarachiyats*, las putas refinadas de Bujará y Lahore, y los sofisticados *hawi*, bellos efebos comprados en los más distinguidos lupanares de Bagdad, El Cairo y Samarcanda.

Antes de acceder a los pabellones de poniente, sede del serrallo, Naser esbozó una señal enérgica, deteniéndose los guardias a una distancia prudencial de la entrada, cerrada y custodiada por cuatro eunucos, que besaron la mano del gran *fatá*. Abrieron la puerta, tallada con arabescos florales de oro y plata, y Naser y Tarafa se colaron en la estancia de las favoritas del soberano, ausente desde hacía unas semanas en la marca del norte, en una razia en el escabroso país de los *vaskunish*, los vascos.

—¿Entonces se hizo todo conforme te ordené? —se interesó.

—Salió a la perfección, Naser. La escalera estaba desierta y apenas sufrió cuando le quebré la garganta —le informó susurrando—. El collar lo está examinando el orfebre Aliatar, y ten por seguro que, si contiene algún mensaje o inscripción en sus engarces, lo encontrará. Sus manos son únicas.

—Más le vale. Luego de desentrañado el secreto que nos ocupa, se devolverá a la *sayida* Shifa. No quiero revuelos en el harén, ahora que el emir está de regreso.

—Obraré con prudencia, pues me pareció percibir esta mañana un silencio acusador entre algunos de nuestros colegas y en alguna concubina.

Al penetrar en el harén, una fragancia a algalia, sándalo, ámbar y agáloco, las emanaciones vaporosas de las esencias de baño y los sahumerios de mirra, le llegó a su olfato a través de las celosías. Una atmósfera de translúcida languidez saturaba el gineceo, que contaba con un jardín interior jalonado de naranjos, rosaledas y fuentecillas, cuyo eco llegaba a las dependencias de las favoritas y a los cubículos de las peinadoras y masajistas castrados. Un artesonado de estrellas concéntricas, símbolo de los siete cielos coránicos, coronaba la bóveda que cubría el serrallo. Las paredes aparecían decoradas con cenefas florales, en una lujuriante sucesión de ornatos polícromos. Muebles repujados, zócalos bizantinos, lámparas y pebeteros de oro, frisos ajedrezados de ónice, mesitas de cedro, alfices de florecillas, pilastras de alabastro y colgaduras de satén engalanaban las estancias de las favoritas.

Las cámaras se comunicaban con un salón donde se alzaba una pila circular de baños. Más de una decena de concubinas sumergían sus cuerpos voluptuosos, recibiendo de los ventanales el fulgor de la mañana. Cuanto podía imaginarse palidecía ante aquel sugestivo cuadro de sensualidad, donde la sublimidad convertía aquellas carnales figuras en visiones alucinantes. Por otra parte, aquel ofuscador microcosmos no era solo el vórtice de las más sensuales lujurias, sino de la sangre y la insidia, donde las envidias y los crímenes se sucedían con sorda frialdad, con el único objeto de subyugar a Abderramán, el alquimista soñador, carnal y cultivado, afable con sus elegidas y amante de los placeres del tálamo.

Conforme Naser inspeccionaba el harén, advirtió la inquietud en las miradas de los eunucos más antiguos, con sus caras rechonchas y benévolas escudriñándolo con desprecio, mientras cuchicheaban entre ellos sobre el aciago accidente. Tan suculento suceso había oscurecido los

cotidianos cotilleos del serrallo, tan inclinado a regodearse con los infortunios de algún miembro del harén, y más
aún si este pertenecía a una facción rival. Naser se detuvo
por un momento y dijo imperturbable a su compañero:

—¿Se ha levantado ya de su lecho Tarub?

—Lo hizo cuando le informaron de la muerte de
Laqit.

—Suayh, comunícale que la aguardo en el Salón Perfecto —ordenó a un eunuco corpulento, responsable del
harén—. Guarda la puerta y que nadie nos importune.
Vamos, Tarafa, sígueme.

Con paso arrogante, penetraron en el pabellón contiguo, el Salón Kamil, o Perfecto. Pasado un tiempo se abrió
la puerta, apareciendo en el umbral con dominadora altivez la silueta de la *um walad*, la gran señora, Tarub, la esposa predilecta del emir. Elegantemente ataviada y con unos
ademanes autoritarios, se acercó moviendo hasta la vibra-
ción sus caderas, sus senos grávidos y su talle felino. Su
cuerpo emanaba un aroma intenso a aceite de nenúfar y
sus párpados resplandecían sombreados con una pátina de
estibio y almizcle que los hacía fascinadores. Sus pies descalzos dejaban entrever unos preciosos adornos dibujados
con alheña y unos aretes que ocultaban sus tobillos. Aquella mujer, como una aparición, emanaba una ambición estremecedora.

Con un gesto refinado, descubrió su rostro cobrizo alzando un velo ceñido al cabello con aljófar. Sus turbadores ojos verdes, como dos esmeraldas incendiadas,
taladraron a los eunucos, exigiendo de inmediato una ex-
posición de lo ocurrido. Abrió su boca perfecta, maquilla-
da de carmín.

—¿Qué has de decirme, Naser? —Dejó entrever el
nácar de sus dientes.

61

—Ya conoces cómo el estúpido Laqit, el custodio de la joya, ha muerto, digamos que ayudado por Tarafa, que le ha roto el espinazo en la escalera de las aguas. Parte del plan se ha ejecutado conforme habíamos planeado. Tendremos por un tiempo la alhaja, nos desembarazaremos pronto de un esclavo imprudente, y desacreditaremos a las otras esposas rivales. Todo de una vez, mi señora.

—¿Parte del plan? ¿Acaso algo ha salido mal? —inquirió arqueando las cejas y levantando las aletas de su nariz rectilínea.

—El Collar del Dragón, tan apetecido por ti, ha de retornar de nuevo a Shifa, su legítima dueña. Y aunque lo transformaras o destruyeras, representaría ahora un peligro, pues todos los indicios te acusarían y nuestro emir se enfurecería, perdiendo su favor. No lo olvides, Shifa también es una *um walad*, amamantó a su primogénito Muhamad y permaneció durante años en el lugar que tú ocupas hoy. No debemos precipitarnos, Tarub. Esa mujer aún tiene mucho poder en el corazón de nuestro señor. Ya lo poseerás más adelante, cuando tu hijo reine en Córdoba.

—¿Y entonces qué hemos conseguido con esta muerte?

—Eliminamos a un servidor peligroso, e introducimos la suficiente desconfianza entre tus dos rivales más encarnizadas del harén, Shifa y Qalám. ¿Te parece insuficiente? Laqit era el masajista de ambas, conocía secretos y comenzaba a ser atrevido. Lo convencimos para ocultar el estuche del collar de su señora Shifa en un lugar seguro, con la excusa de que Qalám había planeado robarlo anoche para hacerlo desaparecer. Luego lo devolvería a la mañana siguiente, atrayéndose el afecto de Shifa. Accedió consintiendo a las sugerencias de Suayh e incluso el pobre idiota agradeció la información.

—¿Y crees que Qalám admitirá la acusación sin revolverse como una fiera? Muchos en el harén aún la respetan.

—Ya he hecho circular la voz por parte de nuestros fieles de que la señora Qalám, celosa por el fabuloso regalo que hizo nuestro señor a Shifa, siempre quiso gozar de la fabulosa joya y ordenó a Laqit robarla para ella, encontrando la muerte.

—O sea, sembrar la cizaña entre ellas, ¿no? Me agrada —repuso oscilando las pestañas—. Y vosotros, supongo, habéis aprovechado con su temporal desaparición para examinar la joya, ¿no? ¿Aún aseguráis que el Dragón oculta un secreto alquímico asombroso? Estáis locos.

—Eso afirman el sabio doctor Al Layti y el músico Ziryab. Lo precede una sangrienta leyenda por su posesión, atestiguando que encubre en sus engastes, o en las gemas, un secreto alquímico de valor inapreciable conocido por muy pocos alquimistas de Bagdad y de Oriente. Aliatar lo está desentrañando, y muy pronto puede depararnos una sorpresa. Te informaremos, señora.

—Siempre fui escéptica ante tales fábulas, Naser, ya lo sabes. Mi única apetencia es ver a mi hijo Abdalá en el trono de los omeyas y no me detendré hasta conseguirlo. ¿Qué es una joya fabulosa comparada con un hijo emir de Córdoba?

—Esto es un escalón más en ese trayecto. Dentro de unas horas el estuche que contenía el Altubán aparecerá entre las pertenencias de un esclavo, hasta hace muy poco paje de ambas, quien, bien manejado, declarará su participación en el robo junto a su protector Laqit. Y si no, ¿cómo explicará que un simple esclavo posea tan rica joya? La desavenencia reinará muy pronto entre las dos mujeres y tú reinarás indiscutible en el harén para influir en la proclamación del sucesor, tu hijo Abdalá.

—¿Y quién es la desafortunada presa que sufrirá tal fatalidad?

—Masrur, el Alegre —reveló el valido sonriendo con sarcasmo e impiedad.

—Infeliz muchacho. Lo recuerdo vagamente cuando servía en el pabellón de las concubinas. ¿No es acaso uno de los jóvenes matemáticos trasladados no ha mucho a las dependencias del tesoro? —curioseó.

—Así es, Tarub, y según informes de Tarafa, nuestro pobre Masrur no solo se contentaba con transcribir números en la Kitaba, la hacienda del emir tu esposo, sino que había osado dirigirse al secretario delatando irregularidades en las recaudaciones de los amiles, los inspectores de provincias. Aun siendo un esclavo valioso, ordené su separación inmediata de aquella servidumbre y desde hace un mes se ocupa de la comida de los peces del estanque. La ocasión es propicia para alejarlo de aquí para siempre. Muchos triunfos en una sola jugada, mi señora.

—Te comportas como el mismo diablo, Naser —terció la favorita.

—No me compares con Satán, Tarub, pues como nos revela el Corán comparecería en el juicio final ciego y encadenado y así permanecería por toda la eternidad, y mis cómplices, no lo olvides, entregados con él al fuego inacabable —respondió, poniendo al descubierto sus grotescos dientes.

—Nada es comparable con los desdenes de las concubinas veteranas, que me restriegan por la cara que, por mucho que caliente la cama y domine el juicio de Abderramán, mi hijo, el príncipe Abdalá, jamás heredará el trono, donde se sentará el hijo de la arpía de Shifa, ese afeminado e insignificante Muhamad. Te recompensaré como mereces. Pero algún día, y creo que pronto, Naser, ese collar lucirá en mi cuello. No en vano soy la favorita más distinguida del emir.

—Lo tendrás —adujo Naser—. Y con respecto a tu hijo, no es difícil mudar el designio de la elección del heredero, aún no decidido en la mente de su padre. Todo es cuestión de tiempo y de que las circunstancias se sucedan conforme pretendemos. Déjamelo en mis manos. Esas eventualidades se pueden manejar de forma conveniente, incluso con métodos más determinantes —ironizó el eunuco.

Aquella frase enigmática y la dura expresión de su mirada bastó a la favorita para dar por concluida la reunión. Con paso erguido se dirigió hacia la puerta oscilando el cuerpo y dejando en el salón el torbellino de su perfume inconfundible. Dio unos golpes suaves y Suayh corrió la llave mientras sonreía a la mujer.

—¡Suayh, ve a buscar al esclavo! —gritó conminatorio a su esbirro.

Y a la orden del chambelán Naser, siguió un cerrado silencio.

Al poco se escucharon en la galería unos pasos acelerados y la puerta del Salón Perfecto se entreabrió para dejar paso a un gigantesco *jur*, que empujaba a un mozalbete de frágiles miembros, arrojándolo sin compasión ante el diván de los eunucos, que lo contemplaban con ojos torvos y gesto inmisericorde. El joven portaba un saco de cuero y, atemorizado, miraba a uno y otro lado sin comprender la causa por la que comparecía ante los *fatá*. Un sudor frío y un progresivo temblor de piernas le sobrevinieron paralizándolo.

Masrur conocía lo suficiente al favorito del emir y a

su sicario, y la inquietud se adueñó de su corazón. Cuando servía de mancebo en el harén, recién llegado de las lejanas tierras de la marca de Misnia, había soportado los sobos y los lascivos acosos de Tarafa y otros eunucos sin emitir una sola queja, en las fiestas nocturnas de la Ruzafa o del Ars al Zuhur, el Palacio de las Flores. De golpe le sobrevinieron todas las amarguras del pasado que hasta en los sueños le surgían con horror. A los siete años había sido vendido por sus padres, acuciados por el hambre, a unos judíos narbonenses que todos los inviernos acudían a las orillas del Elba y a las míseras chozas de los contornos de Magdeburgo en busca de tan miserable mercancía.

Aquella dura separación y la imagen del yermo paisaje, de sus hermanos harapientos y comidos por los piojos despidiéndolo con los ojos espantados, le perseguían como una maldición. Permaneció luego unos años con sus dueños en Verdún, donde fue educado para futuras labores, sufriendo privaciones sin límite. El rizado cabello claro, la dentadura completa, la tez saludable, sin signos evidentes de enfermedades, y los miembros estilizados hicieron que sus amos lo vendieran a los clientes más generosos de Occidente a la hora de pagar los cuerpos sin mácula, los refinados musulmanes de Alándalus.

La llegada a Córdoba fue para él un bálsamo, recibiendo el afecto espontáneo de las favoritas del emir, que mitigaron la congoja de su ánimo. Aquella urbe ostentosa de vientos cálidos y cielos azules, vergeles de frutos deliciosos y exuberante abundancia, suavizaron su dolor hasta el punto de olvidar su desventura. Algunos de sus compañeros fueron castrados y convertidos en eunucos, y él, por su extrema delgadez y rostro algo grotesco, asignado como *saqaliba*, esclavo o paje, al servicio personal de las esposas del soberano.

Trocó sus raídas vestiduras y hambrunas por calzones y corpiños de seda, gorros verdes y manjares suculentos. Renegó de su fe cristiana, aprendida de su madre en las largas noches junto a la caldera de nabos y coles, y abrazó el islam de sus compasivos propietarios, que creían como él en un cielo salvador y en un infierno eterno, admitiendo en su libro sagrado a Jesucristo y a María, y al mismo Dios todopoderoso de sus padres. Le fue cambiado su nombre de pila, Teobald, por el árabe de Masrur, el Alegre, pues su nariz respingona, mejillas encarnadas y la boca en permanente gesto de guiño le conferían un aspecto burlón.

Recordó como un soplo fresco el coro de niños conducidos ante el cadí de la mezquita, un anciano amistoso que les regaló a cada uno una cuartilla doblada con versículos del Corán. Allí, cobijado bajo el cielo polícromo de las columnas y arcos granas, pronunció la profesión de fe ante varios testigos emasculados, uno de ellos Laqit, su protector a partir de aquel día feliz. Aún conservaba entre sus pertenencias, como único asidero firme de su existencia, el papel amarillento donde aparecía su nombre, y se sintió reconfortado:

Masrur, de la casa del emir Abderramán ben al Hakán, abandona la religión cristiana y se adhiere a la comunidad de los creyentes. Atestigua que no hay más Dios que Alá, que Mahoma es su siervo y que Jesús, hijo de María, es su enviado. Se ha purificado y acepta los mandatos del islam y se regocija por entrar en él, dando gracias a Dios que lo inspiró y lo encaminó. Se ha convertido de buen grado sin esperar recompensa alguna.

Abderramán, inclinado al cultivo de las ciencias, la alquimia, la poesía y la música, ordenó que los esclavos del alcázar más capaces fueran instruidos junto a los príncipes para luego servirlos como secretarios. Para él fue la salvación. Dejó de embadurnarse de polvos, perfumes y afeites para servir a los distinguidos comensales del palacio, que enardecidos por los efluvios del vino terminaban siempre por utilizarlos para saciar sus apetencias lujuriosas, consumadas luego con las esclavas, o los *hawi*. Laqit, el eunuco, y Shifa, la favorita, como padres bienhechores, lo tutelaron con su favor desde el primer día que puso el pie en el harén. El eunuco, para reconfortarlo, conversaba con él y le ofrecía regalos, pregonando a todos los servidores del alcázar que estaba bajo su amparo.

Masrur simultaneó los deberes del serrallo con la asistencia a la Academia de la aljama, donde aprendió el árabe y la *al garabiya*, el dialecto común de Alándalus, y pronto memorizó las suras del Corán, iniciándose en los estudios de la *sharía*, la ciencia de la religión y de la Ilm al Adad, la ciencia de los números, donde fue un aventajado alumno. Bajo el tibio tornasol de la zulla, en el Patio de los Naranjos, rodeado de umbrías y estanques, aprendió los rudimentos de la obra de Euclides, los trazos de la geometría, los hechos antiguos de los hombres y el saber de Aristóteles, Dioscórides y Ptolomeo, con la profunda erudición de sus maestros islamitas.

Al convertirse en hombre, hubo de dejar el harén protector y trasladarse a los sótanos de la secretaría de Hacienda, donde profundizó en el conocimiento de la aritmética y el álgebra, trabajando día y noche bajo la luz de las velas y los candiles de sebo, en las listas de los impuestos que llegaban a Córdoba como un río de oro. Pero en su corta existencia aún no había alcanzado el cénit del infortunio. Llevado por su inexperiencia, y creyendo hacer un leal servicio a su jefe, un mozárabe en permanente estado de convulsión, le comunicó ciertas anomalías advertidas en los *jarach*, los tributos recaudados a los nobles visigodos en Granada y Welba.

Ante su sorpresa, el secretario le premió con un tremendo revés en la cara, haciéndole perder el equilibrio y esparciendo en su caída los ábacos, tinteros y cálamos de la escribanía. En presencia de los calígrafos, destrozó el pliego de las anotaciones, acusándolo de descuadrar con su ignorancia las operaciones, que con tanto sacrificio habían calculado sus compañeros. Lo echó a patadas de la cancillería y de golpe Masrur comprendió el tremendo error, y más aún cuando acudió a referírselo a su bienhechor, el eunuco Laqit. Este descompuso su semblante y le pidió con lágrimas en los ojos que jamás refiriera a nadie lo descubierto en aquellos rollos.

Nunca lo había tocado y aquella tarde pasó su mano gordezuela por su rostro con un gesto paternal de compasión y ternura, que penetró como una suave medicina en su alma. En aquel instante intuyó que ya nunca llegaría a ocupar un lugar de privilegio en el alcázar, como otros tantos esclavos cultivados ascendidos con el tiempo a cargos relevantes del Estado, bien como jefe de los *barid* o correos, *bayazira* mayor, cuidador de los halcones reales, supremo orfebre o secretario privado del emir, o de algún visir, para luego recobrar la libertad. Sería un despreciable esclavo hasta el fin de sus días. La predicción de su maestro, el alfaquí Kufat, el primer día en que acudió a la Academia, jamás se cumpliría:

Aun cuando el saber no tuviera otro objetivo que hacer que el inculto os respete y que el sabio os aprecie, sería motivo suficiente para ir en pos de él. Pero en vosotros, mis pajarillos del alcázar, el conocimiento os servirá para conseguir lo que ha de ser vuestro único anhelo: la libertad. Abrid la jaula de oro con la llave de la sabiduría y seréis apreciados por el mundo.

Emergió de su sueño a la cruda realidad, y las ilusiones le parecieron quebrarse en un violento zarandeo del destino. Cualquier comparecencia ante Naser, llevado además a la fuerza por sus secuaces, y expuesto a un interrogatorio, acababa con cualquier esperanza de lograr la manumisión, e incluso con la simple aspiración de seguir con vida. En tensión, esperó bajando su mirada.

—Tú eres Masrur, el esclavo expulsado de la Kitaba. ¿No es así? ¡Contesta! —gritó Naser, en tono reprobador y violento.

—Así es, gran *fatá* —declaró atemorizado y casi imposibilitado para mover la boca—. Siempre traté de servir al emir con lo mejor de mis conocimientos.

—Querrás decir con tus errores. Has pagado con tu ineptitud la educación y el sustento recibido de tu señor natural, colmando de irritación al jefe del tesoro. Pero no te he hecho requerir para eso, por lo que ya has recibido cuanto merecías. Te lo voy a preguntar una sola vez y contesta si en algo valoras tu despreciable pellejo. Ayer al atardecer te vieron conversar con Laqit, junto al estanque de mercurio. ¿De qué hablaste con él? ¿Te refirió algún asunto referente a las favoritas del emir?

El muchacho esbozó un gesto de extrañeza por el requerimiento, mientras se sumía en un confuso mar de desconcierto, incapaz de reflexionar.

—Nada me habló de cuanto me consultas, noble Naser —balbució—. Tan solo me comentó el interés de las señoras Qalám y Shifa en buscarme un puesto en la biblioteca personal de nuestro señor. Son muchos los manuscritos, y necesita bibliotecarios y escribanos.

—¡Y conseguirías con tus extravíos, *saqaliba* soberbio, causar el más absoluto caos entre sus tratados! ¿Y no te confió ningún objeto, o te disuadió de que hablaras de un turbio asunto? —preguntó ante el estupor del muchacho.

—No, no me entregó nada, *kabir fatá*, te lo aseguro. Conversamos de temas triviales —aseguró con ingenuidad, pues nada comprendía de aquel embrollo.

Tarafa resopló a través de su ancha nariz y pidió al guardia que le acercara la bolsa de cuero de Masrur. Con parsimonia desató la correa de cierre y vació sobre la alfombra los objetos que contenía. Unas chancas, sandalias de esparto usadas para la *jutba*, el sermón del viernes, un bonete de terciopelo verde, distintivo de la servidumbre del alcázar, unos pergaminos atados con una cinta, una raíz de sicomoro para prevenir el mal de ojo, y un extraño objeto más voluminoso y brillante, que, al caer sobre la estera, hizo abrir sus ojos de asombro y lograr de los acusadores una exclamación de falsa sorpresa. Tarafa se incorporó de los almohadones y se lo entregó a Naser, que lo miró con minuciosidad. Al fin extendió el brazo hacia el esclavo, interpelándole con su aflautada voz.

—¿Sabes qué es esto, endiablado mozalbete? —inquirió con cínica sonrisa.

—Se trata de un joyero, *sahib* —atestiguó incrédulo y asombrado—. Aunque no acierto a comprender cómo se halla en mi saco, lo aseguro.

Un estremecimiento le corrió por todo el cuerpo. Intuía una nueva calamidad cerniéndose sobre él, mientras miraba el estuche, que le era vagamente conocido. Se esforzó en traerlo a su memoria y recordó que pertenecía a la dulce señora Shifa.

—Acércaselo, Tarafa —voceó exasperado Naser—. Comprueba si lo habías visto antes, y explícanos el motivo de hallarse en tu alforja, miserable.

El joven tomó en sus temblorosos dedos la cajita de marfil, labrada con tracerías de plata. Levantó su tapa y observó el aterciopelado interior vacío, y en la tapa, grabada con letras de oro, la inscripción de dedicatoria que ya conocía, susurrándola en voz baja para sí:

> *En el nombre de Alá, su bendición, que esta alhaja sea perpetuo deleite para ti. Amada mía, tu voz suena en mí como campana de Catay. Eres, Zubaida, el aliento leonado de mis velas abasíes, grato bálsamo de Arabia y crisol de los amores del espíritu. Que el Altísimo muestre en ti su generosidad, salud y perpetuo deleite, gacela mía. Harun al Rashid. Bagdad*

Masrur habló sereno, frente a la jauría de sus acusadores.

—Recuerdo haberlo contemplado en el tocador de la *sayida* Shifa, cuando estuve a su servicio, aunque no lo puedo precisar. Y puedes creerme, señor chambelán, el primer sorprendido soy yo mismo. Alguien lo habrá colocado con desconocidas intenciones en el zurrón de mis pertenencias, sin yo advertirlo —le contestó mientras acariciaba nervioso la cadena de cautivo, colgada de su cuello desde hacía diez años—. Yo no lo he colocado ahí.

Naser había trocado su voz meliflua y falsa por una airada furia.

—¿No te lo entregó tal vez Laqit para ocultarlo, después de que ambos, en una maliciosa complicidad, lo sustrajerais de la alcoba de la señora Shifa? —aseguró el eunuco penetrándolo con ojos aviesos.

La crudeza de la acusación lo descompuso, pero respondió ahogando la voz:

—En modo alguno, gran *fatá*. Puedes preguntárselo a él mismo y te aclarará cuanto me preguntas. Laqit nunca falta a la verdad.

Los castrados cuchichearon nerviosos en el diván y simularon desazón sobre la noticia que se disponían a revelar. Al fin gritó el chambelán con gesto fingido:

—¡Vuestro fiel compañero Laqit ha sido encontrado muerto esta misma mañana con la alhaja perteneciente a ese estuche en su poder! ¿Comprendes?, bribón embustero. ¿Sabes el castigo que se le inflinge a un renegado como tú?

A Masrur se le debilitó el pulso y se le escapó de las manos el joyero, precipitándose a sus pies en un golpe seco. Lágrimas presurosas inundaron sus mejillas. Laqit era la única persona en el mundo en quien confiaba. Todo se le desvaneció en su alma como una gota en un hierro ardiente. Su fortaleza se diluyó con sus sollozos, abandonándose a la cruel fatalidad y al sórdido capricho de aquellos emasculados, que buscaban su ruina más completa.

—Estamos convencidos de una evidencia, mezquino esclavo. Ambos planeasteis y ejecutasteis el robo, y tú, miserable piltrafa, guardaste el cofre en tu jergón donde sin duda nadie lo buscaría. Después, la providencia hizo justicia, y alguien avisado y fiel sorprendió a tu protector cuando intentaba sacar el collar del alcázar por la Puerta de los Jardines, quitándose luego la vida, fustigado por su desleal maniobra. ¡¿Entiendes, rata inmunda!? —lo acusó Naser.

Su congoja y temblor eran máximos, pero, aun así, se atrevió a defenderse.

—¡No es verdad, solo son sospechas imposibles de probar, *kabir fatá*! —gritó demudado—. Yo no he faltado a la consideración de mis señores. Nunca lo haría.

—¿Estás dudando de las palabras de Naser, indeseable? —lo cortó Tarafa con violencia en su voz.

—Yo no soy un vulgar ladrón, ni Laqit un traidor. Sirvió siempre al emir con rectitud. Sentía por él afecto y lamento como nadie su muerte —confesó abatido.

La repulsión se hizo evidente en el rostro lívido del esclavo, cuando oyó:

—¿Pensabais, Laqit y tú, comprar con la alhaja tu libertad? ¡Contesta! Tú sabes mucho más de lo que admites —señaló con palabras de fingimiento—. Lo decimos con pesar, pero no habrá más remedio que entregarte a Bilah, el verdugo. Él te extraerá la verdad, desagradecido muchacho.

Todos sabían que era el demonio del tormento y de la violencia más cruel.

—No, por piedad, soy inocente de esa acusación, excelencias —se defendió—. No sé qué pudo inducir a Laqit a sustraer el collar, pero tendría una buena razón para hacerlo, o tal vez fue incitado a tomarlo, pues por su dulzura natural a nada se negaba. Que el Clemente lo perdone.

—No mezcles a Dios en este penoso negocio, ladronzuelo —le espetó Naser con las venas de su cuello a punto de estallar—. Más te vale confesar y tal vez entonces seamos indulgentes contigo.

—Nada conozco de lo ocurrido con esa joya, y menos aún de las intenciones de Laqit. Tened clemencia conmigo y no me torturéis, pues nada soy, y mi miserable persona ningún mal puede ocasionaros —aseguró mientras se arrodillaba arrasado en lágrimas—. Haré lo que queráis, pero no me enviéis a la rueda, os lo suplico, notables *fatá*.

Y unos sollozos de indefensión llenaron el Salón Kamil. Por nada del mundo quería ingresar en la *mutbaq*, la temida prisión del alcázar donde el atormentador Bilah, un sudanés descomunal, y sus sayones martirizaban con encarnizamiento a cuantos caían en sus mazmorras. Solo de pensarlo se le erizaba el cabello y sentía un espanto aterrador. Los eunucos murmuraron entre ellos palabras apenas audibles por Masrur y simularon consultar versículos del Corán, deliberando la pena a aplicar al esclavo, ya decidida de antemano por Naser y Tarafa. Masrur se incorporó del suelo y miró con ojos lastimeros hacia el diván. El privado del emir tomó la palabra y le conminó:

—Esclavo, el generoso Tarafa ha escrito tu confesión. En ella afirmas haber sido cómplice de Laqit en la sustracción de la arquilla. Nada encontrarás en ella de participación directa en la sustracción, o en su desgraciada muerte. Te será conmutada la pena capital, merecida por desvalijar un objeto propiedad de una esposa de nuestro señor, por otra más leve, que nuestro bondadoso corazón dictará, como recompensa a tu espontánea confesión. Acércate y rubrica la declaración, muchacho —ordenó conminatorio, señalándole un tintero y un cálamo de caña.

Masrur se aproximó y, en la penumbra y con los ojos acuosos, leyó por encima el pliego, quedando conforme con su contenido. Rasgueó su nombre sobre el papel, bajo tres firmas ilegibles de desconocidos testigos, y secó sus lágrimas con el dorso de su mano trémula. Luego dio unos pasos hacia atrás aguardando la sentencia, que tras lo expresado por Naser daba por magnánima. Tal vez sufriera unos azotes y luego fuera trasladado a otra dependencia del palacio, o vendido a otro dueño, olvidándose su nombre para siempre. Estaba resignado y lo aceptaría sin contestar. Solo anhelaba concluir con aquella pesadilla y llorar su suerte y la muerte de su protector.

Al cabo de unos instantes los castrados levantaron su fría mirada y el joven sintió en su interior un leve desasosiego. Aguardó la decisión de los castrados.

—Esclavo Masrur, es evidente que te has apartado de los preceptos de Dios —habló solemne Naser, tras unos instantes de meditación—. Por mandato del emir, tengo la obligación de velar por el estricto cumplimiento de la *sharía*, la ley, en este recinto. Tu condición de siervo de palacio te impide acudir al zalmedina o a un defensor, y no puedes apelar a la compasión de tu señor natural, nuestro imán Abderramán, a quien yo represento, según su recto designio. Por lo tanto, me corresponde ser el juez de tu conducta. ¿Has comprendido?

—¡Levanta la cabeza y escucha el veredicto del gran *fatá*! —chilló Tarafa airado.

—El Libro Sabio manifiesta que a todo ladrón han de cortársele las manos. No obstante, seremos compasivos. Permanecerás en la prisión del alcázar hasta pasado el Ramadán, donde tu alma meditará en la soledad tan detestable proceder. Pasado el período de reclusión servirás durante cinco años en las minas de Qastulana y, para asemejarte a tu favorecedor Laqit, serás castrado antes de partir a tu destino. Es la sentencia del clemente Abderramán, a quien el Oculto prolongue sus días.

Como tres mazazos cayeron las penas sobre el muchacho, quien, horrorizado e incrédulo, se llevó las manos crispadas a la cabeza y aulló pleno de rabia y desesperación, prorrumpiendo en ininteligibles improperios:

—Me habéis engañado. ¡Nooo! Misericordia, señor. No he cometido ningún delito para merecer este castigo. Soy inocente, y apelo al emir. ¡Piedad, piedad! —imploró entre gemidos, extendiendo los brazos hacia los eunucos.

—¡Calla, esclavo! —vociferó Tarafa, y se hizo un denso silencio.

—Que el Misericordioso oscurezca vuestra vida por la injusticia cometida conmigo —balbució Masrur en su desesperación, saboreando la sal de sus lloros.

Un terrible golpe con la empuñadura de la espada del *jur* acabó con los gritos de indulgencia, haciéndose la oscuridad en la mente del desdichado muchacho. Como un fardo quedó en el suelo sin sentido, mientras un reguero de sangre discurría furtivo junto a su cabeza, salpicando de rojo la alfombra damasquinada.

Cuando el *fatá* Naser pasó a su lado, dijo a sus secretarios:

—Que bajen de inmediato al calabozo a esta basura. Decidle al carcelero que nadie hable con él y que respete su vida. Puede ser un cantero excelente en las minas, de las que nunca regresará —observó riendo con un cínico gesto de desprecio.

—De eso podemos estar seguros, Naser —replicó Tarafa satisfecho.

—Llevad después la sentencia al magistrado Al Layti, para que la registre en el tribunal de la aljama y la archive.

—Así se hará, Naser. Muy pronto se perderá en el olvido —repuso servil.

—Ahora dirijámonos a las habitaciones de las señoras Shifa y Qalám. Ambas tienen alguna protesta que elevarnos, seguro. Dejaremos caer nuestra preocupación por la penosa muerte de Laqit, e incluso podremos soltar alguna lágrima si es preciso —ironizó—. Es mejor dejar que la perfidia femenina haga el resto. Después visitaremos a Aliatar, el tallador, antes de devolver la joya. Ardo en deseos de saber si encontró esa secreta inscripción. Supondría para nosotros un hallazgo de efectos imprevisibles.

—Las últimas horas no han podido ser más productivas para nuestros intereses —le sugirió el brutal Tarafa, su inseparable cómplice.

—Ciertamente, Tarafa. En una sola jugada, eso sí, maestra, hemos abatido a un peón molesto, a un peligroso alfil y a una reina poderosa, y disfrutamos de un tablero más cómodo para dilatar nuestra influencia. Avanzaremos como vencedores únicos, con nuestra sultana como arma mortífera, y relegaremos al emir en las torres de sus placeres. Abdalá será proclamado heredero, y Córdoba estará a nuestros pies.

—Ese juego del *al shitranch*, el ajedrez, que tanto practicas con Ziryab, te ha apasionado hasta tal punto que te expresas en todo momento como si desplazaras esas extrañas piezas de marfil ante contrincantes invisibles —dijo sonriente Tarafa.

—Este entretenimiento es el reflejo de la vida misma, con sus acechanzas, celadas, derrotas y victorias, amigo mío. Más te valdría aprenderlo y gozarías con las sutilezas de sus estrategias y con la catarsis suprema de la aniquilación de un rey —aseguró con un gesto triunfante que asustó a su secretario.

Mientras los dos lacayos portando al esclavo desaparecían por una puerta semioculta en el corredor, por el lado opuesto del pasaje atrajo su atención un obeso eunuco, desencajado y sudoroso, que saltaba más que corría, atrayendo la atención del gran chambelán Naser, ante el que se detuvo, susurrándole al oído:

—Naser, te traigo malas noticias. El orfebre Aliatar no ha encontrado en el collar talla alguna, ni fórmula oculta, ni impresión evidente. Ha desmontado en mi presencia las gemas una a una, y desarticulado los engarces. Los ha tratado con líquidos cáusticos y auscultado los engastes con espejuelos de aumento, sin resultado alguno. Te aguarda muy contrariado en el taller, donde te explicará todo.

En las laxas facciones del *fatá* se dibujó la decepción y frunció el entrecejo.

—Me han asegurado sabios alquimistas, y Ziryab, que existe un mensaje cifrado, aunque disimulado en algún recoveco de la alhaja, ¡por mil demonios! Hemos de insistir antes de devolverlo. Acerquémonos a ver a ese inepto —se quejó mientras desaparecían en dirección a los talleres del alcázar, entre exabruptos.

Al instante, cuando el corredor quedó desierto, apareció en el dintel de la puerta del gineceo la elegante figura de una mujer vestida de blanco, con la cara oculta por un velo. Sus ojos habían presenciado los sorprendentes movimientos de los castrados, y sus oídos, los lamentos de un muchacho en el contiguo Salón Kamil. Movió alertada la cabeza y, con gesto de desaprobación, se volvió con paso quedo. La desaparición del apreciado regalo de su esposo, el Collar del Dragón, y la muerte de Laqit, la habían sumido en la desesperación, y temía el regreso del emir. La dama, pensativa, desapareció por el pórtico tapizado de cenefas de albayalde y lapislázuli, que, con la claridad del día, irradiaban un resplandor alucinante.

Sumido en la semioscuridad, el prisionero Masrur emitió un prolongado gemido. Las paredes de la celda de la *mutbaq* rezumaban salitre, y un olor repugnante a humedad y descomposición la impregnaban, mientras un tragaluz abierto en la techumbre filtraba una luz biliosa. El muchacho dormitaba acurrucado en la sombra verdosa de un rincón, rendido por la fiebre y el frío. El dolor lo sobresaltó cuando un ruido de pasos y una mano descomunal depositó por entre los barrotes una escudilla y un trozo de pan mugriento. Llevaba allí varios días y la desesperación comenzaba a hacer mella en su fortaleza. Amodorrado como un gusano herido, comprobó cómo por entre la paja podrida y las oquedades del suelo algunas ratas chillaban disputándole el pútrido alimento. Casi sin fuerzas extendió uno de sus brazos y tomó la redoma y el mendrugo, llevándolo con desgana a su boca reseca como la estopa.

Cada vez que despertaba de las pesadillas de la calentura, sus ojos exploraban angustiados las cámaras de tortura y a aquellos desdichados compañeros de prisión, en su mayoría asaltadores de caminos, o monjes cristianos condenados por blasfemos contumaces. Contemplaba con angustia el horror de sus cuerpos dislocados por los mazos y las garruchas, el monótono tormento del fuego, o la insistente gota de agua resonando en sus cráneos. Se sobresaltó con las imprecaciones de un anciano condenado por sus opiniones heréticas, al que aplicaban brasas sobre los dedos de los pies, y la correa y el torniquete en la cabeza, haciendo que perdiera entre alaridos atroces la noción de cuanto lo rodeaba. Otros presos, hechos una pura llaga y comidos por los piojos, permanecían tirados en los calabozos, condenados a morir de hambre entre la podredumbre al no tener familiares que sobornaran a los carceleros para alimentarlos. Luego recordó la fría amenaza del verdugo Bilah, un bisojo picado de viruelas, con su fétido aliento a vino y ajos, repitiéndosele en su cerebro como una burla macabra: «A este, cuando se recupere, lo estiraremos en las tablas del potro. ¡Orden de Tarafa!».

—No lo permitas, Dios mío —rogó golpeando las piedras del muro con sus puños—. Quiero vivir para desear día a día la perdición de esos castrados de Satanás.

Cuando trataba de incorporarse, un calambre le sobrevino y descubrió su brazo cubierto de sangre seca y cómo la cabeza le estallaba en un dolor insoportable. Quiso poner sus pensamientos en orden haciendo un esfuerzo sobrehumano y se le agolparon en su memoria, como caballos desbocados, las palabras pronunciadas por el gran *fatá* en su sentencia: «... y serás castrado antes de partir».

«Castrado, castrado. No, por Dios», pensó comido por la desesperación.

Si sobrevivía a la emasculación, extremo que dudaba, se convertiría en un eunuco como sus acusadores, intrigante y licencioso, con los atributos masculinos emasculados de por vida. Evocó su cautiverio de Verdún, resonando en su cerebro los infantiles gritos de impotencia, mientras algunos morían entre lamentos bañados en sangre, o asfixiados. Y si no moría en aquella mazmorra, o con la castración, no resistiría ni un año a los trabajos forzados en las minas de Qastulana, junto al nacimiento del Wadi al Quivir. Ellas serían su losa, cuando aún no había probado las delicias de la vida y sí todos sus sinsabores. ¿Podía ya algo sostenerlo en la vida?

El esclavo, resignado, y en su despreciable insignificancia, sintió en aquella lóbrega prisión que su alma se partía en dos, admitiendo con resignación que tal vez la muerte resultara al fin ser una liberación para sus sufrimientos. Era un desheredado y se encontraba solo e indefenso. Observó con sus ojos glaucos la trémula luz de la claraboya, y razonó que su esperanza de salvarse era tan imperceptible como aquel débil rayo que caía sobre la cadena que le aprisionaba los pies magullados. Con una incontenible irrupción de llanto maldijo aquel penoso día con desaliento, mientras un grito aterrador le llegó de un moribundo exhalando su último suspiro, acompañado de una atroz carcajada.

Luego, un silencio sobrecogedor se adueñó de aquel lugar de dolor, miseria y muerte.

CAPÍTULO II

EL ZOCO DE LOS LIBREROS

Yahía ben al Hakán, Al Gazal, salió temprano de su almunia de Al Raqaquín, en el arrabal de los curtidores de Córdoba, seguido a una prudencial distancia de su mayordomo y dos sirvientes provistos de capachos. Sorteó a una recua de asnos cargados de cántaros y saludó al alarife de un bazar de paños, amigo de siempre. Después murmuró: «Loado sea el Creador que nos conduce por la senda cierta».

El astrónomo, alquimista y poeta se hallaba en plena sazón de su madurez. Caminaba por las callejuelas erguido, con ademanes determinantes y gesto sereno que inspiraba confianza. Sobrepasaba con su elevada estatura a sus acompañantes, y cuando fijaba su mirada, mostraba unos ojos oscuros, grandes y de largas pestañas. Su semblante, nariz recta, barbilla pronunciada y altos pómulos, le conferían un aire de varonil atractivo. Largos cabellos negros peinados en tirabuzones le caían sobre las orejas y la frente, y la barba, rasurada, exhalaba una fragancia a arrayán y almizcle. Al saludar a algún viandante, los hoyuelos de sus mejillas, guardianes de una boca cuidada con polvos de algalia, se hundían en gesto seductor.

Era conocido en toda Córdoba, y sus distinguidos usos e indumentarias eran imitados por los elegantes de la vieja urbe, que lo consideraban el espejo donde contemplarse. Se cubría la cabeza y hombros con un tradicional tailasán, velo andalusí, y su esbelta complexión con una túnica impecable de lino. Conforme avanzaba hacia las murallas, sus pupilas parecían cautivadas por el evocador panorama de agua y verdor de la medina, con sus jardines, almenas y el dédalo de palacios, iluminados por los destellos de un sol que se recreaba entre las nubes.

Ante él se ofrecía la Córdoba cotidiana, el paraíso de Occidente que, como una novia despojada del manto de la noche, desvelaba a los madrugadores la diafanidad de las terrazas y huertos, preñados de naranjos, cidros y adelfas. Había conocido en sus viajes ciudades de Asia, Europa y África, pero en ninguna se sentía tan invulnerable. Emergida de las sombras de un pasado ilustre, Córdoba mostraba una mezcolanza de mágicas virtudes y frecuentes miserias. Hospitalaria y despiadada, ávida de placeres, era devota a un mismo tiempo del Corán y la Biblia. Se había convertido para sus recientes poseedores musulmanes en el cristal donde se reflejaban sus añoranzas de Bagdad, Medina o Damasco. Los minaretes y adarves ocres, las palmeras y cipreses, y el rojo y verde de los granados de Basra y Qayrawán se esparcían por doquier, igualando en magnificencia a sus semejantes emporios de Arabia, Egipto y Mesopotamia.

Varada en las riberas del gran río, y acurrucada al abrigo de su sierra, la Yabal Qurtuba aparecía envuelta en una brumosa lozanía que lo seducía. No existía en Occidente metrópoli que se le asemejara. Bibliotecas, baños, defensas iluminadas, escuelas y academias, alhóndigas, fábricas, cecas, zocos inagotables y doscientas mezquitas donde inclinarse ante el Supremo servían de solaz a las más de cuatrocientas mil personas que habitaban sus airosas mansiones.

Los aristócratas árabes, la *jasa*, cultos y amantes del más refinado arte de vivir, compartían el aire de la mestiza ciudad con la tumultuosa plebe musulmana o *uma*, con los laboriosos judíos sefarditas, los muladíes —cristianos convertidos al islam— y con los arrogantes perros cristianos, las repudiadas «gentes de Libro». Y todos servidos por una variopinta legión de esclavos, concubinas y eunucos procedentes de Germania, Libia y Etiopía. La vanidosa población, como una hembra opulenta, se le ofrecía atrayente cada mañana, engalanada por el Wadi al Quivir, por la joya sofisticada del alcázar y la sagrada aljama. Generosa como una madre, e impúdica como una cortesana, acogía en su seno todas sus ansiedades, así como las palpitaciones de libres y sometidos, fieles e infieles, en una armoniosa confusión de convivencia.

Al Gazal traspasó la concurrida Puerta de Sevilla, penetrando en el bullicio de la medina, el ruidoso corazón de la ciudad, donde refulgían las blancuras de la aljama, la judería y los zocos, y el rojo de los baluartes de la alcazaba. En torno a ella, en un cinturón amurallado, se apretaban a sus ubres los veintiún arrabales de la capital de los omeyas. Nada más cruzarla, una familiar combinación de efluvios y ruidos estimularon sus sentidos. De los muros emergían aromas de azucenas y lirios, ligados a los pestilentes olores de los arriates y a las exhalaciones de hombres, bestias, fritangas y especias de los zocos. Un bordoneo de voces, que lo mismo se expresaban en árabe que en romance, o algarabía, saturaban los angostos callejones por los que transitaba.

Diligente, bordeó el barrio judío y cruzó la calle principal, que recorría de arriba abajo la urbe, separando el alcázar de la mezquita mayor, foro de la sabiduría, donde los cadíes impartían justicia y los maestros alfaquíes enseñaban el Corán, filosofía, gramática y astrología, sentados sobre esterillas de esparto, ante la mirada cándida de los alumnos. Bocanadas perfumadas de azahar se mezclaban con el frescor de la fuente recién construida por Abderramán, donde bebían en el cuenco de sus manos los estudiantes y se lavaban los creyentes para orar, o para asistir a algún juicio. Aquella mañana primaveral presagiaba un verano sofocante.

Al desembocar en la plazuela de la mezquita, el estruendoso alboroto se hizo más intenso. Las penumbras del Patio de los Naranjos se disiparon para dar paso a la baraúnda de la alcaicería, el zoco de las telas, al rastrillo de los objetos usados, y a los tenderetes de los carniceros, badaneros, sangradores y caldereros. Un hormigueante ir y venir de tratantes, narradores de leyendas, mendigos, adivinadores, reposteros, aguadores, alcahuetas y alarifes de todos los oficios abigarraba las angostas callejas, sin apenas dejar un espacio libre para transitar. Asnos y camellos disputaban el escaso espacio a los transeúntes, mientras los palanquines sorteaban con pericia los sacos, jaulas y lebrillos.

Al Gazal se detuvo unos instantes ante los bazares porticados de los judíos narbonenses y de los comerciantes de Bagdad y Alejandría, admirando sus colmados anaqueles. Era la tentadora Qaysariya, el gran bazar de objetos costosos, guardada día y noche por guardias etíopes, donde se ofrecían sillas de montar, perfumes de El Cairo, canela y sésamo de Ceilán, cúrcuma de Persia, albornoces de Al-Mariyya, escarlatas de la India y las alhajas más fastuosas de Occidente, talladas por artesanos del Magrib, Damasco, Bizancio y de la misma Córdoba. Por doquier se escuchaba el incesante griterío de los comerciantes invitando a los clientes, el recitar de las suras coránicas en los soportales y el martilleo de los aprendices confeccionando en los talleres cordobanes, sandalias o cajas de marfil.

Con placer, Al Gazal atravesó unos zaguanes cubiertos de toldos multicolores donde se apiñaban las espuertas de pimienta de Calicut y Malavar, orégano para los guisos de berza, el alazar, azafrán barato para la olla de los menos pudientes, áloe de la India, clavo, jengibre, cilantro, y las frutas más diversas, sazonadas en las huertas del río. Chiquillos descalzos de cabezas rapadas le ofrecían por unas monedas gallas de pescado frito, rajas de sandía, miel, cordero picante, refrescos y buñuelos tamizados de azúcar y canela. El olor penetrante de la carne guisada, del cuero repujado y de las hortalizas corrompidas se confundía con las esencias de los sahumadores, que por una pieza de cobre refrescaban a los transeúntes acalorados.

—¡Perfume de Arabia, *sahib*! —le ofreció uno.

Al Gazal arrojó un dírham a un mozalbete harapiento, quien de un salto le ofreció un paño de lino empapado de fresca fragancia, que el alquimista se llevó al cuello y a la frente para después devolvérselo con un guiño. A una señal suya, el mayordomo adquirió uvas pasas e higos de Rayya, almendras de Mayurqa, alcachofas y berenjenas que el siervo pagó a los tenderos en regateadoras disputas. Después se deslizó en una botica repleta de alacenas con frascos mugrientos, donde se hallaba sentado un hombrecillo que se deshizo en saludos hacia Yahía.

—¿Qué desea el amigo del emir y señor de la distinción? —saludó adulador.

—Atar, prepárame unas onzas de algalia y goma arábiga.

—*Sahib* —le interrumpió con voz meliflua—, me ha llegado de Bagdad una nueva pasta para el cuidado de los dientes a base de raíz de nogal, sandáraca y clavo que solo te costará dos dinares. ¿Te lo incluyo?

—Hazlo, y mi mayordomo te lo pagará —le contestó mientras ojeaba las alacenas del perfumista, que desprendían un intenso olor a hinojo, a ámbar, añil y alcanfor difíciles de diferenciar.

Le pidió aceite de sésamo para las digestiones, jarabe de sándalo, reconstituyente para fortalecer el ánimo y una piedra *xaranch*, pasmoso cauterizante de heridas que también usaba en sus sesiones de alquimia.

Salió de la droguería y, tras serpentear por el laberinto de las Siete Revueltas, se dirigió al abarrotado Portillo de la Feria, tropezando con una patrulla de la Churta, la guardia urbana, que perseguía a un ladronzuelo que zigzagueaba entre las tablas de los panaderos que salían de las tahonas. Ahogada una sonrisa de complicidad, se detuvo bajo el arco a recobrar el aliento cuando oyó a sus espaldas un vozarrón amistoso.

—¡Salud y bendiciones al noble Al Gazal!

El cortesano volvió la cabeza con lentitud y vio ante sí, rodeado por una tropa de alguaciles con balanzas y pesas de todos los tamaños, a Ibrahín ben Husayn, un rechoncho anciano de barba cana que cubría su robustez con un albornoz de vivos colores. Ostentaba uno de los cargos más notorios de la ciudad, y gozaba en su calidad de pariente del emir de su total confianza. Aquel orondo personaje no era sino el zabazoque o juez del mercado, garante de los precios, pesos y calidad de los productos, y mantenedor del orden y limpieza de la ciudad más ruidosa de Occidente. Su fama de hombre justo era proverbial en Córdoba, y juzgaba sentado en una piedra de aceña los delitos acaecidos en los zocos con mano dura y en el instante. A más de un ladrón había ordenado mutilar sus miembros o cercenar la cabeza sin temblarle el pulso. Al igual que Yahía, era un hombre estudioso de los enigmas del firmamento, y compartía la misma hostilidad hacia la camarilla de palacio.

—Que Dios se halle en tu corazón —le correspondió afable.

—¿Adónde te encaminas, Yahía?

—Al taller del maestro librero. He de retirar unas copias de mi archuza sobre la conquista de Hispania, que prometí regalársela al cadí de Ecija, Abú Zakaría. Será mi regalo del *shabán*[6] para el maestro indiscutible de la dialéctica de la razón y del libre albedrío —repuso.

—Por un momento pensé que te dirigías al mercado de esclavos. ¿No lo sabes? Hoy se nos ofrece una subasta muy apetecible, aunque de bolsa suculenta. Un mercader de Siria presentó ayer en el alcázar un cargamento de hermosas mujeres y eunucos, y el resto, siempre excelente, será subastado antes del mediodía. Entre la mercancía se encuentran rubias esclavas *rumiyat*, romano godas, y algunas cantoras de Arabia. Un pregonero lo está anunciando por toda la medina. ¿No te atrae la noticia, viejo amigo?

—Claro, y agradezco tu información, Ibrahín. Llevo

---

[6] *Shabán*: octavo mes del calendario musulmán, llamado «el mes de la división». En él se celebra la fiesta de la Noche de los Hados con la que se conmemora la conquista de la Meca por Mahoma.

meses buscando una buena cocinera egipcia y una *qiyán* que deleite a mis invitados.

—Me verás allí, y tal vez pujemos por la misma cautiva —confesó irónico.

—En ese caso perderé la pugna, pues mi bolsa nada puede contra la tuya —dijo, e inclinó su cabeza a modo de saludo. Queda con Dios. *Salam.*

—*Aleikum salam.* Que Él te asista, Al Gazal —se despidió y desapareció con el uniformado cortejo de subalternos por los pasajes del animado baratillo.

Yahía y sus sirvientes accedieron tras unos arrieros al arrabal de la Axarquía, donde en amplios tinglados se apilaban los más exóticos productos llegados del mundo entero. A uno y otro lado de las calles, cargadas de mortificantes moscas y polvo, se alineaban las almazaras, sederías, esparterías, las almonas —ruidosas fábricas de jabón— y las fondas y lupanares, las sugestivas *jamaras*, donde se jugaba a los dados y se ofrecían de tapadillo y por unas monedas vinos de Rayya y Siraf y alegres mujeres. Lo abandonaron pronto y se internaron en la desierta callejuela de los Libreros, entrando Al Gazal y su mayordomo en la casa del maestro Muad. Pulsaron la campanilla y al poco un hombre de escuálida figura y ojos saltones los recibió con gestos lisonjeros, ofreciéndoles una limonada que Yahía pasó por sus labios.

—Generoso y sabio Al Gazal, pasa al taller y examina por ti mismo el extraordinario trabajo de mis muchachas —masculló el maestro librero.

Penetró en un patio cubierto de galerías acristaladas, adornado de geranios, donde más de una treintena de jóvenes con los rostros cubiertos, sentadas en alfombrillas y con una tabla sobre sus rodillas, transcribían con cálamos de Mesopotamia y tintas negras y carmesíes los más diversos manuscritos con una rapidez y perfección insólitas. Coranes, rollos de poemas, *Almagestos*, libros medicinales de Dioscórides y obras en griego, arameo y latín se ordenaban sobre cojines, dispuestos para ser copiados o ilustrados por las iluminadoras.

Entre tanto, algunas esclavas raspaban en una pila decenas de pergaminos usados que luego alisaban con bolas de cuarzo, poniéndolos a secar en el enlosado. Junto a un surtidor y bajo un limonero, una sierva acompañada por un rabel entonaba una melodía que armonizaba el trabajo de las amanuenses. Algunas observaban entre risas contenidas al recién llegado, ruborizándose con miradas de complacencia. Al Gazal, cliente asiduo del obrador de libros, no dejaba de contemplar con admiración aquel laborioso cuadro de femenina actividad.

—Muad, eres un hombre afortunado al trabajar con las dos naturalezas más delicadas y apetecidas por todo hombre refinado —le confesó al acercarse a un cuchitril donde se secaban los manuscritos recién acabados, que olían a goma, hollín y agalla, los componentes de las tintas *madad* y *hibr* empleabas en las escribanías.

—Gracias, *sahib*, y que el Misericordioso nos siga extendiendo su favor. Observa tu trabajo con detenimiento. Está listo para adornar tu biblioteca o ser estudiado por los jóvenes en las madrasas de todo el islam.

Al Gazal tomó los rollos de papiro y admiró las cuidadas transcripciones. Después anudó los ejemplares con sus cintas púrpura.

—Trabajo perfecto, maestro. Sirve a mis intenciones. Mi mayordomo los tomará y pagará con largueza tu labor. —Apretó su brazo.

Al Gazal, tras pasar un tiempo curioseando otras obras, se dirigió diligente y con su habitual placer al mercado de libros por si algún bibliófilo con penurias económicas subastaba sus códices y tratados o simplemente habían arribado novedades de Bagdad, Alejandría o Palermo. Sin embargo, llegado a la plazoleta, advirtió que reinaba una calma casi total y que no se notaban excesivos compradores en torno a los serones de los vendedores y en las mesas de los cambistas, que voceaban las excelencias de sus viejos ejemplares, muchos latinos y griegos, y de los instrumentos musicales también ofrecidos en aquel zoco de los libreros.

El astrónomo ojeó por encima volúmenes de Platón, Aristóteles y Abú Nowas, y apartó a un librero impertinente que le impedía apreciar unos ejemplares de un impresor tunecino al que siempre acudía por la singularidad de sus libros.

—*Sahib*, ¿quieres curiosear un manuscrito llegado de la India sobre el arte de la astronomía? Su nombre es el *Sindhind* y ha sido traducido al árabe.

—Un códice análogo a este me lo vendiste no ha mucho. ¿Acaso quieres engañarme? —lo rechazó, notando una obstinada insistencia en el vendedor.

—Acércate, te lo ruego. Intentaba llamar tu atención y mostrarte un ejemplar muy peculiar —le informó inquietante en un tono apenas audible.

Al Gazal, apasionado coleccionista de tratados antiguos, sintió una tentación poderosa y avizoró hacia uno y otro lado con inquietud. Luego, prudente y reservado con el ofrecimiento, siguió ojeando rollos y papiros como si tal cosa. Sin embargo, el librero, terco y reservado, extrajo de un fardel de cuero un libro con pastas de piel oscura y cantos de metal, envuelto a su vez en un paño, mostrándoselo como si recelara de algo y de los insidiosos alfaquíes, celosos de la pureza.

Advirtiendo que ningún cliente se acercaba al mostrador, declaró tentador:

—Hace una semana, el hijo del fallecido eremita que vivía en la mezquita de Badr, Alá lo tenga en el paraíso, me vendió junto a un viejo Corán y otros pergaminos este raro ejemplar perteneciente a su padre. Como todo el mundo conoce, tenía problemas de entendimiento con los rigurosos alfaquíes, que trataron de inculparlo ante el tribunal de la Hisba por sus heréticas desviaciones, por eso no lo tengo a la vista, no sea que alguien me denuncie ante el cadí. Pensé, no obstante, que por su originalidad podría interesarte, ya que en otras ocasiones me has solicitado libros esotéricos y teológicos. Este, por sus trazas, parece cumplir tus apetencias. Revísalo con prudencia, te lo ruego, y que el Oculto compadezca mi torpeza.

Al Gazal tomó en sus manos el vetusto ejemplar con la satisfacción acostumbrada, y le manifestó, intrigado, interesándose por él:

—¿Y quién te asegura que no voy a ser yo quien te denuncie a Al Layti?

—¿Tú delatarme, *sahib*? —lo censuró con insolente sonrisa—. Toda Córdoba conoce cuánto lo aborreces y cuánto te teme. El favor de nuestro soberano te acoge y los creyentes te respetan por tu talento independiente frente a esos cuervos alfaquíes.

—Solo a Dios hemos de temer. Veámoslo. Nada perdemos con ello. Ya sabes que no puedo ocultar mi entusiasmo por los libros raros —adujo seducido.

Al Gazal retiró con lentitud el paño que lo embozaba, fijando sus ojos en la insólita tapa, muy ajada y con grandes manchas de humedad. En su centro, grabada en un medallón restañado, sobresalía una descuadrada estrella de Salomón, y en su interior unas enigmáticas letras, veladas e inextricables, que intentó descifrar, sintiendo la curiosidad que sugieren los ocultos secretos del conocimiento. Observó con ojos de sorpresa al librero, que se sonreía comprobando el agrado del comprador.

Con sus largos dedos, palpó los nielados signos del título y ojeó su interior. Ante él surgieron inexplicables signos en una sucesión inacabable, y dibujos de astros. En las páginas finales se mostraba el esbozo de una representación cartográfica de contornos apenas definibles, localizadora de lugares desconocidos de Oriente y Occidente. Su caligrafía era unas veces firme, otras vacilante y las más, apresurada. Gran parte de sus párrafos se mostraban escritos en criptogramas, sin respuesta y sin la más elemental de las lógicas. Pensó, no obstante, que cuanto contemplaba podría revelarse encontrando una clave numérica, o trocando guarismos por palabras.

De inmediato sucumbió ante el hechizo de aquel extraño libro, adivinando en sus notaciones y por su antiguo dueño las cábalas místicas de los ascetas que poblaban las serranías de Alándalus, indescifrables en aquel momento para Al Gazal, pero muy ansiadas. Analizó los grabados y los olfateó, quedando deslumbrado ante tan sugestiva exploración. Algo devastador lo estremeció. «Fascinante», murmuró. Se asemejaba a un texto cabalístico, aunque también podría tratarse de un burdo engaño. Sin embargo, correría el riesgo. Hacía años que buscaba algo tan tentador.

Reparó con satisfacción en el librero, aspiró el rancio olor y cerró las cubiertas con gesto cuidadoso. Luego, atenazado por la excitación, volvió a leer el título del volumen entre dientes, este escrito en árabe:

—*El trono de Dios*.

—Nunca tuve un libro semejante, *sahib*. Pagué mucho por él y es caro —terció el vendedor sabedor del impacto conseguido en el poeta.

—¿Cuánto pides? —solicitó, tapándolo con la grasienta tela y sintiendo una turbación sin límites.

—Veinte dinares —lo tasó, entendiendo que el precio era excesivo.

Al Gazal asintió con gravedad. No deseaba dilatar la compra.

—Por primera vez, no regatearé. Tómalos y olvídate de que me lo has vendido —dijo, vaciló, lo asió con avidez, como hurtándolo del tablero, y lo guardó con urgencia no fuera que entrara algún otro comprador y le interesara.

Saludó al tratante llevándose la mano a la frente y seguido por los sirvientes se adentró como alma acosada por el diablo en el zoco de los especieros. Ansioso, eludía los tenderetes sin conseguir apartar de su mente la imagen del libro recién adquirido y las enigmáticas notaciones, deseando examinarlo y descifrar sus enigmas de tan falsa simplicidad en la soledad de su estudio y a la luz de sus tratados antiguos.

Dejó atrás los ruidosos mercados de la alcaicería y la Axarquía, y cruzaron el oasis de las almunias del barrio mozárabe y las quintas de recreo de la antigua Vía Augusta, la transitada Al Siqa al Uzma. Mujeres acompañadas de siervas y niños entraban y salían de los *hamán*, los baños públicos, oliendo a ropa limpia, aceites perfumados y piedras jabonosas. Algunos hoscos monjes de los monasterios cristianos, sucios y desaliñados, transitaban camino de la puerta Al Chabar, murmurando jaculatorias y evitando el trato con los musulmanes.

Un intenso tufo de las mircas, las longanizas hervidas en los figones, y el vaho de las tortas azucaradas de queso, las *muchabanat*, recién salidas de las tahonas, anunciaban la proximidad del zoco de los esclavos, atestado de compradores, mirones, rateros y algún *hasib* avispado que echaba la buenaventura o negociaba con lagartos, serpientes y camaleones. Mientras, en un rincón del mercado, juglares y *mulhi* de Egipto atraían la atención de los clientes y desocupados con acrobacias y trucos de magia.

Al Gazal saludó a algunos ociosos conocidos, y no bien había terminado de pasear su mirada por los aledaños de la plazuela aguardando la llegada del mercader, se escuchó un estrepitoso fragor de cascos de caballerías. Con la suntuosidad de un príncipe, apareció el músico del emir, Ziryab, con la tez negra como la pez y ademanes despectivos, rodeado por su cohorte de aduladores, ataviados con túnicas de satén blanco y pomposos turbantes que en Córdoba solo habían llevado hasta entonces los jueces y las mujeres de alta alcurnia. Llegaron hasta las inmediaciones del estrado en actitud altanera, recibiendo el desprecio del público.

Al Gazal bajó la cabeza e intentó pasar desapercibido entre la turbamulta.

—¡Ziryab, pájaro negro! Ahora que no está el emir, ¿a quién engañas? —le gritaban los viandantes jocosamente.

—¡A la puta de Tarub y a los lameculos de los capados! —zahirió otro.

Y un coro de risotadas contestaron a los hostigadores, hasta quedar ahogados por la llegada de cuatro carretas tapadas con lonas de raso que se detuvieron tras el estrado ante la expectación de los concurrentes. Tras una corta espera, saltó al entarimado un hombre de fornido aspecto, espesa barba y vestido según la moda bagdalí. Todos conocían en Córdoba al sirio Humaydi, abastecedor del harén y de los prostíbulos de lujo de Alándalus. Con un vozarrón atronador, seguido del sonido de una trompeta, abrió su boca desdentada, apañada con piezas de oro, y se dirigió al auditorio zalameramente:

—¡*Salam*, esclarecidos creyentes! Nadie como los sapientes moradores de Córdoba para mostrar mi cargamento de las más bellas y dotadas esclavas del país de los rumíes, aunque educadas en las academias de la Meca, Medina y Qayrawán. Como es sabido, el espíritu de las mujeres está vacio, pero sus cualidades para el amor y la danza son inimaginables en las hembras que os mostraré. Os presentaré también eunucos de Verdún y Lucena, y fornidos esclavos, negros del Sudán y Mauritania, incansables para el trabajo y fieles hasta el desfallecimiento.

—¡Deja ya de fanfarronear y muéstranos tu mercancía, ¡charlatán! —vociferó en tono de chanza un mirón, coreado por el gentío.

—Sea como solicitáis, reputados clientes de Córdoba, la reina de las medinas del Occidente. —Esgrimió una falsa risita.

Exhibió primero a un grupo de eunucos de corta edad, con el pelo rapado y cubiertos con ziharas, túnicas transparentes, que el sirio levantaba para ser contemplada la perfecta castración mientras ellos miraban con semblante indiferente a los compradores. Pronto pujaron por unos y otros, y tras dilatadas porfías fueron adjudicados a otros tantos clientes que enseguida los palpaban y auscultaban con la ayuda de algún físico, ultimando el contrato de compra en la trastienda.

—Este sano muchacho de nombre Luna Llena y este otro tan espigado, apodado por su color Ámbar del Yemen, los ofrezco juntos, por la despreciable cantidad de mil dinares. ¡Jamás os arrepentiréis de poseerlos para cuidar de vuestros harenes y asuntos domésticos! —brindó el mercader a la concurrencia.

—¡Sí, claro! ¡Y que se asocien con nuestra mujer y nos echen de la casa! —exclamó uno con sorna, al que siguieron chanzas y risas de los que lo rodeaban.

—¡Y si no que se lo pregunten a nuestro piadoso emir! —replicó otro, generalizándose las carcajadas y cundiendo la hilaridad.

Bolsas repletas de dinares comenzaron a circular en el improvisado tenderete, y los vendedores de refrescos y frituras no daban abasto. El músico bagdalí Ziryab adquirió dos de aquellos jóvenes castrados y un jovenzuelo íntegro de belleza asombrosa, perfumista y masajeador, para emplearlo en el salón de belleza abierto en el barrio de la Zachachila, donde acudían las esposas y favoritas de la alta sociedad atraídas por las modas llegadas de Oriente. Pasearon luego por el estrado esclavas de melenas rubias y pelirrojas, con los senos al descubierto, provocando que el rumor de voces creciera en las inmediaciones de la plataforma.

Con el sol en todo lo alto y corriendo el sudor por los rostros de los fisgones y la clientela, la subasta alcanzó su cénit. De improviso cesó el alboroto y ante el asombro general accedieron al escenario tres mujeres de hermosura portentosa, como salidas del aliento divino, adornadas con gran profusión de alhajas de oro y arillos de turquesas. Expuestas a las escrutadoras miradas del auditorio, jalearon su presencia con impúdicos gestos.

—¡Sirio bribón, has dejado lo mejor para el final! —gritó un viejo babeante.

Tenían ante sí a tres huríes descendidas del Dejenet, el paraíso musulmán. Hembras esbeltas como sílfides, que para resaltar la conmoción general vestían ziharas de Zedán translúcidas sin más atavío que ocultara sus cuerpos exuberantes. Dos de ellas poseían ojos tan rasgados como

98

una deidad del Nilo y la piel olivácea de brillante suavidad. Procedían, según el sirio, de Nubia, como lo atestiguaba su pelo escaso y anillado, cubierto de perlas y cintas de oro. Junto a las beldades nubias, poseedora de una belleza sublime, piel blanquísima, abundante melena dorada y plena de frialdad, el mercader de carne humana exhibió a la última esclava. A una señal suya se levantaron los vestidos y desnudaron sus torsos con un movimiento natural, sin manifestar el menor pudor en el gesto, haciendo sonar el tintineo de los aretes. De facciones embelesadoras, eran un manjar prohibido para la mayoría de los contempladores. Se trataba de las codiciadas *qiyán*, rara vez ofrecidas en Córdoba.

—¡Anticipo del oasis celestial y rocío de los jardines de Edén! —las presentó eufórico, y un rumor de sorpresa corrió por el zoco.

Raptadas desde muy niñas en países lejanos y elegidas por su perfección, eran enviadas a los centros de adiestramiento de la Meca y Medina, regentados por antiguas favoritas de sultanes y eunucos libertos, donde las instruían en los refinamientos del amor, la escritura, la danza, la música, la astrología y la medicina. Olvidado su origen, y después de ser enseñadas con halago, eran subastadas en los zocos más importantes del islam y en los harenes de los sultanes y la aristocracia musulmana, siendo su cotización altísima y no apta para todos los bolsillos.

—¡Amantes de lo excelso! ¿Visteis alguna vez en Córdoba a semejantes primores? Hace tan solo unos meses se cultivaban en la casa de la sultana Ulaya, entre los cobijos recorridos por el profeta. Ignorantes y paganas, nacidas en bárbaros países, hoy son diestras en las más nobles artes del saber humano y en los deleites del lecho, así como en las tradiciones del profeta. Walada y Kultum, estas dos hermosuras morenas de cabellos azabaches, son versadas en todos los instrumentos musicales y conocen los arcanos de las hierbas medicinales y los conjuros que expulsan a genios y demonios.

—¡Buen género, ladrón, pero será muy caro, seguro! —dijo un joven.

—Para ti, sí, ¡bribonzuelo! —le contestó—. Y finalmente, la delicada Sanae, hija de un príncipe burgundio incumplidor de sus pactos y enviada como rehén a Bagdad. Conoce las cadencias de los versos y las tablas asirias que predicen el devenir de los astros. ¡Son muy costosas, lo sé! Pero el que posea una *qiyán* como estas se adelantará a las delicias de la otra vida. ¡Os lo aseguro!

Un rumor recorrió la plazuela, hasta hacerse de nuevo el silencio.

—¿Cuánto pides por cada una? —preguntó un capitán exaltado.

—Iniciaremos la almoneda con dos mil dinares. —Se frotó las manos.

Un clamor de decepción por lo elevado de la puja inicial, que excluía a muchos interesados, se elevó por los rincones de la plazoleta, abarrotada de varones que no perdían un detalle de la subasta. Enseguida se inició la pugna entre varios licitadores ante las lamentaciones de decepción de los postores con menos recursos, contrariados con la exorbitante cuantía de salida. Ofertas, discusiones, subidas al estrado y comentarios en voz baja se sucedieron durante largo tiempo hasta que al fin el zabazoque, Ben Husayn, tal como había prometido a Yahía, pugnó casi en solitario por una de las dos nubias.

—Dos mil trescientas es mi última oferta por Walada —ofreció concluyente.

—¿Alguien ofrece algún ciento más por esta maravilla africana? —Miró en derredor—. ¡Adjudicada al distinguido *sahib* del mercado, a quien el Eterno no oculte nunca su rostro! Puedes subir por ella y conducirla a tu mansión. Veamos, amigos, ¿alguien se atreve a pujar por los otros portentos femeninos?

Pronto recibió contestación, y tras varios tiras y aflojas que entusiasmaron a la concurrencia, adjudicó a la otra africana a un hacendado de la corá de Granada en dos mil cuatrocientos dinares, recibiendo los parabienes de la concurrencia por su acertada elección, pues su encanto había prendido en el gusto de los curiosos.

—Ilustres varones, no permitáis mi regreso a Oriente con esta deslumbrante hembra que tenéis ante vuestros ojos. Sanae, la hurí de los cabellos de oro. ¿Quién ofrece los primeros dos mil dinares? —La señaló luciendo su hermosura.

—Yo ofrezco dos mil cien —apostó Yahía, concitando todas las miradas.

—El noble *sahib* propone un interesante tanteo inicial.

—Dos mil doscientos —rebatió Ziryab, mirando con provocación a Al Gazal.

—¡Cien más! —terció Yahía y se oyó una ahogada exclamación.

—Dos mil trescientos cincuenta —anunció el músico.

—Sean cuatrocientos, por todos los arimanes —subió el poeta.

—¡Excelente oferta, ilustre *sahib*! —exclamó el comerciante enardecido.

—Redondeo a dos mil quinientos. —Subió el músico la oferta de su rival.

El público quedó en silencio, deteniéndose los murmullos. Ora observaban a Ziryab, ora posaban las miradas en Al Gazal, apostando sobre quién iba a conseguir a la postre a la esclava de rizos dorados. Cuando ya parecía que la *qiyán* iría a parar al gineceo del músico de Abderramán, Al Gazal, después de algunos titubeos advertidos por el bagdalí, subió cien dinares más y un cuchicheo de aprobación se extendió por la plaza. Pero tras unos segundos de indecisión, el cantor exclamó en tono triunfador, sabedor de que a aquella propuesta no llegaría el poeta:

—¡Dos mil novecientos! Y es mi oferta final, que estimo será definitiva.

Al ofrecimiento siguió un alargado mutismo por parte del alquimista, mientras el bagdalí se regodeaba arrogante como un pavo hinchado. El tope mejorado por el favorito del emir en la puja le parecía inalcanzable a Yahía, y un leve temblor lo exasperó. Deseaba y necesitaba a aquella muchacha de tupida cabellera de oro, y sus habilidades le habían seducido. Una sorda lucha entre sus deseos y su prudencia se libraba en su interior. Pensativo, bajó la cabeza en gesto de forzada aceptación, al dar por perdida la subasta. El comerciante, ante tan concluyente ademán y gesto de abandono, declaró en tono adulador, mientras miraba al músico:

—Si el esclarecido *sahib* no ofrece nada más, adjudicamos a Sanae al...

La decepción cundió entre el gentío, que inició desencantado la retirada del entarimado. Pero de golpe, como una tuba de guerra, se oyó una voz que lo detuvo, dejando mudos al compositor y tratante, y arrancando un palmoteo general.

—¡Tres mil! —contestó el alquimista, contra la oferta de Ziryab.

El cantor de palacio, que creía poseer la seguridad de alzarse con la subasta por los gestos de indecisión de Al Gazal, gruñó rojo de ira. Su enojo embotó su rostro cetrino e intentó elevar la cantidad. No podía admitir que su rival en la corte del emir poseyera a aquella perfección de mujer, pero se contuvo. Ante todos los asistentes, había afirmado que sería su última propuesta. Ya no podía volverse atrás y desbaratar por una esclava su reputación de favorito del emir. Encolerizado, miró primero al poeta y luego a la esclava con indiferencia, y manifestó con desprecio:

—Sea para Al Gazal. Las bellezas del norte siempre me parecieron inexpresivas. Pujé por el simple placer de un juego divertido. No me interesaba.

Y volviendo la espalda al estrado, desapareció con sus atildados acompañantes entre el polvo de los callejones que conducían a los extramuros, mientras el auditorio se mostraba entusiasmado por la excitante compraventa y porque el engreído Ziryab no hubiera alcanzado lo que deseaba con tan evidente vehemencia. Al Gazal recibió los parabienes de su amigo el zabazoque y de otros compradores, y el mercader Humaydi, con el rostro congestionado y frases lisonjeras, declaró abriendo los brazos:

—Que Alá, el Muy Sabio, bendiga vuestros pasos, creyentes de la joya del islam. La subasta pública ha concluido con el inmerecido favor del Misericordioso. *Salam!* —finiquitó las ventas el mercader de esclavos, con el rostro risueño.

Cuando Yahía retornó a su almunia, abrigaba la convicción de que regresaba con dos joyas de valor incalculable, la esclava *qiyán* y el libro del asceta. Respiró el sosiego y el frescor de la mansión al franquear el zaguán y adentrarse en el patio colmado de parras, hiedras y rosas alejandrinas. El mayordomo condujo a la nueva *qiyán* a los baños de la huerta, sembrada con higueras, cerezos y alhelíes, donde se alzaban dos pozos y una alberca recubiertos de enredaderas y nenúfares que antecedían al pabellón de cristal donde estaban emplazadas las tinas de las abluciones, los braseros y los aparadores con los paños, aceites, tintes aromáticos, esencias de flores y lociones.

Junto a los baños se erguía un palomar donde zureaban algunas palomas y tórtolas que rumoreaban sus arrullos. Una mujer que cuidaba la pajarera levantó la vista, y desapareció al instante, detalle en el que reparó la esclava.

—¿Cómo es nuestro amo? —preguntó la recién adquirida *qiyán*.

—El amo, y lo has podido comprobar por el alto precio pagado por ti, es un sabio muy instruido, hacendado del azafrán de Yayyán, y amigo personal del emir.

—Ese baboso de Humaydi me aseguró que era alquimista y astrónomo.

—Y lo es. Y, además, poeta e historiador —aseguró con orgullo—. Forma parte del *diwán* del emir, o sea, de los sabios que lo aconsejan. La fortuna te ha conducido a un lugar generoso, niña. He tratado antes con otros propietarios, unos decentes y otros infames, y puedo asegurarte que este, aun siendo riguroso, está por encima en largueza. Tras el baño, el señor te aguarda para presentarte a los miembros de la casa. Reza por él y por su fortuna, ya que también es la nuestra.

—La felicidad y la desventura siempre van unidas. Hoy he escrito mi destino junto al de este amo, y su estrella se convertirá en la mía —opinó con su dulce voz.

El dueño de la casa probó unos pasteles de almendras y aseó sus manos en agua perfumada del aguamanil que le ofrecía su esposa, Kahena, miembro como él mismo de la tribu de los Qudaä asentados en Yayyán y Elvira, e hija de un cadí de Granada. Era la madre de sus hijas, Duna, Yadiya y Yamila, a las que escuchaba retozar por los corredores tras el eunuco Balansí, el mayordomo, un cariñoso viejo de manos privilegiadas para elaborar perfumes, jarabes y bálsamos, que adoraba a las niñas. Sin esfuerzo, Yahía atisbó en su compañera una irritación contenida, aguardando de un momento a otro una explosión de celos, que no tardó en llegar.

—Veo, mi señor, que has acarreado una nueva y atractiva adquisición a tu casa, que pronto relegará a tu esposa —adujo crispada y con falso tono de sumisión.

Al Gazal le sonrió con una expresión de lealtad, ternura y afecto, secando una lágrima desplomada de sus ojos negros. No solía dar explicaciones, pero lo hizo.

—En modo alguno, Kahena. Cuando firmé la estipulación de boda y empeñé mi palabra ante los ancianos de la tribu, y en presencia de tu padre, me comprometí no solo a cumplirlo hasta la muerte, sino que lo he sazonado con un apego que en mí será perdurable, pues eres la madre de los eslabones que me unirán a la eternidad, mis hijas. ¿Acaso has tenido alguna queja de mi devoción hacia ti? He poseído alguna concubina, sí, pero jamás te he privado del lugar de privilegio en esta casa.

—Pero es una esclava muy hermosa, Yahía, y temo por mi situación.

—Al contrario, te ayudará a llevar la casa y asistirá a mis fiestas para deleitar a los invitados con sus cantos. Es un signo de distinción que precisaba por mi rango. También la emplearé para revisar mis versos y horóscopos, pues es una experta amanuense y conoce a Ptolomeo. A las niñas les enseñará música y el Libro Sabio. No receles de ella. Enseguida, Sanae, ese es su nombre, se integrará en el ambiente familiar y te alegrarás de tenerla junto a ti. Olvida tus temores, prométemelo. ¿Está mi baño preparado, Kahena?

—Sí, esposo. Iré a ayudarte. —Lo siguió resignada.

Conforme Al Gazal se acercaba a la artesa para darse un baño reparador, y que no era sino un sarcófago de una antigua mansión romana, notó el calor de la red de tubos de arcilla, alimentada de *kanún*, carbón de Qastulana, que circulaba bajo las losas de la casa. No bien comenzó a notar una agradable sensación de abandono, cuando Balansí llamó la atención de su amo con intemperancia, golpeando la puerta.

—¿Qué ocurre, Balansí, que vienes sofocado? —dijo con expresión dubitativa.

—Mi señor, un sirviente de los correos del emir acaba de traer un mensaje para ti. Nunca me gustaron las enigmáticas notas del alcázar. Toma.

—Bien, cascarrabias, puedes retirarte, y tú también, Kahena. Más tarde llamaré al *hakak*, al masajista, para que frote mis músculos, agarrotados de tanto caminar.

Solo y relajado disfrutó al fin de la calma, aunque esbozó un gesto de inquietud tras escrutar el cuero carmesí de la correspondencia del alcázar. Retiró la trencilla que lo envolvía, deshizo la atadura y encontró en el interior un papiro doblado sobre sí mismo. Lo desplegó sobre su mano y un ligero efluvio a perfume de ámbar le llegó hasta su nariz. No lo dudó. Era el inconfundible aroma de Shifa, la esposa olvidada del emir, la madre de su primogénito, la única mujer en su existencia que había entrado en su corazón, implacable como una daga, aunque sin esperanza alguna de ser correspondido. Olió el papel con suavidad prolongada y un liviano estremecimiento le sacudió sus miembros. Siempre la había amado, y haría cualquier cosa por su felicidad. Los redondeados signos de la inconquistable dama le hicieron palidecer. Dudó, conjeturando sobre su contenido, y lo leyó para sí:

Que el Eterno esté contigo, Yahía.

Utilizando los reservados correos del buen Al Faray, quiero hacerte una súplica, asentada en nuestra antigua amistad.

Naser, en ausencia del emir, de expedición por el norte, ha vuelto a intrigar en contra de mí y de Qalám, su segunda esposa. Los detalles carecen para ti de valor y no quiero que te mezcles en ellos, pues el perverso gran eunuco no dudaría un momento en buscar tu ruina. Te ruego que en la fiesta del cercano shabán, que se celebrará en los pabellones del Qars al Tach, el Palacio de la Diadema, y a la que serás invitado por Abderramán a su regreso, te entrevistes conmigo previamente.

Antes de iniciarse la recepción, te esperaré en el mirador de Aixa, donde te esclareceré un grave asunto y te concretaré la colaboración que pretendo de ti y de tu mente elocuente. Procura llegar antes que los otros cortesanos. La intervención que espero de ti, mi buen amigo, y en la que nada te comprometerás, puede salvar la vida de un inocente y entorpecer los perversos planes de Naser, Tarafa y la engreída Tarub, a quienes el Todopoderoso humille. No te puedo explicar más.

Queda en la paz de Alá y ruega a Él por nuestro soberano, tu amigo y mi esposo.

Shifa, Princesa Madre de la casa de Abderramán ben al Hakán.

Al Gazal quedó pensativo por la súplica de la dama y por sus términos incomprensibles y misteriosos. Pero sin conseguir evitarlo se consideraba seducido por aquella confianza. Faltaban algo más de tres semanas para el Ramadán, por lo que la fiesta del *shabán*, que lo precedía, se celebraría en el plazo de una semana y media. Le complacía ayudarla, y más aún si con ello irritaba a los regalados eunucos. Además, la compañía de Ibn Firnas, Samir e Ibn Habib, sus amigos del *diwán* poético del emir, equilibrarían la comparecencia de los favoritos del soberano. Aquella mañana Yahía había salido de su casa sin ninguna preocupación. Ahora, cuando la tarde lo cubría con su tibieza, tres inquietudes lo desasosegaban hasta el punto de sentir una desazonadora congoja en el estómago.

«¿Rompería la armonía familiar la *qiyán* arrebatada al odioso Ziryab? ¿Desvelaría el manuscrito sus búsquedas del saber?», se preguntaba contrariado.

Era consciente de que su destino estaba ligado al del emir, pero desde hacía un tiempo aquellos perversos castrados y la loba de Tarub lo desafiaban con su ambición. Y las secuelas para Córdoba podían llegar a ser devastadoras.

Cerró los ojos y sintió el soplo de la brisa vespertina y los perezosos rumores del jardín. La luz de la tarde refulgía como un espejo, saturando de destellos el agua de la artesa, en cuya lánguida suavidad Al Gazal se adormeció, pensando en la misiva de Shifa, cuya vida había sido una mezcla de dicha y de lobreguez. Ahora se encontraba en las profundidades del poder y era una dama inmersa en ellas.

CAPÍTULO III

EL COLLAR DEL DRAGÓN

Al Gazal paseaba por el mirador de Aixa, en el Palacio de la Diadema, entregado a sus reflexiones, entre el rumor de los surtidores. La antigua favorita, la *sayida* Shifa, no se hallaba en el lugar convenido y eso lo intranquilizaba.

En otro tiempo había despertado la ilusión de la joven concubina, encendiendo un fuego que iba más allá del afecto, aunque por estar comprometida con la persona del soberano solo alcanzó un sentimiento espontáneo de admiración recíproca. Nada más. El alquimista y el mercader Qasim eran las únicas personas que conocían sus orígenes oscuros, pues, aunque se decía que era la hija de un príncipe ostrogodo de Aquileya, intercambiada en un pacto con el sultán de Tunicia, su ascendencia era baja y de truculenta estofa. Por eso Shifa ensalzaba su discreción, adoraba las consideraciones del poeta, sus versos irresistibles y los horóscopos en las veladas del alcázar. La encantadora vanidad de sus ademanes la confundían, impulsando en su corazón un sentimiento de adoración. Al Gazal representaba para ella el viento poderoso contra las acechanzas de la camarilla del mal encabezada por Naser.

El alquimista se acercó a la balaustrada y apoyado en el alféizar respiró las fragancias en su lozanía nocturna. Luego admiró la ciudad, apaciblemente recostada en los declives de la ribera del río. Hacía tiempo que los almuecines de las mezquitas de Qurtuba habían atraído las sombras sobre la Babel andalusí. Las calles, cobijadas bajo el manto de sus techumbres y azoteas y el dorado vidrioso de las mezquitas y palacios, comenzaban a iluminarse con los fanales de aceite.

De la lejanía, como un llanto lastimero, le llegó el tañido de las campanas de Santa Eulalia y San Zoilo, las iglesias cristianas de la muralla. La luz de una luna cargada de penumbras iluminó una estrella fugaz, que se perdió cerca del lucernario de la mezquita aljama, el antiguo templo de Venus y después cristiano de San Vicente, en cuya ara los jóvenes paganos ofrecían ramos de laurel a su diosa y los *dimies*, panes bendecidos a su Cristo. Súbitamente se alertó al escuchar el tintineo de brazaletes y aros, y el ruido de unos pasos lo sacaron de su abstracción.

—Que Alá te favorezca, Yahía —se oyó una voz melancólica.

—Mis ojos se alegran de verte, *sayida alcubrá* —correspondió.

—Disculpa mi tardanza. Nuestro señor regresó con sus hijos del monte de la Novia muy tarde, tras su expedición al norte —suplicó perdón con delicadeza.

Shifa carecía de la exuberancia de formas de la actual favorita Tarub, pero poseía tal distinción y hechizo que atraía la atención de los hombres y, en ocasiones, la insidia de las favoritas del harén. Era el paradigma de

110

la fragilidad y parecía como si con el mero contacto pudiera desvanecerse. Ceñía su cuerpo con un vestido blanco cubierto por un manteo de fina piel, y sus pies con sandalias doradas. Su rostro, semioculto por un velo transparente, el *miqná*, dejaba entrever unos ojos almibarados y unos labios carnales que poseían el don irremediable del embrujo.

Al Gazal bajó sus ojos y los fijó en una joya que eclipsaba a cuantas la adornaban. Sobre su cuello palpitaba el Altubán, el Collar del Dragón, la fatal gargantilla de diamantes rojos que había pertenecido a la favorita del califa Harun al Rashid de Bagdad. Comprada por el emir de Córdoba a Qasim por la desorbitada suma de diez mil dinares de oro, había acarreado desgracias recientes en el alcázar.

El tiempo y los acontecimientos habían convertido a aquel enigmático jeroglífico en talismán fatal para cuantos habían querido poseerlo por la fuerza. Los poetas de la corte lo habían cantado hasta el frenesí, desatando las más viles pasiones en el serrallo del emir andalusí, hasta el punto de ser conocido por el funesto sobrenombre del Aguijón del Escorpión. En aquella noche de plenilunio, el collar resplandecía sobre la garganta de la que fuera favorita de Abderramán como un alacrán presto a atenazar a su presa. La joya se había convertido, por su secreto, en un terrible vengador dormido en el busto de Shifa.

—Estás resplandeciente como una novia. Parece Shifa como si esos diamantes se hubieran adueñado del color de tus mejillas —la halagó—. Envidio a ese collar que aspira las delicias de tu pecho.

Fijó ella sus ojos en las gemas y como ofendida por su maleficio replicó:

—¿He de amarla o detestarla, Yahía? Nadie ignora

111

que sobre esta joya pesa una maldición, causa por la que te he querido ver esta noche. Siento al contemplarla la mirada de la hermosura y a la vez de la desgracia. Se ha cobrado una muerte recientemente y puede en breve vengarse con otra de un muchacho inocente.

—Me inquietas, Shifa. ¿Ha acaecido alguna desdicha más por su causa?

—Así es, Yahía. Cada día estoy más convencida de su influjo perverso. Lo que siempre consideré como un obsequio excepcional salido de la esplendidez de mi amado es un fetiche maléfico que aniquila a quien lo desea. Te lo aseguro.

—Ciertamente una aureola extraña lo ha acompañado allá donde se halló, aunque nunca produjo nada aciago a su poseedor, sino a quienes intentaron sustraerlo por la fuerza a su legítimo dueño. Es su única maldición, Shifa —repuso.

—¿Y tú qué conoces de ese sortilegio, amigo mío? —se interesó.

Calló unos instantes, pues creía en lo evidente, y le reveló:

—Solimán Qasim, el Siciliano, me relató que antes de ser vendida a tu esposo se sucedieron misteriosos sucesos en Bagdad relacionados con la joya que helarían el corazón de cualquier narrador, por el horror sembrado a su paso. Maligno o favorable, el Altubán se rodeó del prodigio y la seducción, y también de la muerte. Aunque los acontecimientos nefastos tan solo han de ser achacables a la codicia de los hombres y no al supuesto influjo de la gema. Yo intuyo que un burlón alquimista guardó su secreto de una mutación de metales en esa joya, y la ignorancia y la avaricia han hecho el resto. Desecha tus temores, querida —la consoló.

—Pero ¿cómo llamarías tú a las inexplicables muertes originadas por su causa? Recuerdo a esa esclava idumea, confidente de Tarub y Naser, que apareció con el cráneo aplastado en las cuadras por alertarme del robo inminente del collar —dijo.

—Shifa, me resisto a creer que esta alhaja tan fascinante atraiga tanta maldad. No envidian su perfección, sino sus secretos, prometedores de riquezas. Su irresistible imán es la ambición de los que la codician. En Oriente, al menos media docena de asesinatos se relacionan con ella —confesó el poeta.

—Dios misericordioso —murmuró para sí, llevándose las manos a los labios

—Según palabras de Qasim, cuando los sublevados asaltaron el palacio de Bagdad y acabaron con la vida del califa Al Mamún, hijo de Harun al Rashid, un bandolero de nombre Aziz, el Sanguinario, lo buscó en vano junto a sus secuaces por las estancias del harén, abriendo tumbas, esparciendo cenizas y destruyendo cofres hasta que, al fin, tras torturar al gran chambelán ensartándolo en un estandarte abasí, dio con el joyero, oculto en el basamento de una columna del salón del trono. Huyó con él al oasis fortificado de Al Qut, junto a algunos eunucos renegados, quienes propagaron la ficción de que la joya escondía una fórmula alquímica de extraordinario valor. Nada se sabe a ciencia cierta de qué aconteció allí, pero la banda de asaltadores pereció casi en su totalidad víctima de peleas intestinas. Fue entonces cuando nació la leyenda, pregonada por los beduinos del desierto, de que sobre ella se cernía una maldición. Ellos fueron los que la llamaron el Aguijón del Escorpión.

—Es prodigioso, Yahía, pero me causa pavor —dijo la mujer.

—Pero no acabó aquí la tragedia. Uno de los supervivientes vendió el Dragón a un tratante egipcio, quien se dirigió con él a Damasco. Allí contactó con traficantes de productos robados, y en especial libros raros y alhajas pertenecientes a los palacios abasíes expoliados durante la rebelión de Bagdad. El mercader debió volverse codicioso con la joya, pues tras venderla a un cargador de barcos por dos mil dinares de oro, intentó robarla aquella misma noche a su nuevo amo, cuando unos orfebres la desmontaban, intentando en vano desentrañar su secreto. Su cabeza apareció clavada en una pica en el zoco de Damasco, como advertencia de que un trato comercial no se rompe jamás por un creyente. ¿Entiendes, Shifa? —la alertó.

—Pero ¿cómo puede un objeto tan espléndido atraer tantas calamidades?

—La codicia, Shifa, la codicia humana. Mi socio Qasim contó que el oficial del puerto de Jafa, donde partió el bajel hacia poniente, confesó a los cargadores: «Por las sandalias de Omar que no descansaré hasta que, entre esa maldita alhaja y yo, haya todo un océano que nos separe. ¡Está maldecida!». Qué no pasaría aquel mercader.

—No cabe duda, Yahía. Me entristece reconocerlo, pero he de admitirlo. Sobre este collar, regalo del pródigo corazón de Abderramán, pesa una siniestra advertencia. Aprendí de memoria los versos dedicados por Samir y ahora me saben a hiel. —Su voz delicada susurró el poema, como si con sus versos quisiera ahuyentar el mal presagio—: «¿Acaso se pueden comparar los rubíes y las perlas del Dragón con su dueña, aquella que aventaja en esplendor al sol y a la luna, y ante la cual son despreciables las alhajas del mar y la tierra?».

—Aún perduran en mi mente las estrofas del buen Samir —rio el poeta—. Le supusieron el nada despreciable premio de quinientos dinares de oro, donados por nuestro señor. Nada temas de esta joya, Shifa. Tan solo sé precavida. Y si lo deseas, y con el beneplácito del emir, podríamos un día examinarla en mi gabinete. Y lo anhelo vivamente, lo confieso. Pero no nos extendamos en el encuentro. Aquí las paredes pueden ver y oír y motivos tenemos para recelar. ¿Para qué querías verme?

En su rostro se dibujó la angustia, y su hermosura palideció por unos instantes.

—Cierto. No han de vernos juntos aquí. Pero necesito de tu ayuda —lo alertó.

—¿Una merced a quien siempre me honró con sus favores? Tienes mi vida, Shifa —reconoció el poeta alentándola a explicarse.

—Eres un deleite, Yahía —expresó tras acariciar su mano—. Te explico: con tu defensa y la de tus amigos poetas del *diwán*, conseguiremos el propósito de una especial petición que expondré esta misma noche a nuestro señor.

—Ardo en deseos de conocerla, y si te soy sincero he permanecido impaciente desde que recibí tu mensaje.

La mujer deslizó sus ojos por la solitaria estancia sin advertir presencias indeseables, por lo que comenzó a hablar:

—Todo se inició con el robo de esta alhaja hace unas semanas. Pues bien…

La favorita le relató la extraña muerte de Laqit, el robo del Dragón, cuyo hurto se achacó al desventurado eunuco, la visita secreta de Tarub, y el juicio sumarísimo del pobre esclavo, delator de acusadoras pruebas de la Tesorería Real. Luego le narró cómo Naser la visitó después para entregarle la joya, al fin recuperada por sus eficientes eunucos, imputando a Laqit, al muchacho y su amiga

Qalám de todas las desgracias sobrevenidas tras el robo, y consiguiendo que el harén se dividiera, adueñándose de él la sospecha y el recelo.

Al Gazal frunció el ceño. No era un plato de gusto para él, y manifestó:

—Todo este embrollo no es sino una añagaza de Tarub, Naser y el cerril Tarafa para dominar el alcázar y someter al emir a sus ambiciones —concluyó afectado.

—Y a través de ese esclavo, al que no se le hizo un juicio justo, quiero averiguar sus intrigantes intenciones —adujo excitada.

—¿Y Abderramán, conoce lo ocurrido? —preguntó el alquimista

—Lo dudo, pero, si lo conoce, la versión no será otra que la propagada del supuesto accidente. Cuanto Naser le susurra al oído, lo cree a pies juntillas.

A Al Gazal le sobrevino un sentimiento de enojo, y preguntó:

—¿Y qué trama has ideado para desvelar la verdad, Shifa? —se interesó.

—Para revelarla, ninguna, pero sí para salvar la vida de Masrur, así se llama ese desamparado zagal que se pudre en los calabozos del alcázar —contestó.

—¿Y qué interés te empuja a salvar el pellejo de ese esclavo?

—Ese *saqaliba* fue mi paje durante años y le tomé gran aprecio. Nos alegraba con sus chanzas y una peculiar forma de hablar nuestra lengua. Su infancia se asemeja demasiado a la mía. Fue uno de los elegidos por el emir para formarse en la mezquita, y posee una vasta formación en álgebra.

—Ese no es un motivo convincente para sacarlo de las celdas de la *mutbaq*.

—En el harén se conocen abusos detectados por el muchacho cuando sirvió en las oficinas del tesoro. Ese y no otro fue el motivo de Naser para retirarlo del servicio e inculparlo en la sustracción del Dragón. Si esta noche conseguimos libertarlo y mantenerlo bajo nuestra protección, poseeremos un arma mortal contra Naser. Lo necesitamos vivo y junto a nosotros. ¿No lo comprendes, Yahía?

El rostro en calma de Yahía tomo un sesgo de ansiada reparación. Aceptó.

—Merece la pena intentarlo, aunque solo sea por contemplar la cara de descomposición de los castrados. Pero ¿cómo te las compondrás? Si no lo conseguimos, habremos firmado su sentencia de muerte, pues los alertarás —dijo.

—Lo sé, Yahía. Pero confía en mí. Rogaremos al emir, mi esposo, la liberación apelando a su magnanimidad —afirmó con seguridad.

—¿Pedirle a Abderramán, sin más, y sin ninguna prueba concluyente, liberar a un ladrón de palacio? Lo veo descabellado, Shifa, y no deseo en modo alguno disuadirte de tu noble propósito. Abderramán es generoso, pero no injusto. Contamos además con la indudable oposición del gran eunuco Naser, que no lo permitirá por miedo a ser acusado. Hemos de ofrecerle una razón convincente o no dictará nunca la orden de excarcelación. Lo conozco lo suficiente —aseveró.

—Se la mostraremos, Yahía. Confía en mí y apóyame con tu lengua persuasiva. El emir no nos lo negará, y más aún si le proponemos una buena razón.

—¿Puedo conocer esa prueba tan determinante? —curioseó indiscreto.

—La conocerás a los postres del festín. Solo te ruego

una cosa, ayúdame con tu ocurrente elocuencia. Y si el emir accede a concederle el perdón, ofrécete a tomar al muchacho bajo tu protección. De quedarse en el alcázar su vida no valdría más que una moneda de cobre. Es cuanto te pido. ¿Puedo confiar en ti, Yahía?

Un vago rechazo pasó por su mente, pero no consintió que la dama insistiera.

—Defenderé tu causa como si fuera mía, aunque le doy escasas trazas de éxito. Concedámosle una oportunidad al esclavo, a quien envidio.

—Fiémonos de nuestra capacidad de persuasión. El caso lo merece, Yahía —dijo embelesadora—. Y ahora aparezcamos por puertas diferentes y nadie recelará.

—Pongámonos en las manos de Dios, que mañana determinará nuestro lugar en el paraíso —contestó el poeta, subyugado por el coraje y perspicacia de la favorita.

—¿Nos amenizarás esta noche con algunos versos salidos de tu inspiración?

—Si tú estás cerca no la precisaré, pues tus ojos me los dictarán, Shifa —dijo.

Aquella noche embriagadora, la corte omeya celebraba con una velada poética la víspera festiva de la Laylat al Bara, la Noche de la Batalla de Bard, rememorando la conquista de la Meca por el profeta. Sin embargo, el pueblo de Córdoba, novelesco y supersticioso, la llamaba la Vigilia del Destino, pues, en aquella mágica noche, Alá abría las puertas del cielo y escudriñaba con ojos las acciones de las criaturas determinando su suerte venidera. Desde el crepúsculo, las familias se reunían en torno a una mesa pródiga en confites, para al día siguiente asistir junto al emir a la solemne procesión y a la parada militar en la explanada de la Al Musara, adornada de guirnaldas, estandartes y gallardetes de seda.

Naser, como gran chambelán, había dispuesto en el Palacio de la Diadema una recepción para los cortesanos más afines al emir. Una veintena de invitados escogidos por el mismo Abderramán lo acompañarían en las terrazas del Salón de la Alegría, abiertas al hermosísimo jardín del Al Maxuq, o del Enamorado, sembrado de arbustos traídos de Siria y Mesopotamia, como los granados safar, las palmeras de Nínive, los fragantes melocotoneros de Amara y los jacintos de Zamar, la flor preferida del profeta. Y conforme llegaban los convidados, Naser los recibía con cortesía ofreciéndoles agua de rosas y algalia en aguamaniles de oro.

Algunos se engalanaban según la costumbre andalusí con ziharas de sedas multicolores y el cabello largo impregnado de esencias, como Al Gazal y los poetas del *diwán*, y otros, conforme a la moda impuesta por Ziryab, con el pelo crespo, miembros depilados, túnicas blancas y altos turbantes. Córdoba cambiaba.

El músico bagdalí, al que aún le escocía la pérdida de la puja con el poeta, apareció en el palacio con su habitual altivez. Envuelto en un aparatoso manto de raso, un excéntrico *imama*, un gorro de color encarnado, engastado con una enorme perla, le cubría la cabeza y parte de su rostro oscuro y terso.

El gran *fatá* Naser se adelantó unos pasos, saludándolo, mientras le besaba las mejillas:

—Salud a la voz predilecta del emir, el honorable Ziryab de Bagdad.

—Jalifa Naser, sin tu benefactora sombra, nuestro señor vagaría por la tierra desamparado. ¿Qué lugar me has designado en esta vigilia? —preguntó.

—Frente a nuestro imán y junto al sabio alfaquí Al Layti.

—Lo celebro. Así podremos comentar algunos asuntos.

Ziryab, hijo de un esclavo negro, había crecido en los suburbios de Bagdad y adiestrado en las sutilezas de la armonía y el canto por Al Mawsili, el músico de Harun al Rashid. Su deleitosa voz, acompañada de un extraño laúd de su invención de cinco cuerdas, que rasgaba con una garra de águila, pronto alcanzó una pureza inigualable, causando tal asombro en el emir que lo obsequió nombrándolo su cantor. Mas de inmediato atrajo la envidia de los músicos del sultán, por lo que huyó de Bagdad amparado en las sombras de la noche y en la soledad de los desiertos.

Arrastró su desolación por las plazas y zocos de Arabia, Egipto y Libia, llevando una existencia penosa y errática. Allá donde cantaba, las gentes lo aclamaban por su exquisitez, propagando su esclava que los *chin*, los espíritus angélicos, le dictaban de noche sus canciones. En Qayrawán oyó hablar del esplendor de la corte de Córdoba, ofreciéndose a través de un mercader de Al-Mariyya al nuevo emir de Córdoba, el refinado Abderramán II, que lo llamó a la corte. Aquel día, su existencia y su fortuna se transformaron. Al fin habían acabado las penurias y su arte era reconocido por una mente exquisita y refinada.

Establecido en Córdoba, y con el beneplácito de un apasionado emir por lo oriental, mudó la etiqueta de la corte, los usos culinarios, la moda y la vida social de Alándalus. Pronto su influencia creció, alcanzando una fortuna fabulosa con la apertura de casas de belleza y academias de música en Córdoba, Sevilla y Granada. No obstante, muchos no toleraban su soberbia y su tiranía, sus apariciones en público, seguido de un cortejo de más de cien jinetes, impropio de un cortesano, y el desprecio por las antiguas usanzas andalusíes. El pueblo ironizaba al verlo pasar seguido del séquito de petimetres encopetados, encarándose a su paso:

«¡Ziryab, pájaro negro! Avechucho de mal agüero, ¿qué suena mejor, tu mandolina o las monedas que has vaciado de la faltriquera del emir?».

Al poco, tras las columnas del mirador, surgió un animado grupo de invitados cuya presencia bastó al chambelán para irritarse y fruncir el entrecejo. Eran los componentes del *diwán* poético del emir, sus compañeros de zambras y tertulias ilustradas, que habían sido ya alertados por Al Gazal para apoyar la aún desconocida petición de Shifa, a la que todos tenían como la esencia platónica de sus inspiraciones. Saludaron al *kabir fatá* con fría cortesía, y al severo Al Layti, que esgrimió una mueca a modo de cumplido, pues los creía próximos a la herejía.

—Ese alcahuete sin testículos y el inquisidor nos han taladrado con su torva mirada, Yahía —lo previno uno de ellos, el rimador Samir, con sorna.

—El eunuco Naser es un farsante, y el alfaquí, un santurrón embustero, que acarrearán la ruina de Córdoba si no los detenemos, Samir —le replicó estremecido, mientras les devolvía una ojeada de indiferencia—. Están cargando el alcázar de sentimientos cainitas, y al final conseguirán enfrentar a los dos príncipes entre sí, o contra su padre, el emir.

Acomodados en los divanes de la terraza aguardaron la aparición del soberano degustando una copa de vino de Rayya sazonado con almizcle y *zanyabil*, mientras hacían todo tipo de conjeturas sobre tan repentina e inexplicable vuelta de la campaña guerrera contra los vascos. Por palacio corría la inaudita historia de una polución nocturna del emir en su tienda de campaña mientras soñaba con Tarub, y de la apetencia de gozar de sus delicias, resultando tan poderosa, que regresó sin pensarlo un instante a Córdoba. Así era el enamorado e incontinente Abderramán.

En el viaje compuso una rima que ya circulaba de boca en boca por el alcázar. Salim, un eunuco del harén, conocido enredador y contrario a los sicarios de Naser, se aproximó a los poetas, ofreciéndose a narrarles la sabrosa anécdota real.

—Amigos, ¿conocéis los versos compuestos por el amo a la pantera, y la apasionada noche de frenesí vivida en el gineceo tras su vuelta?

—Los desconocemos, Salim, pero seguro que tú nos los vas a narrar, ¿verdad?

Agradeció la oportunidad que le daban, y recitó con su voz pueril el poema del emir:

Al aparecer el sol evoco a Tarub, y mis ojos creen ver una hermosa cervatilla. Yo alumbro el fuego de la guerra y lo extingo con las blanduras del amor. Bienvenido sea el prolífico derrame que ha venido en la oscuridad de la noche a visitarme y recordarme las galas de la hermosura de mi amada.

—Maravilla de sutileza y de fogosidad —terció Samir, que preguntó—: ¿Y fue tan arrebatadora la llegada del campo de batalla de nuestro señor?

—Cuanto os figuréis, jamás se asemejará a la verdad —repuso extasiado—. Anteanoche, al llegar con sus regimientos, se bañó, perfumó y acicaló, y de inmediato quiso ver a Tarub, el pretexto de su ardoroso regreso. Pero ella, indiferente, se opuso a acogerlo en su lecho. Abderramán, deshecho de amor, no cejó hasta obtener sus favores, por lo que me ordenó que trajeran del arcón talegos llenos de oro que luego colocó uno tras otro en los peldaños de la cámara de Tarub hasta alcanzar la altura de un hombre.

—Ni los califas de Bagdad fueron tan generosos —exclamó Samir.

—Al oír el ruido —prosiguió—, la concubina abrió la puerta sorprendida. Y más de diez mil monedas de oro se desparramaron ante ella. Luego, tras la dorada cascada, apareció la figura del soberano. Creedme, la emoción fue tan intensa que las barreras del desamor cayeron como las filas de nuestros enemigos.

—Nadie tan tierno y generoso como el emir —prorrumpió Al Gazal.

—Y muy cara su noche de amor —contestó Samir y todos rieron—. Te estamos agradecidos por las novedades, Salim.

Aprovechando la espera, Yahía llamó la atención de otro de sus amigos, Ibn Firnas, el inventor de Ronda, conocido con el seudónimo de Hakín Alándalus, el León de Alándalus, a quien Al Gazal pregonaba como el hombre de mayor clarividencia de Córdoba, y también perteneciente al *diwán*.

—Firnas —le musitó amparado en el rumor reinante—, hace unas semanas encontré por casualidad en el mercadillo de los libreros un raro ejemplar que perteneció a un santón de una secta extraña. Lo he revisado y estudiado detenidamente, resolviendo sus criptogramas, pues está escrito con una clave secreta. Te lo aseguro, ese manuscrito encierra un secreto de excepcional importancia para la interpretación de la cábala y otros secretos del conocimiento que nos ocupan hace años. Me parece asombroso y, si te soy sincero, apenas si duermo con lo revelado.

Dentro de tres días nuestra *jirka* se reunirá en mi casa. Allí os participaré de sus singulares y portentosos secretos.

—Ciertamente te he observado y te he apreciado distante, como sumido en un ensimismamiento, y ahora lo comprendo. Esperaré impaciente, Yahía —le dijo para luego mascullar, señalando con los ojos a los chambelanes—: Si aquellos ambiciosos lobos conjeturaran el motivo de nuestra charla, mañana mismo nos denunciarían al cadí por blasfemia y herejía, y nos crucificarían en el Arrecife. Lobos fanáticos.

—No te equivoques. Sí, los intolerantes poseen el recurso de la delación y la intriga. Pero pierde cuidado, a la postre ellos serán verdugos de sí mismos —le dijo Yahía.

Los murmullos cesaron cuando por la arcada del salón penetró un heraldo con la caña de bambú de plata precediendo al monarca, sus cinco esposas, sus hijos, Muhamad y Abdalá, el primer visir, el zalmedina y secretario de las cartas reales, el mozárabe Antuniyán, de pelo bermejo y facciones encendidas. Sadum, el maestro de ceremonias, lo anunció solemnemente, haciéndose el silencio en las terrazas e inclinando todas las cabezas en señal de deferencia.

—¡El imán, nuestro *amir al mumin*, Abderramán ben al Hakán, calígrafo de Dios, salud y guía del islam, a quien el Eterno cubra con su sombra! —anunció el maestresala.

Con un andar sereno, el emir les sonrió, mirándolos con sus ojos profundos y negros, cargados a la vez de gravedad.

—*Salam*. El Omnisciente os proteja. Bienvenidos a mi casa, mis devotos hermanos —contestó con su voz grave y reposada, mientras caminaba entre ellos.

Al Gazal levantó los ojos y miró a su amigo Abderramán, a quien llamaba en su fuero interno la dura fragilidad. Rondaba los cincuenta años y había vivido junto a él desde su juventud. Nada había cambiado en aquel príncipe de estatura media, aspecto patriarcal, nariz aquilina, párpados cobrizos y tupidas pestañas. Su barba venerable exhalaba un aroma a alheña y *keten*, y algunas hebras blancas anunciaban su madurez. Vestía su corpulencia a la moda oriental, con una zihara amarfilada, y cubría su cabeza con un turbante con bandas de oro.

Al Gazal lo honraba no solo porque frecuentaba los vericuetos de la sabiduría y gustaba del refinamiento, las ciencias ocultas, las bellas mujeres, y fuera además un apasionado de la poesía y la alquimia, sino porque al fin había concluido con el vacío existente entre el pueblo y sus gobernantes. Abderramán se sentía querido por su pueblo, y el reino del Mediodía, abandonado en las bondades de la paz, recorría como un meteoro el firmamento del islam. Vivía rodeado de cantores, rimadores, astrólogos y mujeres de ensueño, entregado a la incesante búsqueda de los caminos del saber. Sensual, pacífico y erudito, escalaba con el mismo fervor los tálamos del harén que los más recónditos senderos de los tratados persas y griegos, que pagaba a precio de oro. Tan solo su desconcertante propensión a los intolerantes alfaquíes y a los codiciosos eunucos de palacio confundía a Al Gazal y a sus amigos del *diwán* poético.

El emir tomó asiento, y ocultas a las miradas por un velo translúcido, y atentas a sus confidencias, se acomodaron las cinco princesas madre: la esquiva Tarub, que ocupaba el lugar más cercano al soberano, cerca de Shifa, y al otro lado tres hembras de hermosura cegadora, Fadl, Alám y Qalám, conocidas como las Medinesas, al haber sido educadas para la música en la ciudad sagrada de Arabia. Y aunque ahora languidecían en el olvido, ellas también habían dado descendencia al emir.

Habitaban un pabellón acristalado en los jardines donde adiestraban a una orquesta de esclavas virtuosas para la audición exclusiva de su señor. La melancólica Qalám, una *rumiyat*, hija de un noble norteño, cautiva desde niña y maestra en el arte del laúd, había ocupado por su belleza el corazón de Abderramán, siendo junto a Shifa las dueñas del serrallo hasta la llegada de la intrigante Tarub.

Sadum golpeó en el enlosado de mármol, y los comensales tomaron asiento. El afable emir paseó su mirada por los huéspedes, deteniéndose en Yahía. Alzó con sutilidad su brazo, gesto al que respondió el cortesano llevando sus manos al pecho y bajando sus ojos. No obstante, una desazonadora intranquilidad atenazaba a Yahía aquella noche. Tal vez el asunto de Shifa y su extraño protegido habían guiado su espíritu a un confuso estado de ánimo. Buscó la mirada de la favorita, y halló unos ojos imperturbables y una agradable mueca de complicidad.

Aquel panorama de misterio parecía presagiar una velada excitante.

CAPÍTULO IV

LA SENTENCIA DE ABDERRAMÁN

Las umbrías del jardín oreaban ráfagas perfumadas, el aire era embriagador y la luna rutilaba esplendorosa en el negro infinito. El momento se rendía subyugante en aquella noche de Córdoba, de brisa cálida. Un festín sazonado de gustosos platos aguardaba a los amigos del emir, quien adulaba afable a la estirada Tarub.

—En esta velada nos acompañan las gacelas cantoras de nuestro señor, Yahía.

—Sí, Firnas, y bien aferradas por las garras de una pantera sin alma —le respondió Yahía al oído y callaron a observar que Al Layti se levantaba de su diván para hacer los honores de bienvenida al emir.

En medio del silencio, el alfaquí, la voz de los creyentes de Córdoba, un anciano de piel apergaminada y ojillos cercados de bolsas negruzcas, embutido en la túnica negra de los rígidos religiosos maliquíes o suníes, elevó su voz avinagrada:

—Emir nuestro, Abderramán, hijo de Al Hakán. Contigo ondea victoriosa la enseña de los omeyas y sobre tu cabeza se yerguen los estandartes de la fe verdadera. ¡Oh, tú, defensor de la religión e imán celoso de la pureza del islam! Con tu nombre reina el sol en los dos Orientes. Sé bienvenido a Córdoba, y Alá sea siempre contigo.

—Quedo obligado a tus palabras, sabio cadí, y me congratulo de estar con mis predilectos y escuchar sus consejos, mientras nos deleitamos con la música de mis esposas y de Ziryab, de cuyas melodías no podemos sustraernos. Gocemos pues de los deleites de la velada que nos procura el Muy Sabio —le contestó expresivo.

A una señal de Sadum, el maestresala, los palafreneros se adelantaron conforme exigía la etiqueta y depositaron sobre las mesitas cuencos y platillos de loza y cristal con los más variados manjares. Mientras tanto la orquestina de las Medinesas tañía tonadillas de una sutileza sublime con albogues de cedro. Una docena de pebeteros quemaban ámbar e incienso, y las lámparas de aceites perfumados iluminaban la terraza procurando una luz azafranada y sensual.

Abderramán, que en público se ocultaba tras un escrupuloso ceremonial, como un *basileus* oriental, en la privanza de la intimidad se mostraba tal como era, bondadoso, tolerante e ingenioso. A todos les dirigía la palabra con afabilidad, interesándose por sus familias y la felicidad personal. Al conversar con Samir, su amigo de la infancia, este le interpeló con su conocida ironía:

—Mi señor, toda Córdoba conoce tu precipitada vuelta a Córdoba por el impulso más precioso que a un ser humano puede empujarlo, el amor por una mujer. Para tan ardoroso lance, y ensoñación tan apasionada, he compuesto un apresurado poema. Deseo que sea de tu gusto y solicito tu licencia para recitarlo.

El emir se sonrojó, pero gustaba que sus incidentes

amorosos sirvieran de inspiración a los poetas. Miró con simpatía a su compañero de aventuras infantiles, proponiendo, como era costumbre en las tertulias, un improvisado alarde poético.

—Lo oiremos con complacencia, Samir. Esta noche será testigo de requiebros poéticos de quienes son dueñas de mi corazón. Te oímos complacidos, amigo mío.

El poeta apartó los tirabuzones, que le caían sobre el rostro moreno y huesudo, y el poema sonó cadencioso, acompañado por el borboteo de los surtidores:

¡Olvidé el deleite al dejar a mi enamorada por la ronda y la cabalgada. Y cuando el astro sol apareció por levante, regresé como el viento huracanado, y degusté el rubí escarlata de sus labios, hasta que al fin sonrieron los fulgores de la alborada.

Un clamoreo de palmadas premió el delicado poema de Samir.

—Cada vez rozas más las puertas del edén con tu inspiración, Samir —le confesó Al Gazal—. Has honrado a la *sayida* Tarub y gozarás del favor del emir.

Abderramán departió con su favorita y ordenó al eunuco Naser:

—Naser, que Samir sea recompensado. —El *fatá* asintió—. Yo a mi vez, amigos míos, voy a responder con unos modestos versos.

Una de las esclavas comenzó a pulsar el laúd. El soberano se atusó el bigote y, acomodado en el diván damasquinado, entonó con ritmo la réplica poética:

¡Azucena del Edén, no sufras! Me aparté de tu lecho para guiar una hueste invencible contra mis

enemigos, que marcharon contra mí cargados de sa-
bles plateados de relámpagos. Pero vine a ti cuando
la luna surgía entre las sombras. Y, con tu presen-
cia, fuimos ladrones eternos del deleite y del pasio-
nal amor.

Cumplidos aplausos hicieron que el príncipe solicita-
ra a los invitados que cesaran en las alabanzas. Ziryab,
estimulado por los poetas, aclaró su boca con vino y miel.
Se hizo un silencio reverencial y, aferrando el plecto de
águila, rasgó con maestría la *albam*, la cuerda más elevada
de la vihuela. Entonces, la voz de Ziryab se elevó entre las
cúpulas del pabellón con sublimidad. Todos quedaron
embelesados con sus modulaciones, que rasgaban el aire
de la noche. Cuando interpretó la última estrofa, acompañado por el coro de las Medinesas, y su instrumento emitió el arpegio final, un río de elogios se desbordó entre los
convidados felicitando al bagdalí.

—¡Insuperable! —reconoció Yahía, que inclinó la cabeza.

—Ziryab —apuntó el sultán percibido de la alabanza del diplomático—, has enardecido con tu canto a Al
Gazal , siempre difícil de satisfacer y parco en elogios.

—Estimo la lisonja, mi señor, y más viniendo de la
mente más cultivada de Córdoba —replicó mientras le mantenía la mirada, recordando su última disputa en el zoco
de los esclavos.

—Jamás el saber, o el arte, han de separarme de un
hombre. Son otros asuntos irrenunciables los que nos apartan de la armonía. Todas las cosas poseen dos caras, mi
señor. —Todos alabaron su contestación—. Y para de-
mostrároslo, se me acierta a improvisar unos versos que
premien la tonada de Ziryab, y la de tus cantoras.

—Te escuchamos, Yahía —contestó el emir invitándolo a declamarla.

Cantaba la tórtola bagdalí entre los vergeles, y se curvaban arrebatadas las ramas de los arrayanes. Las estrellas se miraban en los estanques asombradas, volando hacia ellas como danzarinas, las espadas de tus cantos y tus tañidos rutilantes.

La sala, en pie, menos el monarca y Al Laity, alabó las rimas del alquimista, y en especial un Ziryab sorprendido. Del apartado rincón donde se ocultaban las concubinas salió un aplauso, al que Yahía respondió haciendo una reverencia.

—Esta noche me abocáis a la felicidad, y nada os podré negar —exclamó el emir, que celebraba los versos de su embajador—. Animaos los demás y regaladme los oídos, os lo ruego. Espléndido, Gacela.

A una señal de Sadum, irrumpieron en el salón seis bailarinas vistiendo gasas diáfanas. Un eunuco se acercó a la cortina y dijo respetuoso:

—Señora Shifa, puede comenzar la música. Las danzarinas están dispuestas.

Y del interior de la colgadura se elevaron los acordes de la orquestina de las esclavas cantoras. Las danzarinas iniciaron sus contoneos, primero sinuosos y tranquilos y después más apresurados. Pronto la armonía hizo que las bayaderas doblaran sus torsos y compusieran con sus cuerpos los más variados perfiles de plástica belleza. Al compás del canto de Shifa, las danzadoras saltaban con uniformidad, arrobando a unos espectadores pendientes de sus sensuales formas. Cuando el baile concluyó y el eco de la última nota salió del gineceo, Abderramán se dirigió hacia el lugar ocupado por Shifa, sentada con el laúd en el regazo.

—Tu voz, mi dulce Shifa, ha brillado como las rosas después de la lluvia y más dulce que el frescor de los besos del enamorado. Pídeme lo que desees y yo te lo daré. Nada podré negarte esta noche.

La vaporosa cortina concitó la curiosidad general, aguardando de la *um walad* la petición de una joya, un vestido de Catay o una tela de Zedán, como era lo usual. Pero cuál no sería la sorpresa cuando la voz de la antigua favorita traspasó como un suspiro el velo:

—Mi señor, fuiste siempre tan dadivoso con tu esposa que mis cofres rebosan en abundancia de pedrerías y tules. Nada de esto necesito, pues todo lo poseo.

—¿Acaso apeteces un raro libro de los que tanto te gusta examinar en mi biblioteca? —se interesó el emir sonriendo, y algo perplejo.

—Mi dueño y señor, aun deseándolo, no es eso lo que pretendo —adujo, y el silencio se tornó en una creciente expectación de los asistentes, que miraban absortos al amo y a la concubina.

Tras un denso mutismo, volvió a preguntarle:

—¿Y cuál es entonces tu capricho, mi tierna Shifa? —El monarca dejó su copa sobre la mesita y se atusó el bigote desconcertado.

Se produjo un turbador silencio. Luego, manifestó serena:

—En virtud de una antigua prerrogativa de los emires de Córdoba, reservada a la fiesta del *shabán*, te suplico concedas la libertad a un esclavo de tu casa, de nombre Masrur, confinado en los calabozos del alcázar por una culpa no demostrada. El objeto de su acusación, el intento de robo del Altubán, luce esplendente en mi cuello. Fue mi paje doméstico, y es un mozalbete inocente, compasivo y leal.

La sorprendente solicitud de la respetada Shifa, madre del heredero al trono, sonó en el salón como un tambor de batalla. A la petición de la señora acompañaron cuchicheos de asombro y murmullos de desconcierto. Se miraron unos a otros y el gran *fatá* Naser, que permanecía arrellanado en su diván, se incorporó con los ojos desorbitados y sin creer lo que estaba oyendo. Crispado, atenazó sus puños y todos advirtieron que aquella solicitud no había agradado al valido, que cambió su palidez por un encendido enojo. ¿Cómo una mujer osaba hacer semejante reclamación?

Recuperado del impacto, el soberano preguntó confundido:

—¿Que liberte a un *saqaliba* inculpado por un cadí? ¿Por qué he de satisfacerte, Shifa? Aún desconozco los pormenores del delito que se le imputa.

—No es un arrogante capricho, mi señor. Ese esclavo estudió astronomía con tus hijos los príncipes, y fue mi fiel servidor. Es difícil creer que intentara sustraer esta joya. ¿Con qué objeto?, me pregunto. Es víctima de un error y de una bastarda acusación. Te lo ruego, haz gala de tu magnanimidad. Yo respondo de su inocencia, y de su vida, esposo mío, nada vale para ti, y es un esclavo valioso.

La mirada de Abderramán se fijó por un instante en la inmensidad del cielo.

—Mi memoria se confunde, Shifa. No obstante, creo recordar algo relatado por mi fiel Naser a mi regreso de la marca del norte. Preguntémosle y disipemos dudas. Luego decidiré. ¿De acuerdo, querida? —se expresó desconcertado.

Al Gazal creyó llegado el momento de intervenir, por

133

lo que hizo un gesto velado a sus compañeros poetas. ¿Así que aquel era el misterioso argumento ocultado por Shifa? Qué mujer más valerosa. La arrinconada prerrogativa del indulto del *shabán*. A nadie se le había ocurrido en su reinado acogerse a semejante recurso. Así que antes de darle la oportunidad al *kabir fatá* de convencer al emir de la inoportunidad del perdón, se incorporó de su diván y habló en voz alta:

—Mi señor Abderramán, con vuestra venia. No me mueve la piedad, ni el afecto por el esclavo, pues no lo conozco, pero sí he de recordarte que, en tiempos de tu padre, el poderoso Al Hakán, y de tu abuelo, el primer Abderramán, era costumbre reconocida usar de su caridad e indultar a algún preso en esta noche, a petición fundada de algún creyente de la *uma*. Restablecer tan magnánima costumbre será alabado por tus súbditos, que aplaudirán tu generosidad, y más aún si en el caso no ha intervenido ningún juez para probarlo, como creo que ha acontecido, y no ha sido asegurada su culpabilidad. Es además un esclavo erudito, y por lo tanto útil, y de costumbres intachables a decir de Shifa, cuya veracidad no puede ponerse en duda. Yo también me sumo a la demanda de gracia, y me ofrezco para custodiarlo, pues su presencia en el alcázar puede ser incómoda en lo sucesivo; y recuerda mi imán el versículo del Libro Sabio: «Los débiles y los niños, incapaces de imaginar maldades y de dirigirse en el camino de la vida, obtendrán el perdón de Dios, que es indulgente».

El alfaquí Al Layti, fulminándolo con los ojos, lo interrumpió en un tono reprobador. Después se obstinó con la tan manida ley:

—Y también nos enseña el Corán que a todo ladrón se le cortará la mano como premio a la obra de su miembro pecador, como castigo de Alá todopoderoso. ¿Qué sabéis los poetas y astrónomos de leyes? Ya lo proclama el Libro: «Son los poetas aquellos a los que los hombres sin rumbo siguen».

Aquellas palabras ahogaron la réplica del emir, pero la polémica prosiguió:

—Loado señor y amigos —terció conciliador el prestigioso zulema, doctor en leyes, el anciano Ibn Habib, acariciándose su larga barba nevada—. Muchos, por no decir casi todos los presentes, os tenéis por estudiosos del Kitab y yo mismo también fui, como mi colega Al Layti, discípulo del gran maestro Malik Anas, estricto donde los hubiera en la interpretación del Corán. Sin embargo, nos enseñó que un imán, juez supremo de los creyentes, nunca llegaría a ser justo si no combinaba el rigor de la ley con la misericordia. El caso que nos presenta la esposa de nuestro emir, nada grave por cierto y sí al parecer muy arbitrario, pues no hubo juicio, merece tu indulgencia, Abderramán. El Corán nos prohíbe a los jueces, y tú eres el cadí de los cadíes, castigar a un creyente a quien ya se ha hecho una injusticia anterior, como bien parece, en un juicio interno y nulo. Indúltalo, señor, y cumplirás con la ley.

¿Quién podía oponerse al sabio cadí reconocido en todo el islam?

—¡Pero todas las sospechas recaían en él! Y firmó su propia declaración —explicó Naser iracundo—. Fue juzgado por mí mismo, y hallado cómplice.

Al Gazal volvió a la carga con la esperanza de precipitar la decisión del emir, elevando la tensión del instante aún más si cabía:

—La azora quinta del Corán nos dice, mi apreciado Naser: «¿Es el juicio precipitado de la ignorancia el deseado por los hombres? Los que no juzguen según los libros descendidos desde lo alto son infieles a los ojos del Altísimo. ¿Qué mejor juez que la ley de Dios?». No existe una sola prueba que incrimine al esclavo. ¿Y de qué sirve una confesión firmada en un potro de tormento de la *mutbaq*? Dejemos a los cadíes el cometido de impartir la equidad y a nuestro emir, el de ser clemente. Tú, Naser, has suplantado la labor de un juez —contestó con tan irrebatibles palabras que el gran eunuco enmudeció, preso de una irascibilidad incontenible.

Emergiendo de la controversia, tomó la palabra el sorprendido emir, conocido en la corte por conocer de memoria la totalidad las suras del Corán y más de dos mil sucesos de la vida del profeta. Puso su mirada en los eunucos y manifestó severo:

—El docto Ibn Habib y el lúcido Al Gazal, conociendo mi repulsa hacia la injusticia y el capricho abusivo, han improvisado una espléndida defensa del suceso, mostrándonos la diferencia entre lo justo y lo despótico. Mis amigos, no obstante, me hubieran convencido con solo recordarme las tradiciones del profeta, referidas a vosotros mis poetas. Quiero que mis líricos tengan la misma estimación que los antiguos cantores de Arabia, cuyos poemas, los *modhahbat*, eran inscritos con letras de oro en la Kaaba. Mahoma debió el poder de la palabra a su lengua poética, aprendida en la tienda de su madre. ¡Y esta noche vosotros me habéis mostrado la luz para no ser injusto! —alegó con un tono de voz suave y persuasivo.

El alfaquí no asumía darse por vencido y exclamó hiriente:

—Estúpida disputa, mi señor. Dijo un día el profeta a su amigo Caab: «Juro por el que tiene mi alma en sus manos que temo más los versos de los poetas que las flechas de mis enemigos». Los rapsodas no son precisamente los mejores jueces.

—Excelso cantor que permaneció toda su vida junto al profeta, sirviéndole de báculo en su vejez, mi buen colega —salió al paso el maestro Ibn Habib.

—Señor, exoneráis a un vulgar esclavo —procuró Naser detener lo inevitable.

El emir se sumió en una insondable reflexión. Luego proclamó sereno:

—Bien, amigos y consejeros. Esta es mi sentencia y mi regalo a Shifa, mi esposa y madre de mi primogénito. Declaro que sea escrita y cumplida al término de la fiesta del *shabán* y así lo anoten los escribanos: en el nombre del Compasivo. Cumpliendo la costumbre de nuestros antepasados, sin las que los pueblos están condenados a vagar en la incertidumbre, deseo renovar la práctica del indulto en el día fasto del *shabán*, usando hoy mi benevolencia con el esclavo Masrur. Ordeno que sea excarcelado y entregado para su custodia a su generoso defensor, Yahía ben al Hakán, con todos los derechos y deberes que los amparan como dueño y servidor, según la ley de Dios. Que sea observado conforme a mi palabra. Abderramán está satisfecho con el decreto de Alá —sentenció y se produjo un religioso silencio.

Al Gazal y sus amigos del *diwán* recibieron un espaldarazo de su señor. Shifa dirigió una afable mirada de reconocimiento a su leal amigo, que no pasó inadvertida para Tarub, encelada con el singular regalo del emir, que interfería en sus planes. No obstante, el poeta y diplomático especuló en su fuero interno que aquella noche podía convertirse en el preludio de futuros infortunios. Bebió un sorbo de vino dulce, y deleitado por la acuática sinfonía de las fuentes, se reclinó en el diván a platicar con una bailarina que lo acariciaba con pasional agrado, y con la que se escabulló por las umbrías y tupidos bancales de arrayanes.

El viernes previo al Ramadán, una brisa sutil bajaba de la sierra y Yahía sentía un molesto carraspeo en la garganta, empeorándole su afección de asma. Deseaba quedarse en su estudio descifrando el extraño libro, *El trono de Dios*, pero no podía contrariar a su esposa en el cumplimiento de la costumbre de visitar el camposanto. Así que, tras la oración, y aprovechando la bonanza de una tarde deslumbrante, toda la familia tomó el polvoriento camino de Um Salama, donde estaban enterrados algunos de los de su estirpe, los Banu Beckar.

Al poco se juntaron con una arriada de gentes que se disponían a pasar la tarde en los camposantos de la ciudad. Unos cruzaban el puente romano para honrar a sus muertos en el cementerio de Rabad, y otros los senderos del norte, para cumplir con el sacrosanto uso en las necrópolis de Muta y Amir, vergeles rodeados de estanques y huertos. La de este piadoso día era la tarde ansiada por los enamorados. Las damas cordobesas, encerradas durante la semana en las umbrías del harén y de las cocinas, se acicalaban, cubrían sus cuerpos con sus mejores galas, aguardando un piropo, una furtiva mirada, el requiebro apasionado de un galanteador, o la carta de un conquistador impaciente. Fragancias de kohl perfumado se olían en todas las matronas, ocultos sus rostros por sutiles rebozos o *miqná*, que dejaban entrever sus pícaras miradas. Con la llegada del calor, algunas familias habían instalado en las cercanías del mortuorio pabellones de seda donde probar un refrigerio, y alguna dama solitaria ofrecer sus encantos a los pretendientes que la acosaban.

Luego de ofrendar flores en las tumbas, Al Gazal y su parentela aprovecharon el tornasol de unos floridos naranjos para extender unos manteles de badana, donde colocaron cestillos con dulces de almendras, uvas pasas, cuencos con frutos secos, horchatas y frituras de ave. Los consumieron sentados sobre la hierba, mientras jugueteaban con las niñas y les narraban historias antiguas con amena delectación. Cuando el sol se inclinaba hacia el ocaso, se apresuraron a tomar la trocha de regreso. El mayordomo de la casa, el viejo Balansí, los aguardaba impaciente junto al dintel de la puerta, y esa extraña actitud alertó a Yahía. Sucedía algo desacostumbrado; lo presentía y aceleró el paso. Al llegar a la cancela, el siervo le comunicó con gestos de preocupación:

—Mi amo, sin considerar el día sagrado, dos emisarios del gran *fatá* Naser han traído un esclavo, regalo del emir para ti.

—Ah, sí. Es una curiosa historia que ya te aclararé. ¿Y dónde está?

—Más bien deberías preguntar cómo está, amo —respondió.

—¿Qué quieres decir? —consultó con sorpresa.

—Ese muchacho se encuentra muy mal. Lo han torturado brutalmente.

—¡Miserable castrado! ¿Cómo ha podido atreverse, ignorando la determinación del monarca? Su perversidad no conoce tasa alguna —se alarmó.

—¿Quieres visitarlo, amo? Se encuentra en el pabellón de las cocinas con Sanae, la nueva *qiyán*. Lo está asistiendo y con sus cuidados se ha reanimado, pero no deja de emitir lamentos dolorosos. Se halla casi moribundo —repuso.

—Kahena, acompáñame, y tú, Balansí, conduce a las niñas al gineceo.

Al Gazal poseía esclavos, pero jamás había vaciado su ira con ellos, ni humillado con palabras tiránicas o tratos despiadados, y llegados a una edad avanzada, manumitía a los que lo solicitaban, aunque la mayoría seguían unidos a la familia por su propia voluntad, adoptando el nombre tribal de su amo. Odiaba la violencia y el castigo innecesario. Atravesaron las galerías que ocupaban los jardineros y domésticos hasta deslizarse en el interior de un cubículo iluminado con lámparas de sebo. Al penetrar en él, advirtió a un muchacho escuálido e inerme, que respiraba dificultosamente sobre un lecho de madera. Una manta de piel de oveja le cubría el vientre y el torso. Habían intentado matarlo. Era evidente.

Un macilento haz de luz iluminaba al moribundo zagal y a su cuidadora, Sanae, esbozando una imagen desoladora. Sobre un cojín de cuero, estaban desparramadas sus ropas y un burdo saco que olían a orines, sangre seca y humedad rancia. En una orza de barro vidriado, Sanae mojaba un paño con el que enjugaba la frente al desdichado Masrur. Las facciones del joven aparecían cadavéricas y demacradas, y su cabello se asemejaba a la estopa mojada sobre la almohada empapada de sudor. Un hosco silencio se hizo en la alcoba.

—Mi amo, a este muchacho lo han atormentado de forma despiadada antes de conducirlo hasta aquí. Me pregunto qué crimen ha podido cometer para merecer tal castigo. Que el Vengador ahogue con su poder a sus inhumanos verdugos.

—¿Presenta heridas? —se preocupó el señor de la casa.

—No —aseguró Sanae—. Le han aplicado el torniquete de cuerdas en la cabeza. Lo he visto hacer dos veces en mi vida, en Arabia. Rodean la cabeza del reo con sogas resecas atadas a un palo que luego anudan sobre la nuca y lo aprietan hasta que el infeliz cae sin sentido. Unos mueren, otros echan los sesos por la nariz y los oídos, y los más quedan con alguna tara, sin memoria, o lisiados para siempre.

—¡Calla, mujer! —la cortó el mayordomo.

—Déjala expresarse, Balansí. Hemos de conocer el mal que lo aqueja.

—En Tahart, a un sudanés lo agarrotaron en mi presencia, con tal fuerza que perdió la vista, el habla y el sentido. Aún debe mendigar pidiendo limosna en la puerta de alguna mezquita. Este muchacho delata vigor y parece que lo ha resistido, pero me desconcierta ese color oliváceo de las mejillas. Parece envenenado.

—Sanae, sé que posees conocimientos de pócimas y curativos. ¿Puedes auxiliar al pobre muchacho? —insinuó Kahena, esposa del amo, con los ojos llorosos.

—Sí, mi señora, fui entrenada en la ciencia de Dioscórides. Lo he examinado, y aparte de torturarlo, posee los síntomas de haber ingerido un brebaje envenenado. Al estar sin sentido se lo han introducido a la fuerza y no ha engullido gran cantidad. La rigidez de su cuerpo, la lengua negruzca y la espuma de su boca así lo delatan. Si me proporcionáis varios componentes, elaboraré una tríaca, la que llaman los físicos de Al Faruq, un poderoso antídoto contra los tóxicos.

—¿Que precisas para componer el contraveneno? —los apaciguó el amo complacido, pues cada día sorprendía nuevas habilidades en la concubina.

—Óleo de bálsamo de Judea, tierra bolar, agáloco indio, amomo y cualquier vomitivo potente. Sus propiedades curativas son pasmosas, ya lo comprobaréis.

—¡Balansí! —ordenó Yahía—, nuestro vecino Ben Yamil, el boticario, te proveerá de todo. Que te acompañe un criado armado. No son horas para andar solo por esas callejuelas. Yo iré a mi estudio por un vomitivo. ¡Apresurémonos!

—Que traiga también de casa del droguero extracto de *lawzinay*. Si reacciona a la primera administración, hemos de suministrárselo para nutrir su cerebro tras el bárbaro castigo —pidió con seguridad mirando al enfermo y sus pulsos, ante la sorpresa de todos, que se admiraban con la erudición de la joven *qiyán*.

Con las primeras horas de la noche y después de infructuosos intentos, el paciente pudo al fin tragar la pócima. Y como si todos sus humores internos se convulsionaran, dio una arcada y expulsó por la boca un denso líquido bilioso llenando un bacín. Al poco, masculló unas palabras ininteligibles, mezclando vocablos árabes con otros de su lengua latina materna:

—¡*Mater, mater*, piedad…, Laqit, socórreme… *mater*! —murmuraba entre estertores y jadeos y moviendo grotescamente sus miembros.

—Al menos mudo no va a quedar —dijo la *qiyán*, alegre por el efecto sanador—. Ahora le administraré la droga y dormirá durante horas. El sueño prolongado y profundo es el único remedio para recobrar el entendimiento. Si sobrevive, habrá salido del peligro de morir, aunque también puede no volver a despertar jamás. Dejémoslo en manos del Compasivo. Mis conocimientos no llegan a más, mi amo. Si quieres puedes llamar a un médico.

—Tengo fundados motivos para no hacerlo. Si el asunto llegara a oídos del emir podría indagar las causas de la tortura y complicarse la ya de por sí turbulenta situación en palacio. Existen personas queridas de palacio que pagarían la ira del valido y de su camarilla. Dejemos las cosas como el destino lo ha querido, y recemos para que el muchacho recobre la salud.

—Que se olviden de él es lo mejor que puede suceder —terció Kahena.

—Dios premie tus solícitos cuidados, Sanae. Con solo este hecho ya doy por bueno lo que pagué por ti. No hay duda, mi señor Abderramán me ha obsequiado con un oneroso regalo y debo responder de él como si de un hijo se tratara.

Transcurridos tres días de desvelo, el enfermo abandonó el sopor en el que había estado sumido, abrió los ojos y, en su debilidad, intentó incorporarse del camastro solicitando agua por piedad. Ajeno a su estado, sacudió con violencia sus anémicos miembros y miró a su alrededor confuso, creyendo encontrarse aún en los calabozos de la *mutbaq*. Se tranquilizó al observar cómo dos desconocidos, un anciano risueño y una mujer bella como una aparición, lo miraban con satisfacción y recelo. Sin saber con exactitud si vivía o había muerto, sollozó de felicidad.

—¿Cómo te llamas, zagal?—le preguntó Balansí en tono sutil.

El joven limpió sus lágrimas con el dorso de su mano, lo miró e hizo con la boca un gesto de ignorancia. Sentía un gran vacío en su dolorida cabeza y parecía como si todos sus recuerdos se hubieran desvanecido. Sanae le limpió el sudor y le ofreció agua en un jarrillo de cobre, luego le tomó las manos y lo tranquilizó.

—Te encuentras en la casa del muy ilustre Yahía ben al Hakán, Al Gazal, donde nadie te hará daño, pues estás bajo su sagrada protección. Aquí te recuperarás. Toma de estas gachas, necesitas alimento. Has salvado la vida, aunque estás muy débil, y no me cabe la menor duda de que el Oculto te favorece.

—¿Al Gazal? —murmuró el muchacho—. ¿Al Gazal?

Masrur bebió del cuenco que le tendía la esclava y tomó unas cucharadas de avena. El agotamiento lo dominó y quedó dormido. En sus agitados sueños se fueron sucediendo confusas pesadillas, que lo mismo lo hacían jadear que alegrarse o gritar aterrado. Se sumió luego en un raro letargo y respiraba con gran dificultad. La nueva esclava no sabía si despertaría o quedaría para siempre inerme en el lecho.

Sanae penetró en el estudio del señor con su habitual delicadeza.

—Te he llamado porque te necesito, mujer. O más bien tus conocimientos.

La joven bajó la cabeza, agradecida. Al Gazal se hallaba sentado sobre una esterilla persa examinando un libro deteriorado y sucio, que el diplomático cerró para atenderla. Cada día que transcurría estaba más halagado con su delicada y culta presencia. Sus conocimientos medicinales y astrológicos eran notables y versificaba con una habilidad que había asombrado al mismo Yahía. Al fin se decidió a hacerse franco y accesible, y le testimonió el avance de su estudio.

—Este maravilloso ejemplar contiene conocimientos por los que muchos matarían. Al fin, elucidé la clave oculta de su interpretación, conocida por muy pocos alquimistas, y cuando exhiba el resultado a mis cofrades de la sociedad esotérica de la Piedra Negra no creerán mis palabras. Pero aún aparecen textos que no sé interpretar. Después, en la soledad de la noche, tú y yo, sondearemos su ciencia y la aplicaremos en las coordenadas del firmamento. Allí está trazada la vida de los hombres y no hay más que sorprenderla entre los cuerpos celestes.

—Serte útil es para mí el mayor de los placeres, mi amo.

—Toca el laúd, mientras verifico estos signos incomprensibles. Tal vez con tu música mi inspiración se estimule, Sanae —le rogó el poeta con afabilidad.

—Antes de complacerte, he de decirte que el esclavo ha recobrado el conocimiento, aunque luego se ha sumido en un raro letargo. Pensé que te alegraría.

—¡Loado sea el Altísimo! —dijo—. No puedes ni imaginar los inconvenientes que me hubiera acarreado su muerte. Y, dime, ¿recuperará la consciencia?

—Se mueve entre la debilidad y el desmayo y le sobrevienen desgarradores dolores. Su cerebro ha quedado afectado hasta el punto de relegar al olvido episodios de su vida pasada. Es como si comenzara a vivir. Su existencia anterior solo es un desvaído recordatorio. Hemos de ejercitarnos en la paciencia con él, mi señor.

—Pero ¿sanará? Parece un muchacho sano y animoso —aseveró Yahía.

—Tal vez, pero puede que su memoria quede afectada. Su alma, mi amo, ha sucumbido ante insoportables desgracias y eso lo hará más fuerte —adujo Sanae.

—Si muriera, una dama muy querida por mí lamentará la noticia de esa pérdida. Esa persona confiaba en el testimonio de ese *saqaliba* y todos sus planes se evaporarían. Pero tal vez sea mejor así. El destino posee sus reglas y los mortales hemos de acatarlas. Han desafiado al emir, pero enfrentarse a esos diabólicos de Naser y Tarafa en estos momentos es arriesgado. Después lo visitaremos, Sanae. Hemos de recuperarlo para la vida —le rogó con afabilidad.

Tras esas consideraciones, Yahía se dirigió al ventanal y desde allí observó las almenas del alcázar, donde se hallaban amigos muy estimados, y algunas hienas, a las que, por su maldad, aborrecía en lo más profundo de su corazón. Con una cólera inarticulada marcada en el rostro, murmuró para sí mientras cerraba sus puños:

«Naser y Tarafa, desleales con vuestro señor, e inhumanos con los débiles. El Misericordioso ha escrito con letras de sangre vuestra suerte en las estrellas, y yo hallaré el fin de vuestros infames días trazado en el cielo. Os habéis cubierto de indignidad con acciones nefandas, y vuestros ojos no verán el Día de la Resurrección. Bastardos insensibles al dolor».

Admiró distraído el estanque y reparó en el monótono fluir del agua de la noria y en las hojas caídas de los mirtos, mientras decenas de mirlos trinaban en la pajarera como si fueran aladas *qiyán* inclinadas sobre sus laúdes. Luego pensó que su amigo y señor, el emir, descargaba con frecuencia la carga del gobierno en personas ambiciosas sin tasar sus inconvenientes. Hasta ahora su administración había sido justa, pero inequívocas señales le manifestaban que tal vez un tiempo había concluido con el acceso de Tarub a la posición de primera esposa, y otro incierto se fraguaba en la corte de Abderramán II. Amaba al emir y deseaba la armonía y sobre todo la reputación de Córdoba.

Por eso su corazón anhelaba consumar una venganza cabal y desbaratar las máscaras de aquel puñado de desnaturalizados, cuyas oprobiosas bellaquerías clamaban al Misericordioso.

CAPÍTULO V

LA *JIRKA* DE LA PIEDRA NEGRA

Cuando los vigilantes urbanos encendían los faroles del arrabal de Raqaquín, cuatro hombres, amparados en las opacidades del ocaso, comparecían por separado en la almunia de Yahía, que aguardaba impaciente la llegada de los cofrades de la *jirka*, la fraternidad esotérica y secreta de la Piedra Negra, que desde hacía años buscaba el conocimiento de lo arcano.

La hermandad, frecuente entre los hombres de ciencia de Alándalus, la componían cinco eruditos buscadores del saber que, incómodos con el ambiente de intolerancia de los maliquíes, buscaban en la clandestinidad la definición esotérica del Corán y la cábala, y el estudio de la alquimia y las ciencias astrológicas.

Y si el Corán debía ser una pauta de vida para los creyentes, los fanáticos alfaquíes, sordos a las innovaciones teológicas llegadas de Oriente, lo habían convertido en el instrumento para instaurar un imperio teocrático e intolerante en Alándalus, que ellos deploraban y denunciaban. ¿Y acaso existía otra forma de hallar un oasis en el atribulado desierto de la severidad de Al Layti y sus secuaces?

Condenadas las ideas de sus cultivadas inteligencias con el anatema implacable de los alfaquíes, y para no suscitar sospechas y evitar encuentros dialécticos que apenarían al emir, su liberal amigo, habían encontrado en la clandestinidad de una sociedad secreta el camino para la búsqueda de la verdad. Los miembros de la Piedra Negra, inquietos rastreadores del perfeccionamiento, se consideraban seguidores de la llamada Ciencia Espiritual, la Alquimiya, que iniciaran en Oriente los sabios musulmanes *shites* hacía ahora nueve décadas.

Aquel restrictivo círculo de eruditos perseguía el saber universal, ya fuera islámico, cristiano o judío, escudriñando en los más raros tratados, buscados sin desmayo en Oriente, la lejana India o en el fecundo Bizancio. Conocían a la perfección el *Sepher Zohar*, el *Libro del Esplendor*, tratado de la cábala mosaica, y en la soledad de sus bibliotecas los cinco miembros de la sociedad dedicaban largas horas al estudio de la disciplina hermética entre manuscritos, alambiques y elixires, siguiendo las enseñanzas del príncipe Yazid el Omeya, o del condenado por los alfaquíes egipcios, Geber del Éufrates, descubridor de nuevas materias químicas y maestro del islam racionalista.

No empleaban signo alguno externo que los distinguiera, salvo a la hora de la oración. Al Gazal y sus hermanos no se orientaban como todos los creyentes de Córdoba en la dirección a la Meca, marcada en la alquibla de las mezquitas, sino hacia el levante astronómico, simbolizador esotérico de la luz. Se reunían por riguroso turno en cada una de las casas de los cinco componentes, el último día de los meses impares, salvo el del Ramadán, desde que, hacía ahora siete años, a una convocatoria del que ejercía las veces de superior, el erudito doctor de la ley y hombre piadoso Ibn Habib, se juntaran por primera vez en una venta del arrabal de Secunda. «La razón es capaz de destruir la tiranía, y aunque quien añade saber se carga de tristeza, unámonos contra la intolerancia de Al Laity fundando una *jirka* islámica», les había dicho.

No obstante, para no suscitar sospechas entre los alfaquíes o los vecinos curiosos, tras la reunión en la que repasaban sus descubrimientos teológicos y alquímicos, se entregaban a cenas y zambras nocturnas al uso andalusí, donde corría el vino con esplendidez y sonaban dulces tonadas de las cantoras de la Axarquía.

La salita donde penetraron los cofrades, precedidos por el mayordomo Balansí, era amplia y acogedora, con dos arcos de herradura que daban al aromático huerto de la casa. Sus paredes blancas aparecían exornadas con tapices persas, lámparas de arcilla y candiles de aceite, que desprendían una anacarada luminosidad. Cinco divanes en semicírculo se hallaban bajo la arcada, cubiertos por cojines damasquinados, y al frente, junto a una pared desnuda de la estancia, destacaba un atril con un libro cerrado y deteriorado, próximo a un candelabro con un velón amarillento encendido, distintivo alquímico de la verdad.

Al poco, con las luces del día agonizando en poniente, apareció Al Gazal. En él se evidenciaba la condensación perfecta entre el cortesano y el sabio. Vestía con elegancia una impecable túnica blanca con ribetes azulados, y sus cabellos divididos en medio de la cabeza a la antigua usanza, largos y untados con aceites y esencias, le caían por los hombros. Del cuello le pendía el medallón de Salomón, que portaba como anfitrión de la reunión, propiedad del maestro Habib, quien aseguraba que había pertenecido a la Mesa de las Ofrendas del Templo de Jerusalén. Saludó a sus amigos besándoles las mejillas y ofreciéndoles limonadas perfumadas con áloe.

—*Salam aleikum* —los saludó—. Y que el Omnisciente traiga con este encuentro la salud a mi casa. Sed bienvenidos.

—*Aleikum salam*, Yahía, y que Él te premie con los beneficios eternos por tu hospitalidad —contestó Habib, el guía de la confraternidad, en nombre de todos.

—Tomad asiento, amigos, os lo ruego —invitó, mientras los tertulianos se preguntaban qué podía encerrar aquel libro cerrado y raro que presidía la sala.

El primero en concitar la atención fue un hombre filoso, de ojos negros y abolsados, nervioso en sus ademanes y de facciones pálidas, que había viajado a Egipto, Bagdad y Basora, conviviendo con los maestros mutaziles, tildados de impíos por los alfaquíes de Córdoba, que lo consideraban un apóstata.

—Yalib —habló el maestro al hombre macilento—, bienvenido a Córdoba. Deseábamos apasionadamente tu vuelta y oír de tu boca las últimas doctrinas de los maestros de Oriente.

—Vuestra compañía es para mí como un bálsamo, amigos —los saludó.

Yalib al Gafla, el Amigo de la Indiferencia, infamante y despectivo apodo impuesto por los alfaquíes de Al Layti, era el más joven de ellos. Durante su ausencia de la ciudad, una turba de desconocidos dirigidos por esbirros de Al Layti y Tarafa habían penetrado una noche en su vivienda del Arrabal de los Alfareros, quemando su biblioteca y sus enseres alquímicos.

A su vuelta lloró desconsoladamente y elevó una protesta ante el emir, quien lamentó en la oración del viernes tan execrable acción. Expulsado hacía tiempo de la aljama, donde enseñaba teología, defendía la libre decisión en los actos humanos, aberrante doctrina para los duros oídos de los alfaquíes.

—Nuestro corazón se alegra al verte —le expresó el anfitrión.

Junto a Yalib, arrellanado en el diván, sonreía el vitalista Samir, el amigo de juegos y lances juveniles de Abderramán. Poeta y astrólogo del *diwán* poético, el monarca lo amaba como a un hermano. Sus sátiras herían como dagas a los favoritos del emir, y su ingenio era tan penetrante como escuálido su cuerpo. No estaba casado y sentía una inclinación desmedida hacia los efebos y afeminados *hawi*, a los que dedicaba pasionales poemas. Mantenía una reconocida fama como adivinador de acontecimientos futuros, y muchas gentes acudían para pedirle consejo al conocido como el Príncipe de los Estrelleros de Córdoba. Poseía el privilegio de cabalgar junto a su señor en las campañas militares y en las jornadas de cetrería. De carácter afable, gozaba de la sincera devoción de todos los presentes.

Otro de los cofrades, Ibn Firnas, el llamado León de Alándalus, ocupaba uno de los asientos centrales. Amigo inseparable de Al Gazal, disponía de un raro instinto para penetrar en los enigmas del saber. Músico, inventor, poeta, filósofo, astrólogo y alquimista, había nacido en las abruptas serranías de Ronda. Su audaz arrojo en las batallas y varonil reciedumbre le hacían ser el preferido de las damas de palacio y de no pocas de la ciudad. Su voz enérgica sonaba como ninguna otra en las sesiones poéticas del emir.

—¿Me equivoco si preveo esta noche una reunión especial? —curioseó Firnas mirando al enigmático ejemplar en el facistol.

—No andas errado. Este palimpsesto nos sorprenderá con los secretos que encierran sus páginas, y me mostraré vehemente en su explicación. Quizá suscite entre vosotros una controversia inacabable. Pero me arriesgo a esa posibilidad.

Y con las manos sobre su regazo y vistiendo una zihara de lino remendada, observando los gestos de sus discípulos, se hallaba el austero cadí, Ibn Habib, el maestro de aquella fraternidad de eruditos. Poseía dos títulos que solo detentaban tres hombres en Alándalus, gran ulema o doctor en leyes y alfaquí *musawa*, jurisconsulto del consejo del emir, cometidos ambos de gran prestigio entre los dogmáticos musulmanes. Hombre de pequeña estatura, rostro alargado y cabellos y barba blanquísimos, era un ejemplo en Córdoba por sus prácticas filantrópicas y su caridad con los más necesitados.

Había donado sus huertos y olivares a la mezquita mayor y había dado cuantiosas limosnas a los pobres. Enseñaba teología en la aljama, donde acudían alumnos desde todo Alándalus a oír sus enseñanzas. Había estudiado astronomía y teología en las más eminentes academias de Oriente, convirtiéndose en el martillo de los ortodoxos alfaquíes andalusíes, a quienes recriminaba en público sus hipócritas conductas y fanatismo religioso, razón por la que era temido por Al Layti, quien le profesaba un enfermizo respeto, mezclado de aborrecimiento y odio.

Siguiendo la tradición de las sociedades islámicas de alquimia, los miembros de la hermandad lo habían elegido moderador de las sesiones, nominándolo con el título de imán o *qutub*, imagen esotérica de la suprema iluminación.

Al Gazal se situó junto al atril. Aquella noche se sentía pletórico. Acarició el medallón que representaba la estrella de seis puntas de Salomón, la misma que presidía la portada del libro. Sostenía Habib que antes de adquirirlo en Alejandría, lucía engastado en la Mesa del Santo de los Santos, en el Templo de Salomón. El reluciente emblema exhibía impresas en su dorso dos palabras, *Mak Benach*, la vida solo en la muerte, vocablos herméticos pronunciados por Hirán de Tiro y sus nueve maestros para penetrar en los secretos de construcción.

Según el ritual, Yahía asió el talismán y pronunció las palabras que antecedían a las sesiones de la hermandad. Su voz resonó como la voz del almuédano llamando a la oración de los creyentes:

En el día 29 del mes de shabán *del año 224 de la hégira del profeta y 840 del nacimiento de Isa ben Mariam, Jesús hijo de María, en la ciudad de Córdoba se reúne la* jirka *de la Piedra Negra, bajo la guía de nuestro* qutub, *en la casa de Yahía ben al Hakán, hoy templo hermético de la fraternidad. Nada impío nos mueve y sí el conocimiento de los secretos del universo y la interpretación exacta de la Verdad, testimoniada en el Corán, la cábala y en los libros revelados, Dios mismo, el Logos, el Creador, el Punto, aquel que nos llevará a encontrar la Luz.*

Creemos que todo lo escrito en el Corán está contenido en la primera sura y lo que en ella se halla está compendiado en el primer versículo, o Bismillah, y a su vez todo está encerrado en su letra «B» y lo comprendido en ella, reunido está en el «punto» que la sostiene, como signo del Orden frente al Caos. Que el Oculto nos ilumine en la discusión, hermanos.

—Que Él favorezca nuestro entendimiento —contestaron a una.

El anciano, con voz quejumbrosa, pero potente, hizo una advertencia:

—Amigos, nos habíamos fijado de antemano disertar hoy sobre las novedades teológicas traídas desde Egipto por Yalib. No obstante, nos detendremos en la consideración de ese libro, al parecer extraordinario, hallado por azar en el zoco de los libreros. Necesitábamos entusiasmarnos, y Al Gazal nos lo ha proporcionado.

—Cuando menos, maestro Habib, excitará vuestras almas —sostuvo—. Tras estudiarlo con minuciosidad, y acertar con su clave secreta, no sé si he accedido al sueño fantasioso de un visionario o nos hallamos en la pista de un enigma excepcional. Seguí su llama incierta, que guio mis pasos hacia la luz. Os lo aseguro.

—Tal vez, si conociéramos a su poseedor podríamos precisar la veracidad o falsedad del mensaje, y su propósito. Porque ¿no se tratará de una falsificación?

En boca de cualquier otro hubiera sonado a doblez. En Firnas, no.

—En modo alguno, Firnas. Mi fe en él es firme. A mi proveedor se lo había vendido uno de los hijos de ese huraño anacoreta de la mezquita de Badr, su autor. Sufrió severas persecuciones de los alfaquíes de Al Layti, y sus agentes lo vigilaron, pero no puedo precisarte su nombre —adujo.

Parecía no haber respuesta para la identidad del santón musulmán.

—Ya lo recuerdo. ¡Se llamaba Kilab, Ben Kilab! —afirmó el maestro Habib, y las miradas se volvieron hacia el cadí, que continuó explicando—: Y sabiendo a quién perteneció, aventuro sugestivas sorpresas. Lideró un grupo de místicos yariyíes, que hoy están dispersos en oscuros recovecos por las serranías de Alándalus.

—¿Un musulmán yariyí, adepto del ocultismo hebraico? Puede ser apasionante —confesó Samir con las pupilas dilatadas por la extrañeza.

—Y os diré más —siguió el maestro—. El abuelo del místico al que perteneció este libro fue ni más ni menos que Samayl ben Hatím , aquel soñador descendiente de Alí, el yerno del profeta, levantado en armas en tierras de Yayyán contra el primer omeya, Abderramán, el Inmigrado. Turbas de descontentos fueron masacradas, pero puedo aseguraros que, en tierras de la corá de Yayyán y Granada, aún persisten las levantiscas cenizas de la rebelión de estos grupos espiritualistas.

—Si Al Layti sabe de este ejemplar, pedirá nuestras cabezas —rio Firnas.

—¿Cómo pueden unos desarrapados santones intentar el derrocamiento de los omeyas? Era un intento descabellado —opinó Yalib—. El Gobierno de Córdoba es una roca consolidada.

—Defienden la movilidad del trono y eso es mortal para el Estado. Para ellos cualquier creyente piadoso y sabio puede ser elegido emir o califa. No aceptan a la familia reinante, y mucho menos el derecho del primogénito a reinar —informó Habib—. Demandan una elección libre entre los creyentes.

Al Gazal, que defendía que el sistema tribal no era acertado ni eficaz, dijo:

—Amigos, mientras el armazón del Estado andalusí sean la tribu y la sangre, disgregadoras e insolidarias, jamás conseguiremos que el islam se perpetúe en estas tierras como una nación perdurable durante los siglos. Nos falta cohesión y concepción de Estado y esos místicos yariyíes lo advirtieron hace mucho tiempo.

—Qué sabio fue nuestro soberano Abderramán al

aliarse con esos aborrecibles perros de presa que son los alfaquíes, a los que por otra parte detesta. De un golpe maestro, ha acabado con los disidentes, ha contentado al poderoso estamento religioso y ha salvado su trono de anónimas apetencias que hubieran teñido de sangre esta tierra —exclamó Firnas—. A los alfaquíes solo los soporta.

El rostro de Yahía brillaba poderoso. Estaba impaciente por hablar.

—Nunca dudamos de que el emir fuera un hombre sagaz. Quizá por eso lo tengamos por amigo. Pero, hermanos, regresemos a nuestro misterioso jeroglífico.

El diplomático abrió las cubiertas del libro y ante los ojos de los cofrades se descubrieron las páginas abarquilladas de *El trono de Dios*. No pasaban de diez o quince hojas de papiro amarillento, cosidas unas a otras con un bramante negruzco, en las que aparecían signos apenas perceptibles. Imaginativos trazos con infinidad de miniaturas se sucedían en los pliegos ante el asombro de los invitados, que rodeaban el atril en semicírculo. Pronto sucumbieron a la magia de las indescifrables alegorías, amalgamadas en una sucesión de símbolos y en una confusa conversión de notaciones, como agazapadas tras una clave incógnita que los acechara.

—Amigos de la Piedra Negra —tomó la palabra el enigmático anfitrión—, como apreciáis, este libro es un criptograma plagado de caracteres cifrados, de quien se propuso ocultar un secreto insólito. Ha utilizado signos de planetas y metales, que yo he trocado después por números aritméticos, y luego estos por letras del alfabeto arábigo. Es el método empleado por el príncipe Yazid, el alquimista, y es conocido por muy pocos mortales de los dos Orientes. Como sabéis lo utilizan los Hermanos de la Pureza de Basrah, y nosotros en nuestras pesquisas.

156

—A simple vista esos signos planetarios nada nos revelan, pues están cifrados y fuera de toda razón —se expresó Yalib dubitativo, sin dejar de mirar el libro.

—Así lo pensé yo al examinarlo por vez primera —contestó convincente Yahía—. Pero todos nos hemos encontrado alguna vez con tablas y jeroglíficos semejantes, descifrados a partir de un número secreto, ¿no es así?

Al Gazal alzó el libro, que quedó a la vista y observación de todos.

—Pues a mí me resultan a la par de una incoherencia cautivadora y de una complejidad demoledora —confesó Samir, que no entendía nada.

—Yo ya había manejado antes letras o signos con propósitos simbólicos, Samir. Probé sin resultados satisfactorios cinco claves diferentes, e indagué en algunos textos de estos místicos, pudiendo comprobar con sorpresa las continuas alusiones a las cinco columnas de *El trono de Dios* y a los cuatro animales cabalísticos del profeta Ezequiel. Era una posibilidad más, y en ella me basé para descifrar el enigma. Fue a base de insistencia.

—Cinco y cuatro, son dos dígitos, y no uno —insistió Habib interesado.

—Exacto. Pero al fin y a la postre, la clave resultó ser la combinación de ambos números. Uno marcaba la fila donde iniciar la deducción y el otro la casilla exacta de partida. Así pues, luego de no pocos intentos, y a punto ya de abandonar el empeño, me fui a la quinta hilera, y dentro de ella a la cuarta letra y el mensaje, en forma de inconexas expresiones, se abrió lógico y esperanzador como una flor al alba.

Una exclamación ahogada salió de los labios de los absortos cofrades.

—Es muy usual entre los ascetas escribir sus experiencias místicas relacionando números cabalísticos y letras. Aunque a veces su dificultad nos amilane hasta abandonarlos por imposibles —asumió Firnas, el inventor de artilugios.

—Los buscadores de secretos no debemos rendirnos ante el hechizo de los enigmas —aduo Yahía—. Así que permitidme que os muestre las conclusiones, sometiéndolas al inapelable juicio de vuestros razonamientos.

La estancia se convirtió de repente en un estanque en ebullición de murmullos de extrañeza, y densos silencios descendieron sobre sus cabezas. Al Gazal colocó el ejemplar bajo la luz azafranada de la lámpara, y las sombras de los asistentes se proyectaron alargadas sobre el blanco estuco de la pared. Parecía que algo insólito fuera a ocurrir de un momento a otro. Su voz reposada se elevó diáfana, mientras aguardaban la solución con el ansia propia de la incertidumbre y el sobrecogimiento.

—Hermanos, ¡esto es lo que revela *El trono de Dios*!

Y releyó las transcripciones exactas, plasmadas en un papel alabeado:

ALLAH
D El principio B La Bismillah W El final
En el nombre del Dios el Clemente y Misericordioso. El que no ha engendrado ni ha sido engendrado. El Único, el Omnipresente, el Inaccesible, el Todopoderoso, el Noble, el Sabio, el Vengador, el Dominador, el Oculto, el Manifestado, el Muy Amante, el Eterno, el Primero y el Último.

Creemos en el Tawhid, la unidad de Dios, y seguimos las enseñanzas de los maestros Dul-Nûm y Dawud, nuestros ardales o místicos, los que nos reconcilian con Dios. Negamos el dogma de la inmovilidad del islam, siempre abierto al espíritu analizador de los creyentes, pues Alá el Misericordioso dijo al profeta: «Yo era un tesoro oculto y desconocido y amé ser conocido. Creé las criaturas y me di a conocer a ellas, y ellas me conocieron a través de mis innumerables formas, atributos y manifestaciones».

Nos hallamos dispersos y acosados por los inquisidores alfaquíes, y creemos que el Trono de Dios es el NOMBRE que gobierna el universo todo, y a través del estudio de la ciencia universal y la mortificación, nos proponemos conocer el NOMBRE CENTÉSIMO del Creador, aquel que nos abrirá las puertas de la cábala y la iluminación divina. Y en la Mesa Sagrada de Salomón se hallan los cinco nombres de Dios, que preceden al definitivo y postrero.

A las palabras de Yahía siguió una tregua de silencio, y todos sin excepción quedaron paralizados por la incertidumbre del instante, mientras el maestro Habib movía su mano temblorosa, absolutamente perturbado. El inicio del fascinante mensaje los había seducido, pero no había satisfecho su curiosidad. Ansiaban acercarse a la aclaración del misterioso y sobado manuscrito, y demandaron con ojos inquisitivos a Al Gazal que prosiguiera con la interpretación.

—¿Y que nos muestra más nuestro sugestivo libro? —se interesó el maestro.

Al Gazal descubrió una doble plana, donde resaltaba un mapa esbozado con aguado *atramentum* carmesí. En la parte superior se distinguía un círculo con Asia, presunto lugar del paraíso terrenal, y África y Europa en la inferior, entre ellas, una vaga representación del mar Mediterráneo, con lugares de Oriente y Occidente, y extrañas letras identificativas de otros tantos emplazamientos. Desconocidos parajes y singulares ilustraciones se perdían en la superficie representada, en la que diminutos medallones coloreados señalaban ciudades repartidas por ambas orillas del mar Interior. Ante sus ojos se abría un asombroso jeroglífico, en forma de inexplicable cartulano, que no acertaban a interpretar y ante el que se miraron sorprendidos.

Los integrantes de la *jirka* se miraron desconcertados y, entre interrogantes y al unísono, fijaron sus ojos en Yahía, que afirmó:

—Amigos, este insólito mapa nos puede llevar al paradero del Trono de Dios y la Mesa de Salomón, objetos del Templo de Jerusalén, perdidos en el tiempo, y de los que nos habla este manuscrito. Según este libro personifican la solución para elucidar muchos de los enigmas del universo.

—¿Y qué simboliza el Trono de Dios? ¿Es un ser, un objeto, un camino? Te pregunto, hermano —lo interrogó el pequeño poeta.

—Lo desconozco, Samir, aunque poseo una vaga sospecha de su naturaleza.

—Símbolo, sitial o quimera merece la pena que lo exploremos —concluyó el maestro Habib, señalando con su índice el documento—. Él nos lo revelará.

Había crecido el interés entre los hermanos de la *jirka* secreta, que callaban.

—He seguido entrelazando quimeras y realidades, y me he adentrado en su naturaleza, y al fin creo conocerla —reveló Yahía—. Veis que abajo se descubre un párrafo redactado en diminutos símbolos entremezclados. Pues bien, amigos, este pasaje, interpretado correctamente, es la clave de lo que buscamos.

—¡Esto es un galimatías sin sentido alguno! —confesó dubitativo Firnas.

—Este códice es el paradigma de la confusión —ironizó Samir—. ¿Y cómo encajar todos estos indescifrables fragmentos? ¡No sé cómo!

Se produjo una incómoda pausa y una creciente impaciencia, que aprovechó el anfitrión para rehacer los pliegues de su túnica, tranquilizándolos:

—Hermanos, este excepcional libro posee una explicación que he descifrado con la ayuda del Omnisciente —asintió el anfitrión—. Tened paciencia.

—No decepciones nuestra curiosidad, Yahía —le rogó Firnas.

—Oiréis revelaciones inconcebibles, que os parecerán temerarias, pero al final encajarán como la espada del guerrero en su vaina. ¡Escuchad!

En los ojos de Al Gazal brillaba un extraño fulgor. Había interpretado un misterio velado durante siglos a muchos sabios y alquimistas, y él conocía el camino que los conduciría a dominar los últimos nombres de Dios, claves para la interpretación de la cábala. Y si existía alguna relación entre aquel extraño manuscrito plagado de signaturas inexplicables y el enigmático Trono de Dios, iban a conocerlo de inmediato. La tensión del instante pareció paralizarlos en un rictus de mudo estupor. Sitiados por la sorpresa, el silencio se enseñoreó sobre un cúmulo de desconcierto.

La tertulia secreta se animaba, y cuatro pares de pupilas dubitativas miraban sin pestañear a su anfitrión con la viva apariencia de la inquietud.

CAPÍTULO VI

EL TRONO DE DIOS

La aseveración de Al Gazal había producido un revuelo de discusiones.

A los contertulianos de la hermandad exotérica de la Piedra Negra, el peculiar método de permutación cabalística y la índole secreta de las palabras de Yahía les había provocado gran excitación. El interés y la perplejidad, por una absoluta incomprensión, cruzaban sus semblantes. El diplomático exploró sus rostros y tomó de su ceñidor un papel que extendió sobre las páginas de *El trono de Dios*, seguro de haber ganado su curiosidad.

Acarició el símbolo que pendía de su cuello y, acallando el rumor de comentarios, manifestó tras unos instantes desesperantes:

—Lo que voy a transmitiros posee el tufo inconfundible de la arcana sabiduría. Tras transitar por complejos vericuetos, he transcrito en este papiro las frases explicativas del plano, que os leo textualmente.

—Te escuchamos como un solo oído, Yahía. Es preferible a enzarzarse en una absurda disquisición —se expresó el anciano maestro enarcando sus enmarañadas cejas y animándolo, mientras una quietud casi religiosa se hizo en la sala.

—Esto afirma la anotación del planisferio. Escuchad:

Los Perfectos, E, L, D y S, grabaron en el Trono de Dios y la Mesa de Salomón los últimos Nombres de Dios, y ambos durmieron durante siglos en el Hekal, hasta que los rumíes rasgaron el velo sagrado y cruzaron el mar con los dos tesoros del Conocimiento. Berenice los protegió de los adoradores de ídolos, hasta que las hordas del norte deshicieron la Venerable Dualidad. El Trono de Dios se olvidó en el polvo del tiempo, aunque los ardales, los místicos del islam, aseguran que se halla oculto en las aguas de Bizancio.

La Mesa de Salomón arribó a Madinat Talaytula,[7] pero por la codicia de los omeyas abandonó la Morada de los Reyes. No obstante, el Clemente quiso que el Señor de las Cien Fortalezas la rescatara y la confiara a los místicos, que la custodian en las cuevas del Paso de las Caravanas. Él es la luz y este es su signo. Búscalo y hallarás los nombres definitivos de Alá, la clave inequívoca de la interpretación de la cábala. Lo escribí en el santuario de Badr. Lo juro y que Dios me ciegue si falto a la verdad. Dios es Uno, Justo y Omnisciente.

Por un momento el más sepulcral de los silencios planeó por la sala, y los miembros de la fraternidad, esbozan-

---

[7] Toledo.

do un gesto de duda, se miraron entre sí, hasta que Ibn Firnas comentó:

—Ahora estamos más confusos que antes, y quizá salga el sol y aún estemos elevando hipótesis sobre su deducción. A mí me sigue pareciendo igual de farragoso. ¡Por los mil *ifrit*[8] de Malek, Yahía! Interprétanos de una vez este oscuro embrollo —dijo y todos elevaron signos de asentimiento.

—Y ten presente que la imaginación es un viento poderoso difícil de someter a la razón, no lo olvides —consideró Habib—. Sé riguroso en tu comentario.

—Lo seré, maestro Habib, y las conclusiones sobre estas frases caerán como hojas secas de sicomoro, abriéndose la evidencia ante vuestros ojos. Os lo aseguro.

Al Gazal miró entre las arcadas y un acopio de estrellas parpadeantes parecían animarlo a proseguir con sus guiños. Carraspeó tras un titubeo y declaró:

—Iré paso a paso. Os pregunto como estudiosos que sois del Talmud y la cábala. ¿Quienes son los perfectos? —Pasó su mirada comprobando los gestos de duda.

Aguardó una respuesta en vano unos instantes y al fin explicó:

—Los perfectos, según los mutaziles, los filósofos musulmanes, fueron el pensador griego Empédocles, que demostró que el amor mantiene todos los elementos del orden cósmico en armonía, y los reyes judíos David y Salomón. El primero intimó con los secretos del Arca de Dios, y su hijo fundió los metales, hablaba con las aves y dominaba los secretos de los grandes constructores. Y el

---

[8] *Ifrit*: demonio. Malek: ángel caído que presidía los suplicios y tormentos de los condenados al infierno.

sabio sirio Luqmán, el llamado el Arquitecto, el filósofo musulmán a quien el Altísimo facilitó el conocimiento absoluto. Y esas letras iniciadoras del texto los representan.

—¿Y será el Trono el objeto de nuestras búsquedas? —interrogó Samir.

—Pronto lo conoceremos, Samir. Ten paciencia —le expresó—. Junto al Trono de Dios, que se hallaba en el Templo de Jerusalén, centro esotérico del mundo, se hallaban otras piezas míticas: el Altar de los Perfumes, el Arca de la Alianza, el candelabro de los Siete Brazos y la Mesa de Salomón, en cuyo tablero de oro se exponían los panes de la oración. Ella será por ahora el centro de nuestra atención.

Al Gazal se detuvo y con un gesto enigmático les propuso:

—Perseguiremos primero el rastro del que tenemos al alcance de la mano: la Mesa del rey sabio; y el otro tesoro: el Trono de Dios, posiblemente a cientos de leguas de aquí, lo postergaremos de momento.

La afirmación los intrigó aún más, animando a un Yalib sugestionado:

—Me ha interesado sobremanera la aparición en tu análisis de esos paganos de Roma. ¿Qué tienen que ver los rumíes en un texto cabalístico?

—Sí, es desusado, pero muestra el origen de la fragmentación del tesoro del Templo, y sin duda actúa como respuesta a muchas dudas —repuso—. Os las esclareceré. La venerable Al Quds, Jerusalén, posee a la vez un pasado insigne y otro violento. La tres veces santa, en su dilatada vida, ha sido destruida en dieciséis ocasiones y sitiada treinta veces por los idólatras, siempre ávidos de sus tesoros. El último asedio fue el de las legiones de Tito, hijo del entonces emperador Vespasiano, que despojó el Templo de sus objetos más sagrados, entre los que se encontraban los objetos de nuestros deseos: el Trono de Dios y la Mesa de Salomón.

—Y demos gracias al Altísimo de que no los destruyeran —dijo Yalib.

—Conocemos por la tradición que los rumíes penetraron a saco en el santuario, lo desvalijaron, rasgaron el doble velo del Santo de los Santos, y tras el pillaje trasladaron los tesoros a su capital, Roma, donde Tito recibió los honores del triunfo, depositando en el Capitolio el botín expoliado en Judea.

—En el texto, Yahía, mencionabas a una enigmática mujer, Berenice. ¿Una hembra formando parte de esta historia? —dijo Samir, subyugado por la narración.

—Sí, y trascendental. En la inteligencia de aquella mujer habitaba un piadoso corazón —le respondió alegrando su rostro—. La vida de las mujeres, Samir, no es sino la historia de sus afectos, y ella amaba a su pueblo y al Dios de Israel. Durante su estancia en Al Quds, el general Tito se había alojado en el palacio del rey Herodes Agripa, donde conoció a la princesa Berenice, su hija, mujer de sublime belleza, pretendida por muchos monarcas de Oriente. Conquistada Jerusalén y cautivado por su hermosura, la condujo a Roma, donde le construyó un palacio junto al de los césares, la *domus aurea*. Allí conocieron los deleites del amor, siendo tal su entrega, que la plebe, celosa de la hebrea, la acusó de ambicionar la corona del Imperio de oriente. Toda suerte de infamias corrió por Roma. Le atribuyeron prácticas infames y el ejercicio de la brujería bajo el influjo de los objetos mágicos traídos de Jerusalén, que Berenice trasladó a sus estancias para alejarlos de las miradas de los gentiles.

—Pues esa mujer los salvó de una pérdida irreparable —apuntó Yalib.

—Pero aquí no cesaron sus desdichas —prosiguió Yahía—. El populacho de Roma la inculpó de las tres grandes calamidades que asolaron el Imperio por aquel tiempo, la erupción de la montaña del Vesubio, la asoladora peste y un gran incendio en Roma. Sin embargo, los corazones de los amantes soportaron las falsas insidias hasta su muerte sin que disminuyeran un ápice su pasión y su mutuo afecto.

—Una dulce historia de amor que salvó la sagrada dualidad del Templo, sin duda. ¿Qué fue de la Mesa de Salomón y del Trono de Dios? —sondeó Firnas.

—Desaparecida Benerice, pasaron al Tesoro Capitolino, donde se olvidaron para siempre. Tres siglos después, las tribus del norte cayeron como plaga de langosta sobre el Imperio, quedando arrinconados en el polvo del tiempo los objetos de nuestro interés. No obstante, nos dejaron una vaga pero esperanzadora pista a aquellos que siempre buscaron los secretos de la sabiduría, amigos.

—Ardua tarea la de encontrarlos, luego de semejante caos —repuso Habib.

—En cambio, nada debe detenernos, una vez conocidos los secretos de este manuscrito, maestro —aseguró convincente—. Pero seguiré con mi relato. En la biblioteca de la madrasa de la aljama di con un códice de un historiador romano contemporáneo. En él nos describe cómo Alarico, rey de los godos, al arrasar Roma, se apropió del tesoro real de los césares rumíes, donde figuraban entre otras riquezas, el botín del Templo de Salomón, que, en un rasgo de generosidad, y de desconocimiento, repartió entre los jefes y reyezuelos leales de las tribus bárbaras aliadas. Y los dos sagrados componentes, mis queridos colegas, se separaron siguiendo caminos distintos y desconocidos.

Los miembros intercambiaron miradas de asentimiento y también de duda.

—Ahora se entiende lo de «deshicieron la Venerable Dualidad» —indicó Firnas.

—Quizá se halle en un templo junto al mar, o en alguno de sus innumerables archipiélagos —garantizó Yahía—. Al Trono de Dios se le perdió el rastro, aunque nuestro asceta amanuense nos indica su posible aunque confusa ubicación en Bizancio, la capital de los rumíes de Oriente.

Al maestro Habib la curiosidad se le acrecentó, y se preguntaba cómo en el texto revelado aparecían los ardales, los místicos espiritualistas de los *ribat*, los monasterios musulmanes de las sierras y, sobre todo, Toledo, la capital de los godos y centro mágico de la cábala, muy frecuentado por él en otro tiempo. Lo interrogó, expresando su interés:

—Al menos aún nos queda el sugestivo rastro de la Mesa de Salomón, que el santón relaciona con Toledo. ¿No es así, Yahía? En cambio, no aprecio la lógica de la aparición de los míticos mutaziles en todo este asunto. ¿Qué nos dices?

—De inmediato lo interpretarás, maestro. Veamos. En la lógica sucesión de la narración regresamos al rastro de nuestra ya familiar Mesa, que al parecer contiene las definitivas denominaciones de Dios, salvo la última, la concluyente y centésima. Y he de manifestaros, sin riesgo alguno de equivocarme, que su destino es tan claro y tan próximo como la luna del buen agüero que ilumina esta noche Córdoba.

Presentó su declaración con tanta seguridad, que el misterio de aquel libro pareció desvanecerse en mil pedazos en sus labios. Parecía haber obrado el prodigio de la credibilidad en sus compañeros, aún reacios a las pruebas presentadas. Luego, con gesto persuasivo, sentenció con aplomo:

—La Mesa de Salomón, amigos míos, se halla en Alándalus, bajo el mismo cielo que nos cubre con su negro abrazo.

Una oleada de perplejidad cundió entre los miembros de la *jirka*.

—¿Aquí, entre nosotros? —objetó escéptico Ibn Habib—. ¿En Córdoba? Habríamos de conocerlo, y en mi dilatada vida de estudio jamás oí tal testimonio.

—Maestro Habib y amigos de la Piedra Negra, escuchad, os lo ruego —afirmó el diplomático utilizando toda la convicción de que era capaz—. He analizado el texto y puedo probar cuanto os aseguro. Todo se relaciona y encaja admirablemente. Dejamos la Mesa de Salomón en manos de los godos, ¿no es así? Y yo os pregunto, ¿dónde recaló ese pueblo bárbaro tras la descomposición del Imperio?

—En Hispania, ciertamente —confirmó Habib.

—Pues entonces sigamos paso a paso la revelación de nuestro confidente —prosiguió—. Él nos lo testifica: parte del tesoro arribó a la capital de los godos, Madinat Talaytula. Y fue justo allí donde lo encontraron los conquistadores de Hispania para la fe del islam, Tariq y Muza, intacto y esplendente en la llamada Morada de los Reyes, una fortaleza cercana a Toledo llamada Farás. Se disputaron su posesión por la fabulosa riqueza, a la que llegaron a despojar de una de sus patas llevados por la avaricia.

—Junto a un hombre civilizador, siempre habrá otro destructor —dijo Yalib.

—Pues gracias a esa avidez de botín no repararon en

sus signos cabalísticos. Solo tuvieron ojos para el oro, el aljófar y las piedras preciosas, y para las veinticuatro diademas junto a un magnífico tapete de cordones de oro que rasgaron con sus espadas para repartírselo —explicó Al Gazal—. Como era de esperar, muy pronto la celebridad y magnificencia de la mesa llegó a oídos del califa de Damasco, Al Walid, quien, codicioso de su valor, ordenó a Muza al Nusayr su urgente trasladado a Oriente. Tal era el renombre cobrado por aquel opulento despojo, del que se decía poseía cualidades sobrenaturales.

—Codiciaban las riquezas y menospreciaban su sabiduría —terció Firnas.

El diplomático sabía que desplegaba unas deducciones casi temerarias, aunque ciertas. Comprobó esperanzado las expresiones de intriga de sus compañeros y, adoptando un aire de severidad, prosiguió con el relato:

—Muza cumplió las órdenes de su soberano y, días después, un cortejo de mercenarios del caíd partió al amanecer de la fortaleza toledana escoltando la Mesa de Salomón. Un bajel con el estandarte blanco del califa de Damasco los aguardaba en el puerto de Al-Mariyya, con una tripulación adicta y presto a partir con la máxima de las reservas. No obstante, mis dilectos compañeros, la Mesa jamás llegó a su destino, pues desapareció sin dejar rastro alguno en los puertos montañosos que anteceden al valle del Wadi al Quivir. Y lo que habéis escuchado es cierto, pues lo he confrontado con códices coetáneos a la conquista de estas tierras.

La saleta se sumió en un hondo mutismo, acrecentado por el silencio de la noche. Las dudas palpitaban en las bocas de los presentes, pero preferían no perder una sola palabra salida de los labios del anfitrión, que enmudeció durante unos instantes, por lo que lo alentaron a proseguir.

—¡Sorprendente! —dijo Samir incrédulo, con los ojos clavados en Yahía.

—¿Y dices que este códice nos desvelará el lugar exacto donde se halla? —se interesó Habib, con sus ojillos inquietos por la vacilación.

—Estoy seguro de ello, maestro —declaró con gravedad—. Los enigmas se nos manifiestan muchas veces de modo caprichoso. Pero es tan claro como la primera sura del Corán. Recordad que el texto nos señalaba: «... *el Señor de las Cien Fortalezas la rescatara y la confiara a los místicos, que la custodian en las cuevas del Paso de las Caravanas*». ¿Alguien de vosotros se atreve a aventurar alguna explicación al acertijo planteado?

Los presentes se miraron desconcertados pretendiendo urdir alguna solución coherente. Al no conseguirlo, Al Gazal los contentó con palabras de ánimo:

—Os falta el tiempo y la tranquilidad de la que yo disfruté, y topáis con una caprichosa combinación de nombres y lugares desconocidos. Yo lo perseguí con tenacidad, y esto fue lo que se me reveló. Oíd. —Abrió sus brazos—. Trasladémonos a los difíciles años de la conquista de Hispania, cuando estas tierras se abrieron a la religión verdadera y se produjeron las grandes alianzas con los nobles godos sometidos. A uno de los más poderosos, de nombre Artobás, hijo del rey Witiza, el aliado de los árabes, se le permitió por su cooperación mantener las posesiones de la corá de Yayyán, donde llegó a gobernar innumerables castillos y villas, siendo su dominio casi absoluto en las fuentes del Wadi al Quivir.

—Ese es pues el señor de las cien fortalezas —lo interrumpió el inventor.

—Exacto, Firnas —corroboró Yahía—. Y lo más inquietante es que la mesa sagrada desapareció para siempre en su jurisdicción, desconociéndose si de acuerdo o no con Muza. Pero una cosa es bien cierta, amigos, el botín salido de Toledo nunca embarcó para Oriente ni traspasó el río grande.

—Las cadenas de la codicia son a veces más fuertes que las de la lealtad —sentenció el maestro, y asintieron todos.

El texto se desgranaba poco a poco con precisa lógica, ante el gesto de aprobación de los hermanos de la *jirka*, atentos a la explicación del enigma que se aproximaba a la solución definitiva.

—Así pues, hermanos, el desenlace del extraño mapa nos abre al fin su respuesta. El godo Artobás no retuvo para sí la apreciable joya, porque como hijo de reyes la conocía y sabía de su cabalística sacralidad. Debía ser supersticioso y pensó que objeto tan respetado no podía abandonar el suelo de sus ancestros. Así que, a falta de un monasterio de monjes cristianos, la confió a los ascéticos ardales islamitas, que viven entregados a la oración en las cuevas de aquellas serranías. Y en una de ellas se oculta la Mesa de Salomón. Esta es mi explicación. La Mesa se halla en una de las corás vecinas, muy cerca de aquí.

Un rayo de incredulidad alboreó en sus cerebros.

—Es creíble, y hasta posee bastantes visos de verosimilitud, Yahía, pues no es la primera vez que lo oigo. Pero nuestro enigmático escribano la sitúa en un lugar tan insólito como peregrino. Cuevas y grutas se cuentan por centenares en aquellas sierras. ¿Y qué intenta explicar con lo de las oquedades del Paso de las Caravanas? —demandó Samir, observándolo con intriga y poco convencido.

Por el rostro del diplomático andalusí cruzó un sesgo de afable ironía.

—Mis queridos condiscípulos de la Piedra Negra, este

jeroglífico ha sido el más fácil de resolver para mí —determinó sonriente—. ¡Yo nací en ese lugar!

Un prudente silencio se hizo en la sala y movimientos de sorpresa cundieron entre ellos. Admiraban la capacidad de imaginación de Al Gazal y deducían que sus conclusiones no eran banales, sino el producto de una erudita y profunda reflexión. El imán Habib, reacio a conclusiones definitivas, le replicó:

—Nos sorprendes aún más de lo que ya estamos. Aseguras una especulación muy arriesgada, y opongo serios reparos a aceptarla, siento manifestártelo.

—Estoy seguro de cuanto asevero, y no se trata de una obsesión —aseguró en interpretación apasionada—. El Paso de las Caravanas es Yayyán. Esa es la denominación del lugar en donde vine a la vida. Y fueron los antepasados de mi tribu, los Banu Beckar, los que designaron a aquel lugar con tan hermosa designación.

—Es una coincidencia inesperada, Yahía —confirmó Firnas—. En el dialecto yemení Yayyán quiere decir senda o quebrada de las caravanas.

—¡Casual y sorprendente! —contestó el anfitrión—. Parece como si el destino me impidiera separarme del territorio de mis mayores. Y ahora afloran a mi mente los campos de azafrán de mi familia que aún poseo, los olivos y sus hojas como espejuelos de plata, impresas aún en la frágil memoria de mi niñez. Y os lo aseguro, añoro la Uqdat al Zaytún, la Heredad de las Aceitunas de mis padres, con su luz diáfana y los aromas a orujo, alazor y sementeras. Allí fui ladrón de la felicidad y vuelo hasta ella con las alas de la nostalgia. Esta es pues mi explicación, amigos míos.

—Sentimos como nuestra tu dicha, Yahía, y celebramos que este texto tenga como término la tierra de tu clan. ¿Pero existen en la medina de Yayyán cuevas habitadas por esos hombres de Dios? —se interesó el viejo cadí.

—Así es, y su maestro, que me enseñó las primeras letras, se llama Al Jabali. Es un hombre sapientísimo y devoto, que, a través de la rigurosidad de la meditación y de una severísima disciplina, ha encontrado el conocimiento y la perfección, según aseguran sus seguidores. Podría ponerme en contacto con él —prometió.

—¿Y aseguras que en ese *ribat* de oración y penitencia se oculta la Mesa de Salomón? —indagó Yalib, deseando escuchar una afirmación.

—No puedo afirmarlo con rotundidad —repuso—. Aunque este singular texto, y yo quiero creerlo así, así lo muestra. Un gran secreto se nos ha abierto a la certidumbre y a la luz, creedme, como las lágrimas abren el corazón del hombre atormentado, y no podemos rechazarlo. No os empecinéis en la incredulidad, os lo ruego, y sigamos esta esperanzadora certeza. Nada perdemos intentando hallarlo.

—¿Y has meditado cómo podemos acceder hasta él? —preguntó Firnas.

—Eso ha de decidirlo nuestro *qutub* Habib —asumió—. Nada emprenderemos sin su determinación y consejo —respondió y todos miraron a Ibn Habib.

El anciano, dubitativo, retocó su arrugada túnica, juntó las sarmentosas manos en el regazo y con un semblante paternal respondió en un evidente mar de dudas:

—Ha sido tan inesperada esta revelación que no puedo por menos que dudar entre creerla o rechazar lo que mi raciocinio me dicta. El libro ha sido escrito por un hombre santo, y no me atrevo ni a rebatirlo ni a dudar de su veracidad. En cuanto al místico Al Jabali, goza de fama de bienaventurado en Alándalus. No obstante, considero de una imaginación desbordante la historia seguida por la supuesta Mesa de Salomón. No sé, atisbo síntomas de disparate en toda esta revelación, aunque respeto el riguroso trabajo de nuestro anfitrión y la evidente curiosidad despertada con tan fascinante cuestión —habló con su usual afabilidad.

—¡Cuánto anhelaba mi alma un sueño como este, maestro! —enfatizó Firnas entusiasmado—. No obramos contra la ley si intentamos contactar con ese santón. Llevamos años de discusiones estériles, buscando la clave numerológica que nos lleve a la interpretación de la cábala, y no debemos desdeñar ninguna posibilidad por muy desconcertante que nos pueda parecer. Es una posibilidad tan subyugante, que en modo alguno debemos malograrla. Medítalo, gran maestro.

El sabio zulema dudó. Parecía un monumento a la vacilación, pero luego avizoró la testa y abrió sus manos en señal de claudicación paternal.

—¡Sea entonces! —respondió con seriedad Habib—. No deseo ser un freno para las ansias de vuestra ilusión. Y aunque mi seguridad es plena de que se trata de la invención de un soñador, emprenderemos el viaje a Yayyán en busca del venerable tesoro. Pero con una sola condición, hijos míos. Los miembros de esta fraternidad designados procurarán adentrarse con humildad en la sabiduría del maestro Al Jabali. Y si él mencionara la Mesa de Salomón se expondrá el auténtico motivo de la visita. Le mostraremos el libro de Ben Kilab y el Sello de Hirán de Tiro, donándolo al cenobio si fuera preciso, y tal vez su hospitalidad se os abra sin reservas. En una carta dirigida al superior del *ribat* se expresarán nuestras limpias intenciones.

—Los propósitos de nuestra expedición no pueden ser más honestos.

—Lo sé, Yahía —le aseguró, para luego comentar preocupado—: Por otra parte, esta expedición no debe ser conocida por nadie, pues de existir los tesoros, la codicia de los perversos convertiría aquel santo *ribat* de expiación en cueva de mercaderes, aventureros sin escrúpulos y desaprensivos ladrones; y Dios nunca nos perdonaría semejante desatino. ¿Habéis entendido, hijos míos?

La calma se hizo de nuevo en el salón y tan solo se escuchaba el crepitar de las candelas, mientras entre las ventanas miríadas de estrellas plateaban la cúpula de la noche. El maestro Habib contempló uno a uno a sus discípulos con su mirada, hasta romper el mutismo, para al fin dictaminar:

—Bien, amigos. Samir y yo estamos muy vinculados al alcázar, por lo que ambos debemos delegar nuestra elección en vosotros tres. Propongo a nuestro anfitrión Al Gazal, a ti, Ibn Firnas, y al más joven miembro de la fraternidad, Yalib, para emprender la misión encomendada. Y quiera Dios que lo consigáis y troque mi incredulidad por un bien deseado de todo corazón. Que el Misericordioso os acompañe, y que la razón os conduzca en vuestro cometido —les deseó.

Al Gazal, satisfecho, dio unas palmadas, entrando al punto dos sirvientes con jarras de siropes de paloduz, de los que colgaban zarcillos de vides y emergían granos de nieve. Un suave olor a canela y hierbabuena se expandió por la sala mientras los cofrades conversaban y saboreaban los licores. Luego de tanta ansiedad contenida, el refrigerio los reconfortó y se abrieron a triviales pláticas.

—A propósito, Yahía —se interesó Samir—, ¿qué fue del esclavo arrebatado de las barbas de Naser? Fue una jugada maestra que no os perdonarán.

—Lo condujeron a mi casa agonizante e inhumanamente torturado, y tal vez hubiera sido mejor que hubiera muerto —contestó malhumorado.

—¿Qué horrible mal le ha sobrevenido? —curioseó Firnas.

—Lo atormentaron sin compasión con el torniquete. Naser y Tarafa realizaron un exquisito trabajo enviándome un despojo humano. El muchacho ha perdido la memoria y sufre pesadillas y dolores de cabeza. Ha concitado la compasión de toda mi casa, y en especial de la esclava Sanae y de mi esposa Kahena. Habíais de verlo, con sus ojos perdidos en el infinito, aguardando el prodigio de recobrar el juicio.

—¿Y la señora Shifa, que tanto anhelaba la libertad del zagal? —se interesó el anciano maestro—. Se trata de un feo asunto entre castrados y favoritas. Ten cuidado.

—Shifa, que lo estima, reza al Altísimo para que recobre el conocimiento, aunque se mostró feliz cuando le relaté que había salvado la vida —respondió con palabras de resignación—. Según me confirmó, el *fatá* Tarafa, ese brutal amasijo de sebo, le aplicó la soga en los calabozos del alcázar. La *qiyán* con sus cuidados le ha devuelto la vida, aunque no el discernimiento.

Los sirvientes abandonaron la estancia a una señal de su amo, que asió el papel del atril. Todos advirtieron un cierto gesto de preocupación en su rostro, que relacionaron con el misterioso manuscrito.

Al Gazal difuminó su mirada por la oscura lejanía del huerto, y un rictus de preocupación contrajo sus facciones. Con secretismo abrió parsimoniosamente un crujiente pergamino final, atrayendo de nuevo la atención de sus huéspedes. Había pensado incluso no hacerlos partícipes de lo reseñado en aquel pliego, donde una sarta de improperios contra Abderramán, impropia del sentido místico del escrito, se vertían preocupantes. Al fin se decidió.

—Maestro Habib y compañeros de la confraternidad. Propongo concluir la reunión de hoy con el último mensaje revelado en estas páginas, si bien no os ha de agradar. No parece un añadido y forma parte del libro mismo —confesó.

—¿Aún encierra más enigmas el libro de Kilab? —se extrañaron.

—Sí, y no de mi agrado. La última página la dedica nuestro viejo conocido a lo que él llama el Destino de los Omeyas de Alándalus —repuso enigmático—. Es la parte más delicada, y no está escrita en clave, por raro y arriesgado que parezca. Y lo más turbador es que finaliza con una frase comprometedora.

—¿Esta vez el santón se ha olvidado del embrujo de los signos? —dijo Samir.

—No me gusta, pues enumera una interminable relación de supuestas maldades de los omeyas, advirtiéndose clara la ácida tinta de la descalificación arbitraria. Y lo más lacerante es el epílogo, una frase desafortunada. Prestad atención a la afirmación: *Si mil espadas se levantaran en alto para derribar a Abderramán, la mía sería la primera. Alá emponzoñe el alma del usurpador, del bastardo del alcázar* —leyó.

Tras la primera perplejidad, la frase desencadenó de inmediato una encendida discusión. Ibn Habib frunció el ceño, mudando el semblante. Parecía como si los demonios se hubieran deslizado entre los símbolos de aquel libro, que tanto interés y beneplácito había despertado en los miembros de la *jirka*.

—Esta frase no concuerda con el espíritu místico del libro y del pensamiento de Kilab, aunque me parece au-

178

téntica —declaró Habib, apretando su barbilla con mueca de desaliento—. No, no me gusta. Da la sensación de haber sido añadida, y me produce la impresión de que, tras esa declaración, acechara una ladina trampa. Ahora es cuando debemos ser extremadamente cuidadosos con lo que hacemos.

—Por sí sola es motivo suficiente para ser acusados del delito de lesa majestad, y perder el cuello —sentenció Samir—. No es nuestra su autoría.

—¿Pensáis que habríamos de entregar el libro a los alfaquíes? —dijo Firnas.

—¿Y desatar todo tipo de conjeturas, incluida la revelación de los secretos y denunciar a sus autores? —argumentó Yahía con indignación—. No, amigos, correré esa contingencia. Me siento un instrumento del destino. Este ejemplar es un tesoro del que no estoy dispuesto a desprenderme, hasta al menos no someterlo al juicio del Al Jabali en el santo *ribat* de Yayyán. Después, lo prometo por lo más sagrado, lo destruiré si ese es vuestro deseo —dijo y el mutismo se apoderó de sus bocas.

—No obstante, obremos con cautela, y no menospreciemos a Al Layti y a los eunucos del alcázar. Son peores que las hienas del desierto —rogó Habib.

Luego de la sabia determinación de Al Gazal, un aire de alivio corrió por sus corazones.

Aquellos hombres de ciencia amaban el riesgo, pero también su vida.

—Tus comentarios nos han llenado de admiración, y a mí de infinitas dudas —contestó Habib, que le puso su mano en el hombro—. Pero esta *jirka* necesitaba de un estímulo que alentara nuestra conformista búsqueda de la verdad. Demos al Todopoderoso las gracias por la señal que nos envía.

—Gracias, maestro, y sea como dices —se complació Yahía.

—Por hoy han sido suficientes las revelaciones —afirmó Habib con gesto cansado—. Demos, si os parece, por concluida la tertulia en nombre de Dios.

Se incorporaron de los divanes y salieron de la estancia. El libro quedó solitario en el atril, como un extraño ídolo, velador de un enigmático secreto. Cuando accedieron a una galería de pámpanos, la noche en su fasto nocturno desplegaba sus sombras engalanadas de constelaciones. Mientras, ráfagas aromadas atravesaban el jardín, haciendo parpadear las candelas de aceite. Un rumor de acequias les llegaba diáfano, junto al frescor de los membrillos, cidros y albahacas.

En un gesto casi instintivo, Al Gazal levantó la vista hacia el cobertizo de los sirvientes y entre la penumbra de un débil candil adivinó la silueta de Masrur, asomado en el alféizar, ajeno a todo cuanto le rodeaba. Aquella visión hizo brotar en su mente incómodos interrogantes. ¿Encerraba aquel libro algún ardid oculto para desacreditarlo o perderlo? ¿Qué escondía aquel texto cabalístico tan singular? ¿Existirían, como aseguraba el códice, la Mesa de Salomón y el Trono de Dios? Se iniciaba la sagrada misión de hallar el Nombre Centésimo de Dios.

En el horizonte, por encima de las siluetas de los cipreses, asomaban brillantes luceros, espías luminosos de una velada difícil de olvidar.

Yahía ben al Hakán no podía disimular que estaba estremecido.

CAPÍTULO VII

UNA EMBAJADA INESPERADA

Al Gazal se mostraba impaciente antes de iniciar el viaje a Yayyán.

Los preparativos, la supervisión del viático, las inclemencias del tiempo nefastas para su asma y los peligros de los caminos lo colmaban de inquietud. Detestaba las fondas frecuentadas por errabundos piojosos, soldados de fortuna, mercaderes y saltimbanquis, y el nauseabundo hedor a ajo, estiércol y suciedad que las impregnaba. Pero no cabía otro remedio. Deseaba emprenderlo como ninguna otra cosa en el mundo, y los integrantes de la Piedra Negra aguardaban impacientes la entrevista con el maestro y místico Jabali. En tres jornadas cubrirían la distancia entre Córdoba y Yayyán, y regresarían en menos de dos semanas.

Sin embargo, un acontecimiento inesperado vino a trocar sus planes y los de la hermandad esotérica. La mañana asomó entre llamaradas de una luz vivísima. Aquel lunes del recién iniciado mes de *shawal*, el de la caza, mientras los ociosos cordobeses se intercambiaban, según la costumbre, empiñonadas y mazapanes, la noticia corrió por toda la ciudad. Un heraldo llegado de Yabal Tarik[9] anunciaba en el alcázar la arribada de una embajada de Bizancio portadora de cartas del emperador romano. Un dignatario solicitaba audiencia ante el emir de Alándalus. De inmediato pregoneros con timbales y tubas, seguidos de un tropel de chiquillos, divulgaban la noticia por las plazuelas, puertas y zocos.

—*Salam, sahib*—lo saludó Balansí, el mayordomo, al despertarlo y felicitarlo ofreciéndole una azucarada torta de alcorza y canela—. En el zoco de los plateros se comenta un gran revuelo en el alcázar.

—¿Y qué ocurre para tanto alboroto? ¿Al fin nuestro emir prescinde de la aciaga camarilla de favoritos? —preguntó abandonando su perezosa postura.

—No, mi amo, legados de un país poderoso, creo que Bizancio, arribaron desde el otro confín del mundo y suplican comparecer ante el emir, que Dios proteja.

Una impetuosa excitación lo hizo salir de su indolencia.

—¡Por las barbas de Yalut! —exclamó preocupado—. Habremos de suspender el viaje previsto a Yayyán. Qué inoportunidad, aunque, si dices que llegan de Bizancio, la providencia podría brindarme una coyuntura única para indagar. Tráeme la túnica de gala, Balansí, el emir me reclamará a la cancillería muy pronto.

—No entiendo una sola palabra de lo que me dices, amo —dijo diligente con sus ademanes amanerados—. Hoy todo el mundo parece estar fuera de sí.

Y la convocatoria al alcázar no se hizo esperar. Aquel

---

[9] Gibraltar.

mismo mediodía la ágil maquinaria del emirato se puso en marcha, y Yahía, en su calidad de embajador plenipotenciario, fue requerido para disponer la recepción junto a los visires y grandes *fatá*. Repudiaba volver a encontrarse con Naser y Tarafa, a los que detestaba en lo más profundo de su corazón, pero en su razón prevalecieron los sentimientos de fidelidad hacia Abderramán y su ineludible deber.

El diplomático despachó con el propio soberano, al que encontró cordial y atento, y con el primer ministro Isa ben Suhayd, hombre en extremo bondadoso y hábil político, cuya monomanía era retorcerse los bigotes en los Consejos. Su primer cometido consistiría en pronunciar el discurso de alabanza del emir, una breve disertación que declamaría en árabe y griego, idioma que conocía a la perfección.

«Sin desearlo, debo abandonar la búsqueda tan ansiada, pero tendré la oportunidad de una aproximación a personas cercanas al emperador de Bizancio que bien pueden servirme en la investigación del Trono de Dios. Parece como si se entreabriera una puerta que presumía cerrada e inalcanzable», pensó mientras cruzaba la Puerta de los Visires, acompañado por el *katib jas*, el secretario del emir.

Cabizbajo, tomó la calleja del barrio de los alfareros, donde residían Habib y Firnas, a quienes deseaba comunicar el cambio de planes.

En los días que precedieron a su llegada, en los mentideros de la ciudad no se hablaba de otra cosa que de la embajada de Bizancio. Los mendigos y pedigüeños llenaban las puertas de la muralla, y los mozalbetes correteaban

183

por los días de fiesta declarados por el emir y por el brillante desfile que se preparaba.

Bajo el sol del estío andalusí, fanfarrias de trompetas y bandadas de tordos asustados anunciaron la llegada de los emisarios, un miércoles radiante. El gran *fatá* Sadum los condujo según señalaba la etiqueta andalusí al palacete de invitados ilustres, la Al Nawrah, la Noria, a una legua del Bab al Alcántara, el gran puente de entrada a la urbe. La mansión era un gustoso halago para los sentidos y el lugar más confortable donde reposar tras un largo viaje. Túneles de rosas rojas, amarillas y azules, únicas en el mundo, se abrían en sus jardines y arboledas. Una nutrida escolta impedía el paso a cualquier persona hasta tanto fueran convocados para la audiencia. Aquella misma tarde, mensajeros del alcázar, atronando el aire con los timbales, recorrían la ciudad anunciando las pautas a seguir por el pueblo:

Creyentes y moradores de Córdoba. Nos rinden visita, atraídos por la magnificencia de Alándalus, eminentes embajadores de Constantina la Grande, confiados a la magnanimidad del Comendador de los Musulmanes, nuestro amir al mumin, el señor de todos los fieles, Abderramán ben al Hakán. Es su deseo que sean tratados con respeto y honor. Habéis de saber que, antes de su comparecencia en el alcázar, nadie, ni grande ni siervo, ni creyente ni infiel, puede comunicarse con ellos, castigándose tal violación con la muerte en la cruz. Son las palabras de nuestro imán y emir, en el nombre de Alá, el Clemente y Misericordioso.

Samir y los astrónomos del emir consultaron los astros y señalaron el sábado como día propicio para la recepción. La madrugada se presentó tan saturada de sol, que hasta las sombras del río se disiparon colmando de claridad las riberas y el Arrecife, atestados de una muchedumbre variopinta. La cal de las fachadas refulgía como el metal. Los pájaros habían cesado en sus trinos y las chicharras elevaban sus estridencias entre el rumor del gentío.

Al fin, cuando el sol lamió los tejados de Córdoba, se abrió la Bab al Atarin, la puerta del zoco de las especias, y un regimiento de doscientos jinetes equipados con sus mejores galas partió en dirección al puente para recibir a los legados bizantinos. Al frente marchaba el primogénito del emir, el príncipe Muhamad, con su rostro pequeño sobresaliendo del yelmo, y un caíd portando la enseña blanca de los omeyas. Los alfanjes, las oriflamas, las picas, las temibles *rumh* o hachas de dos filos, los *bayda* puntiagudos cubriendo las testas de los guerreros y las zugariyas de flechas rojas sonaban con un fragor acompasado al entrechocar con las *yawisán*, las cotas de malla forjadas en las fraguas de Toledo.

—¡Larga vida al emir! —vociferaba la muchedumbre.

El rumor del gentío se fue haciendo estruendoso y los sones de las chirimías y los cascos de las caballerías retumbaban llenando el aire de un estrépito ensordecedor. Mientras, la chiquillería vitoreaba por sus nombres a los soldados más valerosos, imponentes con los gallardetes en ristre. Cerraba la comitiva una tropa de adalides portando las banderas de las grandes solemnidades, las *rayat*, en cuyas sedas multicolores traspasadas por el sol se adivinaban pavorosos grifos, suras del Corán, dragones de Catay, leones de Arabia y toros de Hispania flameando al viento.

—¡Solo hay un Dios! —gritó el hijo del emir, levantando su sable.

—¡El victorioso Alá! —contestó la tropa ensordece-doramente.

En aquel instante apareció por el arrabal de Secunda el séquito imperial, cruzando los huertos del río y, al poco, antes los ojos de los emisarios se abrió el resplandeciente emporio omeya de Occidente como levitando en la orilla opuesta del Wadi al Quivir. Los embajadores intercambiaron sus opiniones:

—A Bagdad y Bizancio se le enfrenta una espléndida competidora —aseguró el jefe de la legación admirando la frondosidad de los vergeles y las doradas cúpulas, terrazas y minaretes—. Córdoba, la que fuera capital de la Bética romana, se nos muestra como una ciudad perturbadora.

Ante el mudo asombro de la admiración, los bizantinos atravesaron el puente romano de los diecisiete arcos, precedidos por una banda de laúdes, atabales, pífanos y clarines y una escolta de *yurs*, con las capas agitándose sobre las grupas de los corceles. Los legados los seguían en una carroza enjaezada y protegida del sol con un tornasol de oro y perlas.

El más anciano portaba en sus manos un cofre de plata con las cartas para el emir andalusí. Al cruzar el último arco, recibieron los vítores de la chillona concurrencia, que observaba admirada el rico boato de sus túnicas y dalmáticas ornamentadas con cruces y efigies de Cristos majestuosos. Cerraban el desfile dos lacayos palatinos acarreando uno los regalos del emperador, y el último la insignia imperial, una vistosa águila con las alas desplegadas y el crismón de oro, que despedía sobre la multitud destellos dorados. Aquel lujo maravilló al público, que aclamaba al emir y a los legados extranjeros.

—¡Salud al emir y al rey de los griegos! —vitoreaban.

186

En la puerta Ab Suda, bajo el mirador del alcázar, los comisionados descabalgaron y contemplaron la gran parada militar y el recibimiento de los vecinos de Córdoba y del príncipe primogénito.

—*Salam aleikum*, sea la paz sobre vosotros. Sed bienvenidos a la casa de mi padre —les participó Muhamad, quien les ofreció los simbólicos platillos con pan, agua y sal, que ellos tocaron con sus manos en señal de aceptación.

—Vuestra hospitalidad nos ha conmocionado, noble príncipe —contestó el jefe de la legación.

Con un andar parsimonioso dejaron la algarabía de la calle y cruzaron la puerta de oro, penetrando en el dédalo de corredores, salones y galerías del alcázar, donde apreciaron el asombroso boato del palacio. Pasaron después a un edénico jardín, que los fascinó. En aquel oasis paradisíaco se acercaron a admirar las jaulas de bronce donde revoloteaban pájaros de plumajes vivaces, y otras con aves mecánicas fabricadas de plata que se movían por impulsos automáticos. Transitaron después entre los surtidores y las fuentes de mármol y oro rojo, exornadas de antílopes, ciervos, dragones y cocodrilos de bronce. Los jardineros con ziharas de lino y bonetes verdes cuidaban las rosaledas, mientras otros limpiaban las acequias o alimentaban a los peces de los estanques.

—Prodigioso vergel —comentó el jefe de la delegación—. Si pudiéramos imaginar el Edén perdido, bien pudiera ser semejante a este.

Luego se detuvieron ante un insólito ingenio de mármol verde de Siria, protegido por una pérgola de cuarzo transparente. El embajador, extrañado por su singularidad, preguntó a Sadum por la naturaleza de aquel artificio.

—Es un reloj floral, y está accionado por un sistema hidráulico que indica con escrupulosa precisión las horas del día y los cursos celestes —respondió el eunuco.

—*Admirabile visu!* —contestó el emisario en latín, advirtiendo cómo las horas las marcaban doce parterres elípticos sembrados de flores sobre los que giraba una pértiga de oro marcando el instante del día con fidelidad.

Se adentraron después en un corredor, con techos de mocárabes y pavimentos alfombrados de mosaicos, cercano al salón de audiencias. Desde él, los comisionados observaron un estanque extremadamente alargado que, para su sorpresa, no contenía agua, ni caños, tan abundantes en las otras fontanas, sino un líquido viscoso, espeso como la melaza y de color plateado. Los legados se miraron confundidos y no acertaron a comprender su provecho, y aún más al notar una sonrisa de Sadum.

Llegados al umbral del suntuoso Salón del Olmo, el primogénito del emir les rogó que aguardaran unos instantes hasta ser llamados por el chambelán. Se desconcertaron ante el silencio reinante en la antesala, creyéndola desierta. Al poco, el maestro de ceremonias, Sadum, con sus miembros grotescos y rostro bonachón, portador de una vara de ébano y plata, se les acercó acogedor, rogándoles accedieran al salón de audiencias. Después exclamó con voz solemne y potente:

—¡Comparece ante nuestro señor Abderramán el embajador del *basileus* de Constantinopla, el esclarecido Qartiyus de Bizancio!

El enviado y los dos domésticos imperiales escrutaron el recinto, donde reinaba el más absoluto de los mutismos, aun a pesar de haber en ella más de un centenar de cortesanos en pie, silenciosos y ataviados con espléndidas indumentarias. Ante su mirada se desplegaba la munificencia de una cámara circular pavimentada de pórfido rojo, con las paredes decoradas con azulejos de Persia. Lámparas de bronce colgaban de un techo cubierto con miríadas de mocárabes de oro, que se semejaban a una gruta fantástica. Pebeteros afiligranados exhalaban un aroma embriagador a sándalo y algalia que arrobaron sus sentidos. Frente a ellos, una grandiosa vidriera dejaba traspasar una luminosidad opalina, dando al lugar un ambiente irreal. Una enseña recamada en oro y ribeteada de perlas, presidiendo el emplazamiento del trono, descubría en una leyenda la divisa del emir reinante: *Abderramán está complacido con el mandato de Dios.*

—Por san Miguel, cuánta magnificencia —observó el nuncio—. ¿Qué poderoso señor vive en semejante palacio?

Los diplomáticos griegos, aunque acostumbrados al fasto de Bizancio, se deslumbraron ante la esplendidez desplegada ante ellos, denotadora del poder del sultán Abderramán, a quien por más que lo intentaban no conseguían descubrir entre los presentes. Miraron a todos lados y observaron tres filas ordenadas de cortesanos, inmóviles como estatuas, que los observaban. Al frente se hallaban los hermanos e hijos del emir, luego el primer ministro, los visires y cadíes, el zalmedina, los grandes eunucos y, a ambos lados, los generales, la *jasa* cordobesa, los teólogos y estrelleros, y toda una pléyade estática y muda de altos funcionarios embutidos en relucientes ziharas de sedas y linos inmaculados.

—Hemos de aguardar aún la llegada del sultán —siseó Qartiyus.

—Es evidente, aquí no se halla —susurró su adjunto—. Excusará su tardanza.

De repente, el gran chambelán dio unas palmadas y los cortesanos, fila a fila, se fueron acomodando sobre las alfombras y cojines de tal modo que, al arrellanarse los jerarcas, eunucos y familiares en la cima de la jerarquía, apareció súbitamente, envuelta por el fulgor del ventanal, la inalterable figura del emir Abderramán II en toda su grandeza, como una efigie tallada en cedro del Líbano. Estaba sentado en un trono de oro purísimo, el sagrado sarir, con el jaizuram o bastón de bambú en su mano, símbolo de poder de los omeyas andalusíes. Presidía la audiencia sobre un pedestal laminado de plata y adornado con las flores predilectas del profeta, los jacintos negros. En el esplendor de su gloria, nada parecía afectarle. Un níveo turbante con largas bandas caía sobre su túnica de seda y un manteo azafranado cubría sus amplios hombros. El apacible gesto de su rostro los fascinó al instante. Indefectiblemente, aquel hombre atraía el afecto de quien lo contemplaba.

Y hallándose en estos pensamientos, y mientras aguardaba la señal del maestresala para acercarse al emir, Qartiyus sintió de improviso cómo una luz vibrátil y cegadora comenzaba a zigzaguear en todas direcciones, semejante a una ola de fulgor, que penetraba a través de las cristaleras. El salón se movía y se alejaba de sus ojos. El bizantino miró incrédulo a sus compañeros, percibiendo un desagradable vértigo, como si el suelo se hundiera bajo sus pies en una espiral de movimiento. Los tres extranjeros se tomaron de las manos, buscando la seguridad mutua de sus brazos, pues no cabía en sus desconcertadas mentes aquel inconcebible prodigio que parecía iba a derribarlos en el pavimento del salón. Paralizados por la angustia del instante, entre la alarma y el pánico, descuidaron su apariencia solemne.

—¡Jesucristo! —murmuró el legado—. Se diría que estamos embriagados.

—¿Qué ocurre, señoría? ¿Pretenden humillarnos?

Pero el temblor, lejos de cesar, se acrecentó y sintieron la pavorosa sensación de que aquella luz, como una mano gigantesca, hacía girar el salón, llevándolos de un lado a otro dentro de aquel vivísimo resplandor. Qartiyus pensó que habían sido drogados sin saberlo y que perderían la consciencia en aquel torbellino de luminosidad y aceleración. Un nudo les atenazó las gargantas, paralizados por la increíble impresión del fenómeno. Se sentían ridículos y Qartiyus murmuró:

—¿De qué naturaleza es este portento? ¿Qué lo origina, por Dios?

Al fin, y tras unos breves instantes, cesó la rareza luminosa, recomponiendo con rapidez los legados su ánimo y compostura. La perplejidad alboreó, no obstante, en sus alarmados cerebros, y sus ojos buscaron la inexcusable explicación de Sadum, quien cordial y expresivo los animó, rogándoles excusas:

—Excelencias, no receléis, pues nada anormal acontece, ni nada malo os sobrevendrá. Tan solo queríamos mostraros el efecto del estanque de mercurio, que, al ser movido a voluntad, los rayos producen el asombroso resultado que habéis experimentado y que creemos digno de ser apreciado en ocasión tan señalada como esta. Os lo aseguro, dómine Qartiyus, se ha accionado en vuestro honor. Disculpadnos si os hemos incomodado.

—Os lo agradecemos —dijo azorado y conocedor de las fantasías de los sultanes islamitas, y al fin aliviado de tan extraña sensación—. Pero vive Cristo que nos habéis turbado. La experiencia ha sido inolvidable, creedme.

Recobrado el aplomo, los legados del emperador de los romanos se acomodaron tranquilizados. Qartiyus cerró los ojos, y cuando los abrió poco después advirtió a un cortesano distinguido, con el pelo suelto sobre sus hombros y figura elegante, dirigiéndose a un estrado. Luego pregonó el maestro de protocolo:

—El astrónomo y poeta del *diwán* real Yahía ben al Hakán, conocido por todos como Al Gazal, celebrará en nuestro idioma y en la lengua de nuestros visitantes, el esplendor del reinado de nuestro imán. Oigamos su palabra elocuente.

Al Gazal se alzó sobre el estrado de terciopelo carmesí y todas las pupilas se clavaron en él. Luego extendió un pergamino, inclinó la cabeza ante el emir y los legados y proclamó con su voz sugerente, para ganarse su beneplácito:

Al grande en dignidad y poder, el amir al mumin *de los creyentes, Abderramán, el amado por Dios.*

Contigo hemos quebrado las lanzas de nuestros enemigos y abatido su arrogancia, tiñendo tu armadura con la sangre de sus héroes. Mi alabanza es para ti como un jardín visitado por el soplo del amanecer, y tu nombre áloe quemado en el pebetero de mi ingenio, con el mejor almizcle y la algalia más perfumada. Eres el león nacido de la más pura sangre de Ismail, sostén de las tribus de Alándalus, a las que diste una tierra de leche y miel, y suave como un lecho de amantes, uniéndolas con tu espada, como quien une con alfileres los bordados de satén. Pacificador de las marcas del norte, conquistador de Navarra, Asturias, Zaragoza, Mallorca, Galicia y Coimbra. Halcón de las arboledas sagradas del Corán, paladín del humor amable, ramal de la soga de la integridad, calígrafo de Alá, contigo los batallones victoriosos surgen para rodearte de esplendor, y todos los pueblos de

Hispania se apartan temerosos al salir el sol de tu per-
sona. Hoy, ante ti, llegan plenipotenciarios de la cente-
naria Bizancio, aquella que el día en que sea destruida
caerán, según la profecía, el mundo entero y los hom-
bres con ella. La Puerta de Oro de Asia, donde reina
el sol, el todopoderoso Helios Basileuei, que tiende su
mano fraternal a través de las aguas, uniendo la Pax
Augusta y la armonía islámica de Córdoba.

No conceda el Misericordioso la tranquilidad al
corazón de quien desista de amarte y recordarte. Dios
prolongue tu vida como las olas que surcan el océano
infinito, mi soberano y señor magnánimo.

Una prolongada aclamación resonó en el Salón del
Olmo al concluir la perorata, extendiéndose hasta el lugar
más lejano del alcázar, alabanza que se repitió cuando declamó su discurso en un griego de dicción homérica. Satisfecho por el caluroso aplauso, el alquimista y astrónomo
se acercó al emir para besar sus manos.

—Yahía —le dijo—, estoy reconocido con tu bella alo-
cución, y si no tuvieras ya demasiados honores, merecerías
ser nombrado lector del Corán, o predicador de la mezquita aljama. Me has estremecido con tus halagos, mi cercano amigo.

—Mi señor, los poetas tan solo cantamos aquello que
amamos. Un profeta nos muestra el camino del devenir,
pero el poeta siempre nos enseñará lo que hemos de honrar —replicó y el emir le sonrió con afabilidad.

Acto seguido, el embajador Qartiyus, un hombre de
pronunciada calvicie, barba fina, tez colorada, de porte
señorial y andar desenvuelto, se adelantó hacia el sitial a
entregar las credenciales al emir. Con una profunda reverencia, besó el jatán que le ofreció Abderramán, el anillo

de los monarcas andalusíes, y después sus manos, entregándole la misiva.

—Egregio Abderramán, alta dignidad del trono de Alándalus, recibid con estas cartas las salutaciones de mi soberano Teófilos, emperador de romanos y monarca de Constantinopla —dijo en un árabe gutural, brindándole un cofre.

El emir admiró el estuche, lo abrió y rasgó el sello sin dificultad, un hermoso disco de oro que contempló interesado. En sus caras aparecían grabadas las efigies del profeta Isa, Jesús y de los emperadores Teófilos y Teodora. La carta aparecía escrita en caracteres griegos plateados sobre un papiro azulado, donde el emperador exponía sus pretensiones y relacionaba los regalos enviados.

Qartiyus tomó la palabra, y acomodándose en el borde de su sitial, manifestó ante la atenta curiosidad de los cortesanos andalusíes:

—Mi augusto césar, Teófilos, hostigado en muchas de sus fronteras, se halla en guerra abierta contra los califas de Oriente, los abominables abasíes, asesinos de vuestros antepasados. Y puedo aseguraros que es tan insostenible la relación entre Bagad y Bizancio que, unidos por un aborrecimiento simultáneo, mi soberano os traslada el ruego de que consideréis la eventualidad de sellar un tratado contra nuestro adversario común.

—Distinguido Qartiyus, nada de cuanto me detallas me es ajeno —contestó—. Los déspotas abasíes se han separado de la ley de Dios y tiranizan con sus excesos al pueblo creyente de Siria, que antes rendía sumisión a mis abuelos. Sin embargo, firmar un pacto de guerra contra Bagdad es empresa para meditar. Y puedo asegurarte que nada me alegraría más que tomar mis ejércitos y marchar en campaña contra el infame Al Mutasín, a quien Alá confunda. ¿Y qué otras cuestiones nos traslada el emperador?

—En la carta credencial, mi señor expone con todo lujo de detalles otra súplica.

—Hablad con entera libertad, legado —lo animó el emir.

—Verá su alteza dignísima —repuso—. Antes de recalar en Hispania he visitado en Aquisgrán al rey de los francos, Ludovico, siendo acogido con interés.

Abderramán, haciendo gala de un agudo conocimiento político, lo cortó:

—Al emperador Teófilos le preocupa la invasión de sus posesiones en Italia por parte de los islamitas del norte de África. ¿No es así, legado?

Qartiyus se estremeció y no supo disimularlo.

—Ciertamente —dijo sorprendido de que conociera sus gestiones diplomáticas en Francia y se le anticipara en la petición, cosa que efectuó el emir.

—Temores absurdos, embajador. Los fatimíes de El Cairo ofrecen señales de rebeldía contra el monarca de Bagdad. Su autoridad es tan agraviante, que no admitirán una orden suya para atacar las costas de Italia. Y los sultanes del norte carecen de fuerzas suficientes y se parecen más a piratas que a señores. ¡Un asalto sería tan descabellado como estéril! Trasmíteselo así a tu soberano.

—Nos regocijáis altamente, magnífico emir —refrendó sonriente.

—Lo celebro, legado. ¿Qué otro motivo perturba al emperador? —preguntó.

En vez de sonsacar secretos, el legado era llevado de la mano por el emir.

—La cuestión os resultará incómoda, mi soberano, pero os lo expondré sin ambages. Vos conocéis cómo en tiempos de vuestro padre, el recordado emir Al Hakán, súbditos andalusíes amotinados en Córdoba abandonaron Alándalus y se establecieron por la fuerza en las inexpugnables fortalezas de Creta, territorio del Imperio romano.

El califa objetó adusto, imperturbable desde su sitial:

—Nadie olvida aquella onerosa jornada de traición, sangre y muerte. Esos rebeldes son gente descomedida y vil, que en nada representan a Córdoba. Y damos gracias a Dios de que dejaran estas tierras, pues su presencia no la toleraríamos.

Aquellas duras palabras quedaron flotando en el aire, y Naser contrajo la gruesa boca, expresando con sus ojillos un sentimiento de resentimiento que no pasó desapercibido a Yahía, a dos pasos del eunuco. A pesar de los años transcurridos, la rememoranza de aquella sangrienta revuelta le asaltaba como un mal sueño. Él era uno de los niños de aquellos bandidos y la amargura del recuerdo de su infamante castración no la arrinconaba en el olvido.

—Pues su cabecilla, magnánimo califa, el cruel Abú Hasf, el más inhumano bandido que navega por las aguas griegas, después de desertar de este reino y someterse a la obediencia del soberano de Bagdad, ha sembrado aquellas costas de terror y espanto, haciéndose fuerte en la inconquistable atalaya cretense de Chandax —adujo—. Mi señor os ruega que hagáis llegar a estos temibles corsarios el largo brazo de vuestra justicia. Su presencia en aquel mar de paz resulta irritante.

El emir vaciló y se revolvió inquieto en el sitial, pero no se inmutaron sus facciones.

—¿Y puede conciliar la justicia de nuestros cadíes la discrepancia de esos renegados insumisos a nuestras leyes y decretos, y a centenares de leguas de Alándalus, legado? Lo dudo. Sin embargo, examinaremos la cuestión con detenimiento cuando te oigamos en la privanza del Consejo. Tal vez surja una avenencia equitativa para todos.

La negociación sería ardua y difícil, y Qartiyus lo entendía. Las divagaciones de Abderramán, habituales en los hombres de Estado, le eran tan conocidas como el pan y la sal de las bienvenidas. Decidió no insistir por el momento en tan escabrosa controversia. Luego tomó un pergamino enrollado en un cilindro de oro que el legado entregó al emir ante la expectación de todos los cortesanos.

—Emir Abderramán. Es conocido en Constantinopla el interés personal que dispensáis a las obras de filosofía y astronomía, y de los valiosos códices de vuestra biblioteca. Este tratado versificado del sabio Empédocles ensanchará vuestro acervo.

—¿Empédocles de Agrigento, el que para morir en la pureza total se arrojó al volcán Etna? —interrogó entusiasmado.

—Mi señor, así es. Se trata de los *Cuatrocientos versos del universo*, obra capital del pensamiento, la alquimia y la profecía —contestó el emisario.

—Mi admirado embajador, la emoción arrolla mi corazón con las fuertes agitaciones del afecto —habló veraz—. Tu señor me ha conducido a la complacencia. De modo que manifestádselo así al emperador.

—Se lo trasladaré a mi *basileus*. Cada petición desea acompañarla de un regalo de vuestra conformidad —manifestó, en tanto que tomaba un cofre pequeño de ágatas y extraía una joya de destellos cegadores.

Con lentitud la elevó sobre la cabeza, balanceándola con sus manos para que fuera contemplada por los cortesanos, arrancando una exclamación de admiración. Se trataba de una perla anacarada engarzada en oro del tamaño de un huevo de paloma, deslumbrante y asombrosa.

—¡¡Oh!! —se escuchó un rumor ahogado en el Salón del Olmo.

—Poderoso emir de Córdoba, tenéis ante vuestros ojos la Lágrima de la Luna, la perla más grande jamás admirada en el Imperio. Fue vendida hace más de un siglo en Constantinopla por unos mercaderes del lejano Catay, y su valor se estima como incalculable. Es deseo de mi emperador que luzca en vuestro espléndido palacio.

A una señal del emir, se acallaron todos los murmullos y este, descansando sus manos sobre su regazo, prorrumpió posando sus ojos acogedores en los griegos:

—Amigos embajadores. Valoro las muestras de afecto de vuestro emperador y aventuro una amistad duradera entre Córdoba y Bizancio.

—Gozoso de vuestra amistad, Teófilos os envía una daga que perteneció a un antepasado vuestro, el califa Umar el Piadoso, como se consigna en el pomo —repuso.

El emir la tomó en sus manos y luego se la llevó a los labios, besándola.

—*Kurós* Qartiyus, la evidencia perfecta de nuestro entendimiento se demostrará en décadas venideras y con proyectos reales. Así pues, y deseando tratar muy pronto las proposiciones, y para darles cumplida contestación, os convocamos a una conversación privada en el Qars al Surur, el Palacio de la Alegría, tras la última oración del viernes próximo. Reconocido por vuestros obsequiosos presentes.

—Allí nos hallaremos, sublime imán, atentos a vuestra serena palabra —dijo.

El chambelán se disponía a dar por concluida la audiencia cuando el emir alzó su voz potente y ronca, haciendo que todas las miradas se posaran en él.

—¡Ah! , embajador, hace tiempo que medito sobre el

envío de una embajada de mi reino a Bizancio. Vuestra presencia aquí propicia oportunamente mi deseo.

El legado dio como un respingo. Era más de lo que cabía esperar.

—Ese evento sería muy bienvenido por los emperadores, sabio emir —dijo.

—Estimo que la oportunidad puede resultar única. Así que meditaré, para mejor rubricar nuestros futuros acuerdos, y coincidiendo con el próximo plenilunio, enviar a un legado extraordinario con cartas de respuesta al emperador Teófilos. Quiera el Altísimo que los beneficios excedan a las esperanzas puestas en esta confraternidad de Estados que siempre he deseado. Y Dios conoce, ilustre Qartiyus, que cuanto digo es cuanto pienso. Quedad en la paz del Misericordioso.

El diplomático bizantino, con gravedad, trazó la señal de la cruz sobre su pecho, reflexionando sobre las razonables esperanzas de alcanzar alguna de las pretensiones presentadas a aquel soberano tan magnánimo y cultivado. Abderramán cerró pensativo sus párpados y acarició su barba perfumada. Cuando se incorporó, todos los asistentes se inclinaron y aguardaron a que abandonara el Salón del Olmo por la puerta dorada, contigua a sus habitaciones privadas.

—Excelentes señores, y creyentes de Dios —voceó el chambelán—. La recepción ha concluido. ¡La dicha y la armonía de Alá sean con vosotros!

Sadum caminó al lado del embajador, que, en árabe, le susurró al oído:

—Amigo Sadum —balbució el bizantino—, he probado en muchas ocasiones cómo el odio y el desprecio sustituían en los corazones de los soberanos al afecto y a la estima, pero con vuestro emir esos mudables sentimientos

199

no parecen posibles. Y os lo confiesa quien bien conoce las veleidades humanas. No puedo ocultarlo, en mis años de legado, jamás se me ofreció cordialidad tan hospitalaria. Mi soberano se sentirá deleitado cuando le narre esta generosa acogida.

—Embajador, mi señor es el hombre más comprensivo de cuantos hallaréis, y hace de la paz una obligación —le contestó Sadum satisfecho—. Os acompaño hasta la Puerta del Puente. Disfrutad, mientras partís a vuestra tierra. Treinta días son pocos, pero suficientes para conocer las excelencias y dulzuras de Córdoba.

Aquel mediodía, compitiendo al polo, los pulmones de Al Gazal se abrasarían sin duda después de la primera hora de tan ardua competición.

Dos días antes de la entrevista definitiva con los embajadores bizantinos, vistió sus bombachas sirias, el corselete y broqueles de protección, y las recias botas de montar. Aromó el rostro y los largos cabellos con aceites y perfume de sándalo, purificó sus dientes con pasta de cilantro y las axilas con sahumerios de nenúfar y almendras. También avisó a Balansí para que le preparara el purasangre Amím, el Fiel, un caballo tordo, la silla de montar a la jineta y los estribos largos, y que le protegiera las patas delanteras con correas de piel untadas de sebo. Mientras aguardaba impaciente al mayordomo, leyó complacido la invitación cursada por su amigo el emir, una esquela carmesí escrita por su puño y letra, ágil e inclinada:

A Yahía ben al Hakán, la Gacela más sagaz de Alándalus.
La luna ha surgido en Géminis sobre los tejados

del grato jardín que es Córdoba, pero antes, mis hijos me han retado a un encuentro de pelota a caballo en el verde dosel del Campo de la Novia. Cuento con tus habilidades para medir nuestras fuerzas en una partida de sawlachan, *o polo, que resulte inolvidable para los cachorros del alcázar.*

Luego, en la noche, nos guareceremos entre doncellas de caderas opulentas y talles extenuados, regalándonos con sus aromas de áloe y algalí. Así nos sorprenderá la aurora, sumidos en la felicidad, mientras hablamos de la embajada a Bizancio, de Qartiyus y de los acuerdos con el emperador Teófilos. Te aguardo al mediodía en el alcázar.

El amir al mumin, *Abderramán ben al Hakán Qurtuba, 17 del mes del* shawal

Yahía dejó atrás los amarraderos del Arrecife y a una turba de andrajosos mendigos y rapaces pendencieros que lo seguían rogándole una limosna. Luego, describiendo un rodeo por los arrabales de Al Chanib, para evitar las concurridas arterias de la medina, se unió con su vigoroso caballo a la comitiva de jinetes del alcázar, que habían provocado un revuelo en los arrabales tras levantar una insufrible nube de polvo. El emir, sus hijos y algunos cortesanos se disponían a celebrar un lance hípico del *sawlachan* o *pulu*, un juego tibetano muy extendido por la India y Persia que, jugado a lomos de corceles, perseguía introducir a golpes de maza un pelotón de madera, bambú, badana de oveja nonata y tripas de vacuno entre el espacio de dos lanzas colocadas en extremos opuestos de una pradera.

Abderramán se entregaba a él con verdadera pasión. Al Gazal, apasionado rival, había tomado la brida, demostrando su destreza ecuestre, pese a su asma, que lo mermaba. No obstante, aquel día sentía deseos de galopar y esgrimir sus escurridizos escorzos con aquel caballo endiablado que tanto enardecía a su señor el emir. Durante la cabalgada, el sultán se adelantó al galope y reclamó a su lado a Yahía y al príncipe Muhamad para conversar sobre la embajada a Bizancio.

—¿Has considerado, mi padre y señor, la contestación a los legados bizantinos? Sus demandas son enojosas de reconocer —preguntó el heredero.

—Lo he meditado, hijo mío, y quiero ordenar contigo y con Yahía los detalles, pero lejos de oídos indiscretos —objetó el emir, mirando jovial a su primogénito—. Cabalguemos hacia ese remanso y, mientras descansamos, platicaremos.

Yahía habló el primero. Bajando el tono de su voz se dirigió al emir:

—Una intervención en Siria resultaría descabellada a los ojos de cualquier estratega. La ignorancia de lo que acontece en el mundo maniata a los romanos.

—Es evidente, así que le proporcionaremos una cortés negativa. Un suicidio militar de proporciones desastrosas no cabe en nuestra cabeza. ¿Cómo enviar un ejército pertrechado a Oriente? Además, los creyentes del islam entero levantarían sus quejas contra una alianza desnaturalizada entre un rey cristiano y un sultán musulmán, por muy enemigo de los despreciables abasíes que fuera, y suscitaría un cúmulo de inculpaciones y protestas. De todas formas, me es engorroso concebir cómo el emperador, con cinco flotas en el Mediterráneo, y disfrutando de esa arma letal que es el fuego griego, ha cedido el poder sobre las aguas del Imperio.

Al Gazal, viajero habitual por el Mediterráneo, opinó en tono sumiso:

—Los rumíes permanecen divididos y los inquieta su propia insensatez. Miran su propio ombligo, sumidos en absurdas disputas religiosas, y olvidan su defensa. Unos son partidarios de las imágenes de Dios, sus santos y profetas, y otros, los iconoclastas, de destruirlas. Y absortos en ese estúpido y banal enfrentamiento, que a nada conduce, acelerarán su derrota ante los turcos del este.

—Sabio comentario, Yahía. Veo que los conoces bien. El profeta dice: «Oh, creyentes, las estatuas son una abominación inventada por Satán, absteneos de ellas y seréis felices». Los musulmanes, Yahía, jamás caeremos en esa patética necedad.

—Ciertamente, mi señor —alegó—. Nunca pecaremos en esa imprudencia.

—Creo que los bizantinos sufren la asfixia en todas sus fronteras, y necesito un aliado en Oriente como Bizancio. Un bastión que contenga a los abasíes por un lado y a los fatimíes por otro. Así que los voy a ayudar con ese pirata que se ha adueñado de Alejandría. Voy a ofrecerle a ese hijo de perra de Abú, el andalusí, un señuelo irrechazable a cambio de dos concesiones —reveló exultante—. Un poderoso aliciente que lo disuadirá, y ganaremos un amigo en el emperador de Bizancio.

El cortesano admiraba su perspicacia, y la confianza que en él depositaba el emir confesándole sus proyectos. La plática se animaba y Muhamad sonreía.

—Mi señor Abderramán, la paz del mundo es una balanza que se mantiene equilibrada si colocas los contrapesos con armonía y sagacidad, como piensas hacer en este caso. Lo he aprendido en mis viajes, sirviendo a tu causa —dijo el poeta.

—Bien, Yahía —replicó con afabilidad, mientras bebía agua—. Sabes que al fin nos hemos hecho con el control

203

de la ruta del oro del Sudán, no sin grandes dificultades, gracias a lo cual, al fin un emir de Alándalus emite moneda propia y estrecha lazos de paz con las cabezas coronadas del mundo.

—Lo sé, y con ello dignificas el trono de Córdoba —lo halagó.

—Habéis de saber que los fatimíes de Egipto han puesto sus ávidos ojos en esas caravanas del oro, y algunas se han perdido frente a las costas de Túnez cuando se adentraban en el itinerario de Sabta,[10] donde solemos embarcar el oro. Pues bien, he tomado una temeraria decisión. He decidido llegar hasta la inexpugnable fortaleza del bastardo de Abú y ofrecerle a ese hijo de mala madre un negocio que no podrá rechazar, a la vez que protegeré nuestro oro.

Ni el heredero ni el diplomático sabían dónde deseaba llegar el emir.

—Cesiones, negocios, oro, Ceuta. No llego a comprender, señor —ironizó.

—Os lo aclararé —dijo persuasivo—. Gran parte de ese oro africano deseo desembarcarlo en un puerto cercano a Barce, algo apartado del camino de Fustat,[11] en tierras de nuestros amigos los tuluníes. Allí, ese forajido de Abú que goza del favor de los sultanes africanos lo recogerá de manos de mis agentes y lo acarreará a dos isletas frente a la costa de Túnez, Yezeiret y Yalita, donde lo aguardarán nuestros navíos. Nadie osará atacar al más desalmado pirata de esas aguas. En cambio, por el transporte yo lo gratificaré con un suculento porcentaje, nunca

---

[10] Ceuta.
[11] El Cairo.

superior al que perdemos anualmente, ofreciéndole como compensación comerciar con determinados productos que él ansía. A cambio no abordará los barcos con la insignia imperial de Bizancio, y dejará de prestar obediencia al califa de Bagdad. Yo obtendré una victoria moral sobre los abasíes, compraré para siempre la amistad de Bizancio, al que tendré como agradecido aliado en Oriente, y el corsario comerá en mi mano. ¿Qué os parece el plan?

Al Gazal se convirtió en la viva expresión del asombro. Dejó de beber incrédulo ante lo que oía y sus ojos perplejos se fijaron en los del emir.

—¿Hablas en serio, mi emir? Es muy arriesgado. ¿Y si conociendo la calaña de ese renegado de Abú no acepta? ¿O se queda con el oro de las caravanas?

—Aceptará, Yahía, no lo dudes, porque con este negocio conseguirá tantos beneficios, y sin riesgo alguno, como nunca habría soñado. Y si osara expoliarme, sabe bien que armaría una flota de tal envergadura que lo perseguiría si fuera preciso hasta las mismas fuentes del paraíso. Y mi venganza sería devastadora —confesó.

—La verdad es, mi señor, que supone un riesgo, pero también considerables recompensas —mencionó admirado Yahía—. No obstante, existe una dificultad preliminar que puede dar al traste con la original tentativa. ¿Quién será el temerario almirante o general que se aventurará en los peligrosos estuarios de Creta para buscar a ese proscrito de Abú? Al descubrir la enseña de los omeyas ejemplarizaría al mundo vaciando las tripas del enviado y cortando la cabeza a la tripulación. De eso no me cabe duda, señor. ¡No envidio a esa persona!

Abderramán, con una amistosa contundencia, le manifestó al astrónomo:

—Esa persona serás tú. ¿Quién, si no, amigo mío? Y no

205

me decepciones con una negativa. La diplomacia te convoca para defender los intereses de Córdoba.

A Al Gazal se le paralizó el pulso, rumiando su propio escepticismo.

—¡¿Yo, señor?! —titubeó pareciéndole que los ruidos sonaran lejanos—. ¿Yo, el protagonista de esa peligrosísima andanza?

—Sí, tú, mi leal Yahía. Restituye la gloria del islam en aquel emporio del mar —desplegó convincente su voz—. Eres la única persona capaz de guiar al éxito esta empresa. ¿Acaso puedo confiar en alguien más? Mi fe en ti sigue inmutable.

—Conoces de antemano que nunca te negaré nada. Pero quizá veas a tu amigo partir, mas no regresar jamás —le confesó persuasivo—. Lo deduje desde que avisté en el firmamento la estrella Suhail, pero no tan inmediato.

—Regresarás indemne, y salvo. Todos confiamos en tus dotes de persuasión.

El príncipe heredero, el hijo de Shifa, un joven lúcido, se pronunció:

—Yahía, te apoya el prestigio y la confianza de tu califa. No debes temer nada.

—Señor Abderramán y mi príncipe, creedme, lo asumo de buen grado y con la satisfacción de servir al trono. La ocasión se presenta única para conocer Bizancio. Anhelaba visitarla, por un asunto alquímico en el que estoy inmerso, y tu elección lo ha hecho posible, por la providencia de Dios. Tu favor me colma, señor.

—Pues lo celebro, Yahía —repuso el emir, que pidió al palafrenero los caballos—. No todo iban a ser inconvenientes. Esta es mi decisión. Acompañarás a los comisionados bizantinos y entregarás mis cartas de contestación a Teófilos dentro de un mes, con el plenilunio, época propicia para navegar según mis astrólogos. Y no lo olvides, ese proscrito de Abú es un bribón indeseable y facineroso, pero en modo alguno un necio. ¡Ah! De momento mantendremos absoluta discreción.

Al Gazal, no obstante, ensombreció el gesto, esbozando un rictus de preocupación, que el emir advirtió de inmediato. Circunstancias adversas trocaban sus planes. El monarca se dirigió a él con animosa amistad:

—De repente te muestras inquieto. ¿Te atormenta algo?

—Así es, mi imán —se justificó el diplomático—. Deseaba en estos días próximos trasladarme a Yayyán para visitar a mis hermanos, y consultar a un muslim determinados aspectos de una búsqueda que me inquieta.

—Tiempo sobrado para ocuparte de tus negocios e indagaciones —le confirmó amistoso—. Ve a Yayyán, y a tu regreso discutiremos la estrategia definitiva.

—Gracias por tu favor, señor. Comienzo por ilusionarme con la legación. Tan solo pido a Dios clemencia en sus cielos, y un buen camino para andar.

Dios predestinaba sus acciones, y no podría oponerse al esquivo destino.

—A propósito, Yahía. Al Layti brama de ira por una dura sátira que al parecer tú escribiste —comentó disgustado—. La depositaron bajo su esterilla de la mezquita tachándolo de avariento, desleal a mí y usurero. Tal vez este viaje a Bizancio calme las aguas de la corte y regreses más indulgente con estos cortesanos. Todos sin excepción tenéis cabida en mi amplio corazón, y tú lo sabes, que pasas por creyente sabio, reflexivo y compasivo.

Al Gazal enmudeció envolviéndose en un aire de despecho, pero no replicó.

—Bien, dejemos por ahora las preocupaciones y regresemos al campo del encuentro. Nuestros rivales nos aguardan. Hemos de doblegarlos con una derrota que tarden en olvidar, Yahía —soltó una carcajada el soberano.

—Sé indulgente con nosotros, padre, quizá seamos aún demasiado jóvenes —se pronunció el príncipe Muhamad, con una mueca de sarcasmo.

—Yahía, mi hijo predilecto acaba de tildarnos de viejos. ¿Lo has oído?

—¿Y acaso no es verdad, mi emir? Pronto seremos refugio de males, aunque nuestras arrugas, Abderramán, se enseñorean más del alma que del rostro —indicó.

Y riéndose en franca carcajada, picaron espuelas. Al Gazal se ató los cabellos con una cinta verde regalada por Abderramán, perdiéndose al galope. Sin saber por qué, la melancolía se apoderó de su interior y la preocupación se propagó por su corazón. La búsqueda del viejo místico y la misión en Bizancio eran un doble reto.

Sobre las cumbres, nubes de tormenta se alzaban amenazantes.

CAPÍTULO VIII

YAYYÁN, EL PASO DE LAS CARAVANAS

La alborada apuntó con un estallido de ardorosa luminosidad.

Un grupo de viajeros, al despuntar el alba del festivo Mahracham, salvaron el arco de la Bab Abd al Chabar, atestado de un hervidero de mercachifles y mozos de cuerda. Silenciosos, emboscados y diligentes, para no hacerse notar, atravesaron el cementerio de Al Burch, adentrándose uno tras otro en la Vía Augusta. Atrás dejaban los rescoldos de las hogueras alzadas en los barrios, donde los vecinos habían incinerado los restos de las mieses y enseres viejos en una noche de jaranas y borracheras. Un sol sedoso alejaba las penumbras de la noche y desvelaba la campiña del río, saturada de palmeras y olivares, mientras la sierra, antes espectral, atrapaba un leve tono azulado, descubriendo las arboledas de la Ruzafa, que poco a poco dejaban a su espalda.

Firnas, Yalib y Al Gazal, seguidos de tres criados y varias mulas, se dirigían silenciosos hacia los pedregosos senderos de Yayyán. Vadearon a un tropel de leprosos del lazareto de Al Murda hasta alejarse de la muralla. El eco distante de los zocos, las llamadas de los almuédanos, los griteríos de los arrieros y los guardias en las almenas, y el baldeo de las norias enviando agua a los talleres de tinte y de la seda les llegaban fragosos. Un olor a pan recién salido de las tahonas se confundía con los humos de los arrabales. Yalib aspiró bosquejando una mueca de regusto.

—Cabalguemos ligeros, amigos, antes de que Yalib se vuelva a buscar unos bollos de almíbar —insinuó Yahía, mientras pasaba su mano por la faltriquera donde guardaba a buen recaudo el libro de *El trono de Dios*—. Nos detendremos en la *jamara* de Muta el Armenio, a dos leguas de Bayyana.[12] Probaréis en esta fonda un *sani* de cordero aromado como jamás os llevasteis a la boca.

—Que Dios nos preserve de todo peligro —farfulló Firnas.

—Samir consultó a los astros, y hoy es día fasto para viajar, confiemos en él —terció Yalib.

Y picando espuelas, desaparecieron por el recodo del camino real.

Un centenar de pasos más atrás, y confundido entre los carros de los alfareros, un jinete solitario, embozado en una capa y con un tailasán pardo cubriendo su voluminosa cabeza, abandonaba la ciudad. Súbitamente paró su montura y observó con atención la dirección que tomaban en veloz galope los tres miembros de la Piedra Negra. No espoleó su caballería para pasar inadvertido, y los si-

---

[12] Baena.

guió a trote lento, oculto entre los viajeros que abandonaban Córdoba.

Al cabo de dos jornadas y media, con los cabellos y vestiduras cenicientos de polvo, los semblantes exangües y algunas llagas causadas por los ronzales de las cabalgaduras, arribaron a Yayyán, cuyo inexpugnable castillo recién edificado se recortaba entre las sierras y el zarco firmamento. Se hospedaron en una posada del camino, cuyo mesonero, un bereber cojitranco, con un párpado caído, los atendió tentado por la eventualidad de una bolsa estimulante. Tras degustar un refrigerio de aceitunas, pan candeal, dátiles y queso de cabra, y saciar la sed, se entregaron a las delicias de un baño perfumado en el *hamán* público. Tras el mediodía dejaron al cuidado de los tres criados las monturas y se dirigieron a la cercana medina de riguroso incógnito y envueltos en cenicientas ziharas de peregrino, antes de dirigirse a la rábida, o retiro, del asceta Al Jabali.

Bordearon las fortificaciones de la alcazaba, encaramada en un farallón ciclópeo que disputaba el espacio a las águilas y donde las nubes parecían residir en las troneras de sus torreones. Contemplaron desde la ladera el horizonte matizado de verdes y añiles, perdiendo la vista hasta el infinito. Y a sus pies, desplegada como un manto de estuco, se recogía la ciudad, salpicada de patios alfombrados de trepadoras, pozos encalados y sonoras alfaguaras.

Se adentraban en la estrechez de las callejuelas y portillos, dejando a sus espaldas la mezquita aljama, recién edificada con las limosnas del piadoso Abderramán II, ahora silenciosa, y rodeada por un apacible patio de naranjos y pórticos albeados. Era la hora del descanso y solo algunos chiquillos, descalzos y con las cabezas rapadas, jugueteaban con las cañas en las desiertas plazuelas, rompiendo el reposo de sus mayores, confinados en la frescura de sus casas y huertos.

Un sol intenso y deslumbrante se reflejaba en las paredes del caserío y una paz indolente se respiraba en la villa de los *yunds* de Qinasrin, Yayyán, el paso de las caravanas, donde había venido a la vida Yahía, quien precedía meditabundo y también emocionado a sus dos compañeros mientras se dirigían al arroyo de Al Kantarilla, la trocha de los tejares que los llevaría al *ribat*, el lugar de meditación musulmán. ¿Pero hallarían entre sus paredes lo que buscaban con tanta ansiedad?

No hubieron de preguntar a ningún caminante el lugar de retiro del santón, pues a unos trescientos pasos se toparon con un jubileo de piojosos peregrinos, algunos ciegos y tullidos, que ascendían uno tras otro, cogidos de la mano, rezando suras del Corán, mientras hacían chascar las escudillas de latón.

—¡Loa a Dios, dueño del universo, el Misericordioso, el Clemente, el Soberano en el día de la retribución! —canturreaban los caminantes.

—Bendito sea su santo nombre —dijo Yalib, que les dejó una moneda.

No bien habían caminado un centenar de pasos cuando, tras una empinada vereda, observaron un collado rocoso y sobre él la blanca silueta de un cenobio con una cúpula resplandeciente de mosaicos azules. Las paredes encaladas del lugar de oración carecían de aberturas y solo algunos ventanucos se abrían en el alminar. En las inmediaciones reinaba la más absoluta de las quietudes, quebrantada solo por el crepitar de las chicharras. En la puerta, advirtieron a dos ermitaños lavando sus túnicas de lana, mientras otros vertían agua hirviendo y cal para eliminar los parásitos incrustados en sus costuras. Al observar ante ellos a los desconocidos visitantes, abandonaron sus quehaceres y se introdujeron en el monasterio cerrando el portón, sin contestar al saludo de los recién llegados, que se miraron sorprendidos.

—Parecen asustados —señaló Al Gazal contrariado por su proceder.

—No, amigos —afirmó Yalib—. Son neófitos y han de permanecer callados mientras trabajan o meditan.

Enseguida, los goznes de la puerta se abrieron de nuevo y en el umbral apareció un eremita de rostro afilado, mejillas hundidas y picadas de viruela, y cubierto con una túnica de estameña raída. Una larga barba negra y desaliñada, desgreñados cabellos y unas manos huesudas le daban un aspecto amedrentador. Los observó con sus ojos glaucos, y lanzó una voz que parecía salida de ultratumba.

—¿Qué buscáis aquí, hermanos? —los interpeló.

—Desearíamos ver al maestro Al Jabali —respondió Yahía conciliador.

—El imán está entregado a la meditación y no puede ni tocar a los enfermos ni ver a nadie por algún tiempo. Concluido su período de penitencia, se retirará del contacto de los hombres hasta el Ramadán —les informó—. De modo que volved por donde vinisteis y buscad el camino de la perfección con otro maestro, o por vosotros mismos. El santo Corán os mostrará la senda a seguir, hermanos.

Al Gazal lo miró fijamente, e intentó hallar una huella de sorpresa, o interés.

—Venimos desde Córdoba, hermano, y somos coranistas dedicados al estudio del Talmud y la cábala, y discípulos del sabio Habib. Si hemos de aguardar algunos días, lo haremos. Nos trae un asunto de tal consideración, que no nos apartaremos de aquí sin verlo —insinuó con firmeza Yahía.

—Lo siento —respondió arrogante, sin mudar su hosco semblante—. No es posible. Acaso para la época de las lluvias imparta sus enseñanzas aquí, o en la mezquita de Yayyán. Únicamente así podréis consultar lo que preciséis. Y ahora, si me excusáis, he de reanudar la tarea de recitar el Libro. Y no titubeéis en la fe.

Al Gazal repudiaba suscitar disputas inútiles, pero no podía resistirse a rehacer el camino andado sin tan siquiera haber departido con el místico ermitaño. Ni él mismo, ni los cofrades de la Piedra Negra se lo perdonarían. Así que se adelantó y, soslayando su insistencia, le solicitó con ademán humilde:

—Compresivo discípulo del más sabio muslim de Alándalus. Pudiera ser que, si le presentaras esta carta de nuestro maestro, el ulema doctor en leyes, Ibn Habib, junto a este manuscrito, tu preceptor quizá acceda a recibirnos —sostuvo firme, y decidió enarbolar el viejo tratado comprado en el zoco de los libreros.

Extrajo de su faltriquera el ajado ejemplar y al ofrecérselo al monje este se sobresaltó, desconcertándolos por tan inesperada impresión.

—¡El Trono de Dios y el signo de Salomón! —admitió llevándose sus manos a la boca, como queriendo mitigar su sorpresa—. Entrad, os lo ruego.

La puerta se cerró tras ellos y penetraron a través de un fresco corredor a un soleado patio rodeado de cidros y cipreses, envuelto en un silencio ultraterreno. En el centro se abría un pozo encalado con jarros de cobre rojo sobre el brocal, donde bebían los monjes, quienes no debían ser numerosos pues en su derredor no se adivinaban más de una docena de celdas. El religioso les ofreció un cántaro de limonada y menta, del que los visitantes bebieron complacidos hasta hartarse.

Los invitó a lavarse los pies, mientras desaparecía sin decir palabra. Tras una hora de espera en la que limpiaron sus sandalias, quitaron el polvo a sus ropas y mitigaron su sed, apareció de nuevo el muslim, quien gesticuló susurrante:

—*Asalamu!* Seguidme, el maestro Al Jabali os recibirá en el oratorio.

Ingresaron en una austera pieza de no más de veinte pasos con el suelo de tierra cubierto de esterillas de albardín. En el levante solar se alzaba una hornacina sobria e inmaculada, la sagrada Qiba, y en ella un Corán abierto por la sura dieciocho, la de La Caverna. Al penetrar desde la luz a la oscuridad no advirtieron la figura de un hombre tendido de bruces sobre el *sadjud* de oración. Con gran esfuerzo se irguió, recibiéndolos con el inquietante regalo de los primeros versículos, mientras los escudriñaba con sus ojillos garzos y penetrantes y de una aguda intensidad:

—«Gloria a Dios que ha enviado al servidor el Libro en el que no ha escrito desviaciones y sí verdades».

—«Un libro destinado a amenazar a los hombres con un castigo terrible y a anunciar a los buenos creyentes una hermosa y eterna recompensa» —contestó Yahía de memoria, recitando el versículo siguiente.

El maestro los observó y se limitó a asentir. No vio ni miedo ni sorpresa.

—He interrumpido mis meditaciones, pues habéis turbado el sosiego de este lugar —los increpó—. Me han inquietado los signos que portáis. ¿Se trata de una impía añagaza? Decidme la verdad. ¿Os disfrazáis acaso de fingidos creyentes? ¿Quiénes sois y qué queréis de este viejo buscador del número centésimo de Dios y del conocimiento? Y no malgastéis vuestro aliento en vanas palabras —advirtió.

La sala estaba desierta y su voz resonó cavernosa, confundiéndose con la densa atmósfera de tonalidades ambarinas que penetraban por los lucernarios. El personaje emanaba una espiritualidad perturbadora. Su edad les pareció imprecisa, pero avanzada. Enjuto y magro de carnes, de espalda curvada y extremada flacura, evidenciaba los rigores soportados por la oración, el ayuno y las penitencias con las que castigaba su cuerpo. Se cubría desaliñadamente con una *qalansuwa* de áspera estameña, propia de los cadíes, dejando al descubierto una cabeza pequeña y nívea, un rostro estriado por mil surcos y una barba de hebras amarfiladas. Se revestía de una apariencia impenetrable, encandilando desde el primer momento a los cofrades de la Piedra Negra.

En su reducto de impenetrabilidad, los invitó a acomodarse, mientras se despojaba de sus abarcas de esparto. Una luz amarillenta de los ventanillos iluminaba el círculo formado por el eremita y los viajeros, dejando el resto en una semipenumbra sobrecogedora.

—*Salam*, maestro. Nada has de desconfiar de nosotros, pues nos atrae tu reputación y el anhelo de saber —atestiguó con consideración Yahía—. Nos tenemos por discípulos del ulema Ibn Habib, preceptor de teología de la aljama de Córdoba, que te envía un saludo por nuestro conducto escrito por su mano. —Se lo entregó respetuoso.

—Hombre piadoso y compasivo, tocado por la mano del Altísimo —apuntó.

—Con él escrutamos los astros, penetramos en los

secretos de la alquimia y las obras del Misericordioso, y no nos contentamos con propalar neciamente las suras del Corán. Nos conduce el afán de profundizar en lo oculto, cerrando nuestras búsquedas con la prudente llave de la discreción —argumentó intentando granjearse su esquiva confianza—. Mi nombre, maestro, es Yahía ben al Hakán, de los Banu Beckar. Nacido en esta misma medina, pertenezco, como mis acompañantes, al *diwán* de poetas y astrónomos del emir de Córdoba.

—¡Prometedora casualidad que el Oculto desvela! —confirmó, abandonando la inicial crispación y dejando entrever una boca desdentada—. Has de saber, hijo mío, que este apartado *ribat* de oración fue construido hace ahora un siglo con las dádivas de tu abuelo Wail Ibn al Hakán, de los *yunds* sirios, notable guerrero que en su senectud buscó la sabiduría de Dios entre estas paredes. Había oído hablar de ti al alcaide de la alcazaba y de tu celebridad en la corte omeya. Esta comunidad de eremitas de Alá está en deuda con tu familia y celebro que desees desentrañar con sencillez de corazón los secretos del Eterno. En cuanto al cadí Habib, es una afortunada dignidad que desee dirigirse a alguien tan torpe como yo. ¿Y tus acompañantes, quiénes son?

—Sean ellos mismos quienes se presenten, maestro. —Dio un paso atrás.

—Yo, maestro, soy Yalib al Gafla —divulgó el joven su identidad—. Deseaba conocerte para examinar contigo las últimas orientaciones teológicas de Basora.

—¿Acaso has viajado recientemente a Oriente? —cuestionó.

—Sí, venerable guía —confirmó, bajando sus ojos respetuosamente.

—Nuestro amigo Yalib es la humildad personificada

y nada publicará de sus merecimientos —interrumpió Al Gazal—. Es tenido por un eminente maestro de las doctrinas mutaziles, causa de la expulsión de la cátedra de teología. Hace poco unos salteadores, alentados por los alfaquíes, arrasaron a cenizas su biblioteca de Córdoba.

—Entonces nos une el mismo hostigamiento del celo hipócrita de Al Layti —reveló afable—. ¿Y a qué maestros escuchaste en tu reciente viaje a Oriente, hijo?

—Al más excelso y a la vez más humilde de los santos musulmanes. El piadoso Dul-Nun, el Egipcio. —Alegró el semblante captando su curiosidad.

El viejo ermitaño cambió su gesto hasta ahora adusto y su rostro apergaminado pareció iluminarse con la respuesta del joven pensador. Lo miró con simpatía elevando los ojos y abriendo como un reptil sus párpados arrugados.

—He de ser yo quien bese tus sandalias y tú el que ocupes mi lugar y muestres el camino a mis hermanos. Nosotros nos definimos como seguidores del imán Dul-Nun y de su discípulo Al Nahrayusi, y daríamos nuestra vida por oír de su boca sus enseñanzas —confesó—. Que el Muy Sabio prolongue tus días.

—He tenido la fortuna de rozar sus mejillas y oír su voz, y puedo asegurártelo, maestro, él ya conoce a Dios y por ende su centésimo nombre —sentenció Yalib.

—Mis discípulos renunciarían al sustento por oírte. ¿Y quién es nuestro anónimo tercer huésped? —preguntó y lo escudriñó con sus ojillos vivaces.

—Abas Ibn Firnas, maestro. De la tribu de los Wardas de Ronda.

—¿El traductor del tratado del *Kitab al Arud*, quizá? —se interesó extrañado.

—Justamente. Para mí constituyó una agotadora labor traductora —admitió.

—¡Y admirable, te lo aseguro! —proclamó—. Poseemos en esta comunidad un ejemplar de tu transcripción del manuscrito de la Academia de Basora. Es un referente fundamental en los estudios de filosofía en este *ribat*. Nadie había sido capaz de descifrar su mensaje hasta tu mediación. Casual la Providencia del Omnisciente al conduciros aquí, a quien doy gracias por ello.

—Así es maestro, mas, sin gran mérito —argumentó el León de Alándalus.

El anciano movió la cabeza negativamente, como si lamentara algo.

—Me entristece que no hayáis sido recibidos como merece vuestro prestigio, hijos míos, aunque tal vez hubisteis de advertirme de vuestra llegada. ¿Y qué oculto motivo os ha traído hasta aquí? —consultó penetrándolos con sus pupilas chispeantes—. Portáis unos signos anunciadores de un asunto capital del islam.

Al Gazal recordó las advertencias de Habib de no precipitar los acontecimientos y ser pacientes con el ermitaño. Sin embargo, la evidencia del ejemplar de *El trono de Dios* iba a allanar el camino de sus pretensiones.

—Nada podemos ocultarte, respetado imán —aclaró Yahía entregándole la carta del maestro—. En ella os explica Ibn Habib, nuestro guía, los motivos de nuestra presencia aquí. Anhelamos acceder a cierto conocimiento poseído por tu comunidad, y a cuya certeza hemos tenido acceso por un venturoso accidente, propio del que investiga sin descanso la ciencia del Altísimo.

El ermitaño apenas si movió un solo músculo de su cara, pero evidenció que su anterior júbilo se trocaba en perplejidad. Luego inquirió receloso:

—¿Qué podemos atesorar nosotros que merezca vuestra curiosidad?

Al Gazal extrajo de su faltriquera el libro del asceta de la mezquita de Badr, despojándolo de su cubierta y entregándoselo cortés al anacoreta.

—Esto lo esclarecerá sin palabras estériles, maestro —lo desafió.

Al Jabali lo asió con sus huesudas manos, acercándolo después a sus ojos miopes y al haz de la luz de los candiles. Palpó el emblema restañado de la estrella davídica y los signos plateados de su título, que leyó con lentitud pasmosa.

—¡*El trono de Dios*! —balbució—. El manuscrito perdido y tantas veces deseado del enloquecido y también amado Kilab.

—¿Lo conocías? —insinuó Yahía interesado.

—Juntos peregrinamos a la Meca, donde seguimos las enseñanzas de los místicos y los primeros mutaziles del islam, a quienes seguimos por los desiertos de Palestina, conviviendo con ascetas cristianos y esenios, para luego regresar transmutados en otros hombres. Aquí, donde os halláis, vivimos nuestros primeros años de retiro, apartados de todo trato social. Nunca conocí a un creyente al que le subyugara tanto lo hermético, aunque, no soportando la dureza de nuestra regla, nos abandonó para instalarse en la mezquita de Badr, en Córdoba.

—Donde fue perseguido por los fanáticos alfaquíes —recordó Firnas.

—Parte de este libro lo escribió entre estos muros. Pero la verdad sea dicha, dudo que lo hayáis interpretado, pues se trata de un documento cifrado con criptogramas tan complicados que ni yo mismo sabría transcribir.

—Humildemente creemos haberlo logrado —replicó Al Gazal, tendiéndole el papiro con el camino seguido por el tesoro del Templo de Jerusalén.

Una prolongada pausa siguió a sus palabras, llenándolos de inquietud.

—¿Y cómo llegó hasta vosotros este manuscrito? —se escandalizó Al Jabali.

—Me lo vendió por azar un mercader en el zoco de los libros —confirmó—. Uno de sus hijos, al parecer temeroso de los alfaquíes, se desprendió de él y de otros ejemplares de mística nada más morir su padre.

—Ya lo predijo el profeta: «Todos los mercaderes se presentarán el día del Juicio con la mano derecha atada al cuello por su avaricia». El Clemente lo perdone. Pero qué ocurrirá el día en que los secretos impenetrables puedan ser comprados en el mercado. ¡Dios mío, qué calamidad! —se resignó apesadumbrado.

—Pero esta vez ha caído en manos de fieles temerosos de Dios —replicó.

—Y sus frutos pueden ser ruinosos. Pero ¿qué perseguís con tanto ahínco?

—Maestro Al Jabali —tomó la palabra Yahía—. Hace años, cinco estudiosos de Dios formamos una *jirka* secreta, la Piedra Negra, guiada por Ibn Habib. Todos hemos viajado a Oriente y bebido en las fuentes de los más piadosos alquimistas y teólogos, y hemos ahondado en los secretos del arte de la *chrysopeia*, la transmutación de metales. Y nos sentimos puros ante los ojos del Muy Sabio.

—Eso me otorga confianza en vosotros, aunque también aflicción. En mi último viaje a Oriente, conocí a otras confraternidades parecidas a la vuestra, también dedicadas en el secreto de sus asambleas a la búsqueda de la cábala, como los sikas de la India, o los drusos del Líbano, y algunas otras en Menfis y Tebas —dijo.

—A veces la ciencia ha de ocultarse en los refugios

del esoterismo para sobrevivir a los inquisidores y tiranos —le testimonió Al Gazal.

—Lo sé de sobra, amigo yayaní —asintió el cenobita.

—Pues en estos estudios nos encontrábamos cuando Dios puso en nuestras manos este insólito libro que nos ha abierto un camino sugestivo. Y deseamos alcanzar su concluyente demostración en este santo lugar.

El anciano ermitaño no hacía sino alzar inconvenientes. No se fiaba.

—¿Explicación de qué, buscadores de imposibles? —ironizó con sorna.

—No presentamos ante ti, indagando la evidencia de lo sagrado. Anhelamos discernir qué es el Trono de Dios, si invención, si objeto sagrado, o un peldaño en el camino del saber; y comprender también si tú y tus ardales sois los custodios de la Mesa de Salomón y sabéis el camino para alcanzar el Centésimo Nombre de Dios.

Por unos instantes el viejo muslim pasó de la perplejidad al desconcierto, de la hilaridad a la excitación, y del escepticismo a la más profunda de las preocupaciones. Observó sus semblantes, aguardó inmóvil, y habló con entrecortadas palabras.

—¿Pero de qué ficción o quimera me habláis? Eso es un rumor alimentado por torpes visionarios. No sabéis lo que buscáis —reprochó fingiendo sorpresa.

Al Gazal no quiso resignarse y extrajo de su bolsa el amuleto exponiéndolo a la visión de Al Jabali. Era su definitiva arma de persuasión.

—Nos referimos a la mesa de las ofrendas del Templo —admitió—. Sabemos que se oculta aquí mismo, o en sus cercanías. Nos acompaña la estrella hebrea, distintivo de nuestra sociedad hermética, que según la tradición formaba parte de ella, pues permaneció durante siglos allí ensartada. No nos anima ningún afán de fortuna material, sino el deseo de intimar con sus ocultos secretos, si los poseyera.

El asceta enmudeció, siguiendo un silencio embarazoso.

—Vuestra imaginación es inabarcable —se lamentó—. Perseguís fantasías.

Al Gazal se armó de valor, y con la seguridad de haber elegido el camino de la evidencia, consideró propicio el momento para proponerle una irrefutable oferta.

—Maestro, te proponemos un ofrecimiento —dijo concluyente—. Donaremos este talismán al *ribat* a cambio de admirar la Mesa de Salomón. Así, y tras siglos de separación, volverá el Sello a los ardales. Nosotros juraremos ante el Corán nuestra discreción de por vida, y jamás saldrá una palabra de nuestros labios. Y si faltamos a nuestro juramento, Dios nos preserve de la dicha eterna y de las delicias del paraíso.

El tiempo pareció detenerse y el muslim se agitó. Después reveló grave:

—Estoy retirado del mundo, pero no me tengo por un ingenuo. No me garantizáis que otros hombres corruptibles no puedan emplear ese saber en su provecho.

—Somos creyentes de Dios y cabalistas —atestiguó Yalib—. Si cometiéramos tal villanía sería anotada por el Omnipresente en el Sedjin, el registro de las acciones de la vida. Y por él te declaramos nuestra palabra sincera, piadoso maestro.

—Nos debemos al arte sagrado de la alquimia, y nos hemos juramentado para no difundir lo arcano. ¿Cómo podríamos apostatar contra un igual? —afirmó Firnas desde la esterilla con toda la fuerza de su sentimiento herido—.

¡Que la ira de Dios nos fulmine si descorremos el cerrojo de nuestros labios divulgándolo!

En Al Jabali, aquellos alegatos, sus miradas francas y palabras sapientes suscitaron un torrente de certezas que superaban sus dudas. Volvió a sumirse en un profundo sopor, permaneciendo así durante largo rato, como si tratara de escuchar una voz que lo sacara de su incertidumbre interior. De repente irguió su espalda, recuperando la consciencia y el habla. Su mirada era un remanso de paz, y su actitud, la de un hombre persuadido. Aguardaron su réplica, tras instantes de vacilación.

—¿Alguien más posee conocimiento de ese secreto capital? —indagó.

—Solo los cinco miembros de la fraternidad —le confió Yalib.

—Está bien —se resignó paciente—. Tras la oración vespertina, nos encontraremos en este mismo lugar, y espero que no incurráis en la blasfemia y la falsedad. En ese momento os anunciaré mi decisión. Mientras tanto descansad en la quietud de nuestro humilde *ribat* y reponed vuestras fuerzas con una frugal cena de uvas pasas y miel. Vuestra constancia me ha conmovido, y recapacitaré —dijo.

—Maestro, nuestro guía, Ibn Habib, os envía unas onzas de incienso de Alepo y un saquito de ámbar gris de Etiopía, así como un curioso libro del conocido mutazil Utmán Amir, *El libro de la elocuencia*, publicado en Córdoba y retirado por los alfaquíes, que quemaron en un aquelarre de intolerancia, en la Al Musara, más de cien ejemplares caligrafiados y miniados. Tal vez en este apartado monasterio pueda ser leído por mentes sabias y sin violencias —habló Yahía y se lo aproximó.

—Gracias a vuestra magnanimidad. Quedad en paz —sonrió por vez primera.

—Que Rahmán, el Misericordioso, te cubra —lo saludó el diplomático.

Desde hacía más de una hora, Al Gazal, Firnas y Yalib paseaban por la azotea del *ribat* contemplando la alcazaba y la apagada medina.

El sol, en su ocaso, se asomaba entre las barbacanas y atalayas, tiñendo de rojo el cuenco donde se asentaba la apacible Yayyán. Se apagaba el cárdeno crepúsculo, saturándose de veladas penumbras. Decenas de candelas se encendieron en las casas como estrellas que hubieran caído de golpe desde el firmamento. Del oratorio ascendían el aroma a aceite quemado y los monótonos canturreos de los monjes, recitando largas retahílas del Corán. «El aturdimiento de la muerte cierta los sobrecoge. Ya suena la trompeta. He aquí el día prometido», sonó en el silencio la salmodia de los eremitas, aprestándose los visitantes a buscar un lugar más alumbrado y conocido. Firnas sugirió:

—Descendamos al patio. Nuestro receloso asceta prometió convocarnos tras la oración de la tarde. No le hagamos esperar, ahora que vencimos sus escrúpulos.

—Yo permaneceré algún tiempo más aquí respirando los aromas de mi niñez. Id vosotros —los animó Yahía—. Iré más tarde, cuando cesen los rezos.

Al Gazal, sumido en la añoranza del recuerdo, se echó sobre el alféizar de la terraza y adivinó los lugares más recordados de sus años infantiles. Al fondo, sobre las manchas pardas de los olivares, adivinó la Heredad de las Aceitunas y el ejido de Puerta Martush, donde aprendió a manos de su padre y de su abuelo a montar a caballo para competir en el *sawlachan*, y a lancear a los toros en las peligrosas *maidán*, las luchas que tanto entusiasmaban a su padre Al Hakán.

Oyó el lejano canturreo del riachuelo de los cañaverales, donde armaba arcos de bejucos, y sintió la primera llamada del firmamento. Y más lejos oteó la trocha que conducía a Granada, donde jugaba a ser un adalid del emir. Pensó que aún debía perdurar entre las empinadas callejuelas la escuela junto a la aljama, más parecida a una zahúrda que a una academia, donde su madre Zahara lo llevaba a regañadientes para que el maestro Yusuf le enseñara los rudimentos de la poesía y el Corán. Un efluvio a mieses recién cortadas, a orujo de los molinos de aceite y a savia de los pinos le llenó los pulmones, colmándolo de evocaciones sugestivas.

«Qué dulzura de recuerdos infantiles, y qué dolor produce la memoria de un tiempo que ya no volverá con su cándida ilusión», meditó.

El cese de los salmos lo sacó de su ensimismamiento, por lo que abandonó aquel lugar de privilegio mientras perdía la mirada por los rincones de su niñez. Descendió por una escalerilla que lo condujo primero a una cuadra diminuta, en donde reparó en varios asnillos rumiando paja, usados para pedir limosna, y después a un corredor solitario. Paralizó sus pasos y contempló algo inusual en aquella rábida desprovista de puertas, que le hizo detenerse por la curiosidad.

—¡Por la camella sagrada! —masculló—. Una habitación con una cancela. —Sintió una tentación irresistible por conocer lo que se ocultaba tras ella—. Deberá ser la única de este monasterio, pues no existen ni candados ni llaves.

Tras unos instantes de duda, se decidió a entrar, no sin cierto reparo, y llevado por una malsana curiosidad.

Corrió con temor un ruginoso cerrojo, que chirrió en la quietud de la noche. Empujó el portón de roble minado por la herrumbre, crujiendo las bisagras con sequedad. Olía a estiércol. Luego se escurrió con cautela en una salita circular sin ventanas e iluminada por la mortecina luz de un fanal de sebo.

Al frente, en una pared cubierta de sucia humedad, podía contemplarse como única decoración un signo desdibujado de débiles tonos ocres. Se acercó y lo escrutó con detenimiento e interés. Después de examinarlo el corazón le dio un vuelco, y susurró con voz de asombro:

—La Estrella. Cada vez se muestran más señales de su presencia.

Recreó su mirada por el grabado, paseándola después por las paredes desnudas, hasta que, en la indagación, reparó en una sombra, antes inadvertida, que se extendía por el pavimento de la habitación.

—¡Que me lleven mil *ifrit* diabólicos! —balbució absorto—. ¡¿Qué es eso?!

Bajo la linterna que relampagueaba siniestra, surgía un pozo a ras de suelo tapado por una gruesa cubierta de metal oxidado, cerrada por al menos diez cerrojos de hierro, mohosos y colosales. «Se necesitarían llaves descomunales y la fuerza de una docena de brazos para ser levantada», pensó.

Al Gazal se detuvo desconcertado, pasando por su cabeza una interrogación a la que su turbada mente pronto buscó aclaración.

¿Ocultaría la Mesa de Salomón? No quería aventurar nada, pero aquella ermita guardaba secretos que harían palidecer al más exigente taumaturgo.

Y mientras se hacía todo tipo de conjeturas, de repente, una voz salida de la oscuridad, lo sacó de su arrobamiento,

227

y sus piernas apenas si pudieron sostenerle. Instintivamente, al verse sorprendido, dio un salto hacia atrás sobresaltado y asustado por aquel vozarrón incriminatorio.

—Dice el sagrado Corán —voceó el enigmático interlocutor, que parecía disgustado—, «No entréis en casa extraña sin solicitar permiso y no penetréis en ella si no os lo han permitido. Retiraos enseguida, pues Dios conoce vuestras acciones».

El alquimista no se arredró y, con gesto sereno, le replicó confundiendo con su cita al eremita, que cesó en su tono reprobatorio.

—También explica el profeta, hermano: «No habrá ningún mal si entráis en habitáculo deshabitado, pues el Misericordioso conoce lo que presentáis a la luz del día y lo que ocultáis en vuestro interior». Entré por casualidad, buscando el patio. Me perdí.

—El maestro te reclama. Tu demora resulta injustificable. Sígueme.

Y lo remiró con desconfianza y no menos malicia.

Unos desgastados cirios iluminaban el santuario, donde Al Jabali junto a dos de sus discípulos, de tan avanzada edad como él, los recibió. Les brillaba con la luz espectral su cara macilenta, tersa como el cuero, y los cabellos desaliñados y escasos sobre sus cráneos arrugados y quemados por el sol. Vestían con negligencia las llamativas *qalansuwa*, y al igual que su maestro sus dedos terminaban en largas uñas, encorvadas y ennegrecidas, dándoles con el reflejo zigzagueante de las velas un aspecto demoníaco. La recargada atmósfera de cera, almizcle e incienso les resecaba el aliento y les enrojecía los ojos.

Los tres ermitaños los recibieron con afabilidad, de tal forma que la desconfianza con la que habían sido acogidos se había trocado en desprendida fraternidad. Se acomodaron en las esterillas y aguardaron unos instantes, hasta que el viejo asceta los cumplimentó con su voz sugerente y paternal:

—Hablad sin suspicacias ni trabas. ¿Qué deseáis, hermanos?

—Queremos conocer qué es en verdad el Trono de Dios, si Alá así lo quiere para nuestro bien, y así mismo si atesoráis en este *ribat* la perdida Mesa del rey de Israel que fue robada por los rumíes del Templo de Jerusalén —rogó el diplomático.

—¿Acaso no se os reveló en vuestro estudio de la cábala? —receló.

Al Gazal entrecerró los ojos, y abrió sus labios de forma persuasiva.

—Un filósofo y un alquimista son buscadores que observan desde un vidrio divergente la verdad, respetable imán. Y si hemos llegado hasta ti es para que libres nuestros corazones de esta duda abrumadora —le respondió Yahía sincero—. Hemos andado errantes de ceguera en ceguera, sin alcanzar la verdad suprema.

Al Jabali cruzó sus manos, en señal de aquiescencia, y adujo afable:

—Sostenidos por la fe que os anima, he decidido junto a mis compañeros de retiro, los hermanos ardales Qatán y Baly, aquí presentes conmigo, revelar a vuestro restrictivo círculo de teólogos de Córdoba lo que supervive en este santo lugar —manifestó enigmático, agradeciendo a los eremitas su fe—. Quiera Alá que esta caridad no se convierta en preludio de desgracias.

—Descuidad, maestro —aseveró Yalib—. Somos creyentes honestos y justos.

—El Trono de Dios es la palabra que gobierna el universo —dijo lacónico.

—¡Una palabra! —clamó decepcionado Yahía, que miró a los suyos.

—Así es, mi decepcionado amigo. A unos se les revela de una forma y a otros de otra muy distinta. Pero no desesperéis, muchos iniciados como Rama, Hermes u Orfeo, que desde la antigüedad lo buscaron, hallaron su significación precisa y alcanzaron los secretos del infinito —les reveló misterioso, e incluso cáustico.

—Entonces desconocéis si el Trono de Dios es corpóreo o espiritual.

—Este es el indudable dilema —les confirmó Baly—. Aunque existía una representación material expuesta en el Templo de Jerusalén, cuyo paradero se desconoce, no sabemos nada más, hermanos. Si bien es verdad que algunos sabios aseguran haberlo contemplado en Bizancio, capital de los rumíes, sus robadores.

El otro místico habló y los dejó desconcertados y mudos.

—Cuando se accede a la suprema ascesis, y yo he alcanzado ese estado, el Trono de Dios se manifiesta claro y diáfano. Algunos místicos lo llaman el Ave Fabulosa, otros La Puerta, y los más el Ángel o *kerubh* del espejo, y también el Disco del Sol, pues parece como el más radiante de los astros creados por el Altísimo.

—¿Es un ángel entonces? —dijo balbuceante Al Gazal, a la vez que sorprendido.

—Yo —dijo Qatán— he rozado el trance de la iluminación y Dios se me manifestó de forma material como el templo de las cinco columnas. Y sobre él vi al ángel de las doce alas que sustentaba en un disco luminoso, y dentro de él su Nombre indescifrable, el Nombre Centésimo de Dios.

—El imprescindible para interpretar la cábala —indicó Firnas maravillado.

—Así es, sentenció el otro monje con una voz ronca.

—En Egipto —explicó Yalib—, el maestro Dul-Nun, al que conocéis como nosotros, nacido en Ajmín, la antigua Latópolis griega y sede de un antiguo templo egipcio, logró descifrar el antiquísimo talismán que lleva escondido bajo su túnica. En él está grabado el nombre secreto de Dios, el último, el centésimo, que, según él, es idéntico al del disco solar del ángel mencionado.

El viejo maestro los miró, no sin desconfianza, pero repuso paternal:

—Precisáis de la conjunción de ambos tesoros del conocimiento para hallar la clave numerológica. Santa Mesa y el nombre del disco solar son indisociables.

—Ascetas y científicos del islam gastaron sus vidas en el empeño, y jamás lo hallaron en parte alguna. Ese disco de oro no se adora en templo cristiano conocido de Oriente u Occidente, y menos aún cuelga de los muros de cualquiera mezquita. Os lo aseguramos. Tras abandonar Roma nunca más se supo de él. Ni en Toledo, ni en Bizancio, Bagdad, Damasco, Basora o Alejandría se ha hallado —les explicó Qatán.

El guía los observaba a la luz azafranada de las candelas, y repuso:

—Escuchad, os relataré mi experiencia extática. Me hallaba en El Cairo, y tras semanas de ayuno y abstinencia, entré en trance. Caminé por una senda de luz vivísima, en cuyo término contemplé el Sayrat al Kawn, el Árbol de la Vida, y cubriéndolo con su abrazo un ángel, o Dios mismo. Lo admiré como lo hizo el profeta, a la distancia de un tiro de arco. Envolvía con su albor el universo entero, y carecía de cabeza, pies, cuerpo y brazos, pues los ocultaba con una especie de bandas, alas o élitros de brillo. De su pecho colgaba, o sobresalía, un disco solar que cegaba los ojos, y en él fijé mi mirada ansiosa de conocimiento —explicó emocionado.

—¿Y te fue dada la dignidad de leerlo, maestro? —dijo Firnas.

—No —replicó lacrimoso—. Tal vez mis imperfecciones y pecados me impidieron leer el nombre. Pero esa representación inmaterial, ese ser dorado y de luz ardentísima quedó prendido en mi alma, y sigo buscándolo con denuedo, hijos.

—¡Prodigiosa experiencia del espíritu, maestro! —reconoció Yahía.

El imán, tras unos instantes de desasosiego, dijo, sorprendiendo a todos:

—Queridos huéspedes, poseéis algo que nos pertenece, y espero estéis dispuestos a donarlo a este *ribat*, según me ofrecisteis en nuestro anterior encuentro. Ensartarlo en el lugar de donde nunca debió salir serviría a los designios de Dios.

Al Gazal posó su mirada en el esquelético asceta, semejante a una efigie inmóvil presta a ser momificada. El poeta, sin perder el aplomo, contestó impávido:

—Si a su vez os dignáis desvelar el secreto por el que hemos cabalgado muchas leguas. Solo así será vuestro. A eso nos comprometimos, maestro.

—Tu sagacidad y desconfianza me desarman, Yahía, nieto de Wail, el guerrero. Ese amuleto ultima la búsqueda de las piezas perdidas que concluyen la venerable mesa perdida —aseguró enigmático.

Al Jabali frunció el ceño y buscó el asentimiento cómplice de sus condiscípulos. Asintieron, accederían a su petición. Solo les cabía confiar en aquellos recién llegados, que habían demostrado ser hombres de ciencia y estudiosos de la teología. Arqueó las cejas y afirmó:

—Hermanos, que el Clemente os combata hasta la muerte y os niegue el Dar Eselám profetizado si divulgáis alguna vez su paradero, y que Gabriel, el espíritu de la santidad, os niegue la paz eterna del alma si faltarais a vuestro juramento.

—«Los que tomamos por amigo a Dios seremos los más fuertes», sostiene el profeta —dijo Yahía—. Jamás saldrá palabra alguna de nuestras bocas.

—Bien —habló el anciano—. Permaneceréis dos días de riguroso ayuno, vistiendo la túnica de lana y las sandalias de esparto de los eremitas de este *ribat*, y tras la oración de la tarde del viernes os conduciremos a aquel que os abrirá la puerta de la Gruta de los Prodigios o de las Revelaciones, una *magharat al ouahi*. Y si Dios os considera impuros o embaucadores, hará que perezcáis antes de contemplarla.

—Nada tememos, y te lo agradecemos en nuestros corazones —afirmó Yahía—. No os sentiréis engañados por nuestra causa. Lo juramos por lo más santo.

En verdad las palabras del viejo carecían de malicia, y les rogó con llaneza:

—Quiero elevaros una súplica; cuando nos abandonéis, desembarazaos de las páginas de ese libro, y de las copias donde se revela la existencia de la Mesa de Salomón. Los ávidos de corazón pueden interpretar la clave numerológica y entonces constituirá el fin de esa reliquia. Estos humildes ardales y Alá mismo os lo agradecerán. Jamás nadie más debe penetrar en este secreto, que, en manos de los sacrílegos renegados, puede transformarse en un arma de profanación y vileza.

—Extráelas tú mismo. El resto volverá con nosotros, y cuando sea interpretado en su totalidad será consumido por el fuego —le aseguró Yahía.

—Un día, hace ya un siglo, la Mesa Sagrada se libró

de la codicia de los sultanes de Damasco, y no consentiremos que se acometa otro atropello semejante.

Al Gazal le rogó una aclaración que lo preocupaba.

—Una duda me asaltó, virtuoso muslim, cuando descifraba estas páginas —adujo misterioso—. Me pregunté en la soledad de mi biblioteca, ¿cómo pudo desaparecer un tesoro de tamaño valor, escoltado por curtidos mercenarios, y más aún cuando el soberano de Damasco lo pretendía con tanta vehemencia?

El cenobita dudó en relatarle la tradición confiada por sus predecesores en el *ribat*, pero su ánimo ya se había abierto sin ambages a aquellos tres hombres de ciencia. Extendió sus manos y abrió los labios para narrarles con gesto enigmático la desaparición de la Mesa de Salomón, aunque ocultándoles detalles comprometidos.

—Sabéis tocar los sutiles resortes de la persuasión. Pero esta vigilia nada os puedo negar —dijo nostálgico—. Eso aconteció hace más de cien años, y los ardales lo han ido refiriendo de boca en boca, sin pronunciar un solo nombre. Os lo narraré, amigos. Oíd: «En una noche en la que las fuentes del cielo prodigaban su lluvia benefactora, llegó al torreón de Alver, procedente de Toledo, un contingente de guerreros de Muza, transportando en un carro cerrado un preciado botín con los sellos inviolables del califa. A ningún mortal le fue permitido acercarse al carruaje y nadie acertó a saber qué especial tesoro transportaban aquellos hombres que no se separaban ni un instante de su lado. Antes del amanecer, con desproporcionadas precauciones, partieron hacia la fortaleza de Byli, donde los esperaba un contingente mayor de soldados que conducirían el tesoro de los reyes visigodos al puerto de Al-Mariyya, donde ya la nao estaba presta para embarcar hacia Oriente».

—Se cuenta, maestro, que el cielo abrió sus fuentes más torrenciales.

—Ciertamente, Firnas. «Unas tormentas aterradoras hicieron que el carromato avanzara por los desfiladeros y cumbres, durante dos días, hasta que, antes de hallar las sendas bajas del río, se extraviaran, perdidos y sin rumbo entre aquellas cárcavas solitarias. Algunos pastores aseguraron haberlos visto por las angosturas de la Cimbarra, junto a las cuevas que guardan tumbas de tiempos inmemoriales, y acampados luego en las riberas del arroyo Guarrizas. Mas una cosa fue cierta, al cubrir las sombras de la segunda noche, el alcaide de la alcazaba de Byli se mordía el anverso de su mano porque la expedición no llegaba a su destino. Pasó otro día, y la caravana no apareció tampoco, cundiendo la inquietud por la suerte que pudiera haber corrido el destacamento y su tesoro».

—Suculento episodio para desatar el rumor y el mito —dijo Firnas.

—Sí, hijo —prosiguió—. «Un ejército de sirios acantonados en las alcazabas cercanas se diseminaron por estas tierras, escudriñando los saltos de agua, quebradas y ríos, y tratando de encontrar el preciado convoy perdido. Todo en vano. Desaparecieron para siempre tragados por la tierra, y jamás se supo de la valiosa Mesa y menos aún de sus transportadores. Se esfumaron sin dejar el menor rastro, hermanos. El gobernador sometió a tormento a algunos lugareños y vigías, pero nadie había visto ni oído nada sobre las valiosas riquezas evaporadas en las serranías de Yayyán. Muchos hasta juraron por el santo Corán que nadie había llegado al baluarte de Alver, ni tan siquiera había transitado partida alguna por aquellos bastiones serranos. Aquella inaudita pérdida trajo toda una cascada de asesinatos, destituciones y vanas búsquedas de rastreadores de tesoros. Muza fue llamado a Siria para justificar el inconcebible extravío, ante el mismísimo califa, cayendo a la postre en desgracia, junto a toda su familia, pues su hijo murió degollado poco después en Sevilla a causa de la misteriosa desaparición». ¿Codicia, religiosidad, superstición?

—¡Fascinante y no menos raro! —dijo Firnas, que amaba esas historias.

—Y los santos ardales o místicos de Yayyán —continuó Al Jabali enigmático—, por decisión del Altísimo, se hicieron cargo de la pieza cuando les fue entregada por fieles a Dios. Y no por sus riquezas, que en nada estimamos, sino por la profundidad de la sabiduría que atesoraba. Mis predecesores jamás revelaron el nombre de los piadosos benefactores que se la entregaron para su protección, y de la que no tocaron una sola gema. Quizá fueran infieles godos, o paganos rumíes, quién sabe. Aseguraban haberla visto obrar prodigios en Toledo, y desconfiaban de que aquel objeto divino, al abandonar Hispania, rumbo a Oriente, acarrearía funestas desgracias. Y vosotros, afortunados mortales, tendréis la ventura de admirar la gran revelación del Templo de Salomón. Aunque después habréis de olvidarlo, por vuestro bien y paz.

Quedaron mudos durante un largo rato, como si el aliento les hubiera abandonado. El imán abrió sus manos, dando por terminada la secreta plática.

—*Al selam alayka, imán salihan*, la paz sobre ti, guía virtuoso —manifestó Yahía, ayudándole a levantarse de la esterilla y besándole la frente y las mejillas, correspondiendo el maestro y sus discípulos con el mismo signo de cordialidad.

—Aceptadlo con sencillez de corazón y con la prudencia del sabio, único modo de agradecérmelo. ¡Quedad en la paz del Misericordioso! —se despidió el anciano.

Los tres huéspedes atravesaron el jardincillo en dirección a sus celdas. Al Gazal tenía la necesidad apremiante de poner en orden sus reflexiones y tumbarse en el camastro donde iniciar el ayuno impuesto por Al Jabali. Se despidió de sus compañeros y miró al cielo sin estrellas, luego recitó un versículo del Corán con el que esperaba sosegar su agitado ánimo:

—«Dios me basta, no hay más Dios que Él. En Él he puesto mi confianza. Él es el poseedor del Gran Trono».

Mientras, fuera de la rábida, echado sobre un tronco de olivo, y atosigado por el calor, las picaduras de los insectos y el chirriar de los grillos, el desconocido jinete que los siguiera desde Córdoba se confundía con los peregrinos que aguardaban el amanecer para oír las prédicas del santo imán. Su grasienta humanidad, propia de un castrado acostumbrado a las excelencias de un techo más placentero, sudaba copiosamente por sus poros. Aquella empresa que le había encomendado el gran *fatá* Naser le hacía sentirse presa del más enojoso de los enfurecimientos.

Pasadas las primeras horas de la vigilia, y cansado de aguardar la salida de los tres viajeros, se decidió a abandonar por algunas horas aquel lugar despoblado e incómodo y fisgonear entre los sórdidos tugurios de la medina. Hastiado del nauseabundo olor a ajo y cebollas de sus compañeros de espera, se incorporó soltando una flatulencia, y mascullando improperios, abandonó el olivar.

—¡Los trabajos más embarazosos siempre son para Tarafa! —murmuró entre dientes.

Sin ser advertido, tomó el sendero que conducía a Yayyán y se le alegró el rostro al percibir los ruidos seductores de la nocturnidad en una venta no muy alejada de la muralla. Cubrió su cabeza rapada y apresuró el paso, deseoso de llevarse cuanto antes un buen vino de Siraf a sus labios o besuquear a un tierno *hawi*, pero con tan mala fortuna que, al tomar el recodo, tropezó con unos guijarros del camino cayendo de bruces en el polvo y dando con su corpachón en el empedrado.

—¡Por la quijada de Kabil y sus cien cuernos! —bufó rabioso.

Se enderezó farfullando reniegos y, al levantarse, contempló sobre su cabeza la sobrecogedora bóveda celeste y una luna creciente que le pareció un amenazador alfanje, aterrándolo incomprensiblemente.

—¡Maldita sea la sangre de Al Gazal! —se oyó en la noche la voz aflautada del eunuco, que acalló a una lechuza solitaria mirándolo fijamente con sus pupilas.

Un estremecimiento supersticioso lo embargo sin quererlo.

CAPÍTULO IX

LA GRUTA DE LOS PRODIGIOS

Al caer la noche, resonó en el vasto silencio del *ribat* una salmodia que se extendió como un clamor por todos los rincones. Los visitantes, cumplido el segundo día de ayuno, saltaron de los camastros sobrecogidos.

—«Ese Dios es el poseedor del Gran Trono» —clamaban los monjes—. «Veremos, dijo Salomón, si has dicho la verdad o si has mentido» —retumbó el versículo coránico de la Hormiga.

Firnas, Yalib y Al Gazal lo sintieron como una maza en sus cerebros, y temblaron como una caña de bambú. Estremecidos, abandonaron las celdas con los ánimos revueltos tras dos días de meditación y ayuno. Comparecieron con las facciones lívidas como el marfil, y una sensación de urgencia por lo desconocido les roía las entrañas. Tantas horas de abstinencia, con la sola compañía de un jarro de agua, mezclado con ajenjo, los había vuelto desconfiados.

Al desembocar en el patio descubrieron un intimidador cielo púrpura y un sereno crepúsculo solo turbado por las retahílas de las plegarias. La soledad se enseñoreaba con su infinitud de aquel perdido lugar de retiro, y tan solo unas palomas zarcas, huéspedes de sus techumbres, rompían con sus zureos el reposo del *ribat*. Aparecieron los doce eremitas recitando suras encadenadas del Corán, como si quisieran aplacar con el ininterrumpido incienso de sus versos la ira del Altísimo. Cada uno de los místicos portaba en la mano una antorcha encendida, y de sus cuellos colgaban unas llaves de exageradas proporciones.

—Es llegado el momento, hermanos. ¡Seguidnos! —les rogó Al Jabali, animándolos a unirse a la fantasmal procesión.

Los muslimes y los huéspedes alcanzaron la puerta que Yahía descubriera y un haz de luminosidad y de sombras se proyectó sobre la herrumbrosa tapa de metal. Al Jabali tocó con su bordón los doce candados, para después declamar a coro, como exorcizando demonios:

—«Él tiene las llaves de lo inaccesible. Él solo las conoce. No cae una hoja seca de la que Él no tenga conocimiento. No hay un solo grano en las tinieblas de la tierra, ni una brizna verde o seca que no esté escrita en el Libro Elocuente de las Sentencias Eternas, donde está inscrito lo pasado y lo futuro».

En tanto el eco de la recitación retumbaba en la cavernosa estancia, los eremitas, uno a uno, extrajeron su llave y con parsimonia abrieron los pasadores. A Yalib, Al Gazal y Firnas les corrió por el cuerpo un escalofrío.

—Hermano Muta, precédenos con la luz —le pidió el guía—. Sella luego la trampilla y condúcenos por el camino verdadero.

Siguiendo al ermitaño, que cumplía con la secreta misión de cerrar trampas y encender las luminarias, se introdujeron en la sórdida boca, descendiendo luego por una escalerilla de empinados peldaños tallados en la sima. La presión se hacía cada vez más insufrible, como si sus hombros soportaran el colosal peso de las escarpaduras de Yayyán. Todos se asían a los salientes del rezumante túnel, hundiéndose poco a poco en la galería subterránea, como una oruga gigantesca que penetrara en las entrañas de la tierra.

—Toma mi brazo, hermano —le animó el yayaní—. Y piensa que jamás nos hallaremos ante una ocasión tan apasionante en nuestras vidas como esta.

Encendían algunos candiles de barro situados en los recodos de la caverna, que lucían lóbregos en la oscuridad, dando al recorrido una iluminación que agrandaba las sombras. De repente la voz de Al Jabali los hizo detenerse:

—Aguardad un instante —ordenó severo, y se adelantó a ellos.

Escucharon un estridente chirrido de una puerta metálica, y al poco regresó el superior de los ardales, que les manifestó severo:

—Rebasaréis la trivialidad del mundo e ingresaréis en la quietud infinita del más prodigioso de los objetos que intimaron con el Creador. Penetrad con la sencillez del filósofo y la humildad del asceta y se os mostrará el conocimiento velado a muchos mortales.

Los tres se adelantaron respetuosos y atravesaron una puerta tachonada de clavos, temerosos de profanar el sueño secular de semejante arcano. Y al traspasarla se dieron de bruces con dos inquietantes estatuas de bronce del tamaño de un hombre. Representaban a unos arcaicos guerreros momificados, con los ojos vidriados y fríos como el estertor de la muerte, de datación antiquísima por la herrumbre que las recubría y la tosquedad de su fábrica. En el rostro de Yalib se cruzó un rayo de miedo aterrador. Advertido por el muslim, aclaró:

241

—Estas momias salvaguardaban en otro tiempo un santuario pagano, y se las conoce con el apelativo de los Eternos Despiertos. Asegura la tradición que permanecen vigilantes, investidos como vengadores de los desveladores del secreto. Y sus almas errantes y atormentadas no descansarán hasta exterminarlos.

Cuando al fin franquearon la cámara, el velo de la oscuridad dejó paso a una trémula luminosidad. El humo de las lamparillas irradiaba una atmósfera opalina ante la que quedaron maravillados. Dentro de su espacio visual, algo portentoso los sobrecogió hasta tal punto de no dar crédito a sus ojos.

—¡Dios poderoso! —transmitió boquiabierto Yahía.

—Lo que presencian mis ojos supera lo inimaginable —aseveró Yalib.

Ante su atónita mirada se descubría una sala modelada en la piedra viva, con dos aberturas, y con una cúpula abombada y reluciente como techo protector. De una alfaguara manaba un chorro de agua, brotando en medio de la estancia. Las paredes, de cuarzo y sílice, multiplicaban con un fulgor la luz de las antorchas. De los muros colgaban, en un torbellino de riqueza, joyas de la más fabulosa orfebrería, pertenecientes al tesoro del último soberano godo, Rodrigo, y de su esposa Egilona, expoliados de la Mansión de los Reyes de Toledo. Ajorcas de oro, brazaletes de aljófar, diademas, collares de ágatas, espejuelos de lapislázuli, marfil y ónix, cruces griegas ensambladas con gemas y rubíes, pectorales engastados de topacios, vasos jaspeados de plata, y algunos antiquísimos exvotos de Astarté, dedicados a la diosa y encontrados en aquel mismo santuario, componían lo que hubo de ser el tesoro de Muza, que nunca llegó a ser embarcado, y que se perdió en aquellas serranías.

Y en el centro geométrico de la cámara, sobre un pedestal de alabastro, se hallaba el objeto de los anhelos de Al Gazal y de los miembros de la Piedra Negra: la Mesa del Santo de los Santos del Templo de Jerusalén, espoliada por los romanos. ¿Y podría desearse algo más? Cincelada al modo griego en oro puro, marfil y cedro, se asemejaba a un tabernáculo presto a recibir las ofrendas.

La venerada Mesa brillaba como un amanecer, y resplandecía como los luceros en una noche de estío. Dos ángeles de perfil, laminados en bronce dorado y con las alas extendidas, la asistían como celestiales protectores.

—¡La Mesa de Salomón! —prorrumpió Yahía extasiado, mientras la lividez se dibujada en su cara—. Al fin ante nosotros. Gracias sean dadas al Altísimo.

Los eremitas se prosternaron en círculo alrededor de la mesa, e iniciaron el rezo del Corán con versículos alusivos al rey sabio de Israel, el conocedor del lenguaje de todos los seres creados por Dios, según la tradición musulmana.

—«Hemos dado la ciencia a Suleimán (Salomón), otorgándole el favor de Dios. Suleimán ocupa un lugar cerca de nosotros y goza de la mansión más hermosa del Edén. Le sometimos al viento y a los genios que trabajaron en su presencia, e hicimos brotar una fuente de vida futura para él» —oró el imán con ademán contrito, y se dirigió súbitamente hacia el yayaní.

—Yahía ben al Hakán, descifraste el manuscrito de las cinco claves. Estaba escrito y el destino quiso que poseyeras el sagrado talismán de Hirán, el constructor del Templo de los templos, que perteneció a grandes sabios. Durante siglos fue parte de esta sagrada mesa y los ardales, en nombre del Misericordioso, te suplicamos que restituyas a su lugar lo que nunca debió alejarse de él. Te lo rogamos, hijo.

Al Gazal extrajo de la faltriquera la estrella dorada de seis puntas, el emblema esotérico de la *jirka* de la Piedra Negra. Vaciló durante unos instantes antes de renunciar a su posesión. El viejo cenobita repuso con su voz quebrada:

—Vuestra venida, que aguardábamos hace décadas, nos llenó de contento. Tras el anverso del talismán se encuentra una leyenda de la tradición hermética que revela: *La Vida solo en la Muerte*. Es una frase cabalística que nadie ha interpretado correctamente. No obstante, en manos de algún perverso quiromante puede acarrear grande aflicción a los creyentes de buen corazón. Así lo pronosticaron los sabios.

—¿Dices que aguardabais nuestra llegada? —preguntó Yahía.

—¿De qué te extrañas? ¡Tú mismo te dedicas a la astronomía y a la profecía! —contestó fulminándolo con la mirada—. Sí, hace años, se nos predijo que, antes de concluir el reinado del omeya reinante, el Sello regresaría a la Mesa de las ofrendas. Y he aquí que el auspicio se ha consumado en el día de hoy. Y bien, hermanos, ¿qué esperáis encontrar en el altar de Israel?

El diplomático, que se había mostrado titubeante, reveló:

—Buscamos hace años los Cien Nombres de Dios. Aquellos que dilucidan la cábala. Conocemos hasta el 94. Pero los seis que anteceden al último y definitivo, del 95 al 99, los ignoramos, aunque creemos que se hallan cincelados en esta santa Mesa. Hemos llegado hasta vosotros llenos de humildad con el propósito de descubrirlos.

El viejo y arrugado Al Jabali se conmovió con las palabras de Yahía.

—Subid hasta mí y contemplad lo que la mano del

Misericordioso escribió en esta Mesa, sellando el pacto con sus criaturas —lo animó con expresión amistosa.

Al Gazal ascendió el primero, seguido de sus colegas, y la curiosidad se agitó en sus entrañas. El momento era sublime y se sentían traspasados por la más absoluta de las alucinaciones. Un temor reverencial se propagó entre ellos. Lo divino los asaltaba y sus semblantes se mostraban demudados.

—Leed, y colmaos del rocío celestial —los alentó el imán—. Nada temáis.

La cubierta de la ansiada mesa se descubría como un libro abierto, garabateada con inexplicables inscripciones y signos, como si de un papiro de metal se tratara. En los cuatro extremos se apreciaban nielados en oro purísimo los cuatros sostenes cabalísticos del Trono de Dios, avistados por el profeta Ezequiel: el león, el águila, el toro y el hombre. En el centro, justo donde el imán Al Jabali había incrustado la estrella de Salomón, se distinguía un insólito grabado helicoidal, representador del sol, y unas esferas de distinto diámetro, tal vez ignotos astros de desconocida representación, que sorprendieron a los tres observadores.

—¿Qué enigmático curso celeste oculta ese grabado? —consultó Yahía.

—Lo desconocemos, aunque parece simbolizar el sol y ciertos astros del firmamento. Ignoramos no obstante la hipótesis astronómica encarnada en el grabado. Constituyó el gran regalo del sabio Empédocles a Salomón, por el cual el rey sapiente interpretaba las evoluciones de los mundos con precisión extraordinaria.

—O tal vez sea la tierra y los cinco astros hermanos que siguen al sol en su recorrido por el cosmos, como atestiguan ciertos sabios —aseguró Firnas.

El anciano prior, como si hubiera proferido una herética apostasía, lo cortó:

—¡Olvidas lo dictaminado por Ptolomeo en su Quadripartitum! El sol es un cuerpo celeste ubicado a la merced de la tierra y de sus evoluciones.

—Por lo tanto, hermano, es nuestro mundo, y no el astro solar el centro de todo el universo —sentenció acalorado otro de los ardales y callaron.

—¡Basta! —detuvo la trifulca Al Jabali—. Esas teorías son cuestionables.

Inclinados sobre la mesa, los huéspedes prosiguieron con sus ansias de discernir, e intentaron intuir la lengua de un texto cincelado bajo la elipse.

—Parecen signos arameos arcaicos, empleados en vida del padre Abraham. Lo interpretaremos —replicó Firnas.

Con indescriptible ansiedad, los tres visitantes se sumergieron en el examen y estudio de la inscripción, sin tener en cuenta el tiempo. Penetraron en el fondo de la leyenda, habituados como estaban a desentrañar viejas tablillas caldeas, semitas y sumerias. Siguió un lapso inabarcable, en el que se escuchaba el susurro de la fuentecilla, sus comentarios y el restallar de las antorchas agonizantes, permaneciendo inmersos en la reflexión de la inscripción hasta transcribirla en su totalidad.

Una desconcertante turbación impacientó a los ascetas.

—Manifestad lo que habéis transcrito —rogó el prior.

—Bien, maestro. Hubiéramos precisado de más reflexión, pero tras su lectura e interpretación creemos a ciencia cierta que es esto lo que contiene el prodigio de esta maravilla eterna. Así habla la Mesa —afirmó Al Gazal, mientras su boca palpitaba y sus ojos se iluminaban bajo la frente sudorosa.

YO SOY ELOHIM, EL MISTERIOSO DESCONOCIDO.

*YO GOLPEÉ EL VACÍO E HICE SURGIR EL PUNTO IN-
DESCIFRABLE DONDE ENCERRÉ LA CREACIÓN.*

*EN EL PRINCIPIO EXISTÍA LA ARMONÍA ENTRE MÍ Y EL
HOMBRE. YO SOY ADAM-KADMON, EL COMPENDIO DEL UNI-
VERSO.*

*MI NOMBRE ES INACCESIBLE Y BROTA DEL ÁNGEL DEL
SANTO DE LOS SANTOS.*

YO SOY YA H AVE H, EL IMPRONUNCIABLE.

*Y ESTOS MIS NOMBRES, LOS QUE ANTECEDEN AL ÚNI-
CO, DEFINITIVO E IMPERECEDERO:*

95: YO SOY HOCHMAH, LA SABIDURÍA

96: YO SOY HESED, EL AMOR

97: YO SOY SEBAOT, EL DIOS DE LOS EJÉRCITOS

98: YO SOY AN-SOF , EL SIN FIN

99: YO SOY AIN, EL NO SER

Cuando Al Gazal concluyó su apasionada interpretación y acomodó la mirada en los ermitaños, lo primero
que contempló fue el rostro apergaminado de Al Jabali,
sorprendido, escrutándolo con sus ojillos.

—Amigos, me basta. Ahora asumo la certeza de vuestros propósitos. Os venero como sabios comprometidos
con el rigor. Vuestra traducción, tan presurosa como fide-
digna, revela a mi corazón vuestra erudición, propia de
legítimos filósofos y alquimistas musulmanes temerosos
de Alá —aseveró complacido.

Sus palabras suscitaron murmullos de aprobación de
los ascetas.

—Alegra nuestro ánimo tu opinión, digno muslim,
y jamás guardemos desconfianzas —le confesó Yahía—.
Antes de descifrar este sagrado texto, quemamos nuestras pestañas con el humo de las velas durante noches

enteras ante insondables manuscritos y códices impenetrables.

El prior les abrió el corazón y, juntando las manos, apuntó:

—Y por la gracia del Misericordioso os encontráis entre un restringido número de afortunados. Y no os lo ocultaré. Desde ahora permaneceréis unidos a este claustro por un arcano contemplado por los ojos de algunos preferidos de Dios, como Hirán de Tiro, Empédocles, Salomón, David y Ezequiel, y algunos paganos como Nabucodonosor, Tito el rumí y Alejandro Dhul Karnein.[13] El Prudente no es mezquino con sus dones, y sí los hombres, los únicos causantes del desconocimiento.

Uno de los ardales los invitó a beber de la fuente.

—Hermanos, antes de abandonar el tabernáculo bebed del agua bendita. Se dice que hace arrinconar los recuerdos perversos y enardece el espíritu.

—¡Que el Grande en Sabiduría os consuele y preserve! —les deseó Yahía.

Un lazo estrechísimo uniría a aquellos hombres de ciencia.

Ya en el patio, bajo el abrazo de una noche serena, respiraron antes de retirarse a sus celdas y descansar tras tanta zozobra. De los montes descendían fragancias de espliego y tomillo colmando de placidez sus corazones. Uno de los eremitas se les acercó, animándolos a repo-

---

[13] Alejandro Magno, Dhul Karnein o Dos Cuernos: Llamado así por los árabes al poseer la doble corona de Oriente y Occidente.

sar en los habitáculos. Al Gazal se echó en la yacija, esforzándose en recapitular lo vivido en aquella rábida, pero un raro aturdimiento le impedía concentrarse. Al poco, un raro vértigo le corrió por el cuerpo, asiéndose a las maderas y retorciéndose en el lecho. En tan solo unos instantes, privado de la razón y de la noción del tiempo, su mente se deslizó en un torbellino de celeridad conduciéndolo a un estado vertiginoso de luces, caídas impetuosas y eufórica embriaguez. Enseguida, la insonoridad se adueñó de su confusa razón y se desplomó en una laxa y profunda ensoñación.

El sol se dirigía abrasador hacia el cénit, y los guijarros parecían echar fuego.

Al Gazal se despertó sobresaltado con un lacerante dolor de cabeza y un fuerte escozor en los ojos, mientras que sus compañeros de viaje dormían hombro con hombro bajo la sombra de un olivo. El *ribat*, donde habían sido testigos de lo portentoso, se divisaba cercano, a menos de un centenar de pasos, y un muslim los acechaba desde la puerta. La quietud era absoluta y solo se escuchaba el zumbido de los insectos. De pronto en su cabeza surgieron los sucesos vividos entre los ascetas. La sed lo atormentaba. Bebió con avidez de un pellejo hasta casi apurarlo. El agua estaba caldeada y olía a cuero rancio.

De repente, aquel olor le trajo un pensamiento de sobresalto, dándole un vuelco el corazón. Contuvo la respiración e introdujo tembloroso su mano en la faltriquera. Palpó durante unos instantes su interior, y suspiró aliviado.

—El libro de Kilab. Menos mal que sigue ahí. Por un momento pensé haberlo extraviado —titubeó—. ¿Pero qué hacemos aquí tendidos y fuera del monasterio? ¡Por las cejas de Malek!

—¿Qué diablos ocurre, Yahía? —lo increpó Firnas al sobresaltarse y tras despertar a un somnoliento Yalib—. ¿Donde nos hallamos?

—Míralo tú mismo y extrae tus conclusiones —replicó molesto.

Yalib se incorporó tras su atormentado sueño, tomando consciencia de la ridícula situación. Sus escarcelas, como delicioso maná, estaban repletas de tortas tamizadas de canela. Y, por si fuera poco, sus cantimploras rellenas de agua.

—Todo se halla en su lugar, la bolsa, el viático, los enseres, pero ¿qué hacemos en este descampado? —se lamentó el inventor—. Yo dormía en un mullido lecho.

—Nada os puedo aclarar, y todo se me antoja muy extraño —objetó Yahía, que no apartaba su mirada de la puerta del *ribat*—. Han cumplido con lo prometido y han arrancado sin reservas las páginas donde se señalaba el peregrinaje de la Mesa de Salomón y su emplazamiento. Taimado y precavido este Al Jabali. Sin embargo, ¡deliciosa sorpresa! , se han molestado en añadir en este papiro la transcripción completa de la tapa de la mesa. La guardaré en el cinturón, y han de sacarme las tripas antes de arrebatármelo. Pero no sabría deciros si me hallo en Córdoba, Bagdad o en las puertas del infierno. Me siento azuzado por centenares de cheitanes, de demonios, golpeando mi cerebro —se quejó refrescando con agua su cuello—. Recojamos las bolsas y preguntemos a aquel ermitaño. Nos sacará de dudas.

Se sacudieron las sandalias y avanzaron hacia el portón de entrada, guardado por el mismo neófito que les diera la bienvenida tres días antes. Al Gazal se adelantó y con ademán fraternal abrió sus labios para consultarle cuando el eremita los detuvo conminándoles severo y disuasorio:

—¡Descarado comportamiento, hermanos! ¿Qué buscáis con tanta terquedad? El maestro Al Jabali se ha retirado a sus meditaciones, y no desea recibir a nadie, ni imponer sus manos a los enfermos. Os ruego que aguardéis otra ocasión más propicia. No malgastéis vuestras fuerzas con tan inoportuna insistencia. Idos, en la paz del Oculto. ¡Ya os lo dije ayer mismo, no pidáis lo imposible!

Y sin dar la menor oportunidad de réplica, dejó con la palabra en la boca a los miembros de la Piedra Negra, perplejos y confundidos, y su mente inmersa en un mar de incertidumbres. Sofocados, volvieron las espaldas en dirección al atajo que conducía a la blanca Yayyán, bajo la sombra bermeja del impenetrable alcázar.

En su sorpresa, la estancia en el *ribat* se les antojaba una pesadilla de ficción.

Tres días pasaron los tres viajeros en la hacienda de la tribu Banu Beckar, la Uqdat al Zaytún, recomponiendo los revueltos ánimos y maltrechos cuerpos. Aquel viaje les había dejado una huella indeleble, pero nada revelaron de la misión, silenciando los motivos, y preguntándose cómo habían abandonado el santo lugar. El día anterior a su marcha, un hermano de Yahía, Umar, un hombre jovial y hablador, ofreció una fiesta en los jardines de la almunia.

El sarao duró todo un día y acudieron los amigos y familiares de Yayyán, deseosos unos de abrazarlo y oír de su boca sus fabulosos periplos y otros para conocer en persona al amigo de los dos últimos emires omeyas y asiduo de reyes y sultanes del mundo conocido. Los devotos chismeaban y las mujeres de la casa y las invitadas al festín espiaban a través de las celosías, suspirando por el fascinador poeta de la corte, atraídas hasta el arrebato por sus hoyuelos embelesadores, los tirabuzones azabaches sobre los hombros y aquellos ojos de gacela, tan turbadores. La fiesta prosiguió hasta que el crepúsculo dio paso al tinte negrísimo de la noche.

Al día siguiente, Al Gazal y sus amigos emprendían el regreso a Córdoba.

Aún no habían anunciado el alba los gallos cuando tomaron el camino de Martush, dejando atrás la medina de Yayyán y la imponente alcazaba, cuya silueta se recortaba en un cielo de acero. Cubrieron las primeras leguas ayudados por la frescura de la escarcha y el aroma de los espliegos y la hierba mojada. Cruzaron cenicientos altozanos saturados de olivos y pastizales, bajo un límpido firmamento azul, con el rumor de los bufidos de las caballerías. Al atardecer sortearon un arroyo y se adentraron en un bullicioso camino por donde regresaban grupos de labradores a las aldeas. Muchos caminaban con los pies descalzos sobre las piedras abrasadoras, con las hoces y horquillas sobre la espalda, y otros en carretas atestadas de aperos de labranza y tiradas por jumentos. Eran conducidas por mujeres de rostros ocultos con negros velos y mozalbetes de caras tostadas por el sol y grandes ojos castaños y crédulos, ajenos al veloz trote de los jinetes.

Buscaban una venta emplazada en la encrucijada de caminos, que se encontraba atestada de braceros acostumbrados a rematar el laboreo bajo sus parras, con la compañía de un buen *nabidh* rojo, vino de dátiles, o un zumo fermentado de Baguh y un buen trozo de *yibn*, queso curado. De camino, si el ventero había adquirido alguna alegre *jarachiyat*, la gozarían por unos pocos dinares tras las andrajosas cortinas del tugurio. Un fuerte hedor a estiércol, vino avinagrado, sirle de cabras y masa de tortas llegó a los sentidos de los tres jinetes, junto a unas seductoras bocanadas de humo de los asadores de carne. Descabalgaron polvorientos y agotados bajo el pasquín de entrada. Escrito en una tabla descolorida y cubierta de ristras de pimientos secos, leyeron: *Jan Beniagual. Fonda del Bizco.*

—Aquí repondremos fuerzas, amigos —invitó Yahía, al desembarazarse del *qaylasán*, el velo de cabeza y rostro, y dejar al descubierto una mascarilla blanca de arena y sudor, al igual que sus compañeros.

—Si no llegamos a parar en este palacio bagdalí, hubiera muerto sobre los borrenes de la montura, os lo aseguro —afirmó Yalib jadeante por la cabalgada.

Al Gazal dio órdenes para poner a buen recaudo las bolsas de viaje en un cobertizo separado de la casa, que conocía de otras ocasiones, y que solían cerrar con un candado y una cadena de hierro. A tal efecto, comisionó y pagó bien a dos criados para aprovisionar a las caballerías de agua y forraje y aparejarlas a la salida del sol, por lo que dormirían en los establos, turnándose en la vigilancia.

—Cuidad como a vuestras propias vidas los bultos y las bestias. Guardaos de las jaurías de perros rabiosos que suelen asaltar las posadas de noche en busca de desechos y ganado sin amo. Y tened vuestras armas al alcance —les previno.

—Protegeremos las valijas y caballerías con nuestras vidas —aseguró uno de ellos.

La noche llegó acompañada de vahos de aire caliente, y tantas luminarias, que el cielo parecía un estanque repleto de luciérnagas. Poco a poco la sórdida posada quedó desierta de clientes y la quietud se adueñó del entorno. Solo el ladrido lejano de algún lobo perdido quebrantaba el relajo de la vigilia. En las cuadras de la estancia baja, uno de los criados se recostó en el suelo sobre unos sacos de habas secas, preparándose para su turno de vigilancia. Puso una afilada daga sobre su pecho, presta para ser utilizada, resoplando:

—Otra noche compartiendo el sueño con las ratas y las acémilas. Y mientras, los otros, disfrutando de un camastro bajo techo, que aunque minado de chinches y piojos no deja de ser una cama decente —se quejaba.

—¡Quieres callarte de una vez, Abdul! —alegó otro de los mozos—. Duérmete, yo velaré. No me perdonaría si les ocurriera algo a los caballos, o a los zurrones de esos cortesanos del emir. Y no te quepa duda, si algo aciago aconteciera, lo pagaríamos con nuestro cuello.

El criado lo ignoró, y cerró los ojos soltando un sonoro regüeldo. Pasadas unas horas, el tordo de Firnas bufó inquieto, dando cortos relinchos y sacando del sopor al cuidador, que se incorporó a regañadientes, farfullando juramentos.

—¿Tienes ganas de beber, jamelgo del demonio? ¡Eh! —Dejando en el suelo la faca, tomó un cubo de cobre y se dirigió al pozo situado en un corral cercano a las letrinas. Con fastidio, se alejó de la cuadra, anduvo una treintena de pasos y desapareció como tragado por las tinieblas.

De pronto, en el letargo nocturno, una sombra escapó de una arboleda cercana, deslizándose por entre unas higueras aledañas a la caballeriza. El enigmático desconocido, un hombre de formas corpulentas, se protegió en las sombras de la pared y penetró raudo en el cobertizo, seguro de lo que buscaba. Sorteó a algunas cabalgaduras que rumiaban paja y lamían bolas de sal, y se colocó tras el criado que dormitaba, ajeno a cualquier peligro. El encapuchado, imperturbable, y sin producir ningún ruido delator, se remangó la túnica dejando al descubierto unos brazos descomunales y unos músculos tensos como la cuerda de un arco. Miró a uno y otro lado. Luego respiró y con estudiada cautela situó las poderosas manos, como una garra de acero, en el cuello del adormecido servidor.

Seguidamente, con un movimiento ágil, le levantó el cuello y se lo partió con calculada precisión. Un crujido seco y un ahogado lamento fueron los únicos ruidos que rompieron la quietud de la noche. Luego, tomó la descoyuntada cabeza del desgraciado y, en un rasgo de crueldad, la golpeó con inusitada violencia contra el borde del pesebre, rompiéndole la nariz y los pómulos.

Un chorro de sangre caliente corrió por la pared. Le sustrajo una llave de hierro que colgaba de su cuello y acto seguido lo enterró en el estiércol, clavándole el machete de su compañero en la espalda con macabro gesto de triunfo. Jadeante secó las manos ensangrentadas con la paja del suelo, abrió el arcón y tomó las bolsas de los tres viajeros que dormían en los cuchitriles superiores, rompiendo de un tajo sus lazos de cierre. Escudriñó entre las pertenencias, hasta que a los pocos instantes palpó y rastreó en la segunda alforja, encontrando aquello que pretendía.

—Lo sabía. Al fin lo encontré —se jactó entre dientes.

Secó de su calvicie el sudor y huyó con la complicidad de la oscuridad y del sueño profundo de los moradores de la Fonda del Bizco, entre ellos los tres cofrades de la *jirka* de Córdoba. Pensó en el inminente regreso del aguador, al que, de tener la llave, también hubiera estrangulado, y se ocultó entre las parras de la entrada. A continuación, se dirigió a una chopera donde había ocultado su montura.

La misión había concluido, tras dos interminables semanas de desvelos, albergues cochambrosos, mala comida y peor vino.

A lo lejos aullaba un lobo solitario que asustó al asesino y a su cabalgadura. Y ante aquel infinito oscuro, como único testigo de su repugnante acción, rio con la fría risotada de una hiena del desierto:

—¡Al Gazal, esta prueba te condenará! —gritó triunfal.

Y picando espuelas, Tarafa, el *fatá* de palacio y confidente leal de Naser, desapareció como una exhalación por la calzada en dirección a Córdoba, por donde ya comenzaban a circular algunas carretas de mercaderes y palanquines de viajeros.

El despertar de los tres viajeros no pudo ser más ajetreado.

El ventero corría de un lugar para otro con las piernas arqueadas y los ojos desorbitados por la preocupación. Al Gazal, desolado por la muerte del criado y la desaparición del libro mutilado, le entregó una bolsa de monedas de plata para acallarlo y satisfacer los gastos del entierro del servidor. El diplomático divulgó prudente su identidad, comprometiéndose ante el bisojo a poner el caso en manos de la *shurta* de Córdoba y del cadí de la aljama, tratando de silenciar los lamentos.

En la venta señalaban como autor del hecho homicida al mozo cuidador de los caballos, pues las pruebas así lo evidenciaban. Había huido con una montura robada, su arma seguía clavada en la espalda del desdichado compañero y los equipajes yacían desparramados por el suelo, faltando además algunas pertenencias de importancia a tenor del desmesurado enfado del selecto cortesano del emir. Además, una ramera insomne aseguraba haber oído discutir a los dos, y pasada la medianoche el mitigado galope de una o dos caballerías no muy lejos de la posada.

—No hallo explicación al robo del libro, que apenas si tenía valor —se lamentó Yahía mientras rehacían el camino—. ¿Os dais cuenta de la grave fatalidad? Me siento tan vulnerable como un pez en la orilla del río.

—La huida del mozo de cuadras me encaja, Yahía. El caballerizo descubrió el cadáver y se asustó sobremanera pues todos los indicios parecían inculparlo. Así pues, cogió una de las mulas y algunas fruslerías, y en su desesperación huyó a las montañas, donde con toda seguridad se unirá a alguna partida de salteadores. A ese pobre diablo ya no lo veremos nunca más.

—Nada podremos aclarar de este execrable crimen. Son otros los asesinos.

—De todas formas, no mencionemos el robo del libro, aunque las sospechas parezcan tomar un rastro preciso, como piensa Yahía —consideró Yalib.

—Es obra de los eunucos, amigos. Solos, o servidos por eso mozo, han cometido el crimen y el robo, estoy seguro —opinó Yahía—. Buscan desprestigiarnos. Han debido de seguirnos para obtener una prueba inculpatoria contra algún miembro de nuestra *jirka*. El librero ha debido irse de la lengua. No olvidemos que su autor pertenecía a la secta de los mutaziles, enemigos de los omeyas. Y ante un cadí aleccionado se convertiría en una evidencia mortal.

La seguridad de su entorno se había resquebrajado. Firnas juzgó:

—No nos engañemos, el degradante crimen de un inocente lleva el sello de Naser, o de Tarafa. ¿Pero quién iba a imaginar que alguien conociera nuestra misión?

257

—La duda y la incertidumbre, Yalib, me acompañarán hasta recuperar ese libro de maravillas —se lamentó Yahía—. La fortuna nos abandonó al final.

—Nos hizo afortunados, y ahora gravosamente desdichados.

Al Gazal intentó olvidar futuras contrariedades, pero sabía que a la maldad le sigue inexcusablemente otra maldad superior. Era como obraban los que aspiraban al poder máximo. El primer aldabonazo sería la sospecha, después el rumor, la acusación luego, y finalmente la infamia con tal de alcanzar sus codiciosos planes. Su instinto, no obstante, le aconsejó olvidar el funesto contratiempo y centrarse en el inminente viaje a Bizancio. Algo interior le dictaba, sosegándolo, que la malicia, al final, bebe de su propio veneno.

En las lomas, cubiertas de olivos, viñas y huertos, y bajo un cielo cargado de olores a cosechas segadas, una bandada de cuervos graznaba mientras batían las alas cerca de un mustio herbazal. A Yahía no le agradó el adverso presagio.

Picó espuelas a su purasangre y sus amigos lo siguieron a galope tendido.

CAPÍTULO X

CONFIDENCIAS EN EL ALCÁZAR

Era una noche cálida. Quizá la más ardorosa del verano, y no se escuchaban murmullos en el harén. Una fragancia a jazmines ascendía hasta el pabellón de cristal donde velaba Shifa, la que había amamantado al príncipe Muhamad y gozado en otro tiempo de la predilección de Abderramán.

La alcoba, embellecida con muebles de marfil y cortinajes de Jorasán, ocupaba el lado oeste del alcázar, no lejos del jardín. La alumbraban lámparas de plata que despedían un sutil aroma a sándalo, y sobre un lecho revuelto, yacía la delicada Shifa, la favorita olvidada.

Su sensual cuerpo, apenas cubierto por una gasa translúcida, se enroscaba entre unas sábanas granates de Zedán. Deslizaba las piernas y apretaba sobre los almohadones sus senos llenos y los ondulados muslos, dejando libre a la mezquina brisa de la noche unos hombros delicados, el suave hoyuelo acunado entre la espalda y las caderas y el terso y aterciopelado sexo. Mientras, su imaginación se había sumido en lúgubres reflexiones y difícilmente conciliaba el sueño. Cansada de probarlo inútilmente, echó hacia atrás la cabellera y suspiró. Después paladeó unas uvas sazonadas con arropía, antes de asomarse al mirador y gozar de los efluvios del vergel. Se encontraba desamparada. No participaba hacía tiempo de las confidencias del harén, huyendo del acoso de Naser y de Tarafa, y de su intrigante atmósfera.

Sin embargo, seguía siendo la *sayida alcubrá*, la gran señora del alcázar, y nadie podía arrebatarle el título más respetado de palacio. Desde su llegada a los catorce años al alcázar, fue la preferida del apasionado Abderramán. Aún sus carnes se mantenían turgentes y soñaba cuando el fogoso sultán se abandonaba a sus ternuras al regresar de las charcas de la sierra, las fangosas *gadir thalaba*, donde cazaba días enteros, o de la insegura frontera del norte, buscando febril su calor.

—En pocas horas comparecerá el alba y me abandonaré a la soledad de estas frías sábanas —musitó—. Pronto me visitará el delicado Narchis para alegrarme la vela y relatarme todos los chismes del harén. En eso ha quedado mi vida.

Al cabo, la puerta crujió y apareció un hombre joven, imberbe, de deliciosa sonrisa y ademanes afeminados. Sus ojos sombreados de azul contemplaron con mueca de mujeril picardía a la dama. Esta volvió la cabeza con una sonrisa amistosa admirando la elegante banda de su turbante, ocultadora de unos mechones rubios ensortijados. Se trataba de su confidente, el eunuco Narchis, el Junco, que había alcanzado por méritos propios el nada despreciable cargo de *sarif al hayatin*, jefe de los sastres de palacio, y muy pronto accedería a la condición de liberto, aun a pesar de su irritante juventud. Habitaba con toda su cohorte de hilanderas, cortadores y alfayates en el Pabellón de la

Elegancia, dedicado a la laboriosa ocupación de contentar en el vestir al emir y su familia, quienes lo idolatraban por su exquisita maestría.

Nadie como él para ejecutar en las sedas de Zedán, los terciopelos de Bizancio y los linos de Samarcanda las modas imperantes en Córdoba y Bagdad. Su gusto para proveer el ropero real, y unas manos prodigiosas para componer los más primorosos modelos, lo habían convertido en el diseñador más apreciado de Alándalus. El reconocimiento de Abderramán y de sus esposas y favoritas lo había protegido de las insidias del brutal Tarafa y de la caterva de repugnantes e invisibles escudriñadores del harén. Parecía como si la castración les hubiera estimulado un extraño sentido para la intriga, el enredo y la difamación. Narchis se movía en el palacio distante de aquellas confabulaciones, pero no por ello era ajeno a cuanto se urdía en la residencia real.

Como cada día, se arrellanó en un diván repleto de mullidos cojines, junto al lecho donde reposaba la favorita. Aspiró el perfume del jardín, se llevó a la boca una tajada de sandía almibarada y admiró con gesto feméneo las seductoras formas de Shifa acentuadas por el tenue tul con el que se cubría.

—Hoy te veo con un aspecto deplorable, mi señora —dijo con afinada voz—. Aunque ese color añil de tu velo favorece tu tez pálida.

—No conseguirás contentarme con tus halagos. Me siento muy afectada, mi fiel Narchis.

—Hoy un masajista de la *sayida* Qalám me ha susurrado en el baño un mensaje aterrador. Esa es la causa de mi lamentable aflicción. Sentí desvanecerme al escucharlo —aseguró en un tono atemorizado.

—Otra vez la temida conspiración para proclamar

heredero a ese sanguinario príncipe Abdalá y relegar a mi hijo, ¿verdad? —adujo con suspicacia.

—Así es, mi señora. Pero una cosa es desearlo y otra conseguirlo —la alentó.

—¡La sempiterna insidia, Narchis! Muerto mi esposo, su hijo predilecto Muhamad y yo misma tendremos los días contados.

—Se trata de un rumor que no ha pasado desapercibido en mis talleres, donde una mueca o una velada indiscreción lo manifestaron todo. Estarás al tanto —dijo.

—Mi alma precisa oír de tu voz la verdad de esa perfidia, Narchis, querido.

—He oído fugaces palabras, aunque no del todo desesperanzadoras —la consoló con voz apenas audible y, en un gesto de complicidad, entornó el ventanal para asegurarse la total reserva de sus palabras.

—Mi dócil *sayida*, los secretos de los sultanes parecen quemar la lengua de los que los conocen, y duran poco en el secreto. Pero duele a mi corazón descubrirte olvidada y desdichada, cuando fuiste tan considerada hasta hace bien poco.

—Nadie como tú, mi bálsamo consolador, para reanimar mis entrañas.

El castrado se sirvió en una copa un jarabe de jengibre y palo de áloe, combinándolos con una pizca de canela y aromático alcanfor para mantener su frescura. Mojó sus labios con exquisito modo y alegó:

—Escucha. Muy pocos saben cuanto vas a oír —sonó su voz aterciopelada en un acento susurrante—. Ni Tarafa, ni Tarub, la pérfida gata de este gineceo, conocen de esta empresa. Es un asunto exclusivo del viejo buitre de Al Laity, que está podrido por dentro, y del ambicioso Naser. Que el Oculto los confunda.

La dama vaciló y casi pierde el equilibrio en el lecho. Estaba fuera de sí.

—¿El alfaquí Al Laity? Ese también. No puedo creerlo —se extrañó confusa.

—Y existen más sorpresas, y por la gloria del Altísimo que, si tu nombre no estuviera involucrado, jamás te lo hubiera referido para no desasosegar tu alma. Lo juro por el Libro Sabio.

La favorita se revolvió con el gesto ahogado.

—¿Yo implicada? ¿En qué? Pero qué necedad me dices. Perturbas mi alma.

—Modera tu arrebato y escúchame. Así conocerás mi testimonio —contestó serenándola—. No se trata de ti, sino de algo poseído por ti. —La irritó aún más.

—No te comprendo, habla, te lo ruego —se expresó dubitativa y confusa.

—Hablo del Altubán. Esa joya diabólica poseída por mil diablos.

La mujer esbozó un gesto de alarma y su piel de alabastro se tornó encarnada por el enfurecimiento. La atractiva mezcla de delicadeza y dulzura se convirtió en unos instantes en un torbellino de ira incontrolada. Otra vez la amenaza de la joya.

—¡¿El Collar del Dragón?! —se interesó, mientras posaba su mirada en el tocador y en un joyero de marfil donde se hallaba la alhaja de gemas granates—. Debí imaginármelo. Sin embargo, no llego a alcanzar la sutilidad del riesgo.

—Y cuando te lo refiera apenas si podrás creerlo —soltó irónico.

El castrado apretó sus finas manos con las uñas tintadas de alheña y, tomando un tono formal, le confesó con palabras que sonaron a brujería y superchería:

—Alquimia, señora Shifa —le reveló con firmeza—. Esa misteriosa ciencia de quiromantes que dicen transmuta metales innobles en oro.

—¡¿Alquimia?! —exclamó abriendo exageradamente los ojos.

—Te lo aclararé, señora Shifa, aunque si mis palabras son escuchadas por alguien mi vida no valdrá ni una onza de alazor[14] —suspiró y prosiguió—. Según mi confidente, esa joya encierra en sus engarces una inexplicable fórmula lograda por el príncipe Yazid de Bagdad, llamada el Elixir Púrpura, y por cuya posesión ya han perecido muchos hombres. Al Layti y Naser conocen cierto códice, donde al parecer el príncipe alquimista aclara cómo guardó la fórmula secreta en tu alhaja. Están enterados del mito y de la promesa de que su posesión los convertirá en ricos y poderosos, ya que ese oculto elixir puede aumentar el peso en oro purísimo de cualquier aleación.

—¿Algo así como si un despreciable dírham se trocara en diez monedas de oro? Ilusorio y estúpido a la vez, Narchis. Eso es una falacia de mentes codiciosas. Por mi esposo el emir, y por Al Gazal, sé que la alquimia no procura la mutación de ningún metal, sino del alma, y busca el conocimiento absoluto. —Sonrió.

—Pero esta ambición, señora, de indudable atractivo, resulta muy peligrosa.

Shifa se sumió en una prolongada reflexión de la que salió para decir:

---

[14] Alazor, también llamado Al Fur. Era una planta tintórea abundante de fácil adquisición y muy bajo precio. También se conocía con el nombre de «azafrán de los pobres», pues servía para teñir de amarillo sus potajes.

—Cierto, desatará ambiciones de consecuencias asoladoras. Pero te aseguro que jamás poseerán esa joya. Antes de caer en sus zarpas, la destruiré, te lo juro.

—Pues esa endiablada fórmula, como el aliento de la adversidad, se enmascara en algún oculto recoveco de tu collar —aseguró el delicado eunuco.

—Créeme, Narchis —sonrió—, esa gargantilla no contiene ningún mensaje o inscripción oculta. Lo he tenido en mis manos cientos de veces y en los engastes es ilusorio tallar ni ocultar la más ínfima leyenda, pues carece de la holgura necesaria, y lo vas a comprobar por ti mismo —aseguró con resolución.

Shifa apartó una copa con perfumare de jaspe y, tras abrir un cofre de alabastro, extrajo un llavín que introdujo en un cofre de cedro ennegrecido por el tiempo. Lo abrió y en el anverso de la tapa aparecieron las letras de la dedicatoria que tanto gustaba de releer. Despojó de su aterciopelado interior la joya más preciada de los dos Orientes y, al tomar contacto con la luz, emitió destellos carmesíes a su alrededor. Con formal expresión la cedió al castrado, cuyas facciones se iluminaron.

—¡El Altubán! Nunca tuve tan cerca una alhaja tan hechizadora.

Después de admirarlo y acercarlo a la lámpara, lo contempló al trasluz. Ojeó sus cadenetas y uno a uno los diamantes rojos, y los óvalos encadenados de la joya resplandecieron en sus dedos sin éxito alguno. Allí no existía inscripción alguna.

—En verdad no se detecta nada oculto, ni disimulado, mi querida Shifa.

—Ya te lo aseguré, Narchis. Es una fábula más sin coherencia ni fiabilidad.

—Lamento las vidas cobradas a la sombra de su maléfico encanto. ¿Podríamos olvidar al benévolo Laquit, a la esclava sudanesa, a Masrur o a aquel bello tallador de joyas que desapareció no ha mucho tras su pérdida? ¡Lo destruiría!

—¿No murió el orfebre de unas calenturas? —se sorprendió Shifa.

—¿Cuándo unas fiebres convierten la piel de un hombre de veinte años, delicado como un vergel, en un pellejo parduzco preñado de pústulas? —explicó exasperado—. Yo lo vi amortajado, y el mortífero tósigo de cardamomo le salía por la nariz y los labios. ¿Acaso no ves en todo esto la mano de Naser y Tarafa? Guárdate de este maléfico Aguijón del Escorpión, y vigila a los interesados. Su avidez es insaciable y su ignorancia puede hacerte mucho daño, mi excelente señora.

Aquella rotunda afirmación trocó las dulces facciones de Shifa en un aire adusto y una agitada inquietud. Luego le manifestó intranquila:

—Esta contrariedad, aun siendo inquietante, me impacienta menos si la comparo con la traición que fraguan alrededor de mi esposo y de mi hijo Muhamad.

El sastre le pasó la mano por su pierna delicada y la reanimó con finura.

—No es una conspiración nueva, mi preocupada hurí, sino un siniestro capítulo más de la eterna intriga para instalar a ese despiadado de Abdalá en el trono. Ayer sorprendí a Naser y a esa pérfida pantera de Tarub proponiendo al emir que rubricara un documento convocando a los notables de las tribus a la ceremonia de la Baia, la sagrada proclamación del heredero, y que este fuera su hijo.

Aquellas palabras le resonaron a ella como un tambor de combate, y un aldabonazo de angustia retumbó en su corazón. Conocía muy bien la trascendencia de aquel acto, el más señalado en el reinado de un emir. La *uma* lo acataría y de inmediato se asociaría al trono del sultán, con análogos poderes a los de su padre.

—Esto significaría el fin para mí y para mi hijo Muhamad —precisó.

—Aún no, Shifa. Sosiega tu alma y espera. —La reconfortó—. Cuenta con escasas adhesiones en la *jasa*. Eso también lo sé, pues conozco a los jefes de las grandes familias. Solo los visires y eunucos afines a Naser la secundan. Y son pocos.

—La verdad siempre va desnuda, y la maldad se escuda en la vileza, Narchis. Me encuentro más indefensa que nunca, y el miedo me domina —reconoció.

—Sobrevive con dignidad, señora —dijo con dulzura—. Muchos te amamos.

Replicó serena. Se le notaba el entusiasmo de una voz amiga.

—Mañana tendré la ocasión de platicar con Al Gazal y los poetas del *diwán* en la recepción a los embajadores de Bizancio en el Qars al Badi, el Palacio de las Novedades. Trataré de transmitirle mi preocupación, y quizá aún podamos detener esta conspiración de efectos intolerables para nuestro príncipe. ¿Que haría yo sin ti, mi buen Narchis? —le susurró la dama tomándole la mano y acariciándola.

—Pues salvar con dignidad esta maraña de pasiones indignas. —La apoyó.

Paulatinamente el horizonte se fue clareando y el jardín mostró una estampa frondosa y fresca. Shifa se adormeció y el sueño le trajo una pavorosa pesadilla. Una repulsiva sensación parecía quemarle las entrañas. Un escorpión rojo la oprimía, mientras le siseaba entre sueños malévolas venturas que no entendía. Luego, la visión devoraba las negras tarántulas, hasta ocupar la forma de un apasionado amante, que concluyó con su espantoso sueño. Su cuerpo semidesnudo se llenó de un estremecimiento fluyente, y se propagó por el cuerpo, como si mil caricias la recorrieran por la piel. Luego, se sumió en un placentero sopor.

Sanae, la nueva *qiyán* adquirida por Yahía, se había granjeado el afecto de los moradores de la casa desde el instante en que atendió al esclavo manumitido Masrur con una ternura que a todos enterneció. Cuando no se hallaba con las mujeres en el serrallo, o en el estudio de su amo tañendo el laúd, o calculando tablas celestes, se ocupaba del jardín de la casa cuidando las plantas aromáticas y un sicomoro de incienso traído de Alejandría y sembrado con su propia mano junto al palomar. Resultaba singular contemplar a la joven con un libro, leyendo junto a las acequias los preceptos botánicos de Dioscórides, y tocada con un sombrero de paja que protegía su fina piel. Podaba los tallos, separaba las hojas que amarilleaban, y combinaba arbustos con la única satisfacción de recrearse en lo perfecto. La música, el amor por las flores y la astronomía componían sus entretenimientos contra la nostalgia de sus lugares amados de Yida y Adén, en Arabia.

Cada tarde, paseaba por la huerta con Masrur, recurriendo a toda su erudición para recobrar la memoria y la energía del muchacho. Desde que le suministrara aquella pócima que le hizo expulsar las bilis y jugos venenosos del cuerpo, parecía un ser distinto. Había dejado de sonreír con aquella fatuidad irritante, y el semblante se le tornó reservado, pero con esperanza de una renovada vitalidad.

El muchacho comenzó a formular preguntas y a agradecer los desvelos de la esclava, y aunque aún caía en mutismos prolongados y pérdidas de memoria, contestaba al amo y al mayordomo, aunque nunca mencionaba recuerdos del pasado próximo.

Sin embargo, con Sanae, sus conversaciones eran más profundas, no exentas de los matices sutiles de un sentimiento más elevado. En ella había encontrado su alma desconcertada y los afectos perdidos, y el temor inicial se convirtió en un intenso afecto. La seguía como un perro faldero, con los cabellos ensortijados salpicados de briznas de hierba, recogiendo hojarascas y tallos secos, que luego acarreaba al vertedero, tras las rosaledas, donde cortaba la más lozana para ofrendársela a la *qiyán*. A veces, Sanae le hablaba durante horas sin escuchar respuestas a sus preguntas, y le secaba el sudor con su pañuelo, gesto al que respondía con una mueca de agradecimiento y una sonrisa candorosa.

—Este arbolito es un laurel de Egipto, Masrur —le explicaba—. En Arabia se cultivan para ahuyentar a las víboras y culebras. Ayer vi una en las parras y me causa espanto. Ahora me ayudarás a quitar los estambres de estas azucenas. Con ellos y con un aceite de narciso haremos un sirope para ti, que te veo tenso y agitado.

—Muchos recuerdos que reconozco como míos entristecen mi alma, Sanae.

—Deja aflorar tu interior, y sanarás. Todos te ayudaremos.

—¿Por qué te preocupas por mí? —se interesó—. ¿Te mueve la compasión?

A la desconcertada Sanae se le escurrieron de las manos las cizallas, y sus pulsos se alteraron. Era la primera vez que emitía un pensamiento completo, testificador de

269

lo que acontecía en su atormentado corazón. Se recompuso y le replicó cariñosa, aunque desorientada:

—Sí, siendo la compasión el más noble sentimiento del alma. Aunque he de decirte que no es el único motivo que me mueve a ayudarte —le adujo afable.

—Todos me miran en esta casa con ojos de lástima. ¿Tan mal estoy? ¿Soy una carga para el amo? No me gustaría ser un peso para esta familia —repuso.

—No es pena, Masrur, sino afecto. Fuiste ofrecido a nuestro amo por el emir, la persona más poderosa de Alándalus, convirtiéndote para él en persona sagrada. Si algo te ocurriera debería responder ante el tribunal de los cadíes. ¿Sabes?

—Hombres libres y hombres esclavos —opinó con tristeza—. Unos se calzan las espuelas y los otros servimos para ser ensillados y fustigados.

—Solo la esclavitud voluntaria es vergonzante. La nuestra es obligada, Masrur. Créeme. Yahía nunca te entregará a manos codiciosas de palacio —dijo.

—No, nunca renunciaré a mi disposición hacia la libertad —se defendió.

—Tú eres un *saqaliba* considerado, y por tanto favorecido. Perteneces a la casa del sultán y, por lo que he oído al mayordomo, posees habilidades para el álgebra y fuiste un cualificado escribiente de la cancillería antes de ser trasladado a esta casa a requerimiento de nuestro amo. Tu situación puedes considerarla de privilegio.

—¿Has dicho el sultán? ¿Al emir, te refieres? Ese nombre suena en mi interior. ¡Aguarda! En mi memoria surge otro grato nombre. ¿Shifa, tal vez? ¡Sí, eso es, Shifa! Pero lo que perdura en mi recuerdo es un lugar atroz, oscuro y lóbrego, que hace que me estalle la cabeza —le confesó abstraído.

—¡Has conseguido recordar algo, un nombre! Es maravilloso, Masrur. —Se extrañó la joven—. Antes solo mascullabas vocablos desconocidos. Hoy al fin has logrado acomodar en tu memoria dos personas que existen verdaderamente y un espacio real. Nuestro señor Yahía se alegrará sobremanera.

Asintió con un leve gesto de la cabeza y reconoció agradecido:

—Nuestro amo ha ido a verme a mi celda en algunas ocasiones. Permanece observándome durante un tiempo muy fijamente. Cree que duermo, o estoy ausente. Una vez lloró, aunque él creía que yo no lo advertía. Es un hombre compasivo.

—Yahía, ese es su nombre, es un oasis en medio de la barbarie de hombres brutales y de un mundo violento. Posee la virtud de la exquisitez, aunque por creer en la bondad del género humano sufre mucho y padecerá aún más. Muchos lo aman y otros buscan su perdición, pues ha volado muy alto y cerca del emir Abderramán. Cuando lo trates, tú también lo amarás. Te lo aseguro —lo estimuló.

—Sanae, deseo retomar la madeja enmarañada de mi vida y desentrañarla, pues me vuelven a fluir poderosas mis ganas de vivir, aunque sea privado de libertad.

—Aún es pronto, Masrur. Te faltan fuerzas, aunque tan solo los tenaces salen fortalecidos de las ásperas pruebas. Descendiste a las bocas del infierno, cruzaste el más yermo de los desiertos y conseguiste regresar. Tú lo vas a lograr —lo alentó.

—Mis dudas fueron para mí insoportables. Y los que antes me hicieron este daño y borraron mi memoria, ¿no lo intentarán otra vez? Tengo miedo, Sanae.

—Entiérralos en los más insondable de tu ser. ¡Ni lo intentarán! —le aseguró.

—Lo haré, Sanae —y le confesó con una devoción que sorprendió a la *qiyán*—: No sabes cuánto envidio al amo que puede tenerte siempre que lo desee. Y si quiero restaurar mi vida, es para contemplarte cada día…, aunque sea un esclavo.

Una insondable alteración rasgó el alma de la joven, que perdió el control de su compostura y sus afectos se resquebrajaron como el cristal. Observó al muchacho con dolorosa dulzura y le declaró con los ojos acuosos:

—Masrur, a nosotros no nos es lícito amarnos. No nos pertenecemos. Yo fui educada para complacer a mi dueño, y no puedo abrigar sentimientos de estima hacia otros hombres. Dejaría de ser una *qiyán* para convertirme en una ramera de burdel. Olvídalo. No martirices mi alma y aflijas tu quebradizo espíritu, te lo ruego.

Y sin esperarlo, Sanae corrió hacia la casa con los ojos arrasados en lágrimas y el rostro contraído por la pesadumbre. ¿Acaso podía su corazón dominar el afecto atesorado por aquel muchacho y que ahora sabía correspondido? Aquella que debía deleitar con las más exquisitas prácticas amatorias al amo, se había tropezado con una emoción pura y más poderosa que las fuerzas del océano. Comprendió que se avecinaban tiempos de desazón. Cuando traspasó la puerta de la casa, desde la mezquita aljama le llegó la voz del almuédano convocando a la *adhan* a los musulmanes, sonando a la vez en el aire de Qurtuba el eco de los más de doscientos alminares en un coro de multitudinarias voces de fervor.

Se secó los ojos, desplomándose en el diván de tal forma que volcó una bandeja repleta de frutas, que se derramaron huidizas por el pavimento.

***

272

Desde el regreso de Yayyán, Al Gazal llevaba una actividad frenética e incesante. Sus asuntos familiares, los de la *jirka* de alquimistas y la inminente partida para Bizancio no le toleraban un momento de respiro. La misma tarde de su regreso, convocaron al resto de los integrantes de la Piedra Negra, a los que dieron cuenta de la insólita experiencia vivida en el cenobio yayaní. Conocieron de su boca el mensaje esotérico de la Mesa de Salomón, juramentándose para enterrar en lo más profundo de sus almas el hallazgo. Todos sin excepción se comprometieron a proseguir con la averiguación del Nombre Cien de Dios, lamentando el extravío del libro de Kilab, cuya desaparición era harto sospechosa y motivo de imprevisibles desgracias.

En los días siguientes, el diplomático se reunió con el emir en un recogido jardincillo de naranjos, de frutos semejantes a diminutos rostros amarillos que se asomaran entre las ramas. Una fuente donde estallaba un chorro cristalino, y el arrullo de algunas palomas azules, hacían de la plática un regalo para los sentidos.

Sentados frente a frente, conversaron en la indolencia de la tarde sobre el viaje y las entrevistas previstas ante el proscrito Abú y el emperador Teófilos. Una mesa contenía varias fuentes de albaricoques y granadas cuarteadas y unas copas de vidrio azulado con jarabe de albahaca y anís salpicado de canela. Charlaron sobre hallazgos mutuos en astrología y alquimia, de cuyas disciplinas Abderramán era un apasionado. Ahondaron en disquisiciones de teología y del creciente empuje de las doctrinas sufíes, sonriendo abiertamente con las ocurrencias del poeta. Después cambiaron su conversación, aquilatando los detalles de la legación a Constantinopla.

—Bizancio no puede disimular su intranquilidad —explicó un sentencioso Abderramán—. La pérdida de Creta por parte del andalusí interrumpe el tráfico marítimo, arriesgando su hegemonía en el Mediterráneo oriental. Y para remate de males los impíos abasíes han tomado la ciudad natal del emperador, la inexpugnable Amorium. Es excesivo para un rey, lo reconozco. De modo que le quedan escasos apoyos en este tablero de equilibrios políticos. Qartiyus nos presenta la situación del Imperio como floreciente, cuando es verdaderamente ruinosa.

—Príncipes y embajadores son los únicos mortales a los que se les debe permitir fingir y mentir por el bien del Estado, nos dice Platón en su *República*. Concedámosle la prerrogativa de ser orgulloso con nosotros y fiel a su rey —adujo el poeta—. Tener un aliado como Bizancio siempre es bueno para Córdoba.

El emir asintió y luego Yahía le expresó una duda que le asaltaba.

—¿Acometeré el viaje a Constantinopla solo, mi señor?

—No, Yahía —le refirió con gesto de complicidad—. Te acompañarán Solimán Qasim, tu amigo el navarca, quien nos prestará su barco insignia para la legación, y como agregado tuyo he designado al erudito Yahía Almunayqila, el Relojito, como le llaman en el alcázar. Trasladará al emperador Teófilos y a su esposa como presentes un reloj y otros ingenios mecánicos curiosísimos creados por él mismo.

Abderramán percibió un halo de satisfacción en su mirada.

—Me complace su compañía, señor —confesó sin jactancia, aunque algo extrañado por la insólita elección del relojero—. Juntos te serviremos con lealtad.

—A propósito, Yahía. Existe otro asunto de reserva suma. De todos es conocida la superioridad de las escuadras bizantinas en el mar, causa capital de la inexpugnabilidad de Constantinopla. Y todo se debe al secreto militar mejor guardado de Oriente. Y aquel estratega que lo conozca, dominará los océanos —dijo.

—¿A qué te refieres, mi imán? Me has alarmado —alegó con gravedad.

—Al fuego griego, Yahía. Nadie conoce la composición de tan terrorífica arma. Se sabe que lo usan los barcos defensores de la capital y de sus inmediaciones. En las cubiertas transportan catapultas con ese mortífero líquido que asola por sí solo escuadras enteras —dijo enigmático—. Si la ocasión es propicia, y sin por ello colocarte en situación de riesgo, procura indagar sobre la misteriosa naturaleza de esos artefactos. Al menos inténtalo por tu amigo y monarca.

—Tus solicitudes son mandatos, mi *amir al mumin*, Abderramán —prometió.

—El éxito de esta misión está en tus manos. Serás agasajado y comprometido a hablar más de la cuenta. Disfraza la verdad sin faltar a la cortesía de nuestro pueblo. Piensa, Yahía, que a veces el camino más largo de la negociación es el más seguro.

—Mi lema en las delegaciones, y tú lo sabes, se basa en la calma, la desconfianza y la discreción. Veré con las orejas y oiré con los ojos, y el aire, y no la luz, se convertirá en mi elemento predilecto; y mi cordialidad, señor, será como espada que desnudará sus almas. A mi vuelta conocerás todo sobre el Imperio.

—Por eso mi razón y mi corazón confían en ti, y te estiman. Ten siempre un remo en el agua y el otro rozando la orilla, y desconfía de todo y de todos. Qartiyus me ha parecido un buen hombre, pero defiende a su emperador. Aguardo tu regreso con preocupación. Tus hijas y hacienda quedan bajo mi protección directa.

—No podía esperar de ti sino consideración y amparo —reconoció.

—Dentro de seis días embarcaréis en Al-Mariyya. Esta noche, en el Palacio de las Novedades platicaremos con Qartiyus y fijaremos los detalles de la legación, Yahía.

Abderramán invitó al diplomático a beber del refrescante sirope y, a una señal suya, uno de los chambelanes encendió las ascuas de un incensador de oro puro y, de inmediato, una emanación a esencias de almizcle y ámbar gris se adueñó de la estancia, cubriendo las volutas el techo de la sala. Después, el emir tomó unos granos encarnados de granada en su mano y, antes de llevárselos a la boca, preguntó:

—Yahía, ¿antes de partir puedo ofrecerte algún capricho deseado por ti, como muestra de mi sincero agradecimiento? No dudes en expresármelo —lo animó.

Al Gazal, que no esperaba la proposición, rechazó el inesperado favor.

—Declino humildemente tu halagador ofrecimiento, mi príncipe. Con tu sola amistad, Abderramán, me siento pagado. Y tú lo sabes —repuso expresivo.

—Vamos, Yahía, algo apetecerás —insistió sonriente.

El diplomático quedó pensativo y por un momento una idea que hacía tiempo le rondaba en la cabeza se le vino a la mente. Había determinado solicitárselo a su regreso de Oriente, pero consideró que no encontraría otra oportunidad semejante. Se llenó de valor y manifestó con ademán sumiso:

—¿Recuerdas aquel esclavo cedido a mi casa a instancias de la señora Shifa para tutelarlo? Ocurrió en la pasada noche del *shabán* —le recordó.

—Cómo no he de rememorarlo —se interesó esbozando una sonrisa—. Fue una hábil dialéctica, por no decir una astuta celada la que le tendisteis Shifa y tú a Al Layti y al leal Naser. Me satisfizo rehabilitar tan piadosa costumbre instaurada por mi padre y mi abuelo. ¿Y cuál es tu pretensión con ese esclavo?

Al Gazal tragó saliva. Con melosas palabras le solicitó:

—Salió de las mazmorras de este alcázar seriamente enfermo, hasta el punto de temer por su vida. Le hemos tomado apego casi filial y, con el tiempo, si es un buen observador de la ley de Dios, había determinado manumitirlo con tu consentimiento. Sigue perteneciendo a tu casa y es de tu propiedad.

—Si te he de ser sincero, siempre me pareció desmedido vuestro interés por un esclavo tan insignificante. Pero sea, tal como quieres. Daré la orden a Al Zayali, mi intendente palaciego, y redactará de inmediato el acta de venta. Así podrás acreditar hoy mismo tu propiedad. Nada has de pagarme, pero para asegurar la transacción entrega una *sila* en la mezquita para los pobres y todo quedará cabalmente resuelto. Siempre fuiste parco en pedir mercedes, Yahía —y le sonrió.

—Beso tu mano, por tu generosidad, imán de creyentes. Además, el muchacho lo merece, pues es reservado e instruido. Estudió con tu hijo Muhamad en la escuela de la mezquita, mostrando gran aplicación y talento. En nada te deshonrará.

Cuando la plática parecía llegar a su fin, el emir se dirigió hacia Yahía con una mirada de enigmática curiosidad, que alertó al poeta. Aguardó.

—No te he mencionado antes algo que ronda mi cabeza, Yahía. Seguís tú y mis estrelleros predilectos con las búsquedas alquímicas y la interpretación de la cábala. Creo que andáis atareados con nuevas disquisiciones. ¿No es así?

Lo había puesto en un aprieto y habían jurado cerrar sus labios. Suspiró.

—Aparecen islas de fantasía que nos desconciertan, mi señor, volviendo más crédulos a los escépticos. Pero cuando indagamos lo hacemos siempre con pureza de corazón. La ilusión ha sido mi compañera inseparable, y me ha afligido tanto o más que la realidad misma. No obstante, aún no hemos alcanzado la plenitud de lo que buscábamos. El número centésimo de Dios se nos resiste, mi señor.

Abderramán lo escrudiñó con su mirada y Al Gazal no pudo mantenerla, circulando por su interior confusas emociones.

El emir lo miró y adujo:

—Cuanto más hablamos, más me sorprendes —se expresó amigable—. Tal vez por eso eres mi más escurridizo diplomático. A tu vuelta hablaremos de ese asunto.

El emir insinuó un ademán ostensible de dar por finalizada la entrevista y dio una palmada. Al momento se abrió la puerta entrando el chambelán, que le alargó un pergamino enrollado al soberano.

—Toma, Yahía, es la invitación para la fiesta de esta noche. Puedes leerla aquí mismo —lo animó, conocedor de su sensibilidad poética.

Al Gazal titubeó y deshizo el lazo verde y blanco de seda.

Luego leyó:

Al Gazal, seamos reyes sobre el trono de las espesuras y destapen ante nosotros las doncellas sus caras deliciosas, y entre el azabache de sus trenzas surjan como efímeras lunas.

Te aguardo la noche del viernes en el Palacio de

la Diadema, y que los hilos de la amistad nos aten al deleite mientras agasajamos a los rumíes de Bizancio.
Abderramán ben al Hakán

—Como es proverbial en ti, la inspiración poética te asiste, mi señor.

—Que Dios te acompañe, Gacela. *Salam!*

—Mi poderoso *weli*, mi protector, quedad los de tu casa con Él. *Salam.*

Abderramán apreciaba a Al Gazal, y observó detenidamente cómo tomaba solitario el corredor de los jardines con su paso distinguido. Le atraía su forma de vida dedicada a la creación, al deleite de los placeres y al estudio, y la propensión perenne a conocer los secretos de la sabiduría. Para él era un hombre digno de confianza, y tasador ecuánime, en el que los eventos parecían girar en torno a él y no al revés. En su interior se felicitó por tenerlo como amigo sincero y leal cortesano.

Al Gazal traspasó las galerías y presuroso tomó la dirección del Salón del Olmo, donde accedió a la Puerta del Río. De su entrevista había conseguido una valiosa dádiva, la libertad de Masrur, y una segura convicción: el emir seguía teniéndolo en su bondadoso corazón. «¿Pero hasta cuándo?», pensó.

Solo hasta que Al Layti, Tarafa o Naser acertaran a urdir una prueba falsa o no contra él de desviación doctrinal y lo acusaran en nombre de la ley por el delito de blasfemia. Y entonces, ni el mismísimo emir podría socorrerlo. Durante largo rato paseó por el concurrido Al Rasif y por los aledaños de la judería sin rumbo, enfrascado en sus pensamientos. Córdoba había alcanzado una tolerancia enorme para el ejercicio de las artes, la poesía, la astronomía y la alquimia, pero no para la fe.

Sin saber la razón, sus pasos lo condujeron al Patio de los Naranjos de la mezquita, el soleado *sahn*, atestado de creyentes aseándose manos y pies en la fuente de Abderramán, y de escolares sentados junto al muro repasando manuscritos de retórica y astronomía. Penetró en el recinto de postración y se sentó en una esterilla junto a uno de los arcos de teselas rojas, mientras las golondrinas se escurrían por las fisuras de la techumbre. Después inclinó su espalda y se orientó hacia la quibla del levante solar, y reflexionó sobre el inminente viaje a Bizancio y la oportunidad para indagar sobre el ansiado disco solar del Trono. Su semblante adoptó el desamparo del buscador de la verdad, y susurró un versículo del Corán, abogando por una singladura venturosa y un regreso seguro:

—Dice el Libro Sabio: «Dios concederá una hermosa recompensa a los que han emigrado por su causa, a los abatidos combatiendo o perecidos lejos de su patria salvaguardando el islam. Y sabrá conceder recompensas mejor que nadie y los introducirá en el paraíso, porque es sapiente y justo».

Oró contrito y con los ojos cerrados.

Una claridad dorada, los hilos ascendentes de incienso, el aroma de las candelas y el ámbar, junto al arrullo de las plegarias y la penumbra del rincón de la mezquita, lo sumieron en una profunda, y hacía tiempo, ansiada serenidad.

PARTE SEGUNDA
Bizancio y el país de los normandos
(años 840 - 844 d. C.)

Al regreso de la Ciudad de las Siete Colinas, la Nueva Roma de los emperadores Teófilos y Teodora, lloró Alándalus el azote devastador de los madjus, los indómitos vikingos. Mas las aguas unieron a los dos pueblos más allá de los límites del mundo, en las islas heladas del rey Harald y la reina Nud.

CAPÍTULO XI

EL PIRATA DE CRETA

La víspera de la partida, Yahía se embelesó auscultando el firmamento cuajado de luminarias mientras de la medina ascendían susurros apagados. Sus ojos, habituados a escrutar las estrellas, profundizaban en el infinito, buscando la respuesta a las dudas que lo embargaban. Aquella noche apenas si pudo conciliar el sueño, y su casa se convirtió en una jeremiada de llantos. En cambio, la despedida de Córdoba de los legados romanos y de los emisarios del emir resultó abrumadora, y tardaron casi una hora en cruzar el puente camino de Sayba.[15]

La caravana transitó por las trochas de Ilbira y, al fin, tras días de cabalgada, divisaron Al-Mariyya, donde los aguardaba el navegante y mercader Qasim con su gallarda nave. Llegados al puerto mediterráneo, los enviados bizantinos y los andalusíes hubieron de aguardar varios días pues, por orden del sultán, traían la recomendación de no

---

[15] Sayba: Cabra. Ilbira: Granada.

iniciar la navegación sin la habitual revelación de los astros, y estos no se mostraban propicios.

—Las estrellas, amigo mío, rigen los destinos de los humanos, y Dios la de los astros —razonaba Yahía con Qartiyus—. Un musulmán no navega por el mar proceloso sin someterse al juicio inexorable del cielo —se excusó con cortesía.

—La suerte de las estrellas es únicamente un guiño a lo desconocido. Y créeme, Al Gazal, los signos del cielo pueden inclinar el azar, pero no nos obligan nunca.

—Sin embargo —sonrió—, los islamitas admitimos la influencia del cosmos en los seres vivos. Solo iniciaremos la travesía acatando el veredicto del celeste *bayt*.

—¿El *bayt*, decís, Yahía? —masculló con incredulidad.

—Sí. Nosotros llamamos al cielo *bayt*, «la casa». ¿Y existe algo más sagrado e íntimo a la vez? La legación a vuestra tierra es un hecho vital para el reino, y nada puede abandonarse a la fatalidad. El talento polifacético de Samir se encarga del horóscopo. Y, ahora, si me lo permitís, voy a reunirme con él para apresurar el dictamen. *Salam!* —afirmó, dejando boquiabierto a Qartiyus.

Aquella noche de verano, Samir, instalado en una tienda cerca de las escarpaduras de la alcazaba, y a la luz de un candil, se enfrascaba en sus notas, tablas, atacires y sextantes, buscando el momento propicio para emprender la navegación. Los había acompañado desde Córdoba, y auscultaba con el astrolabio los espacios estelares, inmerso en los cálculos astronómicos y ajeno a cuanto lo rodeaba.

—¿Cuándo acabarás tus pronósticos, Samir? No podemos demorar más la salida. Qartiyus se consume —lo acuciaba, aunque nada alteraría su ánimo.

—No nos encontramos en la Kaaba, Yahía, centro

del mundo, de la rosa de los vientos y de los cuatro puntos cardinales, sino en Al-Mariyya, donde los cómputos son más laboriosos —replicó airado—. No obstante, existen indicios para el optimismo. Creo haber hallado la oportunidad propicia para el embarque.

—Esas palabras alegran mis oídos —lo halagó sonriente.

—Yahía, observa las estrellas de Leo. Tarf, «la mirada», aparece en su primera mansión. ¿La ves allí arriba centelleante? Ya hemos salido de «los ojos del león», y muy pronto, cuando Yabha, la última de las estrellas, inicie el camino, habrá llegado el momento para partir a Creta. Ese amanecer, dentro de un día y medio, será propicio para la navegación y podréis levar anclas ayudados por el soplo de Dios.

—¿Nos haremos entonces a la mar en el apogeo de la estrella Qalb al Asad?

—Ciertamente, amigo mío. El Corazón del León guiará vuestra derrota y nada perverso os acontecerá. ¡Te lo aseguro! Pero ojo con las Pléyades, Yahía —lo alertó.

Al Gazal le apretó el hombro y le rogó que velara por su casa y su familia.

El sexto día del mes de la Nach, los vientos de poniente empujaron las dos galeras, la bizantina y la andalusí, hacia el mar abierto. Los legados bizantinos se adelantaron en una dromona de la flota imperial, una birreme de casco alargado como un huso que galleaba con sus velas cuadrangulares, largas hileras de remeros y dos catapultas que harían disuadir al más osado de los piratas. Pintada de rojo, y con dos ojos blancos en los costados, se asemejaba a una gigantesca hidra.

Tras ella tomó la bocana del puerto la galera andalusí, la rápida Aldajil, «el viento penetrante». Al Gazal conocía la nave preferida de su socio Solimán Qasim y se sentía seguro en ella. Era la nao capitana de su flota, y morada flotante por unas semanas; como todos sus barcos enarbolaba la insignia de los omeyas y en el centro un círculo púrpura con la leyenda: *Dios es Uno*. La comandaba un experto piloto de Almuñécar, un marino mozárabe cauteloso, y era impulsada por la fuerza de un centenar de remeros a sueldo, dos por cada remo. Los legados del emir de Córdoba y la escolta se acomodaban en dos holgados castilletes, en proa y popa, unidos por una cubierta, bajo la que se adivinaba a los bogadores, las camaretas, el fogón, los pañoles del velamen y la bodega, atiborrada de pellejos de agua y vino, y cestos con los alimentos más precisos apilados unos contra otros.

Al fondo, ocultas por lonas, se amontonaban las armas de defensa para caso de abordaje: garfios, alfanjes, piedras, lanzas, cables y tridentes. Una treintena de hombres, entre alieres, marinos, calafates y pilotos, componían la tripulación del capitán siciliano, que dirigía la maniobra. Al zarpar, clamoreó:

—¡Proa avanzando adelante y asistida por el Misericordioso Alá!

Tras un bordoneo lució esplendorosa sobre el cielo de Al-Mariyya, donde un celaje de nubes se elevaba sobre el puerto y los riscos de la alcazaba. Capeando al fin el viento, la galera tomó el derrotero del confín del mar Interior, mientras Yahía y sus acompañantes cerraban sus ojos y, en dirección al levante, elevaban una plegaria, tapada por los gritos de Qasim.

—¡Rumbo noreste! A Mayurca, con la ayuda de Dios, y luego a la Propóntida.

Tras dos días de tranquila derrota arribaron a Mayurca, donde Solimán repostó agua y fueron agasajados por el gobernador, mientras los marinos disfrutaron de las delicias de las tabernas y lupanares del puerto. En la segunda etapa bojearon cerca de la costa antes de presentarse en la cala de Asinara, en Cálaris, la isla de los corsos, aliados de Qasim en tráficos y comercios ilícitos. Bordearon después Sicilia con la mar rizada, bajo la atenta vigía de naos genovesas, y viraron en dirección al golfo de Corinto navegando durante días por el mar Jónico, frente a Cefalonia, seguros de los piratas berberiscos y de las dromonas bizantinas al enarbolar en las cofas de ambas naos las enseñas de los omeyas y el águila Imperial de Bizancio.

El derrotero era seguro y los vientos apacibles, pero hubieron de aguantar algunas marejadillas dispersas, por lo que navegaban a base de remos, comiéndose las leguas con boreal de costado, lo que agravó el asma de Yahía, teniendo que pernoctar en la bodega entre cestas y sacas, exhalando el salitre de la bodega y con las ratas saltando sobre sus borceguíes. Sortearon centenares de jabeques de pesca, semejantes a gusanos de luz, con los fanales encendidos y rutilantes.

En los días siguientes, en dos derrotas de amanecer a amanecer, las dos galeras surcaron el canal de Zante, atentos a los peligrosos arrecifes de Messené, frente al Peloponeso espartano, antes de recalar en el puerto de Pylos y embocar las azules aguas de la isla de Citera, punto clave de las rutas comerciales entre Oriente y Occidente, y última y obligada recalada antes de saltar al mar de Creta para la incierta entrevista con el sanguinario corsario Abú Hasf, al que tanto temían.

A su abrigo sufrieron un inoportuno contratiempo, muy sentido por Yahía. El físico de Solimán hubo de atender a Almunayqila, el asustadizo acompañante del diplomático, de un cólico intestinal de efectos desgarradores debido a algún alimento podrido. Se alarmaron por su vida a causa de su palidez y la desaparición de sus pulsos vitales. Pero los plazos de la legación debían cumplirse y Al Gazal se decidió a ir solo con Qasim a la entrevista con el corsario. Tras varias vomitonas y espasmos, tendido entre los baúles de la bodega, Almunayqila abrió aquella noche los ojos en un estado de salud lamentable. Llamó a su compañero y lo abrazó llorando.

—¡Voy a morir, Yahía, y no gozaré de la visión de Bizancio! —gimoteó.

—Ya evacuaste los malos humores, amigo, y estás vivo gracias al Clemente —le confortó Yahía, con la mano puesta en su hombro—. Según el físico griego te repondrás en días. Yo me veo en la obligación de zarpar hacia Creta. Entretanto tú recuperarás el vigor en la nave de los bizantinos, donde te trasladaremos esta misma tarde. Y escucha atentamente, si en seis días no he regresado, tomarás a tu cargo la legación y emprenderás por tu cuenta el viaje hacia Constantinopla en compañía de Qartiyus, portando las cartas al emperador en mi nombre. Esas fueron las instrucciones de nuestro emir, a quien nos debemos por entero. Confío en tu recuperación, hermano. Deséame suerte, pues la precisaré.

El inventor de relojes lo contempló con la mirada vidriosa y la boca desdibujada por los restos del vómito. Lo tomó de la mano y expresó, abatido:

—¿Acaso corre peligro tu vida, Yahía? Me apenas terriblemente. No quiero expirar en el mar lejos de Córdoba, entre ratas y salmuera. Regresa, te lo ruego.

—Ese Abú Hasf es un corsario sin alma, y si el trato no le agrada, bien puede colgarme de la verga mayor o arrojarme al mar. Existen posibilidades de no regresar, pero confío en Dios. No obstante, ningún incidente debe alterar el propósito de la embajada y los deseos de Abderramán. Recuérdalo y recupérate —lo animó.

—Rezaré al Oculto por ti. —Apretó con su mano fría las suyas.

Al alba siguiente, era una hora más tenebrosa que clara cuando el Aldajil levó anclas con las lonas plegadas y abandonó la isla para adentrarse en las simas de Creta. Un ligero terral levantó olas de costado, haciéndoles correr el peligro de encallar en los arrecifes. Qasim, aguardando la salida del sol, hubo de guiarse por las estrellas y los fuegos de las almenaras costeras, diminutas como luceros. Poco a poco, y tras avanzar varias millas en aguas profundas, divisaron al fin las costas de Creta, ocultas aún por grises jirones de bruma. Frente a ellos se presentó la bahía de Jania, con el dédalo de pequeños fondeaderos y millares de barquillas varadas en los refugios. Mas no fue la única visión que se mostró ante sus ojos. Alarma y sobresalto.

Súbitamente, una intimidante perspectiva los paralizó, dejándolos sin habla.

—¡Por las negras alas de Naker![16] —tartamudeó Solimán espantado.

Las miradas de los marineros y remeros se concitaron en la lejanía, por encima de la proa. Dejaron los quehaceres y sus pies se detuvieron atenazados por el terror. Por levante, a menos de una milla, se aproximaba, amenaza-

---

[16] Naker: ángel de la muerte cuyo cometido era recoger las almas de los muertos.

dora e inquietante, una flotilla de más de veinte naves, entre galeras, leños latinos, jabeques, bajeles panzudos y dromonas robadas. Se dirigían en formación hacia la galera andalusí como un furioso monstruo marino presto a engullirlos o arrasarlos con las afiladas quillas, garfios y espolones. Qasim ordenó detener la jala de los remos, disponiendo a sus hombres sobre las amuradas, pues especular con una maniobra de viraje con viento desfavorable se le antojaba temerario y, resistirse con las armas, infructuoso. Esperarían acontecimientos y se encomendarían a Dios. No cabía otro recurso y no debía correrse un peligro innecesario en tan embarazosa situación.

—Yahía, anoche te preguntabas cómo atinarías con la guarida de ese desalmado —arguyó Qasim, avistando el hervidero de naves. Pues ahí lo tienes, y acompañado de todas las furias del infierno. Nos esperaban escondidos en los recodos de Suda. ¡Maldito renegado!

—No se atreverán a abordarnos —vaticinó Yahía—. Es más, nos aguardan con impaciencia, créeme. La sangre de Córdoba aún le fluye por las venas.

—Si intentan abordarnos, impondremos la maniobrabilidad de nuestra nave y huiremos con rumbo norte a las Cícladas, Yahía. Esos barcos son aparatosos y concebidos para practicar la piratería. Mis remeros son gente experimentada y han conocido momentos difíciles. Si enfilamos una vía de agua libre, no nos detendrán.

—Ya están a un tiro de arco, Solimán —contestó—. Espero que divisen el pabellón omeya y eso les demandará al menos interés. Tengamos la cabeza fría.

La oleada flotante rectificó el rumbo y, navegando en cabo, practicaron una hábil faena de acercamiento sin abordarlos ni hostigarlos. Los bateleros del Aldajil levantaron los remos para evitar el quebranto, dejando la galera cercada y sin derrotero en medio de un remolino de aguas. Los bajeles de Abú evolucionaron en círculo, enfilando las proas hacia la nao de Qasim, de forma conminatoria, salvo una barcaza con vela triangular que se adelantó a las demás.

—¡Lo ves! No desean abordarnos, sino parlamentar, Solimán.

—De todas formas, Yahía, si la plática no nos convence, entre aquellas panzudas naves de estribor viraremos y le presentaremos la proa. Si nos persiguen, se dispersarán, y alcanzaremos aguas del Imperio al mediodía. Un tábano puede huir fácilmente del zarpazo del león —se carcajeó.

—Recuérdalo, traigo instrucciones de reunirme sea como fuere con Abú —le recordó el embajador—. De esta entrevista depende la embajada.

—Pero no a costa de tu vida, o de tu libertad. Estos cornudos tienen por costumbre hacer esclavos a los rehenes y pedir rescates fabulosos. ¡No te confíes!

El jabeque adelantado a los demás se plantó cerca del espolón, a un tiro de piedra del castillete de proa, donde aguardaban impacientes Qasim y Al Gazal. Un individuo barbudo de tez morena, calado con un casco de bronce y vestido al modo sirio, con pantalones ajustados, se incorporó sobre uno de los armazones y, colocando sus manos junto a su boca, a modo de bocina, gritó para hacerse oír por encima del rumor de las aguas y el bordoneo de las velas.

—¡Ah del barco! ¿Quiénes sois? ¡Declarad vuestra identidad e intenciones!

—¡Mi nombre es Solimán Qasim, de Sicilia, y mi acompañante el ilustre Yahía ben al Hakán, embajador del emir de Córdoba ante el soberano de Bizancio!

—¿Sabéis que navegáis por aguas prohibidas? —le respondieron en árabe.

—¡Trasladamos una carta personal del emir Abderramán para Abú Hasf! ¡A él se la entregaremos, y a nadie más! —replicó gritando con gran esfuerzo.

Un temeroso y largo silencio siguió a la contestación, mientras el emisario departía con otros piratas que permanecían ocultos bajo el velamen de la lancha. De repente apareció de nuevo el vocero, que se colocó en la banda de la barcaza como si recelara de recibir una saeta lanzada desde la galera. Con vigor, chilló otra vez.

—¡Nos os hundimos porque sois andalusíes y la añoranza nos detiene! Os llevaremos ante la presencia de Abú, pero no doy una onza por vuestras vidas.

—¡Nos entregamos a su compasiva indulgencia! —gritó Yahía mordaz.

—Estás tan loco como un chivo, Yahía —le manifestó el navarca.

—Ese bravucón de Abú comerá de nuestra mano mañana mismo. Recuérdalo, Solimán. La codicia lo perderá —adujo, aunque con el gesto adusto.

—¡Os escoltaremos hasta Jandak! —vociferó el pirata—. ¡No intentéis ninguna maniobra extraña pues os enterraremos en la profundidades de la mar!

—Maldito cacareador —murmuró Qasim—. Podría escaparme si así lo decidiera ante tus mismas narices, cretino de Satanás.

—Hagamos cuanto nos dicen y encomendémonos a Dios, Solimán. ¡Os seguimos, amigo! —indicó—. ¡Cabrón del diablo!

El Aldajil fue rodeado por los bajeles corsarios y envuelto como la cáscara cubre la pulpa de una fruta, conminado a seguirlos. Y lo que antes había sido un silencio aterrador se trocó en una ruidosa algarabía de las voces de los piratas, profiriendo unas amenazas que amedrentaban. Muchos de los marineros se dirigieron a Qasim con las miradas suplicantes, y este los alentó con palabras de ánimo:

—Confiad en mí y en los vientos favorables. Las adversidades se disiparán como la niebla. ¿Alguna vez os falló Qasim el Siciliano?

—No nos queda más asidero que el de la plegaria —se resignó el cómitre.

En compacta formación cruzaron la entrante de Almiros, salpicado de alminaras y atalayas de defensa. Se adentraron en el mar abierto, donde las gruesas olas acallaban los graznidos de las gaviotas rociando con las salpicaduras los rostros de los navegantes del Aldajil, arropado como la reina de un enjambre por los bajeles de Abú. La navegación fue rápida y cubrieron las cuatro leguas hasta el canal de Stabros, puerta de la fortaleza de Jandak y cuartel general de Abú, el más temido pirata del Mediterráneo oriental. Las naos se dispersaron al embocar la dársena con el único empleo de los foques y el timón, seguidas de la marinera galera andalusí.

La bahía donde se guarecía el puerto resultaba perfecta para la defensa y, a través de los mástiles de las naos fondeadas, sobresalían los almacenes del embarcadero y los burdeles de la escollera, y, sobrepasando a todos, el inquietante baluarte de Jandak, inmensa mole pétrea erizada de torreones inexpugnables desde donde Abú Hasf gobernaba con mano de hierro la isla cretense. Edificada sobre las laderas de una colina, dominaba el mar y las campiñas de vides, divisándose desde sus bastiones los montes blancos de Ida, los palacios ocres de Knossos, y los estrechos de Rodas y Karpazos. Un liviano vientecillo, llamado por los lugareños etesio, batía en las atalayas los gallardetes rojos y gualdas del pirata.

Rematada la labor de amarre, los alarmados marineros del Aldajl lanzaron las escalas y la pasarela y por ella descendieron Qasim y Yahía, con sus bolsas de viaje colgadas del hombro. El capitán había confiado el mando de la galera al primer piloto, con el ruego de que, si la nave era abordada por los secuaces de Abú, se deshiciera de lo más sagrado para un navegante, los mapas de navegar, a los que apreciaba tanto como a las pupilas de sus ojos. Mientras descendían, seguidos de una caterva de pilluelos, Al Gazal divisó un halcón planeando y describiendo círculos sobre el fondeadero. Se sonrió.

—Estimable augurio, Solimán —dijo señalándolo—. Alá nos asiste.

—A cualquier cosa le llamas tú un buen presagio, aunque también sé que los andalusíes sois tan supersticiosos como los romanos —comentó mordaz—. Mejor agudiza tu ingenio o no volveremos a navegar en el Aldajil.

—Tengo buenos presentimientos. Caminemos serenos y lo desarbolaré.

Abú Hasf al Baluti, antiguo súbdito del emir de Córdoba Al Hakán II y convertido del cristianismo al islam, era un líder nato y rígido cumplidor del nuevo credo, temido y, según se decía, muy supersticioso a la vez que venerado por sus seguidores. Líder contra la corrupción del padre de Abderramán, y de los excesos de los mudos, los mercenarios sirios, se levantó contra las injusticias del emir de Córdoba en la sangrienta rebelión del Arrabal. Traicionados los conjurados por los alfaquíes, resultaron incendiados sus hogares y masacrados los cabecillas. Pudo ser crucificado en la Almusara, pero se le conmutó la pena de muerte por la expatriación de Alándalus, doce años atrás, y marchó en penoso exilio cruzando el norte de África.

Comprometido con todo tipo de penurias, arribó junto a otros camaradas de destierro a una Alejandría olvidada, devastada y mustia, donde hallaron cobijo, convirtiendo en poco tiempo a sus moradores en entusiasmados adeptos de las costumbres andalusíes, hasta el punto de adueñarse de la ciudad y ser declarado adalid de los alejandrinos. Abú, un antiguo seguidor de Cristo, gozaba del fervor popular, y era considerado como un nuevo profeta regenerador del islam. El Séptimo profeta lo llamaban y aún levantaba entusiasmos y fidelidades en las bocas del Nilo y en las islas aledañas. Aquella inusitada devoción alertó al califa de Bagdad, quien temeroso del progresivo poder acumulado por aquel advenizo, envió a su visir para negociar con Abú una marcha honrosa de Egipto. El astuto andalusí exigió para abandonar la milenaria ciudad una cuantiosa suma de oro, cuarenta naves porteras y ayuda militar para ocupar la isla de Creta, olvidada de la atención bizantina, más atenta a sus baladíes controversias teológicas.

El califa Al Mamún, ilustrado alquimista, accedió a regañadientes, y quince mil musulmanes bajo el estandarte rojo y dorado de Abú emprendieron el éxodo para asentarse en las fértiles llanuras y en los florecientes puertos de Creta. Tan inesperada conquista produjo el fin de la hegemonía de Bizancio en el Mediterráneo oriental y de su control comercial en el Egeo, y trastocó el equilibrio de poderes en la zona. Pronto, los invictos andalusíes proclamaron rey a Abú, y con los barcos regalados por el monarca bagdalí y los arrebatados a los bizantinos asolaron las islas griegas ávidos de botín, riquezas y esclavos.

Al cabo de tres años de intenso e indiscriminado bandidaje, Abú Hasf asentó con tenacidad y osadía su autoridad en la isla, fundando un estado marítimo próspero y temido, aunque con el estigma de un corso inhumano y cruel. Este era el desconocido proscrito con el que debían vérselas Solimán Qasim y Al Gazal.

Rodeados de una escolta cruzaron el puerto ante la atenta mirada de los lugareños, ya habituados a aquella humillante imagen. Un fuerte olor a salitre, estiércol, a tripas descompuestas de pescados y la característica fetidez de los peces escabechados con vinagre y almorí los atosigó haciéndoles volver la cara. Junto a aquel hedor insoportable les llegaron las familiares fragancias de las sacas y lebrillos de especias de Ormuz, Zafar y Mosul, expuestas ante las mugrientas tiendecillas de los perfumistas, mercachifles y drogueros.

Ascendieron sofocados por un polvoriento camino que apestaba a boñigas y sirle secos, hasta darse de bruces con las puertas de la fortaleza, un farallón de ciclópeos sillares macizos carentes de aberturas. Su sola vista infundía espanto, acrecentado por la súbita contemplación de cuatro cuerpos desgarrados y sangrantes balanceándose en los muros, con los miembros semidevorados por los cuervos y rodeados de enjambres de moscas. Los observaron con pavor viendo cómo los habían cegado salvajemente antes de colgarlos y cortarles pies y manos.

Un chirrido del portón al abrirse los sacó del ensimismamiento y, al cerrarse tras ellos con un fragor metálico y ronco, amedrentó más si cabía sus exangües ánimos. Penetraron en el patio de armas, donde unos soldados se ejercitaban con el estafermo, y a punta de lanza fueron conducidos hasta una infesta habitación, semejante a una mazmorra, y con un ventanuco exiguo e inaccesible. Una lamparilla de sebo, dos esterillas enrolladas en un rincón, un cantarillo de agua y un pan negruzco constituían todos sus exornos y enseres. Y sin pronunciar palabra, el mudo carcelero los miró y corrió con violencia el cerrojo, abandonando a los dos secuestrados en la más infamante de las confusiones.

—Ni un milagro nos salvará, Yahía. —No disimuló su pavor el navegante—. A estas horas deben de estar tasando nuestro rescate y el modo de cobrarlo. Constituimos dos piezas de inestimable valor. ¡Meternos en la boca del león a conciencia!... Dios no puede tener misericordia con dos majaderos como nosotros.

—Solimán, no desconfíes, saldremos de aquí con honor. Créeme.

—Qué soñador eres, aunque confiaré en ese delirante optimismo tuyo o me volveré loco. No sé cómo he accedido a acompañarte a esta madriguera de ladrones, si no fuera por la promesa de un buen negocio. ¡Por los mil *ifrit* del infierno!

Pronto llegaron las tinieblas de la noche y, como una funesta sospecha, Abú no los reclamó ni los visitó en su reclusión. Aquel desalentador indicio alarmó a Yahía e intranquilizó a Qasim, sentado sobre la estera, mudo y nervioso, y pellizcando un pan que no podía tragar. Desanimados se tumbaron en las alfombrillas tras orar en un rincón, intentando conciliar el sueño sin conseguirlo. Al Gazal, que padecía accesos de asma, tuvo que mascar hojas de eucalipto y nébeda para aminorar su malestar. No obstante, un estruendo de gruñidos los alarmó.

—¿Qué es ese grito tan espeluznante, Yahía? —preguntó el marino.

De repente, y en medio de la quietud de la bochornosa noche, les llegó un aterrador alarido seguido de aullidos y ladridos espantosos que los paralizó, atenazando sus gargantas. El pavoroso aúllo les produjo un escalofrío que les corrió por la espalda. Después, un denso silencio lo dominó todo y el espanto se adueñó de sus alientos. Una jauría estaba devorando su pitanza, y no sabían si era humana.

Por vez primera Yahía conjeturó una evidente realidad. Salir de aquella guarida representaría una empresa complicada. Abrió los ojos y, en la oscuridad, que se colaba como el cieno por la claraboya, su cansado cerebro no atinó a urdir un plan convincente. Contrajo la respiración y el corazón le palpitó como un potro desbocado. Luego se encomendó a Dios.

A la mañana siguiente, un sol anaranjado alboreó por levante, iluminando el cuchitril, mientras un soplo de la brisa del mar con tufo a salitre penetró como una bendición por el ventanillo. Los dos rehenes se incorporaron de sus esteras de esparto, molidos sus huesos. Parecía que el anterior temor de naturaleza sombría se había desvanecido. Bebieron agua de la vasija y se lavaron como pudieron, aprestándose a aguardar los imprevisibles y nada esperanzadores acontecimientos.

—La esperanza de la vida nos retorna con la aurora —dijo Yahía.

Pero no bien habían rehecho las ropas, cuando el brutal carcelero abrió de par en par la puerta y se escurrió dentro como una sombra, desarmado y más comunicativo. Los invitó a seguirle a los baños del alcázar, donde se asearon con largueza, les masajearon los músculos y tomaron a la par un refrigerio de leche de cabra, zumo de melón y tortas azucaradas de jengibre. Uno de los servidores perfumó sus atavíos y les colgó del cuello unas bolsitas de cuero con una piedra blanca de almizcle, algalia y sándalo seco, exhalando al instante una fragancia exquisita.

—Nuestro desconocido anfitrión parece al menos determinado a escucharnos.

—O es un cínico facineroso que gusta de adobar y expurgar a sus víctimas antes de deshacerse de ellas y nosotros unos ilusos —masculló en voz baja Qasim.

El vigilante, con una sonrisa falsa, los condujo a través de un dédalo de corredores terrosos hasta desembocar en un patio interior con una fuente de piedra herrumbrosa de la que manaban chorros de agua. No obstante, sus miradas se desviaron al fondo del cercado, donde distinguieron unas jaulas de hierro empotradas en una gruta natural de la roca, ocupadas por una jauría de canes de presa y gigantescos mastines, que, al oler a los desconocidos, ladraron con fiereza, enseñando sus descomunales fauces y aterradores colmillos.

—Esas bestias comen carne humana, Solimán, y están muy cuidados.

Aquella inesperada visión los paralizó sin atreverse a proseguir, y más aún cuando pegados a los barrotes se advertían huellas recientes del tétrico festín, jirones de ropa sucia, huesos astillados, tendones desgarrados, un cráneo mordisqueado y tripas azuladas en un amasijo sanguinolento y nauseabundo. Un alano con el hocico aún cubierto por la sangre entresacó las garras y la rasposa y babeante lengua, y lamió los barrotes con frenética ansia, haciendo retroceder a los invitados.

Los visitantes cruzaron las miradas con un gesto de complicidad y comprendieron en un instante los estremecedores lamentos escuchados en la medianoche. Un pobre diablo, con las entrañas aún palpitantes y llenas de deyecciones, había sido condenado a morir desgarrado por los zarpazos de aquellas bestias y devorado después. Abandonaron aquel repulsivo lugar de muerte y, tras cruzar varias saletas atestadas de armas, monturas y aparejos de caballerías y varios puestos de vigilancia, penetraron en una solitaria dependencia adornada hasta la saturación con todo tipo de ostentosos tesoros y muebles magníficos.

—Nuestro guía, el piadoso Abú Hasf, os recibirá enseguida —informó.

Al Gazal respiró profundo, calmando su ansiedad. Aunque el fortín poseía funciones castrenses, aquella dependencia nada tenía que envidiar a los salones del alcázar de Córdoba o a los palacios de Bagdad, Damasco o El Cairo. Una fuentecilla espejeaba con los rayos del sol, llenando de reflejos y de un rumor cadencioso el fastuoso salón, cubierto por azulejos de Qaxán y cortinajes de Samarra. Las puertas de cedro dorado brillaban refulgentes, y los esmerilados ventanales la iluminaban con un raro fulgor áureo. Del artesonado pendía una decena de lámparas de oro purísimo, con espejuelos y farolillos de bronce. El suelo no era visible, pues un sinnúmero de alfombras de Samarcanda lo cubrían por entero.

Divanes de brocado, estantes de marfil, mesitas atiborradas de jarras nieladas, escribanías de metal bruñido y sahumerios emanando efluvios de agáloco y ámbar gris lo exornaban por doquier, repartiéndose sobre anaqueles de plata bandejas con ciruelas, albaricoques y granadas abiertas. Los huéspedes quedaron al punto admirados ante tanta extravagancia.

—Más que la guarida de un salteador, bien parece la alcoba de un califa.

—Todo expoliado, y sabe Dios a costa de cuántos saqueos —aseguró el capitán.

Aguardaron en silencio, hasta escuchar un creciente rumor de cadenas, ladridos apagados de canes y una voz acerada conminándolos a enmudecer. Siguieron con las miradas fijas en la dirección de los ruidos y, al poco, apareció antes ellos una traílla de delicados y esbeltos canes egipcios de orejas puntiagudas, a los que llamaban «bu», sujetos todos por una única leontina plateada. Tras ellos y sujetando la cuadrilla caminaba un hombre alto, maduro, fibroso, con nariz aguileña, diminutos ojos garzos, boca sensual y pulposa, rasgada por una cicatriz rosada que le confería un aspecto burlón. Al Gazal lo estudió detenidamente. Un turbante negro con amatistas y una pluma le ceñía el cráneo rasurado, y la barba tan fina como un estilete enmarcaba un rostro ovalado y firme. Una túnica rayada, varios amuletos y unas botas de cuero repujado formaban su aparatosa indumentaria. Parecía un príncipe persa y no un vulgar corsario.

Al Gazal se detuvo en el estudio de sus rasgos y no adivinó ningún sentimiento, ni de crueldad ni de compasión, ni de talento, perversidad o bondad, aunque sus ojos parecían taladrarlos tras sus pupilas. En cambio, sí advirtió un imperceptible signo en su tez que le hizo sorprenderse extrañado. Sus cejas estaban depiladas, en sus párpados se notaba una sombra de azulado antimonio, y sus facciones parecían estar retocadas con altramuz, cilantro y resina de Arabia.

Los árabes de Alándalus sometían sus cuerpos a los más delicados cuidados, perfumando sus ropas, cabellos y axilas, incluso cubriendo sus barbas de alheña aromada, o limpiando los dientes con raíz de nogal y sandáraca, mas nunca se sombreaban los ojos con añil o estibio, y mucho menos se espolvoreaban la cara con polvos carmesíes. Aquel impropio acicalado lo desconcertó sobremanera. De lo que no le cabía duda al diplomático era que poseía los rasgos de los godos renegados de Hispania convertidos al islam. Al Gazal lo contempló con curiosidad, y esperó sus palabras con cautela. Siguió un hostil silencio que se hizo eterno.

Abú palpó con fruición sus amuletos, signo de buen agüero, y entornó sus ojos miopes mientras sus silenciosos capitanes, que en modo alguno parecían ser salteadores de caminos, se situaron tras él, observando a los andalusíes con expresión de fascinación e interés. No ofrecía duda, algunos de ellos habían nacido en Córdoba y aquellos visitantes les traían la evocadora nostalgia de su tierra. Abú esbozó un gesto intimidante a los cachorros, que gimiendo con aspereza se echaron junto a él. Se dirigió a sus huéspedes no en árabe, ni tan siquiera en algarabí, sino en romance hispano, empleado a diario en los zocos, tabernas y mercados de Córdoba, extremo que sorprendió a Yahía.

—*Salam* —los saludó—. Hablaremos en nuestra lengua materna hispana.

—*Salam aleikum* —respondió Yahía—. En ella nos entenderemos.

El pirata abrió la conversación en un tono neutro, ni afable ni descortés.

—Tomad asiento. Es para mí un deseo largamente deseado hallarme con creyentes de nuestra añorada Córdoba, ciudad que me vio nacer en el arrabal del Arrecife. Cuánto no daría por pasear por su palmeral, perderme en las almunias de Burn Birril o mezclarme con sus gentes, olores y fragancias, pues mi familia o murió y o se exilió. Pero el Eterno traza el destino y nada podemos contra su brío, y mis partidarios me necesitan como el alminar a su almuecín —repuso.

—Compartimos la misma añoranza —replicó Al Gazal sin confiar en sus intenciones—. Nuestro emir Abderramán es el más compasivo de los reyes, Abú. A uno de los niños que quedó huérfano, Naser, lo adoptó y educó y hoy es el chambelán de palacio.

—Y ¿quiénes sois y qué hacéis navegando por estas aguas? ¡Hablad!

—Él es el capitán y dueño de la nave, Solimán Qasim, y yo Yahía ben al Hakán, embajador del emir ante la corte imperial de Bizancio —publicó sus identidades.

—De modo que tú eres Solimán Qasim, el mercader siciliano amigo de los genoveses, sicilianos y bizantinos. He oído hablar de ti —dijo el reyezuelo.

—Las mercancías y riquezas no poseen ni religión ni patria, noble Abú.

—Evidentemente, Qasim. Y tú, Yahía ben al Hakán, embajador del omeya ante el emperador Teófilos. ¡Dos peces de consideración cobrados en la mar para ser canjeados por suculentas sumas de oro! —enfatizó conminatorio—. Mis capitanes me solicitan con insistencia redactar sin dilación los mensajes de rescate. Dadme una buena razón para no venderos como esclavos o echaros a mis perros como pitanza, o mi reputación se derribará por los suelos.

Al Gazal, lejos de paralizarse por el pánico o la decepción, y tras reparar en las extrañas inclinaciones del corsario, tomó la resolución de no exasperarlo y manipular los resortes de sus megalomanías. Él sabía que el alma humana no vive sino de su incesante esfuerzo por dejar su sello en el mundo y que por sí misma puede llegar a ser toda una tribu poderosa capaz de las máximas heroicidades. Y no le cabía la menor duda, Abú se sentía un guía providencial y admirado por los isleños.

Era arrogante, fetichista, supersticioso, creía en la magia y no había otro modo que adularlo sin tasa y ganarse su voluntad como único camino para escapar con vida de aquella cárcel. Al Gazal estaba seguro de que desenterraría antiguos resentimientos, pero estaba preparado para hacerles frente.

—Ilustre Abú Hasf —le habló con extrema consideración—, hemos recalado en tus dominios por iniciativa propia, cuando bien pudimos seguir nuestro camino hacia Constantinopla, pero mi señor Abderramán no quería dejar pasar la ocasión de cursarte por nuestras bocas una salutación de amistad y de admiración.

Abú dio un leve respingo en su diván y miró a los suyos admirado.

—Lleva la sangre de su padre, el sanguinario Al Hakán, causante de la desgracia de cuantos nos hallamos aquí. Su sola evocación nos acarrea recuerdos de muerte, sangre y desolación —atestiguó enojado, y sorbió de la jarra—. Las desgracias que he padecido se las debo a ese impío omeya.

La desolación afloró en el rostro de Al Gazal, pero no se arredró, convincente le explicó:

—¿Pero no has advertido la mano del Altísimo? El Clemente en su sabiduría se sirvió de aquel acontecimiento del Arrabal para recompensarte con este reino de prosperidad, donde has llegado a convertirte en imán de creyentes y azote de infieles. Hoy eres hombre considerado por reyes, cuando en Córdoba no hubieras pasado de ser un simple mercader. Lo dice el Corán: «Las órdenes de Dios están fijadas de antemano para todos los hombres». Quizá Dios tenía dispuesto para ti este sino de gloria y de inmortalidad, pues hasta califas, emires y emperadores te temen.

—No lo había considerado desde ese punto, y me llena de agrado —confesó.

—¿Por qué crees que estoy aquí, sino porque mi emir desea pactar contigo como de igual a igual? Piénsalo, ilustre señor de Creta —lo aduló con tino.

Abú, seducido por la elogiosa conversación, se vio interesado y lo instó:

—¡Bien! Un justificado honor. Y ¿qué quiere el omeya de Córdoba de nosotros? ¿Acaso el reconocimiento de vasallaje o el pago de algún tributo?

Al Gazal destiló unos instantes de sabia demora. Luego le soltó:

—Te ofrece una alianza y un jugoso negocio que te cubrirá de oro.

El corsario compuso un gesto dubitativo. No esperaba oferta alguna y parlamentó con sus hombres. Tras intercambiar algunas frases se acarició la barba con su mano cubierta de anillos y esperó las aclaraciones del embajador. Ahora iba comprendiendo por qué se habían dejado capturar con tanta facilidad. Desde aquel instante acrecentaría sus cuidados con aquel astuto legado.

—Te oigo con curiosidad. Tal vez os corte la lengua pero no os arroje a mis hambrientos canes si me halaga lo suficiente vuestro ofrecimiento.

Al Gazal tragó saliva. Y con toda la persuasión de que era capaz, comenzó a ganarse la confianza del proscrito, y a desgranar el plan trazado por Abderramán con halagadoras promesas.

—Mi señor, el piadoso Abderramán, por vez primera ha instituido en Córdoba una ceca y acuña moneda propia, muestra inequívoca de su autoridad y prestigio. Tú sabrás del control sobre el oro de Sudán y de las caravanas saharianas que controla mi emir. Pues bien, después de unas desagradables pérdidas ha especulado con la opción de hacerlo desembarcar en Barce, puerto norteafricano controlado por los tulaníes, y hacerlo llegar a Alándalus por mar.

—¡Eso es una locura! ¿Y cómo piensa hacerlo en aguas hostiles? —se rio.

—Con tus naves y tu dominio en la zona.

Era como si lo hubiera golpeado una maza de herrero. Abú dilató los ojos.

—¡Tu emir debe haber perdido la razón! —se carcajeó con sus capitanes.

—Escucha, Abú —dijo persuasivo—. Mi emir ha sufrido lamentables pérdidas y ha resuelto remediar el problema. Y es en este punto preciso donde ha pensado que surge tu experta colaboración, cuyos términos estoy facultado para negociar.

Al pirata le costó trabajo asimilarlo. Miró hacia uno y otro lado, sin dar crédito a sus oídos, y se agitó incrédulo en el diván murmurando algunas ininteligibles palabras con los lugartenientes, presos también de la confusión. ¿El sultán omeya solicitar el concurso de un enemigo declarado de su padre? No, antes creería a una hiena que a aquel enloquecido legado.

—¿Arribando mis barcos hasta las costas de Hispania para que me hagan preso y me ahorquen en la entrada del puente? —respondió irónico, mientras entornaba sus ojillos azules—. ¡Jamás llegaría, y tú y tu emir lo sabéis bien!

—No, no se trata de una celada, créeme, sino de un generoso negocio —manifestó con jovialidad—. Tú recogerías con tus naves el cargamento en Barce, en una dársena que se te comunicaría a su debido tiempo. Luego lo conducirías escoltado por tus galeras a la costa de Túnez, frente a punta Bizerta, concretamente a una islita llamada Yalita, donde te aguardaría Solimán Qasim, con una de sus galeras, dispuesto a recoger los quintales de oro. Se ha escogido esta isla de encuentro por su pequeñez y para que no receles de emboscada alguna, pues está más cerca de tus dominos que de Alándalus. En esto consiste el sencillo plan, y mi señor cree haber encontrado en ti la persona adecuada para cubrir sin riesgo alguno los inseguros estuarios de la Sirte y de Gabes, refugio de los bandidos aglabíes, donde eres respetado, reverenciado y temido. ¿Te parece razonable el proyecto, Abú?

El corsario enmudeció taciturno. Y así siguió unos momentos, ensimismado en aquellos argumentos. En modo alguno podía imaginar que el emir de Córdoba pudiera concebir un negocio tan sustancial y solicitarle su cooperación. Pero con diligencia pasó por su cabeza el provecho que podía sacar e indagó interesado:

—El proyecto se me antoja brillante, pero embarazoso —adujo falsamente desinteresado—. ¿Pero qué ganaríamos mis hombres y yo mismo con este arriesgado compromiso?

—Un más que suculento porcentaje —le ofreció el diplomático—. Una onza de oro por cada doce, proporcionadas por Qasim a la entrega del cargamento.

Sus añiles pupilas se le abrieron como si hubiera pronunciado un anatema.

—Así a primera vista no es mal negocio y sé la cantidad de oro que se trasiega.

—Pero hay algo más, Abú. La posibilidad de comerciar con determinados productos de Occidente, que añoras con ansioso interés. Solimán te serviría de intermediario y puedo asegurarte por propia experiencia que obtendrás excelentes dividendos con el trasiego de ciertos productos.

—¡Por la sagrada Buraq, la mula que transportó al profeta al cielo! ¡Insólito ofrecimiento! —se alegró entrecerrando sus ojos y sobando los talismanes pendientes del cuello—. No obstante, he de meditarlo y discutirlo con mis oficiales. Nos dedicamos al corso y al despojo de barcos perdidos y no acostumbramos a aceptar compromisos. ¿Y tu señor no teme que pueda arrebatárselo todo? En este extremo del mar paso por ser un desalmado sin escrúpulos y le costaría encontrarme en este laberinto de islas.

El legado se distendió y lo miró con un sesgo de ironía.

—No lo harás, y sé que deseas redimirte a los ojos del mundo y darle carta de naturaleza al título concedido por los califas de Bagad. Te rehabilitarías a los ojos del mundo musulmán al ser un aliado de los omeyas —replicó categórico—. Recuerda la sura quinta del Corán sobre el castigo de los estafadores. Deseas un reino opulento y cumplir tu misión providencial de conductor de un pueblo cansado de emigrar. Podrías hurtar el primer envío, pero antes de llegar el segundo, toda la escuadra andalusí, y la de nuestros aliados sicilianos y bizantinos, arrasarían más tarde o más temprano tus dominios sin conmiseración alguna. Y tú, mi apreciado Abú, no lo deseas, ¿verdad? Podrías huir con todo el botín, pero mi corazón me dicta que estás comprometido con más de cincuenta mil creyentes, que al conocerlo te sacarían las entrañas antes de abandonar la isla. Y estos capitanes, ¿también huirían, o se quedarían impasibles con tu sospechosa desaparición? No cambies una ganancia imposible por un suculento beneficio de muchos años y prosperidad para ti y tus seguidores. ¡Medítalo! Se te destapa el negocio más lucrativo de tu vida, hermano.

El pirata enmudeció con la propuesta de aquel insolente. Y Yahía, por su gesto, desconocía si le resultaba intolerable o válida. Aguardó, aún tenía otros argumentos en la bocamanga.

—Legado, posees una inteligencia maquinadora y una lengua peligrosa. Sin embargo, aún me falta una pieza para completar el juego —aseveró muy despacio—. Os dirigís a Bizancio a entrevistaros con el emperador. Mis espías me comunican los preparativos organizados en la capital para vuestra visita. Y yo me pregunto, ¿qué ofreceréis al pusilánime de Teófilos?

Al Gazal y Qasim se miraron entre sí comprobando la perspicacia del cabecilla andalusí. El legado hizo un gesto dubitativo y creyó llegado el momento preciso de jugar sus últimas cartas. Con tono imperturbable, le comunicó:

—Asistí a la recepción de los emisarios de Bizancio, estuve presente en las conversaciones privadas, escuché sus peticiones y ayudé a mi emir a transcribir las cartas de presentación ante el emperador de los rumíes. Por lo tanto, estoy en disposición de asegurarte, y lo juro por el Libro Sabio, que en ningún momento demandó un pacto armado contra ti. Solicitó, apelando al antiguo lazo de vasallaje, que hiciera valer su ascendiente ante ti para cesar los ataques a los barcos imperiales que navegan por el Jónico y el Egeo. Nada más.

—Eso tiene su precio, y el emperador Teófilos lo sabe —replicó colérico—. Permitirme comerciar en todos los puertos de Asia Menor. En sus manos está, amigo, y no en las mías, y no conozco otra forma de dar de comer a mi gente.

Al Gazal meditó sus palabras y comprobó con satisfacción el cambio de actitud del corsario. Seguro de sí mismo y esbozando una sonrisa franca, le reveló:

—Gozo de la aprobación expresa de mi emir para proponerte otro favorable trato. Si firmas un documento comprometiéndote a no asaltar a las naos con insignia imperial y te apartas de la ignominiosa tutela de los abasíes, mi señor te recompensará con una concesión comercial detentada solo por mercaderes privilegiados. Ella te hará ganar más riquezas que tus esporádicos abordajes.

Abú congregó toda su atención en la proposición del embajador. Aquel día la fortuna parecía haber cambiado la dirección de su sino. Concitó su mirada miope en su interlocutor, animándolo a proseguir.

—Te escucho, ilustre Al Gazal —lo animó con sospechosa amabilidad.

—¿Cuáles son los productos de Occidente más apetecidos en Oriente, Abú? Te pregunto. Tú debes conocerlos bien pues frecuentas como nadie las bodegas de las embarcaciones dedicadas al comercio entre los tres continentes.

Balbució entre dientes y volvió a sobar los amuletos de su cuello.

—Sin lugar a duda, los metales —mostró su agudeza.

—Así es, Abú. Pues mi señor Abderramán, en su magnanimidad, te concede el privilegio de comerciar con el preciado mercurio y la plata andalusíes, y los productos de las ferrerías del norte de Hispania, como ferrallas y aparejos de hierro en las costas de Esmirna y Nicea, y en el Negroponto y sus islas. La transacción se efectuaría dos veces al año cuando te reúnas con Qasim en Yalita con el cargamento del oro de Sudán. Con esos dos valiosos fletes, tu dominio se acrecentará y perpetuará en Creta a toda tu estirpe —contestó el emisario ante el asombro del bandido—. ¿Esperabas acaso algo mejor, Abú?

El guía de rebeldes no salía de su asombro, pero no dejó traslucir en su semblante la conmoción sentida en su interior, antes bien, recompuso su rostro del estupor aun a sabiendas de que la generosidad del negocio le reportaría pingües beneficios e inigualable prepotencia en aquella parte del Mediterráneo.

—Loable operación, aunque la meditaré. Me juego mi reputación.

A Yahía le agradó la contestación. No se hallaban en presencia de un gobernante sino de un corsario truculento e imprevisible. Escrutó el rostro de Abú y adivinó, no obstante, una satisfacción imposible de disimular. Pero él conocía el corazón de los hombres y recelaba. A veces, este se corrompe con el sonido del oro, y otras se rebela furioso obedeciendo a razones desconocidas. La predilección de Abú por los perros y los fetiches se le presentaba como su última arma para convencerlo, y quién sabe si el instrumento decisivo para conservar la vida.

Aguardaría acontecimientos mientras urdía una nueva estrategia.

«¡Jodido corsario, leviatán del infierno!», caviló.

—No la rehúses, Abú. El cuerno de la fortuna se te abre pródigo.

Abú soltó una carcajada vanidosa y exclamó de forma inesperada:

—No me fío de los ofrecimientos de los reyes. Sus intenciones hieren a las incautas audiencias, y las más de las veces son tan solo falsedades —repuso.

—La proposición es digna de un tratado de príncipes, señor de Creta.

—Tal vez sea un asunto desmesurado para mí. Un rescate sustancioso me es más atractivo. No seáis demasiado confiados con mi respuesta. La promesa de vuestras proposiciones no ha corrompido ni estimulado mi corazón —prorrumpió y sus capitanes rieron la chanza—. Sigo pensando en una suculenta compensación de rescate, en mis pobres perros hambrientos, y también en esa navegable galera varada en mi puerto cuyo valor debe ascender a más de cinco talentos de oro.

«Miente como un bellaco e intenta intimidarnos. Maldito zorro de Satanás —pensó Yahía—. Pero he de sopesar esta repentina respuesta».

—Bien, Abú, te ruego tases en su justa medida nuestra condición de emisarios de un rey poderoso. Vejar nuestras personas es como vejar al emir de Córdoba.

—Tal vez sea que mi propia arrogancia no haya sido convenientemente recompensada —carcajeó entre risas.

En Al Gazal cundió el desánimo, pero contraatacó.

—Como parece que no te complacen los ofrecimientos de nuestro emir, mañana yo te ofreceré como contribución dos obsequios personales —expuso su recurso postrero—. Después decide sobre nuestra suerte.

—¿Se trata de una jugosa bolsa? —interrogó.

—Algo de más valor para ti —aseguró, y el sudor resbalaba por sus manos.

—Poco hay más atractivo que el sonido del oro.

—He comprobado en ti una sabia propensión hacia lo desconocido y oculto —manifestó, y si todos antes lo habían seguido en silencio, ahora logró concitar sobre sí la más morbosa de las curiosidades—. Luces talismanes y amuletos, como el amuleto azul contra el veneno de las doncellas, la higa contra el mal de ojo y la mirada de las serpientes, la cruz egipcia de Amenofis y la esmeralda de Hermes, entre otros. Debes saber que pertenezco a una *jirka* esotérica con los más sabios de Córdoba.

El corsario no salía de una confusión cuando entraba en otra.

—¿Acaso eres nigromante? —deformó su gesto.

—Al Gazal —salió en su defensa Qasim—, es uno de los astrónomos más renombrados de Córdoba, y pertenece al *diwán* del emir, donde solo se sientan los más sabios de Alándalus, y su ciencia se ha propagado por los dos Orientes. En modo alguno es un vulgar mago, señor.

—No trataba de injuriar al embajador. ¿Y cuál es ese privilegiado regalo que deseas brindarme? ¿Algún filtro o afrodisíaco, quizá? —inquirió.

El diplomático sonrió y se dijo para sí, sin dejar traslucir sus sentimientos: «Lo sabía. Se comporta como un tosco embaucador, además de un necio vanidoso y un malandrín supersticioso y codicioso. El corazón de los mortales se pierde por el engreimiento. Lo atraeré como un corderillo al redil».

—Eres un caudillo de hombres y como tal has de poseer, como todos los sultanes que se precien, una predicción sobre tu estela en Creta. Compondré tu horóscopo sobre las tres ciudades donde has recalado, Córdoba, Alejandría y Jandak, y las fechas trascendentales de tu vida. Y mañana escucharás de mi boca un vaticinio riguroso y atinado. El otro regalo supondrá una sorpresa —le anunció, seguro de haber acertado en la diana—. Necesito una habitación con un amplio ventanal, una punta de flecha de tu carcaj, un papiro, un cálamo afilado y un tintero.

Los legados andalusíes no sabían si debían achacarlo al miedo o a la admiración, pero la actitud del corsario cambió, volviéndose más locuaz. Ordenó a un sirviente servirles vino de Samos, mientras Abú les hacía preguntas sobre Córdoba, los avatares ocurridos tras su exilio, anécdotas vividas en el Arrabal de los Alfareros y personas todavía recordadas por el corsario. Una y otra vez les confirmó sentirse como un enviado de Dios, y del crédito cada día más firme entre sus súbditos. Se incorporó de su asiento:

—Aposentad a Yahía ben al Hakán y a Solimán Qasim en la cámara del ala oeste y procuradles cuanto necesiten—. Mañana, tras la oración del Al Fadchr os daré cumplida contestación sobre la oferta y aguardaré mi augurio personal y el particular presente. Podéis transitar por cualquier lugar de la alcazaba que os apetezca, aunque, eso sí, sin salir de ella. Quedad en la paz del Altísimo, y gozad de cuanto poseo.

Y haciendo una velada seña a uno de los acompañantes, un estilizado joven de cabello azabache, se encaminó

313

a sus habitaciones, seguido del atractivo muchacho, que le sonrió tomándolo de la mano, mientras le besuqueaba el lóbulo de una de sus orejas.

El poeta, sin poder remediarlo, respiró, mientras Qasim le susurraba:

—Hace solo media hora no daba un dinar de cobre por nuestro pescuezo, pero lo has trincado por los testículos. Está a tu merced, Yahía. ¡No puedo creerlo!

—Y mañana lo estará más, Solimán —aseguró sin vanagloriarse—. Hemos socavado su firmeza. Olvídate, no seremos carnaza de perros. Ese bujarrón es perspicaz, pero lo pierde una descontrolada fe en lo agorero ignorante, pero aún debemos recelar. Sin embargo, recuerda estas palabras, pues aún tengo guardada la sarta final de su confusión. Con la última marea, tú y yo nos hallaremos triunfantes de la misión en el Aldajil. ¡Recuérdalo, Qasim!

Solimán se felicitó por tan extremado optimismo. En su vida de navegante nunca se había hallado en situación tan apurada. Abandonaron la sala, en tanto que un halcón se abatía en el aire entre graznidos sobre una ingenua paloma. Ambos se sonrieron, y el yayaní insistió en el vaticinio.

—Excelente auspicio. El neblí vuela desde las almenas y derriba a su presa.

—Aún no hemos abandonado estos muros, Yahía. No lo olvides.

No lejos de allí, los sabuesos ladraban con fiereza, satisfechos con la llegada de la pitanza acarreada por los perreros. Los legados desaparecieron tras un criado de boca descomunal cubierto de pústulas y costras de mugre. A lo lejos, escucharon nuevos aullidos, y un estremecimiento les recorrió los miembros, mientras la agitación se extendía por sus cansados semblantes.

Aún iluminaba la luna los tejados y las aguas del mar, cuando el sol emergió por levante. Un retazo de azul verdoso, como un lienzo dibujado entre los cuatro torreones, se adivinaba desde la estancia de los huéspedes. Tras la oración matinal, un doméstico los precedía hacía el salón principal, donde los aguardaba Abú. Pasaron por la cueva de los perros, quienes tumbados y ahítos, lamían unos sanguinolentos huesos dispersos por el suelo. Al Gazal se detuvo y se excusó ante el carcelero con considerada cortesía:

—Aguarda un instante, amigo. Necesito beber agua.

—No la hallareis tan fresca en toda la isla, *sahib* —lo animó el sirviente.

El embajador se acercó, se inclinó sobre la taza y bebió de un chorrito, mientras le caían hilos cristalinos por la sotabarba. Sin ser advertido ni por Qasim ni por el lacayo, sacó disimuladamente de su bocamanga una bolsita de cuero. Con furtiva reserva y en un movimiento rápido, volcó su contenido, un polvo fino y blanco, en uno de los canalillos que conducía el agua hasta la pila de los perros. Se secó los labios y la barba y ocultó entre los pliegues del fajín la bolsa vacía. Sonrió apartándose de las inmediaciones de la jauría y confesó al solícito sirviente:

—Tenías razón, amigo, jamás paladeé agua tan deleitosa. Necesitaba tomar un trago después del apetitoso refrigerio.

—Ya os lo dije, señor, es un chorro proveniente de un manantial.

En esta ocasión Abú Hasf los aguardaba en presencia de una docena de sicarios, jovial, artificiosamente ataviado y con los mismos y chabacanos afeites del día anterior. Paladeaba un racimo de uvas tintas cuando penetraron los comisionados andalusíes en el edénico mirador, desde donde se divisaba la ensenada de Candia y la isla Día. Gesticuló una señal ininteligible, rogándoles que se acomodaran en uno de los divanes, intentando agradar a sus huéspedes. Luego los saludó con efusividad.

—Sea la paz sobre vosotros, hermanos —dijo a modo de cortesía.

—*Salam* —replicó Yahía, atenazado por revueltas emociones.

El corsario, con una fingida retórica, les manifestó, entornando su poco fiable mirada y arqueando los labios:

—Mis leales y yo hemos meditado el trato, y aunque abrigamos algún recelo, podéis trasladar a vuestro señor Abderramán, a quien el Clemente refresque los ojos, este mensaje, que os participa mi secretario. Léelo, Râzi —ordenó.

Abú Hasf al Baluti, guía de los creyentes de Creta, acepta complacido la oferta propuesta por Abderramán ben al Hakán, y se compromete a cumplir todos los términos expresados en la carta y contrato presentados por su legado, firmándolos con la sagrada señal, Alá el Invisible. *Acatará el tratado como queda escrito en este papel y recibirá una onza y media de oro por cada diez, comerciará libremente conforme a lo establecido con Yahía ben al Hakán, Al Gazal, y Solimán Qasim de Sicilia.*

—Esta es su determinación —concluyó diciendo el escribano.

Al Gazal acogió con profunda satisfacción la determinación del pirata, aunque este hubiera alterado la recompensa en media onza más. Conocía a individuos de su ralea y sabía cuán mudables podían llegar a ser sus determinaciones. Un cambio baladí en un hecho intranscendente, el capricho de un momento, o el consejo de uno de los consejeros, y el tratado podía ser papel mojado y sus vidas, pasto de los perros. Gustaba de acariciar el triunfo y regodearse en él, pero había que obrar con diligencia.

—Qasim desea aclararte los pormenores de la permuta del oro.

—Ilustre Abú Hasf, los fletes de oro suelen arribar dos veces al año —habló el mercader mostrándole un anillo al corsario—. La señal para iniciar la operación es sencilla. Recibirás del navarca Idris de Alejandría un sello igual a este, con una palmera y la primera letra del Corán inscritas en él, emblema de mi familia. Recuerda bien su efigie. Será la señal de que el cargamento está preparado. Él te comunicará el lugar y el día del embarque. Después todo se realizará conforme te describió Al Gazal. Te felicito por tu sapiente decisión. Has intercambiado objetos de escaso valor por un tesoro inestimable. Tu dudosa posición en el islam ha cobrado carta de naturaleza, te lo aseguro. A partir de ahora serás un rey entre reyes.

El pirata asintió complacido y se vanaglorió como un pavo entre los suyos.

El astrónomo asió el papiro y colocó sin dilación alguna su firma junto a la señal del corsario, cumpliendo con el protocolo. Después se dispuso a ofrecerle las dos dádivas prometidas el día anterior, con la plena seguridad de que, una vez oídas, no tendría ganas de dilatar más la estancia de los dos andalusíes en la fortaleza.

Terminada la formalidad de la rúbrica, inusual entre un embajador de un Estado y un canalla cuya palabra era más vulnerable que una barquichuela en el mar embravecido, Abú no pudo reprimir su vanidad y solicitó a Al Gazal con frases lisonjeras que le testimoniara su horóscopo, fuera cual fuera el vaticinio. Este, que no deseaba otra cosa, sacó de entre los pliegues de la zihara un pergamino, lo desenrolló con calma y aspiró el húmedo vientecillo. El silencio se hizo en la sala y el corsario abandonó la mezquindad de su mirada por una falsa mueca de curiosidad.

—Antes de emitir a los cuatro vientos la predicción de tu destino, he de advertirte de otro augurio doloroso para ti —aseguró con tono misterioso, haciendo que los presentes tomaran una disposición de temor.

—¿Algo ajeno a mi persona? —preguntó alterado—. ¿De qué se trata?

—En esta misma mañana, esa traílla de perros que cuidas con tanto esmero, ladrarán y gruñirán sin causa aparente. Se mostrarán intranquilos como nunca los has visto, y repudiarán el alimento y el agua, como maldecidos por la ira del Oculto —replicó rodeándose de un misterio ficticio—. Lo he visto escrito en los signos del cielo, y no puedo dejar de manifestártelo, conocida tu generosidad. A veces los astros interfieren en las criaturas, y sabes bien que los ángeles repudian a los perros.

Qasim se quedó sin habla, concitando su mirada sobre el astrónomo. Abú tragó saliva y confirmó que aquel arrogante emisario de Córdoba era además un enviado de Satanás y un chaitán demoníaco a quien en modo alguno había que enojar, y él no había sido hospitalario desde su arribada. ¿Cómo podía penetrar en lo que iba a acontecerle a los sabuesos? Balbuciente, le expresó con muestras de deferencia:

—Agradezco tu desvelo por mis amados canes, pero como ves nada anormal les ocurre. Léenos tu predicción sobre mí y que Alá dicte palabras sabias a tu boca.

—Escucha, Abú, esto dicen de ti los astros, los ojos

de Dios vigilantes en el *bayt* proclaman la herencia de un exiliado, errante por los áridos desiertos.

> *En el nombre de Dios, el Justo, el Benévolo. No hay otro Dios que Él. Prometo por el Corán sabio que cuanto voy a predecir lo hallé escrito en el firmamento. Esta es tu elkariat, tu suerte: fugitivo de la muerte, cruzaste el desierto y las estériles tierras. Naciste con el poderoso influjo de Dabarán, la estrella roja. Fundaste mezquitas para la oración y en tu grato dosel de jardines y alcázares luce la bandera del profeta. Has congregado a las diversas tribus dispersas de Creta y Alejandría, y Alá te premiará por tu acción. Tu sol luce esplendoroso en la isla de los delfines y no se apagará hasta tu muerte, tras una dilatada vida de muchas lunas. Tras un siglo de dominio del islam, tu sucesor será engañado por los rumíes y se humillará, huyendo afrentado por los alteradores de las escrituras, los cristianos. Esto me dio a entender Rahmán, el Dios Clementísimo y Omnisciente.*

A la profecía siguió un aprobatorio susurro y la mirada asombrada de Abú.

—Has hecho palidecer mi alma, estremecer mi corazón y paralizar los flujos de mi sangre. Te quedo agradecido de por vida, noble Al Gazal —replicó el corsario con evidentes muestras de beneplácito y contento.

Al fin un astrónomo de la corte de Córdoba, y no los chamanes del puerto, tan acostumbrados a visitar Jantak, había escrutado en los astros cómo su sol poderoso regiría la isla de Creta hasta su muerte. ¿Y qué le importaba si después sus herederos no eran dignos de la sucesión? Aguardó las palabras del astrónomo, quien sacó de su faltriquera una cajita de marfil y de ella un extraño cristal algo opaco, del tamaño de un palmo, plano y brillante, que relució con la hiriente claridad del sol.

—Esto que ves, Abú, es el insólito fruto de la aleación de la piedra Khar Sini de Catay, también llamada hoja china, y del cristal del río Bellus, extraído en el mismísimo monte Carmelo. Han sido fundidos por Ibn Firnas, y posee innegables propiedades casi milagrosas para la vista, y yo mismo también lo uso. Toma, es el último de mis regalos. Y lo agradecerás como el rocío a los rayos tibios de la mañana.

—¿Y qué humores cura, Al Gazal? —preguntó tomándolo y enseñándoselo a sus lugartenientes con idolatría, sin aún conocer su utilidad.

—He advertido que padeces de una enfermedad en los ojos, pues los entornas cuando miras, y apenas si puedes descifrar unas letras, que han de deletrearte otros. Lo adiviné pues abusas del entrecejo. Póntelo ante tus ojos y descifra los signos escritos de mi horóscopo. Inténtalo, te lo ruego.

—Es cierto, pierdo agudeza en la vista, y va a más —le confesó.

Experimentó cuanto le solicitaba el alquimista, y colocándose la lámina bajo sus cejas, leyó con holgura y celeridad el papiro del augurio. De repente y sin pensarlo, se levantó como una exhalación de su diván y en dos zancadas se plantó ante el asombrado embajador, a quien abrazó con enfervorizado reconocimiento.

—Desde hoy poseerás mi gratitud eterna. Tus presentes han regalado mi alma —exclamó, tomando unos objetos de un anaquel próximo—. Esta copa de oro con signos griegos es para ti, como contribución a tu alta sabiduría, así como esta capa damasquinada bordada en la misma

Arabia. Al mercader Solimán está destinado este preciado instrumento de navegar, que calcula las millas exactas de las estrellas. Aceptadlos en señal de mi amistad.

—Gracias por tu largueza, Abú —repuso comprobando que la mencionada copa era en realidad un cáliz de los usados por los cristianos en sus rituales. El aparejo de travesía donado a Solimán era un precioso astrolabio de bronce dorado. La convicción de una salida airosa despuntó en la cabeza de los andalusíes.

Sin embargo, no bien se hallaban en la contemplación de los mutuos regalos, cuando un asustado sirviente de tez negra pidió licencia para entrar. Era el perrero. Se acercó a su señor y musitó unas entrecortadas frases a su oído, que por el estupor de sus facciones parecían no agradarle, pues se le adivinó un rictus de asombro. Cuando le informó de la alarmante novedad, el corsario propinó un puntapié al lacayo, que cayó rodando por el alfombrado. Con el rostro lívido se irguió, y con los ojos desencajados balbució:

—¿Qué les sucede a mis sabuesos? ¿Acaso eres un Sheitán, un Satanás? Me aseguran que ladran como locos. Tú lo pronosticaste, y si no fuera porque conozco todos vuestros pasos en esta fortaleza, pensaría que habéis embrujado a mis alanos. Miran el reguero donde beben con pavor; algunos son presa de náuseas, y los más ladran desaforadamente. ¿Eres un mago y no un alquimista como proclamas? ¿Qué puedo hacer para calmarlos?

El brabucón se había derrumbado al fin.

—Sabes, noble Abú, que el Corán rechaza a los perros, pues ahuyentan a los ángeles de Dios con sus ladridos. No obstante, jamás les haría daño. Créeme, los alquimistas poseemos poderes lícitos, pero solo experimentamos con la verdad bendecida por Alá. Yo no tengo poder alguno sobre las bestias, créeme.

Luego, Yahía se incorporó de su diván y le suplicó:

—A cambio de decírtelo, tú has de prometernos algo deseable por nosotros. En modo alguno rechazamos tu hospitalidad, pero debemos estar en nuestro barco antes de la marea de la tarde. Ya llevamos dos días de atraso y estamos dilatando en demasía nuestra presentación ante el emperador, que aguarda nuestra llegada.

Abú, que portaba nervioso un *saut farras bahri*, un látigo de piel de hipopótamo, se sentó nervioso y habló con uno de sus capitanes, dándoles la espalda y siseando en voz baja. Este parecía disentir de su jefe, pues alzaba sus brazos mirándolos con ira y negando con su cabeza. Al Gazal y Qasim se miraron temerosos. Abú consideró que tener a aquel hombre entre sus paredes podría constituir un peligro imprevisible y el tratado ya estaba formado y considerado como muy generoso. Poseería más poderes ocultos y podía acarrearle serios disgustos.

Amaba a sus perros como su misma alma y temía a lo oculto más que al infierno. Decidió confirmar sus palabras sobre el contrato, dejarlos partir y quedar como amigo de ambos. Era la solución más sensata, por lo que se volvió afectado, cubriéndolos de parabienes.

—Sea como rogáis, aunque pensábamos gozar de vuestra presencia durante unas semanas. Este mediodía, a la hora de tercia, hay pleamar, momento apropiado para partir. Quedamos comprometidos con el trato firmado, y nosotros unidos con una leal amistad y admiración. Respetaremos a las dromonas bizantinas, y cesaremos por un tiempo las razias sobre los poblados de la costa. Y sobre el acatamiento al monarca de Bagdad, nada nos liga, pues apenas si nos considera seres humanos. Obedecemos a los vientos marinos y a nuestra voluntad. Y como dice el Corán, «Os perdonamos enseguida a fin de que nos estéis agradecidos».

—Tomamos tu palabra por ley. Recogeremos nuestras bolsas y partiremos de inmediato. Mi poderoso y magnánimo señor te tendrá desde hoy como aliado suyo —le replicó Yahía—. Y sobre la extraña conducta de tus perros nada debes recelar. Limpiad el canal del agua corriente, baldead el interior del recinto y, cuando el sol esté en su cénit, volverán a beber agua y comer sin riesgo alguno.

—Me acordaré de ti, Al Gazal, todos los días de mi vida —asintió el pirata.

—Y nosotros evocaremos la alianza sellada, que no ha resultado estéril para dos pueblos hermanos. Tu agudeza se propalará por todo el islam, Abú Hasf.

El corsario se incorporó del diván, abrazó a los legados y les estampó un beso en las mejillas como símbolo de hermandad y reconociento.

El Aldajil levó anclas y se hizo a la mar ante el regocijo de la marinería. Qasim, sin ser visto, se asió a la proa, y vació en el mar un copioso vómito de bilis. Todos sus malos humores se diluían al fin en el agua. Surcaron el mar de Creta y con el viento etesio de popa y en derrota ágil, navegaron en singladura abierta hasta la isla Citera, donde los aguardaban los legados bizantinos y el bondadoso Almunayquila, esperaban que repuesto de la indisposición.

Cuando la costa cretense solo era una desdibujada línea en la lejanía, Qasim se dirigió al castillete de proa, donde Yahía respiraba el aire vivificante del océano, que abombaba su túnica de lino blanco y su capa de lana. Se hallaba absorto, con los cabellos castaños alborotados por el viento y abiertos sus pulmones a la brisa. Hipnotizado con la estela de espumas, parecía meditar.

—Dime de qué extraña argucia te serviste para soliviantar a los perros de ese truhan, o me va a dar un arrebato con tanta curiosidad contenida —le rogó solícito.

—Nada más fácil, Solimán —ironizó—. En mi bolsa llevo algunos potingues comprados a mi droguero, o logrados en mis alambiques, o en los de Firnas. Algún elixir maestro para intoxicaciones, arsénico blanco de bambú, y sobre todo sal fina para sazonar los alimentos. Vacié una bolsa entera en el canalillo que salía hacia la jaula cuando simulé beber agua en la fuente. Esas pobres bestias detestan las aguas salobres, y su reacción fue incluso moderada. Después solo había que esperar la reacción de ese supersticioso de Abú, a quien nos hemos metido en la faltriquera.

—Es un fatuo y codicioso ignorante, Yahía. Seguro que temió por su vida, o que le envenenara las aguas. Conoces como un mago todas las mañas de la persuasión. Toda una exhibición, para una ventura arriesgada —dijo carcajeándose.

—Una sola libra de sal vuelve salitrosa el agua de un estanque, amigo mío. Su cara se descompuso con la palidez de la muerte. Pero cuánta tortura para asegurar la firma del pacto. Espero que Abderramán lo valore.

—Lo perdió su alma fanática —terció Qasim—. Aunque en algún momento temí por nuestras vidas.

—¿Y crees que yo no? Si nos hubiera retenido como pensaba, con toda seguridad hubiera cambiado de parecer. A este tipo de aventureros solo les place el negocio fácil. No obstante, ahora le queda nuestra oferta, y de seguro que la cumplirá, pues le garantiza una promesa de inequívocos provechos, y sobre todo ser respetado por el emperador. La experiencia ha resultado inolvidable, Qasim, admítelo.

—¿Inolvidable, Yahía? Ha sido pavorosa. ¡Por todos los demonios! Pero ¿gobernará la isla hasta su muerte? —se interesó el marino.

—Así lo manifiestan las estrellas. Pero él considera que la posesión crea el poder, y no es así —explicó Yahía—. Si fuera más amado que temido, sí constituiría un peligro. Abú seguirá siendo un tirano, y someterá a su pueblo a vejaciones caprichosas, pero servirá a nuestro emir con ahínco. ¡Es de Córdoba!

—El deber a la patria es el más tiránico de los despotismos, Yahía —contestó.

Frente a la proa, apareció la isla de Citera, oculta por una nube gris inflamada por el esplendor del ocaso. Y el mar de Creta, antes de sumirse en las sombras, tomó un matiz arrebolado, cortado por el surco blanco del Aldajil.

Al Gazal seguía inmóvil en la tajamar contemplando con delectación la puesta de sol en aquel espejismo acuoso. Estaba ausente e inmerso en su prodigiosa inmensidad azul. Su ánimo y sus pensamientos le brotaban serenos. Recordaba al corsario de Creta y se delectaba con la astucia de su triunfo, aunque sin vanagloriarse. Pero ignoraba si en la corte bizantina se cumplirían los objetivos de igual modo. Allí la diplomacia constituía todo un arte.

Musitó una plegaria a Dios, y se meció con el balanceo de la impetuosa galera.

CAPÍTULO XII

HACIA LA LUZ DE ORIENTE

El Aldajil bordeó la isla de la Hidra y el canal de Keos en medio de una niebla nívea que persistía al bordear Andros y el laberinto de las Cícladas. Todos los blancos de la naturaleza, como un sudario gigantesco, cubrían los cielos y el vasto mar Egeo. Las llamadas de los pilotos y las trompas de las galeras sonaban por entre las ensenadas, hasta arribar a golpe de remo y tambor a los acantilados de Lesbos, donde recalaron en uno de los muchos abrigos naturales.

Al segundo día de navegación, el clarear trajo de nuevo la acostumbrada luminosidad, las aguas azules y un piélago dorado por el sol, colmado de fortalezas resplandecientes, como conos de almíbar sobre los farallones terrosos. Pronto, los marineros baldearon bancos y cubiertas con barriles de agua y consumieron sus raciones de bizcocho deseosos de avistar Bizancio.

Pernoctaron en la mitológica Delos, la isla deslumbrante, cuna de Apolo y la casta Artemisa. Qartiyus acompañó al amanecer al Relojito y a Al Gazal al templo del dios y

326

santuario de las antiguas profecías, donde el diplomático andalusí indagó sobre la existencia de un sagrado disco solar entre los lugareños, que no tenían noticias de que entre aquellos templos semiderruidos se hubiera adorado a Helios. Un mar devastado de ruinas se extendía por toda la isla, y el islamita pensó que acertar con el tesoro que buscaba constituiría un empeño enojoso y casi imposible.

Aquel mismo atardecer levaron anclas y enfilaron el rumbo hacia el estrecho de los Dardanelos, el cuello de ánfora hacia el manso vientre de la Propóntida y antesala de la capital del Imperio. Una brisa caliente ensanchaba las velas de las naos, mientras las quillas rompían las olas. En el puerto aduanero de Abidos, con el mar en calma, los emisarios andalusíes habían subido a la dromona bizantina, donde fueron recibidos por un enviado imperial, obsequioso y acogedor. En la travesía final escucharon embelesados a Qartiyus relatando las odiseas homéricas, encendido su ánimo con la llegada a la patria tras meses de ausencia y arriesgada navegación.

Conforme se adentraban en las aguas de Bizancio, se cruzaron con un centenar de dromonas de la flota imperial, la amenazante escuadra llamada Theme, el terror de la Propóntida, como la conocían los navegantes. La constituían barcos con una línea de remos, equipados con sifones flexibles, las bocas incendiarias de la más mortífera arma conocida en Oriente: el fuego griego. Por sí solos se bastaban para retraer a cualquier rey osado o ambicioso filibustero de un ataque al puerto bizantino.

—¿Qué son esas catapultas, Qartiyus? Parecen bocas de dragones —preguntó el embajador interesado, intentando sonsacarlo.

—Son los lanzallamas del fuego griego. Su presencia

disuasoria constituye nuestra más apreciada arma de ataque y defensa. Estos barcos de guerra solo los verás en esta costa, pues jamás se alejan de las cercanías de la ciudad por temor a ser apresados. Imagínate si sonsacaran con el tormento a algún capitán el secreto tan guardado. Sería nuestra ruina. ¡Y qué no darían los abasíes o los corsarios por conocerlo!

—Su composición representa un alto secreto, según veo. ¿No es así, Qartiyus? —preguntó indiferente.

—Yo prefiero ignorarlo. Algunos atrevidos se arriesgaron y perdieron ojos y manos, siendo condenados a la esclavitud de por vida —contestó aterrado—. Pero, amigos, no perdáis detalle, pronto aparecerá ante nosotros la Nueva Roma: Bizancio, la ciudad tocada por la mano de Dios. Uno de los arcos del puerto así lo proclama: *Fundada por la inspiración de la Divinidad*.

Las dos galeras se aproximaron a la península donde se asentaba Constantinopla, la urbe acunada entre el Bósforo y la Propóntida, levitando como un arco de oro entre Asia y Europa. Un sol anaranjado lamía sus piedras. Era semejante a una cortesana encamada en el Cuerno de Oro, que mudaba su color a cada reflejo del sol. Coronando sus siete colinas despuntaban las cúpulas de Hagia Sophia, como conchas de tortugas gigantescas, los palacios y las mansiones de recreo de los senadores y cónsules, que se reflejaban en el vidrio azul de un mar surcado por naos de todos los calados. Un trajín de voces y el bordoneo de las naves rebasando el faro Gálata y el puerto Eleutero anunciaban su frivolidad asiática. Y el enjambre de columnas, pórticos y pilastras divulgaban por igual al dios cristiano, así como a los dioses y emperadores de la antigüedad.

—A esta ciudad que fundara Bizas el Megaro y otorgara la capitalidad del Imperio constantino, la llamamos la Reina, la *He basileuousa polis*, mi casa, y tierra de mis antepasados. En ella están reunidas todas las riquezas de la antigua Hélade.

—Le hace justicia su nombre, Qartiyus. Conozco Damasco, Bagdad, la Meca, Palermo, Jerusalén, El Cairo, y nunca admiré tal esplendor y bullicio. No cabe duda, ha de ser un imán para la prosperidad. Córdoba cabría tres veces en sus murallas.

El navío imperial navegó cerca del embarcadero imperial, donde se hallaba fondeada bamboleante sobre las aguas del amarradero una galera de casco púrpura, con el velamen recogido, y guardada por un centenar de guardias armados y dos naos de guerra a sus costados.

—Contempláis el Rubí, el navío del *basileus*. Lo emplea para navegar por estas aguas y por el estrecho de Nicomedia y, claro está, por si es necesario escapar en caso de apuro. Algunos emperadores han salvado sus vidas gracias a ese bajel escarlata. Posee buena boga y sus remeros, licios en su mayoría, son inigualables.

—Bien parece la carroza del dios Poseidón. Es una galera espléndida, y su valor ha de ser incalculable. Qué no daría el buen Qasim por poseerla —opinó Yahía.

Pasado el mediodía acometieron la bocana del puerto Eleutero, ayudados por el trabajo de los remiches y la labor de la gente de mar en los palos y el velamen. La dromona, seguida del Aldajil, recaló en un apartado fondeadero, lejos del abigarramiento de los otros muelles atestados de gentes y mercancías llegadas de todo el orbe en un bosque de mástiles y velajes que oscurecían la mole de la ciudad. Al Gazal identificó por sus aparejos a naos egipcias, venecianas, fatimíes y andalusíes, y voces confusas de cómitres ilirios, gaditanos, norteafricanos y atenienses, ordenando labores de atraque o leva de anclas.

Qartiyus se acercó a los visitantes y les anticipó la conducta a seguir una vez que llegara la comitiva real de bienvenida.

—Mis apreciados legados. Nada más poner vuestro pie en nuestro suelo y seáis recibidos en la Puerta Acuaria por la comisión imperial, os convertiréis en huéspedes sagrados del emperador. Nadie podrá tocaros un solo hilo de las túnicas, y gozaréis de su paternal amparo. El *basileus* Teófilos se halla en el palacio de Blaquernas, cazando en los bosques del Filopatón, y no llegará hasta el jueves, día fijado para la recepción oficial en el Gran Palacio. Gozad de nuestras delicias.

Y efectivamente, un cortejo de más de cien personas aguardaba el atraque.

—¿Y esas dignidades? Parecen aguardar a un sultán —habló Yahía.

Qartiyus escrutó los ornamentos de los funcionarios apostados en el dique de autoridades y les explicó con un gesto de asombro:

—Os darán la bienvenida las más eximias autoridades de la corte, y no lo hacen en el foro de Teodosio como es usual, por el calor del estío. Bajo el palio adivino al logoteta Ignacio, el primer ministro del Imperio. También se halla el influyente megaduque, jefe de la flota y procónsul de Cirenaica. Y, ¡cómo no!, atrás nos observa mi superior inmediato, el que nosotros llamamos el *sincelos*, segundo patriarca de Bizancio. Su nombre es Basilio y dirige las relaciones diplomáticas del Imperio. Habla todas las lenguas conocidas, practica la alquimia y es un fanático iconoclasta. Pasa por ser un hombre sabio, aunque algo extraño. Os debéis sentir halagados, pocas veces vi a tan señalada representación recibir a una embajada.

Los emisarios andalusíes descendieron por la escala.

Al Gazal se recogió la elegante túnica de lino amarfilado, sobre la que le caían las bandas de un tailasán verde. Un tronar de tubas y timbales, y el volteo de las campanas de Santa Irene, saludaron a los recién llegados y centenares de palomas y gaviotas levantaron el vuelo despavoridas en dirección al Hipódromo. Se adelantó el logoteta, un hombre maduro de facciones angulosas, como talladas en arcilla seca, y engalanado con la toga senatorial. Portaba en su mano un bastón con el pomo de oro.

—Salve, Yahía ben al Hakán, emisario del soberano de Córdoba, en la Hispania de nuestros antepasados —dijo en griego inclinándose con levedad—. Mi nombre es Ignacio de Atalia, cónsul imperial. Os doy la bienvenida y os saludamos en nombre de su serenísima, Teófilos, emperador de romanos. *Ho helios basileuei*.[17] Que vuestra estancia en la Nueva Roma os sea grata, *kurós*.

—En ello confiamos, ilustre visir —dijo en un griego perfecto, inclinándose para besar sus mejillas según la costumbre andalusí—. Os trasladamos la amistad de mi señor Abderramán y de la *uma* de creyentes de Alándalus, mientras admiramos la esplendidez de un imperio tocado por el hálito del Misericordioso.

—Las aceptamos y así se trasladará a la augusta familia. Seguidnos, os presentaré a mis acompañantes, insigne Al Gazal. Porque así os designan en vuestro reino, ¿no estoy en lo cierto? —le reveló afable.

—Así podéis llamarme si preferís, *sahib* Ignacio —replicó grave.

---

[17] *Ho helios basileuei*: coletilla dedicada al emperador y usada en todas las recepciones y ceremonias. Significaba «El emperador es el sol».

A los embajadores andalusíes, acostumbrados no obstante al rígido protocolo de la corte de Córdoba, aquel ceremonial de cortesías minuciosas les pareció no solo riguroso, sino escenificado hasta el detalle más insignificante, como si todos los personajes imitaran a la mismísima corte celestial, donde todo se asemejaba a un colosal teatro alrededor de su sacralizado emperador. Finalizadas las salutaciones, los dos legados fueron invitados por el logoteta a descansar en la residencia regia para invitados, el Palacio de Lausus, y conducidos a una litera recamada de oro y cubierta con un baldaquino de seda.

El palanquín donde se arrellanaron junto a Qartiyus era conducido por más de treinta esclavos nubios, rodeado por un séquito de jinetes palatinos, los temidos catepanos, pavoneándose con sus uniformes de gala. Atrás marchaban unos músicos atenienses tañendo flautas, liras y atabales, y un eunuco de palacio profiriendo gritos de atención, anunciando a los viandantes la procedencia de la embajada, mientras repartía monedas de cobre entre el gentío y la chiquillería.

—¡Salud al emperador y a la emperatriz! —Alborotaban al disputarse la calderilla.

Unas puertas ciclópeas de bronce se abrieron en la muralla y la comitiva tomó las espaldas del grandioso Hipódromo, con los caballos de bronce y obeliscos sobresaliendo por las cornisas, y ahora vacío y silencioso de los griteríos de las dos facciones irreconciliables de la ciudad, los azules y los verdes. Penetraron después en la amplia avenida de la Mesé, atestada de carros, andrajosos pedigüeños y gentes de todas las partes del mundo, donde los eunucos redoblaron las voces de proclama y las limosnas. En aquel pandemónium de bullicio se entremezclaban, como en una marmita gigantesca, armenios de piel atezada, car-

gadores etíopes, frigios con gorros cónicos, tracios de cabellos hirsutos, coptos de Egipto de hábitos negros, judíos
tocados con solideos amarillos, búlgaros, fenicios, insolen-
tes estudiantes, soldados, y arrogantes mercaderes del Vol-
ga, Corinto, Bagdad, Venecia y Sevilla.

Y como en todas las ciudades del mundo, una maloliente atmósfera de cueros remojados, estiércol de caballerías y camellos, aguas sucias discurriendo por canales,
especias, resinas y las soluciones de los tintoreros y orfebres les llegaba hasta la litera confundida con los efluvios
humanos. No obstante, la vía era espaciosa, y los soportales aparecían adornados de estatuillas de bronce con las
efigies de dioses mitológicos, aurigas conocidos, actores y
santos. Lo pagano y cristiano convivían entremezclados
sin pudicia alguna. El oro, las esculturas griegas, la seda
de Persia, las cruces de marfil, las reliquias de santos, las
gemas de Egipto y las púrpuras se ofrecían en los tenderetes de la calzada comercial.

—Jamás vi paños de púrpura de esta textura —dijo
Almunayqila.

—Pues nadie puede comprar un hilo de ese género
en Bizancio —le respondió Qartiyus al inventor—. La
púrpura es un *kekolymenos*, un tabú, y junto a la seda y las
perlas de Cipango son bienes prohibidos y vedados al vulgo. Solo pueden ser adquiridos por la familia imperial.
Nunca veréis a un romano de esta ciudad vestido de escarlata. Si así fuera no vería más la luz del sol, amigos, pues
le sacarían los ojos al instante.

Con la armonía de la orquestina, traspasaron un arco
de jaspe para desembocar después en una plaza elíptica, el
concurrido Foro de Constantino, al que los portadores
rodearon para sortear la Gran Columna Púrpura, un cilindro de pórfido rojo con bajorrelieves de divinidades

áticas en cuyo extremo se erguía una estatua de bronce representando a un dios pagano con los atributos del sol. En derredor, centenares de paseantes se detenían a admirar el cortejo de la embajada andalusí, mientras los soldados apartaban con las astas y a puntapiés a los mendigos, a algunos críos impertinentes y a las rameras que prestaban sus servicios en las molientes callejas cercanas a las termas de Teodosio.

—Esa efigie personaliza al emperador Constantino, aunque tomando el cuerpo de Apolo —señaló Qartiyus—. Los rayos salientes de su real cabeza son los clavos con los que fue fijado a la cruz Jesucristo, traídos de Jerusalén por santa Elena.

—Y profeta del islam, donde su madre María es venerada —le testimonió el embajador árabe congraciándose con su anfitrión.

Con un sol sofocante, desembocaron en el palacio de huéspedes distinguidos, la residencia Lausus, conocida por el vulgo como la Academia del Alabastro Blanco por poseer una escalinata con tallas helénicas de una blancura inmaculada y un fragmento de la roca golpeada por Moisés, que Qartiyus tocó con religiosa unción.

La música cesó y se escuchó el arrullo de las palomas sobre el friso del palacete tallado con atlantes, cariátides y centauros. Qartiyus los dejó en su descanso, pero antes de abandonarlos se dirigió a Yahía y, con aire de complicidad, le manifestó:

—Hoy descansad y recuperad vuestros cuerpos del largo viaje. Mañana a la puesta de sol os recogeré para acompañaros a una fiesta privada que el logoteta Ignacio ofrece en vuestro honor en su casa de campo, antes de la recepción oficial del *basileus* Teófilos. Ya sabes, aquí se hace política como en todos sitios y desea conocer antes que el emperador tus ofertas. Será una experiencia inolvidable, y vuestras zambras cordobesas os parecerán una fiesta de pastores comparadas con las veladas de Bizancio. La celebraremos al uso de las antiguas saturnalia romanas y habremos de ocultar los rostros con máscaras mitológicas. Espero que vuestro credo no os lo impida. Reposad y gozad de la más estimulante ciudad del mundo. ¡Salve!

—*Salam*, Qartiyus, nos entregamos a tus propuestas —agradeció el andalusí.

La noche de la fiesta privada todo era languidez y complacencia.

La urbe crepitaba en la lejanía e infinidad de ruidos indolentes se colaban hasta las arboledas del bucólico Palacio de Edirne. El aire arribaba caliente a la mansión campestre cercana a la fuente sagrada de Hagianne y al retiro imperial de Blaquernas. Los legados de Alándalus, precedidos por Qartiyus, se presentaron en la litera vestidos con trajes de gala, rematados de gemas y borceguíes de cordobán. Al Gazal exhibía su cabeza descubierta con los cabellos peinados en tirabuzones, mientras Qasim y Almunayqila se tocaban con turbantes al modo bagdalí.

Antes de acceder al salón, el embajador bizantino los condujo a un reservado donde eligieron el antifaz. Al Gazal tomó una máscara salpicada de piedras preciosas, con dos alitas de nácar en los lados, descriptiva de la faz de Hermes, el mensajero del Olimpo. Qasim prefirió un tritón marino veteado de polvo de esmeraldas, Qartiyus se acomodó una carátula de guerrero aqueo y el inventor de relojes, una composición floral de olivo representadora de Marte.

—En la fiesta, amigos —les explicó Qartiyus—, se

mantendrá el más absoluto anonimato. Nadie debe proclamar su identidad y no podremos desprendernos de la máscara por ninguna causa. Son las reglas. Una vez concluida, nadie recordará lo pasado, y por obligada cortesía tampoco habremos reconocido a nuestros compañeros de festín. No lo olvidéis, pues os puede acarrear serios aprietos en vuestra estancia en Bizancio. Divirtámonos y gocemos de los regalos de la noche.

El festín se celebraba en una exedra porticada, rodeada de jardines y emparrados, y techada con una cúpula de mosaicos representando motivos mitológicos de soberbia composición. Un triunfo de Baco rodeado de una cohorte de sátiros y náyades semidesnudos los contemplaban desde la altura, mientras un círculo de estatuas de alabastro de los héroes troyanos circundaba el peristilo. Al comparecer los huéspedes, un grupo de jovenzuelos disfrazados de faunos y ninfas les ofrecieron aguamaniles y caracolas de nácar con aguas de azahar donde se lavaron las manos. Una orquestina de caramillos y liras de músicos alejandrinos, oculta tras una cortina, componía una música subyugante.

Los diputados andalusíes observaron con intriga a sus irreconocibles compañeros de convite, sentados en los divanes, sonriéndoles y saludándolos en griego. Al Gazal contó nueve hombres, uno de ellos castrado, y cinco mujeres de extraordinaria apostura. También reparó en un asiento vacío frente al suyo. Adivinó no lejos de él a Ignacio de Atalia, con el rostro oculto bajo un disfraz de Zeus, al obeso eunuco que lo miraba con fisgona indiscreción, tras un embozo de Apolo, y a otros palaciegos enmascarados con disimulos de héroes de la antigua Hélade.

Sus ropajes hicieron pensar a los musulmanes en la alta posición de aquellos invitados. Pero nada fue comparable con la impresión recibida cuando, con el sonido de un batintín, se anunció la comparecencia de una mujer de cegadora hermosura.

—¡Leda, la amada por Júpiter y señora de la distinción! —anunció Ignacio de Atalia, atrayendo la atención de Yahía.

De inmediato, todas las miradas se posaron en la aparición perturbadora de una dama de figura y belleza deslumbrantes. Y sin excepción alguna los comensales bizantinos se incorporaron cumplimentándola. Se adornaba con una estola y clámide cuajada de aljófar, dejando al descubierto, mediante una sofisticada abertura, unas piernas espléndidas. Su antifaz representaba la fisonomía de un cisne, ave sagrada de Leda, dejando entrever una cabellera rubia, una naricilla sublime y una boca anacarada, adornada con un minúsculo y fascinador lunar en la comisura. Al Gazal, confuso, no dejó un instante de admirar a aquella criatura fascinante, recibiendo de ella una halagadora reverencia.

—Pocas veces, ni el mismo Zeus tuvo el infinito honor de cenar acompañado de tan turbador Olimpo y de señoras de tan alta alcurnia —habló el primer ministro—. No deseo sino que Hermes, el Tritón y Marte, nuestros amigos andalusíes, saboreen sin tasa el placer de una velada única.

—Los creyentes de Alándalus creemos que las palabras felicidad y deleite nunca han de pronunciarse con comedimiento —les confesó el astrónomo.

El anfitrión dio unas palmadas y unos sirvientes penetraron en la sala transportando una mesa, y en ella un enorme cuerno de la abundancia del más exquisito hojaldre. Uno de ellos rasgó la cornucopia, dejando el humeante interior al descubierto. Pescados aderezados con hierbas aromáticas, huevas de esturión en pámpanos helados, volatería humeante sazonada con cilantro, frutas confitadas, naranjas rojas con canela de Mascate, y sorbetes de menta con clavo de Siraf, componían la abundante cena que encerraba en su interior el mitológico recipiente. Los comensales los degustaron mientras conversaban con sus compañeros de triclinio y paladeaban vinos griegos en copas de oro.

—Ha llegado hasta nuestros oídos —se expresó en griego uno de los comensales tras un atuendo de león—, cómo nuestros invitados de Occidente, Hermes y Tritón, con gran riesgo de su vida, visitaron el antro de Abú Hasf en Creta, la isla donde creció el dios Zeus amamantado por la cabra Amaltea, trasladando no sabemos si un provechoso regalo o una nueva amenaza. ¿Podríamos conocer un adelanto de la entrevista?

—Mi curioso amigo León —se escabulló el andalusí con palabras corteses—, únicamente a mi señor y al emperador Teófilos puedo dar cuenta de esas negociaciones. Al primero por amor y fidelidad y, al segundo, por la virtud del deber. Dejemos a ambos con el peso de los secretos de Estado, a Amaltea representada en el firmamento, y a nosotros con las delicias de este banquete.

Aquella contestación cayó como un epitafio, aunque pareció complacer a la dama embozada de cisne. A aquel embajador musulmán no le sacarían ni un solo secreto. Después la bella Leda fijó la mirada en Yahía, dedicándole una sonrisa desafiante.

El legado únicamente les relató la estancia en Creta, y su duelo dialéctico con el corsario, cosechando al concluir su historia la simpatía de aquellos altos funcionarios del Imperio. Después de unas deliciosas horas, los asistentes se entregaron a la degustación de los postres. Al cabo, un hombre de barba rizada, a quien el andalusí creyó reconocer bajo su antifaz de sileno a uno de los integrantes de la recepción, le expresó:

—Me tenéis intrigado, embajador. ¿Habéis elegido la carátula de Hermes al azar o intencionadamente?

Al Gazal, cautivado como estaba con las miradas de la dama de blanco, volvió su vista hacia su interlocutor y reveló:

—Mi desconocido amigo, antes que representante de mi emir, me considero alquimista, filósofo, poeta, y astrólogo. Desde hace años busco junto a mis maestros la iluminación de Dios y sus nombres ignorados de la cábala. Es por ello por lo que no podía dejar pasar la oportunidad de tomar el disfraz de Hermes Trismegisto, el creador y divulgador de la alquimia como ciencia, *kurós*.

—Muchos estiman la alquimia como nigromancia —le refutó.

—La alquimia en sí misma es una filosofía y una religión —se defendió—. Representa el agua divina que el mundo ignora. El todo en todas las cosas.

Su interlocutor alegró sus facciones y, con ademán de reservado, repuso:

—He de confesaros, en recíproca sinceridad, mi inclinación hacia las ciencias ocultas; y como mi antecesor Sinesio, patriarca de nuestra Iglesia, también soy estudioso de las enseñanzas de la Hermandad de Heliópolis, y trabajo en mi modestia en transmutaciones insignificantes. Ha sido para mí un hallazgo encontrar en vos un colega conocedor de la disciplina espiritual. Reconfortáis mi solitaria dedicación.

Toda su preocupación se desvaneció en un instante.

—¿Sois obispo, señor? —preguntó—. He de expresaros que mis experiencias con cristianos han sido demoledoras y poco estimulantes, pues en todo ven la mano de Satanás y muy pocos se atreven a emprender la senda libre del saber.

—No levantéis la voz, Hermes. —Se llevó el dedo índice a los labios—. Tendremos ocasión de conversar en palacio y os haré partícipe de algunos secretos. Buscáis, como yo mismo, la fórmula magistral, ¿no es así?

Al Gazal asintió y no pudo por menos que mostrar una enorme satisfacción, no exenta de sorpresa. Y en una ágil pirueta de su mente creyó llegado el momento de efectuar la primera incursión en la búsqueda del Trono de Dios, y ni siquiera el desconocimiento de la persona que tenía ante sí lo disuadió de hacerlo. Allí todos eran cortesanos y depositarios de los tesoros de Roma, y alguien debía conocer el paradero del ángel alado, guardián del Nombre Centésimo del Altísimo, y se mostraba evidente que aquel invitado le había formulado una pregunta estimulante.

—Un ansiado aliciente se une a mi apasionante estancia en Bizancio, *kurós*. Os lo aseguro. La cábala puede ser revelada si se descubren los últimos nombres del Altísimo, y Constantinopla puede guardar lo que yo busco —le dijo en voz baja.

En aquellos precisos instantes Yahía y su interlocutor se sobresaltaron requeridos de nuevo por un batintín de bronce. Unos púberes vestidos de cupidos y amazonas con carcajes de plata y flechas de fieltro, y cubiertos por velos transparentes, entraron en la sala escoltando a una pareja de criaturas mitológicas representando a la diosa Leda y Zeus, el cisne. Todos enmudecieron y aguardaron las sugerencias del anfitrión, aturdido por los efluvios del vino de Samos.

—En consideración a nuestra invitada —se expresó

Ignacio, el primer ministro—, estos actores interpretarán la leyenda de Leda, la amada por Zeus en forma de cisne y madre de Helena de Troya. Es en tu honor, cisne de Esparta —dijo dirigiéndose a la dama llegada en último lugar.

Los invitados levantaron sus copas y golpearon las mesas en señal de entusiasmo, y la aludida se llevó sus manos a la boca, devolviendo besos alados a sus compañeros de banquete. El anfitrión ofreció a sus invitados un sugestivo juego:

—¡Amigos! Conocemos la gran facilidad para versificar de nuestro invitado andalusí, Hermes, y su pertenencia a la cohorte de poetas de su emir. Yo os propongo un pasatiempo. Él compondrá un poema anónimo, ya sea de criatura u objeto inanimado de cuantos nos rodean, y los demás trataremos de adivinar a qué se refiere y para quién lo ha compuesto. ¿Qué os parece? Quien lo resuelva le formulará un deseo razonable, al que nuestro invitado accederá sin réplica. Pero, en caso contrario, cualquiera de nosotros se someterá al suyo. ¿Lo aprobáis?

—¡Sí, por favor! Excelente idea —chilló el eunuco encantado.

Al Gazal, sorprendido por la petición, quiso excusarse, pero estaba atrapado y no podía negarse. Reflexionó unos instantes, miró a la dama de blanco, Leda, e intuyendo que la idea había partido de ella, decidió seguir el entretenimiento.

—Me situáis en un aprieto, pues no es igual versificar en árabe que en griego. Bebamos mientras consigo aflorar alguna idea, amigos —rogó afable.

Todos sin excepción contemplaron al andalusí, que suspiraba por los encantos de aquella enigmática dama, cuyo lunar se balanceaba al compás de su pícara sonrisa.

341

Pasados unos instantes, el embajador levantó la mano, declamando enigmático:

—Oíd el poema y tratad de adivinarlo.

Sobre la blancura extiende su anillo de ébano. Es la perla de almizcle que tiene el negro como hermosura, como un astro entre sus mejillas luminosas. ¿Acaso es un desaire en su semblante que hechiza a todo hombre?

A un murmullo de admiración, le siguió un denso silencio. Nadie comprendía aquel misterioso acertijo poético. Todos comentaban entre ellos los versos, mas nadie de los presentes acertaba a interpretarlo. Incluso la invitada de blanco sobaba las perlas del vestido, intentando dilucidar el enigma poético sin conseguirlo. Habían subestimado al embajador, que además de ser un refinado rimador, era un hombre sagaz. Muy pronto alguien de entre ellos se sometería al capricho de los deseos del musulmán. Leda fue la primera en intervenir. Abrió su boca y, adelantándose, intervino con voz musical:

—¿Es la noche, quizá? —preguntó insinuante.

—Lo lamento, mi señora, andáis errada —la aduló cortés el andalusí.

—¿Un caballo negro, apuesto Hermes? —preguntó el eunuco.

—Pocos corceles cabalgan por entre las mejillas —se sonrió.

—Un eclipse del astro solar —se atrevió el metropolitano.

—Los hombres temen más de lo que se hechizan con los fenómenos del cielo.

Siguió después un prolongado mutismo. En los semblantes de los invitados asomaba la curiosidad, más no la solución al enigma, o la respuesta exacta de uno cualquiera de ellos. Al Gazal experimentaba una satisfacción irresistible y comprobó que nadie atinaría con la solución.

—Nos damos por rendidos, Hermes —dijo al fin Ignacio—. Escuchemos de tu voz la respuesta, y señala de entre nosotros a quien estimes para cumplir tu antojo.

Al Gazal había seducido a sus contertulios. Sin vanidad, se explicó:

—Mis apreciados anfitriones. ¿Qué es aquello tan bello como una perla negra, o amante etíope entre las mejillas de un ser delicioso que hechiza a los hombres? Decidme, amigos. ¡Pues sencillamente un lunar! El lunar en el bello rostro de nuestra enigmática dama de blanco —dijo modesto, y señaló a una sorprendida Leda, que se sonrojó, al recordar el lunar de su cara.

—¡Un lunar! ¿Quién iba a pensarlo? —prorrumpió el eunuco maravillado.

Una aprobación entusiasta siguió a la aclaración del embajador, que desvió como todos la vista hacia Leda. El sentir cantada aquella parte de su anatomía la había turbado. Después el andalusí expresó su deseo:

—Como habíamos convenido, voy a manifestaros mi capricho. Sé que en estos jardines fluye la sagrada fuente de Hagianne, en otro tiempo centro de los cultos de Eleusis, y lugar frecuentado por la diosa pagana Diana. No desearía marcharme de Bizancio sin haber bebido de sus aguas. Acaricio la idea de visitarla, aunque con la compañía de la dama de blanco, Leda. Espero no incomodaros, mi señora.

Si todo el Cuerno de Oro hubiera prendido en llamas, no hubiera impactado tanto en los desconcertados invitados como aquella súplica. Quedaron mudos, mirándose unos a otros entre las aberturas de los antifaces. Por aquella reacción tan singular, el diplomático cordobés pensó que aquella dama debía ser la dueña de la casa, quizá una princesa extranjera, una cortesana, o la esposa de alguno de los presentes, pues todos se sintieron incómodos. Ignacio, Zeus, visiblemente confundido, se removió embarazoso en su triclinio y la dama en cuestión permaneció paralizada, esbozando una media sonrisa entre el asombro y el agrado.

—Apreciado Hermes —le conminó Ignacio—. ¿No os sería más adecuada la compañía de mi persona? Yo podría instruiros sobre las bondades del manantial.

Al Gazal dispuso un gesto adusto, y preguntó en tono irónico:

—¿Acaso he de revelar descorazonado a mi regreso a Alándalus el quebrantamiento de las promesas de los bizantinos? No obstante, amigo Zeus, estoy dispuesto a olvidar mi privilegio y proseguir con el festín complacido igualmente. Olvidémoslo y continuemos con la cena. No deseo importunar a la señora.

Y ya se disponía a departir con el obispo, desatendiendo la cuestión, cuando la dama, Leda, declaró con la mirada fría:

—Divulgaréis solo excelencias de esta ciudad, invitado Hermes. Yo os mostraré el surtidor. Os ruego, Ignacio, que unos esclavos se nos adelanten con unas teas. Será para mí un regalo acompañarlo a la sagrada Hagianne. No os preocupéis por mí.

Qartiyus, el eunuco y el obispo asintieron a regañadientes, y la acompañaron hasta las escalinatas, donde Yahía la tomó de la mano, perdiéndose los dos tras los criados por un sendero oscuro, mientras los despedían viéndolos perderse entre las espesuras. Al Gazal y la dama se observaron aspirando los perfumes del vergel. Al andalusí le subía a su garganta un raudal de sangre ardiente, mientras la señora denotaba un estremecimiento turbador. Al Gazal consideró que su acompañante no debía de pasar de los veinticinco años, era esbelta, atractiva, y su cutis de una blancura que rayaba en la palidez marmórea. Sus formas se exhibían exquisitas, contorneándose al andar un busto espléndido y una sugerente cintura. Sus ojos chispeaban bajo el antifaz, prestándole al dorado cabello un halo deslumbrador.

—Mi desconocida amiga, no nos prestemos recelo y desconfianza. Y si mañana puedes reprocharte el haberme acompañado, puedes regresar junto a los otros invitados, o junto a tu esposo, y yo me daré igualmente por complacido. No hagáis nada que no os apetezca, os lo ruego —le manifestó cortés.

—¿Es que acaso os disgusta mi compañía? —se expresó esquiva.

—En esta noche de aromas desconocidos, no ansío sino sentir la suave piel de una mujer, y si ella es tan exquisita como vos, suplicaré su amor y le rogaré, si es libre, que se abandone en mis brazos. Esta es una velada ideal para las confidencias. —Besó su mano ardientemente.

—Camináis con demasiada urgencia, extranjero. Además, desconocéis quién soy y si mi esposo puede estar sentado en el salón del banquete —argumentó entre la fascinación y el rechazo.

—No me importa, mi señora. He amado mujeres de todas las castas y religiones, y tanto si se cubrían de oro y sedas, como de estameña, o si recitaban el Corán, o desconocían hasta la sucesión del día y la noche, sus lágrimas incendiadas por el amor, y sus corazones embriagados por el goce, eran idénticos, creedme.

Y diciendo estas palabras, la rodeó con apasionamiento, mientras la dama, seducida por palabras tan encendidas, suspiraba por aquel agareno de maneras embelesadoras, virilidad y excepcional apostura. Respiró y puso la cabeza en su hombro, tras decirle con tiernas palabras:

—Bebamos del agua y aguardemos el alba junto a ella —le suplicó tierna.

—Y que la oscuridad se dilate y nos sorprenda la aurora intercambiándonos secretos. Tú serás el cisne y yo el afortunado cazador. —La tuteó y ella sonrió afable.

Llegados a un calvero, los criados se alejaron y Yahía se vio junto a Leda en un templete circular rodeado de columnas, dorado como el fuego del ocaso y sumido en un silencio religioso, solo iluminado por dos teas. Se erigía en una arboleda de palmeras, cerezos y cipreses y parecía tener vida propia. Ingresaron en el interior donde se encontraba, sin ningún ornato, una fuentecilla de piedra desgastada de la que manaba un surtidor. La dama, sin demostrar recelo, lo rodeó de la cintura y juntos la admiraron con interés.

—Este lugar me produce una extraña sensación —admitió Leda.

—Los lugares que en otro tiempo rindieron culto a la Madre Tierra mantiene una atmósfera sobrenatural —le contestó el diplomático.

Sumergidos en las sombras, bebieron el agua cristalina hasta saciar su sed, mientras el islamita pasaba la vista por los muros del templo, advirtiendo la presencia, como espectros alargados, de una decena de falos de piedra muy deteriorados y bustos casi irreconocibles de Baco, Afrodita, Apolo y otras divinidades. Pero no atinaba a comprender cómo aquellos rumíes, aun siendo cristianos, convivían en aquella ambigüedad, rodeados de ídolos paganos.

—Has de sumergir las manos en la pila y después rociar tu cara. Así el favor de la diosa te cubrirá y podrás formular tu deseo —le sugirió la desconocida mujer.

—¿Cualquier deseo? —le solicitó obsequioso.

—Solo los referentes al amor, Hermes —repuso la mujer con ternura.

Al Gazal tomó el agua verdosa de la pileta y humedeció sus mejillas, volviéndose hacia su entregada acompañante para decirle:

—Mi deseo ya ha escapado hacia las estrellas como una saeta —le confesó.

—¿Y puede una rendida amiga conocerlo? —preguntó zalamera.

—Que este hombre, alquimista errante, sienta perpetua nostalgia de estas aguas y que pueda besar unos labios incitadores que me hablan desde cerca. Esa ha sido mi petición a los cielos —dijo fijándose en ella con apasionamiento.

—No comprendo la intención verdadera del deseo, Hermes. ¿Es otro de tus enigmas, tal vez? —manifestó con extrañeza.

—Anhelo que al evocar la fuente Hagianne también con ella te recuerde a ti. ¿Cómo olvidar tu hermosura? Espero que estas aguas rumorosas constituyan una cadena que me ate a ti, y a esta noche de luceros brillantes, en cuyo extremo siempre aparecerá tu boca deseada, mujer desconocida y bella —confesó afectivo.

Bajo el antifaz de la mujer rodó una lágrima, imposible de esconder. Al Gazal se acercó a ella y comprendió que aquella misteriosa mujer, por una indescifrable casualidad, no había conocido desde hacía tiempo los galanteos de un hombre enamorado. Se desprendieron de sus antifaces, y al fin el embajador pudo contemplar unos ojos de tonalidad esmeralda, difíciles de olvidar. El andalusí no supo si era por el efecto del denso vino griego, si por los aromas respirados de los incensadores o el recuerdo de la danza erótica, pero sin pensarlo la abrazó y unió sus labios a los de ella. Ambos se miraron con deseo, fundidos por el fuego de una desbocada pasión, y pronto sus ropas entreabiertas y los dos cuerpos encendidos buscaron en la oscuridad de un oculto rincón el frenesí del abrazo, de la caricia y de la entrega.

El andalusí besó su boca, y sus gemidos se fundieron con el rumor de la fuente, mientras sus manos exploraban los recovecos de su cuerpo con fogosidad y deseo. El gozo mutuo fue en incremento, mientras Yahía se posesionaba del cuerpo cautivador de la mujer, salvajemente. Estrecharon sus ingles, y la pasión prosperó en un vértigo delicioso y pasional. Se ensimismaron en un pozo de satisfacción, hasta que Leda ahogó entre jadeos un prolongado grito de placer vencida por su ardiente amante. Sus apetencias se desmoronaron, traspasadas por la irrealidad, en un arrebato de placer, primero indeciso, después irresistible y finalmente apasionante. Más tarde separaron sin prisa sus miembros agotados, y una paz inconmensurable los sumió en un sopor de calma y de convulsas respiraciones. Luego, tras el éxtasis, y recomponiendo sus vestidos, la dama le manifestó:

—Desfallezco por ti, extranjero, aunque ni el mismo Cristo me perdonará.

—Eres casada y fiel, ¿verdad? Y por lo tanto haces de la fidelidad una virtud —le preguntó tomándola por la barbilla—. Aniquilas tus anhelos y te crees más poderosa, cuando en realidad te abandonas esclava de la desconfianza y de una moral asfixiante. Vuestra religión os oprime. Dios ama el amor entre sus criaturas.

—Sí, estoy comprometida, y tengo hijos, pero debo confesarte que en este instante me siento libre y a la vez temerosa —le respondió acariciándole la cara—. Si he de serte sincera nunca me entregué a la infidelidad, y aún no llego a comprender la insólita mutación obrada en mí esta noche. Pero, créeme, no me lamento.

Al Gazal le apretó la cintura, la besó y la abrazó, y ella se fundió con él.

—La naturaleza y el afecto nos empujaron a amarnos, Leda. No te lamentes y cuando regreses a la soledad de tu casa evoca la grandeza de dos corazones puros. ¿Acaso atentamos por ello contra Dios? Piensa que Hermes y Leda galoparon juntos en la fuente del amor, y que seguirán venerando a sus esposos, cuando nos despojemos de nuestras caretas —le manifestó cariñoso.

Sintió tal sinceridad en sus palabras que el sosiego la invadió, alegrando su gesto e iluminando la faz de confianza y seguridad.

—Tu corazón es franco, y agradezco tu consejo. Pero me siento confundida. Mas hemos de retornar o mis amigos comenzarán a recelar de nuestra tardanza —le rogó cariñosa estrechando su mano.

—¿Y he de alejarme de esta villa sin conocer tu nombre? Posiblemente ya no nos veamos más y me gustaría recordad tu identidad tan querida para mí —le dijo—. No me condenes a ese suplico, y alegra mi corazón revelándomelo.

—Es cierto, pero tal vez no faltará ocasión, Hermes. Los amigos del emperador nos facilitarán sin duda algún otro momento para vernos —quiso escabullirse.

—Antes de tratarte ansiaba presentar mis cartas credenciales al emperador, y ahora todo eso me parece banal. Ambiciono olvidar los deberes de mi legación y probar las delicias de Bizancio contigo. Deseo verte otra vez —le aseguró leal.

—Regresemos, te lo ruego. —Le dedicó una sonrisa abismal.

Al cabo comparecieron en el salón, que se hallaba casi desierto. El festín de disipada abundancia se encaminaba a su fin, y tan solo el eunuco, en grotesca postura, embriagado y con una sonrisa picaresca, besuqueaba a un muchacho sin apenas poder sostenerse sobre sus piernas. Almunayquila y el obispo Basilio dormían en su diván, y Qasim e Ignacio se habían ausentado a algún aposento de la residencia. Al día siguiente, ninguno de los presentes recordaría aquella orgía. Era la condición que le había impuesto el primer ministro del emperador.

Mientras, la dama, sin él advertirlo, se desprendió del brazo del andalusí y se escabulló para desaparecer furtivamente por una de las puertas. Después se hizo el silencio, escuchándose tan solo el centelleo de las lámparas consumiendo su último aceite y los granos de incienso. Una ligera luz comenzó a filtrarse por el este y, poco a poco, la dormida ciudad y las aguas oscuras del Bósforo y el Cuerno de Oro se fueron colmando de una luz almibarada que invitaba al reposo y al sueño.

Al Gazal se sintió dichoso y absorbido por una culpable satisfacción. El encuentro con Leda había satisfecho todos sus deseos y difícilmente la olvidaría. Regresó sobre sus pasos hacia las espesuras del jardín, componiendo para sí un verso espontáneo:

Sobre la litera de la aurora te fuiste, amada mía,
y quedo solo, dulce cisne, atrapado en tu velo de oro.
¿Pero en quién refugiaré ahora mi soledad, bella de la
luna?

«Gran parte de mi ser ama a esa diosa desconocida», se dijo para sí.

Luego reflexionó que debía olvidarla y que muy posiblemente ya no la vería más, pues estaría pocas semanas en Bizancio y sus actos se limitarían a su estancia en palacio. No olvidaba la promesa del obispo Basilio, pero sin quererlo sus pensamientos se dirigieron inexorables y de nuevo al recuerdo de aquella enigmática dama. Su interior anhelaba contemplarla otra vez y gozar de sus halagos. Se abandonó a sus cavilaciones y aspiró la brisa matutina.

Su estancia en Bizancio se presentaba cada vez más sugestiva.

CAPÍTULO XIII

AUGOUSTAI

Sin duda, Yahía se encontraba excitado ante la inminente recepción.

La familia imperial anunciaba su urgente regreso del palacio de recreo de Blaquernas, y Al Gazal, por más que buscaba a la desconocida cortesana por las dependencias de palacio, no consiguió tropezarse con ella, y menos aún desvelar su enigmática identidad. No podía apartarla de su mente, pero dedicó sus horas de espera para visitar iglesias, interrogar a clérigos y funcionarios, e intentar, mientras tanto, hallar una pista que lo llevara al paradero del Trono de Dios.

Pero todos negaban la existencia en alguno de los templos metropolitanos de un ángel con un sol entre sus alas. Acompañado de Qartiyus visitó al obispo Basilio, e insistió en conocer al *hypatos filosofon*, el cónsul de los filósofos bizantinos, un religioso de piel transparente y delgadez mística, quien en la entrevista negó la supervivencia de reliquia semejante. «No existe santuario del Imperio donde se venere semejante imagen. Os lo aseguro», le insistió veraz. Tras la despedida le hizo partícipe no obstante de una revelación de inapreciable valor para el islamita.

—*Kurós* embajador —aseguró circunspecto en la escalinata del Senado—. Voy a revelaros una confidencia. Pocos musulmanes conocen que en esta capital del Imperio se halla la tumba de Eyüb, amigo personal y consejero de Mahoma, muerto en el ataque de los árabes a Bizancio. Os aseguro que, si esta circunstancia fuera conocida por vuestros hermanos, ese lugar sería hoy un lugar de peregrinación multitudinaria.

—El profeta lloró amargamente su muerte. ¿Y dónde se encuentra su sepultura, *sahib*? No he de abandonar Bizancio sin rezar ante ella.

—No tiene pérdida, *domine legate*. A las afueras de la ciudad, en la colina más occidental del Cuerno de Oro. Es un camposanto conocido como el Columbario de los Persas. Una lápida en lengua yemení lo pregona. La encontraréis sin dificultad.

Cumplida la hora de nona, Yahía y Qasim abandonaron la residencia Lausus por un portillo trasero y de riguroso incógnito con el propósito oculto de visitar la tumba y el puerto de Hierón, donde atracaban las dromonas de guerra. Vestían a la usanza bizantina, con calzas, túnica y capucha parda. Confundidos con el gentío cruzaron la avenida de la Mesé, y después de preguntar a un comerciante árabe se dirigieron al mercado, que se extendía a lo largo del Cuerno de Oro. El alquimista se detuvo en las tiendas de libros y en una de ellas compró un rollo, que compendiaba un tratado militar, con el objetivo de regalárselo a su emir. Luego, y sin más dilación, se encaminaron al cementerio de extranjeros.

El lugar de enterramientos dimanaba una sensación de abandono y al mismo tiempo una atmósfera poética. Macizos de cipos, naranjos, cipreses esbeltísimos y almendros cubrían de sombras el escaso centenar de sepulcros, la mayoría de fallecidos tracios, armenios, persas y rusos. Las mohosas lápidas, dobladas o hundidas, señalaban en dialecto cirílico y latín nombres irreconocibles, y las hierbas y arbustos silvestres las cubrían casi por entero. Pero el túmulo de Eyüb no hubieron de buscarlo. A pocos pasos de la entrada advirtieron a un musulmán rezando versículos del Corán. Se llegaron hasta el desconocido orante.

—*Salam*, hermano, que el Clemente te asista. ¿Nos permites rezar contigo ante los restos del amigo del profeta?

El interpelado se volvió. Sus mansos ojos eran sustentados por enormes bolsas violáceas, y su piel parecía un viejo pergamino enmarcado en una barba enmarañada. Los miró de arriba abajo, fijando la vista en el pergamino que portaba Yahía bajo el brazo, sin mover sus esqueléticos miembros.

—¡Alá es único! ¿Sois fatimíes, o tulaníes? —interrogó desconfiado.

—Creyentes de Córdoba y súbditos del emir Abderramán —le confirmaron.

—Y por lo tanto maliquíes o alfaquíes, inmovilistas de la fe —los tachó.

—En modo alguno. Hace tiempo que buscamos en los maestros sufíes la senda del nuevo islam. ¿Y tú de dónde has llegado a esta babel pagana?

—De Qaxán, cerca de los desiertos de Sal. Fui durante muchos años mercader de libros. Vivo en el arrabal de la muralla Teodosia, y busco la paz en la tumba de aquel que vivió bajo el mismo techo del profeta. Pero hemos hablado demasiado. Ahora orad conmigo y bebed de este almíbar de leche de camella. Sentaos junto a mí.

Al Gazal leyó para sus adentros la lápida del mártir islamita: *Dios es la Verdad misma, lo puede todo y resucitará a Eyüb con los muertos.*

Más tarde, el desconocido abandonó la postración y los rezos y, enarcando las erizadas cejas, los sermoneó con ininteligibles fragmentos coránicos, formulándoles preguntas desatinadas que exasperaron a ambos.

—Hemos de dejarte, hermano, pues no queremos que nos sorprenda la noche en estos parajes solitarios y aún hemos de cruzar el suburbio de San Mamás.

El peregrino se desconcertó con la excusa de Qasim y se expresó sorpresivo:

—¿San Mamás? ¿Sois soldados que andáis tras el secreto del fuego griego?

La extrañeza de los andalusíes afloró de inmediato a sus facciones, mirándose con desconfianza. Vigilante, se interesó Yahía:

—¿Cómo has llegado a esa conclusión tan comprometida, hermano?

—No sospechéis de mí pues no soy confidente ni espía del emperador. Pero vivo hace muchos años dentro de estas murallas y es evidente. Sois extranjeros venidos desde lejos, no precisamente ganapanes, ni portuarios, ni aparentáis presencia vulgar, y sí una distinguida catadura. Vais armados con dagas ocultas y portáis con vosotros una señal inequívoca, un tratado de estrategia guerrera. Todos los interesados en el secreto suelen adquirir un manual antiguo con la esperanza de hallar alguna pista. Pero es en vano, amigos míos, y habéis de tener cuidado pues muchos lo han pagado con la ceguera o la muerte.

—Lo sabemos, amigo —corroboró Qasim asustado.

—Os ayudaré con lo que sé —se sinceró en tono efusivo—. En el barrio de San Mamás, al otro lado de la colina, se alza una taberna de nombre El Yelmo de Alejandro. Es frecuentada por mercenarios tracios, turcos y estibadores sin escrúpulos. Cerca de allí se hallan algunos cobertizos de la flota, la terrible Theme, sin excesiva vigilancia, pues el miedo guarda la viña. Tal vez si los tentáis con una buena bolsa os den alguna información aceptable. Suelo pedir limosna a aquellos soldados, y os aseguro que se van de la lengua ante un buen vaso de Samos. Y ahora os ruego que me dejéis en mi meditación. Que el Misericordioso os aliente. *Salam*.

Al Gazal guardó en el cinturón el pergamino. Allí todo el mundo parecía intimar con el secreto del arma más mortífera de cuantas se conocían.

—No hemos de desechar la información de ese demente. Si sonsacamos algo, por insignificante que sea, el emir nos lo recompensará —lo animó Qasim.

—Y si nos descubren, se irá al traste el tratado de amistad y nosotros perderemos nuestras cabezas. Soy el representante del sultán de Córdoba. ¡Nos comportamos como unos insensatos y corremos un riesgo grave! —estimó Yahía.

—No te preocupes, yo formularé las preguntas y haré las pesquisas oportunas. Aquí nadie nos conoce, y podemos pasar por sicilianos, tulaníes, bereberes o incluso sirios. Vamos, Yahía, la tarde se nos echa encima —dijo persuasivo.

Descendieron por la colina y pronto se toparon con un anárquico suburbio de ruinosas casas de madera, solo concurrido por putas y mancebos pintarrajeados, además de pescadores, truhanes, soldados de fortuna y mercaderes. De vez en cuando se advertían algunos soldados imperiales, pero el lugar no podía ser más inseguro y maloliente. Parecía como si toda la hez de Oriente se hubiera concentrado en aquel lugar inmundo.

Una tras otra se sucedían las tabernas, fondas miserables y sórdidos lupanares, identificados por grandes hojas de parra colgando de los dinteles, imágenes desdibujadas de Baco, Astarté y Afrodita, o formidables falos de madera clavados en las puertas. En la Vía Ateniense hallaron el tugurio que les indicara el errabundo musulmán, identificado por un casco guerrero mohoso y abollado pendiente de una pica. Soldados ociosos, viejos degenerados, libertinos y jóvenes disipados llenaban los bancos de madera, mientras sobaban a las cortesanas, entre vaso y vaso.

Enseguida dos rameras embadurnadas de polvos y cubiertas tan solo por ajorcas y collares se les aproximaron invitándolos a acoplarse en uno de los cuartuchos de la trastienda.

—Ni se te ocurra tocar a ninguna de ellas, Yahía. Puedes contagiarte de la disentería, de la lepra o del *morbus meretricis*. Te lo asegura un navegante acostumbrado a estos antros. Tiempo tendremos de visitar a alguna cortesana de las lupinarias, auténticas huríes del paraíso, amigo —lo previno empujándolo—. He descubierto a unos navegantes de Palermo, y me dirán algo por unos sólidos de oro.

—Te espero en la plazuela donde se erige esa estatua del sileno cornudo, junto al pozo de las aguas. Y no arriesgues ni tu pellejo ni nuestra reputación.

Cerca de una interminable hora, en la que Yahía tuvo que rechazar a más de una veintena de pordioseros, putas y mancebos, tardó en aparecer Qasim, abrazado a un turco corpulento y velloso, al que arrastraba junto a sí, embriagado.

—Al Gazal —susurró para no ser oído—. Este cabrón me garantiza que en el cobertizo que se halla tras los depósitos hay más de cien *phitoi*, tinajas atiborradas del misterioso líquido. Asegura que lo guardan tres frigios, tan borrachos como él, y que existe un ventanuco oculto por donde arrojan los sacos de trigo. ¿Lo intentamos?

—El crédito que puede ofrecer este borracho es idéntico al de una cabra. ¿Y vamos a confiar en él? Te aguardaré fuera y te advertiré de cualquier contingencia.

—¡Perfecto, cogeré una muestra! Y si oteas algún peligro podemos escabullirnos en uno de estos tugurios, donde ni el mismo Satán nos encontrará.

Al Gazal asintió y se encaminaron a un desierto almacén. Al llegar comprobaron cómo su único guardián yacía durmiendo junto a la puerta, abrazado al *pilum* y con una bota de vino vacía a sus pies, mientras el resto se calentaba en una fogata, a más de cien pasos de la entrada. Abandonaron al turco en las cercanías y rodearon el cobertizo buscando la entrada, que según el cargador estaba cubierta con unos costales embutidos a presión.

Cedió uno de ellos y el navegante se escurrió por el boquete, dando un golpe sordo al caer. Solimán contempló en la semioscuridad un recinto repleto de sacas, cajas apiladas y altas tinajas de tamaño gigantesco que despedían un tufo penetrante a nafta, goma arábiga, aceite y otros productos no identificados por Qasim. El suelo, por otra parte, estaba cubierto enteramente de fina arena.

Poco a poco las tinieblas de la noche se hicieron más densas y un fuerte olor a salitre le llegó desde el puerto. Fuera comenzaban a encenderse los faroles de sebo en las esquinas de aquellos andurriales. De repente, mientras dilucidaba el modo de encaramarse en las tinas, y proveniente del fondo del sórdido depósito, escuchó el nítido ruido de una cadena arrastrándose por el suelo, y un gruñido sordo y prolongado acercándose por sus espaldas. La sangre se le heló y un nudo le paralizó la garganta. Las piernas apenas si podían sostenerlo en pie.

«Perros, aquí hay perros», susurró para sí. «Dios, estoy perdido».

Miró hacia atrás y en las sombras advirtió la amenazadora silueta de dos enormes dogos con las bocazas abiertas y sus ojos brillantes fijos en él. Sin pensarlo saltó sobre las sacas infiltrándose de nuevo por el agujero por donde había descendido. De inmediato un ensordecedor ladrido de los canes, y gritos, carreras, teas que se encendían, puertas golpeando y avisos de alerta de la guardia llenó la atmósfera de la noche. Qasim se lanzó fuera, al vacío, y Yahía lo llamó siseando, escurriéndose entre unas casuchas, e intentando acceder a una de las tabernas donde contarían con la complicidad de los parroquianos. Pero comprobaron con angustia que todas las salidas las cortaban guardias armados y alumbrados con linternas.

—Si no me cortan la cabeza aquí, me la rebanará el emir, si es que escapamos de esta, Solimán. Corramos. No nos queda otro recurso —recomendó.

—Tan solo un milagro nos salvará, Yahía. O escapamos de aquí, o nos apresarán sin remisión —dijo, mientras un sudor frío se deslizaba por las sienes.

—¡Mira allí! ¡Corramos hacia el depósito de aguas! Bajo Bizancio existe toda una ciudad subterránea que conduce el agua potable a todos los barrios y arrabales. Durante el tiempo en que he estado esperándote he visto entrar por un portillo oculto a un mendigo y a alguna ramera, y desaparecer luego dentro del aljibe —dijo señalando un túmulo.

—Vamos pues, o será demasiado tarde.

Se escabulleron hacia el lugar señalado y pronto se toparon con un portillo de hierro sin candados ni cerrojos. Miraron al interior y repararon en un resplandor opaco, que se oscurecía y resplandecía a intervalos, indicativo de que en el agujero había vida y movimiento. Se miraron con la preocupación de lo desconocido y levantaron la tapa. No tenían otra opción.

—No sé lo que encontraremos en este subterráneo, pero no será peor que lo que nos aguarda aquí arriba. Adentro, tenemos el camino expedito —lo animó.

Mientras descendían hacia el tenebroso pasaje, escucharon las pisadas de sus rastreadores, los aullidos de los canes y una voz distante que les atenazó los corazones, paralizando sus miembros. Y el miedo se redobló en la oscuridad.

—¡Eh, la guardia! ¡Volvámonos! Es un loco y va solo. Por las pisadas en la arenisca sabemos que no se ha acercado a las tinas, y abajo le sajarán el gaznate para robarle las sandalias. No sabe dónde se ha metido. —Una carcajada feroz selló el silencio de la noche.

—Creen que persiguen a uno solo, Yahía. Andémonos con cuidado y alcancemos la primera salida. Por lo escuchado y visto, estos aljibes son morada de asesinos, indigentes y putas. Empuñemos las dagas y simulemos ser unos truhanes.

Se descolgaron por una escala asiéndose a los barrotes de hierro, tan solo guiados por un centelleo lejano y móvil, hasta al fin aparecer en un pasadizo, con un hedor a aire viciado intolerable. Al Gazal, ante la perplejidad del navegante, metió la mano en el cieno y se restregó las manos, la cara y la vestimenta, animando a su socio a imitarlo.

—Si nos hacemos pasar por uno de ellos y hablamos

con bravuconería, tendremos posibilidad de salir vivos. Úntate de esta porquería, y déjame hablar a mí.

—Eres único para maquinar estratagemas, Yahía. Pero aún me tiemblan las corvas y apenas si puedo tragar saliva. Que el Clemente nos ampare.

Al poco, respirando con dificultad el aire ardiente del túnel, e inclinados para salvar los arcos impregnados de moho y suciedad, llegaron a una sala subterránea iluminada por hachones, donde se alzaba una cisterna colosal rodeada de un pórtico de mármol atestado de pedigüeños andrajosos y borrachos. Algunos los observaron y, al verificar sus sucias vestimentas y aspecto soez, los ignoraron.

Al Gazal y Qasim, maravillados con aquel lugar tan insólito, siguieron la vereda en dirección a uno de los corredores de salida. De repente, una mujerona desdentada que exhibía sus encías sin pudor, y cubierta de costras de roña, los detuvo entre risotadas y gestos obscenos. Al alquimista se le erizaron los cabellos, incapaz de balbucir una sola palabra.

—¿Buscáis a Eudora, no es así? Está fornicando con dos a la vez, ahí detrás. Si queréis esperar, os costará un sólido. ¡Oléis como buitres, mozos del diablo!

—Toma dos, madre. Uno por mí y otro por mi amigo. La aguardaremos ahí sentados. Oye, buena mujer, ¿aquella abertura es la que conduce al Foro Arcadio? —preguntó Yahía intentando serenarse y tirándole al regazo las monedas.

—¿Queréis salir luego por él, no es así? Os persigue la guardia, ¿verdad?

—Así es, y si nos cogen nos cortan el pellejo. ¡Hijos de puta! —dijo Yahía.

—Está al fondo de la galería. ¡Maldita sea el castrado del emperador! Tomad un poco de este vinillo —los invitó, mientras reía como una arpía y ventoseaba estruendosamente.

—Sea, madre, y que el Maligno se lo lleve a los infiernos. —Y se echaron a pechos un caldo avinagrado que casi los hizo vomitar.

—Brindo por eso, y por el apaño con la Eudora. No conoceréis otra igual.

Los andalusíes se apartaron a una esquina, donde un perro sarnoso los olisqueaba con insistencia, y otros mendigos de aspecto patibulario se sentaban frente a ellos sin decir palabra. Escapar de aquel mugriento lugar se podía convertir en una empresa arriesgada. No obstante, a un descuido de la alcahueta y a un velado guiño de Yahía, se fueron deslizando hacia la boca de salida, de la que emanaba una molesta pestilencia, caliente y viciada.

Salvaron a algunos menesterosos ebrios y esquivaron a la supuesta Eudora, un putón de carnes pródigas que realizaba frenéticamente el sexo oral con un carcamal, mientras otro la montaba por atrás entre gemidos de satisfacción. Se escabulleron por una sima, que amplificaba sus pisadas como un tambor gigantesco y desaparecieron en la oscuridad de los pasadizos. Vagaron durante más de media hora por corredores nauseabundos que servían de dormitorio a borrachos, rameras y matones, unos encima de otros, y entregados a la más absoluta de las lujurias.

Sin saber cómo, salieron, agotados y sudorosos, a un canal de gran amplitud donde se veían algunas barcas atadas a las columnas. En el recorrido oyeron pasos cercanos, que o bien se detenían o bien parecían perseguirlos para robarles, y gritos ahogados, cuyo eco se perdía pronto en el silencio. Se toparon con al menos tres cadáveres de desventurados recién degollados, y hubieron de retroceder ante un tumultuoso nido de ratas que obstruía la salida.

La candela de resina que habían cogido se les agotaba y la inquietud los embargaba. Luego se deslizaron por un laberinto de pasadizos y se abocaron sin pretenderlo a una sala tan suntuaria como la anterior, aunque más iluminada, donde decenas de vagabundos bebían vino, se solazaban en los rincones y escuchaban al que parecía el cabecilla de la banda de ladrones, un sujeto con una cicatriz de oreja a oreja y un cuerpo peludo y descomunal, pidiendo cuentas de los robos a sus correligionarios. Al Gazal, oliendo un peligro previsible, apagó la tea en el agua, pero el chisporroteo alertó a los delincuentes, que callaron de inmediato alertados.

—¡Alto! ¿Quién anda ahí? —bramó el jefe, y de inmediato se movilizó una caterva de matones con teas, mazas y facas—. ¡Hiparco, tráenos su cabeza!

—Por aquí, Yahía. Aprovechemos la oscuridad. A unos pasos de aquí he avistado una de las alcantarillas de desagüe. Corramos, y no miremos atrás.

Súbitamente el subsuelo se llenó de teas encendidas yendo de un lado para otro y de gritos de los brutales hampones, con la suerte para los andalusíes de que no atinaron a la primera batida con el pasaje por donde habían escapado y desaparecido. Tal como había pronosticado el marino, y alentados por su inestimable ventaja, un círculo de luz tenue y azulada, cortado por los negros barrotes, apareció sobre sus cabezas en el lóbrego corredor de la izquierda.

Con el corazón sobresaltado ascendieron resbalándose, con las manos llenas de magulladuras, y la incertidumbre de si podrían abrir la trampilla con la misma facilidad que la de la entrada. No obstante, se liberaron de su pesadumbre cuando no sin gran esfuerzo atinaron a alzar la portezuela, que chirrió como una alimaña en la noche.

Abajo aún se escuchaban improperios y gritos de sus rastreadores, y un hondo suspiro se les escapó de sus gargantas. Los últimos sucesos acaecidos en sus vidas parecían estar bajo el signo del riesgo.

—Ese puñado de hideputas nos hubieran rajado en canal sin pestañear, Qasim.

—¡Voy a vomitar! —añadió, vaciando sus entrañas con una biliosa arcada.

Al Gazal, con los pulmones ardiendo, y creyendo que padecería una inoportuna crisis de asma, miró a su alrededor y comprobó que se hallaban junto al acueducto de Valente, no muy alejado del Palacio de Lausus, una zona iluminada y transitada por vecinos y soldados imperiales. Una brisa húmeda oreaba los alrededores y sintió un temblor que le traspasó los huesos. Habían recorrido media ciudad por sus sótanos, y salvado la vida milagrosamente.

Varios viandantes y matronas se separaron ante su apestosa presencia, y en pocos minutos, sudorosos y con un dolor insoportable en sus miembros, alcanzaron la puerta lateral de la residencia imperial de huéspedes. Al Gazal empujo una de las jambas, dejando paso a un Qasim pálido y agotado. A lo lejos, en la esquina, adivinó la silueta gris de un eunuco que los espiaba, pareciéndole familiar. Su obesa humanidad y el cráneo rapado así lo delataban.

—Ni a cientos de leguas puedo ignorarlos. Esta misma noche, el ministro Ignacio sabrá de nuestra aventura. Qué fatalidad —protestó con amarga ironía.

—¿Aún tienes fuerzas para hablar, amigo mío? —replicó Qasim.

—Solimán, olvidemos este desventurado incidente, solo achacable a nuestra imprudente osadía. Y ni una palabra a Almunayqila. No lo comprendería.

—¿Y si lo hubiéramos conseguido? Piensa en esa posibilidad y serás feliz.

—Ahora sé por qué eres amigo mío. Eres un cínico recalcitrante.

Ambos rieron, multiplicándose el eco de las carcajadas por los tránsitos del palacete.

Dos días después, en una mañana de tornasoles rosados, se celebraría el ceremonial de la recepción imperial. El sol jugaba con los velos sutiles de las nubes, hasta que, poderoso, fundió el rojo de sus rayos con el dorado de las *insulae* e iglesias de Bizancio, inundando de luz el verdemar Cuerno de Oro y la azul Propóntida.

Al Gazal, Almunayqila y Solimán Qasim, plenipotenciarios de la Córdoba omeya, habían descendido de la litera y, acompañados por Qartiyus y la guardia palatina, atravesaban el Pórtico de los Perfumes y el Milión, una columna con las distancias en millas romanas entre el corazón del Imperio y sus posesiones en el mundo. Un jubileo de curiosos se apartaba admirado ante el lujo de la legación andalusí, bajo un parasol púrpura portado por dos eunucos.

Al Gazal se protegía la cabeza del sol con un tailasán o velo de seda blanca, y sus compañeros con turbantes de bandas verdes y plumas carmesíes, pendiendo de sus cintos de cordobán dagas damasquinadas. En el pasaje porticado por el que transitaban se asentaban los mostradores de perfumes donde los mercaderes exhibían su mercadería. Exóticos sahumerios y costosos cosméticos elaborados en Alejandría, Tiro, Gaza y Rodas se ofrecían en la antecámara del Gran Palacio.

—No podía imaginar una antesala de efluvios tan agradables, Qartiyus.

—Al emperador, vicario de Dios en la tierra, han de llegarle los bálsamos más gratos de la ciudad —contestó Qartiyus.

Llegados a la gran muralla y como avisada por una voz invisible, la gran Puerta de Bronce, la centenaria Calcé, se abrió de par en par, apareciendo ante ellos con todo su esplendor el Gran Palacio, la ciudad imperial dentro de la gran urbe romana. El monumental escenario, sede del poder más grandioso de la humanidad, se les presentó jalonado de palacetes y jardines de ensueño. Lo habitaban centenares de eunucos, funcionarios y aristócratas, que guardaban con religiosa devoción la sacralizada persona del *basileus* y su familia, en medio de un ceremonial escrupuloso y solemne. Bajo la arcada los aguardaban dos consejeros imperiales uniformados con la purpúrea toga trabeata de los cónsules romanos, que les dieron la bienvenida y los precedieron al interior de la ciudadela real rodeados de una cohorte de eunucos y heraldos con largas tubas de plata. Qartiyus los presentó como el Maestro de Oficios, mayordomo de la casa imperial, y el Conde de las Dádivas Sagradas, un palaciego rubicundo de origen búlgaro, tesorero del Estado.

—¡Salve, embajadores de Córdoba! —los recibió el *magister*, un cortesano desgarbado y escuálido—. El *basileus* Teófilos os recibirá en la Sala Dorada del Crisotriclino cuando el sol culmine la hora tercia. Entre tanto nos avisa el eunuco *papías*, su mayordomo, os mostraremos las inmediaciones.

—Os acompañamos complacidos, ilustre visir —agradeció Yahía.

El Gran Palacio parecía acaparar toda la luz y magnificencia de Oriente. Constituía por sí solo un laberinto de ricas construcciones, prohibido para el pueblo, en el corazón de la misma Bizancio. Fabulosas residencias, cuarteles de mercenarios, cecas de moneda, oficinas, graneros, establos, campos de pelota, cárceles para conspiradores, jardines paradisíacos, cisternas, salones y palacetes de belleza inimaginable componían el magnífico conjunto palatino, fabricado en mármoles, jaspes, alabastros y los más preciosos metales. Admiraron el palacete Calcé, así llamado por estar cubierto con una techumbre de láminas de bronce, y se pasearon por los pórticos del palacio de mármol amarillo de Dafne, sede del Gobierno del Imperio, donde los agasajó su conocido y amigo, Ignacio de Atalia.

Desde sus galerías, el chambelán les mostró las mansiones habitadas por los augustos, llegados el día anterior a la ciudad, el Palacio Rojo del Pórfido, residencia del primogénito Miguel, el Palacio de Sigma, residencia de los césares, y el de Bucoleón, morada usada por la emperatriz Teodora, edificada sobre una pendiente de terrazas colgantes y balcones edénicos que llegaban hasta el embarcadero real.

Todas las dependencias se unían entre sí por peristilos techados de vidrieras, y aparecían decoradas con estatuas egipcias, griegas, etruscas y romanas. Decenas de eunucos vestidos con túnicas de lino, millares de esclavos de todos los orígenes y una muchedumbre uniformada con togas color corinto contribuían con su esmero al bienestar de la familia del césar y a la organización del Imperio. A continuación, el *magister* los guio con ademanes enigmáticos hasta un jardincillo cercado con muros de alabastro rosado, cuya puerta necesitó de cinco cerrojos para ser abierta.

La extremada seguridad impresionó a los embajadores, que entraron en el oasis precavidos e ignorantes de lo que admirarían dentro. No hubieron dado los primeros pasos cuando se detuvieron, maravillados con lo que contemplaban. En el centro se erigía impresionante un árbol macizo de oro, repleto de frutos y hojas del mismo metal, con avecillas inermes de plata y amatistas, tan relucientes y esplendorosas que dejaron mudos a los legados, impresionados por tan colosal joya.

—Es el Árbol de la Vida —mostró el chambelán señalándolo con orgullo—. Copia exacta del arbusto del Edén donde fueron tentados Adán y Eva, y forjado en oro egipcio por orfebres de Tiro.

—Admirable maravilla que ciega la vista —manifestó Almunayqila.

Los andalusíes lo rodearon comprobando fascinados los mecanismos de los autómatas y la belleza y exactitud de aquella réplica floral de extrema fastuosidad. Luego deambularon por entre las fuentes, y justo cuando la sombra del reloj de sol se proyectaba sobre la muesca de la hora de tercia, la comitiva se dirigió a la zona norte, donde se concentraban los salones oficiales. Al poco de llegar, y mientras aguardaban en la escalinata, se escuchó un característico tintineo de unas llaves agitadas con fuerza. Los andalusíes se miraron entre sí.

—Ilustrísimos *kurós*, es el inconfundible aviso de Teoctictos, el eunuco *papías*, que nos advierte de la llegada de los augustos —dijo el *magister*—. En palacio es muy conocida esa señal, precursora de la presencia inminente de los emperadores, para que todo mortal se incline ante ellos.

Ascendieron por la escalinata guardada por los pretorianos catepanos, y pasaron bajo la efigie de un Cristo crucificado esculpida en el friso del edificio. Junto a la puerta de cedro, se hallaba el eunuco mayordomo dispuesto a conducirlos al salón del trono. Con gran sorpresa de los legados, al saludarlos con una profunda reverencia, comprobaron que no era otro que el castrado disfrazado de Helios en la fiesta del primer ministro. Al Gazal lo observó con preocupación, pues también quería reconocer en el castrado al agente que los vio regresar del arrabal de San Mamás. No obstante, Qartiyus lo tranquilizó al informarle de su devoción hacia la emperatriz y las diferencias con los eunucos más afines al emperador. El castrado les informó:

—El *basileus* Teófilos os recibirá en breves instantes, *kurós*. ¿Habéis descansado de la fiesta y de vuestra ronda nocturna? Pasad, os lo ruego.

—Nos consideramos honrados —dijo Yahía confundido.

Lo siguieron al Lausiaco, el vestíbulo del gran Salón del Trono, decorado hasta la extravagancia con obras de arte donadas por reyes y tributarios de medio mundo. Al Gazal se hallaba inquieto, y sentimientos encontrados pasaban por su cabeza incontroladamente. ¿Qué sabía en verdad aquel eunuco? ¿Podía fiarse de él? De las precisas palabras de su boca, de su silencio y discreción, y de no cometer desliz alguno dependía el éxito de la legación. Repasaron sus ropas, e instantes después accedieron solemnes al concurrido Crisotriclino, el suntuoso Salón del Trono Imperial de la Nueva Roma, que dejó boquiabiertos a los embajadores por su opulencia.

Las paredes y el techo se cubrían de mosaicos polícromos, representando a Dios Padre, Cristo Jesús, Santa María, y otros santos varones de la Iglesia cristiana, hieráticos, con vacuos ojos y vestimentas regias, elaborados con piedras preciosas, oro, lapislázuli, ágata y cuarzo, pareciéndoles como si la mismísima corte celestial hubiera prestado su marco al trono del emperador de Bizancio.

—Que el Clemente nuble mi vista si he visto algo semejante en los días de mi vida. Dios de mis padres, qué ostentación —exclamó Qasim pasmado.

—Ni Bagdad, ni Aquisgrán, ni Damasco o Córdoba poseen tal fastuosidad —confesó ensimismado Yahía, observador de tanta profusión de riqueza.

El suelo donde pisaban era de rica taracea, marcado con los movimientos del ceremonial del besamanos imperial que tenía lugar todos los jueves. No se advertía diván o sillón alguno, pues ante los augustos nadie tomaba asiento. Y en el extremo este del salón, sobre unas gradas alfombradas, veíanse los todavía vacíos tronos imperiales, de oro macizo, aposentados sobre una plataforma, y escoltados por leones y águilas de bronce coronadas con láureas cinceladas en plata. Un dosel monumental de púrpura, sostenido por cuatro columnas de bronce, le servían de magnífico escenario. Y estando en la admiración de tanta esplendidez, se oyó el golpeo en el suelo del varal del *magister* clamando con su vozarrón estentóreo:

—¡Romanos, se abre la Taxis ritual de bienvenida de la embajada de Córdoba!

Y al son de tubas y clarines comenzaron a ingresar en solemne procesión entre salmodias y sahumerios las más altas jerarquías del Imperio, rancios personajes que parecían salidos de los mismos mosaicos. Abría el cortejo un portaestandarte con capa pluvial, empuñando una gran cruz de oro, la insignia de Constantino, escoltada por lugartenientes con los emblemas imperiales, lábaros, vexillas de las legendarias legiones de Roma y la espada desenvainada de los césares romanos. Los patricios ocuparon sus lugares junto a las escalinatas, rodeando en círculo el solio imperial.

—Aquel prelado de mística figura es Metodio, el gran

patriarca de Bizancio —les fue explicando Qartiyus en voz baja—. Y tras él caminan Ignacio, nuestro anfitrión y *eparco* o prefecto de la ciudad. Junto a ellos está el sagaz Basilio, vuestro amigo y segundo patriarca de Santa Sofía, y también el *magister militum*, responsable de la defensa del Imperio, junto al megaduque de las flotas, con sus generales del estratego. El anciano del cabello blanco es el custodio de la leyes, conocido como el *momophilax*. Estos seis patricios son las más altas dignidades bizantinas y columna del Estado. Todos han acudido a vuestro reclamo y debéis sentiros halagados.

Acto seguido aparecieron en el salón, como un siniestro enjambre de zánganos, una comitiva de eunucos y mayordomos de la casa real.

—Estos figurones vestidos de blanco y aderezados como rameras son los eunucos cubicularios —les dijo Qartiyus con ironía—. Administran los asuntos de la Cámara regia, y otros oscuros negocios que no es el momento de detallar.

—En Córdoba, ya los visteis, también representan una peste yerma, difícil de sacudirse, y son expertos en la sordidez de la conjura y la murmuración. Son la carcoma del Estado, y, tanto como los de allí, estos me parecen estúpidos —corroboró Yahía.

Con el andar afectado, cráneos rasurados y los rostros bobalicones, antecedían a la familia imperial. Desfilaba primero el eunuco *sakelión*, jefe del tesoro particular del emperador con un llavín colgado de su orondo pecho, el ya conocido Teoctictos, con un manojo de llaves de las alcobas imperiales colgado de su cinturón, y finalmente un castrado pequeño de estatura que hizo sonreír al embajador andalusí.

—Esa delicada miniatura es el *parakoimonenos*, que

quiere decir «el que duerme junto al emperador» —aclaró el bizantino con sorna—. Vela su sueño a los pies del real lecho y es confidente, criado, mayordomo, limpiaculos y paño de lágrimas de nuestro césar. Nadie posee más influencia que él, pues maneja hilos muy sutiles. Muchos hombres han ascendido o caído en desgracia por su solo capricho.

Finalizado el desfile, los tres comisionados cordobeses atisbaron con circunspección la puerta, aguardando la ansiada llegada de la realeza. Pasó un rato, mas la familia imperial no aparecía. Así transcurrieron unos embarazosos instantes, hasta que, de repente, dos de los eunucos cubicularios corrieron el velo de seda, el *lorhos* imperial, cubriendo en un abrir y cerrar de ojos el espacio ocupado por los sitiales del trono ante un silencio densísimo.

A una señal del *magister* las trompetas interpretaron una sonora fanfarria, y la cortina se fue corriendo majestuosamente hasta dejar a la vista el baldaquino imperial. Pero cuál no sería la sorpresa de los legados de Córdoba que al mirar al frente comprobaron desconcertados que allí no se hallaban los dos tronos.

—Han desaparecido los sitiales imperiales, Yahía —susurró Qasim.

El espacio de los tronos estaba incomprensiblemente vacío y tan solo se descubría la colgadura granate sin más ornamentos. Un mutismo sobrecogedor y la silenciosa postración en tierra de todos los cortesanos los conmovió. Se oyó un ruido susurrante y extraño, como salido del techo del salón.

De repente, atraídos por él, los embajadores levantaron los ojos hacia arriba alertados por la estridencia y descubrieron atónitos a una altura de treinta pies y cerca de la techumbre la plataforma con los dos sitiales imperiales.

Luego, pausada y solemnemente, fueron descendiendo al son de las trompetas, encubiertos entre los efluvios vaporosos de los incensarios y el fragor de unos engendros mecánicos que se movían automáticamente mientras lanzaban al aire roncos rugidos.

Aturdidos por el mágico efecto del descenso, al fin distinguieron las dos figuras imponentes y majestuosas del emperador Teófilos y de la emperatriz Teodora, sentados sobre los tronos y envueltos en una humareda de inciensos que creaban una atmósfera sobrenatural. Al llegar a la escalinata se detuvo el movimiento, se posaron los tronos en el solio y cesaron las estridencias de los autómatas.

Ante ellos y los cortesanos, inmóviles y mudos, se manifestaron los emperadores de Bizancio, cúspide y sol del Imperio romano de Oriente. Los andalusíes estaban boquiabiertos, impresionados y hechizados.

—*Ho Helios Basileuei!* —exclamó el *magister*—. ¡El sol es nuestro emperador!

—¡El sol reina en la Nueva Roma! —contestaron al unísono los cortesanos postrados en tierra, salvo los andalusíes, que solo inclinaron las cabezas con respeto.

—Su suprema grandeza, Teófilos, emperador de romanos, señor del mundo, y su soberana dignidad, Teodora, emperatriz de Constantinopla y madre del pueblo romano —proclamó el heraldo.

Los legados andalusíes levantaron las testas paulatinamente, con respeto y reverencia, y detuvieron sus miradas sorprendidas en los soberanos, ofuscados por la profusión de alhajas de sus vestimentas púrpuras, que admiraron embelesados.

Sin embargo, Al Gazal palideció.

El diplomático reprimió una exclamación de asombro y creyó que el techo se le venía encima. Comenzó a sudar y a estremecérsele las piernas, y la boca se le resecó como la estopa, mientras una transpiración gélida le corría por la espalda. Intrigó a Qasim, que lo observaba preocupado. Todo parecía darle vueltas, y su proverbial seguridad restallaba en su interior, hecha añicos. Las manos le temblaban y sus ojos desorbitados, como imantados por un anómalo recuerdo, permanecían fijos en la emperatriz Teodora, que impertérrita como una esfinge egipcia, y tras una pátina de respetabilidad y grandeza, lo observaba indiferente con sus exquisitos ojos verdemar. Aquella mañana le brillaban con una expresión inocente y sin mover un solo músculo, y con su lunar perfecto junto a la comisura de los labios la contemplaba estático Al Gazal. Se resistía a aceptar que fuera la enigmática Leda.

«No, no puede ser. Por todos los genios del infierno. Amarga ironía de la fatalidad», pensó mirando temeroso a sus colegas. «Dios clemente, que sea una infeliz coincidencia, o esta embajada será una tragedia irreparable si no pierdo mi garganta antes de pronunciar una sola palabra. Esto es una pesadilla».

Paralizado por la tirantez del momento, Yahía seguía como inmovilizado. Los patricios romanos, que habían percibido su turbación, la achacaron al impacto por la impresión del ceremonial y se jactaron del provinciano sobresalto. Solo Ignacio, Qartiyus, el obispo y el gran eunuco esbozaban cierta sonrisa. Reparó desorientado en Qartiyus, quien se acercó a su oído y le recordó con agrado sus palabras antes del banquete, lo que fue serenándole gradualmente. «Llegado el amanecer, nadie recordará lo acontecido en el banquete».

—Es una vana ilusión, Al Gazal. Creed a vuestro corazón, y no erraréis. Conocisteis a un cisne sin analogía alguna con la *augoustai*. Comportaos como si hubierais arribado esta misma mañana. El emperador os mira y no debéis mostrar aturdimiento. Sois el representante de un reino poderoso —lo sacó del marasmo.

Al Gazal volvió a posar sus ojos de expresión sobrecogida en la pareja imperial, más sereno, pero vigilante. Y una impresión de decepción fue sustituyendo al asombro, pues comprendía que ya nunca más podría poseer a aquella mujer. Teófilos, según su apreciación, frisaba los cuarenta años, pero aparentaba veinte más. Desde la caída en poder de los abasíes de la cuna de su estirpe, Amorión no había recuperado el ánimo. Su tez pálida y el aire de lejana desdicha lo abocaban a una muerte sin remisión, según los físicos de palacio. Delgado, con los brazos grotescos, la barba rala, los ojos claros y el cabello rojizo, se hallaba embutido en una túnica tubular de oro y el manto púrpura de gala, el ancestral *epikoutzoulon* de sus antepasados, sosteniendo en las manos un báculo de marfil y oro rematado en una cruz de amatistas y cubierto por una soberbia corona, a modo de casquete, el *estefhanos*, atestada de perlas y piedras preciosas.

Sus ojos cansados denotaban no obstante bondad y entereza. A su lado, la hermosa *augoustai* Teodora, revestida con el toraquión, una estola y clámide purpúreas cruzadas y recamadas de oro, y una diadema engalanada de gemas, zafiros y esmeraldas, le recordaba a una diosa del Olimpo. Las pedrerías le caían sobre su rostro ovalado, haciendo resplandecer su encanto, aplomo ante toda la corte y los embelesados andalusíes, a quienes escrutó con sus verdes pupilas.

«Al fin he sabido quién eres realmente, dulce gacela de Hagianne», pensó Yahía extasiado, y aún no repuesto del inesperado sobresalto.

—Comparece ante sus serenísimas majestades —habló el chambelán—, una legación del reino omeya de Córdoba, encabezada por el egregio Yahía ben al Hakán, del linaje sirio de los Banu Beckar de Yayyán, en la Bética. —Luego, dirigiéndose a los musulmanes, les pidió afable—: Postraos, excelencias, ante los césares.

No obstante, los embajadores, lejos de obedecerle, se mantuvieron impasibles, intercambiándose miradas de complicidad y asintiendo después en la voluntad de no acatar el mandamiento del maestro de ceremonias. La perplejidad de los cortesanos, eunucos y familia real, que se miraban extrañados e incómodos, fue creciendo poco a poco, atendiendo mudos a la altanera postura de los infieles.

Aquello podría acarrear la expulsión de los legados y la ruptura de relaciones con el país de Occidente. Un rumor de repudio se alzó entre los asistentes, pero Yahía, ante el engorroso silencio, tomó la palabra expresando en un griego clásico la causa de la negativa a humillarse en tierra.

—Nobilísimos emperadores de Roma —contestó provocando un auténtico revuelo—. Nos sentimos sitiados por un arduo dilema. No hemos venido desde el lejano Alándalus para contrariar las usanzas de la corte imperial, y mucho menos a ofender a vuestras magnitudes. El problema es, augustos, que nuestra religión nos prohíbe postrarnos ante cualquier mortal sin incurrir en grave imperfección y convertirnos en reos de nuestra fe. Dice nuestro libro sagrado: «Yo soy Dios y no hay más Dios que yo, el que tiene asiento en su Trono, y solamente te postrarás ante mí». Por lo que en modo alguno hemos de pecar en presencia de tan poderosos reyes.

Las palabras del andalusí, contundentes como un epitafio, dirigidas a una audiencia de creyentes en Dios, pareció convencerlos, pero aguardaban la respuesta del emperador. Todos conocían su afabilidad, pero también los furibundos ataques de ira ante la inobservancia del ritual. Un silencio casi religioso saturó la sala, y todos observaban mudos, ora al emperador, ora al apuesto embajador andalusí, magnífico por su esbeltez, con su larga cabellera sobre los hombros y el rostro viril, soberbio e inalterable. El emperador lo examinó con ojos inquisitivos y, tras unos instantes de incómodo mutismo, le expresó con una voz cascada, pero afable:

—Embajador, nada os reprochamos y lamentamos la ignorancia de vuestras creencias. Somos nosotros quienes nos excusamos por la imposición, solo achacable al protocolo. Quedáis dispensados de este formulismo, si es que con eso pecáis.

Un soplo de alivio se difundió por el Salón Dorado, y Yahía respiró descargado por la actitud comprensiva del soberano. Luego contestó:

—El orden, la consideración, la armonía y la tolerancia son el goce de las mentes elevadas, majestad. Agradecemos vuestra indulgencia, rey de reyes.

Tras la osada temeridad del islamita, preguntó Teófilos interesado;

—Mas, ¿quienes son vuestros acompañantes y cuál vuestro cometido?

—Nuestro señor, el emir de los creyentes, Abderramán ben al Hakán, de quien os trasladamos sus deseos de concordia, os envía contestación precisa a vuestras peticiones a través de mi humilde persona, así como mis acompañantes, Yahía Almunayqila y Solimán Qasim, navarca de Palermo —le contestó mostrándolos.

—¿Y qué nos manifiesta vuestro señor en sus credenciales? —preguntó—. Expresaos con entera libertad, Yahía ben al Hakán. Os escuchamos.

—Mi imán y señor se siente complacido con vuestros regalos y con la consideración dispensada en el concierto de los reinos civilizados, para más tarde explicaros en estos pliegos sus consideraciones —le manifestó ante la atenta escucha de los ministros, mientras le entregaba las cartas selladas de la cancillería del alcázar—. Es cierto, señor, que los abasíes de Bagdad y los aglabíes norteafricanos son tan enemigos vuestros como de nuestro sultán, pero ¿podría mi señor enarbolar los estandartes del profeta junto a los de un imperio cristiano, contra hermanos del islam? Muchos creyentes no lo aceptarían y lo repudiarían de inmediato.

—Lo comprendemos. Proseguid, os lo ruego —habló el emperador.

—Tenéis su amistad y apoyo y el firme convencimiento del ocaso de los abasíes, quienes serán muy pronto barridos de la faz de la tierra, como predicen los astros y profecías. Y de las apetencias de los tunecinos de Qaiwaran sobre Italia, reprueba de corazón tales intentos que no prosperarán, pues su poder concluirá cuando muera su ambicioso y actual monarca Ikal. Muy pronto habrá alianzas entre mi señor Abderramán, y la paz se hará en el Mediterráneo, desde Gades hasta Tarento. Todo esto os lo manifiesta mi señor con razones esclarecedoras en ese documento reservado, que podréis examinar con vuestros ministros —atestiguó.

—Nos complacen estos anuncios y valoramos la disposición de Abderramán —manifestó el emperador cordial—. No obstante, el legado Qartiyus y el patriarca Basilio nos han informado de vuestra inesperada escala en Creta, esa joya arrebatada a nuestra corona por los rebeldes andalusíes, y han mostrado a mis oídos ciertos episodios desencadenados en esa cueva de corsarios, increíbles y osados por vuestra parte, aunque nada de lo tratado con ese rebelde me ha trascendido. ¿Existe alguna mudanza en el estado de las cosas que debamos conocer, *legate*?

Al Gazal detuvo su lengua, intentando acrecentar la expectación de la corte y sacar todo el partido posible de su logro con el pirata Abú Hasf, por lo que mirando con fijeza a Teófilos, dijo ufano:

—Las hay, y trascendentales, serenísimo emperador.

Un murmullo de admiración se expandió por la Sala Dorada y hasta el mismo emperador se revolvió inquieto y expectante en el trono. Abú era una espina clavada en el mismo corazón del Imperio y escocía la sola mención de su nombre. Todos esperaban la aclaración del agareno, y lo observaban con indiscreta expectación. Al Gazal permanecía inalterable y posaba a veces su mirada sobre la emperatriz, deliciosa, a veces sonriente, y las más inexpresiva, inerte e indiferente a sus palabras, observándolo desde el solio imperial.

—¿Y bien, cuál es esa novedad? —solicitó el monarca intrigado.

—Traslado a vuestra serenísima un compromiso firmado por Abú Hasf comprometiéndose a abstenerse de abordar cuantos barcos enarbolen la insignia imperial mientras dure un compromiso firmado con mi señor Abderramán —confirmó seguro de haber impresionado a la audiencia—. Si lo rompiera, cesaría un generoso acuerdo comercial con mi emir, que tomaría severas represalias.

Tal como había previsto el andalusí, el sobrecogimiento fue unánime. ¿Que de un solo plumazo concluía la pesadilla de los piratas del ruin Abú Hasf?

—¡Es difícil admitirlo, embajador, por san Miguel,

después de tanto dolor ocasionado, pues ni mis poderosas dromonas han podido perseguirlo! —respondió el monarca—. Ese truhan nunca ha aceptado un acuerdo con el Imperio, y alguno era ventajoso. ¡Zorro de Satanás! Disculparéis mi franqueza, pero dudo de su cumplimiento mientras no tenga en mis manos una prueba palpable.

El poder disuasorio del andalusí se cernía sobre los augustos y sus ministros.

—Pues no desconfiéis, augusto Teófilos —le reveló sin jactancia—. Y aunque su palabra pueda poseer escaso valor, las ganancias ofertadas por mi monarca lo atraerán como el oso a la miel y cumplirá escrupulosamente lo rubricado con su puño y letra. Os lo puedo afirmar. —Observó rostros con gestos de escepticismo.

Tanto el emperador como los cortesanos se revolvieron dubitativos entre rumores de escepticismo. Era costoso suponer un gramo de credulidad en aquel corsario, y menos aún imaginar un documento refrendado de su puño y letra.

—¿Decís que poseéis un protocolo firmado por ese usurpador, Yahía ben al Hakán? —preguntó confuso Teófilos—. Nos cuesta admitirlo, y excusadme.

Al Gazal conocía de antemano esta reacción de perplejidad. Pero dueño de la situación paladeó su éxito, y curioseado con simpatía por la emperatriz y otros palatinos, introdujo con indolencia la mano en el ceñidor y extrajo de él un pergamino enrollado, que ofreció al *magister*, quien a su vez lo depositó en la mano del emperador. Al estar escrito en árabe, demandó el auxilio de Qartiyus, quien lo tradujo y leyó en voz baja. El emperador trocó su hosco gesto por el entusiasmo.

Toda su indiferencia se había desvanecido en un solo instante. Fervor.

—Carezco de palabras para expresaros mi infinita

gratitud a vos y a vuestro emir, y quiero creer en la formal consumación por parte de Abú Hasf, extremo en el que ya no dudo conociéndoos. El asunto de Creta es una carcoma en los fundamentos del Imperio y hoy habéis conseguido con vuestro esfuerzo añadir la complacencia a este emperador, a su familia y a su pueblo.

—Se trata del gran presente de mi señor *amir al mumin*, el imán de creyentes, al Imperio romano, al que desea tener como aliado. La gran dificultad que tenías para moveros por el mar ha desaparecido, augusto.

—No olvidaré la feliz resolución de la gestión, y por ello tenednos desde hoy por amigo, ya que no podemos aprovecharos como súbdito, noble Al Gazal. Y creedme, envidiamos a vuestro señor por el disfrute exclusivo de vuestro ingenio.

—No exageréis vuestra consideración, no sea que os desilusione, augusto.

Al Gazal no cabía en sí de gusto, y la emperatriz lo observaba, no con indolencia, sino con respetuosa admiración. Su oficio era el de seducir, prometer, conseguir y alcanzar arreglos fructíferos para su señor, por lo que un desconocido deleite le corrió por el cuerpo. Inclinó la cerviz, abriendo su fascinadora sonrisa.

—No exageréis vuestra consideración hacia mí, no sea que os desilusione, pero quedo obligado por vuestras palabras, augusto *basileus*. Y ahora permitidme, soberanos emperadores —dijo inclinándose—, que el sabio Almunayqila, físico y astrónomo de Córdoba, os ofrezca los presentes enviados por nuestro emir, ejecutados por unas manos tocadas por el hálito del Creador Omnisciente.

El inventor de relojes y los criados andalusíes se aproximaron al estrado, acarreando cuatro abultados objetos ocultos por un paño. El desgarbado Almunayqila, algo azorado, descubrió la primera valija, y sobre una alcánda-ra de cedro exhibió ante los emperadores unas botas rojas, las apreciadas *mawqs* cordobesas, y una silla de montar de extraordinaria fábrica, en cuero repujado, y bocelada con incrustaciones de oro y plata que maravilló al emperador, hábil jinete y admirado jugador del *pulu* tibetano, como Abderramán. Al Gazal observó su reacción y sorprendió un contento casi infantil en su cerúleo rostro.

Enseguida, Almunayqila, ante la expectación general de la sala, y en especial de los curiosos eunucos, levantó el embozo del segundo envoltorio y descubrió un cofre pla-teado tallado con una perfección prodigiosa, levantando al punto una exclamación de asombro. El islamita lo abrió con un llavín de oro y al levantar la tapa se oyó el tintineo de unos cimbalillos, como tocados por manos invisibles. Des-pués sacó de la arqueta musical un *dibach*, un pañuelo bordado de seda cordobesa, que envolvía un *qanum* de marfil, o sea, un arpa andalusí de admirable manufactura y sonoridad. El inventor la rasgó extrayendo una afinada armonía, entregándola a Al Gazal, a quien según el proto-colo le correspondían los honores de entrega.

—Augusta emperatriz —se expresó Yahía sin mirar-la—. En vuestras manos sus cuerdas descubrirán tonos deliciosos. Aceptadlo en nombre de nuestro señor.

A la *augoustai* se le encendió el rostro y, fingiendo sorpresa, lo aceptó sin hablar, como marcaba la etiqueta, pero correspondió con una sonrisa arrebatadora, que el legado ya conocía y anhelaba. El inventor de relojes soli-citó una mesita, acomodando sobre ella el tercer y más voluminoso regalo. Retiró el paño y descubrió ante la asombrada corte imperial una clepsidra ejecutada en su taller del Alqaquín de Córdoba. Se trataba de un singular reloj de agua.

—¡Ohhhh! —se escuchó el generalizado rumor de la concurrencia.

Todos alzaron los cuellos para admirarlo, en absoluto silencio. Nadie deseaba perderse la esencia mecánica de aquel bellísimo artificio. Vieron que representaba a un pavo real con las alas y la cola desplegadas. Casi de tamaño natural, estaba fabricado en oro con amatistas de colores en sus ojos y plumón. Se coronaba con una campanilla de plata y sostenía un arco iris de bronce donde se señalaban en latín las doce horas del día, las fases de la luna y los días de la semana. Atrás, dos depósitos plateados, rebosantes de agua y ocultos por el plumaje, aseguraban en un intrincado sistema de canalillos el funcionamiento de las ruedecillas, que transmitían su fuerza motriz a dos agujas indicadoras de las horas y de los itinerarios astronómicos.

Pero el culmen del asombro llegó cuando Almunayqila accionó un resorte y desde el alerón del gran pavo real apareció un pajarillo dorado y miniaturizado, un autómata que, con acompasados saltos, ascendió al arco de muescas horarias, se detuvo en el carillón, y con el pico hizo sonar once campanadas musicales, regresando luego con el mismo impulso mecanizado al oculto escondrijo.

El emperador, que estaba embelesado con el ingenio, palmeó maravillado el brazo del sillón, y pronto un clamoroso aplauso de fascinación inundó con su eco el salón, conmoviendo a Almunayqila, que efectuaba reverencias a diestro y siniestro, rendido ante la aclamación. Hacía muchos años que tal eventualidad no ocurría en aquel protocolario salón de recepciones del Gran Palacio Imperial. Y no cabía duda, la legación andalusí había hechizado a Teófilos, a la *augoustai* Teodora y a muchos cortesanos, y perduraría su recuerdo por mucho tiempo.

—Fascinador, legado —lo felicitó—. Hoy mismo lucirá en nuestras habitaciones, pues habéis de conocer que el pavo real es el signo de la inmortalidad para los cristianos.

Y no se habían aplacado aún los rumores de estupefacción, cuando Yahía se ganó de nuevo el silencio de la asamblea. Con aplomo se dirigió hacia el lugar ocupado por el patriarca Metodio y el obispo Basilio, y abriendo la última arqueta extrajo la copa regalada por Abú, el cáliz sacro, manifestándoles deferente:

—Esta ofrenda no viene desde Córdoba, sino de Creta. Es un obsequio del camino y me lo donó Abú Hasf, el corsario. Es un vaso sagrado a tenor de los signos grabados en la peana y fruto de sus sacrílegas rapiñas. Es mi pretensión ofrendarlo a la santa casa de Dios de Hagia Sophia, y lo hago en la persona del obispo Basilio, apoyo desinteresado y consejero desde nuestra llegada a Bizancio. Tomadlo, señoría, pues es obligado que ocupe el lugar santificado que le corresponde.

Los dos prelados se sintieron adulados, pues no esperaban semejante deferencia de un musulmán. Basilio lo tomó con unción en sus manos y besó ambas mejillas de Yahía. El *sincelos* Basilio se acercó al diplomático y le manifestó en árabe, para no ser escuchado por los cortesanos y eunucos, que pensaron serían palabras de agradecimiento:

—Eres un hombre de Dios y algún día hallarás la iluminación, pues unes a tu sabiduría la indulgencia y la generosidad. Te corresponderé como mereces. Recibirás mi mensaje en el Palacio de Lausus, que te recompensará.

Al Gazal le devolvió una mirada de camaradería. No le había hecho el regalo gratuitamente. Él sabía lo que buscaba con el presente. Inmediatamente se hizo el silencio y el maestresala tomó su báculo de ceremonias para dar por finalizada la audiencia. Miró a su monarca e inclinó su cabeza esperando la venia, y que el augusto pronunciara las últimas palabras.

—Ilustres embajadores de Córdoba —prorrumpió el emperador—. En el día de hoy hemos presidido una grata audiencia. Extenderemos en reciprocidad el correspondiente Krisoboulos Logos, el protocolo con nuestra contestación definitiva, sellando un acuerdo de amistad entre los dos reinos. Nada nos place más que tener por aliado al poderoso emir de Hispania. Os volveremos a convocar, excelencias, y mientras, os lo ruego, recrearos en las generosidades de Bizancio. Quedaos en la paz de Jesucristo, del Santo Padre y del Espíritu Santo.

—¡Amén! —contestaron los palatinos.

Teodora, imperceptiblemente, le regaló al andalusí una sonrisa inefable.

El heraldo golpeó el suelo tres veces y los cortesanos se inclinaron hasta tocar el suelo, despidiendo a la familia imperial en el más reverencial de los silencios. Los enviados andalusíes aguardaban junto a Qartiyus, mientras recibían los saludos de los cortesanos. Cuando la sala quedó desierta y se disponían a abandonarla, se oyó un ruido de pasos llegado de la puerta de las cámaras imperiales, apareciendo la inquieta figura del eunuco *parakoimonenos*, rogándoles que se detuvieran.

—Cristo nos preserve de esa rata sin órgano viril —dijo Qartiyus entre dientes.

—Sin verga, pero con tanta mala bilis como una hiena del desierto —contestó el extranjero recordando a Tarafa y Naser.

Al llegar se detuvo sonriente ante Yahía, y con una vocecita que incitaba a la risa, les comunicó gozoso:

—Mis señores, los augustos, han dado las órdenes oportunas para que, durante vuestra estancia entre nosotros, tengáis paso franco en palacio cuando lo deseéis, gracia desconocida hasta ahora. Por otra parte, os invitan el próximo sábado a las carreras del Hipódromo, y a la fiesta a celebrar en el Palacete del Pórfido.

Y regalándoles una reverencia maliciosa, desapareció con la misma prontitud como había aparecido, seguido por la mirada de indiferencia de los hombres.

—¡Medio hombre bastardo! —lo despidió Qartiyus.

Al Gazal, mientras abandonaba la residencia imperial, no dejaba de recordar el fulgor de la mirada de la emperatriz y aquella desbordante e indescifrable sonrisa de despedida. La sabía inalcanzable, pero su imagen seguía indeleble en su mente. Recordó la fina hermosura de su cuerpo y su semblante impertérrito de la audiencia, como una animada reliquia, segura de que nada ni nadie podían afectarle. Se deleitaba en el recuerdo de la grandeza y el ingenioso boato de la recepción, y pensó que debía reprimir el fuego inextinguible de aquella peligrosa y efímera amistad.

Un viento suave, anunciador del fin del verano, le llegó del canal de la Propóntida, cuando cansados se arrellanaban en la litera, bajo el peristilo de la Puerta Calcé. Almunayqila seguía con su mirada perdida de contento y Solimán no cejaba de parangonar las riquezas encerradas en el Gran Palacio, y su anhelo de poseer algún día el secreto del fuego griego. A Yahía la ciudadela imperial le parecía un paradigma de la arrogancia humana y el ocaso de una disipada estirpe ahogada en sus propios egoísmos, dentro de un imperio amenazado en todas las fronteras. Le había deleitado la inminente firma de la alianza entre los dos reyes, y sabía que a su emir y amigo Abderramán le complacería de forma extraordinaria.

A lo lejos contempló a los dos patriarcas de Bizancio bajo un palio, seguidos por una pléyade de clérigos, dirigirse en dirección al Augusteo, contiguo a la iglesia catedral. Las palabras del obispo Basilio y su complicidad en su búsqueda eran néctar puro para su espíritu inquieto. Luego, por azar, comprobó cómo un eunuco los acechaba escondido entre el gentío, a una prudencial distancia, perfilándose su obesa silueta con disimulo. No obstante, no lo consideró motivo de preocupación.

Antes de partir escuchó la dulce tonada de un ciego, que rasgaba un armónium de fuelle, impulsado por sus esqueléticos pies. Le lanzó una moneda de plata y al poco oyó una voz senil y agradecida:

—¡Suerte, *kurós* de Córdoba!

No pudo evitar admirar en silencio la grandeza de Bizancio, y evadió su imaginación arrullado por el traqueteo del palanquín. ¿Habría de revelar a sus colegas, Qasim y Almunayquila, la identidad de la emperatriz? Si ellos no lo habían advertido, lo silenciaría para siempre. En su corazón, y en la cima de la delicia, reinaba la presencia inanimada de la hermosa *augoustai*.

CAPÍTULO XIV

EL QUERUBÍN DE LAS DOCE ALAS

Al Gazal, un día después, y aún no repuesto de la colosal sorpresa recibida con la identidad de la augusta, descendió del palanquín en los pórticos del foro Augusteo y sintió el vivificante soplo del mar en su cara.

Un clérigo rijoso, tocado con un birrete tubular, y a quien una verruga agrandaba las cejas, lo recibió bostezando: «*Pax Christi*». Con gesto apático lo condujo hasta las dependencias de la basílica de Hagia Sophia, desapareciendo luego sin pronunciar palabra. El musulmán permaneció en una sacristía que olía a cera e incienso, atestada de ropas sacras, cirios, misales y candelabros, mientras aguardaba al patriarca Basilio. No bien hubieron pasado unos instantes cuando se oyó el rumor de unos pasos diligentes y el roce de una capa deslizándose por el suelo, apareciendo la oronda figura del obispo, envuelta en un manteo y con un birrete púrpura cubriéndole la coronilla. Con su rizada barba grisácea, el rostro anguloso y ojos contemplativos, se asemejaba a los santos del gran Salón del Trono. De aquel hombre religioso y erudito emanaba una aureola espiritual y perturbadora.

—¡*Laudate Dominum*, glorificad al Señor! Este servidor de Dios se alegra de veros —lo saludó, acariciando su cruz pectoral—. ¿Habéis sufrido algún contratiempo? Os adivino preocupado.

—Vuestra compañía es dicha para mí, pero me inquieta esa presencia invisible de los eunucos de palacio emboscados en cualquier columna. En cada sombra me parece atisbar una amenaza. Esa blandura tras mi nuca me sacude el alma.

—Despreocupaos. No obedecen órdenes del emperador. Lo hacen por esa incontrolable inclinación, casi femenina, de averiguar las andanzas de un personaje extranjero merecedor del beneplácito de sus amos. Ignoradlos. Hoy los vamos a irritar hasta la desesperación cuando adviertan el esquinazo que he preparado con una estratagema inimaginable para sus sibilinas mentes. Esta jornada será un día en blanco para sus enredos, pasaremos a la catedral y, desde ahí, desapareceremos con rumbo desconocido. Nos verán entrar en ella, pero no abandonarla.

Por una de las puertas laterales penetraron en el colosal templo dedicado a la Divina Sabiduría del Altísimo, Hagia Sophia, desierta de fieles y capellanes. Un mundo de imágenes reveló a Yahía aquella prodigiosa joya. Cúpulas de un atrevimiento inconcebible se elevaban en armonía arrogante.

Al fondo, el prelado le señaló el Bema, el ábside reservado a los obispos archimandritas, sacerdotes y al emperador, separado del resto del templo por doce columnas de pórfido verde expoliadas de los templos paganos de Artemisa en Baabek, Tesalia y Éfeso. En el centro se levantaba un altar coronado con una pirámide y una esfera de oro rojo, sostenidas por una flor de lis y una cruz de plata y pedrerías. Atrás, dos tronos recubiertos de esmaltes servían de cátedras al patriarca y a los augustos en las celebraciones solemnes.

Los filtros de los ventanales dejaban traspasar círculos de claridad, iluminando el polvo suspendido del incienso, que le confería una sorprendente percepción de inmensidad. Mosaicos sobre fondos de oro decoraban las paredes con teselas de vidrio, evocando la vida de Jesucristo, Juan el Bautista, Santa María, Constantino y Justiniano. Las columnas y arcadas, talladas con hojas de acanto, se asemejaban a un palmeral pétreo iluminado por lámparas gigantescas. La magnificencia de la iglesia encandiló de tal forma al andalusí que exclamó:

—No podía ni imaginar que en esta pagana Bizancio existiera este oasis espiritual donde se siente el espíritu de Dios. Qué grandiosidad, *sahib* Basilio, desafía a las mismas leyes del Creador.

—Cuando el emperador Justiniano la contempló recién terminada, exclamó fascinado: «Salomón, te he vencido». Y yo cada día, cuando celebro la misa en sus altares, siento sobre mí la omnipotencia de Dios —le confesó, para luego rogarle—: Es obligado partir, o perderemos la primera marea.

En una de las galerías los aguardaban el eclesiástico que había recibido a Yahía, y que le fue presentado como el *kartófilax* o bibliotecario del patriarca, y otro sacerdote fornido, ambos con sendas antorchas en sus manos y con algo que impresionó al andalusí. Esgrimían afilados cuchillos, algo impropio en aquellos hombres dedicados a la salvación de las almas.

—Hemos de transitar por un espacio inseguro, y no son mala compañía estas armas, aunque solo sean como disuasión contra los que no respetan los hábitos. Aunque vos y el siciliano ya conocéis estos vericuetos, ¿no es así?

—aseveró el obispo, y Al Gazal, pasmado, se sintió tan avergonzado que no acertó a contestar.

—No os sonrojéis, amigo. Es muy lícito intentar averiguar un secreto tan acreditado. Las tinas que visteis contienen el líquido de otros muchos componentes que han de disolverse en él, y cuya composición solo la conocen los almirantes de la Theme, que los guardan a buen recaudo en los sótanos del monasterio Pammacaris. ¿Creíais que enigma tan deseado podía hallarse al alcance de cualquier ladrón?

—Estoy abochornado, y no sé qué deciros, sino lamentar el hecho —se excusó.

—Comprendemos que guardar ese secreto comporta sus riesgos. Este Imperio vive del mar y debe proteger sus aguas con un arma poderosa. De todas formas, corristeis un peligro innecesario al descender a las alcantarillas, y aunque dos guardias os siguieron en todo momento velando por vuestra integridad, hubieron de emplearse a fondo con algunos ladrones. Lo ignorabais, ¿verdad?

—¿Y el emperador conoce este delicado contratiempo? —inquirió.

—No, tan solo el prefecto Ignacio, Teoctictos y yo mismo —aseguró.

—Me dejáis atribulado, *sahib* Basilio —contestó confuso bajando la cabeza—. Nuestra acción fue impropia de nuestra dignidad.

—Olvidémoslo. ¡Ea, tomemos el portalón del foro y utilizaremos para salir los canales de la cisterna de Yerebatán! Pasaremos un tiempo bajo la luz.

Al Gazal tomó su puñal, que sobresalía de su cinturón, y los siguió a través de un laberinto de pasadizos tortuosos. «Aquí, por lo visto, todo lo resuelven enterrándose en estos malolientes subterráneos», reflexionó.

Aquel mundo de tinieblas le pareció tan inseguro como en la primera ocasión. Después de traspasar varios recovecos, toparon con una mohosa puerta de hierro que uno de los religiosos abrió con estridencia, y descendieron por una escalera rezumante hasta llegar a una sala de arcos. El aljibe construido en las entrañas de la gran urbe se iluminó con la luz de las antorchas; desembocaron luego en otras saletas, donde advirtieron algunos bultos escurridizos alertados por los hachones encendidos. Apretaron el paso y se encaminaron hacia otro corredor aún más angosto, sin dejar de mirar hacia el lugar donde los acechaban. A Yahía el corazón le latía con fuerza.

—Bajar aquí siempre es arriesgado. Los bandidos y rameras lo toman por su santuario y se esconden de la justicia. Incluso ahora hemos de darnos prisa para eludir cualquier contratiempo. Al final del túnel se abre el postigo de salida —dijo el obispo.

De improviso, cuando uno de los domésticos de la catedral abría la cancela de salida, el capellán que cerraba la marcha reparó en la intranquilizadora silueta de un ladrón de alcantarillas a pocos pasos del grupo.

—¡Alto en nombre del patriarca! —le conminó el prelado, y el agresor desapareció, avisado de la identidad de sus víctimas. Conocía su destino si era apresado por aquellos sacerdotes. La ceguera o la amputación de sus miembros.

—Salgamos, eminencia, los gritos de ese truhan atraerán a más compinches —recomendó el bibliotecario—. Os aconsejé traer a la guardia y no correr riesgos, señoría. Oliendo soldados, se esfuman como espectros.

—Nadie debe conocer la visita al monasterio, fray Eudocio —contestó paternal—. Ejercitemos la compasión con esos pobres diablos.

Al cabo, salieron a luz de un cobertizo desierto, atiborrado de barricas, jaulas y sacas vacías, y de ahí, embozados en las capas, a una infesta callejuela del arrabal de Sphorakia, que apestaba a pescado, aguas fecales y despojos. Se veía colmado de mugre e inmundicias, pero estaba cerca de un varadero oculto en el Cuerno de Oro. Sin ser advertidos por los viandantes y rameras, subieron a un esquife de seis remos con un rumbo desconocido para el taciturno Yahía. Poco a poco la gran metrópoli quedó atrás y la frágil chalupa tomó el derrotero sur, disimulado entre millares de gabarras y esquifes de pesca.

—¿Dónde nos dirigimos, *sahib* Basilio? —preguntó el andalusí intrigado—. Siempre pensé en vuestra biblioteca como en una dependencia más del palacio, o de la Hagia Sophia.

—¿Poseer libros esotéricos, astrolabios, elixires y alambiques en ese torbellino de chismes? Mal lugar para dedicarse a la Ciencia de Hermes. Los orfebres, o alquimistas, como preferís llamaros los musulmanes, somos hombres solitarios, alejados del mundo, confiados y amigos de la verdad. Y esas conductas no son moneda de curso en el Gran Palacio.

—Ciertamente, *sahib* obispo. La incomprensión nos acompaña.

—Un alquimista es a su vez preceptor y discípulo, y precisa de la soledad y de la discreción. Rumbeamos hacia el monasterio de Santa Gliceria, a medio camino entre Bizancio y Nicomedia, donde poseo mis tesoros, y que como una amante me aguardan en el retiro de mi laboratorio. Os maravillaréis con un inestimable hallazgo.

—Ardo en deseos de verlo, señor obispo —agradeció el extranjero.

—Antes de ser investido obispo y *magister* de embajadores por el padre del emperador, el inolvidable *basileus* Miguel el Tartamudo, yo era el hegúmeno o prior del cenobio, y profundizaba junto a otros monjes adeptos en las enseñanzas del primer alquimista cristiano, Zósimo de Panópolis, también en la obra del obispo Sinesio, y como es habitual en la Tabla Esmeralda —lo aleccionó.

—La sabiduría es un foco sugestivo de curiosidad —contestó Yahía.

—Yo soy originario de la isla de Samotracia, cercana a Chipre, o Enos, como nos gusta denominarla a los nacidos en su seno. Esta es una isla elegida y depositaria de los antiguos ritos de Hermes, Vulcano y Ceres, maestros de sus primitivos habitantes, los cabiros, o hijos del fuego, forjadores y difusores de las técnicas de la transmutación. Y allí fue, amigo Al Gazal, donde aprendí de un viejo dómine las destilaciones medicinales, y la conversión de la plata en oro. Y bien sabe Dios que rastreo la grandeza de su creación y no las riquezas materiales —le manifestó pleno de entusiasmo—. Y en Córdoba y Toledo, ¿qué enseñanzas seguís, embajador, las del príncipe Yazib o quizá las nuevas corrientes de los místicos sufíes?

—Os advierto muy versado —le contestó con mordacidad el diplomático.

—¿Olvidáis que dirijo la administración de los asuntos del Imperio allende el mar, donde mil informadores a todo lo largo y ancho del mundo me mantienen al tanto de los entresijos de los estados? —le aseguró sonriente.

—No pretendía dudar de vuestra ciencia. Mi maestro, y un corto número de astrónomos, nos llamamos la *jirka* de la Piedra Negra, buscamos la sabiduría allá donde sea preciso. Últimamente y como os adelanté en la cena del Palacio de Edirne, encontramos por casualidad un extraño libro redactado por un asceta musulmán que nos situó en la pista de la Sagrada Dualidad, o sea, la Mesa de Salomón y el Trono de Dios. Un criptograma nos condujo hasta la primera, y la providencia del Altísimo me ha permitido viajar hasta Bizancio, donde según el visionario se encuentra la segunda. ¿Creéis que pueda ser así, mi admirado *sahib* Basilio?

La sonrisa del prelado no hizo sino agrandarse.

—Poseéis una imaginación y una obstinación asombrosas —replicó. Los tesoros del Templo me han sido vedados. Yo trabajo en hermosa lógica con mi atanor mezclando mercurio y azufre y persiguiendo el Elixir Púrpura, la fórmula magistral, y la quimérica eternidad.

—Vana pretensión, *kurós* Basilio, aunque esas palabras me trasladan a un oneroso recuerdo —dijo recordando la revelación hecha por Shifa—. Recientemente, en la corte de mi soberano, un alfaquí y unos eunucos locos de ambición, y creyendo encontrar con la práctica de la alquimia tesoros fabulosos, están salpicando el alcázar de sangre y muerte, indagando sobre el legendario Elixir Púrpura cuya clave esperan hallar en el interior de una fabulosa joya tallada en Bagdad. ¿Acaso una fórmula alquimista se puede encontrar en una esmeralda, o en los filos dorados de un engarce? A veces pienso que las vilezas fraguadas en el intelecto son una amarga evidencia, y más aún si son acompañadas de la codicia.

—De ser real, una alhaja no es el lugar más idóneo, pero quizá esa gema sea el instrumento para descifrar la fórmula oculta, actuando tal vez como lente de aumento, o tabalejo. La explicación también puede hallarse enmascarada en el cofre que la contiene, en un pliegue del paño de envoltura, o en el mismo comprobante de adquisición. Una vez hallé modelado en el cilindro de cobre, con signos insignificantes del correo imperial, lo que la escritura del manuscrito no me reveló en más de tres años. Tú conoces cómo los dedicados a la alquimia nos servimos de figuras de animales, planetas o metales para nombrar ciertas transmutaciones.

—Quiera el Misericordioso ocultar conocimiento tan trascendental a esos especulativos eunucos —le confesó con apasionamiento observando que habían dejado la costa y bogaban por el mar abierto en dirección a una isleta recortada en el horizonte, y no podía por menos que traer a su memoria las palabras escritas en el libro de Kilab: «Aunque los ardales aseguran que el Trono de Dios se halla oculto en las aguas de Bizancio».

La casualidad iba a darle satisfacción a su saber, y se inquietó.

Sin más quebrantos que el sobresalto de la fallida agresión del andrajoso en las cisternas, y un trivial cabrilleo del mar, antes del mediodía arribaron en ligera derrota a una islita donde, en una escarpadura más cercana del cielo que de la tierra, se encaramaba el monasterio ortodoxo.

El sol centelleaba con fulgor abrasando los peñascos y espejeando los sicomoros, el mustio herbal, los olivos y las vides. Tras ascender por un camino angosto sembrado de espinos, y con la sola presencia de algunos rebaños de cabras, accedieron al cenobio, un conglomerado de abigarradas espadañas, torres, celdas y fortificaciones ocres y blancas que parecían arrojar lumbre, ocupadas por una treintena de frailes capadocios de larguísimas barbas y rostros adustos, vestidos de negro riguroso y tocados con pomposos bonetes, mientras elevaban sus rezos monocordes al aire inmóvil y ardoroso.

Administraban en su retiro las dádivas legadas por

los nobles bizantinos y, entre la oración y el estudio, cuidaban de enfermos leprosos, enredando las horas en una reiterada invariabilidad. El obispo Basilio fue recibido por la comunidad, que quedó pasmada con la desconocida compañía del que fuera su superior, y a quien presentó como un huésped egregio del *basileus* Teófilos y notable astrónomo llegado de Hispania en legación diplomática. Enseguida les ofrecieron leche de cabra y hojaldres de cidra, para luego dirigirse junto a Yahía y el padre Eudocio al archivo privado. Llegaron a una habitación clausurada con tres puertas, dos de cedro y una de bronce restañado, que el monje abrió, encendiendo velones muy usados y lámparas de arcilla, y tapando con apresuramiento las cortinas de los ventanales.

La estancia aparecía repleta hasta la saturación de anaqueles y mesas, destacando un fogón de alquimia apagado. Decenas de legajos, códices, rollos y libros cegados por el polvo y la cera se amontonaban junto a cráteras de líquidos, atanores, pucheros de barro, soluciones, cuencos, piedras minerales y botes con elixires. Una barahúnda imposible de precisar atestaba aquella biblioteca laboratorio, un hipocausto calentado por cañerías subterráneas, donde se respiraba un olor ácido a alumbre, agua azótica y vitriolo, tan familiares para Al Gazal.

El frente, no obstante, se hallaba libre de estanterías, y dos extraños dibujos de reciente ejecución atrajeron de inmediato la atención del diplomático, que los observó interesado, mientras intentaba descifrar su enigmático significado. Una rosa coronaba un triángulo invertido, en cuyo centro destacaba un dragón alado y una balanza, y en sus lados tres serpientes con signos diminutos y cifrados de metales alquímicos. Un círculo de cruces rojas rodeaba el grabado, como sacramentando las mágicas ilustraciones.

—¿Os atrae la Rosa de Oro? —comentó el obispo ante la curiosidad del islamita—. Representa el impenetrable distintivo de la Hermandad Alquímica de Heliópolis, y los tres principios de la alquimia: la sal, el azufre y el mercurio —añadió el obispo.

—Es lo que el príncipe Yazib llamaba el crisol o vaso filosofal —aseveró.

—Evidentemente, Al Gazal. —Le centellearon sus escrutadores ojos—. Esa imagen recogida en antiquísimos libros rescatados de la biblioteca de Alejandría es la respuesta para la obtención del oro. Pero ¿quién conoce las cantidades exactas de las aleaciones y sus materiales preciosos? Estoy descorazonado, pues llevo laborando en ello dos años sin éxito. En la pasada Pascua del Señor Jesucristo, conseguí alcanzar la primera apariencia. Logré ante mi alborozo y con la ayuda de Dios un líquido espeso de tonalidad dorada, pero no se mostró la vela negra de Teseo, esa raya oscura premonitoria de la culminación final. Vosotros los árabes, que habéis despojado al arte hermético de las decadentes prácticas de Oriente, seguro que ya habéis descifrado este enigma. ¿Podría conocer los frutos de semejante conquista? Sería para mí un privilegio, Yahía —le propuso el eclesiástico.

—Puedo asegurároslo con rotundidad, si algún día lo conseguimos. Ningún alquimista en Córdoba, Zaragoza, Sevilla o Toledo ha obtenido aún cantidades substanciosas del precioso metal, *sahib* Basilio. Pero contad señoría con que, si alcanzamos la razón oculta de la transmutación de metales, el comerciante Qasim os hará llegar en uno de sus navíos las conclusiones.

Con el arrullo del canto de los monjes, la amarillenta luz de la estancia y las fugitivas penumbras, aquel gabinete se convirtió en una cátedra de discusiones y pláticas, donde

398

Yahía y el obispo alquimista escrutaron libros antiquísimos, intercambiándose mutuamente sus conocimientos sobre electuarios, destilaciones, transmutaciones, catalizadores y venenos tan antiguos como el *zaf*, conociendo el patriarca la composición de la materia lunar, imprescindible para mezclar sustancias, y solo conocida por los alquimistas árabes.

Al Gazal le informó, sin mencionar el lugar del emplazamiento de la Mesa de Salomón y de su indescifrable naturaleza, los cuatro nombres que precedían al último y aún desconocido. Le transmitió con su corazón abierto la averiguación del Nombre Centésimo de Dios con la esperanza de hallarlo en algún lugar de Bizancio, ante la admiración del jerarca, que anotó en un papiro alejandrino las palabras reveladas en la Mesa de Salomón contemplada en Yayyán.

Llegada la hora de sexta, el obispo esbozó una señal a su ayudante, el reservado *kartófilas*, quien tomó fuego de uno de los cirios y encendió una tea resinosa. Desplazó ante la mirada estupefacta del musulmán la estera que cubría el suelo, quedando al descubierto una trampilla con un aro de hierro del que tiró con fuerza. Con un sonoro chirrido la abrió, surgiendo una abertura tenebrosa que dejó perplejo al extranjero.

—Al Gazal de Córdoba, buscador apasionado de la sabiduría —declaró solemne el obispo—. Muy pocos mortales han tenido la ventura de contentar su espíritu con la contemplación del Ángel de Dios, aquel que sintió sobre su materia inerme el hálito del Altísimo cuando descendía al sanctasanctórum del Templo de Jerusalén. Espero que sacies tu anhelo y deseo que veas el Nombre tan anhelado por ti, el número cien, pues dentro de unos instantes tocarás con tu mano el Trono de Dios y creerás hallarte en la antesala del paraíso. ¡Descendamos!

Al Gazal quedó sin habla mientras un leve temblor le ascendía por sus miembros. Sobre su frente aparecieron unas imperceptibles gotas de sudor frío, y una mirada de gratitud hacia el obispo afloró en sus ojos, y su naturaleza sentimental se estremeció. «Descubriré al fin el título que da acceso a la luminiscencia de Alá. No puedo creerlo. Al fin penetraré en la Sagrada Dualidad».

A pesar de la luz de la antorcha, el descenso resultó incierto y se convirtió en una nueva andanza. Un olor a sándalo ascendía del oquedal. Se deslizaron por una escalera más parecida a un pozo hasta llegar a una puerta de bronce, que al ser empujada se abrió sin resistencia, dejando a la vista una capilla subterránea de una austeridad sobrecogedora. Un aire rancio le azotó el rostro. Y era tal la quietud, que al andalusí le pareció como si hubieran violado un letargo de siglos. Decenas de lamparillas colgantes iluminaban la iglesia, y los más bellos mosaicos de emperadores, patriarcas, santos y vírgenes se unían a la armonía del enigmático oratorio. Una cúpula rutilante encerraba un pantocrátor de mirada infinita, y una agitación inmensa estremeció al islamita.

—En este lugar se palpa la eternidad —profirió el anonadado extranjero.

—¡Ante ti tienes el Trono de Dios, su Opus Magnum! —exclamó emocionado el patriarca señalando en dirección al altar y santiguándose después—. El querubín cincelado en oro de Tarsis por los orfebres de Hirán de Tiro, y guardián del Santo de los Santos.

Al Gazal lo observó con las facciones lívidas, sin mover un solo músculo.

En el centro, por encima de un altar donde ardían dos pebeteros con óleos sagrados, y alzado sobre plateados iconos de Cristo y Santa María, y un primoroso Evangelio de cantoneras de plata, se apostaba, sobre una pilastra, la efigie mayestática de un ser alado de oro, sin rostro, pies, ni manos, y oculto por doce alas engastadas de amatistas, semejante a la visión referida por el muslim del *ribat* de Yayyán. A sus pies una inscripción en arameo proclamaba: *Yahvé es nuestro Dios, Yahvé es el único.*

El andalusí experimentó tal felicidad que apretó sus manos con placer, sin atreverse a dar un solo paso, permaneciendo en la misma posición durante unos instantes. Sin embargo, tras la inicial contemplación, Yahía cambió su gesto de complacencia. Temblándole los párpados, notó una anomalía trascendental, rompiéndose el encanto del primer momento. Aquel disco solar del que hablaban todos los visionarios, sostenido por las alas del querubín y con el nombre tallado del Creador, no se hallaba encastrado en la imagen del querubín.

Animado por el patriarca se acercó hacia la talla rebuscando, e intentando descubrir alguna señal, nombre oculto o mensaje cifrado, pero todo en vano. Entonces, un gesto de rabia ante el elocuente fracaso alboreó en sus facciones.

El musulmán aceptó la amarga aflicción, que lo condujo a la más absoluta de las decepciones. Se detuvo como hechizado con minuciosidad en el torso y en los doce élitros dorados, reconociendo decepcionado que las puntas del par tercero aparecían astilladas al haber sustentado en otro tiempo el tan buscado disco solar con el definitivo Nombre de Dios, el Centésimo, y haberle sido arrebatado con violencia. Desilusionado se volvió al prelado y exclamó con la mirada baja:

—Existen indiscutibles presencias incorpóreas. —Se tranquilizó—. Pero no posee su más preciada posesión, el disco de oro donde resplandece escrita la verdadera y última designación de Dios. Le ha sido arrancado, Basilio. La fatalidad me lleva de nuevo a otros caminos, y mi fe se me escapa como una pompa de jabón.

El obispo y el archivero se miraron contenidos y no disimularon su recíproco desencanto. Conocían aquella enigmática imagen desde su ingreso en el monasterio y sabían de su existencia en el cenobio hacía cuatro siglos, cuando el emperador Justiniano la rescató de las manos idólatras de los hérulos cerca de Rávena, escondiéndola a los ojos de los mortales en aquel recóndito monasterio. Todos los documentos y tradiciones aseguraban su pertenecía al Templo de Salomón, y tan solo vagas suposiciones lo tildaban de incompleto, confirmadas en aquel día por el filósofo andalusí, que venía a asegurar que estaba incompleto.

—El gran misterio de Oriente es un grandioso fiasco, un espejismo —se lamentó el prelado desencantado—. Pero no debemos propalarlo entre los monjes, que lo creen de una pieza. Aquellos bárbaros debieron desgajarlo del ángel.

—No, *sahib* Basilio —contestó amigable el ismaelita—. Poseéis una valiosa parte de Dios, pero los secretos del universo poseen mil razones oscuras para no ser conocidos en su totalidad. Esa es la prueba de fe que nos establece el Misericordioso. Por eso, la travesía de la humanidad hasta alcanzar el conocimiento estará colmada de obstáculos. Pero una pizca de decisión para conocer vale más que la misma ciencia en sí. Este fracaso me anima a seguir con la búsqueda en la que me he empeñado.

El obispo quiso excusarse y se mostró pudoroso.

—Cuando le fue arrebatada al bárbaro Odoacro, rey de los hérulos, alguien debió sustraer el disco de oro. Buscarlo es empresa utópica y de locos.

—Si no lo fundieron al arrancarlo, extremo más que probable. O posiblemente hoy sirva de bandeja a algún jefe de las tierras heladas, extraviándose para siempre, y la humanidad despojada del secreto de los secretos. ¡Qué desventura, Basilio!

—Amigo Al Gazal —lo consoló—. Una confusión imperdonable de siglos.

Ascendieron silenciosos al gabinete, donde las velas y palmatorias se habían consumido y los oscuros volúmenes, receptáculos y atanores parecían espectros en la oscuridad. Desengañados, abandonaron el monasterio con el sol declinando, mientras el extenuado horizonte comenzaba a enrojecerse y la azul Propóntida palidecía con el ocaso. Una brisa salada rizaba un mar cada vez más huérfano del sol, acompañando el regreso de los alquimistas. Al Gazal, desfallecido de ánimo, cuanto más especulaba con el perdido Trono de Dios más se irritaba por aquel inesperado revés. ¿Dónde podría hallarse aquel anillo tan deseado? ¿En Rávena, quizá? ¿En un villorrio de las estepas del Danubio, o convertido en monedas, pulseras o cacharros que ahora lucirían matronas bárbaras del Rin de cabellos hirsutos?

La búsqueda se había interrumpido agazapándose en unas profundidades descorazonadoras. Había albergado falsas esperanzas, y no se lo perdonaba. Pero en su interior pedía al Misericordioso recobrar la curiosidad, mientras apartaba de su mente el desánimo. Al fondo cada vez más cercano, Bizancio parecía una alhaja salida del crisol de un alquimista.

De repente el esquife dio un tumbo y los remeros detuvieron la boga, haciendo que el obispo y el embajador perdieran el equilibrio. El timonel profirió un grito atronador y señaló en dirección al puerto con el rostro consternado:

—¡Eminencia, piratas y navíos imperiales en su persecución!

A menos de milla y media, avistaron varias dromonas resonando las trompas de guerra y persiguiendo la estela de dos embarcaciones que cambiaron su dirección, rumbeando a la costa de Abydos, donde parecía intentaban perderse en alguna de sus infinitas calas. La barcaza del patriarca detuvo el rumbo, evitando situarse en la dirección de las chelandias imperiales, que, en su rauda derrota, bien podían destrozarla con los espolones.

—Corsarios turcos ayudados por tracios, nuestros aliados contra los abasíes —aclaró el metropolitano atento a la maniobra—. Simulan ser pescadores, cuando en realidad trafican con púrpura y oro robados en el puerto de Bizancio, o en Pera. Si no se detienen, van a ser arrasados por el fuego griego, y el viento no les es favorable. No doy por sus vidas ni un denario. Han calculado mal la fuga.

—¡El *nar junani*, el fuego griego! —dijo Yahía—. ¡Al fin lo contemplaré!

Las naves acosadas giraron intentando dispersarse y despistar a las galeras, pero la maniobra fue advertida a tiempo por los oficiales imperiales de la Theme. Las seis máquinas de guerra las cercaron en un abrir y cerrar de ojos, atajando la arribada a la playa, y con una celeridad que impresionó a Yahía se oyeron los silbidos de los temidos sifones, aquel espejismo de destrucción que tanto interesaba al emir andalusí. Las bocas de bronce del puente de proa lanzaron con precisión milimétrica enormes chorros de un líquido inflamable, como una gigantesca bomba incandescente, que impactó con violencia en las velas turcas. En un instante se incendiaron ayudadas por el viento, convirtiendo de inmediato los navíos en humeantes teas de dimensiones formidables.

A través de la humareda y de las llamas se oían los espeluznantes gritos de horror de los tripulantes, los chapoteos y el crepitar de las llamaradas. Después de un tiempo de silencio cesaron los alaridos y la brisa despejó la humareda, dejando a la vista un espantoso espectáculo de horror y destrucción. Las dos naves calcinadas, y envueltas en una nube cenicienta, se hundían en las profundidades de la Propóntida. Mientras, las dromonas se alejaban hacia el Cuerno de Oro, finalizada la cacería de los piratas. Al Gazal, en su experiencia como guerrero, nunca había asistido al espectáculo destructor de un ingenio tan eficaz, vertiginoso y mortífero.

—El fuego griego huele a nafta y azufre, pero no creo que sean esos sus únicos componentes —le aseguró al patriarca.

—Sé que también contiene aceite de piedra de Mesopotamia y un ácido potente que ignoro —replicó el prelado—. El resto lo hacen esas lanzaderas y los sifones. Dios se apiade de las almas de esos desventurados infieles.

Sin quererlo Yahía, aún conmovido con la maniobra naval, poseía una idea muy aproximada de la composición de aquella terrorífica arma. Pero su boca silenciaría el secreto de aquel artefacto de mortandad. Luego se sumergió en sus pensamientos y los desvió hacía la bellísima emperatriz de los romanos.

La última semana de estancia en Constantinopla, los embajadores andalusíes trocaron el aire enrarecido del Palacio de Lausus y la irritante servilidad de pajes, criados y doncellas por las salidas a la ciudad y sus alrededores. Frecuentaron las *thermopalia* de la avenida de la Mêse, insuperables mesones donde se saboreaban bebidas calientes y platos exclusivos de aquella parte del mundo, y donde adinerados ciudadanos y extranjeros de todo el orbe se gastaban sus buenos denarios y sólidos en bacanales y orgías, rodeados de rubias tracias y sedosas egipcias que danzaban desnudas al son de arpas, pífanos y flautas mientras ellos discutían de carreras, caballos y de temas teológicos.

Pero lo que más les conmovía era la agria rivalidad, y la furibunda escisión en bandos que habían advertido en toda la ciudad. Los azules y verdes, las dos facciones deportivas de las carreras de carros, llevaban sus enconadas diferencias a todos los aspectos de la vida cotidiana, manteniendo una conciencia de perenne discordia allá donde iban. Aquella grandiosa metrópoli era un universo dividido en dos colores irreconciliables, los verdes y los azules.

Al Gazal asistió en dos ocasiones junto al emperador al Khatisma, el palco imperial. El hervidero humano del Hipódromo, colorista y bullicioso, en el que se apostaba, se comía y se insultaba a los rivales le subyugaba. Teófilos era conocido defensor de los azules, como casi todos los patricios, alineados con ideas conservadoras y posiciones religiosas más ortodoxas. En cambio, los verdes, acomodados frente al palco, representaban a la facción plebeya, y tenían entre sus miembros a algunos enconados herejes. Se decía que la emperatriz Teodora y su hijo Miguel sentían verdaderas simpatías por estos últimos.

—¡Salve Teófilos, sol de Constantinopla! —lo aclamaba la ciudadanía.

El *basileus* saludaba en pie al inmenso gentío y lo bendecía.

—¡Que Cristo bendiga al pueblo y proteja a los aurigas! —imploraba.

Le sorprendían las arengas políticas de algunos cabecillas populares, quienes desde sus asientos denunciaban los atropellos de determinados ministros, la insuficiencia de fiestas y regalos, los abusos en los impuestos, la subida del pan, las heréticas ideas de determinado obispo, a lo que replicaban los del otro corro con estruendosos silbidos en medio de una insolencia que dejaba boquiabiertos a los legados de Córdoba.

Aquel hipódromo representaba un foro popular de libre expresión, donde se mostraban las simpatías y antipatías y daban su aquiescencia o su rechazo más enérgico a las políticas de sus gobernantes.

—Es la democracia a la bizantina. Nuestro foro de pensamiento y donde la Nueva Roma muestra al mundo su poder y su forma de pensar —le informó Qartiyus.

La *augoustai* Teodora presenciaba las carreras desde una de las torres de la de la iglesia de San Esteban junto a otras damas, desde donde se tenía una panorámica completa del Hipódromo, y allí dirigía Yahía sus pensamientos.

A los andalusíes les sorprendió que en las carreras de caballos los oradores de las dos facciones, azules y verdes, tomaran la palabra y lanzaran invectivas peroratas al público, denunciando atropellos de determinados funcionarios. A las réplicas de unos y otros se sucedían estruendosos silbidos del bando contrario, o clamoros aplausos de sus correligionarios.

El emperador escuchaba atentamente y alguna vez, a través de su vocero imperial, opinaba sobre las peticiones de los líderes. Aquel juego declamatorio y popular dejó boquiabierto a Al Gazal.

—Es un foro de libre expresión, Yahía. Aquí se manifiestan libremente las simpatías y antipatías del pueblo a la gestión imperial —le dijo Ignacio, el prefecto.

—Esto resultaría inconcebible en Alándalus, dómine Ignacio.

—A veces se exceden y el asunto acaba en graves disturbios que se saldan con sangre, encarcelamientos y juicios sumarísimos. Es la voz del pueblo.

Finalizados los intercambios de opiniones, los vendedores se pasearon por las gradas ofreciendo cerveza, confituras, salchichas o agua, dando paso a las carreras, donde los bizantinos vitoreaban a sus héroes predilectos y apostaban por ellos. Los carros se lanzaban vertiginosamente a la arena, mientras eran jaleados por sus seguidores en un tumultuario clamor que enardecía el alma. El restallar de los látigos, las aclamaciones, el retumbar de los carros y de las caballerías mantenían atónitos a los andalusíes. Las apuestas se sucedían antes de cada galopada, mientras el eco de las voces inundaba no solo el Hipódromo, sino la ciudad entera.

El paroxismo resultaba máximo cuando el vencedor era un héroe local. Al concluir la carrera, donde algún auriga había pagado con su vida, el triunfador, lleno de sudor, sangre y polvo, era premiado por el césar, que le imponía la aureola de oro y laurel y le entregaba una abultada bolsa de oro.

—*Nike, nike, nike!* ¡Victoria! —atronaba el hipódromo entero.

Al Gazal estaba impactado por el espectáculo y por la exhibición ecuestre, él que era un enamorado de los caballos. Bizancio, la Nueva Roma, le parecía un microcosmos asombroso, donde imperaba el complejo ceremonial imperial, las carreras de aurigas y la discusión teológica, y donde las masas rugían como el mar embravecido por el solo hecho de ver a sus héroes coronados como dioses.

El sofocante verano llegaba a su fin y una brisa suave anunciaba el otoño, que esperaban no fuera especialmente riguroso en Bizancio. Las mañanas despuntaban agradables, y con el aire salobre llegaban hasta el Palacio de Lausus los tañidos graves de las campanas de las iglesias, prohibidas en el islam. Tras varias semanas de estancia en la capital del Imperio, el tiempo de estancia de la embajada andalusí tocaba a su fin. Al Gazal, Almunayqila y Qasim frecuentaban el Gran Palacio, donde eran agasajados por los emperadores, quienes en un alarde de confianza los invitaban a sus cenas privadas del Palacio del Pórfido.

La emperatriz Teodora les enseñó los movimientos del juego real del *latrunculi*, una especie de ajedrez, que subyugó al Relojito, y se complacía con las historias palaciegas de Córdoba y las agudezas y galanterías de un Yahía insuperable e ingenioso. El emperador seguía sumido en su melancolía, y a veces sorprendía a todos con silencios torvos que los preocupaban. Únicamente parecía alegrarse cuando salía de caza al bosque de Blaquernas, ocasión que aprovechaba Teodora para recibir en el Palacio Dafne, y en privado, a su pasional amante, al que amaba desde el primer día que lo vio aparecer en Bizancio.

Parecía que una luz nueva emanaba del rostro de Teodora cuando se encontraban en su lecho. Sabía que Teófilos nunca se sentiría celoso. Él vivía en otro mundo, en el que la hermosa y sensual Teodora no tenía cabida. La augusta sentía un inmenso aturdimiento cuando la abrazaba el viril extranjero, y entonces besaba su piel bronceada y se entregaba a él sin cortapisas. Para Teodora, Yahía era una presencia abrasadora que jamás olvidaría. A la emperatriz no le importaban las habladurías de los maledicentes castrados. Tan solo deseaba amar y ser amada por el embajador de Hispania. A veces, en la cámara regia de Dafne, se escuchaban las resonancias de sus suspiros, caricias y besos de sus éxtasis amatorios.

Eran las muestras de amor y entrega de Teodora hacia Yahía, el andalusí.

—Contigo, Yahía, y con tu primer beso en la fuente, comencé a vivir de nuevo. ¿Qué haré ahora sin tu presencia y sin tu calor? —se condolió Teodora.

—Tu hijo Miguel y un Imperio que gobernar harán que te olvides de mí.

—Contemplaré las estatuas de los dioses griegos y te recordaré —adujo.

La última noche de estancia de la embajada en Bizancio, en una exedra de la privanza palatina, la emperatriz se atrevió a consultar al diplomático andalusí una cuestión que lo desconcertó, llenándolo de sonrojo. Mientras la *augoustai* balanceaba en sus finas manos un *kleitôris*, un estilete médico usado por los físicos judíos para hacer la circuncisión, y apañar el clítoris de las doncellas, le confesó:

—¿Por qué, embajador, los semitas practicáis la circuncisión? ¿Cómo podéis someter con esa dolorosa práctica algo creado por Dios de esa forma?

Al Gazal, recordando sus encuentros amorosos, esbozó una sonrisa abriendo sus hoyuelos fascinadores. Alisando su túnica dijo con otra pregunta ocurrente:

—¿No es verdad mi *augoustai* que las vides cuando se podan el primer año se vuelven más vigorosas, más recias y estiradas? Pues lo mismo ocurre con esa parte de nuestro cuerpo creado por el Señor Dios para perpetuar su creación.

Tras unos instantes de perplejidad, una sonora risa del emperador, que hasta entonces no había movido los labios, dio pasó a una eclosión generalizada de los cortesanos, que rieron sin tasa. Todos sin excepción felicitaron al andalusí por su ocurrencia, regalándole como recompensa el *basileus* la copa de oro que usaba en las libaciones, tal como el embajador había relatado acostumbraba a hacer con sus cortesanos Abderramán, como un rasgo de su generosa magnanimidad.

Después solicitó licencia al emperador para declamar un poema dedicado a la emperatriz y a la inminente despedida. La *augoustai* dibujó en su rostro una mueca de afecto que la rindió en una emoción difícil de refrenar, rogándole al final de la recitación que repitiera el estribillo de partida:

> *Y en el momento en el que, cargado de nostalgia, me alejé buscando las blanduras de Córdoba, vi a la Bella del Cisne revestida de púrpura, y sobre sus mejillas señaladas, un escorpión que se abalanzaba hiriendo mi corazón apenado, tras alejarme de su tálamo de besos inolvidables y caricias sin nombre. El Sol palidecía ante el claror del alba: era la augusta Teodora, vestida con túnica de flores y collares de rocío.*

El último sábado de permanencia en la corte bizantina, Yahía recibió en la Academia del Alabastro la inesperada visita de la emperatriz, acompañada del príncipe

Miguel, del maestro del tintero, secretario del *basileus*, del eunuco *papías* y del embajador Qartiyus. La servidumbre corría trastornada de un lugar para otro sin atinar con el protocolo adecuado. En un mirador del palacete, el secretario le entregó los protocolos firmados por Teófilos, y la *augoustai*, esplendente de belleza, con la cabellera de oro recogida por una diadema y el rostro con el atrayente lunar de azabache, tras saludarlo, entresacó de sus bocamangas tres bolsitas de cabritilla y de ellas otras tantas alhajas de su joyero personal, engastadas con gemas y topacios.

—A estas vesículas de amuletos las llamamos *bullas*. Es un presente para tus hijas, pues teniendo un padre tan singular merecen joyas únicas. Tu generosa amistad ha llenado de contento nuestra casa, Al Gazal.

—Gracias, *augoustai* —le agradeció el gesto—. Las acepto con sencillez, que es la mejor forma de daros las gracias. Nunca olvidaré el favor recibido y las horas en intimidad. Siempre os guardaré en mi infiel corazón, y vuestra majestad lo sabe.

Pero un muro invisible los separaba irremisiblemente.

Llegado el crepúsculo, el príncipe y los cortesanos se despidieron de los embajadores andalusíes aguardando en las literas a la emperatriz, quien en un aparte quiso despedirse de un Yahía visiblemente afectado. En la soledad de la balaustrada le besó la trémula mano, devorando por última vez sus ojos verdísimos. Ella correspondió con una mirada apasionada, mientras una lágrima se deslizaba por los pómulos sombreados de carmesí. Le devolvió la mirada con arrobamiento, y con la fatalidad de un sentimiento quimérico.

—Sé lo que es el amor pasional y el deleite, después de haberte conocido, Yahía. ¿Podré entonces separarte alguna vez de mis recuerdos? Queda con Dios, gacela de Alándalus. Un lazo estrechísimo me ligará siempre a ti —le confió la emperatriz, que le regaló un beso furtivo en la comisura de los labios.

—Te evocaré eternamente, iluminada por las estrellas de Hagianne.

Y rozando su manto con suavidad, cruzó la estancia dejando el torbellino de su fragancia y la desenvoltura de su distinción en el ambiente. Como un tallo cimbreado por el viento, pareció iluminar las sombras de la sala, antes de perderse para siempre. Al Gazal sintió un leve temblor, dejándose caer en una columna. En su corazón se había quebrado una quimera, que ya comenzaba a soplar con ascuas ardientes. Era difícil olvidar las veladas de amor vividas con aquella exótica mujer. Se asomó al balcón y contempló las cercanas ensenadas del puerto. Allí los aguardaba, presto para la próxima marea, el Aldajil. Pronto, si Dios y los corsarios lo permitían, se hallaría de nuevo en Córdoba en la placidez de su almunia del Al Raqaquín. Deseaba abrazar a su señor Abderramán, y paladear el bálsamo de una noche de plática y placer en la Ruzafa, con su esposa y sus amigos.

Una racha salada sacudió su rostro, mientras el sol crepuscular penetraba por el ventanal, iluminándolo con sesgadas pinceladas cárdenas.

Un tiempo venturoso e indeleble había concluido para Yahía.

CAPÍTULO XV

LOS ADORADORES DEL FUEGO

Córdoba constituía un oasis benigno para Al Gazal.

Y en su reposo recobraba los bríos tras sus viajes, paseando con Ibn Habib, Qasim, Firnas o Samir, o mezclándose con los viandantes en el zoco de los Perfumes, en la ribera del río, entre los bancales, las norias y huertos. Se sosegaba sesteando a la sombra de las palmeras y sicomoros, en el frescor de su almunia, o cerca del palomar adormecido con el zureo de las tórtolas, o el monótono bordoneo de las abejas. Y entonces, como una suave brisa, le venía el recuerdo dulce e imborrable de Teodora, una mujer que había penetrado en su corazón como un estilete indio.

Ya iba para un año del regreso de Bizancio y las cosas no habían cambiado en demasía en la capital de Alándalus. El emir, como soberano de las tres culturas y religiones, mantenía serios problemas para armonizar la vida de los creyentes, de los judíos y de los cristianos, tres mundos opuestos e irreconciliables. En el interior del alcázar, la camarilla del mal persistía en doblegar la voluntad del emir.

Abderramán había ensalzado ante su consejo la feliz embajada a Bizancio de Yahía, pregonando la arribada puntual del oro rustaní de Tahart y del Sudán gracias al acuerdo suscrito con Abú a costa de su cuello, y lo elogiaba en sus festines poéticos, mostrándole insistente su favor, su amistad y su reconocimiento.

Durante aquel tiempo de holganza y descanso, Yahía consumía gran parte del día en la soledad de su gabinete, entregado a los ensayos de alquimia, a la interpretación de textos y a la búsqueda de una pista que lo condujera al cabalístico disco de oro, que, de haber permanecido íntegro, hoy estaría en sus manos. Pero asumía que el único rastro había sido malogrado para siempre en el monasterio de Santa Gliceria, y aceptaba su pérdida como una realidad incuestionable y definitiva. La ruidosa presencia de sus hijas, la admirable recuperación de Masrur, que irrumpía en el lugar del hijo que nunca había tenido, y la erudita compañía de la esclava Sanae y las reuniones de la *jirka* contentaban sus apetencias.

Aquel jueves del lluvioso mes de *yumada*, se presentó con lóbregos nubarrones. Al Gazal anunció su visita a su amigo, el inventor y astrofísico Abas Ibn Firnas, quien aún se reponía de un accidente debido a uno de sus más atrevidos inventos. Con una audacia que rayaba la temeridad, había ideado un ingenio volador con plumas de aves y alas de vidrio, y ante una gran muchedumbre de curiosos se había echado al vacío con intención de elevarse sobre los altozanos de la montaña de la Desposada, en las inmediaciones de Córdoba.

Y aunque había planeado largo rato sobre los aires de la ciudad, el descenso no pudo ser más infortunado, pues aterrizó arrastrando bruscamente su alada espalda por las rocas de la Ruzafa, perpetrándose dolorosas raspaduras, hematomas y descalabros. Al Gazal lo estimaba en el fondo de su corazón y, arrellanados en el diván, conversaron sobre su hazaña celeste. Lo hacían bajo la conocida cúpula de cristal obrada por él mismo y representadora del firmamento. En ella había dispuesto una imitación de los cursos celestes ciertamente exacta. Conversaron de la reunión próxima de la Piedra Negra, y de los secretos experimentos de un sustitutivo del fuego griego. Un color amarfilado se proyectaba en la estancia a través del cielo de vidrio mientras se entregaban a sus confidencias.

—Por los zocos y las callejas los chiquillos corean una cancioncilla de tu fatídico aterrizaje. Y cuando los oigo, no tengo por menos que reírme por la agudeza que demuestran —le confesó en tono jovial.

—¿Y qué cantan esos mocosos, si se puede saber, Yahía? —preguntó.

—Escucha: «Firnas el mago quiso volar como el vencejo, y no podía porque llevaba plumas de un buitre viejo» —le relató y ambos se carcajearon.

—¡Muy ocurrentes! Pero más me duelen las incriminaciones de Al Layti y sus alfaquíes. Si te soy sincero, aguardo aterrado que, cualquier día, los secuaces de Tarafa incendien o destruyan este planetario, y con él muchos años de estudios y prácticas.

—Nunca se atreverán contra un miembro del *diwán* del emir —le aseguró.

—Créeme, Yahía, cada día apuestan más fuerte esos indeseables y cobra cuerpo la secreta conspiración contra la vida de Abderramán en favor del hijo de Tarub, y en desfavor del hijo de Shifa, Muhamad. Y si eso sucediera, ¿qué sería de nosotros? La desdicha espía tras nuestra puerta, créeme, mi buen amigo.

—Yo vivo vigilante tras el episodio de Yayyán —reveló—. Pero ¿cómo van tus ensayos sobre el fuego griego? El emir arde en deseos de conocer su eficacia y anda encaprichado con el proyecto. No podían ser otros los componentes.

—En la fiesta de su cumpleaños presentaré al príncipe la lanzadera que he ideado y los proyectiles de pez, betún, azufre y nafta, semejantes en composición a los que contemplaste en Bizancio. Su utilidad para asolar objetivos amplios y desplegados resulta insuperable. Le entusiasmará, Yahía —le anticipó.

—Se convertirá en el mejor de los obsequios, y digno de su aniversario.

Conforme platicaban constató una vez más su palabra elocuente, excelente discernimiento y no menos generosidad. Luego, solicitó su atención.

—Abas, hoy me he llegado a la hospitalidad de tu casa para hacerte una súplica. He decidido, tras meditarlo con calma, elevar a la categoría de *mawali*, de hombre libre, al esclavo Masrur, el que liberamos de las garras de Tarafa a petición de Shifa. Su mejoría es alentadora y sus méritos distinguidos. La administración de mis bienes depende prácticamente de él, pues domina el álgebra y el cálculo como el mejor de los matemáticos. Cumplido este mes viajará conmigo a Yayyán para conocer a mis familiares y hacerse cargo de mis rentas —le informó.

—Celebro esa decisión, propia de un espíritu magnánimo como el tuyo.

—Quizá también egoísta, Firnas —prosiguió—. Siento como si perteneciera a mi sangre. Con esta determinación, ya nada maquinarán contra el muchacho. He elaborado su horóscopo, y el día fasto para celebrar la ceremonia de manumisión ha de celebrarse la víspera del Aid al Kebir, en el próximo mes del *chabán*. Toda mi familia está complacida y desea que seáis tú y Solimán Qasim los testigos de la celebración ante el cadí. ¿Accedes a apadrinarlo? —le pidió amistoso.

—Es una inmerecida consideración hacia mí, Yahía. ¡Claro! Lo acepto complacido, y mi contribución a su nuevo estado será de una túnica de seda ubaidí para la ceremonia, y por el mismo profeta que ya ansío asistir a esa fiesta.

—Alá recompense tu altruismo, León de Alándalus, y amigo fraterno.

El alba de la emancipación del muchacho compareció con una tibieza embelesadora, y el alma de Masrur, el esclavo, arrasada por tantas desgracias, destilaba gratitud y regocijo. Aún padecía esporádicos dolores de cabeza, pero había recuperado gran parte de su memoria y muchos de los conocimientos aprendidos en la Academia de palacio gracias a los cuidados de Sanae, Kahena y Balansí.

Bajo el emparrado del patio de la casa instalaron una jaima de seda blanca, engalanada de ramos de anémonas entreveradas de violetas, perfumados con la lozana fragancia de las rosas. Se habían instalado tapices, divanes y mesitas de ébano alrededor de la fuente de los caños para la gran celebración. El nuevo hombre libre, Masrur ben Yahía, activo miembro de la familia, había llegado de la mezquita de Abú Utman a lomos de un alazán enjaezado con ricos atalajes, luciendo la túnica regalada por Firnas, su feliz padrino, y un medallón obsequiado por Shifa, su benefactora.

El ceremonial del Itaq, por el que se había convertido en un varón libre, había sido seguido con alborozo por la parentela de Yahía, los amigos y muchos desocupados cordobeses que siguieron el cortejo hasta la almunia.

Los criados pasaron entre los convidados artesas de cristal perfumado con agáloco, agraz, limón y ámbar de Zafar, al tiempo que obsequiaban a los invitados con bolsitas de piel de cabritilla con polvos de hojas de sándalo. Sirvieron fuentes de sémola, empanadillas de verduras, huevos fermentados con zumos y cidra, albóndigas de cordero sazonadas de especias y frutas confitadas con miel, entre la suavidad de una orquesta de vihuelas, zanfonías y flautas. No faltaron los más sabrosos vinos de Rayya mezclados con tisanas de jengibre y canela, y un espectáculo de bailarinas ubedíes danzando con espadas desnudas al son de sus albogues.

Al Gazal, subyugado por el momento, se mostraba complacido, mientras cálidos recordatorios pasaban por su mente. A medianoche rogó la atención de sus invitados. Todos callaron y volvieron los ojos hacia el extremo del patio, donde señalaba su mano. De pronto una exclamación de admiración salió de sus gargantas. Un mozo traía de las bridas un alazán fogoso, un purasangre encendido como un tizón, con el pelaje cubriéndole la frente. Enjaezado con correajes tachonados de plata y con la silla repujada de oro, se convirtió en la sensación de la fiesta. El anfitrión se incorporó, dirigiéndose a un Masrur emocionado:

—Un hombre libre ha de tener su propia montura, Masrur. Este alazán es de la progenie de los primeros corceles traídos por mis abuelos de las llanuras de Siria y criados en los campos de Ubadab al Arab.[18] Cuando lo montes, siente el hálito de la tribu de los Banu Beckar, a la que

---

[18] Úbeda.

ahora perteneces, y que su ejemplo sea un espejo constante en ti. Acéptalo, hijo mío, y sé un hombre temeroso de Dios.

El muchacho se incorporó embargado por la emoción y confesó:

—Quería amaros sin recibir nada a cambio, y vosotros me recompensáis con la esplendidez de la vida, luego de la libertad y ahora del afecto. Mi existencia posee un verdadero propósito. Sabed, padre, familia y amigos, que jamás negaré mi nueva sangre, y que mi agradecimiento a ti, a aquel que mira a los ojos al emir, será imperecedero. Y en memoria de tu estirpe yayaní y de tu tierra, quiero imponerle a esta yegua el nombre de Zaytún, Aceituna, tan unido a nuestra tierra de origen.

Los comensales se congratularon de sus palabras y las mujeres lloraron estremecidas. Samir, el poeta, se irguió de su diván y exclamó:

—Escucha mi canto en probidad del regalo de tu padre, mi mejor amigo, y guárdalo en tu corazón en recuerdo de este día inolvidable.

Todos enmudecieron, ante la opulenta palabra del cantor del emir, que versificó en su honor:

> *Zaytún, vuela entre las alas del viento, atezado tu pelo con el color de la granadina y con un lucero de plata entre las estrellas de sus ojos. Móntalo, Masrur, y huye con el brillo del alba, y descubre los secretos de la vida sobre el arrayán de sus lomos poderosos.*

Una ola de parabienes cerró su ingenio, y Masrur lo agradeció sonriendo y tomando las manos de Samir, que abrazó al muchacho con afecto paternal.

El íntimo festín, el *sani* más suntuoso celebrado en

muchos años en Al Raqaquín, duró hasta muy entrada la blanda vigilia. Sanae dedicó al joven algunos versos, ante el encanto de los comensales, con el laúd sobre sus rodillas. Masrur, melancólico, no apartaba sus ojos de ella, explorándola hechizado, mientras pensaba que sería el mortal más afortunado del mundo si pudiera tenerla junto a él tan solo una noche. Pero después de su aciago pasado, arrinconados al fin sus recuerdos infaustos, y ante una vida naciente, ¿podría abrigar más felicidad y gratitud? Pero ¿quién si no él, malparado por el destino, merecía el calor de la esperanza?

Las primeras luces del día sorprendieron la almunia iluminada aún por las candelas de aceite de áloe y mirra, y con Sanae entonando sus cantos y contemplando al feliz muchacho, tan embriagado como dichoso. Los invitados fueron abandonando la almunia mientras el légamo de la amanecida caía sobre el jardín.

El sol había descrito su curso celeste tres veces, sucediéndose las estaciones con inexorable precisión.

Aquel mediodía del ardiente *hiyah*, el sultán había acudido a la mezquita aljama a pronunciar la oración del viernes. Sobre sus sienes bronceadas le caían las bandas de un turbante púrpura veteado de perlas mientras caminaba arrogante por entre las hileras de fieles, apiñados para contemplar a su imán. Cuando finalizado el sermón regresaban al alcázar, Abderramán tocó el hombro de Yahía y le rogó que lo acompañara después del sermón a sus aposentos privados. Nadie notó la normal cortesía del emir para con su embajador, pero el diplomático, en cambio, esbozó un gesto contrariado. Lo siguió resignado y penetró tras él por los arcos de la dorada puerta de Bab al

Chami, imaginando el motivo de tan enigmática invitación.

Al Gazal cruzó tras el monarca la salita del Arrayán. Este lo sorprendió invitándolo a tomar un refrigerio. Servido por uno de los palaciegos, vio cómo aspiraba el aroma de una copa de vino de Siraf como si fuera un ritual. Algo de naturaleza preocupante lo intranquilizaba. Con un pañuelo de seda se humedecía la frente y empapaba las gotas de sudor de su nariz de halcón.

—Ansío la llegada de la tarde, Yahía, para ofrecer mi hospitalidad a la brisa de la sierra —le reveló llenándole una copa, y con una expresión atribulada—. Te he llamado porque el aguijón de la inquietud me aterroriza desde hace días por culpa de un sueño pavoroso. Y te ruego que me interpretes si me acarreará pesar o gozo. Me desvelo, no duermo y la angustia se ha apoderado de mi alma. ¿Sabes?

—¿Un sueño? Revélamelo, señor, y lo investigaremos si fuera necesario con la omnisciencia de las estrellas y los anillos infalibles del atacir astral. Desde ayer nos encontramos en la mansión cósmica de Sarfa, en el *qún* de la piel que cubre la verga de Leo, la más infausta estrella del firmamento, mi imán. Salimos del Cisne y el cielo libera los endriagos y las calamidades. Pero confiemos en el Misericordioso.

—Escucha mi pesadilla, Yahía. —Lo invitó a sentarse junto a él—. Cuando más profundamente duermo, sueño que rezo en la mezquita de Sevilla, la recién bendecida de Ibn Adabas. Me postro ante la quibla y entonces contemplo con terror al profeta yacente con un sudario blanco, y mi corazón se desgarra, mi buen amigo.

—¿Mahoma amortajado? —se horrorizó visiblemente—. Prosigue, mi señor.

—Luego se suceden gritos de violencia y la techumbre se desploma sobre mi cabeza. A continuación, avisto apariciones incoherentes y se muestra un ángel liberador que me guía del horror al sosiego, y me despierto empapado de sudor. Después la congoja me apesadumbra hasta el amanecer, llenando de tristeza también a Tarub, que llora desconsolada junto a mí. No puedo soportarlo ni un día más, Yahía. Te ruego que me descargues de esta mortificación y, si es posible con tu ciencia, adivines el sentido de esta aparición de las sombras —le rogó como un niño asustado.

Nada respondió Yahía, que se dirigió al mirador del Arrecife como si precisara de la claridad para profundizar en el ensueño de su señor. Colocó su mano diestra en la cabeza y ensimismado oteó la lejanía, inclinado sobre el alféizar. Así permaneció largo tiempo ante el silencio respetuoso y la inquietud del monarca. Era innecesario componer el horóscopo, o escrutar los cielos con el astrolabio. Al fin, Yahía se volvió desolado y confesó, desplomándose sobre el diván:

—No hay duda, ilustre hijo de Al Hakán, y tú lo conoces tanto como yo, pues es una revelación, que no por extraordinaria es menos conocida para los estudiosos de lo arcano y de los cursos celestes. Según los astrólogos del islam, soñar con Mahoma difunto representa el más funesto de los presagios para un creyente, y muy pronto una tragedia azotará Alándalus.

—¡Dios omnipotente, protege a tu hijo predilecto! —se lamentó el emir.

—Sobrevendrá pesar y muerte alrededor de tu trono —continuó con la predicción—, y la mezquita de Adabas, la devota obra levantada con tus limosnas, se cerrará al culto, aunque desconozco la razón. Has de armarte de valor pues los acontecimientos se sucederán tal como te predigo, y tu compasivo corazón destilará aflicción. Te lo aseguro por el Corán sabio, y lo deploro porque tu piedad no lo merece —le reveló en tono severo.

Una mueca de pesar cruzó por la faz de Abderramán como un mal agüero. Se ocultó el rostro y mordió el reverso de su mano en señal de desesperación. Sus ojos escrutaron con abatimiento los de Al Gazal. Sabía de su ciencia y estaba seguro de que sus premonitorias palabras se cumplirían con inapelable e inequívoca certeza.

—Pero no todo será infortunio, protector del islam. El ser alado aparecido en la visión se asocia a Gabriel, el espíritu de la Santidad, quien restituirá la adoración a la mezquita y la paz tras el duelo. Esta es mi interpretación, y que Dios refresque tus ojos ante el sufrimiento, mi piadoso protector —repuso respetuoso.

—Los que tomamos al Clemente por amigo nos tenemos por fuertes, Yahía. Hasta tanto sobrevenga ese oneroso evento desconocido, arrinconaré en lo más profundo de mi ser tus predicciones. Deseemos que pase cuanto antes como una purga de boticario y no aumentemos la aflicción a mi alrededor —se entristeció.

—Tú, mi imán, que gobiernas a tu pueblo con tanta dulzura y largueza, pasarás por una prueba horrenda, no hay duda, pero la superarás —le predijo.

—Confiemos en que sea una probabilidad, Yahía. Dios te guarde.

Y tras besarle las mejillas con ojos contritos, desapareció por entre las cortinas, dejando un denso perfume a acíbar, mientras Al Gazal inclinaba su testa, perturbado por el vaticinio que su señor le había solicitado. Mas no lo que cabía duda alguna, el presagio se cumpliría palabra por palabra. Así lo proclamaban los augures musulmanes y los anales de lo oculto desde la alborada del islam.

***

Se habían completado siete eternos días cuando las botas de un mensajero retumbaron en los corredores del alcázar. Se detuvieron ante el Salón del Olmo, donde se hallaba en consejo Abderramán con sus visires, secretarios y eunucos. Avizoró su cabeza, mientras la inquietud se apoderaba de su alma, resignado a la desgracia de sus ensoñaciones: «Hoy se cumple el día séptimo después de la interpretación del sueño de Al Gazal», se dijo, y agudizó sus oídos para sentir con toda crudeza la magnitud de la noticia del heraldo.

—¡Un mensaje del gobernador de Al Usbuna,[19] mi señor! —Se inclinó el correo rodilla en tierra y proclamó—: Cerca de cien barcos vikingos han aparecido en las costas y se dirigen como plaga de langosta a la desembocadura del gran río, imán de los creyentes.

—¡Malditos *madjus*, adoradores del fuego! Esos saqueadores sin alma son capaces de las atrocidades más temibles. ¡Dios los confunda! —se lamentó el emir pasandose el pañuelo por la frente con mano temblorosa—. ¡Se han mostrado al fin los días de pesar y muerte! Proclamad en todo el reino, hasta las marcas del norte, la guerra santa y la *istinfar*, la movilización general.

En su rostro moreno se reflejó el espanto de la cruel realidad. Suplicó al cielo que su fe y el valor de su pueblo no se derrumbaran ante la devastadora prueba que se les avecinaba. Los días del horror habían llegado como negras alas de cuervo.

---

[19] Lisboa.

Aquella misma tarde se reunió el Consejo del emir en el Salón de los Visires. La tensión se palpaba entre los consejeros. Abderramán, con las piernas cruzadas sobre los cojines, posaba su mirada sobre los cortesanos y ministros, en tanto se acariciaba nervioso la barba. Al fin suspiró y les participó en tono penoso:

—Mañana, en el sermón, publicaré la *chihad*, la guerra santa. Las tribus ya han sido avisadas para unirse a la oriflama del profeta, y mi gran chambelán, Naser, junto al general Rastún, aprestan con diligencia un temible ejército en la Almusara. Mi corazón me dicta que los piratas normandos no pararán hasta arrasar Córdoba, borrando la herencia de la verdadera fe de esta tierra. Escucho vuestros consejos.

Con gesto de preocupación atendió el emir a cada uno de los visires y, antes del ocaso, una treintena de correos partieron hacia todos los caminos de Alándalus. La *chihad* levantaba una vez más el espíritu unificador de los clanes andalusíes.

—Me abandono a la misericordia de Dios —concluyó entristecido.

Como una siniestra plaga salida de las profundidades del océano, cincuenta *knors*, barcos de mercancías, y otros tantos *langskips*, naos de guerra vikingas, cubrieron con sus alas rojas la bahía de Cádiz o Karlsar, las Aguas del Hombre, como las sagas danesas la denominaban. Las surcaron con temor, admirando en la lejanía los ciclópeos pilares de las Columnas de Hércules y la colosal estatua del dios griego, con el manto dorado, la maza y unas llaves descomunales señalando los abismos del fin del mundo, mientras entonaban un ronco canto de batalla. Comparecían como una manada de lobos hambrientos tras saquear sin demasiado éxito Frisia y Galicia, atraídos por las legendarias y hasta ahora respetadas riquezas de Alándalus, a cuyo ejército temían. Su razia debía ser rápida y expeditiva.

—*¡Yalib, ah, ah, ah!* —bogaban y gritaban al unísono los remeros vikingos.

En la proa del navío insignia, cogido a la grasienta humedad del palo mayor, oteaba las corrientes Torkel Costilla de Hierro, el jefe de más rango de la expedición arribada del país de Dane.[20] Se trataba de un poderoso *yarl*, o noble danés, en el que destacaba su formidable humanidad cubierta de pieles y placas de acero, su hosco y cuadrado perfil, rostro colorado, largas trenzas rubias y una repulsiva cicatriz en el pómulo recuerdo de una herida mal restañada.

Sobre su coraza se balanceaban un cuerno de cabra, donde bebía cerveza o hidromiel, y una terrorífica hacha de doble filo. Su olfato le decía que esta incursión en tierras tan exuberantes y de fragancia tan suave le reportarían fama y caudales cuantiosos. Solo era cuestión de atacar por sorpresa, actuar con inmisericordia y regresar al norte con rapidez, antes de que aparecieran las tropas del emir. El resto lo harían el miedo, la desolación y la muerte. En un *drakar* cercano, una embarcación a remo, larga y de muy poco calado, arengaba a sus guerreros otro líder, Gorm el Cuervo, un pelirrojo hercúleo, consejero de su rey, y también *yarl* como Torkel.

—¡Embocad la barra de las arenas a remo, por Thor! —gritaba desaforado.

---

[20] Dinamarca.

Aquel fragante amanecer, y como una exhalación, se adentraron en la embocadura del Wadi al Quivir. Sobre las aguas se extendían sutiles bancos de niebla, y los barcos, en compacta formación, hendían las proas avanzando río arriba. Las armas y los escudos, como aros de colores, brillaban ante el tímido sol, ocultando los torvos rostros del millar de guerreros nórdicos, y algunas mujeres guerreras, que gritaban al compás destemplado de los animados sones de guerra y la promesa de un rico botín. Con el chapoteo, y en medio de una lujuriante luminosidad, centenares de garzas y patos malvasía sobrevolaron la flota vikinga dirigiéndose en medio de los graznidos a las marismas y lagunas. Un manto de juncos, eneas y jaras surgían de la floresta, y un aroma a brezos, pinos y madroños llegaba como un bálsamo a las salobres y malolientes cubiertas, donde el hedor a sebo y carne corrompida impregnaba los velámenes y aparejos.

—Piloto, ¡ganemos el río Betis de los rumíes! —vociferó Torkel, en medio del griterío—. Y cuidado con los arrastres, las aguas de los ríos son traicioneras.

En dos jornadas de ruda rema, el mediodía de un caluroso jueves del *muharrán*, remontaron la corriente y se presentaron en el bajío fluvial de Captel, donde el río se abre en dos brazos, a escasas leguas de Sevilla, cuyos avisados habitantes habían huido despavoridos a la cercana fortaleza de Carmona. Las bandas de Costilla de Hierro y Gorm el Cuervo se adentraron en la isleta y no hallaron ni a uno solo de sus moradores. Aún quedaban humos en las chozas recién abandonadas, calderos colgados en los hogares, cenizas, bestias y fardos abandonados por la precipitada huida, que pronto tomaron los *nordomani*, los normandos, dedicándose inmediatamente al pillaje durante horas.

A media tarde sonaron los cuernos de guerra y se reunieron junto a sus jefes para dirigirse al flanco oeste. Al poco de iniciar la marcha, apareció ante sus ojos una visión providencial que hizo detenerse a Torkel y Gorm, y gritar ambos de placer, seguido del clamor de sus feroces acompañantes. Aquella alucinación no podía ser posible. En una vaguada divisaron una manada de al menos cien caballos que pacían sin amos, y con los que podrían adentrase en el territorio y asolarlo con más posibilidades de éxito y con una huida más expedita. La señal no podía ser más favorable.

—¡Odín está con nosotros! —los animó Torkel revolcándose en la hierba.

Con una ferocidad inusitada expoliaron la isla, donde repusieron energías y trazaron una estrategia para asaltar Ishbiliya, sopesando un posible asalto a Córdoba si el monarca no les hacía frente y se acobardaba, y tasando el inmenso reparto de botín y esclavos. Por la noche los fuegos, las baladas nórdicas y los efluvios a leche agria, carne quemada y cerveza llegaban hasta las orillas, donde los espías del alcaide musulmán huido a Carmona seguían sus movimientos.

Al día siguiente, con un amanecer sofocante, sonaron las trompas, y la infernal horda se puso en marcha, justo cuando los primeros jirones granas aparecieron por levante. Los dos jefes distribuyeron a los jinetes y peones en la orilla derecha del río y, entre cánticos disonantes, la vociferante y atemorizadora masa de normandos, enarbolando mazas, hachas y anchas espadas, y calados con yelmos de metal y hueso, avanzó amenazante, protegida por una veintena de navíos a las órdenes de Gorm, que seguirían río arriba según el plan predeterminado.

Al cabo, tras el recodo de unos altozanos, apareció

ante sus feroces miradas la luminosa Sevilla, asentada en un vergel de palmeras, cidros, juncos y limoneros, y lamida por las benignas aguas del río. La población había desertado y permanecían en ella solo algunos monjes guerreros, ancianos e impedidos, y sobre todo gentes llegadas de los campos, obligadas a esconderse en los cobertizos y mezquitas de la medina. Un ramillete de barcas se balanceaba al compás de la marea, y de sus atalayas de yesería carmesí emanaba un fulgor cobrizo que sombreaba de rojo las casitas desperdigadas entre los olivos del Aljarafe y Taryana, en la orilla opuesta.

—¡Thor, Thor, Thor! —jaleaban, golpeando los escudos de madera.

Aquella prodigalidad despertó las ansias de saqueo y un gran alboroto de voces salió de las bocas de los daneses. Sin esperar las órdenes de Torkel, la belicosa turbamulta se precipitó por las abandonadas puertas de Sharish y Chabwa, mientras los jinetes envolvían la ciudad y penetraban por la arcada de la Puerta de Maqarana. La temible corriente, como una marea de espanto, se desplegó por las calles desiertas de la ciudad, derribando puertas y adarves, e incendiando silos, colmados y graneros. Sin apenas resistencia, la turba normanda sacó de sus escondrijos y sótanos a pacíficos agricultores, a quienes rajaron sin piedad o cargaron de cadenas arrastrándolos tras ellos, y se entregaron al robo y al asesinato por el desierto laberinto de plazuelas y callejones.

Los normandos hurgaban en todos los rincones, y se afanaban robando los ajuares de las almunias vacías. Encendían en las plazas anárquicos fuegos, donde arrojaban los cadáveres ensangrentados y los enseres inservibles. Pronto el hedor acre a putrefacción y carne chamuscada llegaba desde todas las esquinas. Corrían de un lugar a otro con las cabezas de algunos cenetes, los monjes guerreros islamitas, clavadas en sus bicheros. Vociferaban como posesos, sucios de sangre y cenizas; y apestosos como perros, saqueaban, quebraban postigos y celosías y amontonaban cobres, sedas, cordobanes y tapices. Algunas mujeres con las enaguas sobre sus cabezas, y sus muslos teñidos de sangre, lloraban tras haber sido violentadas.

Con el correr de la mañana, las bandas confluyeron en los zocos y en las mezquitas menores, donde se entablaron los primeros combates con los monjes guerreros y los adalides que no habían abandonado la ciudad, ofreciéndoles dura resistencia. Lucharon hombre contra hombre en fiera pelea, y pronto se hacinaron los cadáveres de los islamitas, mutilados y muertos por las salvajes oleadas de *madjus*, corriendo regatos de sangre por los arriates. Algunos combatientes eran arrancados de sus casas y les quebrantaban los huesos con las mazas, mientras a otros les sacaban las entrañas en sus zaguanes.

Los caballos machacaban las cabezas de los defensores, o eran despedazados por las hachas de los normandos, que tronaban los aires con horrísonos gritos de batalla, entregándose a la más atroz de las rapiñas y excesos. Algunos de los defensores, que aún pretendían huir por la Puerta de Qarmuna, eran abatidos por los virotes de los arqueros de Torkel, apostados en sus cercanías. Al mediodía, el cielo azul de Sevilla se llenó de humaredas y pavesas cenicientas. El hedor a carnadura quemada y las pavorosas lumbres hacían intransitable la ciudad. En pocas horas, el horror, las matanzas y el asolamiento se enseñorearon de las calles de la ciudad.

—¡Odín, Odín! —se oía el eco por doquier, y los ayes de los moribundos.

Costilla de Hierro, con el rostro ensangrentado y furioso como un leviatán, penetró con sus hombres en la abandonada almunia del Alcaide, cercana al zoco de los Especieros, atraídos por su suntuosidad. Abrieron el portón y un silencio cavernoso los recibió. Pero antes de entregarse al pillaje, el relincho de un caballo los alertó. Descendieron a las cuadras, donde brillaba la oleosa luz de un candil solitario. Tras una hilera de pesebres, descubrieron a un centenar de niños, eunucos, esclavos y sirvientas con hatos en las manos, que se apretujaban asustados. Llegados del Aljarafe, no les había dado tiempo a escapar.

A rastras fueron conducidos al patio y conminados a tenderse en el suelo, mientras los chiquillos gemían abrazados a las nodrizas. Torkel se despojó del almete dejando al descubierto la faz sudorosa y tiznada y se paseó ante ellos, señalando con su espada a los más decrépitos, que fueron obligados a incorporarse. El más resuelto inclinó sus rodillas suplicando clemencia y ofreciéndole un collar oculto en los pliegues de su zihara. No tuvo tiempo para acercárselo, Torkel alzó su espada y le hizo un tajo de oreja a oreja, salpicando de sangre paredes y prisioneros, que gimoteaban acongojados.

A un castrado de ojos saltones, le introdujeron una horca de palo por el ano, decapitando o cegando a otros después y segando manos, pies y miembros viriles, mientras poseían allí mismo, con inusitada ferocidad, a algunas de las mujeres, a las que desnudaban con violencia, entre los lamentos de los mutilados y la histeria del grupo de muchachos atados con una soga, a los que habían sacado a empellones para venderlos como esclavos. Después, el desenfreno de violencia se adueñó del palacete y, tras horas de saqueos, Torkel ordenó a su lugarteniente:

—¡Toca cinco veces el cuerno, Thorfinn! Luego convoca a todos en el templo mayor. Allí deben esconder el oro y los caudales de más valor —ordenó a su asistente.

A media tarde, las feroces bandas normandas afluyeron en la plazuela de la mezquita de Ibn Abadas, en medio de una algarabía de cargas y galopadas. Se arremolinaban en un desbarajuste y mostraban sus rostros tintos en sangre tambaleándose borrachos. El fragor de la arremetida contra los portones y muros de la mezquita, el sordo crujido de las espadas y los encolerizados juramentos de los caídos retumbaban como una tormenta en sus paredes.

Torkel y sus hombres sabían que los cadíes, los almuhédanos y alguna gente principal se habían confinado dentro, aguardando la ayuda de su emir y la piedad de sus atacantes, intimidados quizá por las sacralizadas piedras de la aljama. Torkel ordenó que cortaran una palmera gigantesca de la ribera para convertirla en un ariete de colosales dimensiones con el que derribar el portón de bronce, pero no consiguieron su propósito. Tras vanos intentos, acompasados por el seco jaleo de los atacantes, desistieron de la maniobra.

—Torkel —lo llamó Thorfinn—. ¡Mira el techo, es de madera! Si lo incendiamos no tardarán en salir o perecerán abrasados. ¡Quemémoslo!

—Estás en lo cierto, bribón. ¡Traed la estopa y el fuego! Confiemos en no perder sus tesoros, en cuyo caso te rebanaré el gaznate, Thorfinn —gritó.

Cuando el sol lamía los tejados de la mezquita, una compacta andanada de flechas incendiarias se elevó silbante sobre la cúpula, iluminando de rojo su armazón de estuco y madera. Primero fueron unos humos blancos y, luego, paulatinamente, flameantes llamaradas que se extendieron por el santuario con una celeridad espantosa. En unos instantes se convirtió en una pira gigantesca y la techumbre comenzó a hundirse devorada por las llamas, dejando caer ascuas incandescentes en su interior y levantándose una colosal nube vaporosa y cenicienta. Prontamente se oyeron lamentos de pánico a los que siguió un inquietante y denso silencio.

—¡Piedad para los creyentes! —les llegaba un lamento plañidero.

Los asaltantes cesaron en sus sones de guerra y aguardaron, atentos con sádica atención a los quejidos salidos de la mezquita, ebrios de sangre. Repentinamente se percibió el crujido de una de las jambas de la puerta al abrirse. Los cerrojos se apartaron y, en medio de la baraúnda, apareció la solemne figura del anciano cadí mayor y sus compañeros con los rostros demudados y tiznados, tosiendo y respirando con avidez. El venerable juez intentaba proteger con sus brazos a un tropel de asustados chiquillos, varones patriarcales y muchachas llegadas de los campos, que se apretujaban tras él. Se adelantó y avanzó hacia Torkel con las manos implorantes y las lágrimas cayendo por sus marchitas mejillas.

—*Sahib*, en nombre de Dios, no hagáis daño a estos indefensos —rogó.

El *yarl* no le permitió seguir parlamentando. Blandió su espada ensangrentada y la hendió con furia en la cabeza del magistrado. Su turbante se llenó de sangre, y los sesos y dientes, en una amalgama sanguinolenta, saltaron en las escalinatas. Un clamor de triunfo se elevó a los cielos, iniciándose la matanza de los ancianos y mujeres, que caían decapitados, con los espinazos rotos y abrazados unos a otros mientras rezaban versículos del Corán. A un cenete que opuso resistencia lo desnudaron, le seccionaron los testículos y luego le vaciaron los ojos, sin sacar de su boca una sola queja, antes de descoyuntarle los miembros atado a cuatro caballerías, entre las bestiales algazaras de los norteños. Otros vikingos asaltaron la mezquita, donde muchos creyentes habían depositado sus pertenencias antes de huir. Durante horas, se entregaron al despojo del lugar sagrado, desnudándolo de todos los objetos más suntuarios: lámparas de bronce y oro, coranes, códices de alquimia, palimpsestos griegos, tapices de Samarcanda, láminas doradas, muebles de cedro, esteras de Zedán y apetitosos tesoros, que amontonaron en la plaza.

Llegada la noche, las sanguinarias partidas de Costilla de Hierro, ahítas de sangre y cerveza, se tumbaron en las escalinatas. Los caballos tenían enrojecidas sus patas y brincaban ante las hogueras mientras, al fondo de la plaza, iluminados por los destellos amarillentos, decenas de mujeres y muchachos arracimados y encadenados de pies y manos, y algunos con las orejas cortadas, observaban mudos el aquelarre de devastación al que habían sometido a su ciudad aquellos rubios salvajes de atroces instintos, malolientes y plagados de piojos.

Cuando la noche dominó el infinito y las sombras acallaron el horror, Sevilla era una ciudad devastada. Aquellos niños cautivos, de ojos almendrados y espantados, no olvidarían jamás la trágica jornada del 12 de *muharrán*.

No cabía más horror en sus corazones.

Durante seis días con sus seis noches, los hombres de Costilla de Hierro sembraron el terror en la ciudad y el fértil alfoz del Aljarafe en una orgía de desolación. Aquel frondoso vergel se había convertido en un paisaje de ruina y devastación.

Mientras tanto, los bajeles de Gorm el Cuervo, que habían navegado río arriba, hacia Coria y Niebla, regresaron casi de noche con los barcos rebosantes de botín. Y cuando la gran vela blanca del *langskip* apareció en la dársena del puerto y su cabeza de dragón asomó entre las aguas, los vítores de los hombres de Torkel atronaron el aire. Jamás habían apiñado tales capturas y tan abundantes. Hileras de daneses descargaron sobre los arenales del embarcadero animales, fardos, cajas, baúles y talegas atiborradas de despojos.

El encuentro de ambos jefes resultó clamoroso, y celebrado con banquetes y luchas al aire libre, que acabaron en orgías con las muchachas esclavizadas a las que poseían salvajemente sobre los arenales del Wadi al Quivir. Torkel ofreció aquella misma noche un sacrificio humano al dios del mar, el siempre enojado Njord, mientras el *skalde*, el bardo de la expedición, Ottar el Negro, el poeta esclavo de Gorm, entonaba tonadas de guerra subido en un tonel de cerveza.

—¿Donde está el poder de su rey? —se jactaba Torkel ebrio de hidromiel—. ¿Acaso se esconde en su harén, acobardado como una damisela?

El otro jefe estaba callado y abogaba por llenar los barcos y huir al alba.

—Esa inmovilidad me alarma, Torkel —le confesó con gesto inquieto el Cuervo—. Llevamos seis días en estas tierras y aún no nos ha hecho frente. Deberíamos tomar cuanto hemos saqueado y abandonar este lugar ahora que tenemos el camino franco. Después puede ser demasiado tarde.

—¿Abandonar ahora, cuando hemos encontrado el país de la abundancia y la Audumla[21] sagrada? ¡No, viejo

---

[21] Audumla: nombre de una vaca de la mitología danesa de cuyas ubres brotaban cuatro fuentes de leche alimentadoras de los dioses. También signo de abundancia.

león, antes me sacaría las tripas! Seguiremos aquí hasta que los hayamos despojado de su última hogaza de pan, Gorm, amigo. ¡Bebamos y sigamos tomando lo que Thor nos brinda con las manos llenas! —gritó y le ofreció tambaleante un cuerno de cerveza.

Gorm lo miró receloso. Sabía que tarde o temprano harían acto de presencia las uniformadas tropas del emir. Y entonces tal vez fuera demasiado tarde. Ottar el Negro, su bardo, un hombre de rostro moreno y cabello ensortijado, esclavo en su juventud del jeque Idris de Tunicia, donde fue arrebatado por el Cuervo en una de sus incursiones, se llegó al oído de su jefe:

—Señor, la pasión por el oro altera los sentidos de los hombres, haciéndolos ciegos a los consejos. Huid ahora que podéis. Es un consejo, señor.

Gorm movió el vientre, escupió la cerveza y le manifestó formal:

—No hablo de oro, Ottar. Corriente arriba he avistado movimientos de jinetes. Estos mahometanos están movilizando todo el país y caerán sobre nosotros como un azote en horas. Mañana remaremos hacia el norte, donde aguardaremos acontecimientos y escaparemos con los *drakars* si la ocasión lo precisa, pues esta ciudad carece de barcos de defensa. Corre la voz esta misma noche entre los nuestros. La matanza de ancianos ha sido un error innecesario de Torkel, y puede costarnos caro. Unas rapiñas y saqueos hubieran bastado. Matar a ese anciano ha sido fatal.

—No me cabe duda, *sire*. Yo fui musulmán y sé que han debido proclamar la *chihad* y la *istinfar*, la movilización general. Es la guerra santa, mi señor. En ella un islamita es temible pues desprecia su vida y desea morir para alcanzar el paraíso. No saldremos vivos de aquí si permanecemos un día más —garantizó.

Ottar observó bajo la luz de las antorchas los semblantes exangües y aterrorizados de unos niños atados contra el muro, y sin desearlo le recordó su juventud. Él nunca enterraría sus recuerdos, ni perdonaría a sus captores. Sabía como nadie que para aquellos infortunados era su primer día de cautivos, y las únicas medidas para su alma eran el dolor y la desesperación. Muy pronto serían vendidos en los puertos del norte, si aguantaban el largo viaje y sus penalidades.

Al fin, tras la segunda vigilia, los brutales cánticos de los guerreros normandos cesaron. Ottar el Negro se tendió junto a unos cordajes, sintiendo sobre su rostro una bocanada caliente, pesada como el plomo, y un olor pestilente al sudor de muchos días de navegación y a cerveza mal fermentada. Mientras, las crestas del Wadi al Quivir alzaban en un manso balanceo las naos vikingas, terroríficas con sus fantasmagóricos espolones recortados entre las llamaradas de las hogueras.

Luego pensó que a la violencia de aquellos normandos, con los que convivía a la fuerza, seguiría inexorablemente la venganza de sus hermanos andalusíes.

Y su reparación sería terrible y demoledora.

CAPÍTULO XVI

SAETAS DE VENGANZA

En Alándalus reinaba el sobresalto y solo un desagravio ejemplar y aterrador complacería el corazón desolado de Abderramán y la turbación de su pueblo.

El bochorno espesaba la mañana y un cielo granate cubría el Arrecife cuando el emir, jinete sobre un corcel negro, pasaba revista a las tropas en la Fahs al Suradiq, la gran parada militar, prestas a enfrentarse a los saqueadores vikingos. El retumbar de un colosal atabal y el estruendo de las trompas de guerra acogieron su presencia ante la Puerta del Río.

Ceñía su cabeza con un casco dorado, mientras su caballo, enjaezado con cordoncillos granas, caracoleaba inquieto. A una señal del general mozárabe Rastún, un oficial pelirrojo de poderosa corpulencia, los abanderados se adelantaron al son de las tubas rindiendo las enseñas, la Aluada, el Alalam y el Alsatrany, ante el emir, que, solemne, las anudó en medio de un impresionante silencio y se las entregó a los alféreces, quienes, en compacta formación y cogidos unos a otros, desfilaron aclamados por la muchedumbre en medio de un frenesí de cólera contenida.

—¡Venganza! —imprecaban—. ¡Caiga la sangre sobre sus cabezas!

Se hizo el silencio y el emir los arengó levantado sobre sus estribos y mirando al cielo. Tan solo el rumor del río y las norias quebraba el mutismo de la plebe.

—¡Creyentes del islam, es llegada la hora marcada para aniquilar a los sacrílegos adoradores del fuego y desagraviar su impiedad por la mezquita injuriada. Combatámoslos con la palabra perfecta de Dios, que abrirá las puertas de la Mansión de la Paz a sus mártires. ¡No hay más Dios que Alá!

—¡Solo Él es el vencedor! —vocearon los regimientos enardecidos.

Rastún, el estratega del emirato, y el eunuco Naser, el representante del soberano en la batalla, con su rostro abotargado por la arrogancia, recibieron de Abderramán el estandarte blanco de los omeyas, que el castrado levantó ante el estruendo de las armas de los soldados, clamando con su voz chillona:

—Una ralea de perros idólatras ha violentado Alándalus, sembrando la muerte entre los inocentes. ¡Que Dios los confunda!

—¡Solo Dios es el vencedor! —contestaron los adalides, entre el tronar de los cuernos y las voces de la multitud. ¡Mueran los *madjus nordomani*!

Los escuadrones, apurados por la prisa en salir al encuentro de los vikingos, desfilaron ante el imán de los creyentes entre el tintineo de los arneses y el crujido de los petos de los adalides. Los penachos de los yelmos se agitaban con la marcha, mientras un ligero vientecillo traía los olores de las bestias y el cuero de los atalajes. El emir los despidió sumido en sombríos pensamientos. No era un hombre impulsivo y detestaba la guerra, pero su piadoso corazón repudiaba el atropello de la mezquita y la muerte violenta de sus súbditos más vulnerables, y había aprestado un formidable ejército en solo unos días.

—*Alahu Akbar! Bis'mil Alá!*

El aire abrasador atraía las moscas, mientras las mujeres agitaban los pañuelos. Los cantos guerreros, el chirriar de ruedas y el batir de armas, junto a los ruidos de los cascos y los resoplidos de las monturas, retumbaban contra la muralla. Al Gazal, al frente del clan de los Banu Beckar, junto a su hermano Umar y el joven Masrur, cabalgaban en retaguardia con los rasgos contraídos por el enojo. Al desfilar ante su amigo el emir, este se sonrió y se llevó su mano hacia la frente en señal de aliento. Cuando al fin marcharon las unidades, Abderramán bajó los ojos y volvió grupas. Había depositado su destino en manos de Dios, y su espíritu se sosegó.

Los destellos de los alfanjes y las capas flotando al viento se perdieron entre la polvareda del camino de Sevilla. En dos jornadas de cabalgada satisfarían su sed de resarcimiento. Al Gazal alzó su casco sirio y animó a Masrur:

—Nuestra recompensa será tan grande como peregrinar a la Meca, hijo.

—*Alahu Akbar!* Dios es grande y permitirá un retorno venturoso.

Con el crepúsculo del duodécimo día del *muharrán*, las avanzadillas del general Rastún se unieron a las patrullas sevillanas y recibieron a los mensajeros, que informaron de los saqueos y correrías de los *madjus* en toda la comarca, ajenos a la cercana presencia de las tropas del emirato. Alzaron el campamento a la vista de las humaredas y las velas vikingas, a dos leguas de la medina. Sevilla aparecía ante sus ojos devastada, la medina estaba en llamas y los campos, asolados.

Aquella noche de plenilunio, Al Gazal, ensimismado en la contemplación de las estrellas, tomó un trozo de queso de cabra que le ofrecía Masrur y un pellejo con agua fresca, mas no pronunció una sola palabra, inquietando al muchacho, que dijo:

—Nunca vi a un hombre que mañana se jugará la vida tan sereno como tú.

—El temor, Masrur, ese guía cruel de los combatientes, se desvanecerá en el fragor del combate —le contestó sin dejar de mirar al firmamento—. El pánico me oprime, pero pretendo disimularlo. Y antes de tu primera batalla, ¿sientes miedo?

—He de confesártelo, Yahía, tengo la garganta reseca como la estopa pensando en que no regresaré a Córdoba con vida. Pero confío en Dios y en mi brazo.

—No abrigues ninguna desesperanza, hijo —lo consoló Al Gazal—. El hombre está obligado a combatir por aquello que cree. Hemos de liberar a nuestro pueblo de esos salvajes o seremos igual que ellos. Para la próxima oración del viernes nos hallaremos en Córdoba saludables y victoriosos. Confiemos en el destino —asumió.

—La guerra no deja de ser una perversidad que deshonra al género humano —contestó Masrur.

—Así es, hijo. Y ha bastado la profanación de un santuario para convertir a hombres pacíficos, como tú, Firnas o yo mismo, en sanguinarios guerreros. Pero el hombre disfruta de un derecho eterno contra aquel que le atropella lo más sagrado. Definitivamente vivimos en un mundo perverso, Masrur.

—Combatámoslos entonces con honor, padre —adujo el muchacho.

La salida del sol despuntó sobrecogedora. Un sol anaranjado iluminó el momento de las oraciones rituales, recortando las siluetas inclinadas de los tres mil guerreros andalusíes en el cárdeno horizonte del gran río. Los comandantes, que no apreciaban el abandono de los normandos de la zona de sus pillajes, habían dispuesto el plan de batalla y ocuparon las posiciones con sus huestes. Despliegue rápido en tres direcciones para envolverlos por sorpresa antes del mediodía y masacrarlos con la caída del sol, antes de que escaparan por el río en sus naos.

Los yelmos puntiagudos, las lanzas de astas de plata, las zugariyas repletas de flechas rojas, las adargas de cuero, los escudos de acero y los alamudes o hachas de doble filo refulgían como luceros en la lejanía. Los vikingos ignoraban lo que se les venía encima. Súbitamente, un cuerno de guerra sonó en la quietud de la alborada y los tambores retumbaron como el trueno. Era la señal convenida para el ataque. Rastún asintió y montó su caballo. Naser levantó su espada y gritó enardecido:

—¡Solo Dios vencerá! —contestaron todos como el eco.

Con un brío desenfrenado los regimientos del gran eunuco se precipitaron como animales desatados y al galope. Con las crines de los caballos agitándose al viento, se abrieron en abanico blandiendo alfanjes, picas y mazas, mientras los golpeaban contra los escudos. El estruendo de la embestida estremeció los baluartes de la ciudad, cuya liberación pretendían alcanzar antes del mediodía. Ben Musa, cadí de la marca del norte, recibió el mandato de cortar la retirada de unas bandas que habían penetrado hacia el interior, para luego, una vez aniquiladas, reforzar la retaguardia de las mesnadas de Naser y el general Rastún.

Entretanto, los guerreros de las tribus de Yayyán, Ronda y Granada, entre ellos la cabila de Al Gazal, bordearon la Puerta de Macarana antes de cruzar el puente de barcas del Ajarafe y rescatarlo de los saqueadores normandos. Fue entonces cuando los hombres del norte tuvieron conciencia de la presencia de las ordenadas tropas del emir e iniciaron la maniobra de abandono del territorio. Pero estaban desordenados y cada cual obedecía solo a sus instintos e intereses. Una quincena de barcos desplegaron sus velas y, en rápida maniobra de jala y remo, consiguieron huir río abajo, arrojando a los prisioneros y el botín más pesado por la borda. Pero el contingente mayor de normandos seguía entregado al pillaje, fuera de la ciudad, en las quintas de recreo del Aljarafe, ajenos a la presencia del grueso de las tropas.

Se dieron cuenta a deshora de que era demasiado tarde. Pavor y recelo.

—¡*Alá yiyasi*. Alá castigará a los infieles! —se oía como un trueno.

Los primeros jinetes andalusíes acometieron a los sorprendidos vikingos y la sangre y los cuerpos mutilados de los rubicundos hombres de Costilla de Hierro se esparcieron por entre los olivos y palmerales. Los infantes musulmanes, menospreciando la vida, perseguían sin desmayo a los extranjeros de cabellos bermejos y espantosos, que morían valientemente en las riberas, profiriendo alaridos. Pronto, todo se convirtió en una baraúnda de voces y entrechocar de armas y arneses.

Las invocaciones a Alá y los juramentos a Thor y Odín

se confundían con el eco de las galopadas y el batir de los alfanjes islamitas y las hachas vikingas. Pasado el mediodía, en un desordenado tumulto, las partidas supervivientes de *madjus* consiguieron reunirse en torno a Torkel cerca de las praderas de Tablada, hostigados por todos los flancos. El eunuco Naser, tras su impetuoso paseo militar, había liberado la ciudad desierta degollando a la guarnición normanda y, tras ser aclamado por los liberados, cruzaba la pontana de madera de Taryana en ayuda del general Rastún, que abatía uno tras otro a los anárquicos grupos de normandos. Reunidos los dos ejércitos, arremetieron en un estrangulamiento mortal contra los saqueadores daneses, quienes, parapetados en los roquedales de un altozano, se defendían fieramente, aunque muchos eran hechos prisioneros.

—¡*Nifheim, Nifheim, Nifheim*. Reino tenebroso! —maldecían los vikingos.

Recluidos en aquella angosta defensa, los normandos nada podían hacer sino morir o rendirse. En la primera arremetida colisionaron con tal fuerza que los jinetes andalusíes de las primeras líneas fueron arrancados de sus monturas y machacadas sus cabezas por las mazas vikingas en una sangrienta maniobra. Pero poco a poco el empuje de la batalla crecía y los caballeros islamitas se hacían dueños de la situación, rompiendo sus defensas y guiados por el belicoso Rastún.

De todos los lugares surgían andalusíes y en lucha encarnizada abrían brechas de muerte entre los vikingos, que con las rodelas plagadas de saetas sostenían la posición entre juramentos ininteligibles. Corceles rabiosos tropezaban con los cadáveres, mientras nubes de flechas arrojadas por los ballesteros de Rastún sembraban la muerte entre los piratas y hacían prisioneros. A media tarde cientos de vikingos, con las alabardas quebradas, sus caballos destripados y los miembros mutilados yacían sobre la colina. Los gemidos de los agonizantes, el fragor de los alfanjes y los relinchos de las bestias enloquecidas llenaban atronadoramente el campo de Tablada.

—¡Creyentes, venguemos a nuestros mártires! —gritaba Naser, ebrio de revancha desde su montura enardeciendo a los jinetes islamitas.

Sin embargo, los *madjus* no se daban por vencidos y aguantaban.

A una señal de Rastún, extraños carros tapados con lonas se apostaron a lo largo del río, y los cuernos de guerra convocaron a todos los regimientos al asalto definitivo. Los comandantes y alféreces agruparon sus fuerzas.

Mientras tanto, Al Gazal y su partida de yayaníes, a media legua de la posición de lo normandos, oída la señal de agrupamiento, ordenó la retirada, al tiempo que reparó en cómo algunos *madjus* se ocultaban en unos cercanos olivos, intentando acceder a sus naves abarrancadas en los ribazos, mientras arrastraban una traílla de cautivos. Masrur, sudoroso y decidido, levantó el banderín convocando a la hueste de Yayyán, y los leones dorados de los Banu Beckar resplandecieron con el sol de la tarde. Al Gazal se levantó de su montura, metió espuelas en los ijares de Amín y salió como una saeta tras ellos cortándoles la retirada. Inferiores en número, los daneses caían de sus monturas con las grupas ensangrentadas y atravesados por las picas de los islamitas.

En la fragosidad de la lucha, Al Gazal tiró de las bridas y detuvo al fogoso Amín. Había descubierto a dos normandos tirando de un asno cargado con dos chiquillos amordazados. Picó espuelas y los siguió en solitario, mientras su hueste lidiaba a un tiro de ballesta de la ribera. No obstante, al arribar al olivar perdió la pista de los fugitivos. Ni un ruido de cascos, ni crujidos, ni pisadas, tan solo el lejano estrépito de la lejana cabalgada de las tropas de Rastún. Receloso, aminoró el paso y empuñó su alfanje con desconfianza. Aquel silencio y la sorprendente desaparición de los vikingos lo alarmaban.

Salvó con inquietud la angosta vereda que lo separaba de la orilla, cuando de improviso se oyó un silbido inconfundible. Una saeta surgió entre las ramas clavándose en el pecho de su corcel, que cayó arrastrándolo en la violenta caída y magullándole el hombro. Perdió en los primeros instantes la noción del tiempo y reptó atropellado entre los relinchos del animal herido de muerte. Una brillante claridad le percutía las sienes mientras un escalofrío le subía por la espalda, descubriendo en su semiinconsciencia que estaba desarmado. Un calor desconocido le abrasaba las entrañas, y temió por su vida. Intentó incorporarse dolorido, tratando de distinguir unos bultos que brotaban de entre los árboles, mas su debilidad y confusión se lo impedían.

Una plegaria le asomó en los labios resecos, en tanto que trataba de atinar con su lanza, colgada del pomo de la silla. Un rugido salvaje, cada vez más próximo y conminatorio, terminó por despabilarlo.

—Dios mío, ampárame, ¡estoy desarmado! —murmuró entre dientes aguardando una muerte inevitable y brutal—. ¡Masrur, Umar, socorredme!

Como rabiosas bestias, dos daneses surgieron de detrás de un tronco y se le acercaron para rematarlo, blandiendo sus hachas y clavas desnudas, con los rostros ocultos bajo sus yelmos de cuero. Espantado advirtió cómo uno de ellos, con los cabellos pegados por el sudor, soltaba un regüeldo, llegando a oler su fétido aliento. Cuando lo tuvo frente a él se contorsionó para evitar el mandoble, esquivando el primer mazazo. El impacto sonó secó y metálico al colisionar con una piedra, dibujándose en los ojos del vikingo una chispa de ferocidad. El danés maldijo a Al Gazal y se revolvió para degollarlo.

—¡Maldito *blamen*![22] ¡Muere de una vez! —bramó enfurecido, levantando de nuevo su hacha de dos filos y abriendo sus piernas para acertar con el golpe.

De pronto, sonó el cercano trote de un corcel, después el chillido de un jinete.

Y por último, el sonido silbante de un venablo cegador que atravesó el cuello del normando, que cayó fulminado junto al caballo de Yahía, que aún resoplaba. Con rabiosa saña el jinete se dirigió al otro *madjus*, quien ahogando un grito de impotencia no pudo evitar una cuchillada en su hombro. Pronto los dos vikingos quedaron inermes sobre el polvo, empapando la tierra con su sangre, mientras Al Gazal se incorporaba aturdido.

Se despojó de su yelmo abollado, se dolió del brazo y se alzó hacia su salvador, un exhausto y providencial Masrur, que descabalgó de Zaytúm para ir en auxilio de su protector. Le palpó los miembros contusionados y le humedeció la cara con agua de su pellejo. Luego le colocó un pañuelo en el hombro herido.

—La consigna era atacar siempre juntos, Yahía. ¡Has podido morir! —le increpó enfurecido y en tono reprobador—. ¿Cómo has podido ser tan temerario?

—Dios te bendiga, hijo. —Recuperó el aliento—.

---

[22] *Blamen*: los vikingos denominaban a todos los musulmanes con el nombre genérico de *blamen*, hombres negros, pues pensaban que todos ellos tenían la piel de ese color.

Sin tu oportuna llegada me hallaría en el paraíso gozando de dulces huríes. ¡Arriesgar la vida por un semejante es el más preciado rasgo de afecto, Masrur! Hoy tu caballo ha sido la brisa poderosa que cantó Samir. Gracias, hijo mío —se lo agradeció con sentimiento.

—¿Quién adeuda más a quién, Yahía? —dijo enfurecido—. Tu vida me es preciosa. He sentido la hiel ascender a mi boca, y me he aliviado al saberte ileso.

—Amín era un corcel entrenado para la pelea, y así ha muerto —se lamentó conmovido, casi sollozando, mientras miraba el cuerpo exánime del bruto—. Ya jamás trotará en el Campo de la Novia luciendo los colores del emir. Amaba a esa noble bestia. ¡Pero, vamos, dejémonos de pláticas! Unámonos a la tropa.

Cuando se dirigían al galope a unirse a las mesnadas de Rastún y Naser, hallaron un panorama sobrecogedor. Cuatro centenares de vikingos, con algunas mujeres guerreras entre ellos, reagrupados como un ovillo en una posición perdida, se defendían como leones. Con su jefe al frente, tintos en sangre, extenuados y hombro contra hombro, resistían rodeados de islamitas. Mientras, una flota de *drakars*, atiborrada de botín, bogaba a todo remo intentando alejarse de los embarcaderos.

—¡Mirad en el río! —prorrumpió Masrur, señalando sus turbulentas aguas.

Un grupo de *knors*, *drakars* y rápidos *langskips* salidos de los carrizales huían en tumultuosa desbandada por los recodos de las huertas de Maqbarat, animados por la ausencia de barcos de guerra andalusíes. El sol del ocaso doraba el velamen cárdeno de los navíos vikingos, que rompían veloces las aguas del Wadi al Quivir. Sonó un timbal y los artilleros tensaron las ballestas, calculando el tiro de las catapultas con los precisos engranajes ideados por Abas

Ibn Firnas. Era la señal de la ofensiva. Al Gazal contuvo la respiración y observó la línea de las lanzadoras.

—Hoy comprobaremos si los ingenios de Firnas son idóneos en la batalla.

Decenas de teas se encendieron al unísono prendiendo las bolas de hilaza y algodón impregnadas con un líquido inflamable, y centenares de puntos de luz, como un fuego chino, iluminaron la orilla. Describiendo un círculo en el cielo acertaron con precisión en las velas, cubiertas y aparejos de los barcos vikingos. El fuego devoró los pertrechos, extendiéndose las llamaradas de una nave a otra, ante la impotencia de los fugitivos, que voceaban espantosos gritos de desesperación. Nubes cárdenas y negras se elevaron al cielo, mientras nuevas andanadas de proyectiles incendiarios cruzaban el río impactando en las embarcaciones, faltas de timoneles y gobierno. Era el caos y la destrucción.

El aire se tornó denso e irritante, trasladando a las orillas pavesas negras y oleadas de cuero y madera quemada. Tras una hora de escabechina, cuarenta embarcaciones vikingas, con muchos de sus tripulantes, se hundieron en el Wadi al Quivir, calcinadas en una fogata colosal. Buscando la salvación, comenzaron a producirse horrendos espectáculos. *Nordomani* convertidos en antorchas vivientes se arrojaban al río entre aterradores alaridos, en tanto que otros, quemados sus cuerpos y entre espasmos de dolor, se daban muerte con sus hachas.

—¡Dios ha concedido la victoria al islam! —tronó el aire.

Cuando los indefensos supervivientes alcanzaban la orilla empapados y agotados, los soldados de Naser, Rastún y Muza los cogían prisioneros o los degollaban sin remisión en los arenales; y los que perseguían su libertad internándose en los cañizales, eran aniquilados por los mercenarios del gran *fatá*. Decenas de cadáveres de normandos mutilados y gemidos de horror y matanza se veían por doquier. Los tambores y tubas musulmanes comenzaron a sonar anunciando a los cuatro vientos la victoria, en tanto que un abatido Torkel dilucidaba con sus hombres o morir todos aplastados por aquellos tres mil enfurecidos guerreros andalusíes o capitular y someterse a un improbable perdón.

Una pincelada rojiza apareció por el horizonte anunciando el crepúsculo. El sol galopaba hacia su ocaso tan fatigado como los jinetes andalusíes y enrojecido como los rostros de los vikingos atrapados sin remisión en la colina.

—¡Creyentes del Corán! —proclamó a sus tropas Rastún—. Aún Dios nos concede la luz suficiente para aniquilar a esos perros. ¡Adelante!

Y a la tenue luz de la oración, los jinetes musulmanes, en compacta formación, avanzaron en círculo dispuestos a arrasar el último reducto vikingo. Se escuchaba el bufido de las caballerías y el entrechocar de las armas con los escudos. Poco a poco el furor de los atacantes fue creciendo y los timbales de guerra sonaban, enardeciendo a los vencedores.

—¡Que sus cuerpos sean pasto de los cuervos! —prorrumpió el general.

Rastún alzó su espada y todos lo imitaron dispuestos a arremeter a la hueste normanda, cuando Torkel lanzó un grito titánico de rendición. Su tenaz resistencia al fin se había quebrado. Se abrió paso entre sus filas arrojando con violencia las armas contra el suelo, y sus hombres lo imitaron, avanzando silenciosos en señal de rendición, con los brazos caídos, las ropas hechas jirones y los rostros tiznados y ensangrentados. En un informe montón, guardaban las sacas con su botín.

—¡Detened el ataque! —los conminó Rastún alzando su guantelete.

De la retaguardia apareció como una exhalación el eunuco Naser, tinto en sangre.

—Aniquilémoslos como perros. No merecen clemencia, Rastún —exclamó.

—Se han desarmado, Naser. —Se le enfrentó severo—. ¡Somos soldados, no matarifes! Y aunque merecen la más horrenda de las muertes, ahora son rehenes del emir y a su piedad le corresponde decidir sobre sus vidas.

El eunuco se resistió a no proseguir la matanza, de modo que se interpuso ante el caíd y le manifestó, seguro de desarmar sus argumentos:

—En ese caso, Rastún, asumo a mi cargo a estos *nordomani*, como chambelán de la casa de Abderramán, a quien pertenecen. Así se cumplirá la voluntad de nuestro señor, a quien Dios enaltezca. Son los mandatos del emir, general.

Se miraron durante unos segundos y el caíd replicó con indiferencia:

—Pues en ti recae la exclusiva responsabilidad de los vencidos, gran *fatá*.

—¡Encadenadlos y conducidlos al alcázar! Allí decidiremos su destino.

—¡Victoria, victoria! —se oyó estruendosamente—. ¡Alá el victorioso!

Una larga hilera de vikingos maniatados y articulando hoscas lamentaciones fue conducida hacia las mazmorras de la alcazaba. Un tenebroso mañana los aguardaba. Mientras cruzaban el puente, destrozados, cubiertos de heridas y amarrados con cadenas, retumbaron en sus oídos los insultos de los mercenarios y de los cautivos musulma-

452

nes liberados, que escupían sus rostros entre maldiciones. Sus pensamientos se dirigían al viejo Gorm, como única oportunidad de liberación. Sus *knors* y *drakars* seguían río arriba, a unas leguas de la ciudad, atentos a los movimientos de los jinetes del emir. Pero ¿llegarían a tiempo sus libertadores para rescatarlos?

Con la caída de la noche, bandadas de grajos se abatían sobre el yermo campo de batalla, donde los caballos sin jinete erraban desamparados. Adargas y escudos abandonados, enseñas destrozadas, cadáveres flotando en el río, miembros separados del tronco, yelmos partidos, lanzas astilladas, cuerpos exangües y hogueras quemando los cadáveres componían un tétrico cementerio cuyo límite eran las mansas aguas del Wadi al Quivir. Algunos familiares, a la luz de los candiles, buscaban a los desaparecidos y entonaban oraciones fúnebres por los muertos.

En la ciudad, el ronco cuerno de guerra anunciaba el triunfo, y los guardianes de las atalayas difundían con sus ahumadas anuncios de victoria para que fuera conocida la gloria en todo Alándalus. Desde el campamento varios correos partían veloces hacia Córdoba con un único mensaje, rubricado por Rastún y el castrado:

> *Con el favor del Oculto, los feroces* madjus *del norte han sido exterminados. Queda una partida de cien piratas errantes que pronto serán aniquilados. Ishbiliya ha sido rescatada y la mezquita de Ibn Adabas expurgada de su sacrílega profanación. Pronto las oraciones ascenderán desde su quibla hacia Dios. Muhamad ben Rastún y Naser te ofrecen la victoria. El oneroso vandalismo de los adoradores del fuego ha concluido. Dios está satisfecho con tu mandato, nuestro señor y* amir al mumin, *Abderramán.*

A la postre, tras veinte horas de encarnizado combate, el grueso de las tropas vencedoras regresó al arrabal
de Puerta Carmona, donde los intendentes habían instalado el real musulmán, que en la noche se asemejaba a
una ciudad fantasmagórica entre un mar de lonas blancas y millares de teas chispeantes quemando ámbar. La
extenuación estremecía a los guerreros andalusíes, desfallecidos, sedientos y sudorosos. Al Gazal, con el vendaje
empapado en sangre y vinagre, y agotado sobre una montura prestada, se volvió hacia Masrur, quien, con los cabellos pegados a su rostro por el sudor, lo miraba con
satisfacción.

—Todos conocerán en Córdoba tu generosidad.

—No deseo otra recompensa que una estera donde
echar mi cabeza, pues mis párpados y mis brazos me pe-
san como el plomo, Yahía. —Palpó la viscosa empuñadura de su alfanje—. Pero estoy dichoso por ti, padre. Hoy
he perdido la ingenuidad que aún poseía. La guerra, atizada por la codicia, es la peor de las calamidades.

—Las acciones de un guerrero engrandecen a una
tribu y tú te has convertido hoy en un venerado *yund* de
los Banu Beckar, hijo mío —repuso.

Tuvieron que esquivar la cuerda de los cautivos vikingos, de la que habían sido separadas las mujeres, que eran
forzados por los sicarios de Tarafa a golpes y latigazos a
penetrar por un portillo del alcázar en medio de una barahúnda de protestas y gemidos.

Masrur se lamentó al contemplarlos.

—Podríamos igualarnos a Dios en la piedad, convirtiendo el acto valeroso de la guerra en una magnánima
clemencia con los vencidos.

—De unos espíritus ruines jamás se puede aguardar
generosidad, aunque esos idólatras no la merezcan. Naser

y Tarafa no se ejercitan en la indulgencia. Posiblemente esta misma noche los estrangulen y les descoyunten los miembros en los calabozos, y Tarafa se concederá el placer de consumarlo con sus propias manos.

La brisa de la noche traía el olor de las hogueras, el avinagrado rancho de cordero y el fresco bálsamo de los huertos. Al penetrar Al Gazal con su mesnada en el campamento, un mozalbete de tez morena tañía una vihuela y cantaba a la puerta de una tienda una tonada para alegrar a los soldados. Sin quererlo, alegró el corazón de aquellos hombres desfallecidos y contagiados con el hedor de la sangre.

Sevilla es una novia cuyo esposo es el alcázar. El Aljarafe es su corona y su amante es el río.

Masrur, consolado con la música, lo miró agradecido.

Un trazo azul iluminó la madrugada siguiente a la liberación.

Los almuhecines convocaban a la oración en los alminares quemados, y las cúpulas y azoteas blanqueaban la medina con su claridad habitual. Sevilla vivía radiante el primer día de tregua, tras la pesadilla del asalto vikingo, y arriadas de gentes regresaban de los pueblos de alrededor a sus hogares con los hatos al hombro, mientras los combatientes musulmanes lavaban sus heridas y se reconfortaban con las gachas calientes del rancho.

De repente, un alboroto infernal los sacó de su calma. Algo infrecuente sucedía en la medina. Alarmados por el griterío, Al Gazal, Masrur, Umar y Firnas abandonaron el campo a caballo siguiendo a la vociferante corriente humana. La calina desfiguraba la lejanía y Sevilla parecía levitar ante sus ojos, difusa como un espejismo. Conforme se acercaban, los gritos se multiplicaban, como si la urbe toda viviera un arrebato delirante. Los centinelas habían abandonado sus puestos de vigilancia y una riada de curiosos y soldados corrían enloquecidos a los arenales del embarcadero. La situación era confusa.

—¡Venganza con los *nordomani*! —se oía desde lejos—. ¡Venganza!

—Seguro que Naser y Tarafa han preparado una sugestiva función con los prisioneros, mudando el júbilo por el espanto —sentenció el diplomático.

Bordearon las murallas y, al alcanzar la Puerta de Jerez, se les descubrió una espantosa visión, sintiéndose transportados al más inhumano de los espantos. Ante sus ojos, aún molestos por la claridad, se les ofreció la impactante imagen de un suplicio demoledor que habían preparado Naser y Tarafa, los custodios de los prisioneros vikingos. Los hombres de Costilla de Hierro aparecían crucificados en las palmeras que bordeaban el río, rodeados de una muchedumbre chillona que los increpaba con insultos, arrojándoles orines, excrementos y alimentos putrefactos. El espectáculo los dejó petrificados y sin habla. Desollados y torturados con hierros candentes, clamaban en su lenta agonía suplicando una muerte inmediata. Muchos apenas podían respirar y miraban a sus verdugos, los sicarios mudos del gran *fatá*, con miradas de odio salvaje, maldiciéndolos en nombre de sus dioses.

—¡Idólatras de Sheitán, comeos vuestra propia mierda antes de morir como alimañas! —los censuraban los *jurs*, mientras les lanzaban piedras.

456

Mercenarios de Naser en sus veloces ruanos iban de un crucificado en otro hiriendo con precisos tajos sus miembros, de los que saltaban en el acto borbotones de sangre. Y al instante, enjambres de tábanos y moscas de muladar hacían presa en las heridas, adhiriéndose a la sangre en tétricos racimos. Los alaridos de los crucificados se elevaban como un canto fúnebre, mientras imprecaban al cielo para que los librara del horrendo tormento.

—¡Padre Odín, envíanos la muerte y llévanos al Valhalla![23] —imploraban.

—¡Agua, por piedad! ¡Agua! —farfullaban en los estertores de la muerte.

Más de un centenar de *madjus* desnudos, con las gargantas secas, las miradas temerosas y lastimeras, y convertidos en puras llagas, entre convulsiones y vómitos, se asfixiaban con las inmundicias que les impactaban en la cara. A algunos les habían sacado los ojos y arrancado la piel, y casi todos mostraban signos de tortura. Otros llevaban colgadas de sus cuellos las manos violáceas de sus víctimas, mientras los almuédanos procesionaban bajo los troncos tocando un tambor y quemando mirra y áloe. Rezaban encolerizados suras del Corán y los maldecían invocando el sacrilegio del saqueo de la mezquita, con lo que esperaban ahuyentar los espíritus de los muertos.

—¡Sirvan sus carnes de alimento a las aves carroñeras! ¡Ay de los sacrílegos! —imprecaban—. ¡No hay más que un Dios, el misericordioso Alá!

---

[23] Valhalla: paraíso o edén vikingo en el que se encontraba la sagrada Mesa de Odín y donde en un convite de abundancia sin fin, servido por las valquirias, se reunía con los guerreros muertos en combate.

A Torkel lo habían despellejado, exhibiendo una cicatriz negruzca y deforme en el costado, cosida con un bramante oscuro, motivo tal vez de su apodo de Costilla de Hierro. Arrojaba espumarajos por la boca, revelando bravura y, con el cuerpo como una pura llaga, clamaba entre alaridos agónicos por su muerte y la de sus hombres. Se lamentaba de su innoble rendición y de haber cedido en la defensa del honor vikingo.

—¡Padre Thor, envíame la muerte, y apiádate de mí! —vociferaba ronco.

El hedor a putrefacción se adueñó del aire y bandadas de cuervos aguardaban el festín, posados en las ramas de las palmeras. Algunos expiraban como animales sacrificados en el matadero, con los ojos saltados de sus órbitas. Después, los sayones de Naser y Tarafa les cercenaban las cabezas a los que expiraban, y el populacho, tomándolas del suelo como trofeos de guerra, corrían con ellas y las exponían aún ensangrentadas en los zocos, carnicerías y plazas. Los lúgubres ecos de la orgía de sangre y revancha descontroladas, propiciada por los eunucos del emir, se adueñó de la ciudad liberada, que jamás había conocido tal horror, primero de pillaje, y después de tan despiadada venganza.

—Se ha iniciado un tiempo en el que las guerras no se miden por el valor, sino por el encarnizamiento y la impiedad, Masrur —se lamentó Al Gazal volviendo el rostro, mientras oía el ruido de los cráneos de los crucificados en su agonía golpear contra los troncos de las palmeras buscando un desenlace salvador y diligente.

—Me siento como si abandonáramos algo indigno en esos ribazos —contestó.

Volvieron grupas asqueados y, al atravesar el embarcadero, una impetuosa algarabía los hizo detenerse y dirigir sus sorprendidas miradas al río.

—¿Qué nueva sorpresa nos trae esta infausta mañana? —se interesó Al Gazal.

Arriba, junto al puente de las barcas, apareció majestuosa una embarcación de *madjus* del grupo de Gorm, que había seguido río arriba, hasta las inmediaciones de las fortalezas de Alzhak y Necur en busca de botín. Unos instantes después eran más de doce, con sus quillas fantasmales y las velas blancas y rojas deslizándose como espectros de muerte. Pronto silbaron las primeras lanzas y saetas, y el aire se llenó de chillidos. Sin embargo, se acallaron los ataques ante una visión inesperada, los inconcebibles ruegos en árabe de un extraño anciano de cabello rizado, atado con sogas en una de las quillas.

—Que el Oculto me nuble la vista. No puede ser —exclamó Al Gazal, incrédulo con lo que asomaba sobre las aguas del Wadi al Quivir.

Los musulmanes que contemplaban la aparición ahogaron un grito de dolor.

CAPÍTULO XVII

EN EL PAÍS DE DANE

No hubo nadie que no se indignara con la visión, y algunos lloraban.

Atado a la quilla del *knor* de Gorm el Cuervo, adivinaron la silueta del anciano Ben Salih, el venerable cadí de la aljama, jefe de la cabila de los Banu Salih y maestro ulema del emir y del mismo Al Gazal. Era un hombre tenido por santo en Alándalus, y considerado guía espiritual de los musulmanes. Lo creían muerto.

Parecía tener perdida la consciencia, y su patriarcal barba entrecana se desbarataba con el viento, mientras sus pies descalzos rozaban las espumosas aguas del río. Y como una compañía tétrica y maldita, decenas de musulmanes maniatados, capturados en las alquerías, colgaban en racimos de las vergas de los *drakars*, mientras rogaban misericordia y favor a grandes voces. Maldiciones e improperios salieron de las bocas de la multitud enfurecida, que desde la orilla arrojaban piedras a las embarcaciones vikingas, mientras los ballesteros tensaban sus arcos, prestos a exterminarlos. Pero aquella voz salida de los labios del sexagenario, los paralizó. Un pagano con la tez semejante a la paja quemada hablaba a grandes voces en un árabe muy precario, con vocablos en latín, acallando el griterío:

—¡Deseamos negociar con vuestro rey! ¡Podéis matarnos si queréis, pero vuestro cadí morirá con nosotros y degollaremos a todos los cautivos! —Y mostró la cubierta, donde una reata de niños sollozaban, atados unos a otros.

Un silencio sepulcral se hizo en la orilla, mientras gentes y soldados se amontonaban expectantes frente a las naves. La inesperada situación de fuerza de la facción normanda y la incertidumbre los atenazó. Comprendían que aquellos miserables, conocida su rudeza, consumarían sus amenazas sin pestañear antes de cercenarse las venas. Al Gazal y sus amigos, impresionados por la humillante imagen del viejo juez y doctor de la ley, observaban los rostros fríos y torvos de los vikingos ocultos tras los escudos. Al poco, unos relinchos de caballos y el retumbo de un timbal anunciaron la llegada de Rastún y de Naser, levantando entre la turba un rugido de voces, demandando reparación.

—¡Quemad las naves! —se desgañitaban levantando los puños—. ¡Venganza!

—¿Qué pretendéis? —les demandó el general en latín—. ¡Hablad!

—¡Negociar nuestra retirada! —respondió Gorm el Cuervo.

—¡No estás en condiciones de exigir nada, perro renegado! —interrumpió Naser, siendo jaleado por la muchedumbre.

El gran chambelán reflexionó, no obstante, durante unos instantes. Meditabundo, el eunuco recordó que el cadí pasaba por ser el hombre más influyente de la cábila sevillana, y que había sido preceptor del emir Abderramán.

461

Su liberación y la del resto de los cautivos era poco menos que obligada. Ganaría tiempo para ponderar su petición, y siempre habría ocasión para rechazar sus requerimientos o cargarlos de cadenas. Y si decidían huir, las catapultas incendiarias los aguardaban a media milla. Pero la vida del venerable maestro estaba en juego.

—¡Desatad al magistrado y a los que penden de los palos, y entonces podremos conversar! —ofreció Rastún en latín—. ¡Y guardaos de ocasionarles daño alguno, pues ni el mismo Dios os protegerá de nuestra cólera!

Lo cumplieron de forma precisa. Cuatro normandos de cabellos amarillentos desataron y soltaron a su presa como un saco en la cubierta. Una falúa acercó a la orilla al anciano cadí, que, empapado de agua, tiritando, sucio y exhausto, entonó un canto a Dios, siendo recogido por sus hijos, que lloraron abrazados a su esquelética figura. Después Gorm y Ottar, el bardo que lo asistía como traductor, aguardaron la respuesta del estratega.

—El de más autoridad y cuatro escoltas se acercarán en un jabeque a la orilla, y desarmados —dictaminó Naser, y una afanosa actividad se observó en el *knor* vikingo.

Al cabo, una embarcación ligera embocó el malecón donde aguardaban los oficiales del emir, con un hombre corpulento erguido inmóvil en la proa, sobresaliendo entre los remeros vikingos. Todas las miradas de la multitud se concitaban en aquel gigantesco guerrero. Se trataba de un noble *yarl*, como luego supieron, consejero del rey danés Harald Klaak. Iba cubierto con una pelliza de pelo blanco, le caían en los hombros dos largas trenzas bermejas, y su rostro, colorado y rayado de venillas moradas, propalaba su gusto por el vino y la cerveza. Poseía unos ojos vivaces y un vientre abultado, y de su nariz sobresalían crespos pelillos rijosos.

Junto a él, un sorprendente vikingo de evidentes rasgos árabes, ataviado con coraza y yelmo normandos, Ottar el Negro, susurraba consejos al oído de su jefe. Al poner pie en tierra se hizo un pasillo de silencio, y custodiados por los adalides del general Rastún se adentraron en comitiva hacia el campamento andalusí, insultados por los vecinos, que les lanzaban inmundicias y los increpaban duramente.

—¡Muerte a los saqueadores! —les gritaban—. ¡Incendiarios, asesinos!

Los retuvieron unas horas en una cerca de caballos anegada de estiércol y barro, y tras la oración del vespertino *salat al Asr*, y cuando un sol medroso descendía de la arcada azul del cielo, Rastún convocó en su tienda a los capitanes, a los grandes *fatá*, al hijo del monarca, Muhamad, y a los jefes de las tribus. Sentó a su lado a Al Gazal, entendido en lenguas y en negociaciones, y llamó a los guerreros vikingos a su presencia, cerrando a cal y canto la carpa castrense. Oirían las demandas del estrafalario cabecilla de los *madjus* y del extraño islamita, y aquella misma noche conocería el emir sus ignoradas pretensiones.

Llegadas las primeras sombras de la noche se abrieron las hebillas de la tienda de Rastún y aparecieron los consejeros andalusíes, y tras ellos Gorm, Ottar y tres guerreros temibles, que apestaban a cerveza y leche agria. El poeta vikingo conversaba con Al Gazal sobre su infancia en el norte de África, antes de ser raptado por Gorm en las playas de Ifriqyya,[24] y de los *jamriyat* poéticos que com-

---

[24] Túnez.

ponía en las fiestas de su amo cantando al vino y sus hazañas guerreras.

Los soldados andalusíes, que aguardaban una pronta ejecución de los emisarios y el abordaje de las naves que esperaban en el río, advirtieron con sorpresa cómo eran acompañados por la guardia a la tienda contigua a la del caíd y no al vallado de las caballerías. Algo insólito debía haber acaecido en la conversación. De inmediato, dos correos despachados por Rastún galopaban por la calzada de Córdoba con un mensaje para el emir, mientras una estela de polvo se elevaba sobre el gris azulado.

Una hora después, un Al Gazal complacido conversaba en su tienda con su hermano Umar, con Masrur, ansioso por volver a la almunia familiar, y con Firnas, entusiasmado porque la contienda llegara a su término.

—No sé si concederéis crédito a mis palabras, pero la solicitud de esos *madjus* ha sido insólita, destruyendo mi teoría sobre su feroz zafiedad —les explicó—. Además de matar, también frecuentan el arte de negociar. Sorprendente, en verdad.

—¿Esos paganos, capaces de elevarse en las sutilezas de la diplomacia, Yahía? No puedo creerlo —declaró Firnas.

—Escuchad y mantened en secreto cuanto os manifieste —reveló bajando el tono de su voz—. Esos extranjeros *nordomani* proponen devolver todo el botín, menos los víveres, liberar de inmediato y sin rescate alguno a todos los prisioneros, que lo son en un número elevado, y obsequiar a nuestro emir con la vida del cadí *sahib*, su amigo y maestro. Desean también entrevistarse con Abderramán.

—¿Ver al emir después de arrasar Sevilla?

—Así es, y rubricar un acuerdo firme, comprometiéndose a influir en su rey para que los navíos vikingos asolen la próxima primavera las costas de Francia y no recalen en ningún puerto de Alándalus. El rey franco Carlos el Calvo resulta ser enemigo declarado de su monarca, como también lo es de nuestro emir, e instigador de las rebeliones en la marca del norte. Nuestro príncipe se sorprenderá con ese ofrecimiento y tratará de aprovecharlo. La oportunidad es inmejorable, y no debe rechazarla por rara que parezca. Este jefe posee gran poder en su reino.

—¿Y cómo conocen estos *madjus* los entresijos de las cortes del sur tan alejados como están de estos territorios? —se interesó Masrur.

—El islamita que los acompaña como intérprete, un renegado tunecino, poeta y cantor, que lo mismo invoca a sus dioses que implora a Alá, nos ha manifestado que su rey se refugió siendo joven en la corte de los soberanos francos, buscando apoyo para recuperar sus tierras arrebatadas por los nobles —informó Al Gazal—. Recobró la corona danesa y fue bautizado en Reims, por lo que ingresó en la falsa religión de los cristianos, los alteradores de las escrituras.

—Parecen no ser tan bárbaros e ignorantes como evidencian —dijo Masrur.

—Es un pueblo singular, créeme. Ese tal Gorm conoció en Francia la aversión de los monarcas francos hacia el islam. Pero ahora, desaparecido su protector, es hostigado por su hijo, el nuevo rey, que intenta a toda costa expulsarlo del trono. La ocasión para golpear a Carlos es única, y Abderramán no debería desestimarla. No hay que despreciar nunca una puerta que se abre oportuna a la paz. Si en vez de enemigos estos normandos pueden ser amigos, hay que tenderles la mano —repuso.

—Vamos, Yahía, te comportas como un ingenuo. Se trata de una forma sutil de ese viejo vikingo para salvar el pellejo. Cuando escapen al mar, olvidarán sus promesas. No seas ingenuo. Tú eres ministro del emir —dijo Umar convencido.

—Esos aventureros no me merecen credibilidad alguna —afirmo Firnas.

—Andáis errados —les reprobó—. Escuchad. Su jefe propone a nuestro emir que una legación andalusí parta con él hacia su reino de Dane para sellar el compromiso, del que se ofrece como garante. Y lo más asombroso, solicita un salvoconducto para que parte de la tripulación, unos ochenta hombres, queden en estas tierras como rehenes. Asegura que son expertos elaboradores de quesos, y están dispuestos a permanecer aquí hasta el regreso del enviado, e incluso con el tiempo a abrazar el islam. Creo que a Abderramán nunca le han elevado una súplica semejante, tan inaudita e insospechada. Y conocida su agudeza, estoy seguro de que la aplaudirá. Los francos representan su única contrariedad fuera de nuestras fronteras.

—Esta es la cara de la guerra que me complace —adujo Masrur.

—Esto me convence más, Yahía —aseguró Umar.

—Hermano, si nos llega del adversario algún favor imprevisible, aceptémoslo perdonándolo. La clemencia siempre resulta más efectiva que crucificar enemigos, algo ilusorio para las mentes de Naser y Tarafa —dictaminó Al Gazal.

—El perdón tiene un gusto delicioso que no posee la venganza —sentenció Abas Ibn Firnas, que mirando a sus contertulios exclamó—: Salgamos a respirar el aire de la noche antes de nuestro regreso a Córdoba.

—Y embriaguémonos con el murmullo de las estrellas. A ellas daremos gracias por habernos conservado la vida —zanjó el alquimista.

Los andalusíes levantaron el campo en una atmósfera de euforia por el triunfo. Precedido por la aguerrida tropa palatina y un alférez con el estandarte blanco del emir, arribó al campamento militar el gran *fatá* Sadum, proveniente de la capital. Instalado en un ostentoso carruaje tirado por seis mulas y cubierto por un monumental parasol de seda con hilos de oro, portaba en sus manos gordezuelas un pergamino del que pendía una cinta verde, reveladora de que aquel papiro contenía la palabra del emir. Fue recibido por Rastún, Muhamad, su estado mayor y los jefes de las cabilas, acogiendo con su rostro bondadoso los parabienes del general y la gélida mirada de Naser, que aborrecía a aquel camarada suyo a quien no podía dominar y al que, rabioso por su entereza, vilipendiaba con sospechas infundadas.

Solo el hecho de ser el preceptor del príncipe primogénito lo protegía de sus asechanzas. Abrumado por los vítores de la tropa, solicitó un pedestal para leer la misiva de Abderramán y ser oído por los soldados. Una fanfarria de más de un centenar de trompetas, cuernos de guerra y atabales saludaban el mensaje de su príncipe. Arrogante, el castrado declamó con su voz aguda:

Alabanza a Dios Misericordioso que ha hecho felices los tiempos de mi gobierno, auxiliando al islam con su espada invencible frente a los paganos vikingos. Hemos aniquilado a los nordomani, *esparciéndolos con el vendaval de la victoria. Vosotros, los adalides del profeta, habéis conseguido con vuestro valor que la buena nueva regrese a la mezquita ultrajada, que ya predica la verdad en su alminbar. Los abatimos como se abate la mies segada y se tumbaron ante nuestras banderas, como se echa un perro sobre un dintel. Por ello os exalto, guerreros de Dios, y dispongo complacido conceder al general Muhamad Ibn Rastún y al gran chambelán Naser los honores del triunfo, y para ambos el título de por vida de «el Victorioso». Accedemos asimismo en nuestra clemencia a recibir de aquí en siete días al jefe* madju *Gorm, en la fortaleza de Istiya,*[25] *para escuchar sus proposiciones.*

Dios nos regala el triunfo y la ayuda para vencer. No existe más adorado que Él.

Abderramán ben al Hakán, en el día décimo del mes de rabí

—¡Estas son las palabras y la voluntad del imán de los musulmanes! —proclamó, para luego plegar el pergamino y recibir de la hueste una atronadora aclamación, acompasada con el golpeo de las armas contra los escudos.

—¡No hay más Dios que Alá! —retumbó un clamor entre los soldados.

Naser, hinchado como un pavo, se paseó por entre las tropas recibiendo forzados parabienes, momento aprovechado por Sadum para acercarse a su amigo Al Gazal y susurrarle unas enigmáticas palabras que lo alarmaron:

—Nuestro señor el emir ha llamado a tu amigo Solimán Qasim a Silves, y parece que no es para comerciar. ¿Te sugiere algo tan inesperada orden?

---

[25] Écija.

—Qasim suele rendir a nuestro señor servicios de índole secreta. ¿Por qué había de alarmarme, buen Sadum? —le preguntó azorado.

—Yo que tú, Yahía, prepararía las bolsas de viaje, ropa de buen pelo y un viático abundante. ¿En quién si no puede confiar nuestro señor? —le testimonió amistoso e irónico—. Nos veremos muy pronto, «viajero de los dos Orientes».

Al Gazal no le respondió, pues ni imaginaba a qué se refería, pero contempló su franca sonrisa y sus ojos bondadosos.

Frunció el ceño sopesando las palabras de Sadum, y sus pensamientos se volvieron tumultuosos. Tras obsequiarle con un saludo cortés tocándose el pecho y la cabeza, salió de la tienda, dispuesto a regresar aquella misma tarde a Córdoba con los suyos y con los yayaníes de su tribu.

Apenas si tuvo tiempo Al Gazal para festejar la victoria con sus familiares, parangonar el valor de Masrur y dar gracias en la mezquita, iluminada con millares de candelas ofrendadas por los vencedores y las familias de los muertos. No obstante, a pesar de las prohibiciones de los alfaquíes, había escanciado junto a su ahijado y los cofrades de la Piedra Negra dulces vinos en las tabernas del arrabal de Secunda y en las fondas de Al Ramla hasta altas horas de la noche.

Pero aquella tarde de viento húmedo, un correo de Abderramán lo convocó con urgencia a la fortaleza de Istiya, donde escuchaba desde hacía tres días las inesperadas propuestas de Gorm el Cuervo, traducidas por Ottar el Negro, junto a sus visires, caídes, generales y chambelanes. Al amanecer, y a trote veloz, partió a la llamada de su príncipe en compañía de Masrur y un siervo de la casa.

Jadeantes, envueltos en capas y protegidos sus rostros del polvo con pañuelos de lino, arribaron a media tarde a la alcazaba, donde fueron recibidos por el apacible Sadum, que les sonrió. El crepúsculo, dorado como el ámbar, proyectaba sobre ellos las sombras de las almenas cuando pusieron pie en tierra y besaron las mejillas del eunuco, que abrazó a su amigo Al Gazal. Este se liberó de los borceguíes y espuelas, humedeciendo sus pies, mejillas y manos en un aguamanil de agua aromada, para después penetrar en un salón exornado con panoplias de armas, tapices y sedas, e iluminado por hacheros y teas aromatizadas con almizcle.

Un brasero cuajado de brasas crepitaba en la estancia, alumbrando con su esplendor los divanes, donde resaltaba la figura familiar de Abderramán, junto a su primer ministro y al laureado general Rastún. A la izquierda, el jactancioso Naser conversaba con sus visires adictos, mientras permanecían en pie los dos vikingos envueltos en sus burdos atavíos de cuero.

—Tu diligencia a mi convocatoria me congratula, Yahía —se expresó el emir sobándose la barba aromada de alheña roja y abriendo su franca sonrisa.

—Nuestros antepasados sostenían que el emir posee el cetro, pero puede necesitar la ayuda de sus leales para sostenerlo. Tengo la confianza de que dispondrás lo más conveniente —dijo ojeando a Naser, que lo penetraba con su turbia mirada.

—Pasó nuestro sueño, como el vuelo de un pájaro aciago, y el sosiego serenó mi alma, cumpliéndose tu vaticinio —le recordó y nadie de los allí presentes comprendieron la alusión, salvo Al Gazal, que asintió—. Ahora es llegado el momento de precaver, pues unas son las leyes de la guerra y otras distintas las de la paz. Concedámosle una oportunidad a la conciliación recogiendo su guante.

—La paz, señor, es ventajosa para el vencedor, pero necesaria para el vencido —admitió Yahía.

—De tregua y acuerdos tratamos, y deseo que estés presente —dijo el emir aspirando la brisa de la tarde—. Sé que lo único que anhelas es abandonarte al estudio de tus manuscritos y gozar de los placeres de la astronomía y la alquimia, pero los últimos acontecimientos hacen ineludible un acercamiento a la nación danesa para debilitar el reino Franco. Nos han golpeado trágicamente para ignorarlos. Hemos de conocer su auténtico poder y tenderles la mano. En consecuencia, hemos aceptado las proposiciones y la invitación del noble Gorm de Haedum. Y tú formas parte muy activa en este nuevo servicio a tu emir.

—¿Invitación, mi imán? —preguntó sin saber qué deseaba.

—Verás, Yahía. Muerto el jefe de la expedición, Gorm nos brinda la oportunidad de acrecentar nuestra política de reputación en el mundo. Trasladarás nuestras cartas al rey Harald Klaak y a la reina Nud, en el país de Dane. Una productiva alianza con los *madjus* frente a los francos puede sernos ventajosa para la pacificación definitiva de la marca del norte, fustigada por los reyes de Francia. Alégrame el corazón con un asentimiento sin evasivas —añadió convincente.

La sala de armas se convirtió en un palenque en calma. Unos y otros se observaban en silencio, mientras Al Gazal se afilaba la barba entrecana, miraba fijamente a su señor y distendía su rostro inescrutable. De nuevo su amigo lo requería para una misión delicada, y un extraño hechizo lo conducía a una complacencia a la que por otra parte no podía sustraerse ni negarse. Levantó la mirada y contestó:

—Mi señor, considero un privilegio figurar en tus proyectos más señalados. Y si siete vidas tuviese, las siete las dedicaría a acrecentar la celebridad de mi emir y de la *uma* de Alándalus. Portaré tus credenciales al país de los *nordomani*, aunque por ello me vea obligado a arrinconar mis dedicaciones del espíritu.

—Me llenas de júbilo, Yahía —alegó sonriente—. Solimán Qasim ya navega hacia Silves, donde te recogerá en una de sus galeras. Gorm y Ottar, que te servirá de intérprete, os conducirán sin riesgo a sus lejanas tierras. Han demostrado ser tan hombres de honor como implacables guerreros, y cien hombres y algunas mujeres quedan aquí como rehenes, aguardando tu regreso. ¿Hemos de aventurarnos a otra tragedia como la padecida en Sevilla? Partiréis en una semana si la predicción se nos ofrece propicia. Que el Misericordioso os proteja y aliente con su soplo poderoso.

Al Gazal inclinó la testa, mientras recibía el beneplácito de su imán.

Aquella noche, una brisa suave llegaba del río al Palacio del Enamorado de Córdoba. El emir, a su regreso de Istiya, había convocado a algunos amigos cercanos y al general Rastún, y juntos repasaban algo ebrios, ante una caneca de licor de Siraf, los pormenores de la triunfante campaña contra los normandos. Shifa y Al Gazal conversaban en voz baja, sobre la reservada plática mantenida hacía semanas con el Junco, el refinado sastre del Pabellón de la Elegancia, y de sus estimaciones tras examinar

472

el Altubán y no observar nada tallado, ni secreto, en la preciada joya.

—¿La fórmula magistral? —apuntó el astrónomo, a una pregunta de la favorita—. Shifa, no puede ocultarse un secreto por insignificante que sea. La investigué según tus deseos minuciosamente con cristales chinos, fíbulas de diamante y filtros, y desistí ante una labor inútil. Creo que su enigma es pura fábula.

—Confirmo tu sospecha, Yahía. Las únicas palabras evidentes se muestran en la tapadera de su joyel, la familiar dedicatoria del generoso amante, y nada más.

Al Gazal insistió ante la favorita en que la dedicatoria tampoco ocultaba nada.

—La memoricé mientras la exploraba por si entre sus frases se encubriera el mensaje alquímico. Pero en vano, Shifa. Es eso, la tópica dedicatoria de un joyero.

Shifa movía negativamente la cabeza, como preocupada por su misterio.

—La evoco a menudo, y me imagino que la recita para mí sola mi amado Abderramán. Es un verso exquisito, querido Yahía: «*Amada mía, tu voz suena en mí como campana de Catay. Eres, Zubaida, el aliento leonado de mis velas abasíes, grato bálsamo de Arabia y crisol de los amores del espíritu. Que el Altísimo muestre en ti su generosidad, salud y perpetuo deleite, gacela mía. Harun al Rashid. Bagdad*».

—Shifa, desengáñate, no es sino un refinado homenaje de amor, no me cabe duda. Harun al Rashid se presenta como un hombre enamorado. Nada más.

Conversaron sobre su viaje a las tierras hiperbóreas, y le deseó a Al Gazal:

—Que tu viaje a las tierras heladas sea venturoso, amigo del emir.

—Reza por mí en la mezquita, y cuida de tu esposo. Es un león de Arabia, acosado por alimañas sedientas de poder. —Le dedicó una mirada perturbadora.

Los preparativos se sucedieron con premura, pues el invierno se acercaba y necesitaban veinte jornadas de vientos favorables para llegar al país de Dane. Partieron de Silves una perlada mañana de otoño. Los *drakars* y *knors* de Gorm el Cuervo escoltaban el Aldajil, la galera de Solimán Qasim, entusiasmado con una navegación que siempre había soñado realizar, pues carecía de mapas y cartulanos de los mares del norte, para observar sus posibilidades mercantiles. Masrur, que había insistido en acompañar a su tutor, embriagado con el espectáculo del océano y asido a la barbacana, experimentaba una nerviosa agitación por lo desconocido. Al Gazal, con sus cabellos al viento, respiraba la brisa salobre, mientras pensaba en sus hijas y en la búsqueda estancada y casi perdida del Nombre de Dios, y meditaba en que debía retomar su búsqueda tras su regreso de Dane.

Aquella legación era totalmente distinta e imprevisible, y lo preocupaba.

No se adentraba en una corte civilizada como las de El Cairo, Aquisgrán, Túnez o Bizancio, sino en un reino desconocido y bárbaro, carente de exquisiteces hospitalarias. Aunque tratado con cordialidad, recelaba de aquellos piratas. Portaba oculto en la bodega un tesoro de dos mil libras de oro, por el que cualquiera de aquellos vikingos le cortaría el gaznate sin dudarlo un instante. Habían ideado, él y Abderramán, un sugestivo plan con el que esperaban entusiasmar la fogosidad guerrera del rey Harald, y desviar los ataques de aquellos demonios hacia Francia, conforme a los intereses de Córdoba. En ofrecérselo al rey danés en el momento oportuno y hacerle descubrir su provecho consistía su delicada misión.

—¡Que Njord nos envíe mar serena y vientos favorables! —gritó Gorm.

Todos los guerreros vikingos respondieron:

—¡Njord, Njord!

—¡Naveguemos en nombre de Dios, el Misericordioso! —exclamó Qasim, y la expedición andalusí se perdió en la vastedad del Atlántico entre la algarabía de voces y cuernos y el batir de los remos contra el oleaje.

La singladura no fue absolutamente propicia. Nieblas insistentes y ventarrones de costado azotaron la flota, salpicando el agua salitrosa las cubiertas y llenando de pavor a los tripulantes del Aldajil, no habituados a aguas tan embravecidas. Bogaron con viento de popa legua tras legua, barloventeando de puerto en puerto, sin perder las costas cercanas de Galicia, donde soportaron una ventisca impetuosa.

Brumas, oleajes y frías celliscas mantenían alerta a los marineros islamitas, enfundados en capotes y atentos a las trompas de los navíos normandos, sus compañeros y guías de boga. Les servían de referencia los escudos colgados al costado de las naves, las terroríficas cabezas de las proas, las velas rojas o las tiendas de la cubierta, donde se refugiaban para dormir o cuando las tormentas arreciaban. Al Gazal masticaba de continuo menta y nébeda para prevenir la afección de asma, acrecentada por el frío y la humedad, cuidado en todo momento por Masrur.

Cada día, antes del ocaso, el navío de Gorm se escoraba hacia la orilla buscando una cala donde pernoctar, y todos seguían su velamen púrpura y el estandarte del cuervo, que ondeaba junto al puntal mayor. Cuando el tiempo mejoraba saltaban a las playas y bebían y comían juntos huevos de aves marinas, bacalao seco, sopa de sémola y abundantes manzanas, limones y arándanos con los que los vikingos combatían el escorbuto. Al Gazal y los suyos, abrigados con gruesos capotes, conversaban con Gorm y Ottar el Negro, ofreciéndoles ambrosías de Alándalus y carne de cordero, que los vikingos devoraban con ansia, interesándose por sus costumbres y asimilando muchas palabras del lenguaje algarabí.

Descubrieron que aquellos temerarios guerreros de olor repugnante eran hombres libres o *baendr*. En verdad no eran solo combatientes, sino carpinteros, herreros, agricultores, pescadores o saladores de pescado, que en primavera trocaban sus herramientas y azadones por las hachas, espadas y mazas. Acuciados por el hambre y la necesidad, surgían de las brumas del norte para asolar las costas sureñas conducidos por ricos *yarl* como Gorm, los dueños de los barcos, y regresar con el botín necesario para pasar el invierno sin necesidades.

En las gélidas noches los tripulantes daneses se mostraban acogedores y generosos con sus huéspedes, con los que compartían su cena. Más tarde se acurrucaban alrededor de las hogueras y Ottar, el poeta esclavo de la casa de Gorm, les relataba las sagradas sagas danesas, relatos legendarios de sus héroes, que entusiasmaban a la marinería. Los andalusíes no lo entendían, pero observaban sus rostros absortos y candorosos, inmersos en las narraciones, donde sus dioses Odín, Thor, Baldur o Bestla, rodeados de trols y gigantes, coexistían con los mortales en el cielo o en los infiernos. Y cuando ya no podían sostenerse sobre sus piernas, vencidos por el sueño o la cerveza, armaban bajo una lona la cama de madera de su jefe, único que dormía con ciertas comodidades, echándose después a dormir, enfundados en sus malolientes abrigos de cuero.

Para Al Gazal y Qasim aquella experiencia inexplorada y el contacto con aquellos hombres rudos y audaces resultaba imborrable y aleccionadora. Ni el frío inclemente, ni el peligro continuado de naufragar, los hacían retroceder. Sea como fuere el estado de la mar, todos los amaneceres partían hacia el puerto siguiente, sentados sobre baúles y remando con fiereza, mientras cantaban canciones de combate. Poseían someras cartas marinas y escalas trazadas en trozos de tela y hule, y calculaban su situación por acantilados reconocidos o por la altura de un sol que les era esquivo la mayoría de los días. A veces, el piloto de Gorm, si el cielo permanecía encapotado, soltaba una pareja de cuervos de una jaula que colgaban de la verga. Tras una prudente espera, y si no regresaban, dirigían el rumbo tras la estela de las aves, arribando a un refugio seguro. Muchas de sus cualidades para orientarse, la estabilidad de aquellos cascarones de espolones monstruosos y el conocimiento de las corrientes y la deriva de las aguas asombraron tanto a Qasim que, sojuzgado por su sabiduría marinera, los llamaba con frecuencia «los caídes del mar».

Masrur, no obstante, no entraba en aquellas consideraciones. Gran parte del día lo pasaba en la bodega, aterido de frío, insomne y mareado entre barriles, fardos y ratas. Cuando subía al castillete de proa, arrojaba al mar cuanto comía o bebía, recibiendo de los marineros las más peregrinas chanzas, que él soportaba estoicamente. Añoraba el mar esmeralda del sur, y odiaba aquellos quince días de aguas convulsionadas y balanceos mareantes. Solo cuando saltaban a la orilla y contemplaba la luna brillar como una senda de plata en el océano, serenaba su ánimo y olvidaba su tortura y el olor nauseabundo a salitre y vomitonas.

Los días se sucedían monótonos y grises, y cuando aún faltaban algunas jornadas para arribar al país de Dane, el reino de las Tierras Llanas, como los vikingos lo nombraban, se oyeron a media tarde las trompas del navío de Gorm convocando insistentemente a recalada en el fondeadero más cercano. Desde el mediodía olas amenazantes y nubes negras acompañaban la travesía y todos deseaban hallarse cuanto antes al abrigo de la borrasca que se avecinaba. Qasim fruncía el ceño, mientras observaba que el viento rolaba a oeste y la vela trapeaba con viveza. Con virulencia y rapidez las nubes comenzaron a liberar su cargazón, y las olas, en cascada, como una tropa devastadora, saltaron por la cubierta del Aldajil calando a los tripulantes hasta los huesos.

Las ratas brincaban por entre las piernas de la marinería, huyendo del bramido de la tormenta. Pronto, las sacudidas de la nave islamita y las tempestuosas rachas hicieron que el pavor cundiera entre los andalusíes, y que Solimán Qasim ordenara que, salvo el piloto y los oficiales, se refugiaran todos en la bodega. Las preces del Corán salían de sus labios, pidiendo no ser tragados por aquella mar enfurecida.

Al Gazal, mientras se secaba el rostro y los cabellos, se sobresaltó por un oculto presentimiento y por el reiterado ronquido del cuerno de guerra de Gorm. Aquella insistencia de los avisos de las trompas no resultaba usual. Buscó por entre los armadijos de cuerdas, donde yacían algunos de la dotación, y en los bancos de los remiches y no advirtió a Masrur. Preguntó por él, pero nadie lo había visto. El corazón le golpeó y saltó como impelido como un resorte, subiendo a grandes zancadas por la escala de proa. Oteó la cubierta azotado por la aguanieve y tan solo divisó a Qasim fijando el timón.

Masrur no se hallaba en el castillete de tajamar ni tampoco en el puente, pero sí reparó en que en el barco de Gorm gritaban desaforadamente y en que, a medida que se acercaban, señalaban excitados la popa del Aldajil. Al Gazal miró en aquella dirección y con la lluvia menuda que caía sobre sus ojos no descubrió nada. Qasim se llegó a su lado y le apretó el brazo rogándole con firmeza que descendiera al pañol con los demás:

—¡Por todos los *ifrit* del infierno, Yahía, te va a arrastrar una ola!

—Masrur ha desaparecido, Solimán. No está abajo —dijo consternado.

—¡Allí! —gritó Solimán señalando el mismo lugar indicado por los *madjus*.

Sobre la barbacana, desvanecido y empapado, descubrieron el cuerpo de Masrur desplomado y balanceándose inerme sobre el maderamen y bajo las amarras que sujetaban las poleas del velaje.

—Ha debido de perder el conocimiento por algún golpe, agotado de tanto echar por la boca. ¡Vayamos hacia allí, pero extrememos el cuidado!

Corrieron a auxiliarlo luchando contra la fuerza del aguaviento, cogidos al barandal de estribor, y entre el crepitar de la arboladura. Cuando tras muchas dificultades Solimán, a dos pasos de Masrur, trataba de sujetarlo y echarlo sobre sus hombros, un golpe imprevisible de mar desplazó con violencia una de las garruchas, sacudiendo con tal fuerza la espalda del infortunado muchacho que lo volcó en el pretil, y casi lo arroja al vacío, quedando colgado de las amarras peligrosamente. Desolados y sin habla, el capitán y Al Gazal se lanzaron sobre la barbacana, con los ojos desorbitados, intentando impedir que se precipitara en las turbulentas aguas.

—¡No, Dios mío! —se desgañitó Al Gazal alargando sus manos crispadas—. ¡Atrapémoslo pronto, o con otro embate se irá al mar, Solimán!

La fuerza del viento les impedía acercarse, y las poleas se aproximaban cada vez más al bulto inerme del muchacho. La nave de Gorm, advirtiendo la contingencia, y con una pericia inverosímil, se colocó junto a la galera islamita por si el infeliz era despedido a las aguas. Solimán pensó que no había otro remedio y con gran riesgo de su vida dio un salto y se agarró a una de las maromas para colocarse por encima de Masrur.

Con osada habilidad ató una maroma alrededor de su cuerpo impidiendo que un nuevo encontronazo con las garruchas lo abatiera al enfurecido océano. El mayor riesgo había pasado, pero Al Gazal temía ahora por la vida de ambos. Respiró con alivio cuando el navegante descendió y el muchacho quedó atado. Rápidamente consiguieron atraparlo por los pies y volcarlo en la cubierta, aguantando una embestida de agua y viento que los lanzó violentamente contra el costado de la galera. Masrur mascullaba vocablos ininteligibles, y entre sus dos salvadores lo condujeron hasta la bodega, donde fue atendido por los marineros.

—No me hubiera perdonado jamás si algo aciago le hubiera ocurrido. No sé cómo agradecerte tu arrojo, Solimán —lo agradeció reconocido.

—¡Quedándote en la bodega hasta que esto acabe, y cuidando a tu ahijado!

Trabajosamente cubrieron la media milla que los separaba de la costa, donde fondearon uno tras otro los navíos de la expedición. Se corrió la voz del desgraciado percance y Gorm soportó los aguaceros y el viento en la desierta playa de Frigia, velando inquieto la maniobra de la galera andalusí. La furia del aguacero y el bramido del viento cesaron y decenas de aves marinas levantaron el vuelo cuando, en las arenosas dunas, unas yardas más abajo, encalló al fin.

El jefe normando se preocupó por el muchacho.

—Recupera y pierde la consciencia, y está exhausto —le aclaró Al Gazal al *yarl*, mientras lo tendían en una lona rodeado de vikingos.

—Balder, el Luminoso,[26] nos ha alejado de la mansión de los muertos, y por ahora es suficiente —contestó Gorm, moviendo su testa preocupado.

Qasim y algunos marineros cubrieron el cuerpo de Masrur con un capote de lana. Su respiración era dificultosa y el rostro y las manos estaban amoratados. Los daneses se miraban entristecidos pensando que aquel muchacho de cabello color de avena podía morir si al amanecer no recuperaba los pulsos.

—Llevadlo a mi tienda y tendedlo sobre mi cama —dispuso Gorm.

Bajo la lona y a la luz de un candil miserable, el diplomático se estremecía, comprobando que Masrur no volvía en sí. Llamó a Qasim y le pidió que, aunque fuera noche cerrada, tomara unos fanales de luz y una falúa y le trasladara de uno de sus cofres la bolsa de viaje donde guardaba los jarabes, ungüentos y electuarios. A media noche, ni el calor del fuego ni los sorbos de cerveza caliente que Gorm intentó introducirle por las comisuras de la boca consi-

---

[26] Balder: dios nórdico, hijo de Odín, que, muerto por el demoníaco Loki, regresó resucitado del reino de la Muerte.

481

guieron reavivarlo. Al Gazal, en un rincón, con sus botas y ropas empapadas, mezclaba y maceraba las extrañas hojas alargadas y bulbos secos traídos por Qasim, que disolvió agitándolos en una copa de aguamiel. Con paternal desvelo le introdujo la tríaca entre los labios, hasta que el agónico Masrur consumió el vaso.

Al cabo de una hora respiró jadeante, y con una cavernosa arcada arrojó un chorretón verdoso por la boca. Liberado del freno que le trababa el resuello, su cara recuperó su tono, recobrando antes del amanecer la noción de las cosas. Los normandos miraron con admiración al embajador, considerándolo desde aquella noche como un mago. Ottar el Negro le preguntó en árabe sobre el poder de aquella pócima, entusiasmado por sus admirables propiedades.

—Esta medicina se la conoce por el nombre de elixir de los reyes y está compuesta de raíces de agáloco de la India, azúcar de caña y de un tónico.

—Para estos paganos te has convertido en un *gode*, un sacerdote o mago, a quien temerán y respetarán —le aseguró Ottar—. Aprovéchalo en tu beneficio.

—Solo Dios y la fortaleza de Masrur han obrado el milagro. Mi ahijado ya ha burlado a la muerte otras veces. Está tocado por la mano del Oculto —afirmó.

Al amanecer, los expedicionarios se concentraron en la playa, antes de embarcar. Un frío intenso les cortaba los rostros. Las laderas cubiertas de pinos enanos emergían de las sombras y una luz amarillenta difuminaba las siluetas de los barcos. Un Masrur aún tambaleante y pálido, casi sin fuerzas y abrigado con una zamarra de piel de oveja, olió el mar y oyó el silbido del viento zumbar entre las arboladuras; un estremecimiento le corrió el cuerpo. Al Gazal lo sostenía junto a él, atentos a un extraño ceremonial que oficiaba Gorm.

En medio de un silencio sagrado, y como agradecimiento a Odín y Njord por haberlos salvado de la tempestad, extrajo uno de los cuervos de la jaula y trazó en el aire unos círculos misteriosos con su puñal. Entre invocaciones, lo hundió en el pecho del grajo, impregnando sus manos en la sangre que a borbotones salía de las entrañas. Manchó la arena con sus dedos ensangrentados con unos signos incomprensibles y, cesado el aleteo y los graznidos del ave, la precipitó ritualmente a la hoguera.

—¡Padre Odín, nos has enviado un aviso liberándonos de las manos de Loki, el creador de los demonios, que ha devuelto el aliento al joven *blamen*. ¡Te ofrendamos la sangre de este pájaro en señal de reconocimiento!

—¡Odín, Odín! —vocearon los tripulantes alzando lanzas y escudos.

Los acantilados devolvieron el eco de la voz, que estalló como un trueno. Ordenó levar anclas y, a un piloto de tez rojiza, adelantarse en un ligero *drakar* para anunciar la llegada de la embajada al rey Harald y avisar a sus gentes de la muerte de Torkel, Costilla de Hierro, y de sus guerreros, la mayoría oriundos de Arhus, Alborg y Nordjyland. Grácilmente, la galera andalusí y los *knors*, empujados por una brisa del oeste, rumbearon hacia la península de Jutlandia. Las aguas eran grises y algunos bloques de hielo flotaban sobre las olas. Al Gazal vigilaba el sueño de Masrur, adormecido con el trapeo de las lonas y el suave rozar de las olas con el casco del Aldajil. A babor, una costa ondulada y verde se abría tras unos bancos de niebla, mientras las gaviotas y cormoranes sobrevolaban la flotilla.

483

El penúltimo día de singladura, con una brisa perseverante y la mar serena, los vikingos celebraron con sus cantos una fiesta por su venturoso regreso danzando alrededor de las hogueras, y de nuevo los andalusíes se sobrecogieron con las prácticas de Gorm. Seguido de una hilera de hombres, con las cabezas descubiertas y sin armas, tomó un anafre de hierro y un odre de vino de Aquitania. Severo, se dirigió a lo alto de las dunas, donde se alzaban tres túmulos antropomorfos de granito. Allí, rodeado de sus hombres, colocó carbones en el hornillo y los tapó con ramas verdes. Al punto se elevó una columna de humo, momento en que el *yarl* vertió el vino rojo, orando en voz alta con sus manos hacia el este, iniciando el raro ceremonial pagano.

—Tu amo es un hombre temeroso de sus dioses. ¿Dan gracias a alguna deidad por el regreso? —consultó Yahía a Ottar.

—Sí, efectivamente. Mi amo Gorm es un *yarl* del Consejo del rey, y por lo tanto un sacerdote del dios del sol, que se venera en un templo más allá de estos arenales. Él posee las máscaras sagradas de *gode* y asiste por derecho propio a sus ritos. Al regreso de todos los viajes, sacrifica una muestra de su botín más apreciado, y regala una preciada joya al santuario. El ídolo es en verdad un verraco que sostiene en sus lomos al dios solar, muy venerado desde hace siglos en las tierras de Dane.

—¿Un cerdo impuro, su dios? ¿Y puede un musulmán como tú asistir a las ceremonias de ese santuario? El Muy Sabio te lo demandará —le recordó.

—Ni como hombre ni como seguidor del profeta —corroboró—. Ese santuario es un lugar maldito y está acotado a extranjeros y también a las mujeres vikingas. Ante el gran verraco, en los plenilunios de primavera y verano, celebran los rituales de la fertilidad. Yo no pisaría ni la senda que conduce a sus inmediaciones. He visto a más de un infortunado colgando de sus árboles cercanos, desnudo y castrado.

—Este pueblo es terrible y pagano en verdad —opinó el embajador.

Al Gazal quedó pensativo con la revelación del criado negro, y confusas conjeturas transitaron por su mente, hasta que regresaron Gorm y los suyos y oyó la voz de Masrur y los gritos de Qasim, convocándolo al puente. Sin olvidar el extraño testimonio de Ottar, ascendió por la escala.

Navegaron entre escollos, un barco tras otro, por la sinuosa punta de Skagen, antes de adentrarse en el dédalo de estrechos, hielos a la deriva, islas y estuarios del país de Dane. Avistaron parajes muy verdes, playas sinuosas y dunas moteadas de violetas y arándanos, hasta que, tras unas millas de singladura, atracaron en Arhus, un puerto de mar asentado entre verdísimas colinas y praderas ondulantes, patria de Torkel, Costilla de Hierro. Nubes cenicientas iluminaban el entorno de cabañas de heno y madera, mientras en sus transparentes aguas se mecían decenas de barcos.

Al Gazal contempló aquel panorama de tonos esmeralda y consideró que el sol de aquellos territorios parecía cubierto por un velo azulado, como temeroso de dispensar todo su fulgor. Un ronquido de cuernos de combate los recibió, mientras centenares de aves marinas revolotearon sobre los mástiles, inundando con los graznidos los embarcaderos atestados de una gente inmóvil y silenciosa.

Los andalusíes conocían por Ottar que en el *langskip* de Gorm se trasladaban los restos de Torkel, cuyo cadáver habían rescatado de la cruz. También habían separado los huesos de la encarnadura con agua hirviendo, para así evitar la putrefacción en la travesía, y lo habían conservado en una caja de plomo. Aparte, traían arcones con las cenizas de cuantos guerreros de Torkel pudieron ser rescatados de las orillas del Wadi al Quivir. Al atracar, cuatro guerreros descendieron del navío del Cuervo, portando en unas parihuelas las arquetas. Luego se dirigieron a un montículo cercano al dique, desde donde se divisaba el mar.

A Al Gazal le atrajo la severidad de la procesión de los dolientes normandos, que tardaron horas en organizar las exequias. Una multitud, la mayoría familiares de los muertos, acompañados por los lamentos de las plañideras, siguieron con paso lento los restos al eco de un timbal y con los registros de un canto fúnebre. A Costilla de Hierro, prestigioso *yarl* y poseedor de haciendas, ganados y barcos, iba a tributársele un entierro propio de un príncipe. Se había dispuesto en la cumbre del altozano un *drakar* de reciente fábrica que aún no había sido botado, a modo de un monstruo de madera varado en el montículo, con la proa tallada representando un dragón y con el casco asentado sobre enormes troncos. Lo rodeaban monumentales piedras puntiagudas, donde grabaron apresuradamente en rojo su nombre, el de los dioses y sus hazañas más nombradas.

—Ahora se iniciarán los sacrificios a Thor y Odín —explicó el tunecino—. Pronto comprobarás que este pueblo aún se halla en la oscuridad de la civilización.

—Más que tinieblas, Ottar, es ignorancia. Dios los ilumine.

Resonó el ruido metálico de un gigantesco batintín y ascendieron por la pasarela los porteadores del féretro y los baúles con las cenizas, que depositaron luego bajo la vela púrpura del palo mayor. Cesaron de golpe los sones fúnebres, los cuernos de guerra y los atabales, y aparecieron varios siervos y hombres armados que tiraban de un caballo, una ternera, un perro y dos esclavos vacilantes, que se resistían a subir al barco, emitiendo altisonantes lamentos. Arrastrados a la cubierta y sin más miramientos, los soldados tomaron a las bestias y a los esclavos, y uno a uno les rebanaron el cuello en medio de una orgía de sangre, relinchos y mugidos que exacerbaron el griterío de los daneses. Al poco, el puente se cubrió del líquido sanguinolento y de los excrementos de los animales; una aclamación estruendosa arrasó el silencio imperante en la rada:

—¡Torkel, Torkel! —retumbó en el aire—. ¡Odín, Odín, Odín!

El pueblo enmudeció cuando un *gode* se encaramó al barco, oculto el rostro con una monstruosa careta de lobo. Tras rodear los féretros tres veces, arrojándoles brezo y extrañas piedrecillas, los cubrió con un paño dorado, emitiendo una invocación espeluznante:

—Divino Tyr, dios de la guerra, conduce a la mesa de Odín a estos valientes guerreros, muertos en el campo de batalla. ¡Tyr, Tyr, Tyr!

Concluido el ceremonial, y a una señal de la viuda, los domésticos esparcieron heno seco y aceite de ballena en el *drakar*, y lo impulsaron al manso mar. Al instante se convirtió en una tumba marina donde los muertos aguardarían la imperecedera eternidad. Con gran diligencia fue incinerada, y en unos instantes ardió por los cuatro costados transformándose en una formidable antorcha. La sepultura flotante se alejaba entre un armadijo de ascuas, tizones y rescoldos. Una larga columna de humo y rojizas pavesas se elevó hacia la tersura del aire de Arhus, estremeciendo el ánimo de los presentes. El *drakar* se fue hundiendo en las heladas aguas del estuario, dejando una negruzca mancha como único recuerdo.

La comitiva enfiló el camino de las empalizadas, siguiendo a los deudos y a la viuda. De pronto, la matrona, con el pelo suelto cayéndole en cascada sobre los hombros, realizó un giro imprevisible y se dirigió hacia el amarradero donde se hallaban los barcos de Gorm y la galera andalusí. Se detuvo a unos pasos del estandarte omeya. Los guerreros contemplaron desconcertados desde las cubiertas a la resuelta mujer, cuyo imprevisto gesto nadie comprendía. Miró hierática hacia la cota donde se hallaban silenciosos y expectantes Al Gazal, Ottar, Masrur y Qasim y, escrutándolos con una mirada gélida, escupió con asco en su dirección y los imprecó:

—¡Que Thor os maldiga, perros *blamen*, y a ti te confundan, Gorm de Haedum! ¡Los muertos colgarán de tu alma como yunques de hierro!

La mujer les volvió la espalda, y regresó en medio de un provocador silencio. El viento sacudió los rostros de los andalusíes y a Al Gazal le temblaron las entrañas. Atisbó a Gorm con el rabillo del ojo y adivinó en su gesto una mueca de inquietud. La arribada al reino de Dane no había sido muy acogedora, pero poseían confianza en su destino.

CAPÍTULO XVIII

HAITHABU

El gran poblado danés surgió entre la niebla, al fondo de una ría helada.

A ambas orillas de sus aguas se alineaban gigantescas hayas, laderas verdes y andamios plagados de pescados en salazón, los *skrei*, aireándose al mar como espantajos. El viento soplaba frío y la hilera de barcos enfiló el puerto defendido por filas de troncos hundidos en el fondo. La capital de los normandos no era sino una dispersa aldea de madera, adobe y heno, envuelta en un halo de humos y brumas y protegida por una muralla de empalizadas y túneles cegados por portones de hierro.

Y así, ante los ojos atentos de los andalusíes, emergió Haithabu, el rico emporio danés y residencia invernal del rey Harald y la reina Nud, bajo cuya lealtad se habían juramentado los poderosos *yarl* de las islas y de las tierras llanas, convirtiéndose en los dominadores de los mares Báltico y del Norte. Y como muestra de su poder, el *dane-geld*, el tributo danés, lo desembolsaban en señal de sometimiento desde Inglaterra hasta las bocas del Duina ruso,

489

mientras los frisones y francos, al sur, temían más que al diablo a aquellos indómitos señores del mar.

La flota varó en el fondeadero, entre un enjambre de mástiles, sacas y fardos, con el mar quieto y un ambiente gélido. A la hora de tercia, finalizadas las tareas de amarre, Gorm y sus hombres descendieron por la escala y escoltaron a los legados andalusíes, que muy pronto se convirtieron en el centro de atención de las miradas y comentarios. Los mozalbetes y muchachas se apiñaron a su alrededor tratando de tocarlos y admirando con sus ojos confiados y azules sus extravagantes vestimentas.

Pocos visitantes de semejante catadura habían llegado de tan lejos a cumplimentar al rey, y menos aún agasajados tanto por un *yarl* como Gorm, por lo que el amarradero se llenó de una festiva efervescencia. Al Gazal y sus acompañantes se encontraron con una ciudad de madera y piedras sin tallar, en un armadijo de callejuelas cubiertas de barro y en un caos de cuadras, cobertizos y cochineras. Hubieron de cruzar un río que servía de cloaca, accediendo después por una calzada más ancha adoquinada con lascas de madera. A uno y otro lado se abrían las casas adosadas unas a otras, los sotechados de mercancías, las herrerías y tenderetes, donde se exhibían cuernas de reno, pieles, hachas, arenques, marfil de morsa y pieles, mientras comerciantes baltos, godos y eslavos discutían entre ellos.

Seguidos de un tropel de curiosos y de una chiquillería vocinglera, llegaron a una explanada embarrada con un pozo central, donde matronas de trenzas rubias despojaban de parásitos las pieles al frío de la intemperie. Al fondo, y bajo un dosel de abetos, se hallaban la residencia real y los albergues de los *yarl*, entre ellos el de Gorm el Cuervo, una casona de troncos a la que entraban y salían los esclavos y sirvientes como en un hormiguero, y donde quedaron instalados los embajadores de Córdoba. A los andalusíes les complacieron las calientes habitaciones, recubiertas las paredes de madera con pieles, con baños de vapor adosados y abundantes lumbres para su mayor complacencia.

Al Gazal, Qasim y su ahijado Masrur pasaron largas horas aspirando el vaho de hojas secas y las piedras incandescentes en las habitaciones de madera, servidos por esclavas, *traell* o prisioneras de guerra, la mayoría concubinas de Gorm, que no despreciaban las caricias y el ardor de los sureños. Tres días permanecieron en el hogar del consejero real, resistiéndose a salir al frío de las calles y probando los platos y bebidas danesas. Permanecían cerca de un gran brasero tomando cerveza y escuchando los relatos de Ottar, las *eddas* de los legendarios héroes de Dane, acompañados de la esposa del noble, Aelgifu, una mujer pelirroja, de piel lechosa y sonrisa perenne, y de sus hijos, guerreros y hábiles talladores de madera.

Al cuarto día, restablecidos de la travesía, en una tarde teñida de amarillo, fueron convocados con urgencia por el monarca danés, llegado aquella misma mañana con su séquito de la fortaleza de Jelling. Una muchedumbre indiscreta los escoltaba, cautivada con los indumentos de los andalusíes, que caminaban tras un chambelán provisto de un bastón de haya. Sus vestiduras blancas de lino y lana, las botas rojas, los velos cubriéndoles las cabezas, los cinturones de cordobán y sus perfumadas cabelleras maravillaron a los curiosos norteños.

—Noble Gorm, recuerda mi ruego. Vuestro rey no debe comprometernos a postrarnos a sus pies. Nos pondría en un grave aprieto contrario a nuestra religión.

—Todo está previsto. En esta corte sobran las exquisiteces —lo tranquilizó.

La residencia regia la constituían un conjunto de edificios de techos muy bajos cubiertos de heno y rodeados por un seto de pinos enanos. Junto a la puerta, se apostaban guardias armados con hachas que custodiaban el estandarte de Hugín, el cuervo sagrado de Odín, que siempre acompañaba al rey y a su séquito, allá donde aposentaba sus reales. Al llegar, una ronca fanfarria de *lur*, una trompeta de bronce larguísima y retorcida, ofreció su sonora bienvenida. Cruzaron dos antesalas con las paredes decoradas con astas de alce, calderos de bronce, tablillas esculpidas con runas y blasones de aliso seco. Centenares de velones, braseros de hierro y lamparillas irradiaban una luz dorada, confiriendo al lugar un aire de cálida confortabilidad. Al Gazal caminaba con solemnidad por los salones abigarrados de cortesanos, tocado con ropajes de gala rematados de oro y el habitual tailasán o velo blanco que cubría su cabellera, sobre la que ya clareaban hebras encanecidas. Qasim y Masrur, tras él, vestían túnicas de satén, gorros con plumas de Mascate y botas carmesíes de cuero brillante, portando dos cofres con los presentes.

Al aproximarse a la sala de audiencias, el diplomático cordobés se sobresaltó como picado por un alacrán, mudando el gesto de agrado por un rictus de irritación. La entrada al aposento, ya angosta de por sí, había sido decorada de forma harto sospechosa, con tal profusión de coronas de abedul que la hacían tan baja que era inevitable inclinar la espalda para penetrar en ella, con lo que debía doblegarse forzosamente ante el rey danés. No obstante, se detuvo irritado, aguardando una explicación ilusoria. Gorm movió los hombros, ajeno a la imprevista traba.

—¿No pasáis, dómine? —solicitó el *maior domus* riendo maliciosamente.

—Por supuesto, pero a mi manera —le contestó abriendo su sonrisa, para luego dirigirse hacia sus acompañantes—: No me incliné ante el monarca de los francos, ni ante el sultán fatimí, ni siquiera ante el emperador de Bizancio, y menos aún lo haré ante este bárbaro. Pero todas las cosas, como la vida misma, poseen una doble perspectiva.

Y ante el pasmo general, se sentó en el suelo y, apoyado en su trasero y con los pies hacia adelante, sin descomponer la figura ni doblar el espinazo, atravesó el umbral retrepado, ante el estupor del auditorio. Se incorporó con dignidad y avanzó señorial entre los cortesanos daneses, mudos y desconcertados ante la presentación en escena del embajador de la poderosa Córdoba. Llegado delante del trono se expuso a la escrutadora mirada del monarca, inclinando cortés su cabeza.

Un centenar de *yarl*, bajo doseles de brezo seco, venidos a la recepción desde Helsihgor, Roskille, Ribe, Arhus, Jelling y Fyrkat, rodeaban a su soberano sentados en bancos de madera. El rey, retorciéndose la barba, lo observó con su azulísima mirada y ajeno a los cuchicheos de la aristocracia. Después de lo ocurrido dudaba si aparecer severo o afable, decidiendo fingir escepticismo y saludarlo sin más.

—Sed bienvenido al país de Dane, embajador de Córdoba. Sois sagaz, condición imprescindible para ser embajador. ¡Sentíos como en vuestra casa! —lo saludo Harald Klaak, un coloso de miembros nervudos, rostro cuadrado e ilegible, larga cabellera rubia recogida tras la nuca en trenzas, ojos añiles y con una cicatriz blanquecina junto a una de sus cejas que le proporcionaba un porte intimidador.

—Salud y bendición, rey Harald, y a cuantos aquí se hallan, en mi nombre y en el de mi señor Abderramán, emir de Alándalus y *amir al mumin* de los creyentes. Que Dios Misericordioso os conceda dilatada gloria y grandeza —lo saludó, y tradujo Ottar, ante la satisfacción del rey y el respiro del diplomático por haber salido airoso de la situación.

Enseguida el rey danés echó para atrás su larga capa de armiño e, incorporándose del sitial, presentó a Al Gazal a sus consejeros y a la reina Nud, una sonriente mujer de pechos lujuriantes, caderas rotundas, piel encendida, ojos celestes de un encanto singular y sonrisa de oasis. Cubría su melena dorada con un capacete de plata anudado a su barbilla, y su esbelto cuerpo con una túnica y manto verdes con remates de marta cibelina. Era una singular diosa nórdica.

Al Gazal correspondió con un atrayente gesto de su boca y hoyuelos. Tomó el pergamino de su faltriquera y se lo ofreció al rey, quien a su vez se lo entregó a Ottar, que lo leyó en voz alta, mirando hacia su rey y traduciendo ante la curiosidad general las palabras de Abderramán. Los presentes se conmovieron con el sutil lenguaje de la cancillería andalusí, holgada en elogios hacia su rey y a la valentía de su pueblo, que hacía frente a la muerte de modo tan intrépido que había suscitado el asombro de la *uma* andalusí. *La muerte* —decía el pliego— *ha sido para vuestros guerreros el inicio de la dicha y el reposo, y el futuro de nuestros pueblos gozará de la quietud de la paz, asentados en su memoria.*

Un rey desconocido, pero muy poderoso, les tendía su mano para un futuro de amistad y colaboración ante el enemigo común, Carlos, el rey de los francos, al que tanto repudiaban Harald y sus nobles, tras años de humillaciones. Algunos murmuraban entre ellos, unos a favor del acuerdo y otros en contra, seducidos por las promesas salidas de aquel pliego. Terminada la lectura, Harald lo dobló con comedimiento y lo introdujo entre su pecho y un pliegue de su túnica, en señal de respeto y consideración.

—La carta de tu rey es hermosa, sus argumentos razonables, y me honra que un príncipe tan magnífico persiga nuestra amistad desde tierras tan lejanas. Pero yo te pregunto, embajador: ¿cómo un monarca como yo, que pretende asegurar la subsistencia de sus súbditos y sacarlos de las penurias y hambrunas, puede prohibirles que ejerzan el saqueo allí donde las riquezas sobran? Convéncenos para que los hombres libres de estas tierras no asolen las ciudades de Alándalus y sí, en cambio, surquen los ríos de Francia en busca de botín y esclavos, como tu señor nos propone —dijo, y todas las miradas confluyeron en el embajador, que buscó el gesto de apoyo de Masrur y de Qasim.

Al Gazal temió un ardid del rey y dudó en su respuesta. La consideró con prudencia y, sonriendo para obtener su confianza, respondió con mirada reflexiva sabiendo que se jugaba en la contestación gran parte del éxito de su legación:

—Os propondré varias razones, señor, y os contestaré sin ambigüedad. Las ciudades de la costa de Alándalus están muy bien defendidas. Córdoba resulta inexpugnable y vuestros navegantes lo saben. Pues bien, el emir, mi señor, ha ordenado la construcción de fuertes a lo largo del río y el levantamiento de una muralla alrededor de la ciudad de Sevilla, la más rica tras la capital, por lo que os será altamente arriesgado intentar un nuevo ataque. Os lo aseguro, *sire*.

Murmullos de vacilación se oyeron en la sala, acallándolos Gorm.

—Al abandonar Sevilla, Harald —intervino levantándose de su sitial—, observamos gran actividad de operarios y acopio de mortero, andamios y piedras en los arenales del río. No hay duda de que construyen torreones de defensa. El emisario del emir está en lo cierto. Santiago es inexpugnable. Gades y Cartago Nova son ruinas, y Emérita, Toledo, Zaraqusta y León son urbes ricas, pero están muy alejadas del mar. El resto de las ciudades costeras no merecen ser expoliadas.

Aquella información transformaba sus pensamientos. Reflexionó y dijo:

—El país de Dane es reducido y parco en riquezas, legado. Una nación de lucha y tribulación, créeme —aseguró el rey—. Los noruegos nos obstruyen el paso de Kattegat en el norte, y los francos ahogan el acceso hacia el sur. ¿Comprendéis nuestras necesidades y nuestra posición, dómine?

—Tan diáfanas como vuestros mares, Magnánimus Rex. Sin embargo, las ciudades de Francia pueden ofreceros cuanto anheláis —contestó persuasivo—. Asfixiaremos al rey Carlos y conseguiremos amargar su reinado, como ya ocurrió con el ambicioso Carlomagno. Podemos someterlo a un tenaz bloqueo marítimo y devolverle con creces sus vejaciones continuas a vos y a mi señor Abderramán.

—¿Y cómo, legado? —inquirió el rey—. Se precisan puntos de apoyo muy eficaces para esa artimaña de bloqueo.

El andalusí se arregló los pliegues de la zihara y, conseguida la atención del rey y de sus consejeros, manifestó convincente:

—Mi sultán os propone asaltar la costa de Narbona por el sur con los piratas árabes de Sicilia y Baleares bien estimulados. Vos con vuestros barcos asaltaríais el norte y oeste de Francia. Carlos tiembla ante la posibilidad de que podáis asentaros en sus territorios, y más si ocupáis la isla de Jeufosse, desde donde dirigís los ataques contra las ciudades más prósperas de Francia.

Una ola de estupor corrió entre los guerreros normandos, a los que por sus ademanes parecía agradar la estratagema mostrada por el extranjero. Ciertamente hacía años que intentaban instalar una fortaleza en dicha isla para desde allí, y con las espaldas cubiertas, asolar los pródigos ríos de Francia y llegar a París, Reims y Orleans. ¿Pero cómo aquellos *blamen* conocían la empresa militar? De todas formas, para concluir la fortificación y dotarla de hombres, armas y máquinas de asalto se necesitaba mucho oro, del que carecían.

—¿Qué conoce vuestro rey de esa tentativa? —se interesó Harald.

—Abderramán está enterado de todo lo que acontece tanto en Oriente como en Occidente, señor, y sabe de los problemas que os paralizan para acabar la fortaleza en esa isla del río Sena. Mi emir os ofrece ayuda para la conclusión de ese fortín, desde donde podéis expoliar el país, desde París y Tours hasta Chartres, sin luego tener que navegar largas distancias tras la retirada. El plan merece ser meditado por vos y vuestro senado —dijo el embajador.

A Harald le había espoleado la promesa de alzar la fortaleza, e insistió:

—En la epístola que nos envía vuestro soberano, nos manifiesta que vos nos revelaréis la naturaleza del favor con el que concluiríamos el castillo de Jeufosse. ¿Acaso el emir de Córdoba nos envía ladrillos? —chanceó, levantando una carcajada general entre los consejeros, que incluso hizo sonreír al legado, al oír la traducción.

—¡Muy cierto! ¡Que conteste el *blamen*! —pidió un *yarl* a grandes voces.

Al Gazal no se inmutó. Simulando indiferencia, esgrimió una mirada de reto y, despegando sus labios, ofreció tras señalar uno de los cofres:

—Ahí están los adobes, *sahib* Harald —dijo, y las miradas convergieron en una arqueta de marfil que Masrur abrió y colocó a los pies de los reyes.

De inmediato, la tarima sobre la que se asentaba el trono se alumbró como si mil candelas se hubieran encendido al mismo tiempo. Las dos mil libras de oro de Sudán, en láminas del grosor de una mano, dispuestas una sobre otra en el arcón, atrajeron la atención del auditorio, y en especial del rey Harald y el *yarl* Ragnar, el más decidido defensor de los asentamientos normandos en Francia. Aquella cantidad no solo les permitiría concluir las barbacanas y torreones de la inacabada fortaleza, sino dotarla de catapultas y pertrechos de guerra con los que atacar los cercanos reductos francos.

—Rey Harald —manifestó el enviado andalusí, radiante ante la admiración demostrada por el auditorio—, esta es la aportación de mi señor a un futuro de concordia. Cese de los ataques a Alándalus y ofensiva al reino franco.

El rey danés cambió el semblante, recapacitando sobre la oferta, no por sorprendente menos satisfactoria. Miró alrededor y la gran mayoría de los *yarl*, que murmuraban entre ellos, asintieron con la cabeza. El argumento surtía su efecto.

—Vuestro señor es tan excelente como generoso, noble Al Gazal. Mi asamblea de notables y yo adoptaremos las decisiones precisas, aunque puedo aseguraros que nos colocáis ante un azaroso dilema. Dadnos tiempo para que la respuesta sea ventajosa para ambos reinos y gozad mientras de la recompensa de nuestra hospitalidad hasta que el deshielo os devuelva a vuestras cálidas tierras. Hacednos la merced de ser dichosos en mi reino mientras tanto —replicó afable.

—Tomaos el tiempo necesario, rey Harald. Mientras conoceremos vuestro pueblo y vuestros usos. Mi emir también os envía otras finezas elaboradas en las fábricas de sedas de Córdoba, alcanfor, mirra, cordobanes y este juego de tocador para vuestra esposa —dijo.

Le entregó, a una ruborizada reina Nud, un cofrecillo de marfil y ágatas con redomas de cristal azul con perfumes de algalia, almizcle y áloe, con una inscripción que Ottar transcribió entre la admiración de los concurrentes:

En el nombre de Dios. El más delicado cofrecillo para la más bella reina del país de las brumas y de los hielos eternos. Hecho por el maestro Ben Zayán en Córdoba, glorifíquelo el Misericordioso.

—Bien, amigos, es llegada la hora de devolver con esplendidez estas dádivas —prorrumpió el rey dando unas palmadas—. ¡Comience el banquete!

Al instante, un tropel de criados, la mayoría esclavos capturados en sus correrías, dispusieron unos tablones delante de los bancos convirtiendo en un abrir y cerrar de ojos la vasta sala de recepciones en un improvisado refectorio. Los islamitas se acomodaron junto al rey y un huraño monje cristiano, que insistía en hablar con el rey Harald sin conseguirlo. Sirvientas entradas en carnes y con largas trenzas rubias atiborraban las mesas de platos, copas y fuentes con pan dulce, migas de sémola, pescados ahumados y asados de todas las carnes conocidas, colocando en el centro, junto a los braseros, toneles rebosantes de cerveza de Nidaros y leche agria. En un rincón, unos músicos con panderos, zanfoñas y flautas interpretaban alegres *folkeviser*, baladas nórdicas que incitaron a los concurrentes a golpear las mesas coreando los estribillos abrazados unos a otros.

Los comensales introducían sus cuernos y jarras en los toneles, bebiendo sin cesar y trinchando con los cuchillos la volatería, los *kippers*, arenques ahumados de Escocia, los quesos enormes y sabrosos de Eider y los hojaldres de urogallo, en medio de una ruidosa algarabía. Al cabo de una hora, los más, con las barbas pringadas de restos de comida y cerveza, borrachos y casi sin sentido, se desplomaban sobre las mesas, manoseando a las esclavas, a las que montaban tras las bancadas, lamidos por los lebreles del rey.

El monje cristiano los observaba y se lamentaba en silencio crispando los puños. Al Gazal conocía por Ottar que el obispo de Hamburgo, Ansgarius, había bautizado al rey Harald, iniciando la evangelización junto a aquel irascible monje sajón o franco, no lo sabía bien, que ahora se exasperaba a su lado sin al parecer demasiado éxito. Aquellos vikingos seguían adorando a sus dioses primitivos, y sus costumbres y credos no diferían de los de sus antepasados cimbrios o sajones.

Al Gazal quiso conocer al crispado clérigo cristiano y se acercó, hablándole:

—Pater, os queda una ardua tarea para conducir al rebaño del Dios de Abraham a estos bárbaros —se expresó Al Gazal en un latín imperfecto al monje benedictino, que se revolvió como una alimaña.

—Muy pronto conocerán la ira de Dios y los rigores del infierno —replicó—. El juicio final se acerca, pero, con mis prédicas, los rescataremos de la ignorancia y del maligno. —La saliva se le escurrió por entre sus labios lívidos.

—Si adoráis a Dios solo porque os asusta su cólera, *sahib* abad, reverenciaríais a Satanás igualmente si se presentase aquí, ahora mismo —lo desafió.

—¡Dios es temor, infiel! —dijo esgrimiendo sus manos sarmentosas.

—Nuestro profeta afirma que Dios descansa en el corazón de los hombres. No debéis predicar terror, o tarde o temprano se volverá contra vos mismo.

—Sois un incrédulo infiel, y un hereje, embajador, que no dudáis en pactar con reyes cristianos si con ello propagáis vuestra falsa fe —escupió.

—En vuestra alma tan solo hay lugar para la hiel. Excusadme. —Le volvió la espalda para conversar con Qasim, que con los efluvios de la cerveza caliente balbuceaba disparates, embebido en el acoso de una robusta muchacha.

Al Gazal pensó que el fanático fraile podría convertirse en un serio obstáculo para lograr sus propósitos, y decidió no perderlo de vista y ser cauteloso en sus manifestaciones si andaba cerca. El festín se convirtió pronto en una desenfrenada orgía. Probó un néctar de hidromiel, y con esmerada cortesía besó la mano de una dama de la reina, a la que elogió, sin que ella entendiera una sola palabra. Pero la sonrisa fascinadora del andalusí y su gallardo porte la absorbió sin remedio.

A unas semanas de lluvias torrenciales, siguieron otras tormentosas de viento gélido con nieves y hielos. Un inmaculado manto se extendía desde el mar hasta el horizonte, llenando de fría majestuosidad Haithabu y sus alrededores. Lucía una claridad biliosa y difusa, y muchos días las brumas se espesaban tan tupidamente que las mañanas se confundían con las interminables noches. Al Gazal, Masrur y Qasim, enfundados en capotes de piel y acompañados de Gorm y Ottar, visitaban a menudo al rey y a la reina Nud en sus estancias privadas, o llenaban las horas de luz concurriendo al mercado, tomando baños de vapor o asistiendo a los banquetes y a los recitales de las sagas a cargo de Ottar y de otros bardos de la corte.

Algunos sábados, cuando el tiempo se mostraba más apacible, eran invitados por el monarca al Ting de Haithabu, la asamblea de ancianos, que impartían desde una roca una peculiar justicia basada en un código antiquísimo de leyes. Sancionaban los pleitos con prudentes decisiones, rectitud y sabiduría, y sin discrepancias en las sentencias una vez sancionadas por los viejos del lugar.

El último sábado del mes de las nieves, en un mediodía de ambiente crudo, los islamitas se vieron sorprendidos por unos sucesos ingratos. Aplaudían al vencedor de una carrera pedestre con Gorm, cuando un joven de cabellos albinos, con una desagradable nariz bulbosa y roja, salió de entre un grupo atrayendo la atención del tribunal y de los hombres libres. Apestaba a cerveza, y de entre su capa de piel de oso colgaban un cuerno y un hacha de doble filo. Resuelto, y con el rostro encolerizado, se dirigió hacia el lugar de honor y exclamó con ademanes violentos:

—Pido justicia para la memoria de Torkel, Costilla de Hierro. Me llamo Gurgüint, soy un *baenor*[27] de Arhus y pertenezco a su estirpe. Mi gente cree que Gorm, el Cuervo, pudo salvarlo de muerte tan humillante a manos de

---

[27] *Baenor*: hombre libre con derecho a asistir a los parlamentos. Se hallaba en la parte intermedia de la escala social danesa, entre los *traell*, esclavos, y los *yarl*, señores.

los *blamen*. ¡Que Nifheim lo maldiga! —habló, y las miradas se dirigieron a Gorm y sus huéspedes.

Embarazosos rumores se enseñorearon del lugar, mientras aguardaban la contestación del *yarl*, que no salía de su desconcierto, por injusto y extraño. Los daneses se miraban unos a otros, hasta que uno de los ancianos del tribunal dijo:

—¿Te acoges a las viejas leyes o el juicio inapelable de la *holmgänga*? —preguntó con severidad un viejo de profundas arrugas y nívea cabeza.

A las palabras del juez siguió un torvo silencio, solo cortado por los chillidos de los grajos y las aves marinas. Los murmullos cesaron y los *baenor* clavaron sus ojos en el retador. El gélido vientecillo les cortaba el aliento, mientras un sudor frío corría por la cara de Gorm, que en modo alguno esperaba aquella reclamación de honra, a la que por otra parte no podía sustraerse si deseaba seguir siendo un hombre libre y un vikingo de honor. Adelantando su voluminoso cuerpo, proclamó rotundo:

—¡Lo juro por Odín! Torkel murió como un valeroso vikingo, y no fue traicionado por nadie. Él eligió conforme a nuestro código permanecer en la ciudad para saquearla y, cuando regresé con mi partida, ya había muerto. Y mis palabras pueden ser probadas por doscientos hombres libres.

—¡Gorm dice la verdad! ¡Infame! —corroboraron otras voces.

Un temblor nervioso sacudió al heroico provocador, que puso su mano temblorosa en el arma y gritó colérico para ser escuchado por todos:

—No te creo, Gorm, ni creo a tus hombres. Solicito al tribunal que repare la dignidad de Torkel en un duelo a muerte, y sean los dioses los jueces del litigio —exigió

503

furioso, mirando con ojos vidriosos a Gorm—. ¡Apelo a la sagrada *holmgänga*!

Grandes gritos, unos de conformidad y otros de discrepancia, se elevaron a los aires, mientras los andalusíes asistían consternados a la controversia. Si algo aciago le ocurría a su valedor, la empresa podía debilitarse o fracasar. Aguardarían el desenlace de los acontecimientos. Mientras el magistrado se incorporaba de la roca, se hizo de inmediato un silencio tajante. Con voz apenas audible, sentenció:

—Sea como demandas, Gurgüint de Arhus, y que Thor nos muestre al poseedor de la verdad.

Un clamor de las armas golpeando unas contra otras y un griterío atronador de decenas de gargantas llenó el acantilado de Haithabu, huyendo despavoridas las gaviotas. Y sin más dilación, todos en tropel, se dirigieron hacia los cobertizos de la residencia real tras los dos competidores, que marchaban al frente lanzándose miradas de odio y desafío. A Gorm parecía como si los pulsos lo hubieran abandonado, y hasta su pelo rojizo y faz sonrosada parecían macilentos. Sus hijos lo rodearon, y descendieron hacia el poblado, entre cánticos belicosos.

—El desafío se celebrará en un recinto cerrado y presidido por la imagen sagrada de Midgardr, la serpiente que se enfrentará a Thor llegado el crepúsculo de los dioses —les explicó Ottar—. No me gusta nada este cambio de suerte. Si Gorm muere, mi vida valdrá menos que un copo de nieve. ¡Seguidme!

—Yo te compraré y te concederé la libertad, amigo Ottar —le prometió Yahía, y el africano se inclinó y le besó las manos agradecido.

El barracón del palacio de Harald Klaak era en realidad un inmenso establo de ganado de olor fétido, cubierto de bosta de caballerías, sirle de ovejas, excrementos y orines, que fue evacuado por los sirvientes del rey. En pocos instantes se abarrotó de vociferantes *baenor*, quedando fuera muchos de los que acudieron desde el puerto y el mercado, reclamados por el suceso más ansiado y respetado de cuantos existían en Dane. El más longevo del senado pidió silencio, clavando en medio del palenque un extraño varal, cuya cabeza representaba a una serpiente, instando con duras invocaciones a los adversarios a luchar con valor y sin engaños.

Los adversarios, Gorm y el albino, se desprendieron de sus capotes y de las tiras de cuero que anudaban sus piernas, situándose en extremos opuestos, mientras blandían las hachas. Gorm, más experto en el manejo del *segur*, el hacha, doblaba en edad a su contrincante, que sudaba copiosamente. Muchos pensaban que, si la pelea se dilataba, Gorm disminuiría sus posibilidades de triunfar, pues le abandonarían las fuerzas. Experiencia y juventud contra fuerza y destreza, se enfrentaban en un lance sin piedad, donde únicamente la muerte de uno de ellos satisfaría a dioses y hombres y cerraría con decencia la controversia.

—¡Comience el combate! —atronó el rey Harald—. Que Thor con su justa sentencia se manifieste.

Un estruendo de voces salvajes atronó el recinto.

Ambos antagonistas se contemplaron con rabia, describiendo círculos pausados sin dejar de espiar cada movimiento. De repente, se arremetieron fieramente en un duro ataque, hasta que Gorm fue tocado en el brazo, doblando la rodilla aturdido. Gurgüint, animado al ver la sangre correr, intentó repetir con otra cuchillada, pero el *yarl* lo esquivó con agilidad, levantando un clamor de vítores. Pronto una convulsión de cargas animó el encuentro en una exhibición formidable de estocadas y rápidos escorzos. Los asistentes los jaleaban, entonando un rítmico canto de combate, ronco como un tambor de batalla. El choque de las armas resonaba en la abigarrada estancia como el martillo en un yunque. Poco a poco la vehemencia del desafío se acrecentó y Gorm atinó con unos mandobles precisos en el escudo de Gurgüint partiéndolo en dos, restituyendo el favor el agraviado con un temible hachazo que lo despojó de su rodela. Pleno de furia, el joven soltaba golpes a diestro y siniestro, trabándose con el *yarl*, que se defendía agobiado. Una de las estocadas le llegó con levedad a uno de los hombros, brotando al punto un chorro de sangre que enfureció aún más a su oponente, arrancando atroces gritos de entre el público. Qasim y Al Gazal se miraron con preocupación conjeturando que en pocos momentos podían quedarse sin su favorecedor en la corte danesa. Masrur lo miró con preocupación e indicó inquieto:

—Temo por la vida de Gorm. Difícilmente puede sostener ya su arma.

—Su brazo es su honor, y le proporcionará el ánimo necesario—dijo Yahía.

El sordo crujido de las armas creció y los juramentos y jaleos de los asistentes aumentaron en una algarabía contagiosa y anhelante de más sangre. Conforme se sucedían las embestidas descubrieron a un Gorm fatigado pero tenaz, que atacaba ante el frescor del retador, que lo atosigaba sin descanso, hasta finalmente ponerlo de rodillas en uno de los rincones. Entonces, la vociferante turba cesó en sus voces y se hizo un mutismo sepulcral, que amplificó la respiración de los rivales. El joven, profiriendo un chillido de victoria, se echó para atrás, alzó su hacha y, sin compasión, se dispuso a asestarle el golpe mortal.

506

Una ahogada exclamación de angustia sonó en la cuadra. El desigual combate podía acabar en tragedia para los andalusíes.

Pero Gorm, sacando fuerzas de su propio desaliento, rodó sobre sí mismo, colocándose justo bajo las piernas de Gurgüint, que abrió los ojos con terror. Con maestría y arrojo, el *yarl* le hendió el hacha en los testículos, esparciendo las tripas y un líquido sanguinolento por la arena del recinto. Gurgüint, con los ojos en blanco, cayó hacia atrás como un fardo. Y después de unos instantes de desconcierto, un rugido atronante selló la victoria de Gorm. El retador había perdido la vida y la querella.

Al Gazal y sus amigos respiraron con alivio, juntando sus manos en señal de júbilo, mientras se dirigían a abrazarlo. Era un guerrero sagaz y experimentado.

—¡Thor ha hablado salvaguardando la reputación de Gorm de Haedum! —gritó el rey Harald—. ¡Celebrémoslo hasta que nadie quede en pie!

Un grito único convocando al festín corrió por toda la ciudad, cerrándose los talleres y tenderetes y todo lo que olía a trabajo. La ciudad se entregó al más festivo desenfreno contemplado nunca por el embajador de Córdoba. Durante todo el día, en la casona regia, en las tabernas de la ciudad, en las calles y cobijos, se celebró la sagrada resolución del juicio de Thor. Los dioses habían hablado. ¿Acaso se necesitaba más motivo para demostrar todo el júbilo de que eran capaces? Gorm regaló a uno de los hermanos del fallecido una bolsa con jade noruego y treinta monedas de plata, y tras estrecharlos apesadumbrado, recibió la indulgencia de la familia.

Corrió a raudales el rancio vino del Rin y la cerveza de Kobenham, sacrificándose a los dioses unas terneras y varios cerdos por cuenta de Gorm, que fue paseado triunfante por todas las callejas de Haithabu, con su enorme humanidad empapada en hidromiel. Al Gazal, tras los vidrios de la mansión de Gorm, observó a la caída de la tarde a decenas de hombres ebrios y vacilantes tenderse al amparo de los techados, copulando sin el menor pudor a la vista de todos. Grupos de danzantes, en cómplice promiscuidad, invocaban la bravura de Gorm, el Cuervo, atrayendo la atención de las mujeres bañadas en cerveza, que se ofrecían abriendo sus entrepiernas a los desconocidos.

Al anochecer, cuando la niebla se espesaba acarreando aires de tormenta, una disoluta bacanal se extendía por las calles de Haithabu, iluminadas por teas y fanales de aceite de ballena.

«Estos hombres son unos vitalistas obstinados de la vida, que se beben su existencia de un solo trago», reflexionó Yahía.

Luego advirtió desde su observatorio al monje benedictino deambular como un grajo solitario por entre los grupos de amantes y embriagados guerreros, desapareciendo por entre las cuadras. Sin embargo, al poco, un jinete besaba su mano y como una aparición era tragado por las sombras en dirección a las afueras del poblado, mientras salpicaba la calleja de barro y agua. El andalusí se irguió. «Demonio de fraile. ¿Qué estará maquinando ahora? ¿Quién será ese jinete?».

El viento mordía con fiereza, y los copos de nieve brillaban como luciérnagas alrededor de las antorchas. Pronto se borrarían las huellas de aquella jornada festiva, mientras multitud de humos grises escapaban de los hogares. En la lejanía se oyó el aterrador aullido de una manada de lobos hambrientos.

**

El jueves, día de mercado en Haithabu, tres semanas después del duelo, Al Gazal no pudo sustraerse a su fascinador bullicio. Deambuló por el barro desde primeras horas del día en compañía de Masrur, Qasim y Ottar, seguido de un grupo de mozalbetes que se asían a sus borlas de seda. El invierno parecía ir despojándose de su lienzo de nieves, y la luz transformaba el gris ceniciento del cielo en una opalina luminosidad. Con un frío que parecía quebrantarle los huesos, abandonaron la casa del *yarl* y se mezclaron con el gentío. Disfrutaba con los olores de los salazones, ahumados y pieles curtidas, con el paladeo del dulce hidromiel, con los chiquillos de ojos azules tirando de la manga de la zihara, y con la extraña confusión de lenguas.

Al descollar el alba, se habían alzado los portones de madera y hierro, y una riada de carros, arrieros, cambistas, saltimbanquis, barberos y compradores, llegados incluso de Birka, en Suecia, se hacían con las calles y la vida de la gran ciudad de madera. En los tenderetes se exponían las mercancías llegadas del norte, siendo las pieles, los esclavos eslavos, el jade noruego, los cristales de Renania, los paños de Frisia, el ámbar y las tallas en dientes de morsa y reno los géneros más pregonados.

Masrur se detenía absorto ante los barcos de los barberos y sacamuelas, donde con una pericia encomiable colocaban dientes y muelas de basalto a los desdentados, o efectuaban sangrías, mientras aprovechaban para pregonar las excelencias de sus jarabes. Ottar les hizo ver que en aquellas latitudes no se pagaba con monedas, sino con diminutos lingotes de plata. Qasim había aprovechado la estancia en Haithabu para comerciar con mercaderes de Novgorod, Vendel, Dorestad y Nidaros, con los que había llegado a un principio de acuerdo, saturando sus bodegas de pieles, marfiles de morsa, jade y cristales, que pagaba con monedas de Córdoba.

Masrur regateó aquella mañana con unos comerciantes de Jelling a los que sacó, por un dírham de oro, una colección de figurillas antropomórficas en cristal azul dispuestas en un tablero de marfil, para recrearse en el pasatiempo de la estrategia: *al shitranch*. La gente circulaba con una tranquilidad desacostumbrada, pues aquel día reinaba desde el amanecer hasta la puesta del sol la implacable ley del mercado, dictada por el propio rey Harald. Unos instantes antes, los andalusíes habían presenciado cómo un oficial, para escarmiento general, había condenado a recibir veinte latigazos a un calderero de Daneweklo, por sisarle a una mujer, colgándolo después en un poste. Al mediodía, una ventisca barrió la ciudad y Al Gazal los animó a guarecerse en la taberna de Biörn el Gordo y beber cerveza caliente de Roskille.

—Sentémonos alrededor del fuego. Llevo horas tras un zorro y se acerca a la trampa —dijo y sus acompañantes lo miraron sin saber a qué se refería.

Al rescoldo de un brasero y con la quemazón de la bebida caliente, conversaron sobre la decisión del Consejo sobre la oferta de Abderramán, hasta que pasada una hora Al Gazal, atento al ir y venir de la multitud, llamó la atención de sus acompañantes señalando un establo contiguo al mesón.

—¿Veis al fraile cristiano que merodea por la casa del rey? ¡Fijaos! Se mueve con gran reserva, y mira a uno y otro lado con desconfianza. Trama algo.

—Sí. Es fray Nitard, un verdadero buitre —les confesó Ottar—. Cada día posee más ascendiente en la corte, y Harlad le profesa más miedo que respeto. Es un enviado del arzobispo de Hamburgo, protector del rey ante el papa y la cristiandad. Mi amo Gorm lo detesta, pues aguanta desde hace años sus vejaciones. Es un hombre irascible, y en más de una ocasión lo han sorprendido provocando violencia con algunos mozalbetes. Pienso que hasta ha llegado a inducirlos al pecado nefando. Además, es un contumaz defensor en el Consejo real del rechazo a la propuesta de vuestro emir, y aboga porque os despidan sin más contemplaciones.

—Pues anda con mucho secreto con ese trajinante —matizó el embajador.

—¿Quién? ¡Ah, sí! Lo conozco. Es un acemilero sajón, de Holstein —atestiguó, levantándose de repente—. ¡Aguardad!

El poeta de color se enfundó en la capa de pelo de zorro y salió a la calle, confundiéndose entre un grupo de transeúntes. Desapareció después tras las empalizadas del cobertizo señalado por Al Gazal, ante la sorpresa de los musulmanes. Al rato regresó expulsando vaho por la boca y frotándose las manos. Con un gesto de duda en su cara, se sentó en el banco y tomó un trago de cerveza.

—No sé, existe algo extraño en la relación de esos dos sajones. Los he estado observando un rato. El arriero asentía y besaba la mano del monje con reverencia. Parecía estarle agradecido, pero no he visto que le vendiera nada.

—¿Tendrá conocimiento el rey de esos manejos?

—Lo desconozco, Al Gazal, pero sí puedo asegurarte que de esta corte no parte un correo si no lleva el lacre del rey o conlleve su venia —indicó—. Ese monje no puede enviar mensajes secretos, so pena de perder la cabeza.

—Ottar, puedo asegurarte que no es la primera vez que lo he sorprendido conversando con ese arriero en lugares reservados. Ese monje se intercambia correspondencia confidencial con su arzobispo, utilizando los servicios del carretero. Comunícaselo a tu amo. Es el principal consejero del rey Harald, y en este asunto existen evidencias de algo, cuando menos sospechoso. Si el mensaje contuviera propósitos religiosos no se escondería de ese modo.

Ottar, con sus ojos escondidos entre los pliegues de los párpados, pareció regocijarse. Desde hacía mucho tiempo, su amo rebuscaba una excusa para apartar de la corte a aquel sacerdote enredador, y aquella ocasión, de ser cierta, poseía un valor inestimable. Dejó unos trozos de cobre en la mesa y se incorporó como impelido por un resorte, apurando de un trago la escudilla.

—¡Os dejo! Nos veremos en la cena. He de ver a mi amo Gorm de inmediato.

Cuando los legados de Córdoba abandonaban la taberna, y ante la admiración curiosa de los parroquianos, Al Gazal confirmó a sus compatriotas:

—Jugaremos con las mismas armas que ese fraile cristiano o nuestra legación se irá al traste sin conseguir los frutos previstos. Sé que insta al rey a restituir nuestro óbolo para reconstruir la fortaleza. No lo he perdido de vista ni un instante desde que arribamos, y sé que se cartea con alguien. También conozco por la reina que ese fanático insiste ante el rey para que nos expulse con el primer deshielo, e incluso que se nos corte el gaznate. Así de pérfido es, amigos míos —repuso.

—Pero ¿y si es una falsa presunción, Yahía? Entonces la situación no puede sino empeorar —afirmó Qasim—. Somos unos legados. Obremos con tino.

—Esta embajada es un riesgo, Solimán, y hemos de exponernos. Pero no seremos nosotros quienes lo denunciemos, pues sería una grave intromisión, sino Gorm, como consejero real. Desbarataremos su doble juego ya que una acción innoble de ese monje puede echar a perder nuestra misión. Ese acemilero es analfabeto y no creo que entregue mensajes de palabra. Debe llevar un documento en la bolsa o entre sus ropas, y si Gorm es listo, encontrará el pretexto que aguarda con tanto tesón. Ambos necesitamos desembarazarnos de un consejero incómodo. ¿Entendéis?

—Talentosa maquinación, Yahía —enfatizó el navarca, carcajeándose.

Un ojeo rápido de Al Gazal le hizo descubrir la perplejidad en que habían quedado Masrur y Qasim. Los tomó del brazo y, jovial, los animó:

—Busquemos el fuego del hogar de nuestro anfitrión. Mañana hemos de acudir a la cacería con el rey, y nuestra situación ha de tornarse más diáfana. Creedme. Ese fraile ha resultado ser un necio previsible —adujo.

Amaneció el día crudo, pero sin viento, y jirones de niebla envolvían Haithabu, el puerto y los bosques de los alrededores. Los andalusíes, abrigados hasta los ojos, seguían a Gorm y a sus criados antes de encontrarse con el rey Harald. Confluyeron en la plaza, llena de grandes lascas de madera para no hundirse en el barro. Apenas si podían hablar por la algarabía de gritos, cascos de las caballerías y ladridos de decenas de perros atados en traíllas. Harald apareció imponente abrigado con un manto de piel de oso, con un venablo en su mano derecha y un halcón en la izquierda, rodeado de sabuesos y podencos. Tras saludar a los nobles por sus nombres, e inclinar la cabeza en dirección al embajador, montó un bridón frigio e impartió la orden de partida a los perreros y monteros.

Antes de la hora de prima debían hallarse en las cercanías del muro de Dannevirke, por lo que hizo sonar un cuerno de caza, y hombres y bestias se lanzaron al trote, desapareciendo con estruendo por uno de los portones. Una llanura helada con una línea de abetos y zarzales blanquecinos en el horizonte se abría ante el tropel de cazadores. Aunque en aquellas latitudes era costumbre cazar osos, lobos, alces, rebecos y jabalíes con lanza, con galgos y perros lanudos, también usaban halcones, si bien no con la maestría alcanzada en Alándalus con los neblíes.

En las largas tardes de estancia en el palacio, Al Gazal había entusiasmado al rey y la reina Nud, cazador empedernido y entusiasta de la cetrería, sobre las técnicas más usadas en el sur con halcones y azores baharíes y neblíes. El alquimista había enseñado a Harald a bañar a sus halcones predilectos con oropimente, un mejunje compuesto con arsénico y azufre, que acabó con los parásitos que atosigaban a las aves rapaces del rey danés, curando ante sus ojos a un azor del mal del moquillo.

Al Gazal le proporcionó saúco, ajenjo amargo y almáciga calientes, ante el entusiasmo del monarca, que recuperó para la caza a sus matadores predilectos. A instancia suya, las sirvientas confeccionaron capirotes y vihuelas de fieltro para proteger del frío la cabeza y las patas de las aves cazadoras, y le mostró los secretos para el vuelo rasante y el ataque mortal. Harald no sabía cómo agradecer a aquel singular embajador consejos tan apreciados sobre sus halcones.

Pasaron la mañana entre rastreos, galopadas, emboscadas de osos y paciente espera, con las praderas cubiertas de placas heladas. Al Gazal aprendió en aquella jornada a practicar un nuevo sistema de caza, que Gorm le explicó, y que llamaban de ahumadas, anuncios de presas efectuados por los rastreadores con señales de humo, que alertaban de la presencia de los jabalíes, osos y gamos, que luego eran perseguidos por las jaurías de alanos y masacrados a lanzazos entre los zarzales. Al mediodía sonaron las trompas de caza, y los batidores se reunieron para comer ante el carro real, amontonando las piezas cobradas alrededor de una inmensa hoguera.

El rey, acompañado de su partida, lavó sus manos y, sin decir palabra, se introdujo en el carromato regio donde alivió su ardor varonil con unas concubinas que siempre lo acompañaban allá donde se trasladaba. Salió de él con un aspecto radiante, invitando con su vozarrón a sentarse sobre las pieles tendidas por los sirvientes y a degustar los barriles de cerveza de Nidaros, donde todos introdujeron sus propios cuernos, sorbiéndola después, mientras mojaban pan dulce.

—Convirtamos este almuerzo en una auténtica Valhalla, y comamos como el padre Odín rodeado de sus más temerarios guerreros —gritó, y lo aclamaron.

A mitad del refrigerio, llamó cerca de sí a Al Gazal y a Ottar el Negro, y cuando tuvo a su lado al embajador, le golpeó el hombro amistosamente, moviendo su cabellera rubia, mientras devoraba una costilla de jabalí. Sacó del cinturón un trozo de pergamino enrollado, que entregó al andalusí, animándolo a que lo leyera:

—¿Sabes latín, embajador? —se interesó en tono enigmático.

—Lo suficiente para traducir un texto sencillo. La ciencia me obligó a usarlo.

—Léelo, y te proporcionarás a ti mismo una grata satisfacción —repuso, sin que el andalusí supiera a qué se referiría exactamente y si lo comprometía en algo.

El legado andalusí lo acercó a la luz de la hoguera. Crujió el pergamino, y lo deletreó para sí. Se trataba de un mensaje escrito en letra sajona, con rápidos y zigzagueantes trazos rojos y negros y con ciertas letras que se habían borrado. Yahía no necesitó para su interpretación sino leer diez o doce misteriosas palabras:

Iesus Dominus Noster. Sub divina clementia. Rectio: Serenísimus Episcospus Ansgarius. Legatus Cordubae (illegible), insula Jeufosse (illegible). Rex francorum Carolus (illegible) in mensis Junii. Frater Nitardus, ordinis Sancti Benedicti, scripsi. Facta cartula in (ilegible).

La tradujo de inmediato y le participó al rey su transcripción, que en sí misma lo decía todo y evidenciaba que el monje era un espía del obispo sajón.

—Jesús Señor Nuestro. Bajo su divina clemencia. Dirección: Serenísimo Arzobispo Ansgario: el embajador de Córdoba…, la isla de Jeufosse…, el rey Carlos de Francia…, el mes de junio. Fr. Nitard, de la Orden Benedictina lo escribió. Escrita la misiva en…

El diplomático plegó el pergamino tendiéndoselo con cortesía al rey danés, mientras un gesto de deleite se advertía en sus facciones. Aquel zafio monje de rostro cetrino informaba a su arzobispo de los movimientos de la flota danesa, y del ofrecimiento de Abderramán para reiniciar los trabajos de la fortaleza sobre el Sena, un grano molesto en el trasero del rey de Francia.

—¿Conocíais, *sire*, los manejos de ese sacerdote cristiano?

—Naturalmente, embajador. Ayer Gorm interceptó a su correo —afirmó.

—¿Y qué decisión adoptareis, señor, sabedor de la traición de ese fraile?

—No puedo colgarlo, pues representa el poder de la

Iglesia romana. Y si pretendo ser alguien en el concierto de la cristiandad, supondría una irresponsable temeridad. Lo que sabe puede llegar a otros oídos, lo sé —repuso.

—Pero resulta ser un espía encubierto del rey Carlos de Francia, *sire*.

—No, señor nuncio. Él sirve a su obispo —expuso sonriente—. La Santa Iglesia retiene para su provecho toda la información que le llega de las cortes de Europa, y posteriormente la emplea para su propio beneficio, cómo y cuándo lo precisa. Sois extranjeros y desconocéis este singular juego. El papa y los obispos aspiran a unir a los príncipes de Occidente en un solo rebaño, pero para dirigirlos con su mano, diríamos que paternal. Si Roma necesitara presionarnos por un interés especial, esgrimiría esa información tan confidencial. Unen y desunen a los reyes cristianos, juegan con sus coronas, según su santa conveniencia, amigo mío.

—Comprendo, señor. Nada podéis hacer entonces —se resignó Al Gazal.

—Sí puedo, y ya está en marcha mi decisión. Como no es conveniente mantener a esa rata entre mis piernas, fray Nitard partirá a un viaje singular. Hace tiempo me insistió en evangelizar la isla de Sjaelland y los poblados de Helsingor, Roskilde, Kronbor, así como la isla de Mön. Siempre se lo negué, pues en esas islas persiguen a los cristianos. Pero tras detener al sajón y hallar esta carta, he cambiado de parecer. De modo que esta misma tarde embarca para Fionia, desconocedor de haber sido descubierto, y agradecido al mismo tiempo por mi real permiso. Permanecerá fuera de las cortes de Haithabu y Jelling hasta el verano, cuando nuestra expedición se halle en Francia, o bien se convertirá en un mártir de la Iglesia. En cualquier caso y hasta entonces, hablará poco de nuestros

planes sobre la fortaleza de Jeufosse. Eso te lo garantizo.
—Una carcajada salió de su boca descomunal.

—Nos quitáis un gravoso peso de encima, *sire* —respiró Al Gazal.

—No obstante, legado, agradezco tu desinteresado desvelo por revelarme la existencia de un delator, por otra parte, hace tiempo presentida. Y ahora brindemos por un pacto venturoso. —Todos levantaron sus cuernos y cuencos, reanudándose el festín, en el que el monarca estuvo muy amistoso con los andalusíes.

A la hora de nona las crestas de los abetos comenzaron a enrojecer, cuando avistaron Haithabu. Al llegar a la mansión de Gorm, Al Gazal avistó al monje, con sus largos y grotescos miembros, que cabalgaba a horcajadas sobre un asnillo, inclinado por el peso de una voluminosa bolsa. Una sensación de alivio le corrió por el cuerpo. Aquel falsario podía haber dado al traste con la empresa encomendada por su emir y cubrir de dolor y sangre a su pueblo.

Al adentrarse por uno de los corredores, una esclava le entregó un trozo de lino, que el agareno introdujo en su faltriquera, sin ni siquiera leerlo. Sabía de qué se trataba. Penetró en el interior de su habitación y oró unos instantes hacia el levante solar. Se despojó de las ropas tiesas y frías y se introdujo con placer en un baño de agua ardiendo, cubierta de hojas secas de agáloco, junto a un brasero donde crepitaban los carbones. Degustó un cuenco de sopa de foca y sémola, y una escudilla con vino y pan dulce. Después deslió el trozo de tela y dentro de él descubrió un mensaje, cuya naturaleza ya presumía. Dos hojas rojas de arándano cosidas con un hilo dorado, enviadas como otras tantas veces por la insistente reina Nud.

Meditó sobre la obstinación de la reina y, ensimismado, fijó la mirada en la danza de las llamas. Todos los cabos de su cometido estaban atados. Al Gazal era conocedor de su atractivo para las mujeres, allá donde acudiera. Y no solo era porque fuera un hombre gallardo, bien parecido, de formas perfectas, ojos grandes y embelesadores, fascinadores hoyuelos y boca sensual, sino porque solía comportarse con las damas con carácter cortés y ternura de formas y sentimientos.

Y la escultural reina Nud no podía ser menos. Desde la primera ocasión en la que conversaron, y la nórdica apreció su elegante distinción, olió el viril perfume que oreaba y sus dientes perfectos, le propuso visitar su lecho, si bien en aquellas latitudes las mujeres tenían licencia para hacerlo sin tener que responder ante sus maridos. Y Al Gazal, a quien le atraía la regia dama, se dejó seducir.

Se sonrió con levedad y una perversa delectación lo adormeció con la languidez de la tina. Acudiría a la velada íntima que le proponía Nud.

CAPÍTULO XIX

EL CUERNO DE ORO

El fin del invierno trajo finas celliscas que arremolinaban las escarchas, descubriendo retazos de un mar verdoso. El tímido sol ya no regateaba su tibieza, y los cielos, encapotados y grises, se resquebrajaban, dando paso a horizontes granas. Los andalusíes sentían nostalgia de la calidez de Córdoba y, entre tiritonas y añoranzas, vivían sus últimas semanas en el país de Dane.

Al Gazal no desaprovechaba la ocasión para profundizar en las costumbres del pueblo danés, que luego participaría a Abderramán.

Le agradaba mezclarse con aquellas acogedoras familias, deteniéndose ante los hogares de las casas, donde las mujeres vikingas, que jamás se separaban de sus útiles de coser y tejer, envolvían los alimentos en hojas de abedul para cocinarlos entre las cenizas o enterrarlos en hoyos cubiertos de hielo y nieve, para extraerlos según la necesidad, congelados como témpanos. Cada familia se bastaba a sí misma, y los hombres lo mismo se convertían en ganaderos, agricultores o herreros para luego, en primavera, transformarse en temibles *vikingar*, «aquellos que luchan en el mar».

Acudía también a la residencia real enfundado en su *misha* de lana y departía con el rey Harald, su esposa Nud y los cortesanos, hasta prescindir de Ottar en sus pláticas. La reina y las concubinas del monarca, que cosían o hilaban, se embelesaban con los relatos deslumbrantes de sus viajes y la descripción de las opulentas cortes de Bizancio, Bagdad o El Cairo. Aprovechaba la oportunidad de las interminables tardes para asombrarlos con los ensalmos, elixires y alquimias, que ellos creían nigromancia, hasta maravillarlos una mañana al comparecer en las dependencias reales con los cabellos negros como la noche, cuando todos los conocían con abundantes canas y sienes plateadas.

—Tan solo se trata de un trozo de malaquita hervida y ungüentos de almizcle y añil. Esa es, y no otra, la transformación que estos candorosos amigos creen milagrosa —le relataba a un Ottar tan perplejo como los cortesanos.

Tampoco olvidaban cuando, una tarde de pertinaz llovizna, caldeó con una llama azulada un trozo de cobre y aceite castóreo, resultando un líquido ácido que libró del óxido y la herrumbre a la armadura más querida del rey Harald, ante el asombro de sus guerreros y familiares. Ottar, su inseparable acompañante, alimentó la fama, pregonando su erudición de sabio y astrónomo, consiguiendo que todos lo temieran en Haithabu.

¿Y qué decir de la impetuosa reina Nud? La esposa del rey lo idolatraba, hasta el punto de instalar al andalusí en su corazón como un vendaval. Era ardorosa y atrevida, y no ocultaba su inclinación pasional por Al Gazal. Cuando el islamita comparecía en la residencia ataviado con las ziharas de seda, su piel bronceada, los cabellos sedosos sobre los hombros, el andar distinguido y aquella sonrisa turbadora, su sangre se agolpaba abrasadora en las venas. Él la admiraba por su temperamento decidido, y le gustaba contemplar sus cabellos del color del trigo maduro recogidos en ricas pasamanerías, y posar su mirada en sus ojos melosos. Conocía por experiencia que las mujeres cuanto más contrariadas en el amor, más aventuradas se revuelven, confundiendo a veces los sentimientos de sus amantes.

Al Gazal, aunque conocía las insólitas prerrogativas de las mujeres danesas, libres para casarse, galantear y divorciarse a su antojo, mostraba una discreta distancia a fin de salvaguardar su reputación y el éxito de la misión diplomática. La contentaba con torpes excusas y evasivas, con objeto de quitársela de encima, aunque no siempre lo conseguía. No obstante, algunos escarceos amorosos con otras damas habían llegado a los oídos de la reina, que no le perdonaba el desaire, por lo que el diplomático, a instancias de Masrur y Qasim, dejó de frecuentar la corte y así evitar una complicación pasional de imprevisibles consecuencias.

Pero ante la insistencia de los mensajes, una mañana templada cruzó la explanada y se decidió al fin a visitarla, aunque dudaba de una acogida calurosa. La halló sentada en un dosel aterciopelado y ataviada con un vestido azul con bandas amarillas, con el pelo tocado con pequeñísimas trenzas y fíbulas de oro que realzaban su piel rósea y encendidas mejillas. Colgaba de su cinturón un manojo de llaves, como en todas las matronas danesas, y movía el punzante huso de una rueca.

—¿Has venido al fin a probarme, embajador? Creí en tu olvido —le reprochó indulgente—. ¿Acaso mis damas son más codiciables que yo? ¿Olvidaste nuestra primera noche de amor pasional?

Al diplomático se le cortaron las palabras, pero reaccionó con ternura.

—Tu nombre, mi reina, siempre se ha recostado generoso en mi corazón y jamás he olvidado el perfume de tu piel y de tus cabellos color del trigo —le aseguró Al Gazal besándole la mano, con un guiño burlón—. Pero la consideración hacia el rey Harald me separa de tu presencia. Debes comprenderlo. No deseo enojarlo.

—Me confundes. Has rehusado verme durante semanas —fingió disgusto.

—Las mujeres de este reino sois de natural impulsivo. Le debes fidelidad y devoción a tu esposo, y yo soy un embajador extranjero —se defendió Yahía.

—Mi madre me enseñó que un hombre celoso es una bestia furiosa con alma de trol. En Dane no conocemos ese sentimiento, y somos las hembras quienes elegimos y repudiamos a nuestros maridos cuando nos place. Deja a mi señor rey con sus concubinas, y nárrame cómo son las mujeres de tu país, mi bello embajador.

—En Córdoba, las esposas son como almendras recogidas en la cáscara del gineceo, y siempre prestas a destilar solo para su esposo su dulce ambrosía.

—Tus revelaciones atormentan mi corazón, Gacela —declaró seductora—. Sentémonos aquí, aún quedan muchas horas hasta el ocaso. Harald está de caza en los pantanos con sus jauría y halcones, y no nos incomodará hasta mañana, y aunque nos sorprendiera juntos en mi lecho, nada nos reprocharía, pues me respeta.

Conversaron largo tiempo, bebiendo hidromiel con pastelillos de mújol, arándanos y salmón, hasta que un violento aguacero los sacó de su arrobamiento. Nud iluminó su rostro de pícara complicidad y le aseguró acogedora y pasional:

—Ven, contemplemos la tormenta desde mi aposento. Desde allí divisarás el fiordo y el arco iris reflejado en sus aguas, y te fascinará su belleza. —La reina tiró de él, conduciéndolo a una cámara que parecía fabricada para el sosiego, con su lecho adoselado de madera, que olía a pan caliente y heno perfumado.

Él no se resistió, y la despojó poco a poco de sus vestidos, dejando su opulenta figura al desnudo. Sus formas destacaban rotundas, tersas y rosadas como un amanecer, y eran semejantes a las de las diosas del paraíso vikingo tantas veces idealizado por Ottar. ¿Llegaba al culmen de la fascinación de Teodora, la *augoustai*? ¿Su atractivo velaba acaso la belleza de Sanae, o la de su esposa? Nud era distinta, selvática, olía a heno y hierba y amaba salvajemente. Mientras la contemplaba, veía en ella a una hembra agreste, que exigía un amor tumultuoso.

Un leve suspiro salió de los labios de Nud, que pronto exploraron con avidez todos los recovecos del cuerpo del andalusí, quien tomó su cara en las manos, tendiéndola en el tálamo, mientras derramaba por su espalda una redoma de perfume de sándalo, que se deslizaba como un arroyo por la piel. Se sentó a horcajadas sobre sus caderas balanceándose voluptuosamente, mientras el islamita besaba sus pechos sonrosados. Acarició luego con las puntas de los dedos su piel, los muslos llenos y el dorado sexo, y ella se movió con voluptuosidad probando entre jadeos los caminos del deleite. Lamió sus pezones túrgidos, mientras ascendían y descendían con el ritmo de sus respiraciones.

Se juntaron, se enroscaron como sierpes, y se fundieron, vagando entre los deleites del éxtasis más pasional. Después, cada abrazo se convirtió en un huracán de fogosidad y los halagos se sucedieron sin interrupción, hasta alcanzar entre convulsos jadeos el arrebato más febril. Pronto los dos amantes devoraron el almíbar del amor, hasta que el éxtasis los inundó con sus efluvios, quedando exhaustos sobre el lienzo de las sábanas y las pieles de marta.

Fuera llovía y las ramas de un olmo golpeaban los postigos de madera de la estancia, donde crepitaban las brasas de una lumbre. Ninguno de los dos había perseguido un amor virginal, y era tan solo la avidez por experimentar nuevas sensaciones lo que los había conducido a unos momentos de pasión. Nud, acurrucada a su lado, acarició el mentón de Al Gazal y le confió enajenada y con los párpados cerrados:

—Nos hemos entregado con el vigor de dos mozos. Tu fogosa virilidad me ha consumido de felicidad, mi amado hombre del sur. —Cubrió su desnudez con un mantón de armiño, mientras echaba resina y hierbas aromáticas en la escalfeta.

—Pues aún me restan placeres rezagados, mi reina —dijo, y callaron largo rato, para entregarse de nuevo a un pasional intercambio de arrumacos.

El andalusí la poseyó de nuevo, mientras la mujer gemía, entrelazada a la piel morena del sureño. Sus mórbidas carnes y sus pechos dúctiles se volvían dorados con la luz del hogar, abismándose Al Gazal en sus honduras y en su dulce valle.

Sudorosos abandonaron el lecho, se vistieron y regresaron a la sala contigua. Nud, con la mirada perdida, le susurró:

—Gorm informó al rey que tras el próximo plenilunio regresáis al sur.

—Así es, Nud. Siento, como mi ahijado Masrur, nostalgia de mis hijas, de mi esposa, de los amigos, de mi príncipe y del aire lozano de Córdoba —evidenció su estado de ánimo—. El deshielo está próximo, y tu esposo y el Consejo ya han tomado una decisión sobre la oferta de mi emir, de modo que ya nada me retiene aquí.

—Yo, como todas las esposas, guardo los secretos de mi marido, el rey, y puedo garantizarte que, desaparecido ese fraile chismoso y falsario, la mayoría de los *yarl* del senado aprobarán la conclusión de la fortaleza gracias a tu señor, Yahía.

—La eliminación de escena del monje cristiano no pudo ser más providencial. Tus informaciones, Nud, fueron oportunas para atraparlo en su fingimiento.

—Una reina debe velar por los intereses de la corona y en Dane participamos activamente, así como en la guerra. Ese fanático cruel y sodomita me tachó de hechicera delante de la corte por presidir los rituales lunares en el santuario del Cuerno de Oro. Ceremonias antiquísimas y sagradas para los daneses. ¡Jamás se lo perdonaré! No soy una bruja, sino una sacerdotisa amante de sus dioses, Yahía.

—Recibió su merecido, y ya no nos perturbará con sus escarnios.

—Entonces, Yahía, quedan pocas oportunidades para amarnos, conversar en soledad y gozar de tu compañía. —Dibujó una pincelada amarga en su mirada—. Dentro de dos días regresaré a Jelling, y con el plenilunio asistiré como *gode* a los ritos del sol y la diosa Freia, protectora de la fertilidad, que se celebrarán en su santuario, cerca de Gallehus, el poblado de mis padres y de mi tribu.

Dejó de oler su cálida piel; se extrañó de la singular adoración solar.

—¿Adoráis al sol, Nud? —cuestionó con frivolidad mientras la arrullaba.

—No exactamente —alegó, tras juzgar con reserva la consulta—. En el templo se venera desde hace muchas generaciones al verraco sagrado, que porta en sus lomos al Sol, un plato de oro que perteneció a los antepasados de Harald, traído como botín de una expedición militar hace más de tres siglos.

—¿Te refieres a que posee forma de disco, Nud? —preguntó sorprendido.

—Así es, Yahía —repuso—. Aseguran además que está tocado por el aliento de Dios, pues estaba depositado en un templo de Roma. Pero ningún hombre lo puede contemplar con sus ojos, pues es un rito estrictamente femenino, y su presencia se paga con la emasculación de sus genitales y la muerte por despeñamiento.

—Eficaz método de persuasión, mi reina. Disuade al más osado.

Aquella desconcertante revelación, que escuchaba por segunda vez en Dane, lo embebió, y vagas elucubraciones se sucedieron por su mente, imaginando lo ilusorio e improbable. Pero también lo más deseado. Insistió curioso.

—¿Una representación del sol en estas tierras norteñas donde apenas si luce? Resulta impropio, de veras, Nud. —Un súbito centelleo surgió en sus ojos.

—Parece como si hubiera pronunciado el nombre de Satanás, amado Yahía. ¿Acaso conocías su existencia? —rogó mientras acariciaba sus cuidadas manos.

—No, querida Nud. Pero desde que puse mis pies en estas tierras, muchos me han hablado con temor del santuario del Sol, cuando yo esperaba nombres como Thor u Odín. También he de confesarte que me tengo por un obstinado buscador de Dios, de sus nombres sagrados y de sus misterios. Hace tiempo perseguí un tesoro semejante, y para ello hube de navegar hasta el otro lado del mundo, fascinado por un hechizo que empero quebró para siempre mis esperanzas, pues no di con él.

Y Nud, como hundiéndose en sus secretos, le esclareció:

—En ese talismán en forma de disco aparecen grabados raros signos, pero yo no puedo ayudarte a interpretarlos, pues me está vedado revelar nada de ese templo y de sus celebraciones, aunque tal vez el *skalde* Ottar, tu amigo, sí pueda remediarlo, pues es entendido en las tradiciones y las sagas. También Gorm puede servirte de utilidad, pues es un *gode* y posee las máscaras sagradas del dios —reveló reflexiva.

Al Gazal olvidó momentáneamente las delicias de la hembra danesa, que creía haberle desvelado un misterio que dormía en los pliegues más profundos del alma del sureño. El andalusí se sumió en un dilatado sopor, avivándose en su interior una certeza entumecida durante años y olvidada por imposible. Una postrera certidumbre, que yacía en su semidormido interior, se recuperaba con irreconocibles bríos, regresando al vértice dormido de su existencia y a miles de leguas de su patria. Aquella revelación lo desconcertó, olvidándose de cuanto lo rodeaba.

Tras el mediodía, Al Gazal estrechó contra su pecho a la reina, bañada en lágrimas, a quien regaló uno de sus anillos de ágatas, que él mismo introdujo en su dedo tras besar su frente con ternura. Después, cabizbajo, abandonó la morada real. Mientras caminaba enfundado en un capote de lana, no podía pensar en otra cosa que no fuera el enigmático tabernáculo del dios pagano referido por Nud y su enigmático sol.

Parecía como si su aletargada y pertinaz búsqueda del Trono de Dios brotara de nuevo en su interior con pujanza inusitada, cuando ya había conseguido olvidarla. «No puede ser. ¿Cómo puede hallarse en este lugar perdido del mundo, bárbaro y salvaje, un tesoro del conocimiento de tal magnitud?», se preguntaba escéptico. Pero la leyenda corría de boca en boca entre aquellas gentes: «El sol, el sol el sol...».

«Hablaré con Ottar y Gorm, y aunque sea lo último que emprenda, visitaré ese misterioso templo. Debo comprobar cualquier posibilidad por extraña que pueda parecer, y esta lo es en toda su crudeza. No es sino la impenetrable lógica divina».

Aspiró la brisa y le trajo el mismo aroma silvestre de la piel de Nud. A lo lejos las aguas color magenta de la ensenada se ocultaban detrás de un velo de densa niebla, y el signo de la reconciliación entre Dios y los hombres, un arco iris cromático, se difuminaba por el brumoso fiordo.

El invierno, al fin, aminoró su crudeza y una vaporosa luz colmó de esperanza sus ánimos, desfallecidos por el tedio, los fríos y la evocación de Alándalus. El diplomático, luego de madurar y sopesar su audaz proyecto, lo puso en conocimiento de Gorm, que había tomado la embajada de Córdoba como un triunfo personal y nada podía negarles. Anduvo con el gesto dubitativo durante el coloquio, advirtiendo al legado que incurría en una flagrante irreverencia contra sus dioses si se hacía ver en el santuario. Pero, aunque sus convicciones y sentimientos se resistían, su razón le aseguraba que, a aquel hombre sabio y conocedor de lo oculto, como lo corroboraban sus actos casi mágicos, lo guiaban la fe en lo desconocido y el deseo de penetrar en lo divino, mas nunca la blasfemia y el sacrilegio. Dejó el asunto en manos del *skalde* Ottar, desentendiéndose del plan, no sin antes advertirle con grave severidad:

—Amigo Al Gazal. Existe una única posibilidad para contemplar al dios solar. Ingresar en el santuario con la sagrada máscara de mi clan. Pero aun con ella, correrás un grave riesgo, y de nada te servirá tu inmunidad real. Yo te la proporcionaré, mas nunca admitiré que fui cómplice en esta atrevida empresa. Y nadie ha de conocer tu pretensión, pues no saldrías vivo de esa ciudad. ¡Que el verraco te ampare!

Convenció al fin a Ottar el Negro, y no sin algunas promesas pecuniarias, para que los guiase al santuario del Cuerno de Oro. Juntos idearon, con precavidos recelos, un plan temerario, que consistía en despreciar el camino usual, más concurrido, y acceder por mar al templo, trepando por un acantilado conocido por el tunecino. Aprovecharían las celebraciones rituales para penetrar en el santuario, confundidos entre los sacerdotes y ocultos sus rostros con las grimas, las mascarillas de feroces animales cuya antigüedad se perdía en la noche de los tiempos.

El día señalado, se escabulleron de Haithabu arropados por las sombras del alba. Al salir el sol de un día ceniciento, el *skalde*, Masrur y Al Gazal botaron un esquife en las dunas de la costa oeste sin ser vistos por los pescadores y con la excusa de visitar un poblado de balleneros. Un silencio majestuoso cubría la costa, y una brisa ligera y fría sacudía la vela. Ninguna contrariedad acompañó la navegación del ligero *karv*, y aunque siempre tenían la playa a un tiro de piedra, bogaban temerosos de ser arrastrados mar adentro.

Durante las horas que duró la singladura por el pálido mar, se sucedieron las calas desiertas, las altas dunas y los bosquecillos de brezos, tilos y olmos, divisando en la lejanía algunos barcos balleneros que se dirigían a las islas de las Ovejas y a Island, la tierra del fuego y de las nieves eternas, mientras a estribor, una cortina brumosa ocultaba las verdes isletas de Frisia. Los andalusíes y Ottar el Negro, abrigados con recias capas de vellón, se frotaban los miembros entumecidos, y Masrur palpaba sin cesar un collar de colmillos de morsa regalado por una muchacha, que según creencia de aquellas gentes protegía de males y naufragios.

Dos esclavos de la casa de Gorm remaban, hasta que después del mediodía recalaron en una ensenada cubierta de algas, huevos de aves marinas y esqueletos de peces gigantescos. Encendieron un fuego en los abrigos y consumieron carne ahumada, moluscos asados entre hojas de arándano y leche agria, aguardando el atardecer, para dirigirse al enigmático santuario. Masrur, helado e irritable, elevó una letanía de preguntas a su padre adoptivo, que Al Gazal contestó con medias verdades y una lacónica explicación para no comprometerlo. «Algún día te lo aclararé, hijo», le dijo.

Antes del ocaso dejaron a los remeros y la falúa escondidos en un recodo de la playa, y ascendieron por un acantilado de fácil acceso cubierto de maleza. Siguieron luego a grandes zancadas por un bosque cenagoso de helechos, hayas y pinos, aún cubierto de grandes pellas de hielo, cercano al poblado de Gallehus, hasta que se dieron de bruces con un calvero donde se alzaba una singular edificación de madera, de planta circular y techo cónico, rodeada de dólmenes y signos de monstruosas deidades.

A una señal de Ottar se escondieron tras la vegetación y ocultaron en un matorral el saco que transportaban. De dentro del templo escapaban ecos de cánticos, aunque no se advertía una sola alma en las cercanías. Los habitantes de aquellas tierras temían a sus dioses, y más aún a las feroces jaurías de alanos que resguardaban de intrusos su sacralidad. Aquella noche de plenilunio en la que descendían del firmamento los dioses hermanos, Frëir y Freia, era para ellos sagrada.

—Resulta perturbador este santuario del Cuerno de Oro —señaló Yahía.

—Debe ser la hora del sacrificio, y desconozco si humano o animal —dijo Ottar y a Masrur se le encogió el corazón.

—¿Qué representa aquella efigie frente al templo? —consultó Yahía, con los nervios a flor de piel, señalando una estatua de granito que encarnaba a un verraco con una verga de grandes proporciones extendiéndose erecta entre sus pezuñas.

—Es el cerdo sagrado, Gullimborsti, conductor del carro del dios Frëir, divinidad del acto sexual y del amor, y hermano de Freia. Ante él ejecutarán la danza sagrada las mujeres. Aseguran los que lo han contemplado que dentro del templo se alza una imagen del puerco con cerdas de oro puro y ojos de turquesas.

—Permaneced quietos, y no mováis un solo músculo. Nos va la vida —ordenó Yahía.

Cuando el atardecer enrojecía las copas de los árboles, de repente, el tañido de una campana les traspasó las sienes. La puerta del santuario se abrió de par en par, iniciándose una alucinante procesión de mujeres, iluminada por la luz crepuscular.

Más de una treintena de hembras de todas las edades, con teas y ramas de urce en sus manos, con los cabellos sueltos y envueltas en túnicas pardas, se dirigían coreando extrañas plegarias hacia el gran verraco. Las precedía una muchacha, casi una niña, vestida de blanco y coronada con una diadema de florecillas que caminaba ajena a cuanto sucedía.

Cuatro *godes*, como trasgos errantes, ataviados con ropas talares y ocultas sus facciones con grimas, las aterradoras máscaras de lobos, perros o demonios del ceremonial, gritaban como poseídos, arrastrando tres crías de jabalí, cebadas hasta la gordura y atadas con cadenas, que pronto serían sacrificadas ante la erótica estatua de Gullimborsti. Al Gazal, al amparo de unas matas de arándanos, observó una a una a las mujeres, y tuvo la inesperada convicción de que la comitiva la cerraba la reina Nud, con un estilete en la mano, el cabello dorado caído sobre los hombros desnudos y sus formas sugerentes transparentándose bajo la túnica de lino.

—El rito perpetúa la resurrección de los dioses hermanos, que provoca la milagrosa reproducción de las hembras. Si los sacerdotes advirtieran nuestra presencia, nos despellejarían vivos —aclaró Ottar a sus acompañantes.

Llegada la comitiva ante la escultura del cebón, invocaron con los brazos alzados a las deidades del cielo nórdico, profiriendo los sacerdotes conjuros mágicos y animando a las mujeres a practicar libaciones de un brebaje ante el altar de piedra. Uno de los *godes* sacrificó con el cuchillo curvo de Nud a los cerdos, entre gruñidos.

Encendieron una hoguera alrededor del monumento, entregándose las hembras a danzas frenéticas al son de las zanfoñas y entrando en una delirante histeria mística, mientras despedazaban a los animales sacrificados, embadurnando de sangre el descomunal miembro del tótem, al que ofrecían sus senos y caderas con gestos obscenos. Una de ellas, una muchacha entrada en carnes, se asió al pene del ídolo y lo lamió con sensual lujuria, recorriéndolo después con sus exuberantes pechos y sus mulos níveos, en un lascivo contoneo. Aquellas mujeres parecían sentir sensaciones de éxtasis, y danzaban poseídas por el frenesí alrededor del puerco.

—La ignorancia y la barbarie no conocen límites —aseveró Al Gazal.

En tanto los fulgores ambarinos iluminaban sus siluetas, y la lumbre crepitaba ardiente, las mujeres desnudaban sus torsos, y aun a pesar del frío se entregaban a todo tipo de excesos lésbicos, en los que también participaban los sacerdotes, despojados de sus túnicas talares. Cuando las sombras del ocaso fueron ocultando la bárbara y sensual celebración, una luna plena de belleza infinita apareció en el tenebroso cielo y, alumbradas por la luz de la hoguera y las teas, regresaron medio desnudas al santuario, implorando a la diosa la fertilidad para sus entrañas.

—Freia —pedían gimiendo como plañideras—, haz que nuestros vientres conciban hijos y nuestros hombres nos deseen con ardor.

—Divino Frëir y padre Bhor —suplicaba un sacerdote muy anciano de esqueléticos miembros—. Que aparezca tu sol y colme las ubres de tus hijas.

Se hizo el silencio, y la negritud y crudeza de la noche se apoderaron del contorno. A lo lejos, las ascuas de la hoguera parecían dar vida al verraco de piedra y su fantasmal silueta intimidó a los islamitas, que se apretaron entre sí ateridos y temerosos.

—Ahora aguardaremos hasta la medianoche, cuando el exceso y los hipnóticos se hayan apoderado de sus fuerzas. Entonces no nos advertirán y nos confundirán con otros sacerdotes —les manifestó Ottar—. Será el momento propicio para escurrirse en el templo, pues, según mi amo, los *godes* y las mujeres se hallarán narcotizados por los alucinógenos.

Pasadas unas horas, Ottar sacudió el brazo de Al Gazal dando la señal. Les castañeteaban los dientes y se frotaban las manos por el frío. Se incorporaron y se confundieron con la sombría penumbra de la noche. Al Gazal, impaciente, sentía dentro de su cuerpo una sensación parecida a la percibida en la gruta de los prodigios de Yayyán, o en la iglesia subterránea del obispo Basilio, en Bizancio. Pero no quería añadir una frustrante desolación a su búsqueda. Se cubrieron con los sayos y con las grimas de lobo, y envolvieron sus rostros con las capuchas.

—Por nada del mundo os despojéis de las caretas, o sois muertos —dijo Ottar.

Tenían sus miembros entumecidos, y apenas si obedecían a sus cerebros. Tan solo la resinosa emanación de los abetos y brezos, y el calor de los rescoldos, los hizo reaccionar. Estaban congelados y sus cejas y barbas se habían cuajado con el rocío de la vigilia. A lo lejos, se oían algunos gruñidos de perros que pronto enmudecieron, ahítos con la carne del sacrificio.

Bebieron una reconfortante porción de hidromiel que el poeta les ofreció, ardorosa como fuego, y confundidos en la oscuridad rodearon el santuario, deslizándose en las dependencias traseras. Con pasos lentos, traspasaron una galería angosta, hasta al fin desembocar en el recinto sacro, una pieza elíptica de madera con la techumbre de brezo, iluminada por la luz de un centenar de teas y caldeada por un brasero de ascuas crepitantes, de las que emanaba un oloroso vaho. Se detuvieron en la entrada, ocultos tras unas cortinas de cuero rugoso, y quedaron deslumbrados con su contemplación.

—¡Dios de mis padres! —dijo Al Gazal paseando sus ojos por la sala.

Contemplaron atónitos la gran profusión de exvotos

de oro y plata que adornaban los muros. Láminas con jeroglíficos, máscaras de guerreros y efigies de dioses colgaban de las paredes, despidiendo dorados centelleos. Y sobre unos bancos colocados en círculo se hallaban las mujeres y los sacerdotes entregados a un desenfrenado rito de hierogamia fálica. Era su tributo a la diosa Freia. Uno de ellos, con una máscara de jabalí, y una de las hembras, en un desnudo ritual, representaban junto al altar la unión mística de la diosa Freia y su hermano Frëir, entre lujuriosos jadeos, en tanto que el resto de las mujeres, semidesnudas o con sus sayos levantados, introducían rítmicamente en sus genitales falos de hueso o marfil, y acariciaban sus senos, entregadas a un delirio colectivo de extravagante y pagana lujuria. Consumían con deleite un líquido lechoso que corría por sus mejillas y aspiraban los efluvios de los incensadores, transportadas a sensaciones idílicas que las estremecían de placer. Invadidas por una rara ingravidez, saltaban de los bancos como alucinadas, postrándose ante las estatuillas ennegrecidas de Freia y Frëir, a las que ofrecían sus sexos y senos.

—Aunque saltáramos en la cámara con la cara descubierta y tocando panderos y tubas no repararían en nosotros —aseguró Al Gazal—. Vagan por otros mundos.

Repararon también en unos cuencos de barro que exhalaban un perfume penetrante e irresistible, que producía una combinación de agitación y éxtasis, a los que era difícil sustraerse. Sobre la piedra del ara se fijaron en la estatua áurea del verraco, que conducía un carro de hierro sobre el que se asentaba un tabernáculo de bronce, oculto tras un paño púrpura. Escoltándolo, colgaban del techo una cascada de cuernos de oro, tallados con raras marcas e imágenes indescifrables, donados al templo por reyes, devotos y hacendados del reino de Dane. Al Gazal fijó su mirada en el carro, e insistió vehemente a Ottar, ansioso de averiguar lo que guardaba:

—¿Puede estar oculto en ese sagrario el Dios del Sol citado por la reina Nud? —preguntó intrigado, y tan excitado que le sudaban las manos.

—Aunque también puede ser una superchería de estos idólatras —objetó sin dejar de vigilar—. Según sus creencias los ojos de los humanos no deben examinar el disco de oro, pues quedarás ciego si lo haces, Al Gazal. Olvídate de ese talismán y no pongas en peligro tu vida. Ya has contemplado lo que deseabas. ¡Vámonos!

—Aguarda. Nunca se sabe dónde puede hallarse lo más sorprendente.

—¿Pero aún crees que ese anillo es el Trono de Dios? ¿Va a estar aquí, en este lugar perdido de Dios y de la civilización? ¡No sabes lo que dices! —dijo perplejo—. Rondas la locura, amigo. ¿En este lugar abandonado de su Misericordia va a hallarse su Nombre sagrado? Es un sacrilegio que lo pienses así, Yahía.

—Deseo creerlo, Ottar, aunque esté fuera de toda razón —lo apartó—. He hallado fortuitamente esta huella y no me resisto a comprobarlo. Es mi última oportunidad, pues mi tiempo se me va acortando. Confiemos en Alá. He de correr ese riesgo, pues hubo un tiempo en que supuso mi gran sueño y empeño. ¡Déjame!

—Tu padre ha perdido el seso, Masrur —insistió Ottar temeroso.

—Es uno de sus empeños más antiguos. Déjalo que se convenza por sí mismo.

En lo más recóndito del interior de Al Gazal, se reveló un anhelo incontenible por conocer lo que ocultaba aquel velo. Fuera un dios pagano, o el anillo arrebatado al querubín de las doce alas, debía descubrirlo por sí mismo o no se lo perdonaría nunca. Decididamente avanzó hacia el altar, sumergido en sus pensamientos y en medio de una audacia demencial. Al llegar al estrado divisó a sus pies el cuerpo inerme de la doncella vestida de blanco, y su visión le produjo un estremecimiento. No presentaba signos de violencia, ni sangre, pero sus facciones tenían la frigidez de la muerte. Decidido, alzó su mano temblorosa, vaciló, y corrió la cortinilla del tabernáculo. Las argollas chasquearon y un sacerdote, ausente y narcotizado, irguió la cabeza y lo miró fijamente.

Le sostuvo la mirada durante unos instantes y, al verificar sus indumentos y la máscara lobuna, se sumió en su adormecimiento y prosiguió masturbando a una muchacha echada a su lado. Vio a Nud, con el semblante oculto por un velo blanco, y el cuerpo desnudo y terso, como una valquiria celeste. Estaba sentada en un sitial, en la cima jerárquica del ceremonial báquico, como una sacerdotisa de la Madre Tierra. Se removió y lo señaló con su dedo, y después giró la cara para no ser partícipe del sacrilegio y de la venganza de los dioses sobre su amado embajador.

Al Gazal, envuelto entre la nube de sahumerios, la ignoró con dolor, y se volvió hacia el tabernáculo, olvidando la turbulenta mirada de la reina. Apareció ante él entre el vaho de los sahumerios un raro fulgor dorado que lo paralizó, dejándolo atónito. Un abismo de arrebato colmó sus sentidos y por su mente le pasaron evocaciones imborrables del zoco de los libreros de Córdoba, de las sesiones de la Piedra Negra, del monasterio de Santa Gliceria de Bizancio; y los rostros de Firnas, Habib, Basilio, Yalib y el imán Al Jabali brotaron en su memoria. Su ánimo se colmó de gozo y un vértigo de satisfacción le golpeó las sienes.

El tufo de la invulnerabilidad le penetró en sus sentidos, llegándole al alma como un tibio perfume. El pasado y el futuro emergieron al mismo tiempo en su cabeza, mientras una conmoción desconocida lo invadía por completo. Definitivamente, la revelación del misterio más oculto del islam y de la cábala hebrea, el Número Centésimo de Dios, se le mostraba en aquel helado confín del mundo, en aquel sórdido templete de barro y heno, por un azar pasmoso del destino. Inconcebible para su mente. Sorprendente para su lógica de científico y sabio.

—Al fin contemplo el Nombre de Dios, y rodeado de ídolos paganos. ¿Por qué mi Dios Sapientísimo guardas tu más venerable nombre en un lugar de paganías? ¿Cómo ha llegado hasta aquí lo sagrado de lo más sagrado que presidió el Santo de los Santos de Jerusalén? —masculló enfervorizado y con las piernas temblándole—. Singular destino del Trono de Dios. Su sabiduría conocerá la causa de tal impiedad.

Allí, sobre su cabeza, refulgente y mágico, apoyado en un trípode, se encontraba el disco que asiera con sus alas el serafín del Templo de Salomón. ¡Qué extrañas le parecieron en aquel eterno instante las sendas del Misericordioso! En vez de guiar el Trono de Dios hacia alguno de los santuarios más santos de Oriente, había permitido que un bárbaro, Thela, hijo de Odoacro, rey de los hérulos y exterminador del Imperio, al repartir entre los asesinos de su padre los tesoros de Roma, reservase para sí el enigmático Disco del Sol para luego cederlo a su aliado Brugger, un antepasado del rey Harald y caudillo de los feroces *jutos*, conocidos adoradores del sol y del fuego, y compañero de sus asoladoras correrías por las provincias de Italia.

Traído desde Roma como un valioso tesoro llevaba

cuatro siglos oculto y venerado por un pueblo pagano que ignoraba su cabalístico significado.

—¿Dios podría querer esto verdaderamente? Sus caminos son ocultos —dijo.

Aún conservaba astilladas sus puntas, tras haber sido arrancado de su querubín tutelar, y en su centro, escrito con la fragilidad de un buril diminuto, el mensaje de Salomón, el enigma más buscado por los teólogos y cabalistas de Oriente y Occidente, y clave numerológica esencial para la interpretación de la cábala. Su corazón ávido, y la mente anhelante de saber, leyeron el anhelado sobrenombre de Dios, y sus labios, para grabarlo en su cerebro y en sus entrañas, balbucieron trémulos la arcaica voz aramea:

—¡Any, Yo! —descifró trémulo—. ¡El nombre centésimo de Dios es «Yo»!

Se resistía a creerlo. «Yo», se decía sin cesar entregado a la irrealidad.

Excitado por el misterioso nombre, respiró el sahumerio y, abandonado en la contemplación, pareció olvidar la conciencia del momento como atraído por el animal monstruoso que parecía taladrarlo con sus ojos de fuego. Una fuerza irresistible lo detenía en aquel lugar donde, si era descubierto, lo pagaría con su vida. De pronto comenzó a ahogarse dentro de su máscara, agobiado por el asma y los efluvios espirituosos. Atenazado por la asfixia comprobó que perdía la consciencia poco a poco. En su aturdimiento, las emanaciones hipnóticas lo invadían desorientando su entendimiento. La cabeza le zumbaba y estiraba el cuello para poder respirar.

Aquella masa informe de mujeres y sacerdotes parecía flotar en la lejanía, y no atendía a las voces temerosas y distantes de Masrur y Ottar, que lo llamaban con inquietud e impaciencia desde las cortinas. Del disco dorado emanaba una inefable percepción de calma y un eco lejano, como un repique de campanas o el retumbo de un timbal. Su fragor delicado le llegaba a su conciencia adormecida.

«La palabra definitiva se ha posado en tus labios. Atesora ese nombre en lo más profundo de tu alma. Préstale tu vista y tus oídos, mas nunca tu voz. Grábalo en el pergamino carmesí de tu corazón, y jamás lo pregones, mortal», parecía escuchar en la lejanía.

Seguidamente, una ilusión mórbida lo enajenó, y no oyó nada más. Se llevó ahogado las manos a la garganta, y su cabeza restalló. Presa de la enajenación, se sumió en una ensoñación traspasadora de los sentidos, perdiendo la noción de cuanto le rodeaba y desvaneciéndose en el suelo como un saco.

Tan solo recordaba empellones, un infinito agotamiento, arrastres dolorosos por el suelo, una espantosa claridad, un ahogo mortal, el grito de una muchacha en el sosiego de la noche, ladridos de jaurías cada vez más cercanos, voces aterradoras y un frío glacial que le penetraba hasta los tuétanos. Luego, un precipicio agrietado, arenas pesadas, olores hediondos, valvas de moluscos crujiendo bajo sus pies, el chapoteo de aguas salobres, cangrejos huyendo entre las rocas, y olas rumorosas estallando en su cabeza.

Los chillidos de las gaviotas y un aire purificador con aromas a salitre lo despertaron aterrado. Abrió los ojos, y descubrió las facciones lívidas de Ottar y Masrur, y el rostro siniestro de los remeros, enmarcados en un cielo blanco como una mortaja. Se incorporó espantado y desfallecido.

—¿Donde estamos, hijo? —solicitó asiéndolo fuertemente por el brazo.

—Camino de Haithabu, y vivos por pura casualidad.

Reflexionó y, de inmediato, con mirada de excitada ilusión, reaccionó violentamente dando un brinco que casi hizo zozobrar el esquife.

—¡El Nombre Centésimo de Dios! ¡Claro está! Pero no lo recuerdo. Lo tuve ante mí. Regresemos ahora mismo. No retuve lo que se me reveló en aquel templo.

—Cállate, Al Gazal, o nos matarán por profanadores —rogó Ottar.

—Escucha, te lo ruego. Serénate y da gracias a Dios por regresar sanos y salvos. Pudimos no volver nunca —aseguró Masrur cansado—. No debiste inhalar aquel tósigo venenoso. Casi mueres ahogado con la máscara. Tu asma, padre.

Al Gazal pareció no oír su ruego, e insistió mirándolo como un poseso:

—Masrur, compréndelo, es la búsqueda de mi vida. La interpretación de la cábala. Hemos de retornar al santuario —contestó con rabia—. ¿Lo visteis alguno de vosotros? Contestad, os lo ruego.

—Solamente lo contemplaron tus ojos, pero el Misericordioso ha querido que lo entierres en el olvido, Al Gazal. —Lo tomó Ottar del brazo para consolarle—. Bebe un poco de este licor. Olvida ese lugar, lo que viste, y lo que oíste, o no verás de nuevo la luz de Córdoba. ¡Es mejor así, compréndelo!

Al Gazal se sumió en una profunda melancolía. Lo había tenido ante sus ojos.

—Soy un pobre miserable que ha dejado escapar de entre sus manos el secreto de los secretos. Jamás me lo perdonaré —reconoció como enajenado, y escondió el rostro en su regazo, incrédulo ante la confusión de su memoria—. Qué breve fue la felicidad y qué veneno más agrio me dejó. No logro recordar una sola de sus letras.

—Padre, piensa en la embajada, en el emir, y en tus hijas. Abandona el incidente en el olvido. Te lo ruego, por piedad. No sabes lo que hemos tenido que superar para salvar el pellejo. Y si estamos vivos es por una de las sacerdotisas que detuvo a los perros y a los enfurecidos sacerdotes. No tentemos más al destino.

—Te asiste la razón, Masrur. Debo estar condenado por el azar a no poseerlo, y he de resignarme. Perdonadme si por mi conducta os he puesto en peligro. El ansia por saber a veces confunde —balbució mordiendo el anverso de su mano.

La niebla envolvía la falúa, como la amnesia su mente, que rechazaba con rabia lo acaecido. A lo lejos se cruzó un ballenero gigantesco y fantasmal, semejante a una quimera. Al Gazal se hallaba en un estado lamentable y patético.

Comparecieron los deshielos y un sol pálido despertó la vida en el país de los daneses *madjus*. La mañana de la despedida, el embarcadero de Haithabu estaba repleto de un ruidoso gentío. Todos habían acudido a despedir a la embajada de Córdoba y a unirse a su rey Harald, que pronto los dejaría, pues una gran flota se preparaba bajo su mando con destino a la isla de Jeufosse, tal como había acordado con los embajadores. Era una aurora apacible y flotantes bancos de niebla cubrían el fiordo. Los hielos se iban disipando con la suavidad de los rayos del sol, y escapaban al mar abierto, hacia los bancos de arena y los estrechos.

Al Gazal, Masrur y Qasim habían abrazado a sus amigos emotivamente, a Ottar y a Gorm el Cuervo, quien satisfecho regaló un valioso cuerno de marfil a Masrur, rogándole con su franca mirada:

—Muchacho, cuando bebas en él las ambrosías de Alándalus, acuérdate de este lobo de mar que no olvida aquellas tierras de abundancia.

—Volaré hacia tu recuerdo, como el cuervo busca el puerto seguro, señor. Gracias por la vida. —Abrazó con ternura al guerrero danés, cubierto de hierro y medallones, y con sus trenzas rojizas bailando sobre su barriga.

El rey Harald Klaak, protegido por la cota de malla y con su casco rematado con tiras de cuero, conversaba con Al Gazal. El gigantesco monarca había tomado un sincero afecto al embajador, a quien rogó más de una vez que permaneciera para siempre en el país de Dane, donde su sabiduría y entendidos consejos le reportarían fama e ingentes riquezas.

—Señor, solo ambiciono el tesoro de mis hijas, mis amigos y mis libros, aunque vos y vuestro reino jamás desapareceréis de mis evocaciones —se expresó sincero.

—Sin embargo, atisbo un sesgo de tristeza en tu incitante mirada, legado.

—Regreso a mi patria sin un documento rubricado por vuestra mano, aunque vuestra palabra sea para mí suficiente compromiso —se quejó con cortesía.

—Retornarás a tu patria con algo mucho más sagrado para un vikingo —adujo.

El rey extrajo de la faltriquera un saquito de fieltro y de él dos aretes de hierro negruzco que puso en la mano de un desconcertado Al Gazal, que los miró sin entender qué significaban. Aparecían entrelazados, y uno de ellos llevaba marcada una «A» latina, y el otro una «H». Harald lo penetró con sus ojillos azulados, alzó su ceja y la cicatriz se arqueó. Después exclamó en voz alta, para ser oído por sus súbditos, con la solemnidad que requería el momento:

—¡Mientras vivan Abderramán de Córdoba y Harald Klaak de Dane, representados por estos anillos consagrados al padre Odín, ningún *drakar* vikingo atacará uno de sus puertos, tomará una sola de sus monedas o esclavizará a uno solo de sus súbditos! ¡Es mi palabra y que así se escriba en las sagas de mi reinado!

Una atronadora salva de vítores ratificó la decisión de Harald, que estrechó a Al Gazal, deseándole buenos vientos y propicias corrientes.

—En estas tierras no necesitamos pliegos, ni amanuenses, embajador, y lo que respaldo con mi palabra se mantendrá mientras yo pueda sostener una espada —dijo con cortesía, y le entregó un cofre con regalos para Abderramán y una caja de plata cincelada, que Ottar el Negro abrió en su presencia.

—El rey Harald y la reina Nud son conscientes de tus deseos de conocer todas las presencias de Dios. Estas runas talladas en marfil y reservadas a los iniciados en el conocimiento de nuestros dioses son para ti, Al Gazal. Son una compensación por el enigma que perdiste —casi susurró en voz baja en árabe.

—Gracias, amigo. Tu largueza me colma, y no podré olvidarte jamás.

—La reina también te envía este mensaje que ella insiste comprenderás con solo escucharlo: «El aliento de la diosa veló por ti. Los *godes* obedecieron mi decisión, y dejaron escapar a la Gacela. Todo quedó borrado en la memoria de Freia. Sé feliz y que el viento me traiga eternamente tu aroma». ¿Lo entiendes? —rio malicioso el africano.

—Sí, Ottar, y la felicidad de mi corazón destila gratitud. Beso vuestra mano, señor, y la de vuestra reina, de compasivo y dulce corazón —admitió.

Se dirigió después al monarca y al noble Gorm, y les manifestó:

—Que el Oculto vele por vuestro reino y por ti, Gorm amigo. Mi gratitud evitará el olvido de mi compañero de las brumas. Y tened por seguro, mi rey Harald, que si los súbditos daneses que quedaron en Alándalus desean quedarse a vivir allí, como rogaron a mi emir, él los protegerá como si fueran sus hijos.

Y sin dar la espalda a la comitiva real tomó la escala del Aldajil, alzando su brazo en señal de despedida. Atrás dejaba lazos indelebles de amistad y regresaba con el conocimiento de un pueblo libre, señor del mar, de sus sendas y su destino, a quien sus terribles dioses alentaban con un aliento irresistible.

El cabo del ancla del Aldajil se estiró tenso y los remiches alzaron sus remos en espera de la orden de Qasim, que se despedía de una danesa alta y pelirroja con la que había convivido, mientras un cabrilleo de olas espumosas centelleaba con reflejos verdemar. Al fin sonaron las largas trompas de Haithabu, y el tambor del cómitre del Aldajil. Era la señal y la galera embocó el fiordo al mando de Solimán, quien llevaba colmadas sus bodegas de raras pieles, jade noruego y templadas espadas; su cabeza de nuevas rutas y conocimientos marinos sin precio y su corazón del suave calor de la nórdica.

Al doblar la salida de la ría, el chapoteo de las palas y el crepitar de una bandada de gaviotas acalló el griterío del amarradero, mientras la nave se perdía en las aguas del golfo de Helgoland, dejando tras de sí una estela blanca. Al Gazal pensaba en Nud, pero su alma percibía una desgarradora aflicción, sabiendo que había estado a punto de conocer su gran búsqueda, y las drogas se lo habían hurtado.

Masrur, en el castillete de proa, lo miraba con pena. Pero lo amaba mucho para verlo sufrir con aquel taciturno abatimiento. Había llegado el momento deseado y se colocó junto a Al Gazal. Filialmente le susurró para no ser oído por nadie:

—Padre, estando en el país de Dane no quise dártelo, por si complicaba nuestra estancia final. Toma, lo he guardado todos estos días en el más escrupuloso de los secretos. Te ayudará a recuperar el recuerdo. Detesto verte atormentado.

Al Gazal lo miró con curiosidad y tomó en su mano un minúsculo trozo de pergamino doblado sobre sí mismo. Sonrió a su ahijado, y lo entreabrió con lentitud. Un gesto de sorpresa se dibujó de inmediato en su rostro, como el rayo rasga el firmamento. Se sobresaltó y las palabras se le cortaron. Estaba emocionado. No podía creerlo, pero allí, en aquel burdo papel, escrito con rasgos azulados, surgía de nuevo el perdido principio de la sabiduría contemplado en el templo del sol.

—¡Bendito seas, Masrur! Creí que el Altísimo había querido borrarlo de mi memoria para siempre. Pero se valió de ti, inocente criatura. Al fin lo recuerdo todo. ¡Any, Yo! —profirió Al Gazal con el rostro transformado por el júbilo al contemplar de nuevo las letras que había visto grabadas en el disco de oro.

—El Número Centésimo de Dios, padre, que como botín de guerra poseían los daneses, descendientes de los pictos que invadieron Roma en la época de los césares —le recordó, observando el rostro iluminado de Yahía.

—¿Cómo pudiste tenerme tres semanas tan apesadumbrado? Fue un tormento, Masrur. Me ha hecho envejer años enteros —le sonrió, no obstante.

El muchacho meneó la cabeza, como sacudiéndose de la obligación.

—Padre, Ottar, prudentemente, me hizo jurar que no te lo revelaría hasta abandonar Haithabu. Al recogerte desmayado tuve tiempo de grabarlo en mi mente, pues lo contemplé igual que tú. Si algún *yarl* o *gode* hubieran llegado a intuir que lo conocías, o simplemente te traicionaba un sentimiento de sinceridad ante el rey Harald, los inconvenientes hubieran sido demoledores para todos. ¿Entiendes?

—Os asistió la razón. Mi obsesión me nubló la mente, créeme. Dudé incluso de mi cordura, Masrur, y pensé que todo fue una vana ilusión fruto de mi ceguera. Mi razón vacilaba. Has de saber que el Número Centésimo es la llave que nos otorgará el conocimiento —aseguró, como si le hubieran restituido la vida.

—Ahora el regreso será más dichoso, ¿verdad, padre? —se congratuló.

—Gracias a ti —se exculpó—. ¡Qué irreemplazable experiencia, hijo mío!

Apretó su mano y pensó en Córdoba, en su fraternidad de sabios, y en el deseo cumplido de su amigo y emir. Se sentó en los cordajes junto a Masrur, cuyas palabras carecían de malicia, y evocó su almunia de Al Raqaquín, cobijado bajo las parras del huerto, escuchando el rabel y la dulce voz de Sanae, mientras componía el horóscopo de algún amigo o llevaba a sus labios un gajo de naranja roja, endulzada con miel y canela. Las corrientes del Atlántico los propulsaron hacia las islas Frisias.

Tras varios días de velas al viento, los condujeron a las costas de los francos y luego a las de Galicia, donde hicieron una aguada y un descanso. El Aldajil prosiguió el rumbo con aguas propicias y vientos del norte, y se deslizó como un huso gigantesco hacia la bahía de Gades, donde los legados olieron complacidos el olor a jaras, tomillos y cedros que colmaba el aire de su Alándalus recuperado.

Y sintieron el tibio calor de la tierra sobre sus rostros cansados.

CAPÍTULO XX

EL JURAMENTO

Al Gazal aún conservaba un intenso recuerdo de su periplo por el norte. Ya había recuperado sus bríos, cuando una mañana de suave brisa se encaminó hacia la terraza, donde Balansí le había preparado un sirope de nébeda y jengibre, y un membrillo azucarado con miel para que su amo recobrara fuerzas, según él. Lo probó como si de un ritual se tratara, y se inclinó hacia el levante solar para orar. Luego se acomodó en el escritorio, cortó la punta del cálamo hábilmente y lo sumergió en el tintero. Se proponía escribir una carta que debía trasladar Solimán Qasim a Bizancio. Con gesto resuelto rasgó las rugosidades del papiro, y sus trazos firmes y resolutivos se sucedieron apresuradamente.

En el nombre de Dios, el Clemente, el Misericordioso y el Muy Sabio:
Al ilustre guardián de Hagia Sophia, mi recordado episkopos, Basilio de Bizancio, Orfebre del Arte Sublime. Que el Eterno os refresque los ojos.

Aprovecho un viaje de Qasim a Salónica para enviaros el relato de los sucesos acaecidos tras la irrupción de los normandos en mi patria, al poco de regresar de Bizancio. La legación al reino de Dane que se sucedió al desastre fue exitosa, pues no hay nada como exhibir un cofre repleto de oro para que la más inexpugnable fortaleza caiga rendida. Han transcurrido desde entonces cuatro años, algunos de mis cabellos lucen blancos como la nevisca, y un casual evento vino a transformar mi vida en aquellas tierras hiperbóreas.

Solo a Dios, el Inefable, se le ocurren mudables eventos que parecen más bien dislates. En el fin del mundo, allá donde las aguas se convierten en nieves perpetuas, hallé el disco de oro arrebatado a vuestro querubín del monasterio de Santa Gliceria. La impredecible lógica del Eterno lo había guardado en tierras de paganos, después de que estos se repartieran el botín tras la caída del Imperio romano de Occidente. Os aseguro que no puedo describir la impresión que me causó. Fue inenarrable, y en Rávena, como vos me sugeristeis, la clave del enigma desapareció, tomando la senda del norte, entre el botín de un jefe picto instalado en las llanas tierras del país de Dane. Hoy recibe, mi querido obispo, la adoración profana, y yo diría que blasfema, en un santuario dedicado a un cebón de oro, pero, al fin y al cabo, y por designio del Misericordioso, es venerado por un pueblo bárbaro dueño de su propio destino.

Y asombraos, mi dilecto patriarca, el Nombre definitivo del Altísimo es «Any, Yo». Recordad la zarza ardiente del Sinaí: «Yo soy el que soy».

A mi regreso me dispuse a desentrañar la clave numerológica que me condujera a la interpretación de la cábala. Las palabras no recobran la vida, y la tabla de criptogramas numéricos se me niega una y otra vez. He probado las abstracciones de dígitos de los algebristas de Basora, y los jeroglíficos utilizados por sectas espiritualistas, mas todo en vano. La respuesta se me resiste, y no se revelan ni signos ni símbolos. Desde aquí os animo a que vos lo intentéis. ¿Y el «sublime cisne» de la fuente de Hagianne? Lamenté la muerte del emperador Teófilos, que me comunicó mi emir. Vi la marca de la muerte en su rostro.

Sé que la emperatriz Teodora gobernará con prudencia y mano firme, ayudada por vos y por cortesanos juiciosos. Teodora es una mujer sapiente y aconsejará a su pequeño heredero, Miguel, con sabiduría. Besad su mano, y participadle mi rendida admiración y amistad.

Por una parte, soy feliz en Córdoba, pues mis hijas se casaron con esclarecidos miembros de mi tribu. Masrur, mi ahijado, duplica los beneficios de mi casa; a pesar de hallarse enfermo, me cubre con el manto de su amistad. Pero mis cartas astronómicas y astrolabios me señalan desde hace meses la aparición de una época de desdichas. ¿Para mí, para mi reino? Lo ignoro.

Existe un inquietante capítulo de mi pasado que no deja de atormentarme y me siento amenazado, pues es un arma decisiva en manos de mis enemigos maliquíes, de un religioso podrido, de dos eunucos crueles y de una favorita, astuta como una víbora. Siempre fui defensor de la proclamación del primogénito del emir, el piadoso Muhamad, y esa terquedad puede ser mi perdición. Confío en Dios, el reparador de los actos de los hombres, y en que la perversidad encuentre la expiación en sí misma. Beso vuestras mejillas, Basilio. Salam. *Alá os muestre su cara compasiva, venerable patriarca de Constantinopla. Yahía ben al Hakán ben Wail. Córdoba*

Secó el papiro con los espesos polvos de la escribanía, lo dobló cuidadosamente y lo ató con un bramante, lacrándolo después.

La noche derramaba sobre Córdoba su limo de silencio. Al amparo de las tinieblas, seis sombras se deslizaron por las callejas de la medina como auténticos rufianes. El farol, como un ojo vacilante, se balanceaba en la mano de la esclava que los precedía, esparciendo ráfagas en las negruras de la medianoche. Se habían topado con algunos borrachos, pero los evitaron para no ser delatados. Un perro solitario ladraba a la luna en la lejanía.

Uno a uno se deslizaron hacia el interior de la mezquita de Naser, para juramentarse en un lugar sagrado. El silencio sellaba sus bocas, aunque no sus conciencias. Escurriéndose bajo las penumbras de los adarves, Naser, el atrabiliario visir Rabihi, el caíd Ben Husn, Suayh y Tarub, la señora, acompañada por una fiel esclava, alcanzaron la cancela de la *masyid*, la pequeña mezquita, y penetraron en ella tras cruzar raudamente el recoleto patio de las abluciones.

Tarafa compareció el último. Entreabrió el portillo y el almuédano lo recibió con una reverencia, a la que el eunuco correspondió soltando un salivazo en el suelo y algunos dírhams en su mano, ordenándole que los dejara solos, pues habían de rezar en la vigilia del Nairuz junto a altos y devotos personajes del alcázar. El modesto oratorio, levantado con las donaciones de Naser, no era mayor que el aposento de una almunia. Columnas de ladrillo, artesonado de taracea de cedro, mosaicos con inscripciones coránicas y dos lámparas colgantes de vidrio con atauriques rodeaban el sagrado nicho del mihrab, labrado en estuco amarfilado. Un ventanuco dejaba traspasar una claridad azulada, proyectando su círculo de luz sobre el centro del enlosado. Avanzaron unos pasos hacia él y el eco de sus sandalias resonó turbador. A Tarub, la favorita del emir, le palpitaba su corazón como un potro embravecido. Los lugares santos y solitarios siempre la habían aterrado.

La esclava se agazapó en la escalera del alminar, aguardando asustada las órdenes de su señora. Naser, en cuyo cerebro se propalaban negros propósitos, era el concertador de la turbulenta junta. Arrastró torpe sus piernas, y descendió del mihrab un Corán empastado con tapas de nácar y filos de oro. El Victorioso sonreía con un ademán triunfante. Gozaba del máximo crédito ante el emir y nunca un chambelán de palacio había alcanzado favor tan ilimitado. Su nombre lucía esculpido en la puerta de la mezquita aljama, pero su codicioso corazón apetecía más poder, y su mente, turbulenta cascada de ambición, maquinaba aquella noche una siniestra traición que helaría la sangre al mismísimo Abderramán.

Ordenó a Tarafa que encendiera una candela, y un hedor seboso se apoderó de la nave de oración. Colocó el valioso y sacro libro en el atril, junto a un tintero abierto, unas escudillas y un cálamo para escribir. Cinco semblantes dubitativos lo escrutaban con la respiración contenida. Reunió cerca de su nariz ganchuda sus ojillos penetrantes y, taladrando con su mirada de rata a los cinco cómplices, habló en voz tétrica y queda para no ser oído por la esclava:

—Amigos. Os he convocado aquí, en mi mezquita, para asegurar un inviolable secreto de cuanto acordemos esta noche. El alcázar no es lugar fiable, y la trascendencia de cuanto he de manifestaros necesita de la sacralidad de un recinto bendito. El Misericordioso nos absuelva de lo que vamos a perpetrar, pues su naturaleza se escapa de lo común y ronda la apostasía —dijo con falso fervor.

Aquellos castrados altaneros se disponían a urdir la más calculadora intriga jamás tramada contra un emir en Córdoba. Tarafa, febril y acalorado, transpiraba copiosamente por su cráneo rasurado. Suayh, el esbirro del harén, oídos y ojos del gran *fatá*, minado de rencor, ansiaba precipitar cuanto antes los acontecimientos y convertirse en el gran chambelán del alcázar, sucediendo a su protector. Se unían a los eunucos en aquel conciliábulo el visir Rabihi, un aristócrata de facciones flácidas, quien, caído bajo la influencia de los castrados, deseaba para sí la dignidad de primer ministro. También hacía causa común el general Ben Husn, un militar brabucón y brutal conocido compañero de borracheras del príncipe Abdalá.

Cerraba el círculo Tarub, con su hermosísimo rostro oculto por un velo negro cuajado de aljófar, y su mirada felina, carente de escrúpulos. No le importaba profanar el sacrosanto lugar y el libro sagrado con tal de ver a su hijo sentado en el trono de los omeyas. Aquella vigilia sus ojos parecían más encendidos que nunca, prestos a consumir a quien se opusiera a sus deseos. Intranquila animó al *fatá* a iniciar cuanto antes aquel complot, emitiendo un prolongado suspiro.

El oratorio era un vórtice de silencio y de respiraciones apresuradas.

—Y Al Layti y Ziryab, ¿no habrían de estar entre nosotros? —se extrañó el visir.

—Al Layti apenas si puede moverse de su casa por sus dolencias, y Ziryab, al que le aterran los compromisos, se muestra neutral. Pero no receléis, se ocupan de algo importante, alejar del emir a toda esa cohorte de astrónomos y poetas, únicos que pueden obstaculizar nuestro plan —aseguró Tarafa concluyente.

—Es sabido que lo más próximo al fuego arde, y yo, toda mi vida junto al emir, he consumido vanamente mis ilusiones —siguió en tono severo Naser—. Nuestra aspiración de aclamar como heredero al príncipe Abdalá se desvanece, amigos. El emir se muestra reservado en el asunto de la sucesión, y por la influencia del arrogante Al Gazal, de Samir el Estrellero y del cadí Ibn Habib, está decidido a proclamar a ese misántropo de Muhamad en la fiesta de los Sacrificios.

—El tiempo nos apremia y hemos de actuar sin dilación —los animó Tarub.

—Ciertamente, señora, y entonces, creedme, nuestra influencia en la corte se extinguirá, así como nuestros privilegios, y quién sabe si nuestras vidas. Hemos pues de mudar el devenir de Córdoba ya, y con una conjura definitiva y calculada —dijo.

—Naser, se hace pues inevitable una decisión urgente —terció Tarafa.

El mutismo corroboró su discurso, hasta que intervino Husn vacilante:

—¿Y qué medida, o acción, proponéis vosotros? ¿No será demasiado tarde?

Sin alterar el gesto, Naser paseó su mirada, y con la soberbia de la deslealtad los taladró. Les requería la complicidad de la traición, por lo que afirmó tajante:

—Eliminar al emir Abderramán, y cuanto antes. No existe otra salida.

La estupefacción y el temor los turbó. Miradas encontradas de perplejidad se encendieron en los rostros del visir, del general y de la concubina, mientras los eunucos lo aprobaban diligentes. Se oía amplificado el crepitar de la vela y las respiraciones cortadas de los conjurados. Naser, notando cierta indecisión, y que sus personalísimos planes podían irse al traste, decidió apretar el perfil ruin de sus provechos y les habló en un tono conminatorio, observando uno a uno con fijeza:

—¿Poseemos acaso otra alternativa?, os pregunto. Rotundamente: no. Tenemos que forzar el destino, y sin temblarnos el pulso. Tú, Tarub, verás al hijo de tu sangre sentado en el sitial omeya, y te alzarás como dueña indiscutible del alcázar. Poseerás el Collar del Dragón, y el serrallo se rendirá a tus pies. ¿No deseas contemplar a Shifa y a ese huraño muchacho de Muhamad arrastrándose ante ti implorando misericordia y compasión? —preguntó persuasivo.

—Pero tal vez exista otra solución menos cruel, Naser. No sé, no sé... Abderramán es mi esposo y lo amo —adujo esquiva.

—Créeme, *sayida*, no lo has conseguido en el lecho y debes probar otra forma más expeditiva, ¿no te parece? Si Muhamad es el sucesor, su primer decreto lo firmará para ordenar la muerte de su hermano, el hijo de tu sangre, y tu destierro —objetó con cinismo.

Siguieron momentos de espeso mutismo, de pensamientos aprovechados.

—Entonces..., sea como dices, Naser —se expresó Tarub vacilante—. Pero evita los ensañamientos y el dolor innecesario. No lo soportaría.

557

—¿Aún desconoces cómo mueren los príncipes en Córdoba, Tarub? El veneno conduce a los reyes a una muerte mansa —aseguró persuasivo—. ¿Y tú, mi admirado visir? —le preguntó conocedor de que le debía el cargo. Pero este no lo dudó.

—Mi apoyo y el de Ben Husn al príncipe Abdalá son conocidos, Naser. Prefiero un soberano enérgico a Muhamad, un muchacho que solo es feliz entre las faldas de su madre y los ábacos de álgebra y astrolabios. Pero acabar con la vida del imán resultará arriesgado, y no es precisamente una cuestión banal.

—Ascender a gran visir de Alándalus no es precisamente una fruslería, Rabihi —argumentó el jalifa, y lo atravesó con su torva mirada.

—Bien, lo acepto. Pero exijo una muerte decorosa. Ni arma, ni soga —rogó.

—¿Y has calculado ya cómo llevar a cabo el plan? —inquirió el general.

—Hasta los detalles más ínfimos —afirmó Naser—. Confiad en mí. A finales del *shabán*, la víspera del ayuno del emir, la conspiración se habrá consumado con más facilidad de la que imagináis. Suayh y yo controlaremos el alcázar desde dentro, proclamaremos emir a Abdalá, y presentaremos a los cadíes un testamento falso en el que su padre lo declaraba antes de morir como único heredero. Tarafa se trasladará mañana mismo al Palacio del Afortunado, como aposentador real, y llevará a cabo una labor crucial: no perder detalle de los movimientos de Muhamad y de la señora Shifa. Vosotros, mientras tanto, en vuestros respectivos círculos de influencia, aguardaréis mis instrucciones —los ilustró con una frialdad que helaba la sangre.

—¿Y cómo conoceremos que la muerte de Abderramán se ha cumplido?

—De forma muy sencilla. Concluido como he urdido el complot, recibiréis un aviso con estas palabras, que deberéis recordar: *Rosa de la Aurora*, signo celeste que se percibirá en los cielos la misma noche de la liberación, que yo personalmente llevaré a cabo. Entonces actuaréis. Tú, Rabihi, reunirás el Consejo, y tú, general, controlarás a los mercenarios occitanos, los más peligrosos de dominar, pero muy sensibles al oro. El resto me corresponderá a mí y a un plan eficazmente fraguado.

—Ojalá pasen pronto estas semanas, o mis impulsos me traicionarán.

—Tarub, mi ama, te apoyarán nuestra presencia y la fuerza de un juramento que prometeremos con el Corán presente antes de abandonar este oratorio. No flaquees ahora o nuestros cuerpos penderán de una cruz en el Arrecife.

La negativa fue generalizada. Nadie se atrevía a profanar el Libro Santo.

—¿Jurar ante el libro de Dios?, es una blasfemia, Naser —se negó el visir.

—Dice el profeta: «No os castigará Dios por un error en vuestros juramentos, pero sí lo hará si violáis vuestros compromisos». Juraremos ante él sin ninguna restricción. No testimoniaremos por él, ni en él, sino en su presencia. Arriesgamos mucho en este envite y es necesario un juramento de sangre que garantice la perseverancia y nos preserve de cualquier mudanza que nos lleve a la horca. Una deserción inesperada significaría la pena capital para el resto. Simplemente firmaremos un documento que ocultaremos en el Corán. Ese papel nos convertirá en mudos. Pasado el trago, volveremos y lo destruiremos. ¿Cuento entonces con vuestro unánime respaldo al plan? —Los miró furtivamente.

—¡Lo secundamos sin vacilaciones, Naser! —habló el caíd sudando.

Entre el mudo asombro de los conspiradores, Naser entresacó de la bocamanga un trozo de papiro escrito en negros signos cúficos y leyó con acento taciturno:

Nos juramentamos en este santo lugar para ungir emir de Alándalus al príncipe Abdalá, hijo de la esposa Tarub. Somos la espada vengadora, que lleva inscrita en su hoja los nombres de Abderramán, que una calamidad lo aparte de la vida, y de Al Gazal, Firnas y Samir, a quien arrojaremos a la costa árida cubiertos de vituperio, como dice el profeta. La Rosa de la Aurora nos alumbre. Lo rubricamos ante el Libro Sabio del califa Utmán.

Un pavor sombrío pasó por la mente de Tarub, que se movió espantada.

Con resolución, abrió el suntuoso libro, que contenía cuatro páginas escritas de puño y letra por el califa Utmán, el recopilador de los mensajes transmitidos por Dios al profeta, por la sura del Manto. Una atmósfera amedrentadora y tensa, donde parecía que algo sobrenatural podría sobrevenir en cualquier instante, se adueñó de la mezquita, mientras la danza de la llama zigzagueaba en sus rostros.

—Repetid estos versículos selladores de nuestro inviolable compromiso.

Sí, lo juro por la luna.
Y por la noche cuando se retira.
Y por la mañana cuando se colorea.
Que toda alma responda de sus obras,
y los hombres de sus promesas.

Sobrecogidos, los confabulados reiteraron el compromiso, que resonó como un macabro sortilegio. Acto seguido, el eunuco sacó un estilete del cíngulo y, ante la atónita mirada de los presentes, se produjo una incisión en la pulpa de la mano; la apretó y vertió en el tintero varias gotas de sangre. A continuación, rogó a los hombres y a Tarub que siguieran su ejemplo, cosa que hicieron decididos, salvo la favorita, que pidió asistencia al eunuco para procurarse la hendidura en su delicada piel.

En aquella semioscuridad sus oblicuos perfiles se reflejaban en los muros de la mezquita como fantasmagóricas manchas. La ceremonia había sobrecogido sus corazones, paralizándolos como un lastre por la zozobra del ritual, pero la mirada de Naser parecía haberlos seducido para toda la eternidad. Tomó después el cálamo en su mano y firmó con resolución en el papiro, cediéndolo después al caíd, y este al inquieto visir, que rasgaron sus nombres precipitadamente al pie. Suayh tomó luego la caña e imprimió su título con trazos apresurados, adelantándose después a la favorita para inscribir su sello. Naser, empero, la detuvo sumiso, consolándola:

—Tú, no, mi señora Tarub, eres mujer y tu firma carece de autenticidad si no firma tu esposo legítimo junto a ti, extremo imposible.

Tarafa garabateó su firma en el legajo, junto a la de Naser, entregándolo al gran *fatá*. Luego realizó un corte imperceptible en el canto del ejemplar, introdujo el papel doblado y lo selló con una pincelada de resina.

—Nuestro proyecto no será estéril, y está predestinado al éxito —proclamó.

Pero sin esperarlo, de su herida brotaron unas gotas de sangre que se deslizaron por las tapas del viejo ejemplar, absorbiendo su piel curtida el líquido rojo. Tomó su pañuelo de seda intentando eliminarlas, pero fue en vano. Habían quedado impresas para siempre en el ejemplar de los omeyas, el santificado por la mano de Utmán y regalo de su señor. A los presentes les corrió un sudor frío por la espalda y consideraron como un mal presagio las gotas de sangre vertida en él.

El castrado se tragó su propio desconcierto, sobreviniéndole un acceso de cólera. En su rostro se dibujó una inquietud que lo deformó hasta la monstruosidad.

—¡Por las riendas de Baruq! ¡Maldita sea! —Ahogó una exclamación de disgusto.

Se hizo un incómodo silencio, pero ya no podían retroceder. La conspiración debía ser consumada. Habían tomado una irrevocable decisión y se abstuvieron de lamentarse. Los dados de la fortuna habían sido volteados.

La vela se consumía, aventando su líquido pastoso, momento en que Naser dio por finalizada la reunión. Salieron con apresuramiento, sumergidos entre las tinieblas. La oscuridad y las fantasmagóricas siluetas proyectadas por el parpadeo de la candela los atemorizó tanto como la infamia urdida en sus corazones. Los eunucos y el general posaron sus manos en los pomos de sus cuchillos por si alguien los importunaba. La traición, invisible en las penumbras de la noche, caminaba envuelta en las capas de los seis cortesanos.

A Tarub, el sobrecogimiento le había dejado un amargor en los labios que la perturbaba. Presumía algunas vigilias de angustiosos sueños. Miró a su esclava y adivinó en su rostro un atroz pavor, como si hubiera presenciado un aquelarre diabólico. Fuera el relente le helaba la cara, mientras un cielo impoluto escondía en su infinita inmensidad el infame secreto del atroz asesinato que se proponían ejecutar. Un gato maulló cerca de la mezquita cortando la quietud de la noche.

El erudito emir Abderramán dio por concluida la sesión diaria de astronomía, dejando en el estante las lentes, astrolabios y tratados caldeos. Llevaba varios meses con su salud resquebrajada. Debilitamientos de ánimo, destemplanzas por las tardes, escalofríos en las madrugadas y una palidez que a todos preocupaba. Aquella tibia noche había acudido con los poetas y astrónomos de su *diwán* al observatorio del Palacio del Rustak y, después de escrutar la bóveda celeste, se sentía complacido con su compañía. Cuando accedieron a la terraza inferior, un toldo cubría el emparrado donde los músicos pulsaban sus laúdes.

Sus armonías se fundían con el aroma de los nardos, albahacas y los sahumerios de los pebeteros de bronce. Sobre las mesitas, acompañando a los vinos de Silves, aguardaban cuencos de oro con empanadas de queso y dátiles fermentados en cilantro y azúcar, y pastelillos condimentados con almorí. Se acomodaron, y la melodía cesó al hablar el emir. Todos especulaban si haría mención a la carta astral que Al Gazal había elaborado para Naser, a petición suya, pues en el alcázar no se hablaba de otra cosa, y de la indignación subsiguiente del gran eunuco.

—La predicción astrológica sobre Naser lo ha exasperado hasta la histeria, Yahía —le recriminó el emir acariciándose la barba—. Te has mostrado duro con su suerte. Yo le he asegurado, calmándolo, que la astronomía no es una ciencia exacta.

—Yo solo soy un modesto aprendiz del azar cósmico, mi príncipe, y mis tablas, los guarismos de la vida y los principios de la *miqat* no ocultan el devenir a ningún mortal —tasó sus palabras—. Saturno, el signo de Naser, retrocede hacia Aries, y cuando la luna brille en la Rosa de la Aurora le sobrevendrá una amarga adversidad. Se lo revelé porque él mismo me lo solicitó, ensoberbecido como se muestra en su posición de privilegio. Lejos de aceptar mi consejo se ha ofendido y ha vertido sobre mí todo tipo de infundios, incluso me ha tildado de ignorante. Su porvenir está predestinado por sus acciones, mi señor. Que Dios aclare su mente.

—No nos adelantemos a los designios de Dios, Yahía. Existen asuntos más preocupantes, como esa lamentable cuestión de los monjes blasfemos —dijo el emir.

—Mi señor, permíteme un consejo. Cuídate más que nunca de los cortesanos aduladores y proclama heredero del emirato de Córdoba a tu primogénito Muhamad. Esa sencilla decisión garantizaría la paz. Existen renegados que intentan aprovechar esa indecisión para satisfacer sus intereses y alejar al elegido de tu lado. Hasta las paredes de este alcázar cuchichean desbarros —dijo Samir.

—Lo sé. Y ya lo he pensado. Estoy firmemente decidido a proponer ese asunto al Consejo de visires en la próxima reunión. Muhamad se muestra juicioso, conoce los vericuetos de la política, y la ventaja intelectual sobre Abdalá aflora evidente. Determinaremos el día fasto muy pronto —les replicó ufano—. Este indeciso y cansado corazón os agradece vuestros consejos. Gracias, amigos míos.

La luna, como un espejo empañado, iluminaba las fuentes cuando el emir, animado por la generosa fidelidad del séquito, le rogó amistoso:

—¿Qué declamaréis esta noche? ¿Acaso la felicidad de vuestro emir? Os escucho, pero no me aduléis en exceso. Mi espíritu desea escuchar vuestros poemas.

Abderramán se reclinó en su diván. Después se sumió en la languidez de las delicadas inspiraciones de Samir, Firnas y Al Gazal, que abrieron las riendas de su ingenio hasta altas horas de la vigilia. Avanzada la noche, el diplomático abandonó su asiento y paseó entre los arriates de arrayanes. Aspiró las fragancias y pensó en sus hijas y en Masrur. Intuía desde hacía tiempo que el joven bebía los vientos por el corazón de Sanae, la *qiyán*. ¿Acaso no había advertido cómplices mutismos y veladas alianzas en sus ojos? «He de meditar este asunto y conversar con Masrur. Y si ese sentimiento es tan firme como parece, lo alentaré», pensó decidido.

De repente, mientras aspiraba el perfume de las azucenas, descubrió tras las celosías del Pabellón Blanco la figura obesa de un eunuco atento a cuanto se dialogaba en la velada presidida por su señor. Su rapada cabeza, recortada en la penumbra, lo delataba. No había duda, era Tarafa, el brutal esbirro de Naser.

«¿Qué prepararán estos indeseables? Siempre conspirando», se preguntó. «Merodean vigilantes, y hasta prudentes. No me agrada esa calma alevosa».

Siguió paseando, atrayéndole la voz sugestiva y el poema de Firnas.

—Escoge Abderramán la virgen núbil, el corcel desnudo y el sable adornado de pedrerías. Y ¿quién se atreverá contigo, mi emir venerado, si eres tan delicioso como la dulce pesadez del sueño? —recitó Firnas y el emir le regaló un anillo de oro que se sacó del dedo.

Reparó de nuevo en las rejillas, y el espía castrado había desaparecido.

La ingrata brisa procedente de la sierra balanceaba los pájaros mecánicos y las ramas de las palmeras del jardín del alcázar. Abderramán se pasó su pañuelo por la frente y limpió las gotas de agua salpicadas por la fuente de las tortugas. Aquel día se encontraba pletórico y de buen humor. Paseaba como cada mañana con los eunucos entre las rosaledas, consultando a Naser sobre los asuntos de Estado más dispares, y sonreía optimista. Su confianza en el gran *fatá* era ilimitada.

—Ser feliz equivale a contemplar cuanto nos rodea a medida de nuestros deseos, Naser, y el Clemente me adelanta la dicha eterna rodeado de amigos leales.

—La felicidad también consiste en saber burlar las celadas de la vida, señor.

—Qué visión más cicatera del placer, chambelán. A propósito, desde hace días no nos acompaña en nuestros paseos Tarafa. ¿Está enfermo?

—No, mi imán —le informó servil—. Atiende al príncipe Muhamad en el Palacio del Afortunado. Esa residencia necesitaba de una gestión firme. Últimamente los esclavos se habían entregado a la molicie y los gastos eran desmesurados.

—Tarafa es un mayordomo tenaz, e incluso severo. Lo apruebo, Naser.

Conforme avanzaban, Suayh, a quien el plan lo había sumido en indecibles resquemores, tiró del manto del gran *fatá* y le envió una mirada irritada de complicidad, pues el recorrido concluía y el asunto crucial de la conversación se dilataba. Naser asintió y, con una falsa sonrisa, murmuró al soberano:

—Mi imán, recuerda que hoy es el antepenúltimo día del *shabán*. Está próxima la vigilia que solemos celebrar juntos. Como es nuestra costumbre, tras el ayuno y la oración purificaremos nuestro interior. Os vendrá bien para la salud, mi señor.

—Escrito está: «Os es preceptuado el ayuno. Temed al Misericordioso» —replicó el emir levantando su zihara blanca ante un arroyuelo y agradeciendo sus atenciones al emasculado—. No, no lo he olvidado, Naser. Escruté el cielo con mis estrelleros y adivinamos la cercanía inminente de la Rosa de la Aurora, fecha propicia en mi vida.

—No tomaremos alimento alguno en toda la noche, mi señor. Preparaos.

—Claro está, Naser. Al día siguiente purgaremos nuestros estómagos y humores como de costumbre, con un saludable jarabe de Yurnus, el físico. Luego nos dedicaremos en el oratorio a la plegaria y a prestar oídos a nuestro espíritu.

—Así se hará, mi amado amo —sentenció, aunque espantado al escuchar del emir idénticas palabras a las elegidas como consigna de la conspiración.

Naser se recompuso tras un guiño de connivencia con Suayh y, decidido, penetró tras Abderramán en el Salón del Olmo. El primer peldaño de la estratagema se había remontado sin el menor obstáculo. Pero resultaba ineludible asegurar los pasos sucesivos con la mayor precisión posible, y para ello gozaba solo de dos días. Los eunucos adictos a la causa habían sido estimulados para mantener la normalidad del alcázar y eliminar cualquier inconveniencia hostil o imprevista.

El testamento falseado, ejecutado por escribas adictos de la cancillería, se atesoraba a buen recaudo en el cubículo de Suayh y los turnos de guardia se habían distribuido con gente incondicional. Las favoritas contrarias a Tarub serían controladas desde dentro por los eunucos. Nada imprevisto podía frustrar la trama. Finalmente, Naser consumaría el plan en la soledad de la capilla mientras se entregaban, amo y señor, a la santa práctica del ayuno. Luego, el mismo gran *fatá* ejecutaría el último y esencial capítulo de la perversa traición: el asesinato.

Una sonrisa triunfal, como una mueca macabra, se dibujó en la faz del castrado, que hinchó su vientre como un pavo. Naser dilató los ojos y frotándose los nudillos se dirigió apresuradamente al herbolario del alcázar.

Se trataba del eslabón concluyente de la mortal maniobra. Yurnus, el médico del emir, no era adicto a la camarilla del mal, pero sus venenos no tenían parangón en todo Occidente. Una hábil persuasión, sin mencionar el objetivo final de la pócima, y su conocida avaricia estimulada con un cuenco lleno de oro, convertirían en viable su propósito. Penetró sin ser visto en una estancia sumida en la penumbra y con un aire viciado y empalagoso a hierbas maceradas que le hizo carraspear. Repleta de estantes polvorientos, atesoraba un sinnúmero de manuscritos, recipientes de cerámica, escudillas, pucheros atados con juncos y redomas de cristal, que contenían los más dispares productos, ungüentos, elixires y abigarrados herbajes secos.

Sobre una mesa se alineaban tarros opacos con granadas ácidas, alfóncigos y electuarios de paloduz en alcanfor, azufaifa y almástiga envueltas en algodón, y raíces de ajenuz y sandáraca. Un olor penetrante a esencias y electuarios le llegó hasta la nariz, mas no vio al físico. De repente, cuando ya se marchaba decepcionado, de entre el vapor de un atanor hirviente surgió un anciano desdentado al que le bailaban tres dientecillos negros en las encías. Era el médico de palacio, el sabio Al Harrán ben Yurnus, que lo saludó con su voz pausada mientras se limpiaba las manos en un delantal. De inmediato supuso que a aquella fiera sin escrúpulos no le guiaba nada bueno.

—El Clemente me trae la visita del Victorioso chambelán. ¿Con qué honor?

El castrado se le acercó conminatorio, aunque con gesto adulador, colocando dos bolsas repletas de monedas de oro ante sus ojos maravillados.

—Hoy vengo a cobrarme los favores que hice en otro tiempo a tu hijo y a tus familiares de Granada. ¿Estás dispuesto a recibir la dádiva más grande de cuantas te ofrecieron jamás y gozar de mi aprecio toda tu vida? Necesito una merced tuya.

—Mi gratitud siempre fue manifiesta, gran chambelán. Te escucho —contestó el físico, que dispuso todos sus sentidos en guardia, pues no se fiaba.

—Necesito de tus reservados servicios, Yurnus —le confió en tono casi imperceptible—. Has de elaborarme un veneno eficaz para un fin reservado del que te exijo total discreción, pues te va la vida en ello. Solo será conocido por ti y por mí, y nadie más, por muy alto que se halle. Tu silencio será recompensado con estos mil dírhams, y si el desenlace es óptimo pregonaré tu fama por todo Alándalus. Sé que no es la primera vez que los preparas, aunque en esta ocasión debes superarte.

El droguero no parecía estar dispuesto a colaborar. Trató de ganar tiempo.

—Nunca elaboré en el alcázar veneno alguno, gran *fatá*. —Bajó la voz—. En este lugar existen ojos vigilantes dispuestos a usarlos indebidamente. No irá a emplearse en ninguna persona de la familia real, o principal, ¿verdad, Naser?

El eunuco, maestro de la simulación, aparentó el más horrendo dolor.

—Por quién me tomas, Yurnus. ¡Yo sirvo al emir desde que me salvó vida!

—Excusad mi torpeza, *fatá*, pero es una labor muy delicada y mortífera.

—Entonces, ¿estás dispuesto a hacerlo, o no? —lo interrogó con furor.

—Nada os puedo negar tras el eminente favor que hicisteis a mi hijo —adujo en tono servil—. No obstante, por seguridad vuestra, lo dispondré en la trastienda de mi casa, no aquí. Allí guardo una onza de cardamomo de Java de efecto mortal. Con diez o doce gotas diluidas en cualquier jarabe, quien lo ingiera, sea hombre o animal, rico o pobre, morirá sin remisión instantes después. Su efecto es letal.

La lividez de Naser cambió por un alborozado gesto. Era lógico.

—Lo comprendo, pero ¿posee esa ponzoña algún antídoto? —se aseguró.

—Sí. La tríaca de Faruq —informó misterioso—. Se trata de un electuario hecho con veneno de víboras, bálsamo de Judea, tierra bolar y amomo, componentes difíciles de encontrar y de disolver. La leche de cabra también retarda sus efectos. No obstante, quien ingiera el veneno no tendrá tiempo de tomar su vomitivo si no se ha compuesto previamente. ¿He de elaborarlo también, poderoso Naser?

—No, en modo alguno —ordenó brusco, mirando hacia la puerta—. Solo el filtro, Yurnus, y lo preciso sin dilación, antes de dos días. ¿Entiendes?

—Lo dispondré tal como sugieres. Mañana, tras la oración, depositaré una redoma de vidrio tras estos dos tratados griegos. ¿Ves? Después aguardaré como cada día en la estancia de los intendentes del señor. De mi mano no saldrá la entrega.

—¡Bien! No reveles a nadie este encargo, ni aun al emir o a sus esposas tan siquiera —lo amedrentó—, si no quieres ver tu pellejo colgándote de los pies. Para tu tranquilidad, te diré que puede ser empleado contra un enemigo del trono.

—Que Alá guíe mi mano y enmudezca mi boca, gran *fatá* —replicó sumiso—. Cerraré mis viejos labios con el cerrojo más fuerte que podáis imaginar.

Al dejarlo solo, Yurnus, el herbario, pensó que su vida valía menos que un dírham de cobre. Percibió que el pánico le subía por la garganta y que el miedo lo estrangulaba, pues Naser no era de los que dejaban testigos vivos tras una de sus tropelías. Pensó que debía tener la mente clara y lista. Desde que le hiciera el favor hacia su hijo, había estado esperando que la tragedia lo encontrase de alguna forma.

Y ese día infausto había llegado.

CAPÍTULO XXI

ROSA DE LA AURORA

Yurnus, con gesto dubitativo, abandonó al atardecer el alcázar, como otros muchos servidores y secretarios, después de la oración de la tarde. Tras la visita del *fatá*, su cabeza era un crisol donde hervían toda clase de escrúpulos, fidelidades, indecisiones y mil conjeturas inquietantes. «¿Donde pueden encajar estos fragmentos diabólicos salidos de la boca de ese demonio?», se preguntaba. «Maquina algo, y no precisamente bueno». No había probado bocado en todo el día, e inquieto trató de buscar un indicio revelador de sus temores. Las intrigas del harén, a las que no era ajeno, y la actitud insolente del chambelán no le ofrecían dudas.

Y, además, caviló que en dos días el emir practicaría su acostumbrado ayuno mensual, precisamente junto al bastardo de Naser, a quien le guardaba un sordo rencor por su crueldad con los esclavos y haberlo vejado públicamente ante el emir y sus hijos. Y no olvidaba cómo vendió a unos mercaderes sirios a su aprendiz más notable, embolsándose las ganancias de la venta sin hacerlo partícipe.

Así que después de mucho reflexionar, estaba decidido a abortar el plan, fuera quien fuera la víctima propiciatoria. Y si se hallaba en un error y el destinatario no era el venerado emir, sino que era otro hombre, mejor que mejor. Trató de franquear algunas puertas del alcázar para descubrir en el gesto de alguna favorita o de los eunucos la respuesta a sus dudas, pero desistió pues corría el riesgo de ser delatado por algún castrado. De buscar ayuda, debería hacerlo fuera de las murallas de la alcazaba.

Conforme caminaba, esquivando a los viandantes y bestias de carga, repasó la relación de los cortesanos leales al *amir* y su ánimo se reconfortó. El maestro Habib y los cadíes lo escucharían. Pero lo consideró arriesgado. Luego pensó en Firnas, cuya vivienda empero se hallaba demasiado alejada de la suya. Trajo a su mente a Samir y Al Gazal, los dos vecinos de su barrio de Al Raqaquín, y lo juzgó más asequible. No perdía nada y podía evitar una muerte, seguramente injusta. Debía meditarlo durante la noche y atinar con la persona adecuada. El tiempo acuciaba y había que obrar con diligencia.

A Samir lo descartó, pues, al permanecer mucho tiempo junto al emir, podría estar estrechamente vigilado. Tal vez Al Gazal, el astrónomo y alquimista, que frecuentaba menos el alcázar y era muy respetado en Córdoba, fuera la persona más acertada para hacerlo partícipe de sus cuitas. Todos conocían que pasaba semanas sumido en sus estudios y que nada podían temer de él. No obstante, cavilaría sobre el modo de comunicarse con él. Solo le preocupaba una cosa: el emir debía ser avisado del encargo de Naser, aunque no fuera el destinatario del veneno. Y aunque pudiera parecer una aventurada conjetura, su alma vagaría toda la eternidad con aquella culpa si llegaba a producirse. No lo dudó. Al Gazal sería su confidente.

Miró hacia atrás y comprobó que nadie lo seguía. El sol anaranjado del ocaso lamía las lonas del zoco de las especias, donde los mercaderes guardaban sus cestos y lebrillos apilándolos junto a los mulos. Las tiendecitas y los almacenes de los perfumistas también echaban sus cortinas. Al cabo de una hora, Córdoba, gastada su vitalidad diaria, caería rendida en la frescura del río y de sus riberas.

Yurnus madrugó a la mañana siguiente. Esperó la voz del almuédano convocando a la oración y aguardó a que la ciudad se desperezara. Al cabo, escuchó a los panaderos, las llamadas de los arrieros y hortelanos, y el zumbido de los tornos de los alfareros. Era el momento. Córdoba se despertaba. Se escabulló entre las penumbras y sintió el aliento húmedo de la mañana. Ascendió tras unos muleros el empinado camino de la Puerta de Sevilla.

Oteó las callejuelas y no adivinó a ningún husmeador de Naser. Al llegar al primer recodo aceleró el paso y se unió a una recua de asnos de los alfareros de Almodóvar, oculto entre las albardas cargadas de cántaros. Nadie lo vería.

Debía llegar a la casa de Al Gazal antes de que este saliera en compañía de sus criados al mercado. Ralentizó el paso, hasta que advirtió que el mayordomo abría la cancela. Se acercó a la puerta y, sin decir palabra, se deslizó como una sombra en el zaguán.

—Quiero ver a tu amo, Balansí. Llámalo —informó al mayordomo, que lo hizo pasar, ignorante de quién era, pues cubría su rostro con un capuz pardo.

Al poco, y envuelto en una zihara azul, apareció el perplejo poeta, que no esperaba ninguna visita. La alberca, mansa

574

y lisa como una lámina de cobre, reflejaba una luz rosácea. Se adelantó hacia el recién llegado y lo saludó acogedor:

—Que el Misericordioso bendiga a quien solicita mi hospitalidad tan de mañana. *Salam*, hermano.

—*Salam aleikum*. Sea contigo su Clemencia, Yahía —dijo y se quitó el capuz.

—¡Ibn Yurnus! —se extrañó—. ¿Qué desea de mí el médico del emir?

—Vayamos a un lugar reservado. He de descargar mi corazón o reventaré.

El boticario le relató con toda profusión de detalles las últimas maniobras del serrallo, así como el misterioso encargo del gran *fatá*. Al Gazal se acarició la barba y se atusó nerviosamente el bigote. Permaneció meditabundo unos instantes y por su rostro pasaron, como por un espejo del tiempo, todos los temores barruntados durante los últimos años que conducían inexcusablemente al asesinato del emir.

—Lo están cebando para la inmolación. Pero la cuestión es cómo avisarlo.

Yahía se mostró abatido y le dijo, acuciado por la gravedad del momento:

—Considero muy complejo desbaratar la trama desde fuera, y delibero como tú, como que el sol sale para todos, que el destinatario de esa pócima no es otro que Abderramán, nuestro señor. No me cabe la menor duda. Hemos de alertarlo como sea, y él se ocupará de arruinar la fatal urdimbre, si obramos con astucia.

—Pero ¿cómo, Yahía?, me pregunto.

—Es difícil, sí, lo entiendo. Los eunucos lo tendrán todo controlado, y nadie podrá aproximarse al emir hasta que consumen su execrable crimen. Y a mí, como a todos los poetas del *diwán*, me es vedado acceder a sus habitaciones privadas si no somos convocados previamente. Sus esposas están fuera de ese gobierno y el harén sería un buen camino. Mas, ¿cómo infiltrarse allí? Embarazoso empeño, Yurnus.

—Abordar al sultán resultaría ilusorio —corroboró el médico decaído.

Al Gazal reflexionó durante largo rato, hasta el punto de irritar al físico. De repente el rostro se le iluminó y manifestó exultante:

—Atisbo una solución, Yurnus. Avisaremos a Abderramán a través de una tercera persona, casi desconocida en palacio, en un momento en que no la vigilen.

—Revélamelo o estallaré de impaciencia. No aguanto estas alarmas.

Hizo como acopio de sus fuerzas y aventuró un sencillo ardid.

—Escucha. Muhamad, Shifa y Qalám permanecen alejados en la Ruzafa. Aproximarse a las Medinesas en su pabellón del jardín resultaría arriesgado, pero aflora en mi cabeza otra posibilidad que esos eunucos ni se imaginan.

—¿Cuál? —preguntó el herbario con los ojos fijos en los labios de Yahía.

—¡La clave puede estar en la favorita Fayr! ¿La recuerdas, Yurnus?

—¿La nueva princesa bereber que exhibe su cuerpo tatuado? —se interesó.

—Esa, sí. Y es nuestra única oportunidad. Aún no ha sucumbido a las perfidias del harén y no inquieta a los eunucos, pues apenas lleva un mes en la casa del emir. Pasa desapercibida, pero en cambio tiene camino franco hasta la persona del emir.

—¿Y de qué modo podemos hacerlo? Acceder al harén, si no está indispuesta o enferma, me es vedado a mí y a mis físicos intendentes. No es posible, lo lamento.

—Tu actual ayudante es un bereber de los Banu Marin. ¿No es así?

—Sí…, claro, pero no llego a entender qué te propones.

—Resulta sencillo, Yurnus. Te lo aclararé. Esa piadosa mujer se encamina todas las mañanas a la mezquita de la plazuela Al Hasa, pues me la cruzo cada día cuando voy al mercado. La separan veinte pasos de la Puerta de los Jardines del alcázar, y la acompañan dos esclavas de su misma tribu. Tu discípulo del herbolario comprobará que ningún guardia las sigue. Te lo garantizo. Ese es el momento.

—¿El momento para qué? —preguntó estupefacto.

—Pues para abordarla —dijo con llaneza—. Bien en el trayecto o dentro del oratorio, simulando ser un mendigo, un orante, o so pretexto de proveerla de algún fármaco, momento en que le entregará el mensaje que deberá entregar en mano a su señor, ya que corre un gran peligro. Le detallaremos el complot que se cierne sobre él, en un mensaje que te dictaré, y que solo el emir sabrá cómo interpretarlo. No veo otra solución, y hemos de arriesgarnos. Si no diera el resultado apetecido aún nos resta un día para proyectar algo más audaz.

El boticario lo miraba de hito en hito, pero lo aprobó con regocijo.

—Sea, Al Gazal. Esta tarde, cumplida la oración, pasaré ante tu puerta. Si la rebaso sin detenerme, es que tu idea logró el éxito apetecido y la mujer recibió el mensaje. Si no, afrontaremos riesgos más aventurados. ¡El Clemente nos guíe!

—Corremos un peligro real, pero todo plan posee fisuras insospechadas.

—Nuestra devota acción volverá a Dios más compasivo. Aguarda mi señal.

Yurnus, acompañado por el alquimista, entró en la cámara de Yahía y este escribió un billete donde garabateó una sola frase. Lo dobló, lo envolvió en una tela y se lo entregó al físico. Después se deslizó por la puerta del huerto, lindante al arrabal del Balat Mugith. Desde allí descendió hacia el alcázar y se confundió con la ruidosa muchedumbre. Accedió al palacio y se aisló en la botica con su discípulo predilecto. Luego preparó una bolsita de agáloco, colocando en su fondo la esquela con un preciso mensaje, que de ser interceptado a nadie comprometería: *Absteneos del rocío que destila el vaso del ayuno la Rosa de la Aurora.* Enseguida se encerró con su aprendiz y proyectaron el encuentro con la africana en la mezquita.

Al Gazal, sospechoso de hallarse vigilado por agentes de Naser o Tarafa, siguió con escrupuloso cuidado, aunque con una intranquila alarma, sus hábitos cotidianos. En su cabeza ideaba una junta urgente con los miembros de la Piedra Negra, en caso de fallar la tentativa de la *sayida* Fayr y del físico Yurnus. En su dilatada vida de cortesano nunca había vivido una situación tan alarmante e incierta.

Nervioso tras la tensión de una jornada de ansiosa espera, y atenazado por la angustia, divisó al boticario, que se aproximaba encorvado hacia su casa. El horizonte acunaba el sol tibio del ocaso, lamiendo la figura menuda de Ibn Yurnus, que dobló presuroso, como cada día, la esquina de su almunia, sin detenerse ante la de Yahía ni esbozar gesto alguno, desapareciendo tras el polvo dorado de la tarde.

Un intenso suspiro y un sosiego tranquilizador se apoderaron de Al Gazal. Ya solo restaba que la belleza morena de Fez se acercara al emir con algún pretexto, cosa nada dificultosa, pues frecuentaba las habitaciones privadas de Abderramán y no precisaba de asistir a audiencias o celebraciones, aparte de que el omeya, y lo sabía por experiencia, gustaba de su compañía pues era una mujer muy ocurrente. ¿Pero querría el destino acatar el nefasto horóscopo del chambelán?

Una feroz zozobra se apoderó de su mente. Si moría Abderramán, su amigo e imán, años de oscurantismo y opresión se cernían sobre Córdoba.

El siguiente amanecer, el día marcado por los conjurados para deshacerse del piadoso emir, un sol grácil y azulado ocultó la luna, instalada en la brillante Rosa de la Aurora. La primavera había arrinconado las nubes grises, los braseros y candelas, y las coberteras de lana de los lechos. Las umbrías perfumadas cubrían el jardín de los emires aromando de lozanía y fragancias el alcázar. Ibn Yurnus penetró temeroso en el herbolario y comprobó cómo la pócima había sido retirada del rincón donde la había escondido.

—Justo el día del ayuno. Las sospechas se derrumban. El destinatario es el emir. ¡Bastardos! —murmuró, y una nota de incredulidad cruzó su mirada.

Ascendió angustiado a las estancias privadas del emir y aguardó en la salita de los intendentes por si sus servicios eran requeridos. Temblaba. A escondidas había preparado el contraveneno por si fuera necesario administrárselo a Abderramán.

Su corazón parecía escapársele por la boca. Si el recado había sido interceptado, aquel sería el último día en que vería el sol. Oyó la voz del almuecín y se postró en tierra para rezar, musitando una atormentada plegaria. Enseguida sus oídos percibieron puertas que se entreabrían y pasos apresurados por el corredor.

De un salto se incorporó y, tropezando, abrió un palmo la puerta. El emir salía de sus habitaciones, acompañado por la acostumbrada cohorte de eunucos y chambelanes. Asomó la cabeza y se quedó petrificado, cortándosele el aliento. Sus ojos no podían creer lo que veían, y el desánimo y el espanto le corrieron por sus huesos. Resultaba más que evidente. Parecía como si el mensaje no hubiera llegado a su destino, y su señor moriría entre espasmos atroces en solo unos instantes.

—Que el Altísimo nos proteja. —Se hundió desesperado.

Naser y Abderramán se dirigían en silencio al oratorio para entregarse a la oración y el ayuno, seguidos de varios lacayos. Uno de ellos marchaba al lado del soberano con una bandeja de plata, y en ella una copa conteniendo el purgante habitual del ayuno. Pocos conocían que su imán, supremo guía de creyentes, era atraído a una mortal celada cuyo cebo era aquel brebaje envenenado.

Ya poco podía hacer el físico, y si gritaba o se aproximaba a la entrada de la capilla, uno de aquellos *jurs* lo acribillaría de inmediato y sin piedad antes de pronunciar una sola palabra, tomándolo por loco. Siguió inmóvil en el quicio, y aguardó el inevitable final, lamentando en lo profundo de su alma no haber podido evitar una muerte que le perseguiría toda la vida como una maldición. Se sentó en un rincón de la estancia de curas y sanaciones y cogió el contraveneno por si podía utilizarlo. A su pesar se conformó con su adversa fatalidad:

—Dios mío, saber que mis manos han creado ese mortal veneno —masculló.

El monarca y los eunucos se postraron en tierra ante

el mihrab, exornado de marfiles, esmaltes y jaspes rojizos. El lucernario despedía un fulgor diáfano, saturando de placidez el oratorio. Tras un prolongado rato de devotos rezos, el soberano se incorporó y besó con religiosidad un Corán fileteado de oro. El acto religioso había concluido, y llegaba el acto final de la tragedia. Abderramán se giró y se detuvo en las escalinatas, posando su mirada bondadosa y a la vez inquisitiva en el gran *fatá*, al que manifestó con una voz autoritaria e intrigante:

—Naser, esta noche he padecido un cólico inclemente, y con ese malestar no encuentro aliento para consumar toda una jornada de abstinencia. No obstante, te acompañaré unas horas más en tu penitencia y luego me retiraré a mis aposentos. Puedes tomarte el tónico preparado para mí. Te hará bien y limpiará tus humores.

El castrado crispó la boca, quedando inmovilizado por la conmoción del instante, como si las palabras del emir hubieran penetrado arrasando sus entrañas.

El sultán estudió la reacción del eunuco y aguardó notar algún gesto humano. Percibió en sus ojos ambiciosos al auténtico Naser, al que había cubierto de gloria y riquezas, al perverso traidor que lo había embaucado durante años. Le costó trabajo aceptarlo y reconocer en aquel descastado al niño que rescató de la inmundicia, y ahora a su confidente y ministro. Y si no hubiera sido por la advertencia de la morena Fayr, ahora mismo se hallaría tan frío e inerme como las losas que pisaba. ¿Qué malvada acción había perpetrado para merecer semejante tributo?

Al gran *fatá* se le heló la sangre y, pasmado, abrió los párpados, componiendo una mueca grotesca. Se resistía a aceptar las palabras de su señor y no sabía cómo salir airoso del atolladero. Mudó el color de sus facciones, y de su boca lívida no surgían las palabras. Una flojedad paralizante le subió desde las piernas y la garganta se le secó por la tensión. No podía ser. ¿Lo habían descubierto, era una casualidad, o solo una veleidad de un destino esquivo? Fingiendo sorpresa se excusó titubeante ante el sultán:

—Mi amo, yo..., esta mañana he ingerido algunos manjares y probarlo puede ocasionarme algún desarreglo en mi vientre... Podemos postergarlo para otro día más propicio —objetó, sintiendo un desbordante temor.

Abderramán fijó su mirada de halcón en el castrado. No aceptaba su negativa.

—Naser, te noto angustiado y pálido —insistió cortándolo y sin concederle un solo pretexto para rehuir su ofrecimiento—. ¿Acaso lo que preparaste para mí no es beneficioso para ti? Me inquietas. Insisto, o lo tomaré como un desaire. Haces que malpiense y la duda se revele en mi cabeza.

Los eunucos y sirvientes no entendían aquella situación tan chocante y se miraban inquietos unos a otros. Jamás habían visto a su emir tan terco con el gran chambelán, por lo que comenzaron a sospechar que algo inconfesable y de naturaleza capital estaba sucediendo en aquel momento en el oratorio del alcázar.

El chambelán, no hallando en su mente ningún subterfugio para rechazarlo, asió con su temblorosa mano la copa y, con los ojos desencajados y los labios trémulos, tomó unos sorbos ante la mirada entristecida del emir. Le sobrevino al instante una sudación frígida que le corrió por la espalda. Tambaleándose intentó asirse a uno de los criados, pero la vista se le nubló y cayó de bruces. Luego, gruñó balbuciente:

—Excusadme..., estoy... enfermo... y he... de retirarme.

Al salir, como un espectro vacilante, se precipitó contra

la puerta. En su confusión, derribó a uno de los guardias, mientras mascullaba expresiones ininteligibles, provocando un revuelo mayúsculo en la galería, por donde circulaban los palaciegos, criados y guardias. Se introdujo dando tumbos en un *marahid*, un retrete, y echó unas babas biliosas. Uno de los eunucos fieles intentó ayudarlo y el sultán, con ademán hosco, le ordenó:

—¡Dejadlo! Los buitres siempre se ocultan para agonizar. Los designios de Dios aún no se han cumplido. ¡Miserable castrado!

—¡Dios Misericordioso, ha intentado envenenarte, ¡mi señor amado! —exclamó el bondadoso Sadum, tirándose al suelo abrumado y abrazándole los pies.

—Así de cierto y de horrendo es, Sadum, y me resulta intolerable, amén de injustificado. Había tejido a mi alrededor una burda conspiración abortada por la Providencia de Dios y el valor certero de dos fieles, Ibn Yurnus y la princesa bereber —contestó y la palidez se adueñó de sus facciones—. Llamad a mis hijos, y al visir, y que el Consejo sea convocado. Y que nadie abandone el alcázar.

—La amistad te convirtió en vulnerable, pero Alá no había concluido el libro de tu vida. Y ahora, supongo, viviremos tiempos de horror y muerte —dijo el eunuco.

—Reclamo mi derecho a defender mi sangre y mi vida, mi fiel Sadum.

Naser, mientras tanto, dando tropezones sin tino, se dirigió babeando y en una desenfrenada carrera, escaleras abajo, hacia la botica de Yurnus, arrojando por la boca espumarajos verdosos. Sus facciones habían tomado un color parduzco y sus párpados se habían vuelto mostrando sus turbias retinas. Los ajenos al suceso se apartaban a su paso, sin explicarse aquellos alocados y torpes traspiés.

—¡Favor, auxilio! —farfullaba—. Leche de cabra. Quiero leche de cabra.

Cuando llegó al herbolario, seguido de una veintena de servidores y del físico Yurnus, se precipitó como un poseso sobre una de las estanterías y, destapando cuantas redomas encontraba en las estanterías, las ingería. Luego dio un alarido y derrumbó uno de los anaqueles precipitándosele sobre la cabeza una cascada de pócimas y líquidos pringosos. Por último, tras su infructuosa ingesta, cayó fulminado en un ataque desgarrador, bañado entre sus propios orines y excrementos. Después estiró la lengua espantosamente y lanzó un vómito nauseabundo. El eunuco Naser, ante un espantado corro de palaciegos, expiraba en medio de maldiciones.

—Cuando el Misericordioso consiente algo, lo hace sin piedad —dijo Yurnus.

—Lo poseyó todo y ahora tendrá solo una mortaja y una tumba —terció un esclavo, que escupió antes de desaparecer—. ¡Bastardo castrado!

Y el alcázar se convirtió en un mentidero de habladurías, idas y venidas, mensajeros corriendo por los pasillos y atropelladas decisiones, todo en medio de una atmósfera de sobresalto, delación, tensión e incertidumbre.

Abderramán reunió a su gran visir, el virtuoso Ben Suhayd, a quien le comisionó una investigación y represalias inmediatas, antes de retirarse abatido al mirador del Arrecife. Sus ojos aguardaban melancólicos una explicación convincente, pero tan solo le llegaban noticias de encausados y traiciones. Al poco le testimoniaron que Suayh y dos eunucos más se habían quitado la vida y los habían hallado ahogados en sus propias defecaciones, y con las lenguas negras como la pez, junto a un pergamino hecho mil pedazos donde se adivinaban algunos nombres.

Aquella misma tarde, en dos almunias de la Ruzafa, las plañideras lloraban la muerte de dos cortesanos a los que Suhayd había enviado un escueto pero claro mensaje: *O morís con honor o esta misma tarde seréis juzgados por alta traición*.

Al caíd Ben Husn y al visir Rabihi los sorprendieron, uno echado sin vida sobre su espada y al otro cerúleo como el mármol, con las venas seccionadas, dentro de su baño y con un cántaro de vino de Siraf vacío. Pero parecía que antiguos y agraviados resentimientos aún sobrevivían en el alcázar y la muerte y la desgracia no concluyeron. Ibn Yurnus, el denunciador de la conjura y providencial salvador de la vida del emir, había sido hallado brutalmente desnucado en su maltrecha botica, con la lengua seccionada, signo inequívoco de haber sido juzgado por los desleales como despreciable delator. Mil conjeturas se sucedieron a su asesinato y su testimonio espiró con él, dejando sin desvelar oscuros propósitos de la conspiración. El emir lamentó no haberlo protegido y lloró amargamente, mordiéndose el reverso de la mano en señal de desgracia y de dolor. Córdoba entera quedó impresionada por los hechos y rezó en las mezquitas por su sultán, su *amir al mumin*, al que amaban.

Aquel mismo mediodía, con un reducido séquito, Abderramán se encerró en las espesuras del Palacio de las Aguas Rumorosas. Desde aquella nefasta jornada, aquel príncipe compasivo, vitalista y amante de las ciencias y los placeres cayó en un profundo abatimiento del que ya no saldría jamás, convirtiéndose en un misántropo miedoso e introvertido.

¡El halcón impetuoso transfigurado en la más vulnerable de las palomas!

Y cuando un sol rojo fundía de reflejos cárdenos las aguas del río y los alminares de Córdoba, los familiares de Naser, tachados de asesinos, fueron trasladados a empellones a los calabozos de la *mutbaq*, donde a Bilah, el torturador sudanés, le rogarían la muerte como la más deseable de las dichas. Aquel día, el rumor y un regato de denuncias señalaron a Tarafa como inculpado, pero algunas esposas testificaron su inocencia en la trama, pues desde hacía semanas se hallaba lejos del alcázar y de los conspiradores en la residencia real de la Ruzafa. El propio eunuco, arrastrándose ante el cadí, juró y perjuró llorando por el santo Corán que nada tenía que ver con la intriga, e incluso señaló a unos eunucos de tibia fidelidad, que pagaron con su vida. El brazo de la justicia aún no lo había marcado con su índice inapelable. Aquel camaleón de la maldad había demostrado su capacidad para exculparse y cambiar su capa de traidor por la de inocente espectador.

No lejos de allí, un pregonero de palacio, jinete de un alazán enjaezado, antes de fijarlo en la mezquita, propaló por las abarrotadas plazas y calles, ante la enfurecida multitud, un lacónico bando escrito por su mismo príncipe:

Musulmanes: que la memoria de Naser sea borrada de los anales de Alándalus. Que su nombre se suprima de las inscripciones de la aljama y sea desposeído de sus títulos y haciendas. Que la mezquita levantada con sus impías limosnas sea cerrada al culto, y el Corán de Utmán devuelto a la aljama mayor. Tendió una trampa al Misericordioso, y ahora lo cubre la tierra y la ignominia, y lo devora la podredumbre.
Dios lo humille en el infierno.
Abderramán, el humilde Siervo de Dios. En el último día del shabán

La noticia corrió por los arrabales y por las vías y sendas de todo Alándalus, insinuándose en los mentideros como el viento de invierno. Al Gazal examinaba en su biblioteca con Sanae los índices astronómicos de Ben Anas cuando el mayordomo se lo comunicó alborozado. Un suspiro de alivio salió de sus labios. No hubiera podido soportar un gobierno de despotismo e intolerancia y la amarga muerte de su amigo y soberano. Como lo conocía, sabía que en aquellos momentos sería presa de la más desoladora de las desesperanzas y que en semanas no convocaría a su *diwán* poético y a su tertulia de astrónomos. Tan innoble acción le arrebataría años de su vida y la desconfianza anidaría para siempre en su corazón.

—Lo traicionó aquel en quien más confió. ¿Puede existir mayor perversidad?

—Querida Sanae, dice un proverbio de estas tierras: «Inclinémonos ante el mono mientras gobierna». Naser, el Victorioso, simuló fidelidad durante años, hasta que su codicia lo perdió. El emir se hallaba confiado en su trono, y se lo advertí. Sin embargo, el asesinato de Yurnus me colma de intranquilidad. ¿Qué pudo suceder, y cómo no se rodeó de la suficiente protección? Lamentable, en verdad.

—¿Vendrás a visitarme esta noche, mi amo? —preguntó con ojos candorosos—. Desde tu regreso del país de los *nordomani* no has calentado mi lecho con tu pasión.

—Hoy nos reunimos los adeptos de la Piedra Negra en la casa de Firnas. El tema de nuestras consideraciones versará sobre estos onerosos sucesos.

—Adivino en tu cara un halo de inquietud, mi amo —le confesó.

—La camarilla del mal no está acabada, mi niña, y

los tentáculos de la hidra persisten aún. Al Layti, Tarub y Tarafa aguardarán agazapados el momento preciso, y maquinarán nuevas infamias, ahora que el emir está apartado del Gobierno. Presiento tiempos de maldad. Duérmete y guarda tu ternura para un joven de alma risueña muy cercano al corazón de los dos. Mis pulsos se debilitan cada día más y ya no puedo cruzar contigo emociones ardientes —la consoló con ternura.

Ella le regaló una delicada mirada y dejó escapar lágrimas de gratitud.

Al Gazal salió embozado de la almunia, y la luna, como un cayado de luz pálida, acompañaba en el firmamento a una legión de estrellas.

CAPÍTULO XXII

ZANDAKA

Al Gazal, cuyo cabello siempre había sido de un castaño cálido, estaba siendo eclipsado por numerosas hebras níveas. Con el intento de envenenamiento de su señor, el orden natural de su mundo se había resquebrajado. Ni los avances en el estudio de la cábala con sus cofrades ni la placidez de su vida lo habían conducido al sosiego. El emir, transcurridos dos meses de los luctuosos sucesos, no había convocado aún al círculo de sus amigos íntimos. Córdoba estaba envuelta en un marjal de lóbregas murmuraciones y sus moradores atrapados en una red de miedo y alarma pues la perversidad seguía gobernando los entresijos del poder.

Yahía había presentido en la observación de los astros el anuncio de infortunios venideros, y la aciaga nota que ahora sostenía en su trémula mano lo corroboraba con certeza. La turbación había aflorado en su rostro. Era suficientemente perspicaz y no tardó en entender que la desgracia había llamado a su puerta. Su mente se agitaba ante la abrumadora posibilidad de caer en desgracia.

Leyó una y otra vez la comunicación y no podía creerlo. Se temió lo peor, y su calma se quebró como el cristal. ¿Qué pecado había cometido para merecer aquello? La casa toda era un puro lamento. Su esposa, Sanae, Balansí, sus hijas y sirvientas lloraban como plañideras, y Masrur y los hombres se revolvían recelosos y con rostros adustos. Había despertado la hidra de la envidia.

No debía presentarse ante el cadí Ben Alajmi de la mezquita para responder de la denuncia de un musulmán anónimo, sino ante el inquisitorial tribunal de la Hisba, donde comparecían los acusados de tibieza en la fe, los renegados, los apóstatas o los traidores al Estado. Ya no lo dudaba, el fanático Al Layti y el truculento Tarafa, expertos tahúres del juego traído por Ziryab, sabían que, para rematar al rey, era necesario aniquilar antes sus baluartes principales. ¿Pero quién había presentado la denuncia? ¿De qué se le acusaba realmente?

Masrur recogió el papel del suelo y leyó para sí, consternado y triste:

Se cita a Yahía ben al Hakán al tribunal de la Hisba para responder de la inculpación de un creyente, al amparo del sagrado Corán. Comparecerá a la hora de tercia del día de mañana en el Salón Kamil del alcázar de los emires de Alándalus.

Veía que el papel de la acusación se le había encomendado a un demonio de la sutileza de la fe, el atrabiliario *mulab* Al Layti, el cadí de la venganza hacia los tibios. La primera reacción del joven supuso una confusión de angustia. Carreras de indecisión de un lado para otro, gimoteos y desazón se adueñaron de una familia en la que antes reinaba el sosiego. Yahía tranquilizó a familiares y amigos, y alertó con una nota manuscrita a los miembros de la Piedra Negra. Él había sido el convocado, pero con aquella comparecencia pretendían enjuiciarlos a todos. Al fin esgrimían sin tapujos la prueba tan celosamente guardada. Se acomodó junto a Masrur.

—Aprovechan mi indefensión, sabiendo que el emir se encuentra imposibilitado y retirado de los asuntos de gobierno en el Palacio de las Aguas Rumorosas. Y estoy seguro de que ni tan siquiera ha sido avisado —le dijo.

—Padre, con seguridad, los agentes de Tarafa conocían vuestras tertulias teológicas, y únicamente tratan de sondearte para intimidaros. ¿Por qué no envías una petición al emir? Está en deuda contigo. Tal vez no lo sepa, pero tú le salvaste la vida. ¿No ves que existe una conspiración detrás de todo esto? —le advirtió.

—Masrur, Abderramán se halla postrado en su lecho, y me llevaría semanas concertar una audiencia. Lo que más temo es el perjurio de esos alfaquíes. La calumnia corre como el viento y muchos soplarán para apresurarla, hijo mío. Cuida de mi casa mientras tanto, y si algo ingrato sucediera, coge un caballo y marcha a Yayyán. Mi hermano Umar velará por nuestras vidas e intereses.

Sin embargo, una duda le rondaba la cabeza perturbándolo hasta el enloquecimiento. ¿Conocería el emir la acusación y la celebración del precipitado juicio? Se sabía amigo perseverante del sultán, ¿y qué podía temer entonces? Pero también sabía que había castigos que podían ser tan espantosos como la muerte.

Después de una vigilia inacabable, no consiguió conciliar el sueño fabricando argumentos y conjeturas. Se aseó, oró y, vestido con una zihara inmaculada, apareció en el patio de la casa con ademanes imperturbables, alentando a todos. No obstante, la tragedia se palpaba en los miembros de su familia y su ánimo se conturbó.

—He de irme ya, y lo haré solo —manifestó con voz firme.

Antes de abandonar la almunia, su alma se sosegó. Acudieron Habib y Firnas para acompañarlo, y el maestro zulema le aseguró que no existía encausamiento, sino tan solo un requerimiento por una censura privada que nadie conocía, salvo el juez.

—¿Todavía te fías de ese cadáver hipócrita de Al Layti, maestro?

—No se atreverán con un amigo del emir —lo fortaleció —¡Sosiégate!

—Nadie es justo si antes no es humanitario, y Al Layti no conoce ese sentimiento, amigos míos. ¿Y cuántas veces la verdad venció a la falsedad? Pocas, maestro. Su mirada supura sangre y su alma es un témpano de hielo.

Abrazó a su esposa y envió una sonrisa de ternura a Sanae, oculta tras las celosías. Después estrechó a Masrur, que lo aguardaba en la verja del zaguán, junto a su sollozante Balansí.

—Padre, rezaremos al Oculto para que ilumine y esclarezca tu mente. La verdad de un hombre justo es su alma, y la tuya es egregia. En ella confiamos.

—Confiemos solo en Dios. Aguardadme para la oración de la tarde.

Junto al Salón Kamil se había establecido la audiencia donde se celebraban las sesiones de la Hisba, para conferirle sacralidad a una curia que rara vez se reunía. La noticia había corrido por Córdoba como una saeta, y decenas de ciudadanos y fisgones se agolpaban en sus puertas, deseosos de acechar al elegante amigo del emir y verlo comparecer ante los alfaquíes, a los que temían igual que detestaban. Desde hacía horas aquel juicio era la comidilla de los rastros de Córdoba y todos deseaban conocer el desenlace. Desde la conjura, noticia tan apetitosa no corría por los mentideros. Lo recibió obsequioso en la Puerta de los Visires el secretario, a quien consultó con gesto de ansiedad:

—Mi buen *katib jas*. ¿Se ha informado a nuestro señor de este proceso?

—El emir descansa en la Ruzafa aquejado de un hondo abatimiento y con sus humores alterados. El físico ha prohibido importunarlo. Se le informará cuando su ánimo lo permita, Al Gazal.

Al diplomático se le cortó el aliento. Era necesario actuar con diligencia, por lo que se volvió hacia Ibn Habib y le conminó, susurrándole al oído:

—Maestro, no me gusta el cariz que toman los acontecimientos. Compromete a nuestras amistades y al mismo príncipe Muhamad si fuera necesario. Abderramán ha de conocer cuanto acontece, o mi cabeza no perdurará sobre mis hombros mucho tiempo. Te lo ruego, acercaos Samir, Firnas y tú al Palacio de las Novedades, o al de las Aguas Rumorosas, donde convalece el emir, o será demasiado tarde. Buscan mi infortunio y nada los detendrá aprovechando su ausencia.

Penetró en el solitario salón orbital del alcázar, tan frecuentado en tantas audiencias y fastos. El ambiente era frío y formal. Al fondo, en un diván damasquinado, se hallaban los cinco miembros del tribunal en vigilante actitud. Un haz de rayos blanquísimos provenientes de las vidrieras parecía hacerlos levitar. Se tocaban con turbantes negros y cubrían sus túnicas con los preceptivos *burnus*, los albornoces de listados polícromos propios de los jueces. Estaba persuadido de su celo indagador, y fijó su mirada en Al Layti, vacía, gris y despiadada.

«Sobrado tribunal para una insignificante acusación», pensó.

Avanzó observándolos, y sin quererlo esbozó una mueca de disgusto. Aquellos alfaquíes no le infundían seguridad, y en especial el mulá supremo, Al Layti, que lo presentaría como un hereje contumaz. Allí estaba arrellanado en el estrado, comidas sus entrañas por la podredumbre y unas pústulas rojizas que le asomaban por el cuello de lagarto, como si fuera una estatua de arcilla tallada en el diván. No dormía, y apenas si ingería alimento alguno, pero había aguardado anhelante este momento para humillarlo públicamente, y sacó fuerza de flaqueza para asistir. Al Gazal no era ajeno al piadoso celo de aquella hiena de la acusación y de la severidad religiosa.

Al Gazal se inclinó, y tras intercambiarse miradas de mutuo desprecio, fue invitado a sentarse en un entarimado frente a ellos. Un silencio casi místico se hizo en la sala, hasta que la voz quebrada del Al Layti resonó como un rugido aullante:

—Yahía ben al Hakán ben Wail, de los *yunds* de Damasco y de los Banu Beckar de Yayyán. Nos consta que no has blasfemado, que eres compasivo, y que acatas el estado constituido en Alándalus, hasta el punto de haber servido a esta comunidad con eminentes servicios, ensalzando nuestra fama por el mundo. Has cumplido con tres de las más benditas empresas de todo creyente. Participaste innúmeras veces en la *chihad*, observaste en tu juventud el precepto de la Hach peregrinando a la Meca y, como conducta excepcional vedada a muchos, has cultivado la

Talab al Ilm, la búsqueda de la sabiduría en Oriente, convirtiéndote en un investigador del conocimiento en los dos Orientes.

—Cierto es, Al Layti —aseveró con ingenuidad, pero aguardando lo peor—. ¿Y si es así, de qué cargo se me acusa entonces? Mi trayectoria y mi religiosidad son conocidas en Córdoba. No soy un perturbador del pueblo, y no se me conocen actividades contra el emir, quien me tiene por amigo y consejero.

Yahía se sentía solo, vulnerable y desposeído de todo recurso de réplica.

—Extraño concepto de la amistad el tuyo. ¡Mientes! —gritó el alfaquí pleno de ira, atrayendo sobre sí la mirada sañuda de los otros magistrados. Este infame libro de tu propiedad lo contradice. —Lo blandió en alto con un rictus triunfal.

Al Gazal, confundido y sin habla, paralizó sus pulsos. La cara se le desencajó. Allí, ante sus ojos, brilló el medallón restañado de la estrella de Salomón y los rugosos pergaminos del mutilado *El trono de Dios*. «Al fin ha aparecido la prueba inculpatoria y el momento no podía ser más propicio, con el emir postrado, y él controlando los resortes del poder junto a Tarafa. Este cuervo conoce bien la elocuencia de la violencia dialéctica», pensó.

A Yahía se le cayó la venda de los ojos. No saldría de allí exculpado.

En pocos instantes le pasó por su mente la risa embaucadora del librero, la sorpresa de los cofrades de la confraternidad, la ascética imagen de Al Jabali y los semblantes amigos de Basilio de Bizancio y Ottar el Negro. Todos parecían asistir con él a aquel fatídico momento. No, no había sido un vulgar ladrón de caminos quien había sustraído aquel ejemplar, sino algún alfaquí o eunuco al servicio de aquellos sectarios. Su arrojo se hundió, y comprendió que sería condenado. Solo le restaba un resquicio para la salvación, y estaba en manos de Firnas y de Habib. No había sido convocado a responder, sino a ser enjuiciado sumarísimamente. No obstante, su corazón le aseguraba que no habían conseguido revelar el contenido del tratado pues muchas de sus claves eran desconocidas incluso para él. Lo acusaban a ciegas y comenzaba a producirle tedio. Luego recordó cómo Al Jabali había arrancado en el *ribat* yayaní las hojas más comprometedoras, y respiró.

—Yo no lo he escrito. Lo compré por su rareza —se defendió retador—. ¿Y cómo puede inculparme un libro indescifrable encontrado en el zoco de los libreros? Ni yo mismo lo entiendo. Entonces deberíais acusar a más de cien sabios de Córdoba.

—¿Un alquimista y estudioso de tratados antiguos no se ha mostrado capaz de interpretarlo? —apostilló rojo de ira—. Nos tomas por estúpidos, Yahía.

—Estaba en su revelación cuando me fue sustraído, Al Layti. Es un galimatías impenetrable, salido del cálamo de un autor enajenado —repuso con valor.

—¡Conocemos a quién perteneció! —intervino un alfaquí de corta estatura y de amplísimos bigotes, que estiraba con gesto nervioso—. El apóstata Kilab, que mancilló con sus perjurios y herejías la mezquita de Badr.

Las voces de sus acusadores le parecían a Al Gazal como de hierro mohoso.

El cerco acusador se iba cerrando y las pruebas instruidas de antemano iban cayendo sobre Al Gazal rotundas e inculpadoras. Tenía la sensación de hallarse como el asno atado a la noria, pues sus jueces no salían de sus repetidas acusaciones.

—¿También desconocías que este compendio constituía el símbolo de los mutaziles, enemigos de la sangre omeya, el linaje del que tú llamas amigo e imán?

Sintió un escalofrío correr presuroso por su piel.

—Nunca he tenido tratos con esa secta, que repruebo —rebatió Al Gazal.

Vio que la maldad crecía a pasos agigantados en el tribunal.

—Las rechazas, pero te instruyen sus maestros. ¿Acaso no acudiste con este cismático texto a la corá de Yayyán, entrevistándote con el zahid Al Jabali, el defensor de la libre interpretación del Corán? —le inquirió Al Layti, rojo de ira.

—Sí, pero... —intentó replicar, pero fue cortado por la voz del secretario.

—¡Las sierras de Yayyán, tu tierra de origen, son nidos de víboras heréticas, un reducto rebelde y hostil a los omeyas de Occidente! —retumbó la acusación en los muros del salón—. Quizá preparabais una rebelión, semejante a la tramada en otro tiempo contra su antepasado Abderramán, el primero de su nombre. ¿No es así?

Todo aquello le parecía una locura y veía que pisaba sangre.

—¡Eso es una calumnia sin fundamento, eminentes doctores del Corán! —se defendió imperturbable—. Tan solo me atrajo a aquel *ribat* la búsqueda de Dios y del conocimiento, os lo aseguro. He rendido valiosas prestaciones al Estado, donde me fue la vida. ¿Cómo iba yo a enfrentarme a mi imán, que siempre me regaló su favor? Y nada sospechoso hallé en sus enseñanzas.

—¿Estás seguro? —se jactó Al Layti en tono jocoso, entreabriendo el tomo por una de las páginas finales, para luego leer con ironía mordaz:

—«Si se levantaran mil espadas en alto para derribar a Abderramán, la mía sería la primera». Esta frase nos sorprende por su meridiana claridad. ¿O tampoco examinaste este párrafo? Yahía, debiste entregar este libro al cadí. Ahora te has convertido en sospechoso de debilitar los fundamentos de nuestra *uma*.

Al Gazal reparó en la sibilina maniobra y la peligrosa argumentación y daba gracias al Eterno de no pertenecer a aquellas oscuras aguas de la fe musulmana. La angustia, mezclada con la hiel de la ira, le subió por la sangre. No había duda, ignoraban las actividades de la Piedra Negra, desconocían el auténtico significado del texto de Kilab, y trataban de inculparlo con estériles acusaciones sin demostración, pero graves y sutilmente manipuladas.

Aquellos hombres, predicadores de una religión intransigente, estaban dispuestos a caer sin piedad sobre él, y con el pretexto de velar por la pureza de la fe, apartarlo de la causa de Muhamad, el auténtico motivo de hallarse allí. Ya no le cabía duda, jamás saldría redimido del juicio, por lo que se decidió a irritarlos y desenmascararlos. No acertaba con otro recurso para defenderse.

—Eso es burlesco y disparatado, y os mueven intereses bastardos. Carecéis de pruebas contra mí, y vuestro único propósito es eliminarme para facilitar la sucia maniobra de instalar en el trono a otro príncipe que el elegido. Por lo visto no os bastó el aviso del destino de Naser. Os preocupáis hipócritamente de atiborrar vuestras faltriqueras y vetáis el progreso del espíritu, atrofiados en la rutina del islam.

Al Layti revolvió su cuerpo como un esperpento, sin dar crédito a lo que oía. Él, el fortín de la rectitud, la sólida muralla de la tradición y el implacable adalid de la exactitud, desenmascarado por aquel alquimista. Semejantes palabras no podían quedar inmunes. Clavó su mirada en el astrónomo y le espetó, señalándolo con el dedo y los ojos inyectados en sangre:

—Sé que en círculos privados propalas graves desviaciones de la fe, confundes con tus opiniones racionalistas a creyentes devotos, y buscas en el esoterismo oriental impías vías del Corán. Solo con esto podríamos inculparte, Al Gazal.

El astrónomo no se inmutó. Antes bien contestó con gesto sereno:

—Celoso doctor de la integridad —adujo—. No existe un islam andalusí, o un islam fatimí, u otro bagdalí, sino una única creencia, en la que el hombre busca con su razón a Dios. Y es una falacia rotunda lo que me imputas. Yo persigo el conocimiento del universo, huyendo de una fe de jaculatorias repetitivas, y eso me basta. Y os digo más, este tribunal ha juzgado hoy un asunto dudoso, y vuestras deliberaciones no han sido conocidas por nuestro imán. Estáis obrando en contra del espíritu del Corán, pues el Sello de los Profetas proclama: «Quienes discuten de Dios sin el códice iluminador junto a ellos arderán en el fuego infernal. Él nos ha revelado el Libro y solo Él» —los corrigió, y se miraron entre sí conturbados e iracundos.

Los alfaquíes callaron. Revolvieron papeles y legajos y consultaron un deteriorado *muwata*, el tratado más citado entre los hombres de leyes de Córdoba, buscando en sus retóricas palabras la acusación para Al Gazal, por otra parte, ya decidida. Farfullaron expresiones teológicas y discutieron en voz baja observándolo de reojo. Luego se incorporó uno de los cadíes y, con calculada minuciosidad, suplicó:

—Los miembros de esta audiencia te ruegan que nos

reveles el contenido de este libro herético, reniegues de tus opiniones y te retractes de tus errores en la mezquita mayor, donde se quemará públicamente este tratado. Solo así saldrás libre de cargos. Es nuestra decisión, salida de las enseñanzas del Libro Santo.

—Desconozco su mensaje, que no he sabido descifrar. Su clave numerológica es un galimatías. ¿Y qué he de rectificar? ¿Mi lícita búsqueda del conocimiento? No he blasfemado ni contra la religión, ni contra el profeta, y abjurar en la aljama a voces y ante los fieles significaría reconocer desatinos no cometidos. No me deshonraré hasta tal punto, y defenderé hasta la muerte mi independencia.

—¡Eres un hereje obstinado, y lo pagarás! —le recriminó Al Layti.

Yahía no se dio por vencido y prosiguió con su denuncia.

—Este juicio no se ha ajustado al derecho coránico, y solo el odio, y la venganza, han presidido vuestras deliberaciones. No deseo trato de favor. Quiero justicia, y apelo a la indulgencia del emir. —Su voz apasionada atronó el alcázar.

Los alfaquíes se miraron encorajinados y, tras cuchichear entre ellos, asintieron. Un dilatado silencio se prolongó como una eternidad. Se oyó entonces el garabateo del secretario rasgando el abarquillado papiro y, al concluir, Al Layti se irguió y clavó su mirada en Al Gazal, amparado bajo su espeso manto de orgullo.

—No nos dejas otra opción, Yahía, y conoces tan bien como estos zulemas y yo mismo que no existe recurso de reclamación ante las decisiones de este venerable tribunal instituido por el mismo emir. ¡Levántate y oye el veredicto! —sentenció.

Al Gazal se incorporó como un autómata, con los ojos petrificados. Sentía las piernas entumecidas y el ánimo resignado. La causa no había podido ser más discrepante con la jurisprudencia islámica. No se le había permitido la presencia de un cadí defensor que lo salvaguardara de aquella manifiesta arbitrariedad, y la inquietud lo paralizaba. Pero algo lo angustiaba. Aquel veredicto se presentaba como inapelable, y hasta el mismo emir estaba obligado a acatarlo. Había supuesto una burda precipitación legal, pero era la sagrada Hisba quien se pronunciaba.

Llegó a aquella sala con la seguridad de haber sido convocado para aclarar algún asunto equívoco, o a lo sumo rebatir una disquisición teológica, pero nunca sospechó que aquella causa se convirtiera en un proceso incriminador para su persona. Se sentía indefenso, fracasado y aniquilado ante aquel espectro de piel apergaminada y barba ajada, que, con las cejas arqueadas por el odio, se revolvía como una araña gigantesca en el diván de los zulemas. Al fin, con sádica sonrisa, mirando a un sitio lejano como si leyese un epitafio tras el acusado, dictaminó:

—Yahía ben al Hakán al Becrí, el tribunal de la Hisba de Córdoba, reunido en el alcázar de los emires, te acusa de un crimen de lesa fe, contrario a la seguridad del Estado y al régimen establecido. Por lo tanto, se te imputa el más execrable de los pecados: la inculpación de Zandaka, condenándote por tu conducta sospechosa, y por posesión de proclamas contra el emir, a la pena capital. Entretanto permanecerás bajo la vigilancia de Ibn Salim, el zalmedina de la medina. Este dictamen se elevará al Príncipe de los Creyentes, que sentenciará con su mano piadosa y justa. Que el Clemente tenga misericordia de ti. Este es el castigo de los traidores a la fe.

Al Gazal recibió la contundente condena como si le llegara de otro universo. Una angustia devoradora despedazó sus entrañas. Se sentía víctima de una pérfida conspiración. Alarmado, se esforzó en recuperar su deshecha compostura, mientras en su faz se dibujaba el desamparo, desposeído de la oportunidad de defenderse de los cargos ante el imán de los creyentes. Su corazón se resistía a admitirlo y a articular alegato alguno, apoderándose de él la más desoladora de las confusiones. «Inculpado a la pena capital», se repetía.

Se rebelaba a aceptar tanta perversidad. No había pecado ni contra la fe ni contra su emir, y se le sentenciaba con la más tiránica y penosa de las sentencias, la muerte. No había duda alguna. Querían de él una muerte ejemplar y aleccionadora.

Él, el amigo del emir, el enviado a las cortes del mundo, su consejero y confidente, acusado con pruebas manipuladas. Qué fin más deshonroso para una existencia saturada de experiencias gozosas. Se encontraba tan desamparado como un zagal abandonado en un zoco. Muchos creyentes se rebelarían contra tan flagrante injusticia, pero ¿a quién acudir? ¿No se sabía que muchos cadíes de los que impartían justicia en Córdoba debían su posición a Al Layti?

Solo los cofrades de la Piedra Negra podían mudar la decisión del emir. ¿Pero qué imaginaría Abderramán de semejante farsa? ¿Creería a sus magistrados o a su amigo inculpado? Se derrumbó. No poseía fuerzas para evadirse de las miserias humanas. Y sería separado de la vida si el destino no daba un fuerte golpe de timón.

Fuera, un tumulto de voces publicaba la noticia. Salió de su ensimismamiento cuando unos guardias lo condujeron sin miramientos a un cuarto contiguo a la prisión, descolorido y lóbrego, donde había de aguardar la decisión sumaria. El secretario del tribunal había recibido órdenes precisas de Al Layti de no conducirlo al depósito de la Puerta de Alcántara, por ser hombre de ciencia y cortesano conocido. Allí, en la oscura soledad del habitáculo, pensó en sus familiares y en su negra suerte, y lloró. Al fin se habían desembarazado de él. Naser había muerto, pero la conjura parecía persistir, y con manejos tan sutiles como incuestionables.

Llegó el atardecer y un esbirro le llevó pan de centeno y un jarro de agua, que tomó ensimismado con los ojos entornados, mas ninguna noticia de sus allegados y amigos. Estaba acabado y abandonaría aquel oscuro calabozo camino del cadalso, sin posibilidad de esclarecer la falsa imputación y sin tiempo para la venganza. Nunca, ningún soberano omeya había tenido clemencia con un creyente convicto del pecado de Zandaka, aunque fuera de su propia sangre, y él lo sabía.

Su futuro se mostraba sombrío e incierto, y su alma torturada se había convertido en un desierto en el que resonaba cruel la voz de la vileza. Aquel ocaso no era sino el preludio de la adversidad para él y para su tribu, que sería tachada de perjura. Iba a morir y había dejado proyectos primordiales sin concluir, lo que le atribulaba más aún si cabía. Abandonaría su clan a merced de aquellos deletéreos adversarios, Masrur sin esposa, y sus investigaciones de la cábala y de la epistemología hebraica del Número Centésimo, inconclusas.

La noche se le hizo interminable y los fantasmas del pesimismo abrumaron al alquimista hasta la desesperación. Pasadas tantas horas resultaba evidente el fracaso de sus influyentes amigos y familiares, que no habían conseguido el perdón de Abderramán. La duda lo atenazaba y, ante la próxima comparecencia ante Dios, se sentía demasiado viejo, pecador y sin ningún consuelo. Las sombras lo volvieron temeroso y solo anhelaba que todo aquello no fuera sino un sueño amargo pero pasajero. Sesteó unas horas, hasta que un insoportable dolor en las sienes lo hizo quejarse en voz alta. Parecíale haber vivido en aquella noche diez años incesantes de tormento. Y su sentencia de muerte había sido pronunciada. No había error.

Al fin comparecieron las primeras luces del amanecer y se escucharon vagos ruidos de pasos y armas, y un pavor frío le corrió por el cuerpo. El patíbulo se hallaba cada vez más cercano y, según recordaba, solo podría recibir a su esposa e hijos durante una hora antes de ser entregado a la espada del verdugo que le seccionaría la cabeza.

—Dios mío, me ejecutarán sin haberme concedido la gracia de volver a mi casa y abrazar ni tan siquiera a los míos. Qué final más despiadado —susurró con el rostro entre las manos, y suplicó lastimero una muerte rápida y honrosa.

Tres guardias armados y con faroles encendidos penetraron en la celda, seguidos de otros hombres. Se sobresaltó. Contempló aterrado las facciones de los carceleros, iluminadas por las candelas, e intentó hacerles frente, pero sus miembros anquilosados apenas si obedecían a su cerebro. Se encogió en la pared como un gusano, aguardando el momento del veredicto. Se incorporó después, asustado.

—El zulema Ibn Habib ha de hablarte antes de que escuches la sentencia sellada por el emir —le informó el oficial, inmóvil como una efigie.

La figura menuda de Habib se adelantó, y a Al Gazal le pareció demasiado cruel que enviaran a su maestro, el más virtuoso de los cadíes de Alándalus, la palabra infalible de

Córdoba, a comunicarle el inevitable fin. El anciano le tomó la mano, la acarició y le comunicó con voz trémula:

—Al Gazal, hijo mío. Muchos han sido los que se han levantado contra la despótica condena de Al Layti y han acudido al emir, como una sola voz, solicitando la absolución. Más incluso de los que imaginas, pues ha llegado una petición de clemencia hasta del músico Ziryab. Pero tratándose de la acusación de Zandaka y habiendo una prueba tan palpable que Abderramán ha leído con sus propios ojos, resultaba improbable para él cambiar la sentencia de la Hisba. Creo que jamás se encontró tan asediado, ni su mano tan convulsa, antes de firmar un decreto.

—No has de preocuparte, venerable maestro —repuso resignado—. Tu presencia ha sido como un bálsamo de Arabia y ahora sé que voy a morir.

—Aguarda, Yahía, pues el Oculto está contigo —dijo, y el astrónomo abrió los ojos desconcertado, tras apretarle los hombros paternalmente.

—¿Que Dios permanece a mi lado? No puedo soportar más crueldades en este oneroso momento. ¡Venga la muerte, y acabemos con esta pantomima, Habib!

En boca de cualquier otro hubiera sonado a hueco. En Habib no, y escuchó:

—Atiende a lo que vengo a decirte, Yahía, y calla —le exigió severo—. El príncipe Abderramán, el indulgente, enfrentándose por vez primera a los jueces de la Hisba, y ejerciendo una excepción que creemos será irrepetible, ha rectificado la decisión del tribunal conmutándote la pena de muerte por el destierro.

Al Gazal abrió desmesuradamente los ojos. Dios había obrado el prodigio.

—Te exiliarás —prosiguió—, antes de la celebración

de los Sacrificios, al país de Oriente que tu elijas, hasta tanto nuestro señor olvide la aflicción que le has infligido. Tu imán ha derramado lágrimas por ti, debes saberlo. Yo estaba junto a él. Da gracias al Altísimo por tu fortuna y su prodigalidad, amigo mío.

—Desterrado de Córdoba —traslució una mezcla de alegría y agobio.

—En el emir han prevalecido tus favores al Estado y vuestra íntima amistad a su fe inquebrantable en la ley. No ha sido cómodo para él, compréndelo.

—He de reconocer su magnanimidad, maestro, pero creo que es el frío argumento de los gobernantes cuando no quieren enfrentarse a los poderosos que los sostienen. ¡Que Dios lo preserve! Soy inocente de todos los cargos imputados, y tú lo sabes. Pero acepto la decisión. Emigraré a Siria, la tierra de mis ancestros —dijo.

—Admítelo, Yahía. Ha sido una escapatoria digna a una cuestión más que espinosa, Yahía. Sintió un gran desconsuelo al conocer que se había celebrado el juicio sin su conocimiento, y ha tenido palabras agrias con Al Layti. Y ten presente una certeza. Cuantos te queremos, no cejaremos hasta conseguir tu repatriación.

Al Gazal se echó en el hombro de Habib y sollozó, no sabía si de alegría o dolor. Tenía las facciones consumidas por la vigilia. El exilio encerraba promesas y esperanzas, pero su corazón alentaba consternación. Partir lejos era morir cada día, dejando en lejanas tierras jirones de sí mismo.

Pensó en su soberano, y se lamentó de que la falsedad los hubiera separado para siempre, sin lugar para una aclaración y un abrazo postrero. Se sintió como él mismo, una víctima más de la turbulenta conjuración del alcázar, y lo absolvió del pecado de ingratitud.

—Salgamos de aquí, Al Gazal —lo animó—. Las cárceles me angustian.

Pudo ser la boda más dichosa de su vida y se convirtió en la más infeliz. No se habían contratado prestidigitadores, ni juglares *mulhi*, ni tan siquiera una orquestina ubedí de albogues, bandolas y laúdes. La novia llegó de casa de Habib, el padrino, montada en un camello y envuelta en sedas damasquinadas, bajo un palio de Zedán con hilos de oro. Al convite asistieron sus yernos e hijas, sus amigos y parentela más cercana. Al Gazal amaba a los esposos, Sanae y Masrur, y antes de partir al exilio de Bagdad regaló la libertad a Sanae, concediéndosela en matrimonio, por petición propia, a su fiel y amado hijo adoptivo, Masrur.

Balansí, el mayordomo, actuó como casamentero y Al Gazal pagó la dote de la novia, el tradicional *mahr*, espléndidamente. Todos sabían de su amor callado durante años, y él fue el último en advertirlo. No se lo perdonaba y se afligía por ello. A ambos les debía mucho, y les dispensó aquello que más apetecían, sus vidas y su libertad. Jamás Al Gazal imaginó a dos amantes más satisfechos que Sanae y Masrur aquella tarde bajo las parras del huerto, hermosos como dos danzarines bagdalíes. Los versos dedicados por la *qiyán* de ojos de aurora se lo agradecían:

Mis ojos se humedecen, Al Gazal, al separarte de la familia, y nuestros corazones miran expectantes el camino de Oriente aguardando tu retorno. Hombre generoso, siempre recordaremos tus favores puros, Gacela de Córdoba, y seguiremos la huella de tus versos, que hoy se desvanecen con tu partida .

—Me entristeces más con tus estrofas, Sanae, que la prontitud de mi partida. Os ruego guardéis mi casa, mi biblioteca y mi hacienda, y veléis por mi esposa y mis hijas —les rogó a los recién casados con lágrimas en los ojos—. Me abandono a vuestra confianza, hijos míos. No os olvidaré ni uno solo de los días de mi exilio.

—La lealtad posee un alma vigorosa, padre. Cuando regreses tendrás la misma hacienda y mayores afectos. Nada te faltará, y acudiremos a los cadíes de la mezquita exigiendo justicia —aseguró Masrur abrazándolo—. Sé que eres fuerte, y la fatalidad pasará de largo de tu tienda. Dios acortará con su favor la larga soga que te separará de nosotros. Pero regresarás, tenlo por seguro.

—Quiera Alá que no olvide las fragancias de Córdoba y vuestro calor —manifestó con los ojos enrojecidos—. ¡Y cómo añoraré la felicidad de esta almunia! Que el Misericordioso quede con vosotros. Y rezad por mí y por mi retorno. Me decís adiós con los corazones, y por ello no tendré más remedio que volver. —Calmó los ánimos de las mujeres que lloraban como plañideras.

Antes de la oración de la tarde se despidió, besándolos uno a uno en las mejillas. Luego les volvió la espalda, abatido, y se encerró en su biblioteca, donde aguardaría la aurora para partir. Metió en una bolsa una veintena de legajos y libros, y la cerró. Luego anudó la llave de sus aposentos y se la colgó del cuello.

En el puerto de Qartayannat al Hafa[28] lo esperaba Solimán Qasim con su grácil Aldajil, tantas veces guía de viajes apasionantes y ahora de la más trágica de las singla-

---

[28] Cartagena.

duras. Un tiempo concluía y otro amargo se despertaría con el alba.

El amanecer de la expatriación de Alándalus el mar caracoleaba inquieto.

Al Gazal, aún en el embarcadero en compañía de Firnas, Masrur y Samir, que lo habían acompañado en una comitiva de jinetes, se sentía como un insignificante extranjero, y no deseaba que el sol compareciera por levante. Las sombras del alba parecían vestir de luto los pinares y la naturaleza se desgañitaba de desdicha. Sabía que partía hacia un cautiverio de verjas abiertas, de las que tal vez nunca escaparía. Sus cabellos se habían blanqueado aún más con la causticidad del destierro y se mecían alborotados con la brisa. Asió del hombro a Firnas y les expresó:

—Pienso que la nave de Solimán es como un ataúd para mí, y la pena por dejaros me taladra como una puñalada, amigos.

—No anuncies desgracias, Yahía —lo apoyó Firnas—. Quedamos muchos fieles tuyos en Córdoba, y Abderramán conocerá la verdad de nuestra boca. No desesperes y rodéate de paciencia. Antes de un año regresarás, te lo juro.

—Existe una prueba irrefutable que me condena, y me ausento sin conocer quién fue el bellaco que la presentó ante el tribunal —reconoció con desesperación—. Han aprovechado el vacío de poder para eliminarme.

—Ahora ya nada importa, y debemos preocuparnos por tu regreso. Has pagado por todos nosotros y eso me angustia —confesó Samir abatido.

—El objetivo siempre fui yo. Me decanté por Muhamad, y lo he pagado. Siempre lo presentí de esos bastardos. Quiera Dios que retorne a Córdoba antes de morir y pueda concluir una venganza recta y cabal. «Al que abandona su patria por causa de Dios, nada le faltará pues estará a su cargo», manifiesta el Corán —se consoló, mientras se escuchaba la sonora trompa de embarque y la voz familiar de Qasim convocándolo a cubierta.

—Llegó el momento, amigos —concluyó con la voz ahogada, y los abrazó—. Todo lo olvidaré menos nuestros paseos por el grato Wadi al Quivir, y nuestras veladas junto al emir, nuestro compañero y amigo. No me arrinconéis en vuestros recuerdos, ellos me sostendrán vivo. Masrur, cuida de Sanae y de mi esposa, y del torpe Balansí. Os llevo en el corazón. ¡Que Dios os guíe!

Maniobró el Aldajil como una perezosa caravana marinera.

Al Gazal se sintió un alma errante, sin meta ni rumbo y saturado de incertidumbres, y con la sola compañía de las olas que se batían con los remos. Cuando al fin la costa era una línea imprecisa, las velas impulsaron la nave, veloz como un neblí, rumbo a Oriente, a Gaza, y de allí a la cosmopolita Bagdad. Yahía probaría la hiel más amarga para un hombre, el desarraigo forzado de su tierra y, quizá, la muerte lejos de su patria.

Su espíritu no podía abarcar más infortunio.

EPÍLOGO
Córdoba

EL RETORNO

Se separó de la caravana de azafrán que guiaba Qasim y desmontó de la yegua con la ayuda de Atiqa, su esclava y compañera en tierras sirias. Se sentó bajo un olivo, a una legua de Córdoba, que flotaba como un espejismo entre el polvo dorado del crepúsculo. Respiró con ansiedad el aire de la sierra y el aroma de los tomillos, que luego se mezclaron con los efluvios de las bestias, de las especias, y con el almizcle de los baños. Oreaba en la tarde una brisa suave como la melaza, llegándole tan familiar que sintió un gozo indescriptible. Había vuelto a Córdoba, al fin, y lloraba.

Tras el tiempo de destierro en Bagdad, se sorprendió al reconocer los inconfundibles ruidos del alfoz, de las norias del río, de las alfarerías cercanas, de los zocos de Furn Birril, y hasta oyó nítidas las distantes salmodias de los muecines. Miró con sus ojos cansados la muralla del suburbio mozárabe y las oriflamas de las atalayas, que ocultaban la ciudad tras un velo translúcido, como de ámbar.

A un tiro de piedra quedaban los cipreses del cementerio de Um Salama, que cobijaba ruidosas bandadas de pájaros, y las umbrías de la almunia Al Mugira, abigarradas de adelfas. El rumor del arroyo de Al Ramla, atiborrado de naranjos, que manaba cercano al río, y el voceo de los hortelanos atrajeron su atención, por lo que miró los cañaverales donde pacían indiferentes los mulos y acémilas. Había recuperado el recuerdo, los olores y los sonidos, a pesar del tiempo, y se conmovió, murmurando para sus adentros: «Al fin Córdoba, añorada, perdida, y al fin recuperada. Mi paraíso en la tierra. Qué placidez la de la tierra mía».

La nostalgia de los tres años de destierro le había hecho desear tanto este momento que su pulso se aceleró. Y allí permaneció hechizado con el bordoneo de las abejas, mientras contemplaba la medina. Luego se enderezó como si se recuperara de una visión ultraterrena, y asió con su mano la llave que había colgado de su cuello.

—Yahía, debemos proseguir —le sugirió Solimán Qasim desde su alazán—. Pronto cerrarán las puertas de la muralla, y no querrás dormir a la intemperie.

—Una jornada más sin verlos, y sin su calor, me parecería un siglo.

Recordó las palabras de Solimán en Bagdad, hacía ahora cinco meses: «Para la fiesta de la Ruptura del Ayuno nos hallaremos en Córdoba».

Y así se había cumplido. Faltaban solo cinco días.

Con la puesta de sol, toda Córdoba, aletargada con el ayuno del Ramadán, despertó al brillar en el firmamento la luna nueva del *shawal*. El júbilo en la casa de Al Gazal resultó inenarrable, y los lloros y las alegrías se mezclaron por igual por el regreso del padre de familia, al que visitó lo más granado de la *jasa* andalusí. *Asalamu*, bienvenido, era la palabra que más se escuchaba en la casa, salida de los labios de amigos, conocidos y vecinos. Las risas y parabienes sonaron en la almunia como un centenar de fuentes caudalosas.

La languidez del sofocante día de la Ruptura acabó con una espléndida comida en el jardín de las parras, donde corrieron pródigos los vinos almizclados de Rayya, Siraf y Palermo, entre la exquisitez de las asidas, las harisas del ternasco de Samura y las rituales empiñonadas de miel y membrillo. Jamás le habían sabido a Yahía tan apetitosas. Y con la noche cerrada se inició la gran fiesta de la Noche del Poder, y la ciudad entera se echó a la calle. Riadas de gentes se dirigían a las mezquitas más cercanas para celebrar la sagrada fiesta.

Se encendieron candelas de cera perfumada en los zaguanes, y faroles de sebo y aceite en las esquinas. Los comerciantes abrieron sus tiendas y los vendedores de golosinas, apostados en las plazuelas, pregonaban sus mercancías. Córdoba se había convertido en un crisol de luz en la oscuridad de una noche festiva, bulliciosa, animada y atestada de ciudadanos, que celebraban alborozados el fin del Ramadán.

Cuando Al Gazal y su familia llegaron al *shan*, el patio de las abluciones de la mezquita aljama, observó con complacencia el santuario iluminado con tulipas de *saín* almizclado. No paró de recibir abrazos y bienvenidas de amigos y conocidos, gozosos con su regreso. Olió el agua de la fuente tres veces, según la costumbre, y seguido de Solimán, Masrur, Firnas, Samir y las mujeres, penetró en el recinto de oración. Una emoción indescriptible se apoderó de su interior y sus ojos dejaron escapar unas lágrimas cálidas. Masrur esbozó una sonrisa, y le oprimió el hombro.

El tiempo se había detenido para él. Respiró el aroma del ámbar y el sándalo, que en más de cuatrocientas onzas se gastaba en aquella noche, y contempló como si fuera la primera vez el interior iluminado por centenares de lámparas de cristal y bronce, cuajadas de vasijas de aceite; seiscientas arrobas se decía que se quemaban, dando a la perfecta geometría de sus columnas y naves una luminosidad inexpresable. Admiró los destellos jugando con las ingrávidas volutas del incienso, y se traspuso arrobado. Recordó cómo en su niñez, recién llegado a Córdoba, dejaba volar su imaginación con los hexágonos de luz y sus caprichosas composiciones.

Los arcos superpuestos, granas y blancos, cobijaban un mar de espaldas prosternadas frente al mihrab, murmurando versículos coránicos en un ronroneo sosegador, ante los cromados de estuco esculpidos con afirmaciones del Corán. Por un momento Al Gazal se sintió insignificante ante tan mágico marco de perfección.

Pasados unos instantes se oyó un rumor en la *macsura*, la antesala de la mezquita, haciéndose un silencio religioso. Había llegado el nuevo emir, Muhamad ben Abderramán, acompañado del *diwán* de cortesanos y familiares para presidir el jubileo, y todos los orantes enmudecieron ante el anuncio del almuecín. Alfaquíes, cadíes, visires e imanes del templo lo escoltaban, y en torno a él se apiñaban sus chambelanes, no dejando que nadie se acercara. Piadosas alabanzas recibieron su presencia, mientras caminaba por la nave principal cubierto con una zihara bordada de lino inmaculado. Un turbante cuajado de aljófar proporcionaba su pequeña cabeza, realzando sus facciones pálidas y la barba tintada de alheña. Caminaba sin arrogancia, y saludaba a los conocidos con dócil gesto.

«Qué diferencia entre el majestuoso rostro de halcón

de su padre y esta avecilla miope y amiga del álgebra y la astronomía», caviló Al Gazal.

Muhamad no gustaba de la pompa, y más parecía un teólogo de academia que un guía de pueblos. Al Gazal sabía que se hallaba más feliz entre ábacos y tratados de geometría que entre aquel tumulto de cortesanos aduladores, pero no dudaba de que el hijo de Shifa se convertiría en un soberano ecuánime y firme, a tenor de los eminentes consejeros que había elegido. Avanzaba flotando sobre el enlosado cubierto de tapices y, aunque no poseía la cautivante figura de su padre, se desenvolvía con dignidad.

Muhamad se detuvo de improviso y el gentío lo miró expectante.

Sonrió y miró en dirección al lugar que ocupaba Al Gazal, junto a una de las columnas, dirigiéndose hacia él solícito. La muchedumbre se abrió para dejarle paso franco, haciéndose el silencio a su alrededor. Yahía inundó su pecho de calor y sus facciones se alteraron. El emir tendió los brazos hacia el alquimista, quien se agitó, petrificado por la sorpresa. Lo contempló, diciéndole con voz audible por todos:

—*Salam*, Yahía, la Gacela de Alándalus, compañero en el gobierno y el consejo de mi abuelo y de mi padre, y también su salvador y amigo insobornable. Has envejecido, amigo mío. —Le besó las mejillas tres veces—. He firmado el decreto de tu regreso con satisfacción. Mi madre y tu carta abrieron nuestros ojos, y muy pronto se cumplirá la justicia, inexorable y recta. Sé bienvenido, y alégranos mañana con tu presencia en la recepción del Salón del Olmo. Dios esté contigo.

Yahía, que había sentido una grata conmoción, inclinó la testa con respeto.

—La gratitud hacia mi imán y señor es infinita, y mi consuelo al fin completo. Viéndote en tu majestad, no puedo por menos que recordar a tu padre —aseguró emocionado, al borde del lloro—. Sea tu reinado venturoso, mi señor *salihan*. La paz contigo y los tuyos.

—*Inch'Alá*, quiéralo Dios, Yahía. —El emir se estremeció—. Esta noche me siento afortunado y justo.

La comitiva regia siguió hacia el púlpito, deteniéndose junto a los peldaños. El imán inició la oración, velado por las emanaciones de los candelabros de oro y plata y los incensarios de agáloco. Al Gazal plegó sus manos en el pecho y escuchó la prédica del orador y los compensadores versículos de la sura cuarta:

> *Si no estuviese contigo la gracia del Misericordioso, los que habían resuelto extraviarte lo habrían logrado, pero tan solo han conseguido perderse a sí mismos. Dios ha hecho descender sobre ti el Libro y la sabiduría, y te ha revelado lo que no conocías. La gracia de Dios ha sido grande para contigo.*

Parecía elegida para él y su espíritu flotó merced a tan atinado texto, y se reconfortó en los más profundos pliegues de su alma. La iluminación del santuario y los rezos susurrantes del lector lo transportaron a una extraña paz, perdido en un río de recuerdos. Observó a Masrur, a Sanae, a sus hijas, a su esposa y amigos cercanos, y en su espíritu sintió un gozo inconmensurable.

Transcurrieron unas semanas y juicios sumarísimos se sucedieron en el alcázar, donde los jueces más sabios de Córdoba juzgaron a los perversos, y dictaron condenas que el pueblo exigió al nuevo emir Muhamad a través de los cadíes.

Una muchedumbre chillona y ávida de venganza se había acomodado en la calzada del Arrecife, en la ribera del río. Los zocos quedaron vacíos y los curiosos buscaban un lugar de privilegio para presenciar la ejecución. Las mujeres, tapados sus rostros con velos de seda, se acercaban en grupos cuchicheando por las callejuelas. Era una oportunidad óptima para abandonar los gineceos, lucir sus ajorcas, brazaletes y collares, y hacerse ver en los prolegómenos del ajusticiamiento. Varios mozalbetes osados se acercaron a las macabras cruces, intentado palparlas, y fueron echados a patadas por los *jurs*, los mercenarios de palacio.

Poco a poco fueron afluyendo a las cercanías del patíbulo gentes de toda condición, dispuestas a presenciar el macabro espectáculo, mientras los barqueros traían a decenas de espectadores en barcazas y esquifes hasta la orilla del puente romano. Faltaban varias horas para el crepúsculo y un color purpúreo, casi ocre, enrojecía las mansas aguas y los rugosos maderos de las cruces, manchados de sangre negra de anteriores ejecuciones.

De repente se oyó el zumbar de un atambor y una tuba, y la Bad Alcántara, la ciclópea puerta de bronce, se abrió de par en par, apareciendo la cohorte de jinetes del zalmedina, armados con lanzas y tocados con yelmos sirios, jinetes de caballos enjaezados de negro. Y, tras ellos, un destartalado carro tirado por dos mulas salió de la penumbra de la sórdida cárcel, la terrible *mutbaq*. De sus desvencijadas maderas sobresalía un amasijo de carne ensangrentada, coronada por un rostro brutal. El condenado no era otro que el brutal eunuco Tarafa, el mastín de Naser.

Maniatado con cadenas, con su grasienta humanidad desnuda, el cráneo erizado de pelillos rojizos, la nariz hundida, la piel magullada y las facciones desencajadas hacían de él un despojo más animal que humano. Oteó con sus ojos saltones a la muchedumbre, lleno de odio indescriptible, siendo recibido por la turba con duros improperios, al tiempo que le lanzaban desperdicios y grava del río, impactando en su cabeza.

Junto a él, en el mismo carromato y también atados con sogas de esparto, se debatían un cerdo de pelaje gris y un perro lanudo y sarnoso, que, como animales impuros, serían crucificados junto al castrado en señal de que su crimen era juzgado como el más execrable de cuantos existían. Según las creencias, los ladridos y gruñidos de los animales espantarían a los ángeles del Dejenet y su alma se abocaría sin remisión a los infiernos, vagando por toda la eternidad.

—¡Por qué no llamas a Naser para auxiliarte, medio hombre! —le gritaban.

—¡Sodomita, criminal, mujerzuela! —imprecaba la masa vociferante.

Después de un juicio sumarísimo ante el cadí de la aljama, el sabio y virtuoso Al Asayz, conocido como el de la Cicatriz, y de un mes de estancia en los calabozos de Bilah el sudanés, con solo su presencia disuasoria y sin tormento alguno, había confesado por escrito más de media docena de asesinatos de siervos palatinos no adictos a Naser, entre ellos Yurnus, el boticario, otros de desconocidos castrados, la participación en la conjura de Abderramán, la profanación del sagrado Corán de Utmán, y la trama urdida contra Al Gazal, con objeto de alejarlo del difunto emir y su Consejo, cargos que fueron leídos en la explanada ante el silencio general.

—¡*Al lâna, al lâna, al lâna*, maldito! —lo maldecía el gentío.

Confesó que algunos alfaquíes y eunucos habían perdido y rastreado los escritos del viejo santón de la mezquita de Badr con objeto de quemarlos, hasta que, consultados todos los libreros de Córdoba, se supo que Al Gazal había comprado el más buscado. Desde entonces lo habían seguido, persiguiendo una prueba que lo apartara de la amistad de Abderramán. Luego, comprobando que el viejo tratado era mucho más trascendental de lo que imaginaban, él mismo la había guardado entre sus pertenencías para esgrimirla en el momento más oportuno y así inculparlo ante la Hisba, cosa que efectuó, aprovechando la enfermedad del emir, y como venganza indiscriminada por la muerte de su amo Naser. Confesó su participación en las conspiraciones para instalar en el trono a Abdalá, príncipe manejable, con el que pensaban enriquecerse y dominar los resortes del poder.

Corría entre las gentes que, leída el acta del juicio por Muhamad, y dado su carácter misericordioso y honesto, había derramado lágrimas de compasión por su padre, por los asesinados y por el desterrado Al Gazal, ordenando un edicto de reparación que fue leído por los cadíes en el mihrab de las mezquitas de Córdoba. Cuando la carreta llegó al patíbulo, un verdugo de piel negra como la pez, y con el torso desnudo, pasó un dogal por el cuello del tambaleante eunuco, que anegado en sollozos pedía clemencia con su voz de mujeruca. Lo sacaron a empellones y la gente enardecida gritó de cólera, apelotonada junto al reo.

—¡Blasfemo, renegado sin testículos! —vociferaban increpándolo.

—¡Farsante, impío! ¡Juraste ante el Libro y arderás! —exclamó un anciano.

La turba rompió el caudal de sus sentimientos y arremetió contra el poder de los eunucos y la pusilanimidad de los emires entregados a sus caprichos en la figura de Tarafa. Luego levantaron la voz contra los alfaquíes, y pidieron al nuevo emir dureza contra los cortesanos ambiciosos.

—¡Muhamad, acaba con esa ralea de castrados! —coreaban.

Al punto, el zalmedina se irguió en su montura, acalló el griterío y levantó la voz. La multitud enmudeció y escuchó la razón de la sentencia:

—¡Tarafa, eunuco chambelán de palacio, condenado y acusado del más grave pecado contra Dios: levantar su espada contra la sagrada vida del *amir al mumin*, Abderramán. Segar la vida de inocentes. Robar y extorsionar. Servirse de la maledicencia para buscar la ruina de un creyente sabio. Y, sobre todos los pecados, el más execrable de los crímenes: perjurar por el Libro Santo aliándose con Satanás!

—¡Criminal, sacrílego! —lo imprecaba el pueblo.

—¡Sea anatema y su alma arrancada con violencia por Naker y Monkir, los ángeles de la muerte, después de ser crucificado ante la *uma*, entre un cerdo impuro y un perro infecto! ¡Es la justicia del imán de los creyentes! —concluyó.

Un griterío ensordecedor sentenció sus palabras y centenares de voces y manos se alzaron contra el eunuco al que no le perdonaban su desprecio por los débiles y la profanación del Corán del califa Utmán, felizmente rescatado.

—¡Que arda en el infierno! —clamaban algunos.

—*Al lâna, Al lâna!* —contestaban otros, aludiendo al infierno y sus tormentos —¡Únete en el infierno con tu amo Naser!

Todos condenaban en aquel mismo acto al aún no olvidado Naser.

Tarafa comenzó a temblar, con los ojos espantados, acosado por el gentío. Aquel que había gozado de las riquezas y el favor de su soberano, acuciado por el pecado de la codicia y de la crueldad para con sus semejantes, se hallaba desnudo, indefenso y miserable a merced de aquella vocinglera muchedumbre, entre el olor nauseabundo y los alaridos de sus acompañantes de castigo. Después, uno de los sayones le hizo ingerir una pócima aletargante y, atándole las manos y los pies, lo izaron en la cruz, aferrándolo al madero. Tarafa sintió un dolor indescriptible en su pecho y creía ahogarse a cada impulso de su respiración. Su abultado cuerpo se hundía cada vez más y se asfixiaba por momentos, increpando a sus verdugos y escupiendo a la multitud.

Al poco contempló como a ambos lados del patíbulo ensartaban en sendas cruces al cebón y al perro como dos espetones prestos a ser asados. Una vez crucificados, entre los alaridos de contento del pueblo, se agitaban en los maderos en medio de enloquecedores gruñidos y ladridos, intentando escapar entre defecciones y babeos. Tarafa los miraba enloquecido, hasta que un soldado acabó con la algarabía clavando la punta de la lanza en los vientres de los animales. Un chorro de sangre de las moribundas bestezuelas salpicó al castrado en el rostro, que escupió de asco entre sofocos y jadeos. Exacerbado y furioso, con los ojos vidriosos, exclamó, dejando al descubierto unos raigones amarillos y ensangrentados:

—¡Malditos seáis, emires de mierda! ¡Fornicadores, borrachos!

La gente daba empujones y se abría paso para ver al eunuco expirar, pero la agonía se hizo interminable. Al fin, tras la orden del zalmedina, un *jurs* de barba rubia le asestó un machetazo en el cuello, sofocando su último alarido, con la lengua larga y parduzca fuera de la boca. Un acre olor a sangre se apoderó del ambiente y la concurrencia se apartó asqueada, contemplando el engendro sanguinolento en que se había convertido el eunuco junto a las bestias sacrificadas.

Sombras rojizas se apoderaron del Arrecife, y el tropel de gentes fue desapareciendo entre murmullos, maldiciones e insultos al ajusticiado. Poco a poco la pesadez de la noche y el horror por la ejecución se apoderó de Córdoba. No obstante, muchos pensaban que la ciudad se había liberado al fin de un castrado indeseable, cruel, ruin y perverso, al que había perdido su desmedida ambición.

—«Su recompensa por la maldad será la maldición de Dios y de todos los hombres» —dijo el cadí citando el Corán y contemplando el cuerpo sin vida del emasculado, que quedaría allí colgado hasta que los cuervos lo devoraran.

Cuando en el lugar de ejecución se hizo la soledad, algunas mujerucas arrancaron astillas del madero donde pendía el ajusticiado para emplearlas como ensalmo contra el mal de ojo y las asechanzas de los demonios. Mientras, la luna zigzagueaba con una mueca aterradora en el brutal y sanguinolento perfil de Tarafa, que había quedado con los ojos tétricamente abiertos en el último estertor.

Lejos de allí, en una almunia de Al Raqaquín, Al Gazal oía los ecos y el lejano griterío del ajusticiamiento. Se había negado a presenciar la ejecución y, junto a su esposa, Masrur y Sanae, cuidaba aquella tarde de las palomas del columbario. No deseaba añadir más miseria a su alma. En el exilio había aprendido que la venganza era un placer de espíritus estrechos, que agrada un solo instante, mientras que la generosidad gratifica toda la vida.

Seguía paladeando su condición de exiliado vuelto a la patria, y en esa placidez deseaba perseverar hasta el último suspiro de su existencia. Había abandonado Córdoba vacío de ilusiones, y regresaba conocedor de valiosos secretos del conocimiento. No ambicionaba nada más.

El aire era caliente y de la medina le llegaba una extenuada bonanza de rumores. Respiró y le gratificó pensar que pronto volvería a ver a Shifa, la madre del emir, la esposa más querida de su amigo, el extinto Abderramán.

LA REVELACIÓN

A media tarde del día siguiente de la recepción en palacio invitados por el joven emir, Al Gazal y Masrur visitaron a su madre, la voluptuosa y compasiva Shifa, en el exuberante Qars al Surur, la villa de la Alegría. Dignamente ataviados cruzaron los arcos, donde los aguardaba Sadum, el flamante eunuco gran *fatá* de palacio, que con sus sabias actuaciones había abortado las últimas conjuras de Tarub y sus eunucos leales, siendo vital su papel en la elevación al trono de Muhamad. Ambos se fundieron en un abrazo, hasta que el chambelán se soltó y se expresó sincero:

—En los últimos días de nuestro señor Abderramán faltó tu presencia, Yahía.

—La villanía y la insoportable distancia lo impidió, Sadum. Y no hay día que pase que no recuerde al gran amigo que perdimos tú y yo. Dios todo lo sabe. ¿Cómo estás de salud, viejo amigo?

—La gota me está matando, Yahía, pero aguanto —dijo sonriendo.

Un grupo de músicos templó sus pífanos en señal de

bienvenida y atravesaron en animada charla los corredores alfombrados con tapices de Battala, antes de llegar a la terraza donde los aguardaba la *sayida alcubrá*, Shifa. Habían transcurrido tres años y ruines hechos se habían sucedido desde el último encuentro.

Un arrayán serpeaba entre las columnas, junto a los jazmines y los granados *sahfar*, dando al mirador un frescor perfumado y una sombra benigna. De pie junto a un diván y una mesita con copas de cristal, y fuentes colmadas de tajadas de melón, albaricoques y pasteles de canela, se hallaba la gran señora Shifa, ataviada de sedas níveas, con sus inmensos ojos color de miel y su rostro sonrosado, aguardándolos.

Rodeada de un halo de misterio, grácil como una palmera y adornada con su sonrisa de delicadeza y bondad, los recibió con palabras halagadoras. Al Gazal siempre había amado a aquella mujer, y ella a él, y a pesar de haber albergado un pasional sentimiento, jamás se había insinuado en sus corazones por respeto a Abderramán. Su rostro tenía una expresión de gozo. Casi parecía una efigie.

—*Salam*, amigos de mi esposo, y del emir, mi hijo. Mis ojos os lloraron a los dos en otro tiempo y se alegran hoy con vuestra presencia —los acogió.

Masrur y Al Gazal le besaron la cinta del vestido, al tiempo que el alquimista la alababa:

—¿Perteneces al mundo de los ángeles, o al de los mortales, Shifa? Los luceros anidan en ti, vivos como brasas, esposa de mi señor perdurable.

—Nadie como tú para halagar el oído de una mujer, Gacela. Te veo algo más encanecido, pero tan ágil y cimbreante como un junco. Masrur, veo que se ha convertido en la imagen gustosa de la maduración. Qué alegría me proporcionáis.

—Tú te mantienes en una perpetua lozanía, mi señora. Ambos te adeudamos mucho, Shifa, nuestras vidas quizá, y ansiamos mostrarte nuestra infinita gratitud. Mi ahijado vive por ti, y yo te debo el regreso del exilio, donde creí morir maldito de mi sangre. Fuimos víctimas de la iniquidad de unos perversos, y hoy poseo la certeza de aguardar el juicio de Dios junto a los míos gracias a ti —admitió.

—Los tres hemos de sentirnos dañados por una temible maquinación cuyo término era mi esposo y el hilo conductor el ansia de poder y el anhelo de riquezas. Tu tragedia regía su recuerdo. Abderramán te amaba, Yahía.

—Y yo a él, y tú lo sabes. El sufrimiento me volvió más compasivo, pero es justo que los perjuros encontraran un escarmiento ejemplar. Les debo haber probado la salmuera del exilio y haber olido el acre hedor de la muerte. ¿Pero como puedo pagarte tanto favor, Shifa? —le habló con suprema ternura y devoción.

Shifa se llevó su blanca mano a los labios, como si reflexionara. Luego dijo:

—Ya lo hiciste en vida de mi esposo, y tu vuelta contó con la colaboración inestimable de una esclava piadosa. Fue gracias al testimonio de una sierva de Tarub por lo que tú y yo hablamos hoy aquí, pues sin pruebas no hubiera habido ni juicio, ni venganza, ni reparación —le reveló, y Yahía quedó en suspenso.

—¿Una esclava dices, Shifa? ¿Una insignificante mujer te dio a conocer los detalles de la conjura? —se interesó, avaro de los detalles. Aguardó inquieto.

—Así fue, Yahía. Son los caprichos del destino. Una sierva de Tarub arrepentida que presenció un acto sacrílego que le encogió el alma —destapó.

—¿Te refieres a ese diabólico juramento en la mezquita de Naser, del que tanto se ha hablado? Eran almas intrigantes y mezquinas y han merecido su castigo.

—Ciertamente, Yahía. Escucha. La conciencia atormentada de esa esclava fue la que me reveló la trama. Esa angustiada mujer vino secretamente a mí, en plena agonía de Abderramán, con un secreto que desgarraba su alma. No quería que Dios la convocara a su presencia con pesadumbre tan negra en su corazón. Vivía acongojada tras el intento de asesinato de Abderramán por Naser, y al sucederse las detenciones y ejecuciones, la muchacha fue presa del pánico. Cuando mi esposo se hallaba enfermo en su lecho, sorteó la estrecha vigilancia de Tarafa y Tarub y vino a verme para descargar su alma en una noche negra y tormentosa.

—El Compasivo habló a sus oídos, indudablemente —aseguró Yahía.

—A su misericordia se lo debemos —prosiguió—. Muy afectada, la esclava, que estuvo presente la noche del juramento en la mezquita de Naser, me narró todo lo acontecido, palabra por palabra y hecho por hecho. Fue testigo y lo escuchó todo desde una escalera, donde aguardaba a su ama. Aún me horrorizo al recordarlo. Ella fue quien nos facilitó la pista del documento donde se juramentaron esos infames, y sin el que poco hubiéramos probado. Esta cautiva de generoso corazón confesó ante el caíd de la aljama, y a instancias mías fue vendida poco después a un caíd de Fez, y jamás supe más de ella. Su alma se reconcilió con Dios tras convertirse en la mano del desagravio. Después te lo notifiqué a través de Solimán, y lo puse en conocimiento de mi hijo. Era la ocasión para el resarcimiento y la ley, y para tu regreso. El resto es sabido, y la consecuencia es tenerte entre nosotros de nuevo.

Al Gazal percibió que el aliento se le agilizaba en su garganta.

—Felizmente, Shifa —se expresó con su mirada ardiente—. ¡Cómo los cegó la ambición, habiendo recibido todo de Abderramán, incluso su afecto!

—Mientras ambicionamos lo incierto, perdemos inexplicablemente lo seguro, incluso la vida. Esos eunucos perecieron con violencia, y Al Layti, el que te sentenció, a sabiendas de que transgredía la ley, se pudrió entre gusanos, aún en vida. Dicen que reventó por dentro, y el momificador se negó a embalsamarlo por el hedor que despedía. Tarub está confinada en una torre cercana al barrio de los alfareros, gracias a la bondad de mi hijo, que no olvida que es madre de su hermano, al que respeta. Y solo Ziryab, el músico bagdalí, ha sobrevivido a la tragedia, pues en verdad nunca participó en la conjura ya que amó al emir sinceramente.

—Te parecerá inaudito, Shifa, pero Ziryab ha pedido visitarme en mi casa, y he accedido. En su nota me confiesa su firme voluntad a reconciliarse conmigo y para que le narre lo que he vivido en su tierra. He decidido aceptar su propuesta, arrinconando desavenencias pasadas y mostrándome conciliador. Endurecimos nuestro interior desdeñándonos recíprocamente, y es llegada la hora de olvidar. Abderramán hubiera sido dichoso. La ley del talión y de la discordia no son precisamente atributos de quienes perseguimos la verdad —adujo.

—Es tan desconcertante el destino... Háblame de tu estancia en Bagdad. Solimán nos narraba que allí eras toda una celebridad y no me extraña, conociéndote.

—El intolerable destierro es una brecha en la vida del hombre que puede alterar el juicio, Shifa. No concurrí nunca a la corte, pero sí a las academias y a la Casa de la Sabiduría, donde frecuenté la compañía de los poetas y astrónomos. A mi modo fui feliz, a pesar de ser un reconocido defensor de la estirpe omeya —repuso.

—Siempre tuviste un exceso de ganas de saber... y de vivir, querido.

—Pues sí, Shifa. En Bagdad intimé con un hombre singular, el zulema Tirmidhi, un sufí, asceta de la dominación de los sentidos, erudito y sabio de métodos rigurosos. Con el hallé la respuesta a interrogantes no aclarados en Córdoba.

—¿Sufíes? —preguntó la dama interesada.

—En Alándalus aún hay pocos adeptos, pero en Granada, Yayyán y Welba, me consta, se han fundado rábidas donde conviven estos místicos. En Oriente muchos creyentes han emprendido ese camino de perfección. Visten toscas túnicas de lana, las *suf*, de ahí el nombre de estos santos, que predican esta buena nueva del islam.

—Asegurado por ti, esa creencia debe ser sugestiva —le confió sorprendida.

—Sí, ciertamente. El sufismo es un movimiento místico reservado hasta ahora a muy pocos —explicó Yahía—. Allí, en su escuela, escuché sus enseñanzas, y perfecciané mis conocimientos de alquimia, y esa es la gran novedad que tanto he anhelado revelarte desde mi llegada a Córdoba, pues te traigo una revelación, que te maravillará, mi gran señora —dijo, y el aire se llenó de interrogantes.

La *sayida* Shifa fijó sus ojos en Al Gazal. Era el vivo gesto de la alarma.

—¿Qué puede ser que ya me inquieta su misterio, Yahía?

El alquimista avizoró a uno y otro lado. Conocía lo suficiente el alcázar.

—¿Podemos hablar con entera libertad? —la perturbó.

—Solo se halla Sadum cerca del aposento, y es fiel entre los fieles.

—Lo sé. Nunca te separes de él. Pues despeja los oí-

dos y escucha, mi querida Shifa, y tú también, Masrur
—los interesó enigmático—. Como sabéis, marché al obligado ostracismo sin más equipaje que dos bolsas de tratados
antiguos y varios cálamos con el firme deseo de, en la soledad de mi casa de Bagdad, instruirme sin descanso, consultar a los sabios del islam y los textos de las academias
más antiguas de Oriente hasta alcanzar la clave de ciertos
secretos que nos embelesaron, a mí y a los adeptos de la
Piedra Negra, durante años, sin conseguir una solución a
nuestras pesquisas, aun conociendo el Número Centésimo
de Dios. Pues bien, en el alejamiento, y después de una
reflexión de meses en la casa de Tirmidhi, resolvimos uno
tras otro, en lógica cascada, inexplicables secretos del conocimiento.

Shifa y Masrur se miraron entre ellos desconcertados.
No entendían nada.

—¿De qué nos hablas, padre? —le consultó un Masrur desconocedor.

—Hijo mío, varias veces te manifesté mi deseo de
transcribir la cábala y penetrar en lo arcano, y de cómo
tras conocer los seis últimos Nombres del Altísimo parecía
el camino expedito. Pero no fue así. Y hube de marchar
a Oriente, exiliado, para iniciarme en la senda de inexplo-
rados conocimientos, velados a Occidente.

—¿Y cómo lo conseguiste en un lugar tan ajeno a ti?
—dijo Shifa.

—Con mucho estudio y trabajo, aunque no me va-
naglorio —arguyó—. Reforcé mi espíritu, y me entregué
en cuerpo y alma a aquel cabalista excelso, al que no olvidaré mientras viva. Él me consideró digno de su ciencia, y
me adentró en el mundo de las claves numerológicas uti-
lizadas por los Hermanos de la Pureza en Basora y Samarcanda, y por los Sabeanos de Harrán, los que escribieron

escritos herméticos hace casi dos mil años. Durante semanas combiné números con letras y símbolos, transcribí antiguos códices, y al fin hallé por mí mismo los fundamentos de la ciencia de la numerología, y con ella los secretos de la cábala, y otros más del saber antiguo.

La madre del emir no sabía dónde quería conducirla su entrañable amigo.

—¿Y por qué tu deseo de participármelo a mí, Al Gazal?

Yahía esgrimió una sonrisa triunfal, que incluso impresionó a la señora.

—Pues porque Tirmidhi y yo solventamos un misterio que te atañe a ti —manifestó—. Fue durante años, recuérdalo, el causante de muertes y ambiciones desmedidas en el serrallo, y el regalo más excepcional de tu esposo.

Sus sensuales labios se resistían a pronunciarlo. Pero, al fin, soltó:

—¡El Altubán, el Collar del Dragón! —Se llevó la mano a la boca.

—De él te hablo, mi señora. —Se clavaron dos pares de ojos en él.

—Créeme, Yahía, después de tanta desgracia había olvidado la controversia de su secreto, que sigo creyendo una falacia de enfebrecidos. Como tú, ¿verdad?

—Pues presta atención y te maravillarás, pues las fantasías de la mente existen y algunas veces cobran vida —aseguró Yahía eufórico—. Juntos, el viejo Tirmidhi y yo, escudriñamos el mensaje que oculta «tu» Collar del Dragón. Me confirmó su leyenda, y aunque lo aborrecía, pues había corrido mucha sangre, se ofreció a ayudarme con sus conocimientos si le mostraba la naturaleza de las inscripciones.

—Imposible, Yahía. Nada se descubrió jamás en sus

pedrerías, y tú lo sabes como yo. Jamás fue tallado por mano humana. Era una falacia, una mentira burda.

Sonó la voz grave de Al Gazal en la recoleta salita, que olía a sándalo.

—No, estás equivocada, querida —adujo en tono afable—. Todos en este alcázar vivíamos en un error. Aturdidos por la ignorancia, y yo el primero, despreciábamos algo insignificante como era la dedicatoria, Shifa, y era cuanto yo recordaba a cientos de leguas de aquí. Así que nos dedicamos con celo a desentrañarla por si nos sugería alguna pista. Por irrelevante, siempre pasó inadvertida, y nadie la había valorado. Era una gentileza amorosa, aunque siempre te aseguré que no me encajaban algunas de sus galanterías. Parecían muy rebuscadas.

—Al Gazal, el poema del estuche no es otra cosa que un halago amoroso, una fruslería poética, nada más. Pero continúa. No comprendo adónde quieres llegar.

—Es mucho más que una dedicatoria, Shifa —dijo enigmático.

Y como impelido por un resorte se incorporó y se paseó con gesto cómico por el pabellón, intentando sorprender algún oído indiscreto. Luego, ante la extrañeza de la mujer y de Masrur, se sentó de nuevo, e inició la más apasionante declaración salida de sus labios en mucho tiempo.

—Escuchadme. La ofrenda del califa abasí a su favorita escondía el más alucinante mensaje de alquimia jamás conocido: la buscada mutación de los metales en oro descubierta por el príncipe alquimista Yazid. Como lo oís —reveló Al Gazal.

La fuente y el gorjeo de los pájaros parecieron detenerse, y un espeso silencio se hizo en la cámara, apuntando el desconcierto entre sus miradas.

—¿Mi adorado Altubán encerraba una fórmula alquímica? —insinuó Shifa con mudo estupor—. Tras tanto empeño al final habré de admitirlo.

—Créelo, Shifa. Y lo que os voy a revelar en este retiro de paz no debe escapar jamás de vuestros labios, o la ambición y la sangre se adueñarán de nuevo del alcázar. Os mantengo fuera de toda sospecha. Tirmidhi juró silencio eterno y vosotros penetraréis en su conocimiento, pues os aprecio tanto como a mí mismo. Después caiga la losa del secreto eterno sobre mis palabras —les imploró grave.

Shifa y Masrur abrieron las puertas de su mente como se abren las páginas de un libro a la mirada ávida del sabio.

—Aquella dedicatoria —siguió narrando—, tan simple y apasionada, está basada en el *Libro de los equilibrios* de Jabir, tan conocido por Harun al Rashid y por Abderramán, tu llorado esposo. Y se mostraba tan evidente que nadie reparó en su mensaje. Las palabras de amor del soberano amante constituían todo un tratado sobre símbolos alquímicos, y en él se indicaban las sustancias y sus equilibrios precisos para la obtención del oro, o la simple transmutación de metales.

—¡Dios mío! ¿Quién iba a imaginarlo? —se asombró su ahijado.

Al Gazal tomó un sorbo del sirope y, con gravedad, siguió explicando:

—Los alquimistas islámicos hemos experimentado mil veces con otras tantas fórmulas alquímicas buscando la clave oculta de la conversión en metales nobles. Uníamos limaduras de plata con mercurio, estaño, sal o sulfuro, e inexcusablemente obteníamos sin éxito cobre o plomo. Según el mensaje, estas sustancias debían ser equilibradas con el Elixir Púrpura, el transmutador desconocido. El califa enmascaró su secreto ante todos, disimulándolo abiertamente en un mensaje tan superfluo como la inscripción de un joyero femenino. El secreto escapaba al fin de su suntuoso abismo.

—Me resisto a creerlo, Yahía —se expresó Shifa impresionada.

—Puedes admitirlo sin reservas —confesó enigmáticamente—. El soberano abasí dedicó a su favorita este exquisito homenaje y lo plasmó en la tapa del joyero a modo de dedicatoria. Decía, recuerda: «*Tu voz suena en mí como campana de Catay. Eres, Zubaida, el aliento leonado de mis velas abasíes, grato bálsamo de Arabia y crisol alado de los amores de mi espíritu*». A nada esotérico suena. Pero es todo un tratado de alquimia.

—Qué piropo más delicioso y qué recuerdos me trae —dijo la favorita—. Es difícil aceptar que esas simples frases oculten algo tan significativo.

Al Gazal apenas si se movió. Solo adelantó sus pulcras manos.

—¡Atended! Adentrémonos en las palabras de la inscripción. ¿Qué significado alquímico puede poseer «tu voz suena en mí como campana de Catay»? —preguntó y los miró a los ojos.

—Se refiere al sonido de un cimbalillo de China, o a una de las campanas que exornan sus templos —explicó Masrur.

—¡No, hijo! Señala lo que los sabios orientales denominan el octavo metal, rara piedra de aquellas latitudes, parecida a la mica y de belleza extraordinaria. De modo que dimos con la identidad del primer componente: la mica —dijo y siguió—. Seguidamente la dedicatoria nos habla del aliento del león, las velas abasíes y el bálsamo de

Arabia. Aparentemente simple palabrería, aunque oculta-dora del proceso de transmutación de los metales.

—¿En seis palabras todo un texto de alquimia? —se interesó Shifa.

—Así es, mi señora —y desgranó su secreto—. Yo tampoco lo creí en un principio, y así nos confundió a todos durante años. Pero tras intensas horas de medita-ción y análisis de libros y códices, la clave que se nos había escamoteado se nos abrió, consiguiendo progresos prodi-giosos. El aliento leonado no es otro que el león verde, un líquido dimanado del cinabrio y el ajenuz, materia protec-tora de los metales puros, y únicamente conocido por los sabianos, los sabios que antes os he mencionado.

—Así que ya poseíais el segundo elemento: cinabrio y el ajenuz.

—Uno tras otro, Masrur —aseguró—. Al octavo me-tal se nos había unido el decisivo protector de la aleación. A las pocas semanas nos enfrentamos con el enunciado, las velas abasíes, que, aunque lo parezca, no representaba precisamente a las enseñas de los califas de Oriente como el autor hizo creer a cientos de lectores de su poema, sino lo que los alquimistas llamamos la vela negra del navío de Teseo, una pócima parduzca de origen griego mezcla de azufre, hierro y estaño, ya utilizada por los antiguos fun-didores de la Hélade. Lo extrajimos de un palimpsesto enterrado entre el polvo y los excrementos de ratas, en los anaqueles de la Academia de la Sabiduría de Bagdad.

—Alucinador, Al Gazal —se maravilló la *sayida* asom-brada.

—¿Y el bálsamo de Arabia? —se adelantó con miste-rio Masrur.

—Os lo diré. Paciencia, queridos —repuso—. ¿Creéis que hacía referencia a un perfume exótico, como siempre se supuso? Pues no, mis dilectos Shifa y Masrur. Se trataba de un elixir ignorado por los alquimistas de Córdoba, pero compañero de mis colegas bagdalíes, una mixtura de acónito, minio, azogue, cristal del Monte Carmelo, anémona, plomo rojo, alumbre y sal de amoníaco, la respuesta de la transformación, pues amalgama los componentes y provoca la aparición del metal precioso. Al fin poseíamos la naturaleza de todos los elementos.

—O sea, la solución al misterio del Elixir Púrpura —dijo Shifa.

—Eso es. Pero una vez interpretada la inscripción, nos llegó la confusión, ¿qué debíamos hacer en ese punto una vez conocidos los probables elementos de mutación de metales? La ofrenda poética del príncipe también nos lo indicaba con su cortés erudición y hermosas rimas, la solución exacta se nos manifestaba en el concepto: el crisol alado de los amores del espíritu.

—Tan extraña como exquisita frase —intervino la mujer, asombrada por la erudición del amigo de su esposo.

—Sorprendente, diría yo, Shifa. El califa Al Raschid nos proponía que fundiéramos los componentes citados. ¿Pero con qué emulsión? Pues también nos lo señalaba inobjetable, como un guía nos designa la senda a seguir. ¡Con mercurio! Un indicio solo conocido por los alquimistas, que llamamos al mercurio el «espíritu».

La gran dama, que se había sumergido en la revelación de Yahía, habló:

—¿Y las proporciones correctas de la mezcla? No parecen manifestarse en la dedicatoria —se preguntó la favorita interesada—. Al menos yo no lo veo.

—Tienes razón. Así que concebimos decenas de ensayos basados en la Tabla Esmeralda, en las marcas que flanquean el vaso filosofal, donde desde antaño aparecen grabadas con diminutos signos las proporciones cabales. Así de complicado y a la vez así de elemental.

—Ante vosotros debió abrirse un mundo deslumbrador —dijo Masrur.

—No creas, nos sentíamos aterrados, hijo. Apenas si dormimos y comimos en los días que duraron los ensayos en el gabinete del maestro. Nos tacharon de locos, mientras duraron nuestras disquisiciones, y durante la cuarentena me atacó incluso la calentura de mi fiebre reumática y asma. Pero no renunciamos, sucumbidos al hechizo de la transformación. Y aunque dudamos del éxito final, un alquimista ha de alimentarse de paciencia si quiere conseguir el éxito.

—¿Y cómo sobrevivisteis, padre? —se interesó Masrur, que estaba alucinado.

—Nos servían la comida a través de un portillo, perdida la noción del tiempo, y rebuscando la solución entre alambiques, morteros, sustancias y atanores. Hubimos de aguardar algunos ingredientes que nos suministró la caravana de Zafar. Pero al fin, cuando la resistencia ya flaqueaba, la víspera de la fiesta del Nairuz, un amanecer ardiente, la oculta transformación del Arte Sublime, negada hasta entonces a los alquimistas de Córdoba, se me revelaba a cientos de leguas, en Bagdad.

—¿Y cómo se os mostró la codiciada conversión? —cuestionó Masrur

—Constituyó un experimento inefable —testificó—. La tintura negra de Teseo, entre los recipientes bullentes burbujeó atizada por el alef, el fuego alquímico y el agua ardiente, como si el soplo de Dios lo alentara. Apartamos el crisol y lo enfriamos. Aquella misma tarde, en el preciso instante en que los muecines de las mezquitas voceaban en los alminares, entre el magma de las impurezas, surgió el centelleo de una piedra de oro puro del tamaño de una aceituna. Con una despreciable mezcla de metales innobles apareció aquella gota dorada, que valía al menos mil dinares. Nos abrazamos y lloramos, dando más trascendencia al nuevo conocimiento hallado que a la posibilidad de poseer una fuente fabulosa de riquezas. Conocí el vértigo de lo inexplorado, encontrándome con la cima de la suprema sabiduría, y ya no he vuelto a obrarlo más para que no me ciegue la codicia.

—Debió ser indescriptible la emoción, Yahía —se maravilló la mujer.

—Lo fue, Shifa. Aquel instante de felicidad valió más que toda una vida de notoriedad y placer. No deseábamos el oro, sino el conocimiento. Olvidé la amargura del destierro y la ventura me embargó durante semanas. Nos postramos y dimos gracias al cielo. Destruimos las anotaciones en el mismo fuego y nos juramentamos a no divulgar nuestra experiencia si no era entre alquimistas de noble corazón. Eso es lo que me tenía guardado el Muy Sabio en la tierra de mis ancestros.

Pasó un largo rato y nadie pronunció una sola palabra, ni un nombre.

La dama y el joven estaba verdaderamente deslumbrados, y no dudaban de su sabio maestro.

—Yahía, cuando luzca el Dragón en mi garganta me sentiré, si no aterrorizada, sí al menos orgullosa de llevar un secreto extraordinario —confesó emocionada.

—Debes sentirte muy gozosa de que tu joyero y su contenido fueran el vehículo escogido por unos alquimistas para ocultar enigma tan asombroso.

—Lo guardo en un lugar de privilegio en mi corazón, pues me trae el recuerdo de mi esposo. Entonces, ¿ya no te veremos en el alcázar?

—Cuando me convoque tu hijo, aquí me tendrás, pero poco, mi dulce amiga. Pero otros consejeros diferentes han de aleccionar a tu hijo. El *diwán* poético y astrológico de Abderramán se disolvió con su muerte. Recordaré siempre el amargo momento del juicio impío y prefiero no evocar recuerdos ingratos.

—El tiempo de nuestra clepsidra pasa inexorablemente, Yahía. Degustad los pastelillos, pediré más vino dulce de Rayya. La plática con vosotros me es agradable.

Al Gazal no pudo por menos que admirar sus formas fascinadoras, que no se alteraban con el tiempo. Aún recordaba cuando Solimán Qasim se la vendió al emir, procedente de una academia de Medina, donde había sido convertida de sirviente de burdel a una perla exquisita de harén. Muy pocos sabían de su truculento pasado. Quizá tan solo el navarca y él mismo. El siciliano la había sacado de un prostíbulo de Palermo, en el Barrio de Venus, donde su madre y sus hermanas ejercían la prostitución, envilecidas por los más bajos instintos de los portuarios y marineros de todo el Mediterráneo. Al morir su madre del *morbus meretricix*, las hermanas fueron ofrecidas al mercader por la despreciable cifra de cien dírhams. Qasim se apiadó de las muchachas, y antes de ofrecerlas a sus hombres o venderlas en el mercado de Alejandría, reparó en la más pequeña, aún virgen por su edad.

Entonces mudó su propósito. A las mayores las instaló en los cobertizos de los estibadores para guisarles la pitanza, y a aquel ángel de ojos amielados, piel de alabastro y dientes perfectos, aunque flacucha, la envió a la ciudad santa, a la institución de Kultum la Nubia, antigua favorita de un príncipe de Qayrawán, que hizo de aquella niña una *qiyán* de cualidades excepcionales, digna de un sultán. Olvidó los borrachos, el frío y el hambre del puerto siciliano, y a los quince años fue adquirida por el joven emir de Córdoba, Abderramán II. Los cincuenta dírhams se habían convertido en diez mil monedas de oro.

Abderramán no solo admitió en su lecho a aquella diosa, sino que depositó en ella su corazón, correspondiéndole la muchacha con el mejor regalo que se le pueda hacer a un rey, su primer hijo, el continuador de la estirpe: Muhamad. Pasados los años, Tarub ocupó su puesto en el tálamo del emir. No obstante, su generosidad, distinción y clase habían hecho de ella la dueña del alcázar, la *sayida alcubrá*, la gran señora. Era el mejor secreto guardado en el alcázar, y Shifa siempre agradeció a Al Gazal la discreción acerca de su afrentosa infancia.

—¿Y en qué ocupas ahora tu tiempo, Yahía? —se interesó.

—No tengo prisa por morir y mis antiguos miedos, que son sensaciones persistentes en la vida de los hombres, los he cambiado por serenidad. La alquimia y la cábala se han convertido en mis exclusivas dedicaciones, por lo que huiré de los bullicios de la corte. Habib, Firnas y yo, tras años de investigación, hemos alcanzado la clave numerológica que interpreta los misterios de la cábala hebraica del maestro Ben Masarn. El saber inmaterial del número y trascendentales conocimientos me ocupan desde mi regreso.

Una plácida agitación se produjo en la mujer, y nuevos interrogantes afloraron en su mente. Sus ojos lo exploraron, preguntando con la mirada ávida.

—¿Tan estremecedora es tu sabiduría, Al Gazal?

—Por la trascendencia de lo revelado, así es. Pero no has de temer pues detrás de nuestras investigaciones emerge Dios mismo y su aliento divino.

—¿Alá el Misericordioso? Me suena a perjurio.

—No, Shifa. Creemos en Dios. A la vuelta del país de Dane regresé con el mayor de los hallazgos en mi faltriquera. En un templo vikingo, olvidado y pagano, hallé el último nombre del Innombrable, que Masrur recuperó de mi olvido. Y mi destierro, aparte de partirme el corazón en mil pedazos, me aportó el caudal de otras ciencias. El zulema Tirmidhi, a cambio de mi información del Número Centésimo, que él también perseguía desde antaño, se ofreció para ayudarme a buscar la respuesta del método cabalístico, consagrándonos en cuerpo y alma a la tarea.

—¿Y dónde la descubristeis? Recuerdo que se os ha resistido.

—Oriente constituye el germen de la sabiduría. En los escritos de los alquimistas de Harrán, los sabianos, científicos adoradores de los astros, atinamos con la respuesta. Aunque son paganos, los califas de Bagdad los toleran por su sabiduría y pululan por sus academias de Persia, Egipto y Siria. Ellos, los maestros del arte matemático y hermético, se convirtieron en nuestra medida.

—Apasionante, querido. Muhamad sería feliz con tu saber.

—No tiene más que avisarme y yo acudiré como el más leal de sus súbditos.

—Padre, el gusto por la alquimia me atrae más que mis operaciones de álgebra. Te lo aseguro —se expresó Masrur entusiasmado.

—Puedes combinar ambas ciencias, hijo. El saber es único, si no es censurado por el alfaquí intolerante, o la rueda de tormento —los ilustró—. Emprendimos el desafío a partir de los seis epítetos de Dios, y los colocamos uno tras otro. Y como el gajo de una naranja al mondarla, se nos manifestó la pulpa del fruto más sabroso.

Dos siervas tocaron en la puerta y se atarearon en despabilar las lámparas, llenándose la sala de una luz azafranada. Los tres tertulianos enmudecieron y las siguieron con la mirada. Las sombras que se habían ido apoderando de los rincones fueron expulsadas de golpe. Una creciente agitación, con las revelaciones del alquimista, había llenado la atmósfera de interrogantes. Sabían que Yahía había alcanzado aquellos poderes del conocimiento sin ninguna artimaña maliciosa.

Una de las siervas aprovechó y llenó las copas de su señora y de los invitados.

—¿Desea la señora Shifa alguna otra cosa? —le rogó con docilidad.

—No. Hoy no cenaré con mi hijo, el emir, y pasaré aquí la noche.

—Como ordene la señora —observó bajando la mirada la sierva, que salió.

Cuando la puerta se cerró tras las domésticas, Shifa le preguntó:

—¿Y puede una humilde mujer conocer esos santos nombres, Yahía?

—¿Acaso alguna vez te he negado algo, adorada de mi alma? —le sonrió.

El eco de su voz apenas si resonó en las paredes damasquinadas de la sala.

—Son estos, mi señora. Puedes aprenderlos y recitarlos en tus oraciones con la más contrita de las devociones: BINHAH (la Inteligencia). HESED (el Amor). SEBAOT (el Dios de los Ejércitos). ANSOF (el Sin Fin). AIN (el No Ser), y el centésimo y definitivo: ANY (Yo).

La mirada de Shifa estaba fija en el ventanal. Como si memorizara.

—¿Y me aseguras que con la combinación de esos seis

nombres sacrosantos pudisteis hallar al fin el «método» interpretador de la cábala? —inquirió seria.

—Tal como afirmas. No puedes ni imaginar el mundo que se me ha abierto en Oriente. *¡¡Falyusha*, se hizo la luz!! Yahía ben al Hakán es ahora un ser diferente, un poco más sabio y mucho más modesto, te lo aseguro. Los verdaderamente sabios son el paradigma de la humildad —atestó.

Las lámparas de la cámara ardían como estrellas y se sintió como iluminado.

—Resulta que la suma de las letras de los seis nombres es 28. Y el fruto de sumar los tres nombres cabalísticos, el 98, el 99 y el 100, da como resultado 17. Ambos dígitos son los que gobiernan la naturaleza. Conocido esto, sustituimos las veintiocho letras del alfabeto por su correspondiente número cabalístico. Luego elaboramos, tras arduas prácticas un «gnomon», un cuadro hermético, cuyo cometido es reemplazar números por letras en los textos de la cábala, y aunque no lo creáis, el saber universal comenzó a descubrirse resplandeciente ante nosotros.

—Habíamos hallado lo que los sabios del islam llaman el «Método». ¿No? —dijo Masrur—. ¿Y tan solo mediante una conjunción de números, padre?

—Exacto, hijo, pero una combinación que me ha costado toda una vida dar con ella. La contemplaréis durante unos instantes.

Ante su sorpresa vertió sobre la mesa un chorreón de vino rojo de Rayya, dibujando una enigmática tabla, que Shifa y Masrur observaron con intensidad, antes de que se diluyera difuminada entre las bandejas y platillos. Y hasta que los garabatos ocres y densos se mantuvieron íntegros, sus miradas atónitas los admiraron así, siguiendo el siguiente cuadrado geométrico, que el muchacho grabó en su mente.

4 - 9 - 2
3 - 5 - 7
8 - 1 - 6

—Con esta clave precisamente, desconocida por los alcabalistas de Damasco, Toledo, El Cairo o Basora, desciframos los rudimentos de los enigmas del conocimiento, como pueden ser el lenguaje de los pájaros, la formación del universo, el destino del hombre, de los imperios y ciudades, y la veracidad de los libros revelados y sus religiones. Jamás mi espíritu gozó tanto y se estremeció tan grandemente, pues algunas profecías y dogmas aceptados aterran nuestros corazones. Y si no acompañáramos al estudio de la cábala la oración y la perfección del alma, no las podríamos soportar, os lo aseguro, mis dilectos —aseguró Al Gazal.

—¿Y cómo permutáis las letras por los números, padre?

—Fácilmente. Aplicamos la numerología del gnomon en cada párrafo de la cábala, comenzando por la primera palabra en la que aparezca la consonante alif. Y así, en una sucesión lógica, transliteramos los textos cabalísticos de Ben Masarn de forma aritmética, aunque, eso sí, atendiendo a las consonantes y despreciando las vocales, que luego elucidamos según el sentido del texto.

La ahogada exclamación de Masrur despertó el aturdimiento de Shifa.

—Cada pliego debe resultar un auténtico amasijo de número tras número.

—Sí, Masrur, un sumario de dígitos que luego transformamos en expresiones coherentes, valiéndonos de la luz de los 6 nombres últimos y esotéricos de Dios.

La dama, sorprendida, dirigió su dulce mirada hacia el alquimista.

—Yahía, he advertido en ti un gesto de abatimiento —aseguró preocupada la mujer—. ¿Tan aterradores son los secretos que se os han manifestado?

—Para acceder a la médula de la sabiduría debemos cruzar desiertos de locura, que antes del gozo te conducen inexorablemente a la pesadumbre —confesó.

—¿Acaso se os ha revelado alguna desgracia, padre? —palideció Masrur.

Su voz, siempre convincente e irrefutable, adoptó un tono de pesadumbre.

—Unos gratos y otros no, Masrur. Hemos destapado predicciones pasmosas, y me cuesta difundirlo. El error puede estar escondido entre las certezas.

—Me asustas, Yahía —confesó Shifa—. No nos dejes con la miel en los labios.

—No, no debería, y ¿estáis seguros de que deseáis escucharlos? Los secretos de lo oculto queman los oídos de los no iniciados. Bien, hoy parece ser un día de divulgación de confidencias. Os manifestaré dos enigmas asombrosos, y en cierto modo escatológicos. Guardadlos en vuestros corazones para siempre —les rogó.

—¿De qué se trata, padre? —dijo impaciente Masrur.

Al Gazal alisó los pliegues de su túnica, tragó saliva y les anunció:

—Del fin de la Córdoba islámica, y del ocaso del mundo.

Se hizo un silencio prolongado y denso, que rompió la favorita.

—¿Cesará la fe del islam en Córdoba? ¿Cuándo ocurrirá esa desgracia?

—Creedlo como que el sol nos alumbra —confirmó—. La cábala mística de Ben Masarn lo pregona de forma terminante. Nos ha dejado un documento sobre el fin de nuestra civilización en nuestra madre Córdoba. Os lo transmito con la veneración merecida, y con la reserva de que Dios es el único conocedor del destino de los pueblos. Esta es su estremecedora predicción:

Al esplendor le siguen la decadencia y la desolación. La sangre de las tribus ahogará a la madre de las medinas de Alándalus, cuando gritos de discordia llamen a los lobos africanos. La luna abandonará Córdoba, que en siete generaciones será convertida en cenizas, y la cruz de los cristianos sustituirá al estandarte de los omeyas, dispersándose los creyentes como el chorro de agua que cae sobre la roca.

La predicción cayó sobre sus oídos como un anatema coránico.

—Has dejado conmocionados nuestros corazones —balbució la *sayida*—. Es un aviso desgarrador. ¿Pero es irrefutable, Al Gazal?

—Tenlo por seguro, Shifa. Córdoba y el islam se fragmentarán rotos en mil pedazos en estas tierras y se desvanecerán como el polvo, quinientos años después de la hégira del profeta. Lo que nunca escruté en los astros lo encontré en los textos herméticos de Ben Masarn, interpretados con el «Método» —aseguró.

—Temible predicción. La fe del islam desterrada de este paraíso en la tierra.

—El cabalista judío nos adelanta que reinarán en Córdoba once emires y también soberanos omeyas, en un Alándalus unido. Después el islam desaparecerá resquebrajado en mil pedazos. Tras tu hijo gobernarán seis príncipes más, y el dominio de Córdoba se agotará como el manantial en el estío. Y no creáis que el conocer de antemano el devenir conlleva ventaja y satisfacción, al contrario, hiere como un doloroso tormento. El taumaturgo hebreo alude a un final con tres califas pacificadores. Después arribarán los que él denomina los «Bastardos del Alcázar», con los que concluirán el ciclo de Córdoba y su esplendor. Pero no te entristezcas, Shifa, es la ley inexorable de la historia, y tu progenie aún permanecerá durante seis o siete generaciones, dejando un rastro de magnificencia en esta tierra bendecida por Alá.

Dejaron que sus labios descansaran, hasta que habló Masrur:

—Aludías antes a un vaticinio del juicio final. Me espanta con solo pensarlo.

—No, hijo, se sucederán muchos siglos antes del final de los tiempos, momento en que aparecerá ante el mundo el Al Mahdi, el Elegido, el último y séptimo profeta, el Misionero. Será, según el ocultista hebreo, el último tiempo de la humanidad y coincidirá con la generación del primer descendiente directo de Fátima, la esposa de Alí, la hija del profeta.

—¿Y cómo se conocerá que ha llegado el fin de los tiempos? —rogó Shifa.

—Aparecerá una época en la que los hombres infringirán las leyes. Sobrevendrá el caos, la violencia y la apostasía de Dios. Y ese será el momento en que surgirá el Elegido y Prometido, Al Mahdi i Muntazar. Y nacerá en alguna de las ciudades que se hallan bajo el signo esotérico de la letra «Q». ¿Qurtuba, Qaiwuán, Qarrán, quizá Quds, Jerusalén, u otra ciudad aún no fundada por el hombre. Nada nos manifiesta el cabalista con exactitud y pueden pasar años y años, pues el ciclo terminal de la humanidad queda en la lejanía de los tiempos y han de sucederse antes muchas generaciones de la casta de Alí —reveló dubitativo.

Los tres silenciaron sus bocas, y sus oídos no desearon conocer otros secretos, ni los labios del alquimista revelar más misterios. Este abrió su sonrisa, esbozando un gesto de resignación que hizo manifestar a la mujer:

—Quiero confiar en que estos oráculos sean solo la renta de la imaginación de un cabalista judío excéntrico, y que a la postre no se cumplan, Yahía. Mientras tanto aprovechemos el tiempo que nos ha tocado vivir —dijo y esbozó una sonrisa.

—Alabo esa propuesta, Shifa. —La hilaridad se adueñó del recinto ante la réplica de Al Gazal. Los tres se entregaron animados a la delectación de los manjares y siropes, bajo las gratificantes sombras del pabellón.

—Yahía, ya conocerás que mi hijo Muhamad, a instancias del Consejo de visires y de muchos zulemas y nobles de la *jasa*, ha tomado la irrevocable decisión de recompensarte con el título de Sahif al Dawla, Protector del Estado, la más alta dignidad que un emir pueda conceder a un súbdito suyo —le recordó.

—Algo me adelantó tu hijo. ¿Pero quién soy yo para rechazarlo? Si lo hiciera constituiría una irreverencia a los que así lo han considerado —aseguró Al Gazal.

—Yahía, tú has dado tu tiempo y tu sabiduría al servicio del trono omeya de Alándalus. Con esta dignidad restituyen tu maltrecho honor. Tu vida al servicio de los omeyas destila bravura y prudencia. Tus hechos y erudición te preceden y se han propagado como el fuego por todo el islam. Muchos fueron tus servicios, a su abuelo, a su padre y a él mismo —manifestó la mujer.

—Querida Shifa —testimonió afable—, he elevado en mi alma un túmulo más persistente que el metal y más grandioso que las pirámides de Egipto. Mi vida errante concluyó y ya nada me complace tanto como la virtud y la sabiduría, pero es hermoso, cuando ya me encamino a escribir mi último epitafio, que las nuevas generaciones me señalen con el dedo por el Arrecife y digan: «Ese es Al Gazal, amigo de tres emires, el que viajó por los dos Orientes y conoció a reyes, sultanes, emperadores, reinas y profetas. ¿Cuantos secretos no conocerá?». Con eso me basta. Durante un largo rato dialogaron sobre los años pasados, entre los arpegios de un laúd y las ráfagas de perfume de los nardos de la terraza, mientras, las fuentecillas, con su cadencioso rumor, lanzaban chorros de agua que se perdían entre los arriates de albahacas, laureles y cidros. Para Al Gazal, la Gacela, aquella mujer aún poseía una poderosa sensualidad. Los años no habían disminuido su lucha sentimental y su corazón, cuando contemplaba sus ojos amielados, urdía aún ilusiones quizá posibles.

Con el ocaso, años después, Yahía y Masrur descendieron del palanquín que los dejó cerca del alminar de la aljama. En los bazares y zocos se hallaban unos pocos rezagados, y las calles comenzaban a quedarse desiertas. Tan solo una reata de ciegos, haciendo sonar sus escudillas, se encaminaba a la muralla. Mil humos escapaban de las chimeneas de las casas cuando un anciano de aspecto distinguido, con los cabellos blancos caídos sobre sus hombros cargados, se apoyaba en el hombre de rizos rubios y nariz respingona, pues le costaba trabajo caminar. Cruzaron la calle y transitaron bajo los muros del alcázar de los emires. El anciano habló:

—Qué recuerdos me traen estos muros, Masrur. Y cuántas soledades encierran. Ahora me parece un paraíso siniestro y desconocido donde prosperan los engaños, la codicia y el ansia de poder. Y me resulta extraño que en él ya no habiten mis amigos, y también mis más deletéreos adversarios.

—¿Y son evocaciones agradables, padre? —curioseó ayudándole a caminar.

—Las evocaciones de ese recinto, lejos de seducirme, convierten más agrios mis recuerdos y, créeme, en el jarro de mis remembranzas ya caben pocas memorias agradables. Está lleno hasta el borde y a punto de romperse.

—Todavía quedan muchos sorbos de los que beber, padre —lo esperanzó.

—Créelo, Masrur, hijo mío. Yo he encanecido con ellos. Y gracias a que tengo capacidad para olvidar, porque si no mi vida no hubiera resultado tolerable. Mi soberbia hizo que me enfrentara a muchos competidores, a los que he perdonado de corazón y con indulgencia. Ahora ya solo queda perdonarme a mí mismo —dijo.

Masrur buscó su mirada, y trajo a su memoria hechos del pasado.

—Cuando de niño vivía en el alcázar, padre, era feliz. La señora Shifa me nombró *fida'i*, el paje que porta la vara de mando del emir. Pero siempre soñé con ser halconero, aposentador o secretario real. La fortuna, no obstante, me ha hecho ser hijo de Al Gazal, la Gacela de Alándalus, convivir con una esposa hermosa y honesta, hermanas y yernos compasivos, y tener dos hijos inmerecidos. ¿Podría pedir algo más al Altísimo?

El rostro de Al Gazal se distendió y le mostró sus deseos:

—Claro que sí, Masrur —se alegró, observándolo con su mirada plena de dulzura—. Penetra conmigo en la misteriosa melodía interpretada por Dios en su sabiduría. La *jirka* de la Piedra Negra necesita nueva sabia y miembros jóvenes.

—¿Me lo propones en serio, padre? Desde un día en el que, recuperándome de mi enfermedad, os contemplé reunidos en la huerta, siempre deseé pertenecer a aquel grupo de hombres tolerantes y sabios. Y si mi destino es ser tu discípulo y seguidor de tu ciencia, mi alma ya se regocija con solo pensarlo —le confesó.

—Masrur, el Oculto te regaló un claro juicio y una perspicacia poco común. La *jirqa* te admitirá en breve en el círculo de su hermandad y serás partícipe de la revelación de Dios, que te causará sentimientos tan encontrados como la inquietud, la dicha y el éxtasis —le prometió.

—Nuestros destinos convergen al fin en un mismo propósito, padre mío.

El crepúsculo boqueaba tras el horizonte del río, y las últimas luces coloreaban de naranja el alminar de la mezquita y las cúpulas de la medina. Los tejados y atalayas parecían arder como llamas rojizas cuando los almuecines proclamaron la bondad de Dios en una humareda de plegarias.

Luego el sol se fue apagando, y la madre de todas las medinas de Alándalus se ocultó tras un velo de penumbras azafranadas. Mientras caminaban hacia la almunia de Al Raqaquín, surgieron tantas estrellas que la luna se ocultó esquiva tras las torres del alcázar. Yahía ben al Hakán, Al Gazal, encubrió sus recuerdos, como se arropa de hojas secas un camino en otoño.

Al Gazal amaba aquella ciudad como a una novia a la que hubiera rasgado el velo en la noche de sus esponsales.

CÓRDOBA. 22 DEL MES DE *RAYAB*
AÑO DE LA HÉGIRA DEL PROFETA 250
AÑO 864 DE LA ERA DE ISA BEN MARIAM-CRISTO

Yo, Yahía ben al Hakán, Al Gazal, la Gacela, antes del ascenso de mi espíritu a los mundos superiores, he evocado con mi cálamo las manifestaciones, las palabras y los hechos de mi tiempo, pues poderosas evocaciones encerradas en un tintero de marfil me reclamaron con insistencia la cárcel prohibida de mi alma.

Tuve la temeridad de hacerlo y lo hice. Y lo narrado es lo que realmente acaeció, no sin que en ello me fuera la reputación e incluso la vida misma. Mis ojos contemplaron el infortunio de algunos hombres, y mis oídos se conmocionaron con las confidencias de reyes y sabios. No obstante, constituyó un privilegio asistir a eventos tan nombrados cerca de emires y emperadores, y al radiante germinar de la sabiduría de Occidente. Los días sombríos se eclipsaron apresuradamente de mi memoria, y mi espíritu inquieto me condujo de los insólitos dilemas a la luz y la verdad.

Emprendo un tiempo nuevo, en el que mis acciones estarán calibradas por la cercana muerte que me acecha. Añoro Yayyán, la tierra de mis padres, pero en este lugar, en mi Córdoba amada, paraíso de Alándalus, he alcanzado la quietud, la paz, la serenidad y el profundo saber.

Yahía ben al Hakán ben Wail al Bekrí, del clan de los Banu Beckar